FIFTY BEST MISTERIES OF ELLERY QUEEN'S

세계 문학 베스트 미스터리 컬렉션 Ⅲ

새로운사람들은 항상 새롭습니다.
독자의 가슴으로 생각하고 **독자**보다 한 발 먼저 준비합니다.
첫만남의 **가슴 떨림**으로 한 권 한 권 만들어 나가겠습니다.

세계 문학 베스트 미스터리 컬렉션 Ⅲ

초 판 1쇄 발행 1995년 8월 1일
개정판 1쇄 인쇄 2007년 7월 23일
개정판 1쇄 발행 2007년 7월 27일

지은이 스탠리 엘린 외
옮긴이 정태원
펴낸이 이재욱
펴낸곳 (주)새로운사람들

편집실장 김승주
디자인 이세은 / 김지현
영업이사 유병일
마케팅 · 관리 김종림

등록일 1994년 10월 27일
등록번호 제2-1825호
주소 서울시 동대문구 신설동
104-22번지 2층 (우 130-812)
전화 2237-3301, 2237-3316
팩스 2237-3389
http://www.ssbooks.co.kr
e-mail/ ssbooks@chol.com

ISBN 978-89-8120-291-0(04840)
ISBN 978-89-8120-288-0(세트)

* 책값은 뒤표지에 씌어 있습니다.

FIFTY BEST MISTERIES OF ELLERY QUEEN'S

세계 문학 베스트 미스터리 컬렉션 Ⅲ

새로운사람들

미스터리 대중화를 일으킨 잡지의 최우수 단편들

에드가 엘런 포Edgar Allen Poe(1809~1849)가 C. 오귀스트 뒤팽을 등장시킨 두 편의 연작소설과 함께 정통추리소설의 원칙을 확립한 『모르그 가의 살인The Murders in the Rue Morgue』을 발표한 것은 1841년이었다.

그 후 추리소설은 영국의 코난 도일이 셜록 홈즈를 창조해 인기를 얻기 시작했고 프랑스에서는 모르스 르블랑이 아르세느 뤼팽을 창조해 대중들의 열광적인 인기를 모았다.

이어서 애거서 크리스티, 앨러리 퀸, 존 딕슨 카 등 세계적인 거장들이 나와 추리소설은 황금시대를 맞았다.

추리소설이 탄생한 지 100년 후인 1941년 미국의 추리작가 앨러리 퀸(프레데릭 더네이와 맨프레드 B. 리의 합작 필명)은 단순한 추리소설만을 다룬 〈앨러리 퀸 미스터리 매거진: EQMM〉을 창간했다. 그는 창간호 서문에 아래와 같이 썼다.

"솔직히 말해 이 잡지를 내는 것은 실험적인 것입니다. 우리는 이런 잡지가 나타나기를 열망하는 대중들이 상당수 있다고 믿습니다."

이 잡지는 처음에는 계간지였으나 1946년부터 월간지가 되었다. 지금도 계속 간행되어 올해 창간 54주년을 맞으니 가장 장수한 추리잡지라고 할 수 있다.

1962년 판 『리더스 미국문학 백과Reader's Encylopedia of America』는 앨러리 퀸에 대하여 다음과 같이 장중한 찬사를 보냈다.

"1941년 〈앨러리 퀸의 미스터리 매거진〉을 탄생시킨 앨러리 퀸은 가장 훌륭한 미스터리 잡지의 편집을 맡기 시작했다. 퀸은 이렇게 말했다.

'우리는 두 개의 전장에서 싸움을 했다. 하나는 미스터리 작가의 시각을 천재의 수준이나 훌륭한 문학작품의 수준에 맞추는 일이었다. 그리고 다른 하나는 동료작가들에게 실질적인 지면을 제공함으로써 좋은 창작 활동을 지원하는 일이었다. 그게 아니었다면 이 잡지는 미국 잡지의 대열에 끼지도 못했을 것이다. 물론 신인작가들을 발굴한 것은 말할 필요도 없다.'

퀸은 두 가지 전투에서 모두 승리를 거두었다. 그는 추리소설을 문학의 대열에 올려 놓았다. 현재와 과거의 유명한 작가가 자신들의 추리소설을 퀸의 잡지에 발표해, 역사상 모든 유명작가는 마치 최소한 추리소설을 한 편씩은 쓰는 것처럼 보이게 되었다."

이 책은 제목에서 알 수 있듯이 〈EQMM〉 창간 50주년을 맞아 뛰어난 단편 미스터리를 50편 선정해 발간한 것이다.

지금까지 8,000여 편의 단편이 이 잡지를 통해 발표되었다. 여기서 50편을 선정한다는 것은 매우 힘든 일이다. 더구나 지난 50년 동안 출간된 수백 권의 잡지 하나하나가 편집자의 혼신의 힘을 다해 만든 것이라는 사실을 생각하면 이 일이 얼마나 어려운 일인지 실감할 수 있을 것이다.

모든 소설과 마찬가지로 작품이 쓰였던 시대 상황을 생각해 보면 추리/범죄/서스펜스 소설은 최초의 추리소설인 『모르그 가의 살인』과 1941년 창간된 〈EQMM〉 사이의 100년 동안 많은 변화를 겪었다. 그리고 그 후 격동의 세월 동안 더욱더 많은 변화들이 있었다. 그러나 철저한 추리소설과 개인적 시각의 소설은 진부해지지 않으려면 가장 혁신적인 모방이 필요하고, 현대의 독자들의 취향에 맞추려면 주제와 인물설정에서 뛰어난 현실 감각이 요구된다. 이러한 관점에서 작품들을 선정했고 국내에 처음 소개되는 작품을 위주로 했다.

편자는 〈EQMM〉을 모두 다 갖고 있는 것이 아니다. 60년대 말부터 산발적으로 모으기 시작해 70년대 들어 본격적으로 수집했고, 바우처콘에 참가하기 위해 미국에 갔을 때 헌책방에서 입수한 50년대의 잡지들이 일부 있을 뿐이다. 애석하게도 창간호는 물론 40년대에 출판된 잡지는 한 권도 갖고 있지 못하다.

다행히 〈EQMM〉에서 주제별로 발간한 앤솔로지들과 개인 단편집에서도 몇 편 설정할 수 있었기 때문에 공백을 줄였다고 본다.

앨러리 퀸은 〈EQMM〉을 1982년까지 편집(작품선정)을 직접 했고 그 이후에는 엘리아너 설리반Eleanor Sulivan이 맡아 1991년 사망할 때까지 담당했다. 현재는 자넷 허칭스Janet Hutchings가 담당하고 있다.

정태원

1970년대

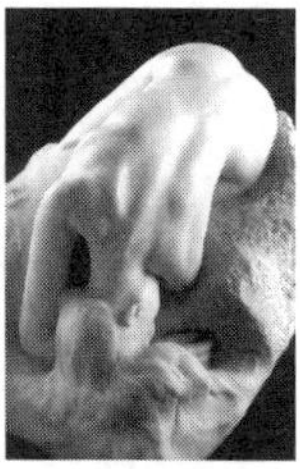

1980년대

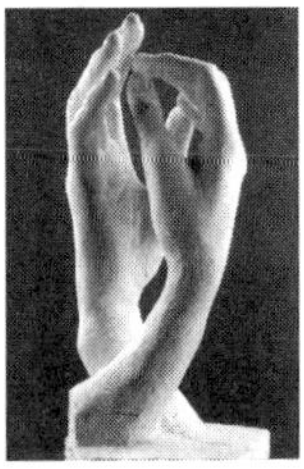

1970년대 THE SEVENTIES

이유 없는 폭발 / 스탠리 엘린

은행을 터는 세 가지 방법 / 헤롤드 R. 다니엘스

완벽한 하녀 / 헬렌 닐센

표적의 사나이 / 데이비드 엘리

봄에 피는 꽃 / 줄리안 사이먼스

나의 완전범죄 / 레이 브래드버리

명예를 잃은 사람 / 토머스 웰시

돌아오지 않는 남편 / 플로렌스 V. 메이베리

이것이 죽음이다 / 도날드 E. 웨스트레이크

대통령의 넥타이 / 패트리샤 하이스미스

이유 없는 폭발

REASONS UNKNOWN — 스탠리 엘린

그 일이 일어난 것은 10월의 어느 토요일이었다.

그날 아침 모리슨은 아내가 아이들 때문에 스테이션 왜건을 쓴다고 해서 버스를 타고 맨해튼 다운타운에 갔다. 버스 터미널에서는 지하철이 싫어 택시를 탔다. 택시 기사가 몸을 틀어 〈어디로 모실까?〉 하고 물었을 때 모리슨은 깜짝 놀랐다.

"아니, 이게 누구야, 빌 슬레이드 아냐?"

"그래, 나야. 래리 모리슨이군. 이런 세상에."

슬레이드도 2, 3년 전까지는 자기처럼—모리슨은 아직도 그 직책을 갖고 있었다—뉴저지 주, 그린부시에 있는 대기업인 메제스티코의 고층빌딩에서 편안하게 근무하는 중견사원 중 한 사람이었다. 메제스티코는 전세계에 8만 명의 종업원을 갖고 있었고 그린부시에 본부가 있었다. 슬레이드는 그 곳에서 오랫동안 근무했다. 일반 직원으로 시작하여 차장까지 승진했다.

그런데 회사 개편 때 부서가 없어지는 바람에 슬레이드는 다른 사람들과 같이 퇴직금 몇 푼과 함께 쫓겨났다. 결국에 그는 집을 팔고 처자식을 데리고 다른 직업을 찾아 그 곳을 떠났다. 그 후로 소식이 없었다. 다른 좋은 직업이라는 것이 맨해튼에서 택시 기사 노릇이라는 데 모리슨은 쇼크를 받았다. 그는 마음이 편치 않았다.

"나는 자네가 이럴 줄 몰랐어, 빌 힐크레스트 가에 살고 있는 녀석들도 이럴 줄은 꿈에도…."

"나는 자네들이 몰랐으면 했어. 나를 동정할 필요 없어. 하지만 언제든 옛날 친구들을 만날 각오는 하고 있었어. 자네라서 다행이야."

뒤에서 어서 떠나라고 차가 빵빵거렸다.

"어디로 가나, 래리?"

"콜롬부스 서클에 있는 콜로세움."

"왜 가는지 내가 맞춰 볼게. 메제스티코 무역 박람회에 가는 거지? 요즘 그것이 열릴 때야, 안 그래?"

"맞았어."

"그래. 한 번쯤 얼굴을 보이는 것도 좋지. 혹시 높은 사람 눈에 띌지도 모르니까."

"자네도 어떻게 돌아가는지 잘 알잖아, 빌."

"물론, 잘 알지."

슬레이드는 붉은 신호등에 차를 세우며 모리슨을 돌아봤다.

"이봐, 그렇게 바쁘지는 않지? 차 한 잔 마실 시간 없겠나?"

슬레이드의 얼굴에는 하루쯤 자란 수염이 나 있었다. 반백의 머리 뒤로 젖혀 쓴 모자는 때가 묻었고 땀에 절어 있었다. 모리슨은 어찌해야 좋을지 몰랐다. 슬레이드와 아주 가깝게 지냈던 것도 아니고 자기 동네에 살아 그냥 알고 지낸 정도였다. 같은 힐크레스트 수렵 클럽에 속해 있어 주말에 가끔 사냥을 같이 갔고 포커도 하곤 했다.

"글쎄, 오늘은 손님이 많이 오는 바쁜 날이라…."

모리슨은 말끝을 흐렸다.

"이봐, 내가 이곳에서 가장 맛있는 도넛을 사 줄게. 그리고 래리, 속 시원히 털어놓고 싶은 게 있어."

"그렇다면 좋아."

8번 가의 한 카페테리아 앞에는 운전기사가 없는 택시들이 줄지어 있었다. 슬레이드는 그 뒤에 차를 세우고 운전기사들이 모이는 카페테리아로 모리슨을 데리고 들어갔다. 카운터에서 서로 돈을 내겠다는 다툼—그 다툼은 슬레이드가 이겼다—이 있은 뒤에 그들은 도넛과 커피를 들고 구석자리로 갔다. 커피는 별로였지만 도넛은 맛이 좋았다. 슬레이드는 입 안 가득히 도넛을 넣고 씹으며 물었다.

"애미는 어때?"

애미는 모리슨의 아내였다.

"잘 있어. 자네 부인 거트루드는 어때?"

"거트루드가 아니라 그레첸이야."

"아 참, 그레첸이었지. 실수를 했군. 하지만 너무 오래돼서, 빌…."

"그래, 거의 3년이나 됐어. 내가 마지막으로 들은 바에 의하면 그레첸은 잘하고 있어."

"마지막으로 들은 바에 의하면?"

"우리는 몇 달 전에 헤어졌어. 그녀는 더 이상 참을 수 없었던 거야."

슬레이드는 어깨를 으쓱했다.

"내 죄가 많지. 직장도 못 얻고 하루에 12시간씩 택시나 운전하고 있으니…. 그래서 아이들을 데리고 퀸스에서 작은 아파트를 얻어 따로 살고 있어. 어느 가정의의 카운터 일을 한다는 얘기를 들었어. 내가 몇 푼 못 주니 보태려고 그러겠지. 자네 아이들은 어떤가? 이름이 스코트와 모간이었지? 이제는 많이 컸을 걸."

"열세 살과 열 살이야. 그 애들은 잘 지내고 있어."

"반가운 얘기군. 그 동네는 어때? 변한 게 있어?"

"별로 없어. 두어 사람이 떠났지. 마이크 코스탄조와 맥케치니. 그들 기억나?"

"마이크를 어떻게 잊겠어. 세상에서 가장 엉터리 포커꾼인데. 그런데 맥케치니가 누구더라?"

"크레스트 가와 메이플 가 모퉁이에 살던 친구 말이야. 언젠가 오리

사냥 갔다가 너무 취해 물에 빠진 적이 있지."

"그래, 생각나. 그 친구 멋진 사냥총과 함께 흙탕물에 빠졌었지. 그때 그 친구 술이 당장 깼지. 그래, 그 친구와 마이크가 어떻게 됐는데?"

"두 사람 다 지역 소비자 서비스부에 근무하고 있었는데 갑자기 높은 사람이 지역 소비자 서비스부를 전국 소비자 서비스부와 합치자고 생각한 거야. 그래서 양 부서에 감원이 있었어. 마이크는 지금 샌프란시스코에 있다지, 아마. 애들이 많아. 고디 소식은 아무도 못 들었어. 그런데 자넨…."

모리슨은 입장이 곤란해 우물쭈물 했다.

"자네를 이해해. 그렇게 곤란한 표정을 지을 필요 없어."

슬레이드는 커피 잔 너머로 모리슨을 지그시 바라봤다.

"내가 어쩌다 이 꼴이 됐나 궁금한 거지?"

"솔직히 말하면…."

"솔직한 것보다 더 좋은 건 없지. 한 2년 동안 여기저기 이력서를 제출했지. 그 이력서들을 쌓으면 3, 4미터는 족히 될 거야. 그런데 취직이 안 되더군. 그러자 실직 보험금, 현찰, 신용 등 모든 게 없어졌어. 그래서 이 꼴이 된 거야. 간단해."

"하지만 왜? 자네가 메제스티코에서 쌓은 경력만 갖고도…."

"나는 중간 계층이었지, 톱클래스가 아니었어. 정책결정 같은 것은 경험이 없었거든. 힐크레스트 가에 사는 모든 사람이 그래. 그래서 힐크레스트 가에 사는 거야. 회사의 높은 사람들은 그린부시 하이츠에 산다는 것 몰라? 그것도 회사에 들어온 지 3, 4년 만에? 그러나 나처럼 15년 동안 중간 계층에만 있던 사람은 쓸모가 없어."

그때까지 모리슨은 판매 분석부에서 12년 동안 근무해 온 일에 만족하고 있었다. 특별한 재능이 없는 그는 대학을 졸업하고 고생 끝에—주로 판매 커미션을 받는 여러 가지 세일즈맨을 했다—메제스티코에 취직이 되었다. 그도 슬레이드의 얘기를 듣고 보니 마음이 심란했다. 슬레이드가 모자를 쓰고 도넛을 먹는 것이 눈에 거슬렸다. 자기도 이곳에 오는 택시 기사와 다를 것이 없다는 것을 보여 주려는 것일까? 그러나 그는 다른 택시 기사와는 달랐다. 그는 대학을 졸업했고, 힐크레스트가에 좋은 집을 갖고 있었고, 존경받는 메제스티코의 중견 사원으로 일도 했었다.

모리슨이 말했다.

"나는 아직도 이해할 수 없어. 그럼, 정책을 결정하는 레벨의 사람들 말고 고도의 기술을 갖춘 사람을 원하는 회사가 없단 말이야? 회사원들의 90%는 우리 같은 사람들이야. 자네도 그것은 알잖아?"

"물론 알지. 그러나 나는 마흔 다섯 살이야. 내가 알아낸 것을 말해 줄까? 기업을 기준으로 보면 나는 내가 40세인 5년 전에 죽었어. 나도 모르게 죽어 있었던 거야. 처음에는 그것을 인정하기가 힘들더군. 그러나 한 2년 동안 직업을 구하다 보니 쉽게 인정할 수 있더군."

모리슨은 46세였다. 그는 슬레이드의 소리가 점점 듣기 싫어졌다.

"자네가 지금 처해 있는 입장은 임시일 거야, 빌. 아직도 기회는…."

"제발 그만두게, 래리. 무지개 끝에 뭐가 있다는 식의 얘기는 말게. 나는 내가 처해 있는 입장을 똑바로 보고, 그것을 인정하고 내 자신을 조절했어. 내가 바라는 것은 언젠가는 내 택시를 굴린다는 것이야. 나는 복권도 사. 혹시 알아? 나는 내가 복권에 당선될 가능성이나 메제스티코에서 받던 월급을 받으며 책상에 앉아 근무할 가능성이 비슷하다고 봐."

그는 다시 커피 잔 너머로 모리슨을 지그시 바라보았다.

"문제는 그들이 내게 주던 월급에 있었어."

"그들은 월급을 많이 주고 있어. 아니, 그럼 월급에 문제가 있었어? 자네가 하는 일만큼 월급을 못 받는다고 말썽을 부린 거야? 그래서 부서를 없앨 때 자네를…."

"그게 아니야."

슬레이드는 날카롭게 내 말을 막았다.

"자네는 거꾸로 생각하고 있어. 그들은 월급을 많이 줘. 자네는 그들이 월급을 너무 많이 준다는 생각을 해본 적이 있나?"

"너무 많이 줘?"

"9시에서 5시까지 판에 박힌 문서 처리를 하는데 월급을 너무 많이 준다는 생각은 안 해봤어? 그저 소처럼 시키는 일만 하는데?"

"자네는 한 부서의 차장이었어, 빌."

"조금 똑똑한 소였겠지. 나는 회사에 일정한 가치밖에 없었어. 그런데 매년 초에—정월 첫째 주일에—회사는 물가가 올라 내 월급을 자동적으로 올려야 했어. 회사에게는 내가 점점 돈이 많이 드는 물건이 되어 갔던 거야. 생각해 보라고. 14, 15년 동안 매년 월급을 올려 주다 보니 내 월급이 장래 중역감인 국제부의 똑똑한 친구들보다 많아졌다고. 회사에게는 내가 비싼 물건이 된 셈이지. 그래서 나보다 월급을 훨씬 적게 주고 쓸 수 있는 15년쯤 젊은 녀석을 채용하고 나를 내보낸 거야."

"잠깐 기다려, 잠깐만 기다려 봐. 인플레가 이렇게 심한데 월급이 올라가는 건 당연한 거 아냐?"

슬레이드는 씁쓸한 미소를 지었다.

"월급을 받을 때는 그런 생각이 들지. 월급 인상이 없으면 살기 곤란하다고 생각될 테니까. 그러나 월급 인상을 거절해서라도 직장을 계속 다니겠다면 어떻게 되지? 월급 인상을 거절할 수는 없어. 메제스티코 같은 회사의 월급 인상은 컴퓨터로 조정되니까. 그러나 회사 측은 그게 못마땅한 거야. 그래서 회사는 나 같은 사람을 퇴직시켜 경비를 절감하는 거야."

"그런 게 아냐. 자네가 회사에 가치가 없어 내쫓긴 게 아냐. 자네는 회사기구 통합의 피해자일 뿐이야."

"피해자라는 말은 맞아. 그 잉카 사람들인가 아즈텍 사람들인가 산 사람을 눕혀 놓고 칼로 찔러 제물로 바치는 것과 마찬가지야. 래리, 머리를 흔들지 말아. 나는 이 일을 오랫동안 생각해 봤어. 기구 통합은 언제나 있어. 두어 개 부서를 한 개로 합치고 몇 사람을 내쫓는 거야. 그런데 우스운 것은 항상 내쫓기는 사람들은 근무 연한이 많은 중년의 중간관리자라는 점이야. 나처럼 월급을 집에 많이 갖고 가는 사람들이지. 기구 개편 때 내 비서도 쫓겨났어. 그녀는 18년을 근무했고 일을 잘한다는 소리를 듣던 여자야. 그녀도 나처럼 다른 부서에서라도 기꺼이 일을 하겠다고 했지만 소용없었어. 그녀 봉급이면 두 명의 젊은 비서를 쓸 수 있거든."

"그래, 자네는 그게 회사 방침이라고 생각하나?"

"그렇게 생각해. 회사도 어쩔 수 없잖아? 내게 까놓고 〈여보게, 자네가 15년을 근무하다 보니 너무 비싸졌어. 그러니 잘 가게〉 하란 말이야? 그러나 기구를 개편한다면 멋지잖아? 〈슬레이드, 안됐네만 기구를 개편하자니 훌륭한 사람을 몇 명 잃게 됐어.〉 내게도 그렇게 말하더군. 나는 세상이 어떻게 돌아간다는 것을 알기 전까지는 그 말을 그대로 믿었어."

갑자기 모리슨은 입 안의 도넛이 메마르고 맛이 없어졌다. 그는 억지로 삼키며 말했다.

"빌, 이런 말은 하고 싶지 않지만 자네가 하는 말 전부가 편집증 환자의 소리 같네."

"그래? 그래도 생각해 봐. 자네 아직도 판매 분석부에 있나?"

"응"

"그럴 거라고 생각했어. 이제 눈을 감고 자네 부서에 45세 이상 되는 사람이 몇 명이나 있나 생각해 보고 내게 말해 봐."

모리슨은 마음이 내키지 않았지만 사람 수를 세었다.

"나까지 6명이야."

"몇 명 중에?"

"24명"

"그것 봐. 젊은 사람들이 많다는 게 이상하지 않아?"

생각해 보니 정말로 이상했다. 이상한 것 이상이었다. 모리슨은 힘없이 말했다.

"그렇게 된 것은 몇 명은 해안 쪽이 좋다고 자리를 옮겼고 부서간 이동이 있어서…."

"그런 일도 있었겠지. 하지만 진짜로 솎아낸 것은 기구 개편 때야. 자네 부서에서도 그런 일이 있었을 거야. 사무실 칸막이를 조금 옮기고, 책상을 여기저기 옮겼겠지. 부서 명칭도 좀 바꾸고. 그런 것은 전부 연막이야. 사실은 높은 사람이 회사의 충신을 불러 회사 형편이 좋지 않으니 월급 많이 받는 사람을 보내라고 지시했을 거야."

슬레이드의 목소리가 점점 커지자 모리슨은 사정했다.

"목소리 좀 낮춰. 높은 사람들을 나쁜 사람으로만 보지 말고…."

슬레이드는 목소리는 낮췄지만 계속해서 강력한 목소리로 말했다.

"누가 그 사람들이 나쁘대? 제기랄, 나라도 그 사람들 입장이면 그렇게 할 거야. 나라도 내가 큰 기업의 인사 책임자라면 나처럼 나이 먹은 사람은 내보낼 거야. 내 자리를 지키려면 하는 수 없어."

갑자기 그의 강렬함이 누그러졌다.

"미안해, 래리. 나는 나 자신을 잘 억제하고 있다고 생각했는데 자네를 보니, 옛날에 힐크레스트 가 친구를 보니 자신을 통제할 수 없었어. 다만 한 가지…."

"한 가지 뭐?"

"회사에 가서 다른 사람에게는 내가 한 말을 안 했으면 해. 무슨 말인지 알겠어?"

"아, 물론."

"말로만 〈아, 물론〉 하지 마. 나를 크게 도와주는 셈치고 회사 친구들에게 내 말을 하지 말아 줘. 자네 부인에게도. 힐크레스트에서 나에 대해 이러쿵저러쿵하는 게 싫어. 내가 자네에게 말을 한 것은 자네가 입이 무겁기 때문이야. 자네를 믿겠어. 말 안 하겠다고 약속해. 래리."
"약속할게, 빌. 나를 믿어."
슬레이드는 테이블 위로 팔을 뻗어 래리의 팔을 툭 쳤다.
"믿고 말고. 그리고 내가 한 말 신경 쓰지 마. 판매 분석부를 재편성할 때 자네가 부장이 될 가능성도 있잖아. 안 그래?"
모리슨은 웃으려 했다.
"그럴 가능성은 희박해, 빌."
"가능하면 언제나 밝은 쪽을 보며 살라구, 래리."
콜로세움에서는 택시비 때문에 또 승강이가 있었다. 슬레이드는 택시비를 받지 않으려 했고 모리슨은 팁을 줘야 하나 말아야 하나, 주면 많이 줘야 하나 적게 줘야 하나 고민했다. 그러나 이번에도 슬레이드가 이겼다.
모리슨은 그와 헤어진 게 반가웠다. 그러나 반가운 마음은 잠깐이었다. 늦가을의 날씨가 화창했지만 그에게는 구름이 잔뜩 낀 음침한 날씨로 느껴졌다. 메제스티코 쇼에 참가하고, 상품 진열하는 것을 감독하고, 회사의 유력 인사들과 잡담을 하는 게 부담스러웠다. 그에게 충격을 준 것은 슬레이드의 삐딱하게 쓴 모자가 아니라 그 밑의 흰머리였다는 것을 알았다. 그리고 이곳 쇼에 참석한 유력 인사들 가운데 흰 머리가 있는 사람은 없었다.
모리슨은 화장실의 전신 거울 앞에 오랫동안 서서 회사를 움직이는 유력 인사들과 비교하여 객관적인 관점에서 자신을 바라보았다. 그의 마흔여섯이라는 나이가 눈에 또렷이 보이는 게 자신으로 하여금 참담함을 느끼게 했다.
집에 와서는 약속한 대로 부인에게 슬레이드를 만난 얘기를 하지 않았다. 말을 꺼냈다가는 자기의 우울한 반응도 얘기해야만 했다. 그러면 애미는 동정적인 말을 하면서 걱정을 타고났느니 뭐니 하며 장난으로 돌리려고 할 것 같았다. 그가 걱정을 많이 한다는 것은 사실이었다. 그러나 애미에게 걱정되는 일을 털어놓으면 동정을 하면서도 그를 놀려서 화나게 했다. 아침에 일어날 때마다 걱정이 생겼다. 가족의 건강, 주택의 상태, 자동차, 은행예금 등 끝이 없었다.

이 모든 것이 그의 기질 때문이라는 것을 그 자신도 인정했다. 그는 자기 아버지와 마찬가지로 차분한 성격에 유머가 없었다. 하지만 실제 세상살이에는 나무랄 것이 없었다. 자기에게 열성인 아름다운 부인이 있었고 건강한 아들들이 있었다. 좋은 동네에 좋은 집도 갖고 있었고 좋은 직장도 갖고 있었다. 지금까지는 그렇게 생각하고 있었다.

그날 밤 모리슨은 늦게까지 잠을 못 잤다. 새벽 3시에 그는 불길한 생각에 정신이 번쩍 들었다. 자리에 누워 잠을 청할수록 불길한 생각은 깊어만 갔다. 새벽 4시에 그는 자기가 서재로 쓰는 방으로 가서 집안 재정 상태를 검토했다. 거기에서 놀랄 만한 것은 찾지 못했지만 걱정하고 있는 것이 사실이라는 점을 확인했다. 그와 애미는 한 달 수입쯤 적자로 살아가고 있었다. 힐크레스트 가에 사는 대부분의 사람들이 그럴 것이라고 생각했다. 1년쯤 적자로 살고 있는 몇몇은 걱정이 많겠다는 생각이 들었다.

그의 집 할부금은 앞으로 10년은 더 부어야 했고, 자동차도 할부금도 2년은 더 내야 했기 때문에 모든 것이 월급에 달려 있었다. 가계 저축은 꿈도 꿀 수 없었다. 두 아들을 대학에 보낼 학자금 저축도 대학 교육비가 천정부지로 올라가는 바람에 큰 몫을 할 것 같지 않았다. 게다가 두 아들이 장학금을 탈 것 같지도 않았다.

간단히 말해 모든 것을 그달 그달 수입에 의존해야 했다. 그리고 슬레이드의 경험에 의하면—자기는 메제스티코에 목을 매야 했다. 모리슨은 항상 메제스티코에 취직을 할 수 있어 다행이라고 생각하고 있었다. 그의 어릴 때 꿈은 졸업하자마자 깨졌다. 세상에 나와 보니 자기는 모든 면에 있어 그저 그런 사람이었다. 남의 눈에 띄지 않고 자기 일만 꾸준히 해봐야 영광의 사다리를 올라가지 못한다는 것도 알아차릴 만큼 나이를 먹었다.

숫자가 잔뜩 적힌 종이들 속에서 모리슨은 메제스티코란 직장이 자기나이의 사람에게 안전한 자리가 아니라는 생각을 하니 가슴이 울렁거렸다. 그의 나이, 능력 등을 봐서 꼭 매달려야 하는 자리였다.

새벽 5시가 되자 몸은 지쳤으나 정신은 더욱 말똥말똥해졌다. 그래서 맥주를 한 병 마시러 부엌에 내려갔다. 그는 약을 먹지 않았다. 심한 경우가 아니라면 아스피린도 먹지 않았다. 맥주는 그를 항상 졸리게 했다. 그의 생각이 옳았다.

그 후로 수주일 동안 이런 일이 되풀이되었다. 꼭두새벽에 일어나서 재정 상태를 점검하고, 똑같이 참담한 기분을 맛본 후에 맥주를 마시고 자명종이 울릴 때까지 두어 시간 뒤척이며 잠을 잤다.

잠들면 업어 가도 모르는 애미는 그것을 몰랐다. 그는 애써서 그 일을 감췄기 때문에 아내는 그것을 눈치채지 못했다. 그것을 아내에게 말하지 않기란 정말로 힘들었다. 이상하게도 아내가 가엾다는 생각이 들어 정이 더 갔다. 항상 명랑하고 차분하지 못한 아내는 나름대로 바빴다. 아이들 일, 사은회, 기타 사회 활동에 열심이었다.

그러자 모리슨에게 이상한 문제가 생겼다. 갑자기 몸의 일부분이 떨리는 것이었다. 손이 떨리거나 눈꺼풀이 떨려 급히 손으로 가려야 하는 경우가 생겼다. 가장 이상한 일은 침통한 기분에 깊이 빠지면 걷잡을 수 없이 이가 떨리는 것이었다. 처음 그런 일이 생겼을 때는 정말로 겁이 났다. 그런 일은 새벽에 혼자서 앞날을 생각하고 있을 때만 일어났다. 마치 이가 따로 생명을 갖고 있어 얼음물에 뛰어들었을 때와 같이 떠는 것이었다.

사무실에서는 가능한 한 앞에 나서지 않으려고 했다. 회사를 떠난 여러 사람들이 지금은 어떻게 됐나 알아보고 싶었지만 그랬다간 갑자기 그 문제는 왜 들고 나오느냐고 사람들이 이상하게 생각할 것 같았다. 회사에서는 그런 얘기를 가급적이면 꺼내지 않았다.

문제는 그린부시가 현대적이고 살기 좋은 도시지만 회사 타운이라는 데 있었다. 메제스티코는 20년 전에 뉴욕에서 옮겨 왔고 그 주위에 도시가 형성됐다. 뉴저지 주 중심에 자리잡은 그린부시에는 메제스티코 말고는 아무것도 없었다. 따라서 회사를 떠난 사람은 좋든 싫든 집을 팔고 그 곳을 떠나야 했다.

옛날과의 관계를 끊을 수 있도록 될 수 있는 대로 멀리 떠났다. 모리슨은 자기와 비슷한 위치에 있다가 회사에서 떠난 슬레이드 말고 다른 사람들을 만나서 어떻게 지내는지 얘기를 듣고 싶었다. 그러나 그런 사람 가운데 아는 사람이 없었다.

그가 자기의 절망적인 문제를 겉으로 꺼낼 뻔한 것은 아들이 다니는 학교 학생회에서 추수 감사절 학예회가 열렸을 때였다. 학예회는 성공적이었고 나중에 체육관에서 뷔페 식사를 했다. 모리슨은 학예회 사회를 본 교감을 구석으로 끌고 가서 잠 못 이루던 밤에 스치고 지나간 생각을 물었다.

"학예회가 훌륭했습니다. 훌륭한 학교라는 게 오늘 밤 증명됐습니다. 교감 선생님께서는 하시는 일이 자랑스러우시겠습니다."

"이럴 때는 그렇지요."

교감은 명랑하게 말했다.

"하지만 어떤 때는…."

"그래도 자랑스러우실 겁니다. 저도 한때는 교육자가 될까 생각한 적이 있습니다."

"경제적인 면으로 볼 때는 안 되신 게 다행일 겁니다. 교육자란 보상받는 면도 있지만 경제적으로는 좋지 않습니다."

모리슨은 다음 말을 조심스럽게 꺼냈다.

"만일 내 나이에 교사가 자랑스럽다는 생각 때문에 선생이 되려고 한다면 가능하겠습니까?"

"잘하시는 게 뭡니까? 어떤 과목에 관심이 있으십니까?"

"수학입니다."

교감은 안됐다는 듯이 고개를 저었다.

"우리가 당신 같은 사람을 필요로 했던 때는 어디에 계셨습니까? 4, 5년 전에는 수학 선생님을 못 구해 법석을 떨었습니다. 지난 2, 3년 동안에는 취학 아동수가 줄어서 선생님들을 채용하지 않고 해고하고 있는 실정입니다. 여기뿐이 아닙니다. 전국에 빈 학교가 많아졌습니다."

"그렇군요."

그리하여 불면증, 긴장감, 떨림 등이 점점 심해졌다. 그러다가 어느 날 갑자기 이제 더 이상 밑으로는 갈 데가 없으니 위로 가야 한다는 생각이 들었다. 그러자 모든 것이 정상으로 돌아왔다. 밤에 잠도 잘 자고 낮에도 마음이 편했다. 모리슨은 밝은 면을 보고 살려고 하는 자신을 발견했다. 그는 아직도 직업을 갖고 있었고, 그것은 누가 뭐래도 사실이었다. 우연히 슬레이드를 만나 불안정한 생각을 했다는 것이 이상하게 생각될 정도였다.

자기가 괜히 엉뚱한 상상을 해서 고생을 했다는 생각이 들었다. 한 가지 수확은 다른 사람이라면 망가졌을 텐데 자기는 혼사 싸워서 이겼다는 점이었다. 그는 자기가 자랑스러웠다.

12월 첫째 월요일 오후 5시 조금 전에 퇴근 준비를 하고 있는데 판매 분석 부장인 페텐길이 찾아왔다. 페텐길은 2년 전에 클리블랜드 지사에서 전근 온 사람으로 능력 있는 사람으로 평가되어 사람들은 곧 이사가 될 거라고 했다. 유머는 없으나 명랑한 사람으로 모리슨과는 사이가 좋았다.

"위에서 콥 부사장 주재 하에 회의를 하고 오는 길이야."

콥은 그린부시의 기획 및 편성 부사장이었다.

"우리 부서에 개편이 있을 것 같아. 서비스 부문과 합쳐서 판매 및 서비스 분석부가 될 것 같아. 왜 그러나? 몸이 좋지 않은가?"

"아닙니다, 괜찮습니다."

"신선한 공기를 쐬는 게 좋을 것 같군. 어쨌든 자네가 이곳 고참이니 내일 아침에 콥 부사장이 사무실에서 보재. 9시 정각이야. 부사장의 시간개념이 어쩐지 알 테니 늦지 않도록 하게, 래리."

"알았습니다."

모리슨은 그날 밤 한잠도 못 잤다. 다음날 아침 9시 조금 전에 그는 외투를 입고, 충혈된 눈을 검은 안경으로 감추고 엘리베이터를 타고 맨 위층으로 곧바로 올라갔다. 그는 남의 눈에 띄지 않는 비상 계단의 층계참에 나가 외투 밑에서 쌍발 산탄총의 총신과 총대를 꺼내 결합했다. 그의 주머니에는 12게이지 탄환이 잔뜩 들어 있었다. 그는 쌍발 산탄총의 약실에 총알을 한 발씩 장전했다. 그리고 산탄총을 외투 밑에 감춘 후에 홀을 건너 콥 부사장실로 들어갔다.

콥의 개인 비서인 미스 번스타인은 총을 보고 자기도 모르게 본능적으로 행동했다. 그녀는 안으로 들어가는 길을 막으려는 듯이 자리에서 일어섰다. 그녀는 첫 발을 가슴에 정통으로 맞았다. 두 번째 탄환은 책상에 앉아 있는 콥 부사장의 얼굴을 맞췄다. 모리슨은 총을 다시 장전하고 옆방으로 들어갔다.

아침 업무준비를 하고 있던 콥의 보좌관들은 총소리에 당황하고 있었다. 모리슨은 계속해서 두 방을 쐈다. 한 사람은 목과 턱을 맞았고 한 사람은 총알이 스쳐갔다. 모리슨은 총을 다시 장전하며 복도로 나갔다. 안전요원 두 명이 권총을 빼들고 계단을 뛰어 올라왔다. 모리슨은 그중 한 사람을 쓰러뜨렸다. 그러나 두 번째 요원이 무턱대고 쏜 총알을 이마에 맞고 말았다. 나중에 검시관은 모리슨은 몸이 마루에 닿기도 전에 죽었을 것이라고 했다.

경찰은 다섯 명이 죽고 한 사람이 다친 이 사건에 두 달을 매달렸지만 아무런 해답도 찾을 수 없었다. 결국 그들은 〈가해자는 이유도 없이 어쩌고저쩌고〉 하는 보고서를 작성했다.

그러나 회사 측은 나름대로 조치를 취했다. 회사 측은 모리슨이 입사

할 때 인물 평가를 한 인사과의 심리학자가 아직도 회사에 근무한다는 것을 알아냈다. 그는 미리 상대가 정도에서 벗어난 짓을 할 거라는 점을 파악하지 못했기 때문에 16년 동안이나 아무 잘못 없이 근무하던 직장에서 당장 쫓겨났다.

2주 후에 맥인타이어라는 젊은이가 인사과의 심리학자 후임으로 왔다. 그는 초임이 작았으나 그린부시가 마음에 들었다. 그의 부인도 그 곳을 좋아했다. 그들은 그 곳이 영원히 안주할 조용하고 좋은 동네라고 생각했다.

스탠리 엘린(Stanley Ellin, 1916~1986)

브루클린 출생. 브루클린 칼리즈를 졸업한 후, 보일러 제작소, 철공소, 낙농농장 등에서 육체노동을 하면서 그날 먹을 것을 해결한 엘린의 20대는 조혼(21세)까지 겹쳐 즐거운 것이 아니었다. 군대 제대 후 게재할 곳도 없이 쓴 단편소설이 미스터리 감정가 앨러리 퀸의 눈에 뜨이지 않았으면 엘린은 전혀 다른 길을 걸었을지도 모른다. 그 단편이 1948년 5월호 〈EQMM〉에 게재된 「특별요리」였다. 이후 엘린은 한 해 한 작품씩 발표하면서 〈EQMM〉을 위하여 37편의 주옥같은 단편을 썼다. (유일한 예외는 퀸의 취향에 맞지 않아 〈Sleuth〉에 게제된 「로버트」 한 작품뿐.) 두 번의 MWA 단편 상을 수상했다.

은행을 터는 세 가지 방법

THREE WAYS TO ROB A BANK — 헤롤드 R. 다니엘스

원고는 깨끗하게 타자가 쳐 있었다. 표지에 붙인 설명서는『저자가 되는 길』이라는 책자에서 글사 한 자 틀리지 않게 베껴 온 것 같았다. 〈귀사의 일반적인 고료를 감사하게 받겠습니다〉라는 말까지 책 그대로였다.『범죄야화』부편집인인 미스 에드위나 마틴이 원고를 맨 처음 읽었다. 두 가지가 그녀의 눈길을 끌었다. 첫 번째는 〈은행을 터는 세 가지 방법, No. 1〉이라는 제목이었고, 두 번째는 〈네이단 웨이트〉라는 저자 이름이었다. 미스 마틴은 미국에서 범죄 소설만을 전문적으로 쓰는 작가는 거의 대부분 알고 있었지만 네이단 웨이트는 처음 듣는 이름이었다.

설명서에 풋내기 작가의 장황한 설명은 없었지만 중간쯤에 있는 글귀가 그녀의 눈길을 끌었다.

"실제로는 로울링이 은행을 털지 않았기 때문에 귀사에서는 제목을 바꾸기를 원할지도 모릅니다. 어쩌면 주인공이 한 일은 합법적일지도 모르겠습니다. 저는 지금『은행을 터는 세 가지 방법, No. 2』를 집필 중에 있습니다. 이 원고도 귀사에 보내겠습니다. 저는 〈방법 No. 2〉가 합법적이라는 걸 자신합니다. 〈방법 No. 1〉의 법적문제를 조사하고 싶으면 귀사의 거래 은행에 원고를 보여 보십시오."

로울링은 소설의 주인공이었다. 소설의 내용 자체는 투박하고 군더더기가 많았다. 인물이 제대로 부각되지 않았고 단순히 내용을 설명하

는 데 그쳤다. 예금이 없으면서 수표를 남발하고 은행이 책임지는 문제였다. (작가가 이러한 은행거래 방법을 좋지 않게 생각한다는 점이 잘 나타나 있었다.)

미스 마틴의 첫 반응은 정중한 거절의 편지와 함께 원고를 되돌려보내는 것이었다. 그녀는 인쇄된 비정한 거절 용지를 쓰지는 않았다. 그러나 원고의 당당한 어떤 면이 마음에 걸렸다. 그녀는 원고에 메모 종이를 끼우고 커다란 물음표를 그린 후에 편집인에게 넘겼다. 다음날 편집인이 추가로 글을 써서 되돌려보냈다.

〈원고는 형편없지만 방법 자체는 현실성이 있어 보여. 프랭크 워델과 의논해 보지 그래?〉

프랭크 워델은 미스 마틴이 근무하는 출판사 거래 은행의 부사장이었다. 그녀는 워델과 점심약속을 했다. 그녀는 원고와 편지를 부사장에게 주고 그가 원고를 읽는 동안에 교정쇄(校正刷)를 뒤적거렸다. 부사장이 숨을 들이마시는 소리에 그녀는 고개를 쳐들었다. 그의 얼굴이 창백했다.

"가능성이 있는 얘기예요?"

"잘 모르겠소. 당좌 여신부(역주: 금융기관의 대부, 어음 할인, 어음 인수, 신용장 발행 등의 업무를 하는 곳)와 의논해 봐야 알겠소. 그러나 나는 가능하다고 보오."

그의 목소리가 떨려 나왔다.

"하느님 맙소사, 이것 때문에 우리는 수백만 달러를 손해 볼 수 있소. 설마, 당신들은 이것을 출판할 생각이 아니겠지요? 만일 이것이 사람들 손에 들어가면…."

미스 마틴은 평소에 은행가를 별로 탐탁지 않게 여겼다. 그래서 애매하게 대답했다.

"원고에 손을 좀 봐야 합니다. 그래서 아직 결정을 내리지 않았습니다."

은행가는 음식접시를 한쪽으로 밀었다.

"여기 보면 그는 두 번째 방법도 갖고 있다고 했어요. 두 번째 방법도 이것과 비슷하다면 우리는 망한 겁니다."

그에게 갑자기 어떤 생각이 떠올랐다.

"그는 제목을 〈은행을 터는 세 가지 방법〉이라고 했어. 그렇다면 〈방법 No. 3〉도 있다는 말이야. 이것 야단났군! 안 돼, 안 돼. 이것을 책으로 발간하게 할 수 없어. 우리는 이 사람을 빨리 만나야 해."

미스 마틴은 은행가의 태도가 마음에 들지 않았다. 그녀는 원고에 손을 뻗으며 차갑게 말했다.

"책을 발간하는 문제는 우리가 결정할 문젭니다."

워델은 이 책의 내용이 국가 전체의 경제에 영향을 끼칠 수 있다고 사정을 한 후에야 원고를 은행에 갖고 갈 수 있었다. 그는 너무 당황한 나머지 점심 값도 지불하지 않았다.

몇 시간 후에 은행가는 미스 마틴에게 전화했다.

"우리는 비상회의를 열었소. 당좌 여신부는 〈방법 No. 1〉이 현실성이 있다고 했소. 법적으로도 하자가 없을 수도 있다는 겁니다. 불법이라 하더라도 재판 비용만 수백만 달러가 들 거요. 미스 마틴, 우리는 당신들이 원고를 사서 저작권을 우리에게 넘겨주기를 바라오. 그렇게 하면 그가 원고를 다른 곳에 팔 수 없을 것 아니오?"

"지금의 이 원고 자체는 그럴 수도 있겠지요. 그러나 그가 똑같은 방법을 사용해 별도의 원고를 쓰는 것은 막을 수 없습니다."

그녀는 그가 점심 값을 내지 않았다는 것을 떠올리며 비협조적으로 대꾸했다.

"그리고 우리는 출판하지 않을 원고는 사지 않습니다."

그러나 시 은행협회와 『범죄야화』 발행인이 긴급 회의를 한 후에 국가 경제를 고려하여 네이단 웨이트의 원고를 사서 은행금고 깊숙이 넣어 두기로 했다. 〈국가 경제 좋아하네〉 하고 미스 마틴은 생각했다. 이리저리 교섭한 끝에 수천만 달러에 달하는 개인재산을 소유한, 도마뱀 같은 노자본가 한 사람이 네이단 웨이트에 대한 지불문제를 담당하는 것으로 결정되었다.

그 늙은 자본가가 투덜거렸다.

"우리는 별 수 없이 원고를 사야겠소. 이런 원고는 얼마나 줍니까?"

미스 마틴은 이 작가가 아직 책을 발간한 경험이 없는 〈무명〉이라는 점을 고려하여 적당한 금액을 제시했다. 그리고 덧붙였다.

"책이 발간되지 않을 테니 외국에서의 수입이나 영화나 TV 판권 수입 같은 것은 기대할 수 없겠지요."

미스 마틴은 그 도마뱀 같은 늙은 자본가가 진저리를 치는 모습을 알아차릴 수 있었다.

"그러니 이 작가에게는 통상의 원고료보다 더 주는 것이 공정하다고 생각합니다."

그 말에 은행가가 항의했다.

"그럴 수는 없소. 우리는 달리 쓸데도 없는 것에 돈을 주고 있소. 두 번째 방법과 세 번째 방법도 사야 해요. 게다가 같은 방법을 다른 형식으로 쓰는 일을 방지하는 방법도 생각해야 합니다. 관례대로 주면 돼요. 더 줄 수는 없어요."

결국 협회에는 30개 은행이 가입해 있으니 한 은행에서 한 작품당 10달러 미만의 돈만 내면 된다. 미스 마틴은 이 노랭이 같은 은행가들에게 아무런 동정심도 느끼지 못했다.

그날 미스 마틴은 수표와 편지를 네이단 웨이트에게 보냈다. 편지에는 책이 언제 발간될지 확실한 시기는 잡히지 않았으나 은행을 터는 두 번째와 세 번째 방법의 원고를 빨리 보고 싶다고 썼다. 그리고 그녀는 내심 내키지 않았지만 편지에 그녀의 서명을 했다. 책을 처음 내는 저자에게는 돈보다도 책이 발간된다는 영광이 훨씬 중요하다는 것을 그녀는 잘 알고 있었다. 그런데 그 원고는 책으로 발간되지 않을 것이다.

1주일 후에『은행을 터는 세 가지 방법, No. 2』원고가 도착했다. 이번에도 원고 자체는 형편없었지만 내용은 그럴듯했다. 이번은 마그네틱 잉크와 컴퓨터를 이용하는 방법이었다. 미리 약속된 대로 미스 마틴은 원고를 프랭크 워델 사무실로 갖고 갔다. 그는 원고를 재빨리 읽더니 몸을 떨었다.

"이 친구는 천재야. 하기야 그럴 만한 배경이 있지만…."

"뭐라구요? 이 사람의 배경을 어떻게 알지요?"

그는 아무렇지도 않게 대답했다.

"아, 물론 우리가 손 좀 썼소. 우리는 당신이 원고를 보여 준 직후 가장 우수한 사립탐정을 고용해서 그의 뒷조사를 철저히 했어요. 그에게선 아무런 꼬투리도 잡을 게 없더군."

미스 마틴이 차가운 목소리로 물었다.

"웨이트 씨를 뒷조사했단 말인가요? 우리를 통해서 알게 된 사람을?"

"물론이오."

워델은 약간 놀란 듯이 말했다.

"그런 위험한 지식을 갖고 있는 사람이니만큼 당연히 조사해야지요. 그가 그 생각을 소설로만 쓸 것이라는 안이한 생각은 할 수 없지요. 천만에요. 그는 코네티컷 주의 작은 시골 은행에서 수년 동안 일을 했어요. 그런데 은행 주인이 조카에게 자리를 만들어 주려고 급료의 10%에 해당하는 해고수당만을 주고 그를 퇴직시켰소."

"수년 동안이라는 게 몇 년이지요?"

"기억이 잘 안 나요. 보고서를 봐야 하는데 25년쯤 되나 봅니다."

"그렇다면 내쫓겼다고 해서 불만스러울 것도 없겠군요."

그녀는 비꼬아 말하며 손을 내밀었다.

"그의 편지를 다시 보여 주세요."

두 번째 원고에 첨부된 편지에는 첫 번째 원고를 채택해 줘서 고맙다는 출판사에 대한 정중한 인사와 함께 수표도 잘 받았다고 쓰여 있었다. 편지의 한 구절이 그녀의 눈길을 끌었다.

"제가 말씀드린 대로 첫 번째 원고는 은행가에게 보여 줬겠지요? 두 번째 원고도 현실성이 있다는 점을 확인하기 위해 은행가에게 보여 주셨으면 합니다. 제가 첫 번째 편지에서 말했다시피 저는 두 번째 방법은 합법적이라고 생각합니다."

미스 마틴이 물었다.

"그것이 합법적인가요?"

"뭐가 합법적이란 말이오?"

"두 번째 방법이요. 당신이 방금 읽은 원고 말예요."

"지금 상태에서는 비합법적이라고 말할 순 없소. 그것을 불법적인 것으로 만들기 위해서는 컴퓨터를 쓰는 모든 은행은 은행 양식지와 절차를 대대적으로 바꿔야 합니다. 그렇게 하려면 오랜 시간이 걸리고, 그 동안에 첫 번째 방법보다 훨씬 더 많은 금액을 잃게 됩니다. 야단났습니다, 미스 마틴. 야단나."

〈방법 No. 2〉는 시 은행 협회에 공포를 야기시켰다. 즉시 원고를 당장 사들여서 깊이 묻어 두어야 한다는 결정이 내려졌다. 그리고 〈방법 No. 3〉는 더 큰 파멸을 갖고 올지 모르니 그 원고도 당장 사들여야 한다는 것도 결정되었다. 회의에 참석한 미스 마틴이 웨이트가 첫 번째 작품의 원고료를 받았으니 기성작가로 인정하여 원고료를 올려 줘야 한다고 말했다. 그러나 은행가들은 책이 실제로 발간되지 않았으니 올려 줄 수 없다고 했다.

그들은 웨이트를 편집인과 저자의 대화를 갖기 위해 뉴욕으로 부르자는 계획을 세웠다. 실제로 그 대화에는 은행 협회에서 선정한 위원들이 참석할 생각이었다. 은행가가 말했다.

"그 곳에 우리 변호사도 참석해 겁을 잔뜩 줘서 우리에게 〈방법 No. 3〉의 내용을 말하도록 해야겠소. 필요하다면 그 원고도 사겠어. 그리고 그의 입을 다물게 할 방법을 찾겠소."

그녀와 출판사측은 마음에 내키지 않았지만 은행가들 의견에 따르기로 했다. 그녀는 네이단 웨이트의 첫 번째 원고를 그냥 되돌려보낼 것을 잘못했다고 후회했다. 은행가들의 비열한 태도 때문에 더욱 그런 생각이 들었다. 은행가들은 네이단 웨이트를 일반 범죄자로밖에 취급하지 않고 있었다. 그녀는 코네티컷 주의 웨이트 집에 전화를 해서 뉴욕에 와달라고 말했다. 미스 마틴은 무슨 수를 쓰든지 웨이트가 뉴욕에 오는 경비는 은행 협회에 물리겠다고 다짐했다. 전화로 들리는 그의 목소리는 예상 외로 젊었고 북부 사람들의 사투리가 약간 섞여 있었다.

"두 개의 소설을 연이어 출간하게 되다니 나는 매우 운이 좋습니다, 미스 마틴. 기쁜 마음으로 찾아가 뵙겠습니다. 다음 작품 때문에 그러시겠군요."

그녀는 양심에 가책을 받았다.

"사실은 그렇습니다, 웨이트씨. 〈방법 No. 1〉과 〈방법 No. 2〉가 너무 교묘해서 〈방법 No. 3〉에 흥미가 많습니다."

"앞으로는 네이트라고 불러 주십시오. 〈방법 No. 3〉 그것이 합법적이라는 데는 의심의 여지가 없습니다. 게다가 앞의 두 방법과 비교하면 대단히 정직한 방법입니다. 방법 1과 2는 댁의 거래은행과 의논해 보셨습니까? 〈방법 No. 1〉은 당신들이 제 작품을 사기로 결정하기 전에 보였다는 생각이 드는데 〈방법 No. 2〉는 어땠습니까? 그들이 감명을 받았나요?"

"틀림없이 받았습니다."

미스 마틴은 기어 들어가는 목소리로 대답했다.

"그렇다면 은행은 〈방법 No. 3〉에 정말로 흥미를 느낄 겁니다."

그들은 이틀 후에 만나기로 하고 통화를 끊었다.

그는 정확히 시간에 맞춰 미스 마틴 사무실에 나타났다. 50대의 몸집이 작은 백발의 남자로 구식 가리마를 타고 있었다. 얼굴이 햇볕에 그을려서 푸른 눈이 더욱 날카롭게 돋보였다. 그가 우아한 몸짓으로 인사를 해서 미스 마틴은 자신이 더욱 배신자가 된 듯한 기분이 들었다.

그녀가 책상 앞으로 걸어가며 말했다.

"웨이트 씨, 저는…."

"네이트라고 불러 주세요."

"좋아요, 네이트. 나는 이 일에 정나미가 떨어졌어요. 우리가 어떻게 하다가 말려들었는지 모르겠어요. 네이트, 우리는 출판하려고 당신 원고를 산 게 아녜요. 솔직히 말하면—털어놓을 때가 됐다고 생각되는데—원고는 형편없었어요. 우리는 은행—은행들이라고 하는 게 좋겠군요—이 요청해서 원고를 샀어요. 은행은 그것이 책으로 발간되면 사람들이 그 방법을 실제로 쓸까 봐 겁을 내고 있어요."

네이트가 눈살을 찌푸렸다.

"원고가 형편없었어요? 실망입니다. 〈방법 No. 2〉는 좀 괜찮다고 생각했는데."

그녀는 안됐다는 표시로 그의 팔을 잡고 바라보았다. 그러나 그는 다시 빙긋이 웃고 있었다.

"그야 물론 형편없지요. 내가 일부러 그렇게 썼으니까요. 형편없는 글을 쓴다는 것도 글을 잘 쓴다는 것만큼이나 힘들더군요. 그래, 은행에서는 내 방법이 현실성이 있다고 생각했나요? 내가 오랜 고심 끝에 만들어 낸 방법이니 놀랄 일도 아닙니다."

"그들은 〈방법 No. 3〉에 더욱 흥미를 갖고 있어요. 그들이 오늘 만나자고 하는 것도 당신의 다음 작품을 사자는 게 목적이에요. 실제로 그들이 앞으로 작품을 더 쓰지 않도록 돈을 주겠다는 거예요."

"내가 글을 안 쓴다고 문학계가 손실을 보지도 않을 텐데요, 뭐. 오늘 누구를 만날 건가요? 시 은행 협회 사람들인가요? 그 도마뱀처럼 생긴 늙은이가 나오나요?"

수천 개의 추리소설 원고를 읽어 플롯에 대한 느낌이 누구보다도 뛰어난 미스 마틴이 뒤로 한 발자국 물러섰다.

"당신은 모든 것을 알고 있었군요."

그는 고개를 저었다.

"전부는 몰랐어요. 내가 계획적으로 일을 꾸몄어요. 그리고 그들이 탐정을 시켜 내 뒷조사를 한다는 것을 알았을 때 나는 일이 내 계획대로 되고 있다는 것을 알게 되었지요."

"그들은 탐정을 시켜 당신 뒷조사를 시킬 권리가 없어요."

그녀는 화를 내며 말했다.

"우리는 그 일과 관계가 없다는 것을 당신이 알았으면 해요. 우리는 그들이 조사를 했다는 사실조차 조사가 끝난 다음에야 알았어요. 저는 당신이 그들을 만나는 데 나가지 않겠어요. 다음 원고를 사려면 직접 사라고 내버려두겠어요."

"나는 당신이 같이 갔으면 해요. 재미있는 일이 생길지도 모르니까."

그녀는 네이트가 여태껏 출판사에서 받은 원고료보다 더 많은 원고료를 요구한다는 조건하에 회의 참석을 수락했다.

"그들이 〈방법 No. 3〉에 그토록 흥미를 갖고 있다니 나도 원고료를 조금 더 달라고 할 생각입니다."

점심을 먹으며 그는 자신의 은행 경력과 코네티컷 주의 시골생활에 대해 많은 얘기를 했다. 미스 마틴은 소박하게 보이는 그가 제법 이름 있는 아마추어 수학자라는 것을 알게 되었다. 그리고 그가 인공두뇌학의 권위자이고 존경받는 천문학자라는 사실도 알게 되었다.

커피를 마시며 그녀는 그의 철학을 잠깐 엿볼 수 있었다.

"은행에서 그만두라고 했을 때 별로 섭섭하지 않았어요. 친척을 자리에 앉히는 일은 항상 있는 일이니까요. 나는 원했다면 대도시 은행의 거물이 될 수 있었을지도 모릅니다. 그러나 시골생활이 좋았고 내가 하고 싶은 일을 할 수 있어 만족스러웠습니다. 나는 근본적으로 게으른 사람이에요. 결혼하고 얼마 후에 아내가 죽자 바쁘게 살라고 독촉하는 사람도 없었습니다. 그것 말고도 시골은행에는 나름대로 특별한 무엇이 있었어요. 은행에서 일하다 보면 금전 문제를 포함한 여러 가지 문제들을 알게 되고, 그러면 법을 약간 어겨가며 그들을 돕기도 하지요. 어떤 면에서 시골 은행가는 의사만큼이나 중요했어요."

그는 말을 잠시 끊었다가 계속했다.

"그런데 지금은 그렇지 않아요. 모든 것이 통제되고 컴퓨터화되고 비인간적으로 됐어요. 옛날 의미의 은행가는 사라졌지요. 그저 이사회에서 책임 추궁이나 당하는, 커다란 기업의 한 부분으로 점점 변해 갔어요. 이제 은행가는 인간적인 면을 전혀 고려하지 않은 엄격한 법규대로만 움직여야 해요."

미스 마틴은 그의 말에 매료되어 커피를 더 달라고 손짓했다.

"예금전표만 해도 그래요. 전에는 은행에 가서 전표에 이름, 주소, 예금 금액 등을 썼어요. 그것은 고객을 기분 좋게 했고 시골 은행가에게도 좋게 작용했어요. 전표는 〈나는 어디에 사는 아무개라는 사람인데 이만 한 돈을 벌어서 당신에게 맡기니 잘 간수해 주시오〉라는 뜻을 담고 있었지요. 그리고 그 전표를 출납계원에게 갖고 가서 세상 돌아가는 얘기를 잠깐 했지요."

네이트는 커피에 설탕을 탔다.

"얼마 안 있으면 출납계원은 없어질 겁니다. 지금도 많은 은행에서는 예금전표가 필요 없어요. 당신 번호와 이름이 적힌 컴퓨터 입력카드를 주지요. 그러면 당신은 날짜와 금액만 적어 넣으면 돼요. 은행은 출납계원을 고용하지 않아 남게 된 돈을 TV 광고에 씁니다. 나도 TV 광고를 보고 영감을 얻어 그 원고를 썼어요."

미스 마틴은 미소를 지었다.

"네이트, 당신은 우리를 이용했어요."

그녀의 미소가 천천히 사라졌다.

"그러나 당신이 그들에게 〈방법 No. 3〉을 팔아 돈을 뜯어낸다 하더라도 그들은 감정만 약간 상할 뿐이에요. 수천 달러라고 해야 그들에게는 눈곱만큼도 안 되는 적은 돈이고, 그것도 그들 개인의 주머니에서 나오는 것이 아니죠."

"중요한 것은 사람이 만든 어떤 기계적인 장치라도 사람이 깰 수 있다는 것을 그들에게 알려 주는 일입니다. 그들에게 인간성을 버리면 안 된다는 점만 깨우쳐 줄 수 있다면 나는 만족합니다. 자, 그럼 회의에 참석할까요?"

네이트를 걱정하고 있던 미스 마틴은 갑자기 기운이 솟아났다. 그는 은행가 10여 명쯤은 간단히 요리할 수 있을 것 같았다.

시 은행 협회 회장은 12명의 은행가를 대동하고 회의장에 있었다. 한쪽에 변호사들이 배석하고 있었다. 네이트는 회의장에 들어서자 고개를 끄덕여 인사했다. 협회 회장이 먼저 말을 꺼냈다.

"당신이 웨이트요?"

네이트는 조용히 말했다.

"내가 미스터 웨이틉니다."

회색 양복으로 나무랄 데 없이 차려 입은 젊은 변호사가 말했다.

"우리가 돈을 주고 산 당신 원고 말이오. 당신의 방법이라는 게 불법이란 사실을 아시오?"

"젊은이, 나는 우리 주가 은행법을 만들 때 조언을 했고 가끔 연방준비은행 이사회 일을 보고 있어. 당신이 은행법을 얘기하자면 기꺼이 상대해 주지."

"입 닥쳐, 앤디."

나이 먹은 변호사가 젊은 변호사에게 날카롭게 말하고 네이트를 향했다.

"웨이트 씨, 우리는 당신의 두 가지 방법이 범죄 행윈지 아닌지 잘 모릅니다. 우리가 그게 불법인지 아닌지 실험을 하자면 많은 돈이 들고 문제가 따릅니다. 만일 그 동안에 첫 번째나 두 번째 방법이 사회에 알려지면 우리는 말할 수 없는 피해와 금전적 손해를 보게 됩니다. 우리는 그런 일이 일어나지 않는다는 보장을 받고 싶습니다."

"당신들은 그 두 가지 방법을 설명하는 원고를 샀습니다. 나는 남들에게 명예를 중요시하는 사람으로 알려져 있습니다. 여기 있는 미스 마틴 식으로 말하자면 나는 같은 플롯을 두 번 다시 쓰지 않을 겁니다."

회색 양복이 비꼬아 말했다.

"이번 주일에는 써먹지 않을지도 모르지. 그러나 다음 주는 어떨까? 당신은 우리가 꼼짝도 못한다고 생각하겠지?"

"내가 입 닥치라고 했잖아, 앤디."

나이 먹은 변호사가 성을 내며 말하고 다시 네이트에게 몸을 돌렸다.

"저는 피터 하트라고 합니다. 제 동료의 무례한 행동을 사과합니다. 웨이트 씨, 당신이 명예로운 분이라는 것을 인정하겠습니다."

협회 회장이 끼어들었다.

"그런 건 어쨌든 좋아. 은행을 터는 세 번째 방법은 어떻소? 그것도 처음 두 방법만큼이나 교활하오?"

네이트는 조용히 말했다.

"내가 미스 마틴에게도 말했지만 〈턴다〉는 말은 잘못된 말입니다. 첫 번째와 두 번째 방법은 비윤리적입니다. 어쩌면 은행에서 돈을 갈취하는 불법적인 행위일지도 모릅니다. 그러나 세 번째 방법은 의심의 여지가 없이 합법적입니다. 그것은 맹세할 수 있습니다."

12명의 은행가와 12명의 변호사가 동시에 지껄이기 시작했다. 협회 회장이 손을 들어 대소동을 제지했다.

"그럼 앞으로 두 가지 방법과 마찬가지로 이것도 현실성이 있단 말이오?"

"틀림없습니다."

"그렇다면 우리가 사겠소. 당신이 아직 원고를 쓰지도 않은 그 책을 앞의 두 개의 원고와 같은 값으로 사겠소. 그 책을 쓰지 않는 값으로

500달러를 지불하겠소."

회장은 큰 인심이나 쓴 양 의자에 몸을 기댔다. 피터 하트는 해도 너무 한다는 눈길로 회장을 바라보았다. 네이트는 고개를 저었다.

"제가 서류를 갖고 왔습니다. 이것은 나의 친구인 우리 주에서 가장 훌륭한 변호사가 작성한 계약섭니다. 하트 씨께서 직접 검토하셔도 좋습니다. 내용은 귀 협회는 제가 죽을 때까지 매년 2만 5천 달러의 연봉을 지급하고, 내가 죽은 후에는 내가 지정하는 자선기관에 지급하기로 한다는 것입니다."

갑자기 회의장은 수라장으로 변했다. 미스 마틴은 손뼉이라도 치고 싶었다. 피터 하트의 입가에 존경의 미소가 서려 있는 것이 보였다. 네이트는 소동이 가라앉기를 기다렸다. 자기 말이 모든 사람에게 들릴 만큼 조용해지자 비로소 말을 꺼냈다.

"한 편의 소설에 지불하는 금액으로 너무 많다는 것은 저도 인정합니다. 그래서 계약서에 명시된 바와 같이 저는 시 은행 협회의 고문직을 제시하는 바입니다. 협회 인간관계 고문이라고 명명하는 게 좋겠습니다. 듣기도 좋구요. 고문직을 수행하려면 너무 바빠 글을 쓸 시간도 없겠지요. 그 내용도 계약서에 있습니다."

회색 양복이 일어서서 고함쳤다.

"〈방법 No. 3〉는 어떻게 됐소? 그 내용도 계약서 안에 있소? 우리는 세 번째 방법의 내용을 알아야만 해!"

"계약서의 서명이 끝나는 즉시 내용을 얘기하겠소."

피터 하트가 손을 들어 조용히 하라고 했다.

"웨이트 씨, 우리끼리 의논할 일이 있으니 밖에서 잠깐 기다려 주십시오."

밖에서 미스 마틴이 물었다.

"당신 정말로 멋져요. 그들이 계약에 동의할까요?"

네이트의 눈이 반짝거렸다.

"할 겁니다. 내가 은행 TV 광고 내용의 찬반 결정권을 갖는다는 계약서 제7조항에 뭐라고 할지 모르지만 그들은 〈방법 No. 3〉를 너무나 겁내고 있어 그 조항까지도 동의할 겁니다."

5분 후에 그들은 다시 회의장에 들어갔다. 사람들은 풀이 죽어 있었다. 피터 하트가 말했다.

"우리는 협회가 〔인간관계 고문〕이 필요하다는 데 합의를 봤습니다."

그는 힘없는 모습의 회장에게 고갯짓을 했다.

"그레이브스 씨와 나는 시 은행 협회를 대표해서 계약서에 이미 서명을 했습니다. 계약서는 아무 하자 없이 훌륭하게 작성되었습니다. 이제는 당신이 서명하는 일만 남았습니다."

회색 양복이 다시 일어서서 고함쳤다.

"잠깐 기다려요, 당신은 아직도 우리에게 세 번째 방법을 이야기하지 않았어."

네이트는 계약서에 서명을 끝내고 조용히 말했다.

"그렇군요. 〈은행을 터는 세 가지 방법, 방법 No. 3〉은 매우 간단합니다. 지금 내가 하고 있는 일이 세 번째 방법입니다."

해롤드 R. 다니엘스(Harold R. Daniels, 1919~)

작품으로는 『The Accused』(1958), 『For The Asking』(1962), 『The Girl in 304』(1956) 등이 있다.

완벽한 하녀

THE PERFECT SERVANT — 헬렌 닐센

그 여자가 경찰에 들어와서 지폐다발을 책상 위에 놓았을 때 브랜든 경위는 세대차를 좁혀 보려고 노력하고 있었다. 3인조 소년들이 체포된 것은 자동차의 휠 캡을 훔친 데 대한 시민들의 분노 때문이었지만 정작 그들은 자신들이 도둑질을 했다는 의식이 하나도 없는 것처럼 여유작작했다. 여자는 40대 중반으로 보였고 의복이 남루했다. 그녀는 싸구려 화폐 클립에 끼운 돈을 책상에 놓으며 힘없는 눈을 들어 경위를 바라보았다. 세 젊은이는 남루한 옷의 여자가 길거리에서 주운 돈을 양심적으로 신고하러 왔다는 사실에도 전혀 감명을 받지 못한 표정이었다.

"이 문제는 어느 분하고 얘기해야 하지요?"

브랜든은 제복을 입은 경찰관에게 세 명의 소년을 데리고 가라고 눈짓했다. 자기 말에 대해 마이동풍격인 젊은 놈들로부터 해방됐다는 것을 기뻐하면서 여자에게 무슨 일이냐고 물었다.

"브로드웨이를 걷고 있는데 이게 길에 떨어져 있었어요. 주워 보니 돈이었어요."

브랜든은 클립에서 돈을 빼서 세어 보았다. 20달러짜리가 석 장, 10달러짜리가 석 장, 5달러짜리가 두 장이었다.

"100달러군요."

"맞아요, 저도 세어 봤어요. 누가 큰돈을 잃어버렸어요."

그것은 큰돈이었고 여자는 그렇게 많은 돈은 생전 만져 보지도 못했을 것 같았다. 브랜든은 당직 경사를 불러 보고서를 쓰라고 지시했다. 돈을 보관했다가 주인이 나타나서 액수와 클립을 정확하게 설명하면 돌려주지만 30일 내에 그런 사람이 나타나지 않으면 찾은 사람이 임자가 된다고 말했다.

"이름이 어떻게 되죠?"

경사가 물었다. 여자는 잠깐 주저하다가 대답했다.

"마리아 모랄레스입니다."

"직업은?"

"지금은 직업이 없어요. 하녀 일을 해요."

"주소는?"

그녀는 스페인어를 하는 사람들이 모여 사는 동네의 싸구려 하숙집 주소를 댔다. 그녀는 자기가 대단히 가난하다며 지금은 직업이 없고 가진 것도 없다고 말했다. 그녀가 보고서에 서명하기 위해 두 손을 책상 위에 얹었다. 볼품없는 금가락지가 왼손 중지에 끼워져 있었다.

"이곳에 서명하십시오, 모랄레스 양."

"저는 모랄레스 부인이에요. 남편은 죽었어요."

브랜든은 경사와 눈길을 마주친 후 놀랐다는 듯이 눈썹을 치켜떴다. 경사가 말했다.

"뒷방에 있는 건방진 세 놈을 다시 데리고 와서 보여 줘야겠습니다."

"시간 낭비야. 그들은 이렇게 정직한 행동에 코웃음만 칠 녀석들이야. 자 잊지 말아요, 모랄레스 부인. 30일 후에 다시 와요. 부인이 이 돈을 갖게 될 공산이 크고 아니면 보상금이라도 타게 될 테니까요."

"고마워요. 하지만 그런 것보다는 직업을 원해요."

그녀가 조용히 말했다.

마리아 모랄레스와 엇갈려서 『투손 데일리』의 젊은 기자가 들어왔다. 냉소적인 세 명의 어린 놈들을 상대로 씁쓸한 기가 입 안에 남아 있던 브랜든은 마리아 모랄레스의 정직함을 그에게 얘기했다. 그날은 기사거리가 별로 없어서 다음날 아침에 신문이 나왔을 때 직장도 없는 정직한 과부와 100달러 얘기가 1면 박스 기사를 장식했다.

점심 때가 되자 브랜든 경위에게 돈 임자라는 사람과 마리아 모랄레스에게 직장을 주겠다는 전화가 쇄도했다. 모랄레스에 대해 보호감 비슷한 것을 느낀 브랜든은 직장을 주겠다는 사람들 중에서 라일 웨이벌리를 골랐다. 웨이벌리는 총각 의사로 부유층을 상대했다.

웨이벌리는 믿을 수 있는 가정부가 필요했다. 그는 고급 주택가에 집을 갖고 있었고 부유층과 자주 어울렸다. 그는 마리아에게 숙식을 제공하고 많은 봉급과 함께 그녀가 있는 동안은 무료 의료혜택을 베풀겠다고 했다.

브랜든은 이 정도면 만족하다고 생각하고 웨이벌리에게 여자의 주소를 알려 줬다. 그는 가난한 사람들에게 크리스마스 선물을 전달했을 때와 같은 가슴이 뿌듯해 오는 만족감을 느꼈다. 마리아 모랄레스는 젊은 닥터 웨이벌리의 집에서 일하는 게 즐거웠다. 웨이벌리의 집은 일하기도 편했다. 저택은 컸지만 새것이었고 힘든 일을 도와줄 정원사도 있었다. 그녀는 요리를 잘했지만 의사는 아침을 제외하곤 집에서는 식사를 거의 하지 않았다. 그는 잘생겼고 유복했으며 여러 방면으로 뛰어다녔다.

그녀는 곧 의사의 사랑이 두 여인에게 동시에 향해 있다는 것을 알게 되었다. 한 여자는 신시아 리어든으로 리어든 은행장인 조시아 리어든의 23살 난 무남독녀였다. 다른 여자는 셸리 클립포드로 의사보다 열 살이 많았고, 게다가 클립포드 건설회사 사장인 램시 클립포드의 부인이었다. 클립포드는 50세의 몸집이 큰 사람으로 젊은 남자를 좋아하는 부인과 같이 있을 시간이 별로 없었다.

마리아는 그런 관계를 프로 직업인답게 침묵 속에서 지켜봤다. 닥터 라일 웨이벌리보다 훨씬 빨리 그 여성문제가 어떻게 될지를 예측할 수 있었다 신시아 리어든 쪽이 유리한 입장에 있었고 결국은 사랑하는 남자의 마음을 사로잡을 것이라고 생각했다. 웨이벌리 집안에서의 생활은 즐거웠고 그녀는 예전 직장으로 다시 돌아가고 싶지 않았다. 그리고 이 삶을 지키기 위한 방법을 궁리하기 시작했다. 선불로 받은 봉급으로 의사가 부유한 친구와 환자들을 위해 여는 칵테일 파티에 어울리는 가정부 복장과 모자를 샀다.

의사는 얼마 지나지 않아 파티 때 음식 배달이 불필요하다는 것을 알게 되었다. 마리아의 카나페(역주: 토스트 위에 음식을 얹은 스낵)는 파티에 참석한 여성들의 시기의 대상이었고 그녀는 대화의 목표가 되었다. 파티에 신시아와 셀리가 같이 참석했을 때는 긴장감을 풀기 위해서라도 사람들은 마리아를 대화의 대상으로 삼았다. 셀리가 선취권이 있다는 것은 그녀가 파티의 여주인 노릇을 하는 것으로 봐서 틀림없었다. 선취권이 있는 그녀는 후임자에게 자리를 빼앗기지 않으려고 싸웠다. 클립포드만이 일에 너무 몰두해 있어 남들이 다 아는 부인의 행동을 모르고 있었다. 마리아는 두 사람 중에 셀리를 선호했다. 셀리는 집안을 꾸려나가는 가정부에게 위험한 존재가 아니었다. 그녀는 오직 라일 웨이벌리만을 원했다. 그러나 신시아는 그의 이름, 그의 생활, 그의 집 등 모든 것을 원했다.

마리아가 그 집에 오고 두 번째 파티가 열렸을 때 셀리가 말했다.

"마리아 같은 사람이 있다는 것은 기적이에요. 훌륭한 솜씨에다 정직하기까지 하다니…. 그녀는 완벽한 하녀예요."

"완벽한 여자라고요?"

신시아가 말했다.

"그것은 불가능해요! 정직한 사람은 살아 남을 수 없어요. 마리아는 몇 개의 비밀을 갖고 있을 거예요."

마리아는 부드러운 미소를 지으며 카나페만 돌렸다.

"나는 믿을 수 없어. 여태껏 정직한 여자를 수소문했는데 마리아가 바로 그런 여자야!"

닥터 웨이벌리가 말했다.

"마리아와 결혼하지 그래요. 그녀보다 못한 여자를 만날지도 모르니."

셀리가 말했다. 그 말은 신시아를 대놓고 한 말이었다. 마리아는 그 대답을 듣지 않고 부엌에 가서 음식들을 치웠다. 한참 후에 모든 사람들이 돌아갔을 때—램시 클립포드도 업무 일로 비행기를 타기 위해 막 택시로 떠났다—마리아는 신시아 리어든에게 관심을 보인다고 셀리가 닥터 웨이벌리를 호되게 꾸짖는 소리를 들었다. 마리아는 술잔을 가지러 왔다가 그 광경을 보게 되었다.

"내가 당신이 하는 짓을 모를 줄 알아요? 당신은 병원을 개업했을 때 나의 도움이 필요했어. 당신은 내가 아는 사람들이 필요했고 나의 영향력이 필요했어. 그런데 이제는 젊은 여자를 원하고 있어."

"제발 그만해, 셀리."

"아니야, 할 말은 해야겠어! 당신은 젊고 부자인 여자를 원하고 있어. 안 그래? 그러려면 조시아 리어든의 섹시한 딸보다 좋은 사람이 어디 있겠어? 당신은 결코 그 여자를 잡을 수 없어. 라일, 그녀는 당신이 싫증날 때까지는 펜던트처럼 목에 걸고 다닐 거야. 그녀는 벌써 열두어 명을 그렇게 이용했어."

"나는 어린애가 아냐."

"물론 당신은 어린애가 아냐. 당신은 남자고 신시아 리어든을 이용할 수 있다고 허세를 부리고 있어. 그러나 내가 경고하는데 이용을 당하는 쪽은 당신이야!"

"당신은 질투하고 있어."

"물론 나는 질투하고 있어. 나는 당신을 사랑하고 당신이 필요해, 라일. 지금 당신이 필요하단 말이야."

마리아는 들키기 전에 재빨리 식당으로 돌아왔다. 잠시 후에 의사가 술잔을 들고 부엌으로 왔다. 모든 손님은 떠나가고 없었다. 그는 넥타이를 느슨하게 풀고 숨을 깊이 들이마셨다.

"의과 대학에서 가르쳐 주지 않은 것이 너무 많아! 마리아, 당신만이 이 세상에서 정신이 올바른 것 같아. 내 곁을 절대로 떠나지 말아요."

"더운 우유를 갖다 드릴까요?"

"그건 싫어."

"그럼 술 깨는 약을 갖고 올까요?"

"그래요. 당신은 정말로 사교 업무를 해본 적이 없어요?"

마리아의 얼굴이 어두워졌다.

"전에 사교계의 부인을 모신 적이 있어요. 하지만 나는 싫었어요. 그들은 사람을 앞에 세워 놓고 그 사람 얘기를 해요. 〈하인들은 믿을 수 없어. 우리 물건을 잔뜩 훔치고 월급까지 받으려고 들어!〉 하고 말이에요."

웨이벌리가 크게 웃었다.

"당신이 정직함을 왜 그렇게 중요하게 여기는지 이해하겠어. 아 참, 30일이 지났잖아. 그 100달러를 찾으러 경찰서에 갔었어?"

"내일 갈 거예요."

"잘 됐어. 당신이 그 돈을 갖게 됐으면 좋겠어. 아니면 내가 100달러를 대신 보너스로 주지."

다음날 마리아는 경찰서에 갔다. 브랜든 경위는 서류에 서명하라고 하고 아직도 지폐 클립에 끼어 있는 돈을 마리아에게 주었다. 클립은 싸구려로 1달러짜리 은화가 장식되어 있었다. 돈 임자라고 전화한 누구도 정확한 지폐 매수와 클립 모양을 설명하지 못했다. 그래서 돈은 법적으로 그녀의 것이 되었다.

"일하는 데는 어때요?"

브랜든 경위가 물었다.

"그렇게 좋은 곳은 처음이에요."

"좋았어! 그 얘기를 들으니 아직도 정의가 살아 있는 모양이군."

"그런가 봐요."

마리아는 돈을 핸드백에 넣었다.

웨이벌리 집에서의 그녀 입장은 점점 좋아졌다. 독방도 썼고 가계 경비도 충분했다. 가난한 사람들이 먹는 살찌는 음식 대신 영양가가 많은 다이어트 음식을 섭취했다. 곧 그녀는 유니폼을 작은 것으로 바꿔야 했고 한 달에 한 번씩 미장원에 갔다. 그녀는 점점 여자의 모습을 되찾았고 마음도 여자가 된 듯했다. 그것은 곧 웨이벌리의 눈에 띄었다.

"마리아, 당신은 남편 얘기를 한 번도 안 했어. 당신 같은 사람을 아내로 맞이했다니 운이 좋았던 사람이야. 남편 이름이 뭐였는데?"

"월…."

"후안이라고?"

마리아는 잔잔한 미소를 띠었다.

"맞아요. 후안이었어요."

"미남이었나?"

"그럼요!"

"틀림없이 정열적인 남자였을 거야! 지금은 어때요? 어디에 보이프렌드가 있겠지."

웨이벌리는 술이 약간 들어가 있었다. 그는 그녀의 어깨를 다정하게 감쌌다.

"보이프렌드는 없어요."

"없어? 그것 안됐군! 왜 없지? 당신 같은 몸매면 아직도 팬댕고를 멋지게 출 수 있을 텐데. 당신은 젊었을 때 춤을 많이 췄을 거야."

"젊었을 때는 그랬죠."

"그럼 사람들과 좀 어울려요. 가끔씩은 밤에 쉬어요. 나는 리어든 양과 나가니 오늘은 외출을 하지 그래요?"

"그렇다면 술 깨는 약을 더 준비해야겠군요."

"필요 없어. 술이 조금 취했지만 오늘 밤은 더 마셔서 단단히 무장을 해야 해. 오늘밤에 나는 리어든 양에게 청혼할 거거든."

"그녀는 청혼을 받아 줄 거예요."

마리아가 태연스럽게 말했다.

"그래서 문제야. 마리아, 나는 결혼해 본 적이 없어. 나는 겁이 나. 나는 여자를 좋아하지만 자유를 더 좋아해."

"그럼 무엇 때문에?"

"무엇 때문에 결혼하느냐고? 결혼은 당연히 해야 하는 일이기 때문이야. 그래야 안정된다고. 사람의 품위를 높여 줘. 한참 뻗어 나가고 있는 젊은 의사가 당연히 해야 할 일이야. 하지만 나는 겁나. 나는 지배받는 게 싫어."

"그럼 지배받지 말고 지배를 하세요."

웨이벌리는 술잔을 집었다.

"그 말에 건배!"

그러나 그 결혼은 마리아가 더 겁냈다. 약혼이 발표되자마자 신시아는 즉시 집안 일을 자기 방식대로 변경시켰다. 마리아는 다시 앞일을 걱정하기 시작했다. 하루는 구인 광고를 읽다가 웨이벌리에게 들켰다. 웨이벌리가 해명을 요구했다.

"왜 그래? 여기가 싫어요? 급료가 작아서 그래요?"

"아녜요."

"그럼 뭐가 문제죠?"

"결혼 후에는 많은 게 바뀔 거예요."

"뭐가 바뀐다는 말이지? 당신은 리어든 양을 싫어해?"

"내가 싫어하는 게 문제가 아녜요. 리어든 양이 싫어하는 게 문제지요."

"걱정 말아요. 아무도 당신이 우리 집에 오기 전에 당한 것처럼 당신을 대하지는 않을 거야. 중요한 점은 내가 당신을 좋아한다는 거야. 내가 여태껏 남에게 말하지 않은 것을 얘기할게. 나는 새 유언장을 작성했어. 남자가 결혼할 때는 보통 그렇게 해. 나는 당신에게 5천 달러를 유산으로 남겼어. 이제는 마음이 든든해?"

마리아는 마음이 든든했다. 그러나 그녀는 자신의 손에 돈이 들어오기 전에는 별 뜻이 없다는 것도 알고 있었다. 닥터 웨이벌리는 충동적이고 관대했지만 신시아 리어든은 버릇없고 고집이 셌다. 신랑이 될 웨이벌리의 눈에는 보이지 않을 테지만 셀리 클립포드가 신시아에 대해 한 말은 꼭 들어맞았다. 게다가 셀리 클립포드는 약혼이 발표됐다고 웨이벌리와의 관계를 포기하지 않았다. 마리아는 닥터 웨이벌리 같은 사회에 있는 사람들의 도덕은 자기 같은 사람보다 더 자유분방하다고 생각했다.

셀리에게는 이상한 시간에 닥터 웨이벌리가 진료해야만 하는 병이 생겼다. 그 시간은 특히 남편이 출장가고 없는 시간과 일치했다. 두 사람은 서로 은밀히 오고 갔다. 이윽고 웨이벌리는 셀리를 찾아가지 않겠다고 선언했다. 그러자 셀리가 수입 자동차를 타고 웨이벌리를 찾아오는 일이 빈번해졌다.

여자가 남자에게 그렇게 매달린다는 것이 부끄러운 일이라고 마리아는 생각했다. 그녀는 남편을 열렬히 사랑했지만 남편이 원했다면 떠나보냈을 것이다. 월터가 결혼 전에는 얼마나 많은 여자를 알고 있었는지 모르지만 결혼 후에는 결혼서약을 지켰다. 남편이름은 후안이 아니고 월터였다. 후안 모랄레스는 기억도 희미한 아버지이름이었다. 월터 드와이어가 남편 이름이었다. 그러나 백인 집 가정부로 일하려면 자기도 백인과 결혼하여 요조숙녀처럼 산 일이 있다는 것을 나타내지 않는 게 좋았다.

그녀는 스무 살이 채 안 됐을 때 월터와 결혼했다. 월터는 노름꾼이었고, 노름꾼은 죽을 때 돈을 남기지 않는다. 남편이 죽은 후에 빚을 정리하고 나니 수중에 남는 게 없어 월터 드와이어 부인은 투손 시로 돌아가서 가정부 마리아 모랄레스가 되었다. 그녀에게 남은 과거는 월터가 자기를 〈아일랜드의 행운〉이라고 불렀다는 사실밖에 없었다.

그러나 그녀는 이제 비굴하게 굴지 않았다. 그녀는 사물을 월터 드와

이어 부인의 눈으로 봤고, 보이는 것은 걱정스러웠다. 여자가 사랑을 잃는 것은 남자가 노름에서 돈을 잃는 것과 같았다. 사랑을 잃은 여자는 혼자 울어야 했다. 끝난 일에 매달려야 소용없는 짓이었다.

신시아 리어든이 그 일을 알고 있는지는 모르지만 겉으로는 아는 티를 내지 않았다. 어쩌면 그녀는 셸리의 비참한 꼴을 즐기고 있는지도 몰랐다. 램시 클립포드가 아내의 부정을 눈치채고 있다면 꽤 아내에 대해 무관심한 남자일 것이다. 결국에는 닥터 웨이벌리가 셸리와 전화로 다투는 일이 벌어졌다. 마리아가 엿들으려 했던 게 아니라 웨이벌리가 서재에서 고함을 치는 바람에 듣지 않을 수 없었다.

"오늘 밤엔 안 가겠어! 당신은 아픈 데가 없어, 셸리. 그러니 오늘뿐 아니라 앞으로도 안 가겠어! 다른 의사를 구해 봐. 나는 만성신경증 환자에게 허비할 시간은 없어!"

그것은 잔인한 짓이었지만 효과를 본 모양이었다. 셸리로부터 다시는 전화가 걸려 오지 않았다. 결혼 2주일 전에 신시아 리어든은 의사의 집에 들어앉았다. 마리아의 도덕관이 또다시 새로운 사실을 경험한 것이다. 그런 일은 이들 상류 사회에서는 인정되는 일인 것 같았고 마리아 역시 신경을 쓰지 않았다.

그러나 마리아가 우려하던 일이 일어나고 말았다. 마리아는 신시아를 기쁘게 할 수 없었고 그녀는 조그만 일에도 화를 냈다. 이제 좋은 시절은 지나간 것 같았다. 신시아는 사악한 여자였다. 그녀는 모든 것을 자기 마음대로 하기 위해 섹스를 이용했고 아버지의 부와 명예를 이용했다. 웨이벌리 집안을 누가 쥐고 흔들 것인가 하는 문제는 조시아 리어든이 딸을 시집보내기 전에 개최한 파티 때 결정되었다.

닥터 웨이벌리는 1주일에 한 번씩 무료 진료소에서 봉사했다. 신시아가 그런 일에는 관심이 없었기 때문에 웨이벌리는 가끔 마리아와 진료소 일을 의논하곤 했다. 그는 그 일을 진정으로 자랑스럽게 여기고 있었고, 그 때문에 마리아도 그를 자랑스럽게 여기고 있었다. 그는 오랫동안 12세의 멕시코 소년을 돌보고 있었다. 소년은 가벼운 수술이 끝난 후 앞으로 대수술만 성공적으로 이루어지면 정상적인 생활을 할 수 있다는 데 가슴이 부풀어 있었다. 겁을 먹고 있던 소년에게 신뢰감을 심어 줬으니 이제 됐다고 웨이벌리는 마리아에게 말했다. 그런데 수술이 있기 전날 밤에 리어든이 개최한 파티가 열리기로 된 것이다. 마리아는 웨이벌리가 파티 날짜를 바꿔달라고 애원하는 소리를 들었다.

"나는 내일 아침 9시에 수술을 해야 하니 오늘 밤은 푹 쉬어야 해."

"진료소에 당신만 있는 게 아니잖아요!"

"그러나 이것은 특별한 수술이야!"

"아버지 파티는 특별하지 않단 말인가요? 라일, 당신 정말로 정신 나갔어요? 당신도 알다시피 아버지는 어떤 일이 있어도 계획을 바꾸지 않아요. 그리고 이번 파티는 대단히 특별한 파티예요. 당신은 아버지가 내 상대 남자 중에 좋아한 첫 번째 사람이에요. 아버지는 당신이 내가 안정을 찾도록 영향을 끼칠 거라고 생각해요. 나는 아버지의 결혼 선물이 무엇인지 알아요. 리어든 기업의 15%라면 뭐라고 하시겠어요?"

닥터 웨이벌리는 잠시 아무 말도 하지 않았다.

"당신은 꿈을 꾸고 있어."

"그렇다면 꿈속에서 아버지의 변호사가 서류를 작성하는 것을 본 모양이군요. 그러니 이제는 내일 수술할 다른 의사를 구할 수 있으시겠죠? 게다가 그 아이는 무료 진료소 환자지 돈을 내는 환자도 아니잖아요."

마리아는 숨을 멈추고 속으로 기도했다. 그러나 그녀는 지고 말았다. 웨이벌리는 신시아와 파티에 참석했다. 그는 새벽 2시쯤에야 돌아왔다. 잠시 후에 신시아가 왔다. 그들의 웃음 소리가 홀에서 크게 들렸다.

"당신은 오지 말았어야 했어. 우리가 같이 잤다는 것을 당신 아버지가 알면 좋아하지 않을지도 몰라."

"그야 물론 싫어하겠죠. 하지만 그러면 어때요. 정말로 멋지죠? 내 말이 거짓말이 아니었죠? 우리끼리 축하할 일이 생겼잖아요."

"너무 늦어서…."

"조금만 더요, 부탁해요."

부엌에서 듣고 있던 마리아는 한숨을 쉬고 자러 갔다. 아침에 그녀는 커피를 만들어 웨이벌리의 침실로 갔다. 웨이벌리는 아직 자고 있었다. 신시아가 눈을 뜨고 베개를 던졌다.

"아무도 당신을 부르지 않았어!"

신시아가 낮게 고함쳤다.

"선생님께서 병원에 가실 시간이…."

"취소시켜! 병이 났다거나 무슨 핑계를 대. 지금 자고 있는 게 눈에 안 보여? 병원에 연락을 안 하면 내가 할 테야!"

마리아는 방에서 나왔다. 아래층에 내려가서 닥터 웨이벌리가 9시 수술을 할 수 없다고 병원에 연락했다. 닥터 웨이벌리는 12시가 되어서야 내려왔다. 그리고 조금 전에 환자가 수술받다가 죽었다는 연락을 병원으로부터 받았다. 그것은 그 지역에서 유명한 의사에게는 별일이 아닐지 모르겠지만 마리아의 웨이벌리에 대한 기대는 여지없이 깨졌다.

그녀는 월터 생각을 했다. 그는 교육을 받지 못한 투박한 사나이였다. 그는 카지노에서 그의 자동차를 항상 주차시켜 주는 흑인에게 수혈을 하기 위해 끗발이 한참 오르고 있는 노름판을 떠난 적이 있었다. 그의 친구가 대신 패를 잡았지만 월터의 돈을 몽땅 잃고 말았다. 그러나 그는 흑인이 살아났다며 학교를 빼먹고 놀다 온 개구쟁이처럼 즐거워했다. 그래서 마리아는 셀리 클립포드가 다시 찾아오기 전에 이미 그 집에서 마음이 떠나 있었다.

결혼식 나흘 전날 밤이었다. 결혼 예행 연습에 지친 신시아는 수면제 두 알을 먹고 2층에서 자고 있었다. 웨이벌리는 다음날 마리아가 은행에 가서 입금시킬 예금 전표를 작성하고 있었다. 초인종 소리가 나서 마리아가 나갔다. 마리아는 셀리가 집 안에 들어오는 것을 도저히 막을 수 없었다. 그녀는 술이 취했고 흥분되어 있었다. 한쪽 눈은 시퍼랬고 한쪽 뺨에는 상처가 있었다. 웨이벌리가 서재에서 뛰어나오자 남편이 웨이벌리와의 관계를 알아채고 때렸다고 했다. 그녀의 말이 사실인지 거짓인지는 모르지만 웨이벌리의 태도는 단호했다.

"당신은 여기 있을 수 없어!"

"오늘 밤만 있게 해 줘요. 남편은 취해 있어요. 집에 가기가 겁나요."

"당신 말을 믿지 못하겠어. 당신 남편은 술을 마시지 않아."

"오늘 밤에는 마셨어요. 나는 겁이나요, 라일. 그가 죽일까 봐 겁나요!"

마리아는 닥터의 얼굴을 보았다. 셀리가 당장이라도 죽었으면 하는 표정이었다. 그는 셀리의 어깨를 단단히 잡고 문으로 밀었다.

"그럼 호텔에 가서 자."

"왜 여기서 잘 수 없지요."

"내가 당신이 자는 것을 원하지 않으니까."

웨이벌리는 목소리를 낮추려고 애쓰고 있었다. 셀리는 그가 걱정스러운 눈길로 계단 쪽을 흘금흘금 쳐다보는 것을 보더니 무엇을 감추려 하는지 즉시 알아챘다. 그녀는 눈을 크게 떴다.

"그 여자가 여기 있군요. 신시아가 여기 있어!"

셀리는 웨이벌리를 밀치며 웃었다.

"결혼식까지 참지도 못했어! 정말로 멋져! 늙은 조시아 리어든이 이 얘기를 들으면 좋아하겠군! 그의 딸은 화냥년일지 모르지만 그는 예의범절을 중히 여기는 늙은이야! 그리고 은행가들처럼 보수적인 사람들은 없어. 그들이 이 얘기를 들으면 당신이 이사가 된다는 것은 말짱 도루묵일걸!"

"이 집에서 당장 나가!"

"나가지요, 나가고 말고요. 2층에 올라가서 그 년이 있는 걸 보고 나면 당장…."

그녀는 그의 옆을 지나쳐 계단을 뛰어 올라가기 시작했다. 웨이벌리는 두 발자국쯤 뒤쳐져서 그녀를 쫓았다. 셸리는 술이 취한데다 다쳤고, 신시아가 있다는 데 쇼크를 받아 비틀거렸다. 그녀는 계단 중간쯤에서 웨이벌리와 마리아가 공포 속에서 바라보고 있는 가운데 난간을 넘어 비명을 지르며 홀의 대리석 위로 떨어졌다. 그녀의 머리가 대리석에 부딪히는 둔탁한 소리가 났다. 닥터 웨이벌리가 달려갔을 때 그녀는 이미 죽어 있었다.

그는 어리벙벙하여 얼마 동안 말을 할 수 없었다. 이윽고 그가 마리아를 향했다.

"나를 도와줘."

"무슨 말예요?"

"당신은 일이 어떻게 일어났는지 다 봤어. 그것은 사고였어. 그녀 자신이 잘못해서 죽은 거야. 하지만 그녀가 우리 집에서 이 상태로 발견되게 할 수는 없어. 마리아, 운전할 줄 알아?"

"네."

"잘됐어. 신시아는 자고 있어. 내가 준 수면제를 먹었으니 아침까지는 잘 거야. 내가 내 차를 차고에서 꺼내 올 테니 그 차로 나를 따라와. 나는 클립포트 부인의 시체를 그녀의 차에 싣고 그녀가 자주 이용하는 지름길에 갖다 놓을 거야."

마리아는 주저했다.

"내 말 알아들었어?"

웨이벌리가 물었다.

"네. 하지만 경찰이라도 만나면…."

"그 비포장 도로에서? 그럴 가능성은 희박해. 어쨌든 모험은 내가 하는 거야. 시체는 내가 갖고 있을 테니까. 만일 경찰차를 만나면 당신은 그냥 가면 돼."

"그래도 말썽이 날 수 있어요."

"마리아, 다투고 있을 시간이 없어! 내가 클립포드 부인을 해치려는 것도 아냐. 그녀는 벌써 죽었어. 그러나 나는 지금 스캔들에 휩싸이면 끝장이야. 나는 지금 살려고 이러는 거야!"

"나도 살아야겠어요."

마리아는 차갑게 말했다. 웨이벌리가 마리아의 뜻을 알아차리는 데 약간 시간이 걸렸다. 그는 그녀가 항상 자기의 말을 들을 것이라고 당연시하고 있었기 때문에 그녀의 태도 변화를 인정하는 데 시간이 걸렸던 것이다. 그가 그녀의 뜻을 알아차렸을 때 얼마를 원하느냐고 물었다.

"유언 내용은 항상 바꿀 수 있으니까 위험 부담이 있어요. 5천 달러가 손에 있으면 안심하겠어요."

"지금 그런 돈은 집에 없어."

"수표도 좋아요."

잠시 후에 웨이벌리의 수표를 핸드백에 넣은 마리아는 의사의 세단을 몰고 클립포드 부인의 작은 스포츠카 뒤를 따랐다. 그들이 골짜기가 내려다보이는 언덕 위에 도착했을 때 웨이벌리는 길에서 떨어져 차를 세웠다. 마리아도 차를 세우고 웨이벌리가 셀리 클립포드를 들고 가서 골짜기로 던지는 것을 바라보았다.

다음에 웨이벌리는 차로 돌아와 셀리 클립포드의 핸드백 속의 들어있던 현금과 크레디트 카드를 꺼냈다. 강도가 갖고 갈만한 물건을 전부 주머니에 넣고 핸드백은 시트 위에 놓았다. 다음에는 주머니칼로 타이어를 찢고 바람을 뺐다. 무대장치는 끝났다. 한적한 길에서 타이어가 펑크 나서 차를 세웠는데 지나가던 차가 강도로 변해 살인을 했다는 연출이었다.

웨이벌리는 주머니칼을 접고 자기 세단으로 돌아왔다. 그는 차를 몰고 집으로 돌아와서 홀의 대리석 바닥의 피를 닦았다. 피를 다 닦고 웨이벌리가 말했다.

"오늘 밤 이곳에서는 아무 일도 없었던 거야."

"아무 일도 없었어요. 다만 선생님 옷소매에 피가 묻어 있어요. 옷을 벗어 주시면 자기 전에 스펀지로 피를 닦을게요."

웨이벌리는 양복 윗도리를 벗어 그녀에게 주었다.

"아침에 나를 깨우지 말아요. 나도 수면제를 두어 알 먹고 잘 테니까."

마리아는 양복을 자기 방에 갖고 갔지만 피는 닦아 내지 않았다. 그녀는 불을 끄고 잠을 청했다. 잠이 오지 않자 그녀는 일어나서 짐을 쌌다.

아침에 그녀는 서재에서 꺼낸 의사의 예금전표, 자기 옷가방, 그리고 피 묻은 양복을 갖고 의사의 세단을 몰고 은행으로 갔다. 보통 때에는 버스를 타고 은행에 갔지만 오늘은 급했다. 그녀는 은행에 잘 알려져 있었고, 그날은 의사의 돈을 입금하는 날이었기 때문에 5천 달러 수표를 찾는 데는 문제가 없었다.

집에 돌아올 때는 비포장 도로의 지름길을 이용했다. 그녀는 남의 눈에 띄지 않게 클립포드 부인의 스포츠카에 접근했다. 차를 스포츠카 옆에 대고 닥터 웨이벌리의 양복을 운전석에 던지고 그 자리를 떠났다. 웨이벌리와 신시아 두 사람은 다 자고 있었다. 마리아는 웨이벌리의 세단을 차고에 넣고 짐을 들고 버스 정거장으로 걸어갔다.

셀리 클립포드의 시체는 그날 오후 일찍 발견되었다. 그녀의 사망소식이 그날 저녁 TV 뉴스에 나왔다. 인명을 경시하는 살인자의 소행으로 보인다며 TV 논평은 경찰 순찰을 늘려야 하고 교육의 질을 높여야 한다고 말했다. 램시 클립포드는 부인의 살인자를 체포하는 데 1만 달러의 현상금을 걸었다. 셀리의 시체가 발견되고 3일 후에 게논 경위가 닥터 웨이벌리의 집을 방문했다. 그는 누런 종이에 싼 작은 꾸러미를 들고 있었다.

"우리는 조사를 좀 했습니다. 당신과 죽은 셀리 클립포드는 가까운 사이였다고 하더군요."

"어디서 엉뚱한 소문을 들은 모양이군요."

"그렇게 생각하지 않습니다. 우리는 시체를 발견했을 때 현장에 있었던 증거 전부를 발표했던 것은 아닙니다. 시트에서 발견한 증거를 확인

할 시간이 필요했습니다."

게논은 꾸러미를 찢어 웨이벌리의 양복을 쳐들었다.

"우리는 당신 양복점을 통하여 이게 당신 양복이라는 것을 확인했고 옷에 묻은 피가 클립포드 부인의 혈액형과 같다는 것도 확인했습니다. 우리가 알고 싶은 것은 이 양복이 왜 부인의 자동차 시트에 있었냐는 겁니다."

셀리 클립포드가 죽고 나흘 후에 옷을 단정하게 입은 중년 부인이 레이크 타호 휴양지의 호텔에 투숙했다. 그녀는 월터 드와이어 부인이라고 숙박부에 기재하고 월터를 생각하며 카지노를 배회했다. 나중에 로비에서 투손 신문을 구해 방에 가서 읽었다. 투손 경찰이 그녀 시체를 찾는 데 혈안이 되어 있다는 기사를 읽고 고소를 머금었다. 경찰이 양복을 보이자 웨이벌리는 사실을 털어놨지만 경찰은 믿지 않았다. 마리아가 클립포드 부인이 죽던 날 아침에 웨이벌리의 5천 달러 수표를 은행에서 바꿔 간 게 그녀를 마지막으로 본 모습이라는 것이 밝혀졌다. 게논 경위는 웨이벌리가 자기와 클립포드 부인과의 관계가 탄로나면 도피 자금으로 쓰려고 마리아를 시켜 수표를 바꿔 오게 한 후에 그녀가 입을 열까 봐 없앴다고 생각했다.

마리아는 그게 전부 엉터리이고 게논이 웨이벌리의 범행을 증명하지 못할 것이라는 점을 알았다. 실제로 범죄 행위는 일어나지 않았다. 기껏해야 웨이벌리의 결혼이 깨지겠지. 마리아는 나쁜 점이 잘 어울리는 한 쌍인데 안됐다고 생각했다. 한 가지 위안이 되는 것은—그래서 마리아는 양복을 클립포드 부인 차에 놨던 것이다—그 지역 사람들이 웨이벌리의 진짜 사람됨을 알게 될 것이라는 점이었다. 그의 직업을 생각하면 그의 본질을 남들이 꼭 알아야 한다고 마리아는 생각했다.

드와이어 부인은 호텔에 몇 주 동안 투숙했다. 셀리 클립포드 사건은 투손 신문에서 사라지고, 그 사건은 미결로 남을 것 같았다. 그녀가 나타나서 웨이벌리의 생명을 구할 필요가 없어졌다.

드와이어 부인은 휴양지를 떠나기 전에 멋진 콘도미니엄을 계약했다. 부동산 업자는 제철에는 높은 값으로 임대할 수도 있다고 했다. 드와이어 부인은 자기는 일 때문에 여행을 많이 해서 콘도는 1년에 몇 달밖에 쓰지 않을 것이라고 했다. 마리아는 뿌리를 내릴 곳을 갖고 있으면 마음이 든든하기 때문에 노후를 생각해서 좋은 것에 투자를 해놓는 것이라고 말했다.

며칠 후에 허름한 옷을 입은 여자가 타호 버스 터미널에 들어섰다. 그녀는 싸구려 슈트케이스와 지폐 클립에 끼운 100달러가 든 핸드백을 들고 있었다. 그 돈과 클립은 오래된 것으로 그녀가 19세 때 월터 드와이어가 노름하면서 흘린 것을 그녀가 주워서 돌려준 것이었다. 그때 그녀 수중에는 월급에서 가불한 10달러밖에 없었다. 그녀가 100달러를 돌려줬을 때 월터는 그녀의 정직성에 너무나 감명을 받았고 그녀 모습이 마음에 들어 저녁 식사에 초대했다. 그들은 1주일 후에 결혼했다. 그들은 서로 사랑해서 결혼했다. 닥터 라일 웨이벌리가 신시아 리어든과 하려 했던 싸구려 거래가 아니었다. 그 돈과 클립은 월터의 결혼선물이었다.

"행운을 위하여 간직해. 당신의 행운을…."

마리아는 캘리포니아 주 수도인 새크라멘토행 버스표를 끊었다. 그곳에는 자신들의 부패가 너무나 겁이나 돈이 없어 직장을 찾으면서도 길에서 주운 100달러를 경찰에 신고하는 정직한 여자를 하녀로 쓰기를 갈망하는 사람들이 많을 것 같았다.

월터는 끗발이 붙을 때는 절대로 노름을 그만두지 말라고 가르쳤다.

헬렌 닐센(Helen Nielsen, 1918~)

사이몬 드레이크 변호사를 시리즈 캐릭터로 하여 일약 인기작가로 뛰어오른 재치 넘치는 작가. 20편 이상의 장편을 발표. 50, 60년대에 왕성한 작품 활동. 대표작은 『The Crime is Murder』, 『The Kind Man』 등이 있다.

표적의 사나이

THE MARKED MAN — 데이비드 엘리

그가 공원에 들어섰을 때는 초저녁이었다. 그는 가로등에서 멀리 떨어진 어두운 곳으로 갔다. 산보하는 사람들의 그림자는 끊어졌지만 그래도 그는 발걸음을 재촉했다. 위험을 무릅쓰고 싶지는 않았다.

그는 나무 밑에 도착하자 걸음을 멈추었다. 자동차가 없는 것을 알면서도 차도 쪽을 뒤돌아봤다. 그들은 자기를 내려놓자마자 떠나고 없었다. 누가 그의 어깨를 치면서—낙하하라는 사인과 똑같았다—〈행운을 빕니다, 소령님〉 하고 말하자 그는 비행복을 입은 모습으로 차에서 내렸다.

행운을 빕니다, 소령님.

만일 그가 운이 있다면 그것이 앞으로 4주일 동안 누가 자기에게 하는 마지막 말일 것이다. 그의 옆에서 얼마 떨어지지도 않은 곳에서 누가 달려가는 바람에 그는 몸을 움찔했다. 젊은 남자 아니면 소년인 것 같았다. 발걸음도 가볍게 5번가 쪽으로 힘차게 뛰어갔다.

소령은 몸을 웅크리고 주저앉았다. 숨이 차고 맥박이 빨라졌다. 그것이 무엇이었든 간에 그는 많이 놀랐다. 대학교의 달리기 선수였을 수도 있고 그냥 조깅을 즐기는 사람이었을 가능성도 있었다. 어쩌면 가방 날치기였을 수도 있었다. 그러면 경찰관이 뒤쫓아올 가능성이 있었다. 그는 경찰관을 가장 겁냈다. 에이전시는 그가 체포되는 경우를 생각해서 경찰청장과 이곳에서 가장 가까운 경찰서장에게는 이 프로젝트 얘기를 미리 밝혀 두었다. 그러나 일반 경찰관은 그 내용을 몰랐다. 순찰 경찰관에게 들키면 프로젝트는 끝이었다.

그는 불빛을 피해야 했다. 불빛이 그렇게 많을 줄은 미처 몰랐다. 오솔길을 비추는 가로등 외에도 공원을 가로지르는 차도를 달리는 자동차의 헤드라이트, 그리고 공원 변두리에 있는 호텔과 아파트에서 불빛이 수없이 흘러나왔다.

그는 자신감을 얻기 위해 나무 사이를 자꾸 거닐었다. 첫날이 가장 힘들 것이라는 점을 그는 알고 있었다. 오늘 밤과 내일만 버티면 괜찮을 거라고 생각했다. 그는 사람들이 많이 가는 곳—동물원, 호수, 놀이터 등—을 피해야 했다. 그는 공놀이를 하는 어린애들보다는 경찰관에게 잡히기를 원했다. 아이들에게 들켰다가는 그들 모두 손가락질하며 고함치면서 달려올 것이다. 그는 어린애들이 비행복을 입은 어른을 손가락질하며 고함치는 장면을 상상했다.

"머리를 봐. 저 사람 머리를 봐."

머리. 에이전시는 그가 정직하게 이 프로젝트를 수행하도록 머리를 이용했다. 그 머리를 갖고는 아무도 속일 수가 없었다. 그들이 머리 얘기를 했을 때 그는 반대하지 않았다. 그들 말이 옳다고 생각했다. 프로젝트의 심리학자는 그 문제에 대해 그와 오랫동안 얘기했다. 프로젝트의 목적은 적국의 주민들 사이에 숨어 있으면서 받는 심리적 압박에 대한 것을 알아내는 데 있었다. 만일 그것을 안다면 격추된 20명의 조종사 중 적국지역에 떨어져서 잡히지 않은 한 명을 구출하는 훌륭한 계획을 세울 수 있었다. 그는 야전이나 폭격으로 폐허가 된 곳, 빈 아파트, 아무 곳에나 숨어 있어야 했다.

심리학자가 말했다.

"당신이 그 스무 번째의 조종사가 되는 거요, 소령. 당신은 공원에 숨어 들어가서 구출될 때까지 숨어 있는 거요. 그러나 당신이 기억해야 할 점은 당신이 표적의 사나이라는 점이오. 당신은 당신이 모르는 언어를 사용하는 적의 땅에 내린 거요. 당신은 그 나라 말을 할 수 없어 사람들로부터 완전히 고립되었소. 이 실험을 위해 우리는 모든 상황을 가장할 수 있었으나 그것만은 어쩔 수가 없었소. 당신은 조종사복을 벗고 공원의 부랑자 의복을 빼앗아 입을 수 있어요. 그런 후에 벤치에 앉아 신문을 읽고 있으면 아무도 당신이 격추된 적국 조종사라는 것을 알 수 없어요. 혹시 경찰관이 나타나더라도 그와 잡담을 하면서 시간을 보낼 수 있어요.

우리는 소령이 그러지 않을 것이라는 것을 알아요. 당신이 이 실험을 정직하게 치러낼 생각이라는 것을 압니다. 그러나 우리는 사람이 곤경에 처하면 그것이 비록 가상 상황일지라도 정상적이지 않은 행동을 할 수 있다는 것도 압니다. 따라서 실험을 보호하기 위해 우리는 당신에게 그 나라 말을 못하는 것과 비슷한 핸디캡을 줘야 합니다. 우리는 당신을 남의 눈에 띄게 만들겠습니다."

그리하여 그들은 그의 머리를 면도하고 새로 돋아나는 잔디처럼 녹색 칠을 했다.

소령은 작은 언덕 밑에 있는 두 개의 바위 사이에서 갈라진 틈을 발견했다. 그는 겨우 들어갈 만했다. 그는 몇 시간에 걸쳐 삽으로 그 안의 흙을 팠다. 그는 조종사복을 벗어 그 위에 판 흙을 담았다. 흙이 쌓이자 그는 조종사복을 들고 넓은 지역에 흙을 뿌렸다. 그런 다음에 주머니에서 작은 통—개들을 쫓는 약이 든 통—을 꺼내 조심해서 구덩이 앞에 뿌렸다.

봄 밤은 차가웠지만 비는 오지 않았다. 비가 왔다면 땅 위에 발자국을 잔뜩 남겼을 것이다. 주중이라 낮에는 공원에 사람이 적다는 점도 행운이었다. 주말에는 사람들이 많아서 그때쯤에는 자기가 있을 곳을 더 좋게 위장하든가, 다른 곳을 찾아야 했다.

밤이 지나고 동이 트기 시작했다. 그는 하늘이 밝아지며 나무와 관목들이 모습을 드러내는 것을 바라보았다. 차가운 안개가 낮은 곳으로 몰려갔다. 머리 위의 마천루들이 햇빛을 받아 꼭대기가 빨갛게 물들었다. 그는 구덩이에서 나와 마지막으로 입구를 둘러봤다. 그가 흙을 팠다는 증거는 보이지 않았다. 그가 조종사복을 폈던 자리에 풀이 눌려 있었으나 다시 일어날 것이라고 생각했다. 이곳만 아니라 공원 안에는 어린애들이 장난을 치거나 어른들이 담요를 펴서 풀이 드러누운 곳은 매우 많았다. 그러자 약간 떨어진 곳에 놓여 있는 그의 삽이 눈에 띄었다. 그는 기어가서 삽을 가져온 후에 구덩이 속에 들어가 숨을 가쁘게 쉬었다. 이것은 부주의보다도 나빠. 심리학자는 자기 자신을 가장 조심해야 한다며 공포 때문에 일을 망치게 될지도 모른다고 경고했다. 그는 또한 압박을 견디지 못할 정도로 마음이 약해질 때도 있을 것이라고 말했다. 그는 자신을 욕하고 땅에 침을 뱉었다. 만일 자기가 그 삽을 못 보고 그냥 놔뒀으면 어떻게 되었을까? 나는 언제나 이렇다니까. 그는 항상 잘 잊곤 했다. 그는 우주비행 프로그램을 신청했지만 거절당했다. 기준에 도달하지 못했던 것이다.

하지만 이 프로젝트 심리학자도 거절당했잖아? 그는 자기보다 우수한 심리학자에게 우주비행 프로그램에서 밀려났다. 맞아, 그나 나나 찌꺼기야. 우리는 우주선 승무원이 못 됐어. 우리는 능력이 모자랐어.

어쩌면 프로젝트도 자기들처럼 훌륭하지 못할지도 모른다고 그는 생각했다. 서류상으로는 나쁘지 않고 4주일을 견뎠다고 〈생존과 구조〉 계획을 세우는 데 커다란 도움을 줄 만한 정보를 얻을 수 있을까? 아니면 그것은 진급을 바라는 일개 작전 중위가 남의 이목을 끌기 위해 생각해 낸 번드르르한 계획에 불과한 것일까?

그가 프로젝트를 비판할 필요는 없었다. 그는 성공적으로 프로젝트를 수행하기만 하면 되었다. 그러나 시작부터 좋지 않았다. 구덩이를 충분히 길게 파지 않아 몸을 펴고 누울 수가 없었다. 벌써 다리가 저려

오기 시작했다. 그는 다리를 주물렀다. 권태롭고 배가 고팠다. 레이숀 통조림을 뜯어 손으로 먹었다. 깡통은 땅에 묻었다. 얼굴에 취침 마스크—그것은 코고는 소리가 들리지 않게 하는 것이었다—를 쓰고 등을 기대고 앉아 밤이 되기를 기다렸다.

저녁이 되자 참을 수 없는 고통이 엄습해 왔다. 다리는 그를 고문했고 마스크에 숨이 막힐 것 같았다. 그는 자꾸 혼수상태에 빠져들려고 했다. 땅을 자꾸 파려 했다. 햇빛이 있는 밖으로 파 나가려고 했다. 손은 얼굴 마스크를 벗기려고 쥐어뜯었고 다리는 곧 마비될 것 같았다.

낮이 되자 뉴욕시민 전체가 공원에 나온 것 같았다. 사람들은 언덕에 올라가서 자기 위에 앉았다. 그는 사람들의 목소리, 발자국 소리, 고함 소리, 웃음 소리를 들었다. 어떤 때는 사람들 발에 밀려 흙이 떨어졌다. 그는 공원에 놀러 온 사람들을 욕했다. 그들을 겁냈고 저주했다. 그는 그런 자기의 반응을 나중에 심리학자에게 보고해야 한다고 생각했다. 그는 목소리로 그들이 누군지 상상할 수 있었다. 철없는 어린애들과 잔소리가 심한 어머니들, 심보가 나쁜 늙은이들, 낮에 공원에 올 일이 없는 젊은이들, 그는 그들의 포로였다. 그들 중 누구나 그를 발견할 가능성이 있었다. 그는 팔로 무릎을 감싸고 터져 나오려는 고통과 분노의 비명을 막으려 이를 악물고 몸을 흔들었다.

어둠이 지자 그는 머리와 어깨를 좁은 구멍 밖으로 내밀고 몸을 폈다. 자정까지 그렇게 잤다. 달빛이 돌 틈으로 그의 얼굴을 비추자 그는 놀라서 일어났다. 구멍을 더 길게 팠다. 그 후에 기어 다니며 근처를 청소했다. 사탕을 싼 종이, 담배 꽁초, 샌드위치를 싼 종이 등을 주었다. 왜 그랬는지는 모른다. 어쩌면 그에게 하루 종일 고통을 준 사람들의 자국을 없애려고 그랬는지도 모른다.

그는 일부러 나무 사이를 거닐었다. 새벽까지 그의 은신처에서 떨어져 있어야 했다. 심리학자는 그 곳이 안전하게 느껴지기 때문에 그 곳과 가까이 있고 싶은 생각이 생겨난다고 했다. 그러다가 은신처에만 밤낮으로 있고 싶은 충동에 투항할지 모른다고 했다.

그는 조심해야 한다는 것을 알고 있었다. 그는 비정상적인 압박을 받고 있었다. 혼자 있으면서도 사람이 가까이 있다는 모든 것—사람의 목소리, 움직임, 사람이 내는 소리 등—을 겁내고 있었다. 그중에도 낮을 가장 겁내고 있었다. 이것이 가상 상황이라는 점은 확실했다. 자기가 원한다면 언제나 그칠 수 있었다. 그러나 그러는 것은 그의 프라이드를 구기는 짓이었고 그의 경력에 해가 될 것이다. 게다가 이 일은 그가 자원해서 시작한 일이었다.

주머니에서 담뱃갑만한 무전기를 꺼냈다. 그것으로 세 개의 간단한 신호를 보낼 수 있었다. 첫 번째 신호는 〈나는 여기 있다〉였다. 그는 무전기를 들고 나무 밑동에 기대앉아 오솔길에 있는 등불이 만들고 있는 기다란 그림자를 바라보았다. 그리고 5초 간격으로 신호를 보냈다.

나는 여기 있다. 나는 여기 있다.

어디서 누군가가 그 소리를 듣고 있을 것이다. 그는 다른 인간과 접촉하고 있었다. 그러자 에이전시가 그의 신호를 포착하고자 매일 밤 기술자가 지키도록 하지는 않을 것이라는 생각이 들었다. 그들은 기계반 설치해 두었을 것이라는 생각이 들었다. 기계가 응답하겠지. 응답 소리가 희미하게 들리는군. 응답신호는 〈네 신호를 포착했다〉였다. 그렇다면 그의 신호가 포착되었지만 포착한 것은 기계일 것이다. 아침이 되어야 사람들은 〈공원 안의 사나이〉가 신호를 보냈나 조사할 것이다.

그는 사람들이 그의 녹색 머리에 대해 뭐라고 수군거렸을까 생각했다. 수군거렸겠지. 그것은 너무나 익살맞은 일이라 휴스턴 사람들이 수군거리지 않았을 리가 없었다.

"우주비행 프로그램에 떨어진 소령 녀석 생각나? 그가 지금 어디 있는지 맞춰 봐. 그리고 그의 머리가 무슨 색인지도…. 맞아, 그의 머리말이야."

그는 다시 〈나는 여기 있다〉 신호를 보냈다. 기계가 보내는 〈너를 포착했다〉는 희미한 신호라도 듣고 싶었다. 4주일이나 기다려야 하다니. 그들은 실제 상황에서는 그만한 시간이 필요하다고 주장했다. 먼저 근처의 비밀첩자에게 조종사가 숨어 있다는 것을 알려야 하고, 첩자가 신호를 추적해서 구출작전을 세우려면 그 정도의 시간은 필요하다고 했다.

그는 두 번째 신호를 보냈다. 두 번째 신호는 〈나도 너를 포착했다〉였다. 그러자 기계가 충실하게 〈우리는 서로를 포착했다〉는 신호를 보냈다. 그뿐이었다. 무전을 모니터하는 적에게는 아무 뜻도 없는 전파가 왔다갔다 했을 뿐이다. 그러다가 어느 날 〈너를 포착했다〉는 신호가 빈번해지고 첩자가 그를 구하러 올 것이다.

세 번째 신호도 있었다. 그것은 〈비상〉이었다. 그 신호는 그가 아프거나 체포되었거나, 그가 견딜 수 없어 게임을 포기할 때 쓰는 신호였다.

나는 여기 있다.

나도 너를 포착했다.

비상.

이것들만이 그의 어휘였다. 그에게는 그것밖에 없었다. 그는 흙이 잔뜩 묻은 조종사복을 입은 녹색 머리의 남자로 밤이 깃들인 도심의 공원에서 한 번도 보지 못한 기계와 말없는 대화를 나누고 있었다.

날이 지나갈수록 그는 구멍을 더 깊이 팠고, 좀더 편안하게, 좀더 안전하게, 좀더 남의 눈에 띄지 않게 위장했다. 밤에는 공원을 탐험했다. 모르는 지역은 조심해서 살피고 들어갔다. 동물원을 지날 때마다 짐승들이 그를 느끼고 움직였다. 그도 어떤 면으로는 그들과 같다고 생각했다. 인간의 냄새를 겁내는, 우리에 갇힌 몸이라는 생각이 들었다.

어떤 때는 사람들과 마주쳤다. 그럴 때는 어둠 속으로 몸을 숨겼다. 그는 공원에 자기 혼자만 있는 게 아니라는 것을 알고 있었다. 에이전시 사람들은 그가 공원을 배회하며 남을 해치려고 하는 이상한 사람들, 괴팍스러운 사람들, 미친놈들 등 인간 쓰레기들 틈에 있어야 할 거라고 말했다. 그는 그런 놈들 두어 명으로부터 유도와 칼로 스스로를 보호할 자신이 있었다. 게다가 놈들은 그를 보면 도망치기에 바쁠 것이다. 자기가 그들보다 이상한 모습일 테니까. 다만 자기는 4주일만 그 꼴로 있으면 됐지만 그들은 일생 동안 그렇게 살 놈들이었다. 그것이 자기와 그들이 다른 점이었다.

그들은 겁내고 있었고 자기도 마찬가지였다. 그들은 배가 고플 것이고 자기도 배가 고플 것이다. 그에게는 4주일을 버틸 만한 식량이 없었다. 휴스턴 사람들은 그가 현지 조달로 생명을 유지하길 원했다. 그 말은 쓰레기통을 뒤져 먹다 남은 사과나 샌드위치 부스러기라도 찾아야 한다는 말이었다. 필요하다면 풀이나 데이지를 뜯어먹거나, 어린 나무껍질을 먹을 수도 있었다. 식량을 아껴 먹을 수도 있었다. 벌써 9일이 지났으니 앞으로 19일이 남았다. 그러나 격추된 조종사는 얼마나 있어야 구출될지 알 도리가 없을 것이다. 따라서 자기도 알 수 없어야 했다. 그러니 에이전시 사람들도 그 점을 생각했을 것이다. 따라서 그들은 실제상황과 걸맞은 조치를 취했을 것이다.

소령은 거기에 생각이 미치자 걱정이 되었다. 혹시 에이전시 사람들이 기간을 늘리려는 것은 아닌가 하는 생각이 들었다. 자기 생각이 맞는 것 같았다. 28일이 지나도 아무도 오지 않을 것 같았다. 그가 고생을 하도록 며칠을, 아니 1주일쯤 더 놔둘 것 같았다.

그들은 다른 방법으로 그를 올가미에 빠뜨리려 했을 가능성도 있었다. 깡통에 음식 대신 물이나 모래를 넣을 수도 있었다. 그래, 그랬을 거야. 날짜를 생각해서 애써서 음식을 절약했는데 두서너 개의 깡통 속에는 음식이 없을 수도 있었다.

그는 통조림을 귀에다 가까이 대고 흔들어 보았다. 그러나 속에 뭐가 들었는지 알 수 없었다. 미리 따 볼 수도 없었다. 그들은 이런 의심이 생길 것이라는 걸 예상했을 것이다. 그들을 의심할 것이라는 걸 알고 고독감과 공포에다 긴장감과 절박감이 겹치게 계획을 짰을 것이다. 그들은 그에게 거짓말을 한 것이다. 물론 실험을 위한 거짓말이겠지만 거짓말을 했다는 건 나빴다. 거짓말은 적에게나 하고 친구에게는 진실을 말해야 했다.

도시 중심부에서 사이렌 소리가 들렸다. 그는 컴컴한 주위를 불안한 눈길로 둘러봤다. 기계음을 들으니 말이 하고 싶었다. 비명을 지르던가, 소리 내어 기도를 하던가, 무엇이던가, 자기 목소리를 듣고 싶었다. 그러나 그는 큰소리로 말하기가 겁났다. 정말로 겁났다.

그는 기아상태의 증세를 보이기 시작했다. 몸과 눈이 아팠다. 어떤 때는 피로로 정신이 혼미했다. 기억력이 감퇴되었다. 호수에서 수통에 물을 넣고 소독제를 탔던가? 공포가 그의 느낌을 흐리멍덩하게 하기도 했고 날카롭게 만들기도 했다. 공원에서 지낸 정확한 날짜는 잊었으나—16일이 지났던가, 17일이던가—눈으로 보는 것이나 손으로 만지는 감각은 날카로워졌다.

그는 캄캄한 어둠 속에 살고 있었다. 태양은 보지 못했다. 낮에는 구덩이에 누워 땀을 흘리며 볼 수 없는 사람들의 목소리를 졸면서 들었다. 잡혀서 죽는 꿈도 꿨다. 밤에는 뻣뻣하고 빼근한 몸을 끌고 나와 어둠 속의 위험을 상대했다.

어느 날 밤은 한참 떨어진 앞 오솔길에서 지친 몸을 이끌고 가는 노인을 보았다. 마치 꿈속에서 그 광경을 미리 본 것처럼 그는 노인에게 무슨 일이 일어날지 알았다. 어둠 속에서 두 명이 나타났다. 노인은 그들의 주먹을 맞고 발밑에 쓰러졌다. 그들은 노인의 옷을 찢으며 값나가는 것을 찾았다. 소령은 몸을 숨겼다. 칼을 갖고 있었지만 프로젝트를 위태롭게 할 수 없어 개입할 수 없었다. 게다가 강도들은 젊은 사람처럼 빨리 움직였다. 그는 몸이 쇠약해질 대로 쇠약해져 상대가 되지 않을 수도 있었다. 그들은 아무것도 찾지 못하자 성을 내며 노인의 얼굴을 발로 차고 짓이긴 후 떠났다.

노인은 죽었거나 죽어가고 있었지만 소령은 어쩔 수 없었다. 자기는 무력하고 노인을 도와줄 수 있는 사람들은 멀리 있다는 데 분노를 느끼며 그 자리를 떴다. 노인을 도와줄 수 있는 사람들을 위해 공원을 만들었고, 그런 사람들을 위해 공원을 순찰하고 깨끗이 하며 동물원에 짐승들을 가둬 둔 것이다. 아침에 노인은 치워지겠지만 사람들은 그 사실조차 모를 것이다. 그런 일은 너무나 자주 벌어져서 잘해야 신문에 한두 줄 날 뿐이다. 낮이 되면 사람들이 노인이 쓰러진 바로 그 자리를 밟고 지나가겠지.

어느 날 밤에는 다른 것도 봤다. 개를 돌로 때려죽이는 것, 여자가 강간당하는 것, 절름발이가 자기 목발로 맞는 것, 신문을 쓰고 자던 부랑자에게 불을 질러 불을 뒤집어쓴 그가 펄쩍펄쩍 뛰던 것 등을.

그는 분노를 느끼지 못했다. 그는 가장 먼저 숨을 준비를 하는 짐승처럼 그런 것을 바라보았다. 낮의 사람들은 인간 같지 않았다. 그들은 목소리와 발자국 소리뿐이었다. 그는 인간의 얼굴을 생각해 낼 수 없었다. 밤에 나타나는 사람들은 희미하게 보였지만 그래도 좀더 사람답게 보였다. 그 비참하게 버림받은 사람들도 자기처럼 낮에는 숨었다가 밤이 되면 공원 안을 배회하는 것은 아닐까 하는 생각이 들었다. 그런 사람이 몇 명은 있다고 믿고 싶었다. 그래야만 덜 외로웠다.

비가 며칠 동안 퍼부었다. 그의 은신처는 엉망진창이 되었다. 그도 진흙투성이였다. 손이 새까맸다. 공원의 흙이 살갗에 배어 얼굴색도 변했겠다는 생각이 들었다. 머리와 수염이 자라서 자기가 지금은 어떤 모습일까 상상했지만 그 모습이 떠오르지 않았다.

그는 지금쯤 기간이 끝났을 것이라고 생각했지만 확실하지는 않았다. 어쨌든 그는 실험을 끝내고 살아 남았다. 그러나 그가 한 일은 별것 아니었다. 그는 몇 주만을 견뎌 냈을 뿐이다. 다른 사람들—공원의 밤 사람들—은 몇 년을 견뎠다. 그 동안에 아무도 그들을 구하러 오지 않았고, 구출계획을 세우지도 않았다.

그는 다시 신호를 보냈다. 〈나는 여기 있다. 나는 여기 있다.〉 그리고 언제나처럼 응답이 왔다. 〈너를 포착했다. 너를 포착했다.〉 그러나 그는 궁금했다. 그들이 정말로 듣고 있는 것일까?

그는 얼마 동안 아팠다. 며칠이나 아팠는지 몰랐다. 구덩이에 누워 밤낮으로 앓았다. 자기가 왜 거기 있는지 알 수 없었다. 내가 왜 여기 있지 하고 이상하게 생각하다가 갑자기 생각났다. 아, 프로젝트. 그러나 프로젝트만으로는 자기가 이렇게 혼자 고통을 받으며 묻혀 있을 이유가 되지 못할 것 같았다. 어떤 좀더 중요한 이유가 있을 것 같았다. 그러나 그것이 무엇인지 생각나지 않았다.

열은 좀 내렸으나 구덩이에 계속해서 숨어 있었다. 은신처에서 떠나고 싶지 않았다. 프로젝트 사람들이 자기를 찾고 있을지 모른다는 생각이 들었다. 그들은 수색견과 조명탄을 갖고 오겠지. 그러나 만일 그들이 찾지 못하면? 어쩌면 이번만은 일을 완전 무결하게 처리했는지도 모른다. 완전 무결하게 일을 처리하는 것이 자기가 그렇게도 원하던 것인데 그로 인해 자기는 죽게 될지도 모른다. 에이전시 사람들은 자기를 찾지 못해 투덜대고 화를 내겠지. 자기가 프로젝트를 일부러 망쳤다고 생각하겠지.

어쩌면 그들이 오지 않을지도 모른다는 생각이 들었다. 그들이 찾으려 하지 않을지도 모른다는 생각이 들었다. 그들은 다른 사람들도 찾지 않았어. 지금 땅 속에 숨어서 살고 있는 사람들을. 어쩌면 나도 포기할 거야.

그는 호수로 기어갔다. 기운이 너무 없어 일어설 수가 없었다. 호숫가에서 머리를 물에 처박고 수면 위에 비친 건물의 불빛들을 마셨다. 마치 마셔 없애려는 것처럼. 그는 그의 몸에 이미 독을 퍼뜨린 더러운 물을 마셨지만 불빛은 계속해서 물 위에 떠 있었다. 손으로 물을 저었다. 불빛이 마치 비웃기라도 하는 것처럼 이리저리 움직이며 춤을 추었다.

이제 낮은 더웠고 밤에는 습기가 많았다. 구덩이 안에는 썩는 냄새가 진동했다. 비가 끈적끈적 흘러들었다. 사람들이 하도 밟아서 먹을 풀도 없었다. 칼을 잃어버려 나무 껍질도 먹지 못했다. 나무 껍질을 벗기느라 손톱이 갈라졌고, 잡초를 뽑거나 관목 잎새를 뜯어먹었다.

그가 실험의 목적을 잘못 이해하고 있었다는 것이 분명했다. 생존이 목적은 아니었다. 살기를 원하는 사람은 땅 속에 숨어서 외로움과 공포로 몸을 떨지 않는다. 아니야, 그러는 사람은 그렇게 하도록 배반당한 거야.

행운을 빕니다, 소령님.

그들은 나를 없애기 위해 보낸 거야. 나는 그들에게 필요치 않아. 프로젝트라는 이름 아래 다른 버림받은 사람들 사이에서 죽으라고 배반의 손길로 밀어낸 거야. 프로젝트는 죽음이었어.

그들이 그가 죽기를 바라고 있다는 것을 그는 알았다. 그들은 격추된 조종사가 구조될 수 있다고 정말로 믿고 있었을까? 그것은 위험 부담이 너무 컸다. 어떤 첩자—만일 첩자가 정말로 있다면—에게도 그런 일은 맡길 수 없었다. 그들의 목적은 숨어 있으면 구조한다고 해서—구조 계획은 없었다—조종사가 적에게 투항하지 못하게 하는 데 있었다. 구조대 대신 죽음이 찾아오게 되어 있었다.

무전기가 가장 교묘한 간계였다. 절망에 빠진 사람은 거짓말을 끝까지 믿게 된다. 그의 신호를 듣는 사람은 없었다. 기계도 없었다. 무전기 자체가 멀리서 신호가 온 것처럼 응답을 하는 것이라고 생각했다.

우리는 당신을 포착했다.

그것이야말로 가장 큰 배반이었다. 서서히 죽음으로 몰고 가는….

그는 지하에서 살고 있는 희망이 없는 다른 사람들처럼 죽게 되어 있었다. 그들은 구조하러 온다고 해놓고 오지 않는 적과 대항하기에는 너무 약했다. 그들은 식량을 적게 주고 풀을 뜯어먹으라고 했고, 창피해서 숨도록 머리카락을 잘랐다. 그 불쌍한 바보들은 자기처럼 그런 모든 것을 받아들였다. 그들은 모두 프로젝트가 성공하기를 바랐다. 낮에 들은 웃음 소리 때문에 난폭해지면 그들이 할 수 있는 일은 남을 불구로 만들거나 죽이는 것뿐이었다. 프로젝트는 죽음이었다. 그들은 모두 죽게 되어 있었다. 좋다. 이왕에 죽을 것이라면 그들을 죽음에 몰아넣은 사람들 앞에서 죽자. 신선한 공기를 마시며 태양 아래서 죽자.

그는 공원에 사람들이 많이 모이는 정오에 은신처에서 나왔다. 햇빛에 눈을 뜰 수 없었다. 처음에 그는 주위에 있는 사람들을 볼 수 없었다. 손을 앞으로 죽 뻗고 더듬으며 걸었다. 다른 사람들도 숨어 있는 곳에서 나오라고 소리치며 나무, 수풀, 바위에 손짓했다. 그는 그들을 찾아 이리저리 헤맸다.

사람들이 그를 뒤따랐다. 그가 쇠약하다는 것을 알기 전까진 조심하며 거리를 두고 뒤따랐다. 그는 쓰러지면 기었다가 다시 일어서서 대답 없는 사람들을 부르면서 비틀거리며 걸었다.

사람들은 점점 가까이 다가와 그를 둘러쌌다. 아이들이 가까이 와서 놀렸다. 부인들은 그를 보여 주려고 어린애를 높이 쳐들었다. 젊은이들이 놀이터에서 뛰어왔다. 그들은 진흙이 말라붙은 누더기 같은 옷을 입은 녹색머리의 어릿광대 같은 사람이 소리치고 있는 것을 경찰이 데리고 가기 전에 보려고 구름처럼 모여들었다.

데이비드 엘리(David Ely, 1927~)

시카고 출신으로 노스캐롤라이나 대학 졸업 후, 하버드를 다녔고, 옥스퍼드에 유학했다. 2차 세계대전, 한국전쟁에 종군 후 신문기자가 되었으나, 1962년 〈Cosmopollitan〉에 실린 「요트 클럽」으로 에드거 상을 수상한 것을 계기로 작가로 전향했다. 1963년에는 첫 장편 『헌병 트롯의 오명』과 『증발』이 간행되었고, 1967년에 『관광여행』이 호평을 받았다. 정확한 디테일 묘사와 작은 웃음을 쌓아가며 공포를 만들어 가는 이상한 작품이다. 엘리는 1963년 이후 〈EQMM〉에 10여 편의 단편을 발표했다. 1968년에는 첫 단편집 『타임아웃』을 냈고, 1972년에 네 번째 장편 『Walking Davis』를 발표했다.

봄에 피는 꽃

FLOWERS THAT BLOOMS IN THE SPRING — 줄리안 사이먼스

버티 메이스는 국외자가 당사자보다 상황의 본질을 더 잘 볼 수 있다고 말하곤 했다. 퍼체이스 부부와 남아프리카에서 찾아온 사촌 사건에서, 버티는 말 그대로 이웃으로서 그 시작과 끝을 전부 목격했다. 그렇지만 그 사건의 종말은 적어도 버티의 입장에서 보면 수수께끼였고 약간 겁마저 났다. 과연 무슨 사건이 있었나 하는 것조차 확실치 않았다.

버티는 사회 복지부의 비중 없고, 흥미 없는 직책에서 일찍 은퇴했다. 그에게는 개인적인 수입이 있었고, 결혼도 하지 않았다. 그가 낭비를 한다면 그것은 여행을 좋아한다는 것뿐이었다. 그러니 계속해서 일할 이유도 없었다. 버티는 런던의 아파트를 팔고 몇 년 전에 주말 별장으로 구해 놓은 서섹스 지방에 있는 시골집에 정착했다. 집은 독신자가 쓰기에는 컸고 동네의 라스트 부인이 1주일에 두 번씩 와서 집안을 청소했다. 버티는 요리를 잘했다.

6월 초에 그는 옆집에 가서 실비아 퍼체이스에게 〈홀〉에서 열리는 다과회에 자기 자동차로 같이 가자고 했다. 그녀는 틀림없이 다과회에 초청을 받았을 것이고 그녀가 교통편이 필요할 것이라는 것을 알고 있었다. 그녀의 남편인 지미가 그들의 낡은 모리스 자동차에 가방을 싣고 떠나는 것을 봤기 때문이다. 지미는 프리랜서 기자로 실비아를 놔두고 가끔씩 여행을 떠났다. 천성적으로 여자와 장난하기를 좋아하는 버티는

자기가 친구가 돼줄까 물었으나 실비아는 전혀 반응을 보이지 않았다.

퍼체이스 부부가 두어 달 전에 세든 린튼 하우스는 오크로 만든 대들보에 천장이 낮은 오래된 집이었다. 그 집의 매력적인 정원 한 귀퉁이가 버티 집과 접하고 있어 울타리만 넘으면 정원에 들어갈 수 있었다. 하루는 오후에 울타리를 넘어 그 집으로 가면서 거실을 들여다보았다. 호기심이 왕성한 버티는 남들이 아무도 보지 않는다고 생각할 때 그들이 무엇을 할까 궁금하기 짝이 없었다.

오늘은 거실에 아무도 없었다. 실비아는 부엌에서 짜증을 내면서 그릇을 닦고 있었다.

"실비아, 아직 준비도 안 하면 어떻게 해요?"

실비아는 단추를 잘못 끼운 더러운 카디건을 걸치고 있었다. 버티는 다과회에 알맞은 복장을 하고 있었다. 놋쇠단추가 달린 청색 블레이저 코트에 엷은 황갈색 바지를 입고 나비넥타이를 매고 있었다. 그는 기품 있게 보인다고 항상 나비넥타이를 맸다.

"무슨 준비를 안 했다는 거예요?"

"영주부인이 다과회에 초청을 안 했어요?"

그는 〈홀〉에 사는 허세이 부인을 영주 부인이라 불렀다. 실비아는 이마를 탁 쳤다. 이마에 뭔가 묻어났다.

"깜빡했어요. 하지만 가지 않겠어요. 그런 고급스런 다과회는 나에겐 맞지 않아요."

"하지만 저는 당신을 모시려고 특별히 왔습니다. 저는 부인의 마부고 이미 마차를 대령했습니다."

버티는 우스꽝스러운 절을 했고 실비아는 소리 내어 웃었다. 실비아는 30대 초반의 금발여성으로 그런대로 매력이 있었다.

"버티, 당신은 바보예요. 좋아요. 5분만 시간을 줘요."

버티는 여자들이 자기를 바보라고 부르면서도 속으로 좋아한다고 생각했다.

"어머."

실비아가 깜짝 놀란 듯 탄성을 질렀다. 그녀는 버티의 뒤를 보고 있었다. 그가 몸을 돌리자 문 그늘에 한 남자가 서 있었다. 처음에는 지미인 줄 알았다. 남자는 몸집이 크고 어깨가 벌어졌으며 지미처럼 피부색이 밝았다. 그러나 그가 한 발자국 안으로 들어서자 다른 사람이라는 게 완연하게 드러났다.

"이이는 사촌인 알프레드 월링톤이에요. 남아프리카에서 찾아왔어요. 이분은 옆집에 사는 버티 메이스 씨예요."

"만나서 반갑습니다."

그는 버티의 손을 힘차게 잡았다. 두 사람은 거실로 들어갔다. 버티는 월링톤에게 영국에 처음 오느냐고 물었다.

"천만에요. 영국을 잘 압니다. 적어도 남부지방은요."

"그럼 북부에는 일이 없으신 모양이지요?"

버티는 자기가 재치 있는 훌륭한 심문자라고 생각하고 있었다. 그 질문에 대한 답변으로 월링톤의 직업을 알 수 있겠다고 생각했다. 그러나 상대는 간단히 그렇다고 대답했을 뿐이었다.

"저는 사업관계로 케이프타운에 있는 몇몇 회사와 연락을 취한 적이 있습니다. 집이 그 근첩니까?"

버티는 거짓말을 했다.

"아니오."

대답이 너무나 단호해서 더 물어 볼 수가 없었다. 버티는 약간 당황했다. 자기가 남아프리카 어디에 사는지 얘기하기 싫다면 그것으로 그만이었다. 그러나 그렇더라도 어떤 예의 같은 게 있는 법이다. 퉁명스럽게 〈아니오〉 하는 것은 좋지 않았다. 겨우 그 월링톤이 린튼 하우스에 처음 왔다는 사실만은 알아냈다. 언덕에 있는 〈홀〉로 올라가면서 실비아에게 사촌이 무뚝뚝한 사람인 것 같다고 말했다.

"알프가요? 알고 나면 괜찮은 사람이에요."

"그가 영국 남쪽에 자주 온다고 하던데 무슨 일로 오죠?"

"모르겠어요. 그는 더반으로 무역 일을 해요. 아 참, 지미가 집에 없다는 것은 어떻게 알았지요?"

"그가 떠나면서 손을 흔드는 것을 봤어요."

버티는 커튼을 젖히고 훔쳐봤다는 얘기는 할 수 없었다.

"그래요? 그가 떠날 때 나는 자고 있었으니 그가 손을 흔들었을 리 없어요. 당신은 다 좋은데 가끔 거짓말을 해요, 버티."

"어떻게 알았는지 자세한 것까지 기억할 수는 없어요."

그렇게 사소한 점까지 문제시하다니 너무하다고 생각했다.

그러나 그가 훌륭한 정원 앞에 차를 세우고 실비아가 내렸을 때 그녀는 대단히 우아했고 그녀와 같이 있다는 게 자랑스러웠다. 버티는 예쁜 여자들을 좋아했고 그들은 버티와 같이 있으면 안전했다.

〈홀〉은 19세기 장원으로 버티는 건축미가 별로 없다고 생각했으나 다과회가 열리는 집 뒤의 풀밭만은 훌륭했다. 레지날드 허세이 경은 건축업자로 수출업에서의 공로로 작위를 받았다. 그는 기념행사나 기금 모금식에 자주 초대되었고 허세이 부부는 그 지역 사람들을 초청하여 1년에 대여섯 번 파티를 열었다. 파티는 항상 격식에 맞춰 열렸다. 오늘 오후만 해도 하녀들은 흰 모자와 에이프런을 착용하고 있었고 프록코트를 입고 흰 장갑을 낀 집 사장이 있었다. 레지날드 경의 모습은 보이지 않았으나 허세이 부인이 귀족적인 몸짓으로 파티를 주관했다.

버티는 그런 것이 전부 허영이고 일종의 과시라는 사실을 알면서도 즐겼다. 그는 허세이 부인의 손에 입을 맞추고 이곳 풍경이 빅토리아 시대의 그림처럼 매혹적이라고 칭찬했다. 그리고 제독 부인으로 과부가 된 루시 브로드힌튼과 흥미로운 담소를 나누었다. 루시는 그 지역 역사회의 회장이고 버티는 총무로, 두 사람은 사이가 좋은 편이었다. 그녀는 몬로 부인과 이름을 말할 수 없는 사람과의 밀애사건을 남에게 이야기하지 말라며 당부했다. 루시는 남자 이름을 말하지 않았지만 버티는 그가 누군지 알 수 있었다. 교회 헌금을 유용한 다른 사소한 얘기도 들었다. 버티는 파티를 즐겼고 돌아오면서 큰소리로 떠들었다.

돌아오는 길에 실비아가 말했다.

"사람들이 너무 거만해요. 내가 왜 갔는지 모르겠어."

"즐거우신 것 같던데요. 저는 질투가 났습니다."

실비아는 활기차게 얘기하는 젊은 남자들의 관심의 초점이었다. 남자들이 하는 농담에 그녀가 크게 웃는 소리가 들렸고 허세이 부인은 그들에게 못마땅한 눈길을 여러 번 보냈다. 실비아의 명랑함과 고개를 젖히며 웃는 모습에는 분명히 매력이 있었으나 정숙한 부인에게 어울리지 않는 무분별한 데가 있었다.

버티는 돌아오면서 그 말을 은근히 전달하려 했지만 그녀가 제대로 이해했는지는 알 수 없었다. 그는 또한 남편이 언제 오냐고 물음으로써 그녀가 사촌과 집에 단둘이 있는 것의 부당성을 넌지시 비쳤다. 그녀는 아무렇지 않은 듯 하루 이틀 있으면 온다고 대답했다. 그녀가 집 안에 들어와서 차를 한 잔 더하라는 것을 거절했다. 알프 월링톤을 다시 마주치고 싶지 않았다.

다음날 밤 자정쯤 버티가 침대에서 책을 읽고 있는데 옆집에서 자동차가 서는 소리가 들렸다. 차문이 닫히는 소리가 나고 이야기 소리가 들렸다. 버티는 지미가 돌아왔나 확인하기 위해 침대에서 일어나 커튼 귀퉁이를 들쳤다. 남자와 여자가 차고에서 나오고 있었다. 여자는 실비아였다. 남자는 여자의 어깨를 감싸고 있었고 버티가 보고 있는 앞에서 실비아의 목에 키스했다. 정문으로 가면서 남자는 웃으며 뭐라고 말했다. 남자의 생김새는 지미와 비슷했으나 목소리는 월링톤의 남아프리카 억양이 분명했다. 버티는 불에 덴 듯 커튼에서 급히 물러섰다.

다음날 버티는 도덕적인 책임감을 느끼면서 린튼 하우스로 찾아갔다. 놀랍게도 지미 퍼체이스가 문을 열었다.

"저는 저, 당신이 어디 가신 줄 알았습니다."

"어젯밤에 돌아왔어요. 어떻게 오셨지요?"

버티는 울타리 깎는 전기톱을 빌리러 왔다고 했다. 지미는 그를 데리고 헛간에 가서 톱을 건넸다. 버티는 어젯밤 자정쯤에 자동차가 돌아오는 소리를 들었다고 말했다.

"맞아요. 실비아와 알프였어요. 그가 실비아를 데리고 춤추러 갔었어요. 나는 너무 피곤해서 자고 있었죠."

지미가 런던 사투리로 말했다. 버티는 그가 품위 있는 집안 출신은 아니라고 생각했다.

"실비아의 사촌은 남아프리카에서 왔다면서요?"

"그래요. 케이프타운에서 왔어요. 여기에 잠깐 머무를 겁니다. 방은 많이 있으니까요."

실비아는 그가 더반에서 왔다더니. 버티는 실비아와 말이 틀리다는 사실을 놓치지 않았다. 버티는 더욱 호기심이 강하게 일었다. 옆집에서 무슨 일이 일어나고 있는지 꼭 알고 싶었다. 그는 톱을 돌려주면서 그들 전부를 저녁 식사에 초대했다. 머릿수를 채우기 위해 루시도 초대했다. 그리고 맛있는 저녁 식사를 준비했다.

그렇지만 저녁 식사는 실패작이었다. 루시는 기다란 드레스를 입고 있었고 버티는 벨벳 재킷을 입었으나 실비아는 하늘색 바지에다 요란한 웃옷을 걸쳤고 두 남자는 셔츠 단추를 푼 모습이 단정치 못했다. 오기 전에 술들을 마신 모양이었다. 월링톤은 비싼 백포도주를 물마시듯 입에 부으면서 남아프리카 포도주가 독일 것보다 맛이 좋다고 했다.

루시가 제독 부인다운 눈길을 보내며 말했다.

"더반에서 오셨다고요, 월링톤 씨? 남편과 저는 60년대에 그 곳에 갔었는데 좋은 곳이라는 생각이 들었습니다. 혹시 마로우스나 페이지 맨리 부부를 아세요? 메리 페이지 맨리는 항상 멋진 파티를 열었지요."

월링톤은 그녀에게 못마땅한 눈길을 보냈다.

"그런 사람은 모릅니다."

"더반에서 수출업을 하세요?"
"그래요."
잠깐 서먹서먹한 침묵이 흐르다가 실비아가 말했다.
"알프는 우리가 더반을 방문하라고 유혹하고 있어요."
"난 실비아 당신이 왔으면 좋겠다고 한 거야."
그가 지미 쪽에 손가락질을 했다.
"저 친구는 안 와도 좋아. 우리는 멋진 시간을 보낼 수 있을 거야."
실비아는 흰목이 보이도록 고개를 젖히고 큰소리로 웃었다.
"당신 말을 믿어요, 알프. 이곳 사람들은 멋진 시간을 갖는 방법을 몰라요."
지미 퍼체이스는 저녁 내내 조용했다. 마침내 그가 입을 열었다.
"이곳 사람들은 돈이 없어. 노랫말에도 돈이 세상을 돌아가게 한다잖아."
"영국의 문제는 많은 돈이 나쁜 사람들에게만 갔다는 점이에요. 욕심 많은 사람들이 너무 많아요."
루시가 사람들을 둘러보았다. 아무도 그녀 말을 반박하지 않았다. 지미가 딸꾹질을 했다. 버티는 지미가 술 취했다는 것을 알고 소름이 끼쳤다.
"여보, 실비아 우리는 빈털터리야."
"제발 조용히 해요."
"내 말을 못 믿겠어?"
지미는 실제로 주머니를 털기 시작했다. 버티는 두 남자에 대해 혐오감이 이는 것을 참을 수 없었다. 두 사람은 누가 더 나쁘다고 할 것이 없었다. 버티는 저녁이 빨리 끝나기를 바랐고 루시가 품위 있는 몸짓으로 자리를 일어서자 매우 반가웠다. 현관에서 버티가 미안하다고 속삭이자 루시는 재미있었다고 하면서 바보 같은 소리를 하지 말라고 했다.
그가 방안으로 돌아가자 월링톤이 말했다.

“웃기는 여자야. 〈혹시 페이지 맨리 부부를 아세요?〉라고 말하는 꼴 좀 봐. 그런 여자가 아직도 살고 있는 줄 몰랐어.”

실비아는 버티를 바라보았다.

“알프, 당신은 버티를 놀라게 하고 있어.”

“미안해. 하지만 사실이야. 그런 여자는 박물관에나 보관하는 게 좋아. 박제로 만들어서 말이야.”

“그런 말도 버티를 놀라게 해.”

“놀라진 않았어요. 하지만 그런 식으로 손님을 비판하는 것은 대단히 실례라고 생각합니다. 루시는 나의 절친한 친구입니다.”

버티가 뻣뻣하게 말했다. 실비아는 그의 마음을 이해했다. 그녀가 웃으며 사과하고서야 겨우 그의 마음이 풀어졌다. 실비아는 그녀의 무례한 남자들을 데리고 집에 가야겠다고 말했다.

“식사 잘했습니다.”

월링톤이 버티에게 말하더니 식탁너머로 소리쳤다.

“일어나, 벌써 다음날이야.”

지미는 이때 의자에서 자고 있었다. 두 사람은 그를 일으켜서 부축하고 돌아갔다.

다음날 아침에 버티는 루시에게 전화해 다시 사과했다. 루시는 신경쓰지 말라고 했다.

“하지만 그 남아프리카 사람은 좀체 좋아할 수 없을 것 같군요. 별로 좋지 못한 사람 같아요. 그리고 미안하지만 당신 이웃도 맘에 들진 않아요.”

버티는 미안할 것이 없다고 했다. 그러자 루시는 좀더 솔직해져서 퍼체이스 부인이 다른 남자에게 눈을 돌리는 타입이라고 말했다. 두 사람은 그 얘기는 그쯤에서 마무리하고 역사회 일을 의논했다.

잠시 후에 지미가 찾아왔다. 눈이 푹 들어갔고 얼굴이 창백했다.

“어젯밤에 우리가 실수를 많이 한 모양이지요? 사실 여기 오기 전에 알프와 나는 제법 마셨습니다. 어젯밤 일이 거의 생각이 나지 않는데 실비아가 사과하라더군요."

버티가 실비아의 사촌은 언제 떠나느냐고 묻자 자기도 모른다고 대답했다. 버티는 알프를 실비아와 단둘이 있게 하지 말라는 얘기가 입 안을 맴도는 것을 억지로 참았다. 버티는 호기심이 많을지는 몰라도 분별 있는 사람이었다.

며칠 후 밤에 그가 정원에서 잡초를 뽑고 있는데 린튼 하우스에서 큰 소리가 들렸다. 그들은 거실에서 큰소리로 싸우고 있었다. 그러나 말이 분명하게 들리지는 않았다. 내용을 알 수 없으니 답답했다. 그는 들키지 않을 정도로 울타리에 가까이 다가갔다. 말이 띄엄띄엄 들렸다.

지미의 목소리였다.

"절대로 싫어. … 생각을 하지 않으려고 술까지 마신단 말이야. … 내가 기다려야 한다고 했잖아…."

다음에는 여태껏 들어 보지 못한 실비아의 비꼬는 듯한 날카로운 목소리가 들렸다.

"매일 같은 소리에 질렸어. … 그러면 도대체 언제까지 기다려야 한단 말이야? 지금쯤이면 끝난다고 했잖아?"

지미가 뭐라고 하는 말이 들리고 다시 실비아의 말소리가 들렸다.

"상관 말아. 내가 어떻게 하든 상관하지 말란 말이야."

다시 지미가 중얼거린 후에 실비아의 목소리.

"당신은 우리가 돈이 없다고 했잖아?"

지미가 다시 뭐라고 중얼거렸고 실비아가 말했다.

"내가 하는 일에 절대 간섭하지 마."

"뭐야!"

지미가 고함치는 바람에 버티는 펄쩍 뛰었다. 이어서 찰싹 때리는 소리가 났다. 실비아의 목소리가 들렸다.

"나쁜 자식. … 이제 끝이야."

그 다음에는 조용했다. 말소리나 아무 소리도 들리지 않았다. 버티는 5분을 더 기다렸다가 조용히 물러섰다. 집 안에 들어오자 몸이 떨려 브랜디를 한 잔 마셨다.

그들의 대화는 무슨 뜻일까? 싸움 내용은 대강 짐작할 수 있었다. 실비아는 남편에게 자기가 다른 남자와 관계가 있어도 상관 말라고 했다. 그러나 그들은 무엇을 기다리고 있었고 무엇이 벌써 끝나야 했단 말인가? 불쾌하기 짝이 없는 알프와 관계 있는 일일까? 그리고 알프는 어디 갔을까? 그는 외출하는 적이 거의 없는데….

그는 잠을 설쳤다. 한밤중, 귀를 후비는 듯한 무서운 비명 소리에 눈을 떴다. 침대에 일어나 앉아 몸을 떨었다. 그러나 비명 소리는 다시 들려 오지 않았다. 그는 자기가 악몽을 꾸었던 것 같다고 생각했다.

다음날 아침 일어나 보니 지미네 차가 보이지 않았다. 지미가 또 집을 떠난 것일까? 버티는 읍내에서 장을 보다가 실비아를 만났다. 그녀는 남편에게 갑자기 신문사 일이 떨어져 새벽같이 떠났다고 말했다. 버티는 예전에 지미가 어떤 신문사에서 일하는지를 물은 적이 있었다. 그때 그녀는 프리랜서라고 대답했다.

"무슨 기산데요?"

"캐나다의 잡지일이에요. 중부 지방에 갔는데 며칠 걸릴 거예요."

버티는 어젯밤의 말다툼에 대해 물어 볼까 하다가 그만뒀다. 그것은 지각 없는 짓일 뿐만 아니라 실비아의 눈이 왠지 곱지 않은 것 같아 물어 볼 마음이 싹 가셨다.

그날 아침에 그는 〈작은 은행 강도〉 기사를 신문에서 읽었다. 〈작은 은행 강도〉는 지난 몇 달 동안 계속되는 뉴스였다. 그들은 조직적으로 지난 1년 동안 약 20번이나 은행을 털었다. 은행을 털 때마다 3, 4명이 같이 행동했다. 그들은 무장하고 있었고 필요하다면 곤봉과 권총도 서슴없이 사용했다. 한 은행에서는 비명을 지르는 여자 고객을 곤봉으로 때려 머리에 좌상을 입혔고 다른 은행에서는 대항하는 경비원을 권총으로 살해했다.

〈작은 은행 강도〉라는 말은 그들의 신체가 작아서가 아니라 그들이 턴 은행이 작아서 붙인 말이었다. 그들에게 정보를 제공했다고 자백한 한 은행의 출납계원은 그들이 작은 은행을 터는 이유는 큰 은행보다 털기가 용이해서라고 진술했다. 그 출납계원이 체포된 후에 은행 강도들은 자취를 감췄다. 지난 3주 동안 그들에 대한 소식은 아무것도 없었다.

버티도 〈작은 은행 강도〉 얘기는 들었지만 관심이 없었다. 그는 마음이 약해서 범죄 얘기는 가급적 피해 왔기 때문이다. 그러나 그날 아침 신문의 제목은 버티의 눈을 떼지 못하게 만들었다.

〈작은 은행 강도 : 남아프리카와 관계가 있다!〉

기사는 그 신문의 범죄 담당 기자인 데릭 홈즈가 쓴 것이었다. 기사 내용은 런던 경찰청이 몇 명의 범인 신분을 파악하고 있다는 것과 자기가 조사한 바로는 범인 중 3, 4명은 스페인에 숨어 있다는 기사였다. 기사는 계속되었다.

〈그러나 그들과는 별개로, 그것도 거물급 멤버가 있다고 합니다. 스페인에 있는 남자들은 잔챙이에 불과합니다. 저의 조사에 따르면 습격을 계획하고 폭력행사를 불사하는 주력 멤버는 남아프리카에서 온 것으로 보입니다. 그들이 자금을 대고 인원을 제공했습니다. 강도 현장에서 그들이 서로 대화를 나누고 명령을 내리기도 했다는 것을 들은 몇 명이 증언하길 그들은 남아프리카 억양을 썼다고 합니다. 스타킹으로 얼굴을 가리고 있었기 때문에 평범하게 들리지 않았다고 생각할 수도 있겠지만 내가 취재한 두 명의 증인은 그들이 틀림없이 남아프리카 억양을 썼다고 진술했습니다. 그 증인들도 얼마 동안 남아프리카에서 살았던 사람들입니다.〉

홈즈 기자는 그들이 지금쯤은 남아프리카에 돌아갔을 것이라고 기사를 끝맺었다. 그러나 그들 중 한 명이 아직도 영국에 있다면? 그리고 지미와 실비아를 알고 있고 그 둘을 윽박지르고 있다면? 그보다도 지미와 실비아가 그들의 패거리라면? 생각이 거기까지 미치자 공포와 흥분으로 몸이 사시나무처럼 떨렸다. 나는 어떻게 해야 하나? 내가 할 수 있는 것은 무엇인가? 그리고 지미 퍼체이스는 어디로 간 것일까?

버티는 그날 밤도 잠을 설쳤다. 새벽녘에야 겨우 눈을 잠깐 붙였다. 그는 월링톤이 문을 노크하는 꿈을 꿨다. 월링톤은 집 안에 들어와서 커다란 돈다발을 꺼내며 모든 사람에게 충분한 돈이 여기 있다고 말했다. 그는 돈을 세어서 테이블 위에 탁 소리가 나게 내려놨다. 그는 두 번째 다발도 내려놨다. 그리고 세 번째 다발도. 도대체 몇 다발이나 있지? 버티가 항의하려 했지만 월링톤은 계속해서 돈다발을 놨다. 탁, 탁, 탁….

버티는 커다란 소리를 내지르며 잠에서 깨어났다. 새벽의 여명이 커튼 사이로 비치고 있었다. 꿈에서 들은 탁탁 하는 소리가 들려 오고 있었다. 그는 잠이 덜 깨 몽롱한 가운데에서도 창으로 가면 그게 무슨 소린지 알 수 있을 거라고 생각했다. 그는 떨리는 몸으로 발소리를 죽여 창으로 다가가서 커튼을 들쳤다.

밖은 아직도 컴컴했고 그 소리는 린튼 하우스 뒤편에서 들려 오고 있어 무슨 일인지 볼 수 없었다. 그러나 규칙적으로 나는 그 소리가 무슨 소린지는 금방 알 수 있었다. 누가 땅을 파고 있었다. 꿈속에서 들은 소리는 누군가 삽으로 땅을 파는 소리였다. 삽이 돌에 닿을 때마다 금속성 소리를 냈다. 도대체 누가 무엇 때문에 이런 새벽에 땅을 팔까? 그는 전날 밤 악몽 속에서 들었던 무서운 비명이 생각났다. 만일 그것이 진짜 비명이었다면 과연 누가 질렀을까?

이내 땅을 파는 소리가 그쳤고 두 사람이 웅얼거리는 소리가 들렸다. 말의 내용은 물론 누구 목소리인지도 알 수 없었다. 높은 목소리는 실비아가 틀림없었으나 또 한 사람의 목소리는 월링톤일까? 만일 그렇다면 지미 퍼체이스는 정말로 떠난 것일까?

버티는 희미한 여명 속에서 두 남녀가 집 안으로 들어가는 모습을 잠깐 볼 수 있었다. 남자는 삽을 메고 고개를 숙이고 걸었다. 얼굴은 볼 수 없었으나 몸집이 크고 어깨가 넓었다. 월링톤이 틀림없었다.

그날 아침 버티는 런던에 갔다. 은퇴 후에는 런던에 별로 간 적이 없었다. 갈 때마다 더욱 혼란스러웠고 불안하기만 했다. 도시는 끊임없이 변하고 있었다. 전에 표지판 역할을 하던 건물이 갑자기 햄버거 식당으로 변해 있었다. 〈작은 은행 강도〉 기사는 『배너』지에 실려 있었고, 그 신문사는 플리트 가에서 그레이스 인 로드 어딘가로 건물을 옮겼다. 자기도 약간 아는 부편집인 아놀드 그레이슨과의 면회를 요청했으나 이미 다른 신문으로 자리를 옮기고 없었다. 그는 거의 한 시간을 기다려서 데릭 홈즈 기자를 만날 수 있었다. 그는 버티의 얘기를 들으며 계속해서 책상만 바라보고 있었다. 껌을 씹으며 가끔씩 〈그래요?〉라고 말할 뿐이었다.

버티가 말을 끝내자 그가 말했다.

"알았습니다, 메이스 씨. 감사합니다."

"앞으로 어떻게 할 겁니까?"

홈즈는 껌을 뱉어 내고 잠시 생각에 잠겼다.

"그 기사가 신문에 난 후로 얼마나 많은 사람들이 그들을 봤느니, 자기 하숙집 주인이 강도 중 한 사람이라니, 버스를 탄 두 남아프리카 사람들이 강탈한 돈을 어떻게 나누자고 얘기하는 걸 들었다느니, 기타 등등 얼마나 많은 제보가 저에게 쏟아져 왔는지 아십니까? 무려 110명입니다. 그중 반은 떠벌이기 좋아하는 사람들의 장난이고 나머지 반은 미친 사람들입니다."

"하지만 이것은 그것과 달라요."

"그들도 전부 다르다고 하지요. 나는 당신을 만나지 않으려고 했는데 아놀드와 친하다고 해서 일부러 만난 겁니다. 그런데 내용이 뭐지요? 부부가 한바탕 싸우고 남편이 집을 떠났다. 남아프리카에서 온 사촌이 꽃밭을 팠다….”

“새벽에 팠는데 이상하지 않습니까?”

“이상한 사람들은 많습니다.”

“당신이 말한 사건 주모자라는 남아프리카 사람의 사진이 있습니까? 만일 그가 월링톤이라면….”

홈즈는 다시 껌을 입에 넣고 씹으며 머리를 굴리더니 대여섯 장의 사진을 꺼냈다. 월링톤과 닮은 사진은 아무것도 없었다. 홈즈는 사진을 치웠다.

“이것으로 끝입니다.”

“하지만 우리 고장에 와 보지도 않겠다는 거요? 나는 살인이 일어났다고 믿어요. 월링톤은 그녀의 애인이고 둘이 지미를 죽였어요.”

“만일 월링톤이 강도고, 자기 몫을 갖고 숨어 있는 입장이라면 그런 일에 휘말려들지는 않았을 겁니다. 당신은 문제가 뭔지 아십니까, 메이스 씨? 당신은 상상력이 너무 많아요.”

런던 경찰청에 아는 사람만 있다면! 그러나 경찰청이라고 신문 기자와 달리 자기 말을 믿을 이유가 없었다. 그는 의기소침해서, 한편으로 불만으로 가슴을 채우며 발걸음을 되돌렸다. 그런데 뜻밖에도 실비아가 기차의 다른 칸에서 내리며 상냥하게 말을 걸어 왔다.

“안녕, 버티. 지금 알프를 배웅하고 오는 길이에요.”

“알프를 배웅해요?”

그는 바보같이 그녀의 말을 반복했다.

“그는 남아프리카로 돌아갔어요. 그 곳에 일거리가 생겼다는 연락을 받았어요.”

“더반으로 돌아갔나요?”

“그래요.”

"지미는 그가 케이프타운에서 왔다고 했는데…."

"그랬어요? 지미는 자주 틀리곤 하니까."

여자라면, 그것이 비록 살인자라 해도 사근사근하게 대하는 것이 버티의 천성이었다.

"이제 또 집에 혼자 있게 됐으니 우리 집에 와서 차라도 마시죠."

"그것 좋지요."

"내일 어때요?"

"좋아요, 약속했어요."

두 사람은 버티의 집 앞에 도착했다. 실비아는 두 손가락을 입에 댔다가 그의 볼에 살짝 눌렀다. 집에 들어가자 전화가 울리고 있었다. 홈즈였다.

"아시고 싶으실 것 같아서 전화했습니다. 당신 친구인 퍼체이스는 자기가 말한 대로 프리랜서 기잡니다. 우리 신문사 기자들 몇 명이 그를 알고 있더군요. 그다지 신통치 않은 기잔 것 같습니다."

"당신은 내가 한 이야기에 조금이라도 관심을 갖고 있었군요."

"언제고 기사거리는 무엇이든 조사를 합니다. 당신 얘기에는 특별한 것이 없는 것 같습니다."

"월링톤은 남아프리카로 돌아갔습니다. 갑자기."

"그래요? 그럼 행운을 빌어야겠군요."

승리감이 갑자기 분노로 변했다. 버티는 인사도 하지 않고 전화를 끊었다. 과연 이 모든 것이 내가 상상력이 풍부하기 때문일까?

다음날 그는 실비아를 위해 핫케이크를 만들고 검은 까치밥나무 열매 잼을 내놨다. 그리고 마음에 품고 있던 의심을 털어놓았다. 질문을 신중하게 한다는 것이 그렇지 못했다.

"엊그제 새벽에는 왜 땅을 팠습니까?"

실비아는 놀란 모양이었다. 핫케이크를 옷에 떨어뜨리고 비명까지 질렀다. 그녀는 옷에 떨어진 핫케이크를 치우고 말했다.

"그래서 잠을 깼다면 미안해요. 티미 때문에 그랬어요."

"티미?"

"우리 고양이에요. 무엇을 잘못 먹었는지 죽고 말았어요. 가엾은 티미. 알프가 무덤을 파고 우리가 잘 묻어 줬어요."

그녀는 말을 잠깐 끊었다가 계속했다.

"우리는 이번 주말에 이사해요."

"이사해요?"

그는 잠시 그 말을 믿을 수 없었다.

"네. 나는 원래 런던을 떠나서는 못 사는 여자예요. 지미가 책을 쓰려고 이리로 왔는데 신통치가 않아요. 항상 일 때문에 여기저기 떠돌아다녀야 하거든요. 런던에 산다면 나도 직업을 갖고 돈을 벌 수 있어요. 지금은 돈이 절실해요. 알프가 도와주지 않았다면 어떻게 됐을지 몰라요. 이리 온다는 게 미친 짓이었어요. 하기야 우리는 미친 사람들이니까요."

주말에 실비아는 떠났다. 원래 가구가 딸린 집이라 이삿짐이라야 가방 몇 개뿐이었다. 그녀는 작별 인사를 하러 찾아왔다. 지미의 모습이 보이지 않아 그에 대해 물었다.

"아직도 다른 곳에서 일하고 있어요. 그렇지 않더라도 이사를 도우러 일부러 올 사람이 아녜요. 그런 일이라면 질색하니까요. 잘 있어요, 버티. 언제고 만나게 되겠지요."

그녀는 그의 볼에 재빨리 키스를 하고 렌터카를 타고 떠났다.

그녀는 앞으로 연락할 주소라든가 하필이면 꼭두새벽에 고양이 무덤을 판 이유 같은, 여러 가지 의문점을 남기고 떠났다.

그는 그녀가 했던 말이 점점 더 의심스러웠다. 그가 들은 말다툼은 돈이 없다는 것으로 설명될지 모르겠지만 지미가 돌아오지 않았다는 것은 아무래도 이상했다.

린튼 하우스에 사는 사람이 없었고 문은 잠겨 있었지만 정원에 들어가는 것은 간단했다. 담 바로 안쪽에 땅을 판 자리가 있었다. 구덩이 옆에 흙을 쌓아 놓은 것을 보니 고양이를 묻기에는 너무 큰 것 같았다.

실비아가 떠나고 1주일이 지난 어느 날 버티는 갑작스런 충동에 이끌려 삽을 들고 이웃집 정원에 들어가서 땅을 팠다. 의외로 힘이 들었는데 40센티 가량 파내려가자 고양이시체가 나왔다. 실비아의 집에서 본 적이 있는 것 같은 고양이였으나 실비아가 무엇을 잘못 먹고 죽었다고 한 말은 거짓말이었다. 고양이의 머리는 무엇으로 세게 얻어맞았는지 부서져 있었다.

그는 고양이를 불쾌하게 바라보았다. 그는 죽은 것이라면 전부 싫었다. 고양이를 다시 묻고 삽질을 끝냈을 때 길에서 누가 불렀다. 길에는 해리스 순경이 자전거를 세우고 서 있었다. 가슴이 철렁했다.

"아, 메이스 씨군요. 누가 집을 털려는 줄 알았습니다. 누가 집에 들어가려고 굴을 파나 생각했죠. 열쇠를 잃어서 집에 들어가려고 굴을 파는 겁니까?"

해리스는 동네 익살꾸러기로 알려져 있었다. 자기가 한 농담에 자기가 가장 크게 웃는 사람이었다. 그는 지금도 너털웃음을 터뜨렸다. 버티는 힘없이 따라 웃었다.

"그런데 왜 옆집 정원을 파십니까?"

할 말이 없었다. 남자 시체가 있나 파 보았는데 고양이 시체가 있었다고 말해야 한단 말인가? 버티는 절망적으로 아무렇게나 대답했다.

"뭐를 잃어서… 혹시 여기에 있나 해서… 흙을 뒤집어 보려 했습니다."

순경은 머리를 흔들었다.

"가택 침입입니다, 메이스 씨. 여기는 당신 집이 아녜요."

"당신 말이 맞습니다. 다시는 이런 일이 없을 겁니다. 이번 일은 눈감아 주십시오."

그는 1파운드 지폐를 꺼내 순경에게 다가섰다.

"이러시면 안 됩니다. 이러면 뇌물 증여 행위가 되고, 그것도 범죄 행위입니다. 이번 일은 보고를 하지 않고, 이 이상 귀찮게도 안 하겠습니다. 그러나 앞으로는 남의 집에 들어가지 말기를 강력히 말씀드리는 바입니다."

속으로는 거만한 녀석이라고 생각했지만 앞으로 그러겠다고 말했다. 그는 약간 바보가 된 것 같은 기분으로 집에 돌아갔다. 해리스 순경은 잘난 체하면서 자전거를 타고 떠났다.

얘기는 이것으로 끝난 것 같았지만 약간 더 남아 있었다.

몇 주일 후에 린튼 하우스에는 또 사람이 들어왔다. 이번에 들어온 사람들은 홉슨이라는 가족으로 아이들 두 명이 대단히 시끄러웠다. 버티는 가능하면 그들을 멀리했다. 그는 아이들에게 끊임없이 놀림을 당했고 그것이 싫었다. 게다가 린튼 하우스에 다시 발을 들여놓는 것도 싫었다.

다음해 늦은 봄에 버티는 사디니아 지방에 가서 거대한 돌무덤을 구경했다. 다음에는 서해안 지방을 천천히 드라이브하며 하루를 보내다. 그가 뉴오로라는 작은 동네에서 술을 천천히 즐기고 있는데 누가 그의 이름을 불렀다. 실비아였다. 그녀는 살갗이 너무 타서 자칫하면 알아보지 못할 지경이었다.

"버티, 도대체 여기서 뭐하는 거예요?"

버티는 드라이브 왔다고 하고 같은 질문을 했다.

"저기 언덕 위에 집이 있는데 장보러 왔어요. 우리 집에 함께 가요. 여보, 여기 누가 있나 보세요."

지미 퍼체이스가 햇빛에 탄 모습으로 광장을 질러 왔다. 그도 실비아처럼 기분 좋은 모습이었고 버티에게 자기 집에 가자고 권했다. 집은 동네에서 몇 마일 떨어진 오토벤 산 중턱에 있었다. 험한 길 끝에 있는 집은 희고 기다란 현대식 건물이었다. 그들은 정원에서 생선과 그 지방 흰 포도주를 들었다.

버티의 호기심이 또다시 피어났다. 눈에 띄게 궁금증을 나타내지 않으려면 어떻게 물어야 할까? 커피를 마시며 그는 지미의 일 때문에 이 지방에 있느냐고 물었다. 실비아가 대답했다.

"아녜요. 책이 나온 후로 기자일은 그만뒀어요."

"책?"

"책을 보여 줘요, 지미."

지미는 집 안에서 책을 갖고 나왔다. 제목은 『아니타 세레나가 지미 퍼체이스에게 말한 격정적인 인생』이었다.

"아니타 세레나는 들어 본 적이 있겠지요."

아니타 세레나 얘기라면 모르는 사람이 없을 것이다. 그녀는 유명한 영화배우였고, 성질이 과격하다는 점과 다섯 번의 결혼과 여러 번의 연애 스캔들로 유명했다.

"그녀가 지미에게 자서전을 쓰도록 한 것은 대단한 행운이었어요. 그 일은 비밀리에 진행되었죠. 그가 신분일로 집을 비운다고 했을 때 실제로는 그녀와 일하고 있었어요."

지미가 말을 받았다.

"그러다는 기분이 내키지 않는다고 글 쓰는 일을 중단했지요. 그러다가 갑자기 또 쓰겠다고 불렀구요. 그러면 실비아는 내가 신문사 일로 떠났다고 연극을 해야 했고…."

"나는 지미가 그녀와 관계를 갖는 것으로 알았어요. 그녀는 지미를 좋아했거든요. 지미는 그렇지 않다고 하지만 모르겠어요. 어쨌든 가치 있는 일이었어요."

"책은 성공적이었나요?"

지미는 미소 지었다. 햇볕에 탄 피부에 이가 유난히 하얗게 보였다.

"대성공이었지요. 그 바람에 신문 일도 하지 않게 됐습니다."

그것으로 두 사람이 싸웠던 일은 설명되었다. 또한 지미가 갑자기 떠나서 돌아오지 않은 일도 설명되었다. 그 지방의 독한 술을 몇 잔 마시자 버티는 이내 졸음이 쏟아졌고 너무 마셨다는 생각이 들었다. 묻고 싶은 게 있었으나 곧 잊어버렸다. 뉴오로에 있는 호텔로 돌아오는 지미의 자동차 안에서야 비로소 생각이 났다.

"사촌은 어때요?"

"사촌요?"

"아프리카에서 왔던 사촌인 월링톤 씨 말예요."

자동차 뒷좌석에서 실비아가 말했다.

"알프는 죽었어요."

"죽다니!"

"자동차 사고로 죽었어요. 남아프리카에 도착하고 얼마 안 돼 죽었어요. 슬픈 일이죠?"

그 후에는 호텔에 도착해서 작별 인사를 할 때까지 별로 말이 없었다. 호텔방도 따스했고 마신 술 때문에 즉시 잠이 들었다. 두어 시간 후에 잠을 깼다. 땀을 흘리고 있었다. 그는 자기가 들은 말이 사실인지 아닌지 알 수 없었다. 과연 책을 대작해서—글을 대신 쓴다는 말을 그렇게 부른다는 것을 들은 적이 있었다—사디니아에 은퇴할 만한 돈을 벌 수 있을까? 그렇지 않을 것 같았다. 캄캄한 방안에 누운 그는 그 동안 일어난 일을 대충 알 수 있을 것 같았다.

월링톤은 〈작은 은행 강도〉 패거리 중에 한 사람으로 숨을 곳을 찾아 퍼체이스의 집에 왔다. 그는 강탈한 돈의 자기 몫을 갖고 있었고 퍼체이스 내외는 그를 죽이고 돈을 빼앗기로 했다. 그가 들었던 부부의 다툼은 언제 월링톤을 죽이느냐고 다투던 소리였고 비명 소리는 월링톤이 죽을 때 지른 소리였다.

지미는 그날 밤에 떠난 척했다가 돌아와서 실비아가 시체를 치우는 일을 도왔다. 지미가 무덤을 팠고 두 사람은 월링톤의 시체를 묻었다.

다음에는 고양이를 죽이고 월링톤 시체 위에 묻었다. 무엇보다도 고양이의 머리를 쳐서 죽인 일이 버티를 소름 끼치게 했다.

그는 일정을 줄이고 가장 빠른 비행기로 집에 돌아갔다. 그는 고양이 시체가 있던 곳에 가 봤다. 새로 이사 온 사람들이 그 위에 꽃씨를 뿌려 꽃들이 만발하고 있었다. 무덤 위에서는 꽃이 잘 자란다는 것을 어디선가 읽은 것 같았다.

"또 가택 침입을 하시려는 것은 아니겠지요, 메이스 씨?"

해리스 순경이 웃음을 터뜨리며 물었다.

버티는 고개를 흔들었다. 호텔 방에서 상상한 일은 사실일 수도 있고 아닐 수도 있었다. 만일 그가 경찰에 가서 자신의 생각을 말하고, 경찰이 그 말을 믿고 꽃밭을 팠을 때 고양이 시체만 나온다면? 그러면 자기는 동네의 웃음거리가 되겠지.

버티 메이스는 아무 말도 하지 않기로 했다. 해리스 순경이 뭔가 아는 척하면서 참견했다.

"정원을 파던 날은 기분이 약간 이상하셨던 모양이지요?"

"그랬던 것 같군요."

"계란풀이 아름답군요. 봄에 꽃을 보니 기분이 좋군요."

"그렇군요. 보기가 좋습니다."

버티 메이스는 온순하게 말했다.

줄리안 사이먼스(Julian Symons, 1912~1994)

영국 런던 출신. 영국 추리소설계의 대부라고 할 수 있다. 시인이며 비평가이자 사회학자인 사이먼스는 『피투성이 살인』(1972)과 같은 평론집과 그 외에 20편이 넘는 작품을 썼다. 광고회사 카피라이터를 거쳐 1945년 첫 장편 『The Immaterial Murder Case』를 쓰고 라디오와 텔레비전 드라마도 썼다. 1976년부터 1985년까지 〈디텍션 클럽〉의 회장을 지냈으며, 『살인의 색채』(1957)로 CWA상, 『살인의 진행』(1960)으로 MWA 상을 받기도 했다. 그리고 1982년에는 MWA 그랜드 마스터 상을 수상했다. 한편 『코난 도일』, 『대쉴 하메트』의 전기도 썼으며 『위대한 탐정들』이 국내에 소개되어 있다.

나의 완전범죄

MY PERFECT MURDER — 레이 브래드버리

묵은 원한을 갚고 일생에 걸친 증오를 소멸시키기 위해 그는 소년시절의 박해자를 찾아 전국을 누비고 다닌다.

미국을 반쯤 가로질렀을 때 나에게 떠오른 것은, 극도로 완벽하고 믿기 힘들 정도로 기분 좋은 살인에 대한 생각이었다. 그 생각은 몇 가지 이유로 해서 내가 48세 되던 해 생일날 떠올랐다. 어째서 30세나 40세 때 떠오르지 않았는가에 대해선 별로 할말이 없다. 아마도 그때는 좋은 시절이었기 때문에 난 시간과 시계를 지각하지 못하고 그 시절을 항해하듯 보내며 내 관자놀이에 하얀 서리를 모으고 있었는지도 모른다.

어찌됐든, 나의 48번째 생일날 밤, 아이들이 달빛이 비추는 조용한 방에서 잠자고 있을 때 나는 침대에서 아내 옆에 누워 이렇게 생각했던 것이다.

나는 지금 일어나 그 곳에 가서 랄프 언더힐을 죽일 것이다. 랄프 언더힐이라고? 도대체 그건 누구의 이름인가? 삼십육 년이 지난 후에 그를 죽인다고? 뭐 때문에? 그건, 내가 12살 때 그가 내게 한 짓 때문이었다.

한 시간 후에 아내가 부스럭거리는 소리를 듣고 잠에서 깼다.

"더그? 뭘 하는 거예요?"

"짐 싸. 여행하러."

"오."

그녀는 중얼거리고 돌아눕더니 잠이 들었다.

"승차! 모두 승차하세요!"

짐꾼의 외침소리가 기차 플랫폼 아래로 울려 퍼졌다. 기차는 들썩거리더니 쿵 하는 소리를 냈다.

"다녀오겠소!"

나는 계단을 뛰어오르면서 소리쳤다.

"언젠가는…."

아내가 외치는 소리가 들려 왔다.

"당신이 날아다닐 수 있었으면 좋겠어요!"

〈날아〉 하고 나는 생각했다. 온 초원을 날아다니면서 살인에 대한 생각을 망치라구? 피스톨에 기름칠을 하고 그것을 장전하고 내가 36년이 흐른 뒤에 묵은 원한을 청산하려고 나타나는 순간 랄프 언더힐의 얼굴을 상상하는 걸 망치라구? 차라리 나는 짐을 들고 온 나라를 도보로 건너면서 밤이면 멈췄다가 불을 지피고 내 우울과 오래 되어서 말라 버렸으나 사라지지 않는 적개심을 끼니로 삼는 쪽을 택할 것이다.

둘째 날 밤 그레이트 플레인을 건너고 있을 때, 나는 아름다운 천둥번개와 만나게 되었다. 나는 새벽 4시까지 잠을 자지 않고 천둥과 사나운 바람 소리에 귀를 기울였다. 폭풍이 극치에 다다랐을 때, 나는 차가운 유리창에 비친 암실의 원화 프린트 같은 내 얼굴을 보았다. 그리고 생각했다.

저 바보는 어딜 가고 있는 걸까?

랄프 언더힐을 죽이려고! 왜? 왜냐하면! 그가 어떻게 내 팔을 때렸는지 기억해? 타박상을 입혔어. 나는 두 팔이 온통 멍투성이였다. 검푸른 색, 얼룩덜룩하게 난 검은 멍, 이상하게 누르스름한 타박상들. 치고 달리기, 그게 바로 랄프 언더힐이 하던 짓이다. 치고 달리기.

그리고 아직도… 넌 그를 사랑하니?

그렇다. 소년들은 그들이 여덟 살이나 열 살, 열두 살 정도 되었을 때 모두 잔인한 종류의 사랑을 품게 된다. 세상은 순진하지만 소년들은 자기들이 무슨 짓을 하는지 모르기 때문에 사악함을 넘어 포악해지게 된다. 그래서 어느 정도 비밀스러운 수준에서 나는 상처를 받아야만 했다. 우리들 친한 친구들은 서로를 필요로 했다. 나는 맞기 위한 존재였고 그는 때리기 위한 존재였다. 나의 상처는 우리들의 사랑의 상징이고 표상이었다.

그 밖에 내가 이렇게 시간이 지난 후에야 랄프를 살해하고 싶게 만드는 또 무엇이 있겠는가? 기차의 호각소리가 날카롭게 울려 퍼졌다. 야밤의 시골풍경이 옆으로 스쳐 지나갔다. 나는 새 트위드 반바지 양복을 입고 등교하던 어느 봄날을 회상했다. 랄프는 날 때려서 쓰러뜨리고 눈과 차가운 갈색 진흙 속으로 날 굴렸다. 그러면서 랄프는 웃어댔고 나는 진흙으로 뒤범벅이 되어 수치스런 얼굴을 하고 매맞을까 봐 두려워하면서 집으로 돌아갔다. 그리고 마른 옷으로 갈아입었다.

나는 라디오 쇼인 〈타잔〉을 선전하는 진흙 인형을 기억한다. 단 25센트만 주면 타잔 인형과 유인원 칼라와 사자 루마를 살 수 있었다. 그것들은 아름다웠다! 지금도 나는 기억 속에서 먼 곳에 있는 녹색의 정글 사이를 흔들거리며 돌아다니는 유인원이 큰소리로 울부짖는 소리를 들을 수 있다! 그러나 누가 대공황이 한창일 때 그 25센트를 가질 수 있겠는가? 다만 랄프 언더힐만이 그럴 수 있었다.

어느 날 랄프는 나한테 그 인형들 중 하나를 갖고 싶냐고 물었다.

"갖고 싶어!"

나는 쉬지 않고 외쳤다.

"그래! 그래!"

바로 그 주에 나의 형은 이상한 애정에 사로잡혀 나에게 자신의 오래

되고 비싼 야구 포수 글러브를 주었다.

"좋아, 네가 나한테 포수 글러브를 주면 나도 너한테 타잔 인형을 줄게."

바보 하고 나는 생각했다. 인형 값은 25센트밖에 안 된다. 글러브는 2달러는 족히 나가는 것이다! 불공평하다! 안 돼! 하지만 나는 글러브를 가지고 랄프의 집으로 달려가 그것을 그에게 주었으며, 그는 내 형보다 더 기분 나쁜 경멸에 찬 웃음을 싱글거리며 나에게 타잔 인형을 건네주었다. 기쁨에 넘쳐 나는 집으로 달려갔다.

형은 두 주 동안 자기가 주었던 포수 글러브와 인형에 대한 사연을 모르고 지냈다. 농장이 있는 시골에서 산책을 하던 중 나는 형에게 그 얘기를 했고 그는 즉시 나를 도랑에 처박고 가버렸다. 나는 너무나 멍청했기 때문에 길을 잃었다.

"타잔 인형! 야구 글러브!"

형은 멀리 달려가면서 소리쳤다.

"이제 너한텐 아무것도 안 줄 거야!"

시골길 어디에선가 나는 그냥 드러누워 울었고 죽고 싶었다. 하지만 나의 비참한 마지막 구토를 멈추는 방법을 몰랐다. 천둥소리가 으르렁거렸다. 비를 차가운 창문 위로 떨어졌다.

그게 전부인가? 아니다. 마지막으로 하나가 더 남았다. 제일 끔찍한 것이다. 나는 언제나 랄프의 집으로 가서 아침 6시에 깨워 주거나 미국 독립기념일이라는 것을 알려 주고, 혹은 이른 새벽에 추운 철도 역으로 서커스가 도착한 걸 알려 주기 위해 그의 방 창문에 작은 자갈돌을 던졌다. 그러나 그런 동안에도 랄프는 한 번도 우리 집으로 달려온 적이 없었다.

단 한 번도 그는 우리 집으로 와서 자신의 우정을 증명해 보이지 않았다. 문에서는 절대로 그의 노크 소리가 나지 않았다. 내 침실의 창문은 한 번도 높이 던져진 모래나 돌멩이 가루로 인해 희미하게 달그락거리는 법이 없었다. 나는 항상 내가 아침 공기를 마시며 그의 창문을 찾아가는 것과 랄프의 집을 방문하는 것을 중단하는 날이 우리의 우정이 끝나는 날이 되리라는 것을 알고 있었다. 나는 한번은 그것을 시험해 봤다. 나는 일주일 동안 그를 찾아가지 않았다. 그래도 랄프는 결코 나에게 오지 않았다. 그건 마치 내가 죽었는데도 아무도 내 장례식에 찾아와 주지 않는 것과 같았다.

내가 랄프를 학교에서 만났을 때, 그는 전혀 놀라운 표정이나 질문도 없었고 내 코트를 잡아당길 만한 최소한의 호기심조차 없었다.

"어디 있었니? 더그. 난 때려 줄 사람이 필요해. 어디 있었어, 더그? 난 괴롭힐 사람이 없었단 말이야!"

어쨌든 가장 중요한 것은 아침에 관한 것이다. 그는 결코 우리 집에 오지 않았다. 그는 한 번도 날 소리쳐 깨우거나 자갈 조각을 깨끗한 창문에 던져 올려 날 내려오게 해서 즐거운 여름을 즐기자고 하지 않았다.

그리고 이 마지막 일 때문에 나는 생각했다. 새벽 4시에, 폭풍이 잠잠해지고 기차에 앉아 있는 나는 눈에 눈물이 고인 것을 깨달았다. 이 마지막이자 최후의 일 때문에, 그것 때문에 난 내일 밤 널 죽일 것이다. 살인. 36년이 흐른 뒤의 살인이라. 오, 하느님, 당신은 아합보다 더 미쳤습니다.

기차가 울부짖었다. 우리는 감정 없는 그리스의 운명이 검은 금속의 로마의 분노에 의해 옮겨지듯이 미국을 가로질렀다.

사람들은 당신이 두 번 다시는 고향에 돌아갈 수 없다고 말한다. 그건 거짓말이다. 운이 좋고 때를 잘 맞춘다면 당신은 옛 마을이 황혼 빛으로 가득 차는 해질녘에 그 곳에 도착하게 될 것이다.

나는 기차에서 내려 그린타운을 걸어 올라갔으며 석양의 빛으로 타오르고 있는 군청을 바라보았다. 나무마다 모두 황금빛으로 물들어 있었다. 모든 지붕과 가로대, 그리고 값싸고 번지르르한 장식들은 놋쇠 빛을 띠었다.

나는 해가 져서 그린타운이 어두워질 때까지 개와 노인들과 함께 군청광장에 앉아 기다렸다. 나는 랄프 언더힐의 죽음에 맛을 내고 싶었다. 역사상 아무도 이와 같은 범죄를 저지른 적이 없었다. 나는 여기 있다가 죽이고, 떠날 것이다. 전혀 낯선 자가 되어서 말이다.

누가 감히 자기 집 계단에 죽어 있는 랄프 언더힐의 시체를 보고 12살 먹은 소년이 타임머신 같은 기차를 타고 와서 과거를 총으로 쏘아 쓰러뜨렸다고 말할 수 있겠는가? 그건 모든 합리적인 논리에 어긋나는 일이다. 나는 나의 순수한 광기 속에서 안전했다.

마침내 이 선선한 10월 밤의 8시 30분이 되자 나는 마을을 가로지르고 협곡을 지났다. 사람들은 이사를 하지만 나는 그가 아직도 거기에 살고 있으리라고 확신했다. 나는 파크 스트리트를 돌아 내려와 홀로 서 있는 가로등을 향해 200미터 가까이 걸어가서 건너편을 쳐다보았다. 랄프 언더힐의 2층짜리 하얀색 빅토리아식 저택이 나를 기다리고 있었다. 내가 49세의 늙은 나이가 되어, 지치고 자신을 괴롭히는 영혼이 되어 여기에 와 있는 나 자신을 느끼듯이.

나는 불빛 밖으로 걸어 나와 슈트케이스를 열고 권총을 내 오른쪽 코트주머니에 넣은 다음 케이스를 닫아 그것을 덤불 속에 숨겼다. 나중에 나는 그 곳에서 가방을 다시 꺼내들고 협곡 아래로 걸어 내려가 마을을 가로질러 기차를 탈 것이다.

나는 그의 집 앞에 섰다. 그 곳은 내가 36년 전에 서 있던 곳과 똑같았다. 그 곳에는 내가 사랑을 담아 바윗돌 부스러기를 던지곤 하던 창문이 있었다. 랄프와 내가 소리를 빽빽 질러대며 온 세상을 태워 버렸던 옛날의 7월 4일. 그때의 폭죽이 타고 남아 점점이 얼룩진 보도도 있었다. 나는 현관으로 걸어갔고 그 곳에서 언더힐이라고 작은 글씨로 쓰여 있는 우체통을 보았다.

그의 부인이 나오면 어떻게 하지? 아니 그럴 리가 없다고 나는 생각했다. 그 자신이 절대적인 그리스의 비극적 완벽함을 갖추고 문을 열고, 상처를 입고, 자기가 저지른 묵은 범죄와 어찌됐든 범죄로 발전한 사소한 죄들에 대한 대가로 기꺼이 기쁘게 죽을 것이다.

나는 벨을 울렸다. 이렇게 오랜 시간이 지났는데 그가 날 알아볼까 하고 나는 생각했다. 첫발을 쏘기 전에 그에게 네 이름을 말해 줘라. 그는 꼭 그걸 알아야만 한다.

침묵.

나는 다시 벨을 울렸다. 문고리가 덜컹거렸다. 나는 주머니 안의 피스톨에 손을 댔다. 심장이 방망이질 쳤다.

문이 열렸다. 랄프 언더힐이 그 곳에 서 있었다. 그는 눈을 깜박거리며 나를 응시했다.

"랄프?"

"그런데요…?"

우리는 5초 정도 그 자리에 못 박힌 듯이 서 있었다. 하지만—오 하느님—그 수초 동안 많은 일들이 일어났다. 나는 랄프 언더힐을 보았다. 나는 그를 분명히 보았다. 나는 12살 이후로는 그를 보지 못했다. 그 당시 그는 나보다 훨씬 키가 컸고, 나를 연달아 주먹으로 때리고 치고 비명을 질렀다. 지금의 그는 키 작은 노인이었다.

나는 180센티미터가 넘었다. 그러나 랄프 언더힐은 12살 때보다 별로 키가 자라지 않았다. 내 앞에 서 있는 남자는 겨우 165센티가 될까 말까 했고 그때보다도 5센티 정도 키가 자란듯 했다. 나는 그보다 훨씬 키가 컸다.

나는 놀라움으로 숨이 막혔다. 나는 그를 뚫어져라 응시했다. 나는 48세였다. 그러나 48세의 랄프 언더힐은 머리카락이 거의 빠져 버렸고 그나마 남아 있는 것은 초라한 회색과 검은색, 흰색의 범벅이었다. 그는 60이나 65세로 보였다. 나는 건강이 좋았다. 랄프 언더힐은 밀랍처럼 창백했다. 그의 얼굴에서 병색을 읽을 수 있었다. 그는 태양이 비추지 않는 나라를 몇 군데 여행한 듯했다. 그의 얼굴은 세파에 찌들고 움푹하게 꺼져 있었다. 그의 숨결에서는 장례식 꽃다발과 같은 냄새가 났다.

내가 말했던 모든 것은 단 한 번의 번쩍이는 섬광으로 쏟아 붓기 위해 빛을 모으는 폭풍전야와 같았다. 우리는 그 폭발 속에 서 있었다.

그래 내가 이것을 위해 여기 왔단 말인가 하고 나는 생각했다. 그렇다면 이것이 진실이다. 때를 맞춘 이 끔직한 순간. 무기를 꺼내지 말아라. 죽이지 말아라. 안 된다, 안 된다. 그 대신 그냥… 지금 이 순간 랄프 언더힐을 있는 그대로 보는 것. 그것이 전부였다. 그냥 여기 와서, 이곳에 서서 그가 변해 버린 모습을 보는 것.

랄프 언더힐은 놀라움을 나타내는 몸짓으로 한쪽 손을 들어올렸다. 그의 입술이 떨렸다. 그의 눈이 내 위아래를 살폈고, 그의 지성은 자기 집 문을 그늘지게 하면서 서 있는 이 거인이 누구일까 하고 추측했다. 마침내 그의 목소리가, 그토록 작게, 그토록 허약하게 터져 나왔다.

"더그…?"

나는 몸을 움츠렸다.

"더그."

그는 놀라움으로 숨을 멈춘 듯했다.

"자네인가?"

나는 그건 예상하지 못했다. 사람들은 기억하지 못한다! 그들은 그럴 수 없다! 그 수많은 세월을 건너뛰어? 어째서 그들은 알고, 기억을 더듬고, 알아보고, 회상하는가?

나는 내가 마을을 떠난 뒤에 랄프 언더힐에게 일어난 일은 그의 인생이 망가지는 것뿐이었으리라고 짐작할 수 있었다. 나는 그의 세계의 중심이었고, 공격하고, 때리고, 주먹으로 연타하고, 멍들게 만드는 대상이었다. 그의 인생 전체는 내가 36년 전에 단순히 그의 삶에서 걸어 나감과 동시에 부서졌던 것이다. 말도 안 된다! 그럼에도 불구하고 내 머릿 속의 미친 지혜의 입들은 그것들이 알고 있는 사실을 떠들어댔다. 너는 랄프를 필요로 했어. 하지만 더! 그는 너를 필요로 했던 거야! 그런데 네가 유일하게 용서할 수 없는, 상처를 입히는 짓을 한 거야. 너는 사라져버렸어.

"더그?"

그는 다시 말했다. 내가 손을 옆구리에 얹고 현관에 그대로 말없이 서 있었기 때문이다.

"자넨가?"

바로 그 순간을 위해서 내가 온 것이다. 나의 핏속 어딘가는 이미 내가 그 무기를 사용하지 않으리라는 것을 알고 있었다. 나는 그것을 가지고 왔다. 그렇다. 그러나 세월이 여기 내 앞에 데려다 놓은 것은 나이 들고 더 작아진, 더 끔찍한 죽음이었다.

탕.

심장을 관통하는 여섯 발의 탄환.

그러나 나는 피스톨을 사용하지 않았다. 단지 총소리를 작게 중얼거렸을 뿐이다. 총소리를 한 번 속삭일 때마다 랄프 언더힐의 얼굴이 십 년씩은 더 늙어 보였다. 내가 마지막 총소리를 냈을 때쯤에는 그는 108 살이 되어 있었다.

"탕."

"탕. 탕. 탕. 탕. 탕."

그의 몸이 그 영향으로 흔들렸다.

"너는 죽었어. 오, 하느님. 랄프, 넌 죽었어."

내가 몸을 돌리고 계단을 내려와 거리로 들어섰을 때 그가 불렀다.

"더그, 자넨가?"

나는 대답하지 않고 계속 걸어갔다.

"대답해 주게."

그는 허약하게 울부짖었다.

"더그! 더그 스파울딩, 자네지? 자넨 누군가? 자네는 누군가?"

나는 내 슈트케이스를 집어 들었고 귀뚜라미가 울어대는 밤과 협곡의 어둠 속으로 걸어 들어갔으며 다리를 건너고 계단을 올라가 멀리 떠났다.

"자넨 누구야?"

나는 그의 목소리가 마지막으로 울부짖는 소리를 들었다. 한참을 걸은 후에야 나는 뒤를 돌아보았다. 랄프 언더힐의 집에는 모든 불이 다 켜져 있었다. 그건 마치 랄프 자신이 내가 떠난 뒤에 집 안을 돌아다니며 불을 밝혀 놓은 것 같았다.

협곡의 다른 쪽에서 나는 내가 태어난 집 앞에 있는 잔디밭에 멈춰 섰다. 그런 다음 자갈 조각들을 조금 주워들고 내 생에서 단 한 번도 일어나지 않았던 일을 했다. 나는 몇 개의 자갈 조각들을 내가 12살까지 매일 아침 침대에 누워 있던 방 창문을 향해 던져 올렸다. 나는 더 이상 존재하지 않는 긴 여름날, 같이 내려와 놀자고 나 자신을 불렀다.

나는 어린 나 자신이 같이 놀기 위해 내려올 수 있을 만큼 충분히 오랫동안 서서 기다렸다. 그리고 나서 재빠르게 새벽의 선두에 서서 달리며 우리들은 그린타운을 빠져 나와 남아 있는 나의 여생을 향해 다시 현재로 돌아갔다.

레이 브래드버리(Ray Bradbury, 1920~)

미국 일리노이 출생. SF와 환상, 순수문학을 독특하게 결합시켜 독자적인 작품세계를 구축. 특히 단편에 뛰어난 재능을 보여 O. 헨리상 등 많은 문학상을 수상했다. 『화씨 451도』, 『화성 연대기』 등이 대표작이다.

명예를 잃은 사람

PAUL BRODERICK' S MAN — 토머스 웰시

플래너건은 충분한 시간을 두고 미리 경고를 받았다. 그 경고는 폴 브로더릭이 말한 대로 연금을 받고 은퇴해야 한다는 것이었다. 그러나 그는 그런 경고를 따를 만큼 바보는 아니었다. 시기가 시기인 만큼 지금 은퇴를 하면 의심을 불러일으킬 것임에 틀림없었다. 은퇴 대신 브로더릭의 친구인 경찰의가 앤소니 빈센트 플래너건 경감은 등이 아파 필요한 기간 동안 휴양을 해야 한다는 진단서를 끊어 주었다.

일은 순조롭게 진행됐다. 폴 브로더릭이 하는 일이니 당연지사였다. 실제로 5, 6명이 대배심원의 심의를 받았지만 그들은 피라미들이었고, 그런 일이 보통 그렇듯이 나중에 조사는 흐지부지됐다. 아무것도 바뀐 것은 없었다. 플래너건 경감은 물론 병 때문에 진술을 할 수 없었다. 그는 브로더릭의 조언에 따라 등이 아파 요양소에서 꼼짝도 할 수 없었고 가을에 선거가 끝날 때까지 그 곳에 있었다.

그 후 이제 플래너건은 아무런 걱정도 없었다. 모든 게 잘 됐다. 그는 장성한 자식이 네 명이나 있는 홀아비였다. 그는 베이 리지에 있는 아이들의 어릴 적 추억이 남아 있는 집을 팔고 만 2천 달러짜리 새 자동차를 샀다. 그리고 이스트가 근처에 작지만 호화스러운 아파트를 빌렸다. 의사인 아들 프랭크에게는 미드타운에 좋은 병원을 개설해 주었다. 딸인 메이미와 그녀의 가족에게는 웨스트 체스터에 현금으로 새집을 사 줬

다. 경찰의를 동원할 수 있을 정도로 갖가지 인맥을 자랑하는 브로더릭은 둘째 아들인 제리를 가장 유명한 법률학교에 입학시켜 주었다.

아무것도 해 줄 수 없던 것은 막내딸인 모린이었다. 그녀는 이상한 인생관을 갖고 있는 딸이었다. 플래너건은 그녀가 수녀원에나 어울릴 거라고 못마땅하게 생각한 적도 있었다.

"하지만 저는 정말로 원하는 게 없어요."

플래너건이 단도직입적으로 무엇을 원하는지 물어도 그녀의 대답은 마찬가지였다.

"남편과 나는 부족한 게 없어요, 아빠. 저희 걱정은 마세요."

"정말로 부족한 게 없단 말이지?"

플래너건은 입술을 꽉 깨물었다.

"이것 참, 정말로 멋지구나. 그럼 내가 돈을 줘도 싫단 말이냐?"

"아무것도 필요 없습니다, 장인어른. 어쨌든 감사합니다."

사위 역시 마찬가지였다. 그들은 사회 사업인가 뭐를 한다고 할렘 지역 어디에 살고 있었다. 사위보다 아버지를 잘 이해하는 딸이 아무것도 아닌 일처럼 처리하려 들었다.

"자, 화내지 마세요, 아빠. 우리의 뜻은…."

플래너건은 등을 돌리고 퉁명스럽게 내뱉었다.

"나도 너희들의 뜻이 뭔지 알 것 같으니 더 이상 얘기할 필요가 없다. 잘 들 있거라."

플래너건은 그 일로 그닥지 않게 불쾌감을 느꼈다. 그는 언제나 현실적인 사람이었기 때문에 선하고 우아한 양심이라고 하는 것 따위에는 신경도 쓰지 않았다. 그러나 뭐니뭐니 해도 모린은 죽은 아내를 쏙 빼어 닮아 가장 좋아하는 딸이었다.

그 일 이후로 일요일 밤에 메이미나 프랭크의 집에서 가족이 함께 식사를 해도 예전처럼 따스한 애정은 느껴지지 않았다. 그리고 그것이 자기 때문이라는 것을 인정하지 않을 수 없었다. 플래너건은 자신의 프라이드가 그것을 가로막고 있다는 사실을 전부터 깨닫고 있었다.

아무래도 좋아. 뭐 때문에 남들에게 골치를 썩이지? 그게 비록 모린이라고 해도. 그는 세상에 부족한 게 없었다. 돈 걱정도 없었고, 나이에 비해 건강도 좋았다. 술과 음식은 좋은 것만 먹었고, 책상 서랍 속에는 훌륭한 경찰업무 수행으로 받은 메달이 잔뜩 있었다. 그를 나쁘게 말하는 사람도 없었다. 적어도 대놓고 그렇게 말할 사람은 없었다. 그래서 크리스마스 직후에, 아직도 병가 중인 그는 겨울을 나기 위해 플로리다로 갔다. 플로리다에서의 생활은 좋았다. 날씨는 화창했고 아침은 풀장 옆에서 고급으로 먹었다. 오후에는 브로더릭의 친구를 만나 고급 클럽에서 1인당 50달러나 하는 점심을 들었다.

그래, 모린도 언젠가는 인생을 배울 거야. 걔가 그렇게 된 것은 내가 너무 호강을 시켜 줘서 그런지도 몰라. 모린은 지금의 내가 있기 위해 고생한 것처럼 제대로 된 고생도 못해 봤고, 기회가 닥치면 무슨 수를 써서라도 그 기회를 잡지 않으면 안 될 처지에 놓여 있지도 않았어. 그러나 그 생각을 하면 할수록 마음속 깊은 곳에서 화가 끓어올랐다. 그래서 봄에 모린이 아이를 낳고 할아버지 이름을 따서 앤소니라고 이름을 지었지만 손자에게 아무런 선물도 하지 않았다. 장난감, 젖병, 딸랑이 등 아무것도 사가지 않았다. 플래너건은 남을 용서할 줄 모르는 사람이었다. 그는 이유도 없이 남에게 아픔을 당한 적이 많았다. 그는 이제 다시는 그런 불리한 입장에 서기를 원치 않았다.

그로부터 얼마 지나 하루는 3번가에 있는 유명한 술집에서 싸움이 벌어졌다. 술 취한 녀석이 플래너건의 자리를 빼앗으려고 자꾸 밀쳤다. 플래너건도 화가 나서 그의 옆구리를 세게 밀었다. 그러자 술 취한 녀석이 옆의 계집에게 무엇이라고 귓속말을 했다.

플래너건은 뭐라고 했는지 듣지는 못했지만 얼굴에 나타난 교활하고 모욕적인 미소로 미루어 무슨 뜻인지 짐작할 수는 있었다. 그래서 술 취한 녀석을 돌려 세우고 손바닥으로 녀석의 입을 요리조리 때린 후에

벽에 머리부터 내동댕이쳤다.

큰사위인 조 마틴은 그 후 집안 식사 때 그때의 일을 재미있어 하며 얘기했다.

"장인어른, 조심하시지 않으면 무하메드 알리와도 싸우려고 하겠어요. 그 녀석의 이빨을 세 개나 부러뜨렸다면서요? 도대체 그 친굴 왜 때린 겁니까? 그가 뭐라고 했는데 그러셨어요?"

"그가 뭐라고 했을 것 같아?"

플래너건은 차가운 목소리로 사납게 물었다.

"자네 의견을 들어 보자고, 조. 그가 뭐라고 했을 것 같아?"

이때 모린이 아버지 뒤로 가서 어깨에 팔을 얹었다. 그녀는 다른 누구보다 빠르게 아버지의 심정을 이해하고 있었다.

"그런 건 알아서 뭐하게요? 아빠, 그런 사람들에겐 신경 쓰지 마세요. 그들은 무슨 말인지도 모르고 지껄이고 있어요. 언제 브롱크스에 아기를 보시러 또 오실 거예요?"

그리고 며칠 후에 플래너건은 모린을 찾아가 아기 앤소니의 조막손에 커다란 앤소니의 손가락을 잡히고 즐거워했다. 그러나 분위기가 뭔가 이상했다. 플래너건에게도 모린에게도 꺼림칙한 밤이었다. 대화는 도중에 끊겨 침묵이 오래 계속되었고 서로의 마음에 없는 것만을 화제로 하는 듯한 느낌이었다.

집으로 돌아온 플래너건은 왠지 기분이 우울해서 술을 한 잔 마시기로 했다. 그러나 그것이 한 잔으로 그치지 않았고 그가 깼을 때는 새벽 4시였다. 그는 술이 취해 옷도 벗지 않은 채 안락의자에 앉아 있었고 텔레비전은 아직도 켜진 상태였다.

그는 전에는 술을 별로 마시지 않았으나 요즘은 많이 마셨다. 가을이 되자 아침 식사 전에 술을 마시는 버릇이 생겼고 예전에 입던 양복이 작아 서너 벌 새로 사야 했다. 언제나 날씬하고 단단한 몸을 자랑하던 그가 약 15킬로 가까이 몸이 불었다는 것을 알았을 때는 매우 놀랐다.

플래너건은 그 순간 정신을 차리고 무슨 조치를 취해야겠다고 생각했다. 그는 자기가 존경받는 앤소니 빈센트 플래너건 경감이라는 사실을 잊었던 모양이라고 생각했다. 지금까지 그에게 어떻게 하라는 사람은 없었다. 언제나 그가 남들에게 무엇을 하라고 지시했다. 그렇다면 무엇 때문에 몇 달 동안이나 폴 브로더릭을 피하고 있는 것일까? 그가 겁나는 것은 아니었다. 천만에, 플래너건 경감이 겁낼 수야 없지. 그렇다면 도대체 왜 그를 만나는 것을 기피하고 있지?

그래서 그는 다음날 아침 면도를 하고 옷을 조심스럽게 입은 뒤에 술을 마시지 않은 채로 다운타운에 있는 브로더릭 사무실로 찾아갔다. 강철 같은 의지를 뿜어내며 허리를 꼿꼿이 세운 그는 예전의 강인한 플래너건 바로 그 모습이었다.

두 사람이 인사를 나누고 자리에 앉자 플래너건이 말했다.

"나는 그전 직업으로 돌아가고 싶어 오늘 찾아왔어요. 그럴 만한 때도 됐지 않아요, 폴? 내가 다시 일하게 해 줘요. 나는 아직도 병으로 휴가 중인 상태에 있어요."

"재미있게 쉬고 있는 줄 알았는데, 왜 이래?"

브로더릭은 고급 여송연 상자를 플래너건 앞으로 밀었다.

"휴가를 즐기지 않는 이유를 모르겠군. 자네는 대단히 운이 좋은 사람이야, 앤소니. 맨주먹으로 시작해서 지금은 남부러울 게 없잖아? 생각 좀 해보라고. 할 만큼 봉사를 했으니 이제 연금이나 받고 은퇴하라고. 그렇게 못할 이유도 없잖아?"

"지금 내 나이에요?"

플래너건은 몸을 앞으로 내밀었다.

"말도 안 돼요, 폴.

내가 50이 되려면 1, 2년 더 있어야 해요. 나도 경찰직 자체는 싫어요. 개 같은 인생이에요. 하지만 나는 지금 나돌아다니고 있는 나에 대한 소문을 없애고 싶어요. 그 소문이 마음에 걸리기 시작했어요. 내 딸

모린까지도 생각하기를…. 그러나 그런 것이 문제가 아녜요. 다시 일하고 싶어요. 내가 아는 건 경찰 일뿐이에요. 그러니 예스냐 노냐 간단히 대답해 줘요, 폴."

의자에 몸을 깊숙이 파묻은 브로더릭은 플래너건은 쳐다보지도 않고 자기 손에 있는 기다란 시가만 바라보고 있었다. 이윽고 그는 세상 일에 지친 듯한, 누구도 접근할 수없는 듯한 연푸른색의 눈을 들었다.

"그렇다면 미안하네, 앤소니. 대답은 노야. 그럴 수밖에 없어. 자네는 이제 경찰 일에서 멀리 떨어져 있고, 그러는 것이 자네에게 유리해. 나는 우리들 전부를, 아니 대부분을 이제야 겨우 그 일에서 빼냈는데 대단히 위험했어. 그 일을 지금 다시 뒤적거릴 필요는 없다고 생각해. 지금 다시 대배심원 재판이 열리고 있어. 그들은 왜 당신의 등이 편리하게도—적어도 당신과 내게는 편리했지—그때부터 아프기 시작했는지 이상하게 생각할지도 몰라. 그런 위험을 자초할 필요가 있을까? 그게 얼마나 어리석은 짓인지 알잖아?"

"물론, 알지요."

플래너건은 어금니를 깨물며 말했다.

"적어도 내가 얼마나 어리석었는지도 압니다. 하지만 우리가 건설계약을 성사시키고 얼마나 먹었는지 내가 떠벌릴 수 있다는 점을 잊지 말아요. 내가 입을 열면 세상의 누구도 당신이 감옥에 가는 걸 막을 순 없어."

"그렇게 되면 우리들 모두가 망하겠지. 당신까지도."

브로더릭은 조용히 고개를 끄덕였다. 플래너건의 눈 밑이 붉어졌다. 그는 다시 주먹을 단단히 쥐고 몸을 앞으로 내밀며 사납게 말했다.

"내가 다시 일할 수 있게 해달란 말이야! 당신은 내게 그 정도는 해줘야 될 빚을 졌어! 나는 당신을 만나기 전에는 훌륭한 경찰관이었단 말이야. 하지만 당신은 배후에서 경찰 전체를 움직이고 있었고 아직도 움직이고 있어. 경찰에서 출세를 하려면 당신 말을 듣는 수밖에 없었어. 그게 싫으면 옷을 벗던가. 그게 사실이잖아?"

"그 말은 사실이야. 그러나 자네는 한 가지를 잊고 있어. 자네가 나를 위해 일한 값을 나는 지불했어. 충분히 지불했단 말이야. 우리는 오랫동안 거래했고, 그 거래는 만족스러웠어. 나는 자네가 지금 75만 달러쯤 갖고 있다고 알고 있네. 경찰봉급으로 많이도 저축했군. 안 그래?"

"나는 그렇다고 치고 당신은 얼마나 벌었지?"

플래너건의 목소리가 떨려 나왔다.

"택시 회사에다, 배관 회사에다, 건설 회사를 합치면 얼마나 되지? 그리고 시의 발주 공사가 있으면 그 회사들이 우선권을 갖다시피 하고 있어. 나는 내가 한 일을 부정하는 것은 아냐. 그런 일을 거부했다가는 세상에서 가장 멍청한 얼간이가 됐겠지. 하지만…."

"그 말은 맞아."

브로더릭이 다시 조용히 말했다.

"그러나 결정은 자네가 했어. 아무도 자네를 강제로 시키진 않았어. 그 점을 생각해 보라고. 그리고 내 사무실에서 성난 황소처럼 고함을 버럭버럭 지르지 말란 말이야. 나도 더 이상 참을 순 없어. 자네 몸은 자네 것이 아냐. 지난 몇 년 동안 그래 왔어. 자네는 폴 브로더릭의 사람이야. 자네는 여태껏 그래 왔듯이 내가 시키는 대로만 해야 해. 알았어?"

플래너건은 갑자기 일어서서 두 손으로 책상 모서리를 잡았다.

"내가 당신 사람이라구? 브로더릭의 심부름꾼 노릇만 해 왔단 말이야? 이런, 세상에!"

그가 갑자기 움직이는 바람에 잉크스탠드가 넘어졌다. 브로더릭은 혀끝을 차며 비서를 불렀다.

"내 훌륭한 카펫을 더럽혔잖아. 제기랄, 앤소니. 자네 어떻게 된 거 아냐? 저 얼룩은 지울 수가 없잖아. 그 문제는 다시 생각해 보고 난 후에 다시 오게. 내가 다음 화요일에 클럽에서 점심을 예약을 할 테니 그때 다시 만나서…."

그러나 플래너건은 비서를 밀치며 사무실 밖으로 뛰어나갔다. 그는 햇빛을 받으며 밖에 있는 자신을 발견했다. 엘리베이터를 타고 내려왔나, 계단을 걸어서 내려왔나 기억할 수가 없었다. 내가 브로더릭의 사람이라니! 내가 내가 아니고 몇 년 동안을 브로더릭의 사람이었다니. 그게 사실일까? 그게 사실일 수가 있을까?

그는 만 2천 달러짜리 자동차에 앉아 그 대답을 생각하려 했다. 그러나 머리에 감각이 없고 혼란스러움만 더해 갔다. 체계적으로 생각이 떠오르지 않고 단편적인 조각들만 생각났다. 처음 그 일을 당했을 때는 그것의 의미를 잘 몰랐다. 이것은 그 단편들 중 하나였다. 그때 그는 경사였고 크리스마스 직전이었다. 한 사람이 외투 주머니에 봉투를 잔뜩 넣고 지서에 찾아왔다. 경사에게 봉투가 하나, 경위에게 봉투가 하나, 지서장에게 봉투가 하나. 폴 브로더릭이 성탄절 축하와 함께 돌리는 봉투였다. 그래서 자기도 다른 사람들처럼 봉투를 받았다. 그 후로는 브로더릭의 커다란 검은 캐딜락이 서 있는 것을 볼 때마다 그를 찾게 되었다.

곧 그것이 〈안녕하십니까, 브로더릭 씨?〉라는 관계로 바뀌었고, 가끔 양키즈 구장의 야구경기 입장표나 그날 밤에 열리는 레인저 하키게임 입장표가 손에 쥐어졌다. 누가 그에게 브로더릭 씨가 당신의 스타일을 마음에 들어 한다고 말했고, 어느 날 브로더릭은 플래너건의 자동차가 눌려 들어간 것을 보고 자기 택시 회사에 갖고 가서 펴주겠다고 끌고 갔다. 그러나 다음날 차가 돌아왔을 때는 차 전체가 새로 도색되어 있었다. 그뿐 아니라 시트커버도 새것으로 갈았고, 고가의 FM 라디오도 설치했으며 타이어도 바꿨다. 엔진도 손봤고 스파크 플러그, 공기 필터, 팬 벨트도 새것으로 바뀌어 있었다. 고물 차가 새 차가 되었다.

브로더릭이 말했다.

"우리 둘만 하는 얘긴데 나는 당신 스타일이 맘에 들어. 당신은 머리가 제대로 돌아가고 내게 많은 도움을 줘어. 당신은 왜 경위로 진급이 안 되지? 내 그것을 알아봐야겠어. 며칠 후에 결과를 알려 주지. 당신

자동차 수리 비용? 무슨 자동차? 무슨 말을 하고 있는 거야? 상부상조하는 거 아냐? 나는 힘있는 친구들이 있고 당신도 마찬가지 아냐? 그러니 서로 돕고 살자고. 어제 시합은 어땠어?"

그리고 그런 관계는 계속 유지되었다. 그 후로는 브로더릭이 곤란할 때는 항상 그의 말을 들어주는 친구가 되었고 플래너건은 한 달 후에 경위로 진급했으니 거래는 공평한 셈이었다. 브로더릭은 가끔 주식에 대한 비밀정보를 알려 줬고, 어느 날 그는 브로더릭 건설 회사에 돈을 대고 비밀 동업자가 되었다. 그런 지 며칠 후에 회사는 시의 3천 8백만 달러짜리 건설 공사를 수주했다. 그러나 여태껏 브로더릭은 자기가 그의 사람, 하수인이라는 느낌은 조금도 갖게 하지 않았다. 적어도 오늘까지는.

그러나 오늘 그는 그 말을 분명하게 했다. 여태껏 그것을 모르고 있었는지, 알고 있으면서도 모르는 척했는지는 모르지만 오늘은 그 말이 분명하게 밖으로 나왔다. 브로더릭은 자기가 자기 것이 아니라고 했다. 수년 동안을 그렇게 지내 왔다고 했다. 그 말이 가능할까? 그는 자신을 돌이켜보고 그 말이 가능할 뿐만 아니라 사실이라는 것을 발견했다.

그는 머리가 멍한 상태로 집에 돌아가서 차고에 차를 넣었다. 그리고 방으로 올라가 술을 마시기 시작했다. 그는 생전 처음으로 8일 동안 계속해서 술을 마셨다. 그가 정신을 차렸을 때 그는 급성 알코올 중독으로 병원에 누워 있었고, 모린은 옆에서 그의 손을 잡고 울고 있었다.

그는 그 일을 부끄럽게 생각했다. 그래서 병원에서 퇴원하자 집 안의 모든 술을 없애 버렸다. 그 대신 그는 오랫동안 걸었고, 잠이 오지 않을 때는 밤새도록 걷기도 했다.

내가 브로더릭의 사람이라구? 천만에, 그럴 수는 없어! 지금부터라도 그렇게 될 수는 없어. 옛날로 돌아가는 길이 있을 거야. 그게 무엇이든 옳은 길만 찾으면 돼. 이제는 알 것 같아. 오마 카이얌은 뭐라고 했더라?

"나는 이따금 빈터스가 무엇을 사나 궁금할 때가 있다네. 그가 파는 것보다 반 정도 가치밖에 없는 물건일까?"

그렇다면 앤소니 빈센트 플래너건은 무엇을 팔았을까? 자기 자신을? 자기의 일, 자기의 인간됨, 자기의 프라이드, 자기 생의 목적을 팔았을까? 그는 자기가 무엇을 팔았는지 알고 있었고 옛날의 자신으로 되돌아가야 했다. 지금이라도 옛날로 돌아가서 그의 인생을 새롭게 하기에 늦지 않았다는 생각이 들었다. 지금 남은 것은 그뿐이었고 그렇게 해야만 했다. 옛날로 돌아가는 길은 있었다. 그러나 그 길을 어디서 찾지? 나는 정확히 언제 그 길에서 떠났지?

그는 그 길을 알 수 없었다. 그 길을 찾아야만 했다. 그래서 밤이면 사람이 없는 쓸쓸한 강가를 거닐었다. 그 지역은 플래너건 경감이 손바닥 위에 놓고 놀던 곳이었다. 창고 벽이 양쪽에 늘어선 음침한 골목길, 차가운 가로등 불빛, 도둑 고양이처럼 살금살금 걷고 있는 그림자, 그런 곳에서 플래너건 경감은 무엇을 찾고 있는 것일까? 그러나 어떻게든지 그것을 찾아야 했다. 인내심을 가져야 한다고 생각했다. 옛날에 그는 남자였고, 다시 옛날로 돌아가야만 했다. 이곳에 그 길이 있었다. 자기를 기다리고 있었다. 하지만 지금은 어디에 있고 언제 찾을 수 있지?

어느 날 밤 강가에 앉아 강을 바라보며 쉬고 있는데 경찰 순찰차가 옆에 와서 섰다. 차에서 외치는 목소리가 들렸다.

"이봐요, 영감님. 밤마다 여기서 무엇을 하고 있는 거요? 혹시 모를까봐 말하는 건데 여기는 폭행당하기 알맞은 지역이에요. 영감님, 이름이 뭐예요? 어디 사세요? 이리 가까이 와서 말해 봐요. 지난 1주일 동안 영감님을 지켜봤는데 좀 수상하군요."

"내가 어디 사냐구? 이 근처는 아니야. 그 동안 어떻게 지냈나, 보우드로? 자네는 어떻게 지냈나, 마호니?"

그 말을 듣고 보우드로는 차에서 내려 가까이 왔다.

"아니, 플래너건 경감님 아니십니까? 너무 늙으셔서…. 제 말은, 등을 돌리고 계셔서 못 알아봤습니다. 그 동안 어떻게 지내셨습니까? 차로 모셔다 드릴까요? 어디로 가십니까?"

그러나 플래너건 경감은 어디로 가야할지 몰랐다. 그는 우선 차에 탔다. 그러자 자기가 20여 년 전으로 돌아간 느낌이 들었다. 차도 그때와 같은 차였고 운전은 해리 마호니가 아니라 자기가 하고 있다는 생각이 들었다. 운전석 옆 좌석에 앉은 사람은 필 보우드로가 아니라 자기 동료였던 버트 베일리라는 생각이 들었다. 그 당시 플래너건과 베일리는 같은 순찰차를 타는 동료였다. 그러나 어느 날 밤 순찰을 나갔다가 플래너건 혼자 돌아왔다.

그들은 이스트 79번 가의 주류 판매소에서 강도를 목격했다. 그날 밤도 오늘과 비슷했다. 비는 순찰차 윈도에 처량하게 주룩주룩 내리고 있었다. 그때 주류 판매소에서 세 놈이 총을 휘두르며 뛰어나오는 게 보였다. 몸이 잽싼 베일리가 즉시 차에서 뛰어내려 서라고 소리질렀다. 경고는 소용없는 짓이었다. 지금도 플래너건은 주류 판매소 문 앞에서 섬광이 번쩍이던 것을 기억할 수 있었다. 총에 맞은 베일리는 순찰차에 쓰러지며 몸이 한 바퀴 돌았다. 그의 얼굴에 나타난 놀란 모습이 사태를 파악하고 비뚤어진 미소로 바뀌던 광경이 지금도 눈에 선했다. 베일리는 손으로 가슴을 만졌다가 눈앞에 가지고 갔다. 그의 미소가 흔들렸다.

"내가 맞았어. 몸이 어쩐지…. 나는 가네, 앤소니. 잘 있게. 엔지와 아이들에게…."

그리고 그는 쓰러졌고 젊은 플래너건은 차에서 뛰어내려 세 놈을 쫓았다. 한 놈은 첫발로 당장 쓰러뜨렸고, 두 번째 놈은 길모퉁이에서 쓰러뜨렸다. 세 번째 놈은 어두운 골목길에서 처치했다.

그때는 컴컴한 골목길이나 소리를 내며 머리 옆을 지나가는 총알이 겁나지 않았다. 젊은 플래너건은 한 집단의 일원이었고, 따라서 그런 행동은 당연히 해야 할일이었다. 게다가 그는 그런 생각을 하고 행동한 게 아니었다. 그냥 골목 안으로 돌진해서 해치웠을 뿐이었다. 그러나 그것은 오래전 일이었다. 20년 전 일이었지만 아직도 그 일이 생생하게 생각났다.
해리 마호니가 말했다.
"엊그저께 밤에 서에서 경감님 얘기가 나왔습니다. 새로 오신 서장님이 나쁘지는 않지만 플래너건 경감님에게는 어림도 없다는 얘기들을 했습니다. 그래, 요즈음은 어떻게 지내십니까? 곧 경찰로 복귀하실 건가요?"
"글쎄, 잘 모르겠어. 대답하기가 힘들군, 해리. 생각중이야. 경찰에 오래 있었으니…."
플래너건은 천천히 말했다. 차창에 옛 동료인 베일리의 공포에 질린 얼굴이 나타났다가 새벽 3시의 안개 속으로 사라졌다. 플래너건은 손으로 유리창의 김을 급히 닦았으나 그의 모습은 보이지 않았다. 그러나 그의 모습은 분명히 있었다. 플래너건은 그것을 분명히 봤다.
보우드로가 말했다.
"깊이 생각하실 만합니다. 조금이라도 젊었을 때 빨리 그만두고 인생을 즐겨야지요. 저는 그렇게 생각합니다. 경감님은 성공하셨습니다. 그러니 이제는 인생을 즐기셔야지요."
"저도 그렇게 생각합니다."
마호니가 동의했다.
"그런데 저 식당에 잠깐 볼일이 있어, 필. 잠깐이면 돼. 금방 올게."
마호니가 순찰차를 보도 옆에 세우고 식당으로 급히 갔다. 보우드로는 차에서 내려 기지개를 펴다가 길 건너를 바라보며 몸을 굳혔다.
"저 자동차를 보세요, 경감님. 창고 적재대 옆에 있는 차가 검은 닷지가 맞지요?"
플래너건은 머리를 돌려 바라보았다. 그의 말이 맞았다. 보우드로는 권총집에 손을 가져가며 말했다.
"이번에는 다른 번호판을 사용하고 있을 겁니다. 놈들은 일을 할 때마다 번호판을 바꿔요. 교활한 놈들입니다. 놈들은 지난 6개월 간 이 근처 창고들을 털었어요. 가서 조사해 봐야겠습니다. 해리가 곧 돌아온다고 했으니 오면 그렇게 전해 주십시오."

보우드로는 창고와 자동차를 둘러싸고 있는 어둠 속으로 조용히, 그리고 재빨리 사라졌다. 플래너건은 그 자리에서 꼼짝도 하지 않았다. 그 무엇인가가 꼼짝도 하지 말라고 붙잡았다. 보우드로가 사태를 파악하고 난 다음에도 그를 도울 시간은 충분히 있었다. 지금 나서 봐야 방해만 된다는 생각이 들었다. 그의 손목시계는 4시 25분을 가리키고 있었고 아크 등이 비추고 있는, 검게 번쩍이는 길에는 아무것도 없었다. 저 멀리 길 끝에 있는 고가 고속도로에도 가끔씩 지나가는 차량만이 보일 뿐이었다.

뒷좌석 끝에 궁둥이를 붙이고 몸을 앞으로 내밀고 앉아 있던 플래너건은 갑자기 등골이 서늘해졌다. 내가 겁내고 있는 것일까? 이 플래너건 경감이? 그 20년 전 주류 판매소 앞에서처럼 그는 지금도 한 집단의 일원이었다. 무엇이 두렵단 말인가? 그래도 이상한 기분이 든 것은 사실이었다. 입 안이 바싹 말랐고, 팔의 근육이 떨렸으며, 가슴이 심하게 뛰었다. 도대체 내가 왜 이러지? 겁 때문은 아냐. 나는 겁낸 적이 한 번도 없어. 그렇다면 왜 이러지?

그는 순찰차에서 내렸다. 고속도로에서 야간 택시가 빠르게 달리고 있었을 뿐 모든 소리가 두꺼운 벨벳에 싸인 것처럼 희미하게 들렸다. 그는 손등으로 입을 서너 번 문지르고 재빠르게 앞에 있는 차고 입구에 몸을 숨겼다. 나는 만약을 위해 행동하고 있을 뿐이야. 나는 이런 일을 수없이 당해 봤고 지금도 처리할 수 있어!

그러나 무슨 일이 벌어지고 있는지 불안했다. 아무도, 보우드로의 모습까지도 보이지 않았고 아무 소리도 들리지 않았다. 해리 마호니는 어떻게 된 거야? 왜 아직도 돌아오지 않지? 그런 비굴한 녀석을 믿었다니. 그런 놈은 언제 숨어야 할지 잘 알지. 좋아, 플래너건과 보우드로 둘이서 이 일을 처리하자고. 마호니는 약아빠진 짓을 하고 있을 거야.

그는 안전한 식당 안에 있다가 일이 끝나서야 나타날 거야.

그렇게 생각을 하니 화가 났다. 제기랄, 오늘 밤 그들을 왜 만났지? 왜 순찰차에 타는 어리석은 짓을 했지? 이제는 꼼짝도 못하게 됐어. 이러다가 머리에 총을 맞을지도 몰라. 그러면 없는 게 없이 다 가졌다고 해도 소용없어. 차고문 밖으로 코빼기라도 내밀다간 죽어서 시궁창에 처박힐지도 몰라. 그러면 머리를 내밀지 말아야지. 내 몸은 내가 알아서 해야지 누가 생각해 줄 거야? 보우드로는 도대체 어디 있지? 그는 어디서 무엇을 하고 있는 거야?

보우드로가 무엇을 하고 있는지는 아직도 알 수 없었다. 어둠 속을 조용히, 그리고 빠르게 움직이며 자기가 지원해 주기를 기다리고 있을지도 모른다고 생각했다. 플래너건은 오른쪽 눈 밑이 계속해서 경련하는 것을 느낄 수 있었다. 그는 경찰용 리볼버를 꺼내 들었다. 마치 총이 손에 얼어붙은 듯 꽉 쥐어졌다. 팔이 어깨에서 손가락 끝까지 마비된 것 같았다. 갑자기 이마와 가슴에 식은땀이 배었다. 내가 왜 이럴까?

이해할 수가 없었다. 자기는 누구도, 그 무엇도 겁낸 적이 없었다는 생각이 났다. 그 바보 같은 생각 때문이야. 이제는 한 집단의 일원이 아니라는, 그래서 남들이 아무도 관심을 주지 않는 외톨이가 됐다는 생각이 떠올랐기 때문이었다. 식은땀이 방울져 눈으로 흐르자 그는 사납게 고개를 흔들었다. 그래서 20년 전에는 총을 든 놈을 쫓아 골목 안으로 아무 생각도 하지 않고 뛰어들던 그가 지금은 문 밖으로 한 발자국도 나가지 못하고 있는 것일까? 전에는 자기도 경찰관이라는 동료애가 있었는데 지금은 그런 것을 느낄 수 없었다. 그게 해답일까?

아니야, 그렇지는 않아! 내가 잃은 것은 하나도 없어. 여기서 할일은 간단해. 무슨 일이 일어나든 보우드로와 어깨를 나란히 하고 같이 행동하는 거야. 그러나 그가 있는 곳에서 자동차가 있는 창고 적재대까지는 넓은 길이 있었고 그는 그 길로 나갈 수가 없었다. 두 번이나 나가려고 했지만 마치 뒤에서 누가 잡아당기기라도 하듯이 걸음을 뗄 수가 없었다.

그는 고개를 쳐들었다. 눈은 꼭 감겼고 고통으로 입술 양끝이 떨리고 있었다. 그러나 그는 세 번째도 길로 나가려 하지 않았다. 마음속 깊은 곳으로부터 몸이 떨려 오기 시작해서 이제는 점점 온몸으로 퍼져 나갔다. 그는 아무것도 하지 않고 그 자리에서 기다리기만 했다.

해리 마호니의 염려스러운 목소리가 귓가에서 들려 왔다.

"뭡니까? 필은 어디 있습니까? 무슨 일입니까, 경감님?"

플래너건은 고개를 쳐들고 총으로 앞쪽을 가리켰다. 그때 적재대 쪽에 있는 창고 문이 삐걱거리며 열렸다. 불은 켜져 있지 않았으나 네 명이 창고에서 적재대로 나오는 모습이 보였다. 한 놈이 밑으로 뛰어내려 자동차의 짐칸 뚜껑을 열었다. 적재대 위의 세 놈이 능숙한 솜씨로 재빠르게 상자들을 차에 실었다. 물건을 다 실은 후에 세 놈도 창고 문을 열어 놓은 채 밑으로 뛰어내렸다. 보우드로는 머리를 잘 쓰고 있었다. 상대가 네 명이라는 것을 알고 놈들을 잡으려면 놈들이 자동차에 탄 후에 모습을 나타내야 한다고 생각한 것이다.

갑자기 보우드로의 고함치는 소리가 들렸다.

"꼼짝 말아! 너희들은 포위됐다. 차를 움직이지 마라!"

그러나 놈들은 액셀을 힘껏 밟아 차를 출발시켰다. 차가 앞으로 돌진하자 보우드로는 권총을 빼들고 길로 뛰어나갔다. 놈들은 그에게 총질을 했다. 반딧불 같은 작고 누런 섬광들이 보였고 보우드로가 총에 맞았다. 그의 몸이 한 바퀴 빙그르르 돌더니 길가로 쓰러지는 것이 헤드라이트 불빛에 보였다.

플래너건은 그 광경을 전부 보았다. 식은땀이 다시 돋으며 그 자리에서 꼼짝도 할 수 없었다. 그러나 해리 마호니는 달랐다. 첫 번째 총소리가 남과 동시에 길로 뛰어나가 한쪽 무릎을 꿇고 자동차를 향해 총을 쏘기 시작했다. 그러나 플래너건은 구석진 쪽으로 몸을 더욱 움츠렸다. 자동차는 앞 유리가 깨진 채 자기 쪽으로 비틀거리며 달려오고 있었다.

앞쪽에 탄 두 놈과 뒤쪽에 탄 두 놈의 모습이 잠깐 명확히 보였다. 젊었을 때 경찰 사격팀 대표를 두 번씩이나 한 플래너건으로서는 그들을 맞추기란 그리 어려운 일이 아니었다.

그러나 플래너건은 그들을 향해 총을 쏘지 않았다. 그는 무릎을 꿇고 두 팔로 얼굴을 감쌌다. 해리 마호니는 그들과 굳건히 대항해서 옆으로 급히 지나가는 자동차를 향해 총을 두 번, 세 번, 네 번 계속해서 쐈다. 자동차는 길을 가로질러 주차해 있는 트럭을 들이받았다. 타이어 소리가 요란하게 나다가 차가 충돌하는 소리가 들린 후에는 조용했다. 자동차는 뒤집혀 있었고 문짝 하나가 열리면서 팔이 나왔다. 팔은 잠깐 움직이다가 축 늘어졌다.

해리 마호니는 기다란 한숨을 내쉬고 플래너건을 돌아보았다.

"괜찮으십니까? 총을 맞지는 않으셨는지요?"

"아냐, 나는 괜찮아."

플래너건은 목쉰 소리로 말했다. 무릎을 꿇은 상태로 팔을 내렸다. 권총이 손에 없었다. 마호니는 길가 도랑에서 권총을 집어 들고 보우드로가 어떤가 보러 뛰어갔다. 그가 보우드로 옆에서 소리쳤다.

"상처가 심하지 않아요. 어깨를 관통했을 뿐이에요. 우리가 멋지게 한바탕 했지요, 안 그래요?"

플래너건은 대답을 하지 않았다. 그는 길을 바라보고 있었다. 비에 씻긴 아무도 없는 길에 가로등 불빛만이 비추고 있었다. 그때 저 멀리 혼자 걸어가는 외로운 사람의 모습이 보였다. 그가 멀리 걸어갈수록 모습은 점점 작아졌다. 그가 고개를 돌리지 않았지만 그가 자기 자신인 앤소니 빈센트 플래너건이라는 것을 알 수 있었다.

그는 바보가 된 기분으로 팔을 짚고 일어섰다. 이것은 사실일 수가 없었다. 다시 한 번 기회를 달라구. 단 한 번의 기회를. 일부러 브로더릭과 손을 잡은 것은 아니었다. 그는 브로더릭과의 관계가 전체 아니면 무를 요구한다는 것을 미처 몰랐을 뿐이다. 그러니 하느님, 제발 기회를 한 번만 더 주세요. 제발! 막다른 골목으로 걸어 들어가기에는 아직도 인생이 너무 많이 남았다고 생각했다. 과거에 자기가 속했던 집단은 아직도 있었고 자기는 아직도 그 집단의 멤버였다. 비록 지금 자기가 그런 비겁한 행동을 했더라도. 옆에서 마호니가 말했다.

"차 안에 앉으시지요. 충격을 받으신 모양입니다. 제가 도와드릴까요?"

그러나 플래너건은 두 팔을 앞으로 뻗으며 고개를 흔들고 뒤로 물러섰다. 순찰차 안에는 앤소니 플래너건의 자리가 없다는 생각이 들었다. 그 집단에 그는 영원히 들어갈 수 없었다. 문제가 발생한 것이다. 그래서 그는 마호니가 잡기 전에 몸을 돌려 앞이 보이지 않기라도 한 것처럼 한 손을 올려 더듬거리며 길모퉁이를 돌았다.

그 다음부터 그는 혼자였다. 그는 길이 나 있는 대로 아무데나 걸었다. 그는 자기가 어떤 사람이 되었는지 알았다. 그는 전직 경감으로 없는 게 없는 사람이었다. 그 대신 인간에게 꼭 필요한 명예를 잃은 사람이었다.

토머스 웰시(Thomas Walsh, 1908~1984)

컬럼비아 대학을 졸업한 뒤 〈볼티모어 선〉지에 리포터를 한 적이 있는데, 다실 해미트와도 친교가 있고, 30년대 초기에는 이미 펄프 매거진 라이터로서 이름을 날리고 있었다. 월쉬 자신과 똑같은 아일랜드계의 경감을 주인공으로 한 인정담 같은 단편이 있으며, 〈블랙 마스크〉 등에도 독특한 작품을 발표했다. 40세가 지나서야 비로소 장편 미스터리에 착수해서 첫 작품 『맨해턴의 악몽』(1950)으로 MWA 신인상을 수상했다. 이 작품에서는 정의파 철도공안원, 두 번째 작품 『심야잠복』에서는 여자와 욕망에 빠져 전락하는 악덕경감, 그 다음에도 전직 경찰인 호텔경비원이나 지하철 근무 경찰관 등 수수한 주인공을 선택하고 있다. 1968년 이후 신작은 없지만, 단편 분야에서 은근한 정취가 있는 작품을 많이 발표했다.

돌아오지 않는 남편

WHEN NOTHING MATTERS — 플로렌스 V. 메이베리

카멜 산꼭대기에서 해변까지 걷는 것은 오래 걸렸고 피곤했다. 솔랭지는 지난 주일 계속해서 그랬던 것처럼 오늘도 걸었다. 그녀는 남편인 소왈드가 떠난 후로는 매일 그 길을 걸었다. 소왈드는 떠났고 그는 이제 그녀의 남편이 아니었다. 몸이 피곤할수록 그녀는 좋았다. 힘이 쑥 빠지도록 지치면 잠을 이룰 수 있었다. 잠이 들면 아무런 잡념도 떠오르지 않았다.

그녀는 고속도로를 지나 철로의 울퉁불퉁한 길을 비틀거리며 넘어 모래사장으로 내려갔다. 신발을 벗고 바짓가랑이를 걷어올려 바닷물이 다리를 핥게 했다. 눈 위를 손으로 가리고 멀리 바다를 바라보았다. 해안 가까이 지중해는 밝은 청록색이었다. 몇 미터 더 나가면 짙은 청색인 코발트 색에 가까워졌다. 멀리 수평선에는 바다 색과 선명한 대조를 이루는 하얀 선박이 하이파 항을 향해 움직이고 있었다.

어쩌면 배를 타고 그리스나 이탈리아, 아니면 미국으로 가는 게 좋을지도 모른다고 그녀는 생각했다. 하이파와 이스라엘만 아니면 어디라도 좋았다. 그녀는 텔아비브가 있는 남쪽을 바라보았다. 그쪽에는 배가 없고 텅 빈 바다뿐이었다.

"나처럼 텅 비었어. 아무것도 없어."

그녀는 큰소리로 외쳤다. 그녀는 자기가 큰소리로 외쳤다는 것을 느

끼고 불안해졌다. 지난 1주일 동안 전에 없이 혼자 중얼거리는 횟수가 작아졌다.

"그것은 내가 외롭기 때문이야. 나는 외롭단 말이야!"

그녀는 다시 바다를 향해 소리쳤다. 해변을 때리는 파도 소리가 그녀의 목소리를 삼켰다. 그녀는 더욱 외롭게 느껴졌다.

그녀는 따스한 바닷물에서 나와 손으로 발의 모래를 털고 신발을 신었다. 그리고 해변을 걸었다. 주유소를 지나, 공공 해수욕장을 지나 계속해서 걸었다. 자기가 피로하다고 느꼈을 때 그녀는 고속도로를 건넜다. 아랍 목동이 검은 염소들을 지키고 있는 잡초가 우거진 벌판을 지나 멀리 보이는 카멜 산꼭대기를 향해 가파른 길을 힘들여 올라갔다.

"오늘 밤은 삶을 살 수 있을 거야."

그녀는 자신에게 말했다.

산의 정상에 약간 못 미쳐서 좁은 길로 접어들었다. 테라스가 있는 정원으로 계단을 내려갔다. 그리고 저택의 문을 열쇠로 열고 들어가서 문을 닫았다. 그녀는 텅 빈 집 안으로 더 들어가고 싶지 않아 잠시 주저했다.

"텅 비었어. 고양이나 개나 새도 없이 너 혼자뿐이야."

그녀는 홀에 있는 거울에 비친 자기 모습을 바라보았다. 얼굴을 찡그린 모습이 거울 밑에 있는 화분의 꽃과 대조되어 더욱 처량하게 보였다. 그녀는 충동적으로 화분을 집어 들고 거실을 가로질러 창문을 열고 밖의 깊은 계곡으로 화분을 던졌다.

"텅 비었어."

그녀는 부엌으로 가면서 생각했다. 물을 끓이고 필터를 넣은 후에 커피를 재서 넣고 물을 부어서 마셔. 그러면 기분이 한결 좋아질 거야. 더 필요한 것은 없어, 솔리? 삶은 계란은 어때? 싫어? 그러면 콘플레이크는? 좋아, 그러면 콘플레이크를 먹어.

"무엇 때문에 먹어야 하지?"

그녀는 누런 콘플레이크와 푸른빛을 띤 이스라엘 우유를 따른 그릇을 싱크대에 갖고 가서 부어 버렸다. 그녀는 거실로 돌아와 소파에 엎드려 얼굴을 인도 베개에 파묻었다. 베개가 얼굴에 닿자 그녀와 소왈드가 인도의 타지마할 근처에서 그 베개 커버를 산 일이 생각났다.

마치 그녀가 지금 뉴델리에서 아그라로 가는 택시 안에 앉아 있는 것처럼 그때 일이 생생했다. 남자 감독관들이 나른하게 지켜보는 가운데 음침한 색의 사리를 입은 인도 여자들이 고속도로 공사장에서 먼지를 뒤집어쓰고 일하고 있었다. 택시는 칠을 한 코끼리와 나무에 매달려 짹짹거리는 원숭이 옆을 지나갔다. 나무에는 이상하게 생긴 긴 돌기가 매달려 있었는데 택시 운전기사는 알을 보호하기 위해 새들이 지어 놓은 새집이라고 말했다. 소왈드는 택시를 세우고 색칠을 한 코끼리 근처로 그녀를 데리고 가서 코끼리에 탄 모습을 찍었다.

"당신은 애인을 만나러 가는 공주 같았어."

그들이 택시에 돌아오자 소왈드가 말했다.

"나는 공주예요. 그리고 애인을 만났어요."

그녀는 그의 가슴을 파고들며 말했다. 결혼한 지 얼마나 됐지? 6개월? 아냐, 1년이야. 하지만 소왈드의 석유탐사 일로 이국의 멋진 곳으로만 계속해서 옮겨 다니다 보니 아직도 신혼인 것 같았다. 그는 끊임없이 변화하는 것을 좋아했다. 그녀도 그와 함께라면 아무 곳이건 좋았다.

그날 그들은 휴게소에 멈춰다. 남자들이 피리를 불자 바구니에서 뱀이 춤을 추었고 털이 더부룩한 히말라야 곰이 피리소리에 맞춰 춤을 추고 있었다. 남자들은 간이 화장실을 들락거렸다. 눈부신 태양빛이 땅을 이글이글 태우는 가운데 햇빛을 눈부시게 반사시키는 호수를 지나 아름다운 타지마할에 도착했다. 그녀는 너무나 더워 기절할 것만 같았다. 눈앞이 빙빙 돌아 남편에게 매달렸다. 남편은 그녀를 데리고 발걸음을 재촉하여 샤드 자한이 사랑하던 부인을 위해 지은 호화스러운 궁전의 그늘 아래로 들어갔다. 그녀는 왕이 사랑하던 왕비를 위해 마지막으로 바친 사랑의 징표인 이 보석 같은 궁전을 황홀한 표정으로 둘러보았다. 그녀는 궁전 자체보다도 궁전을 짓게 한 그 사랑에 매료되었다.

"소왈드, 만일 당신이 왕이고 내가 죽었다면 나를 위해 이런 궁전을 지어 주겠어요?"

"물론이지."

그는 너무도 쉽게 대답했다.

"배가 고프니 식당이나 찾아보자고."

그들이 호숫가를 되돌아올 때 그가 다시 말을 꺼냈다.

"말로 보물을 준다는 약속은 쉽게 할 수 있어. 가난한 사람도 할 수 있지."

그때 그녀는 이렇게 말했다.

"하지만 그 약속 자체가 보물이에요."

그녀는 몸을 세우고 텅 빈 방을 향해 〈과연 그럴까?〉 하고 물었다. 그녀는 그 기억을 떨쳐버리려고 창가로 다시 갔다. 그러나 그 기억은 그녀를 떠나지 않았다. 그 기억은 영화 필름처럼 그날 뉴델리로 돌아올 때의 일을 계속해서 비추었다.

돌아올 때의 길도 같은 길이었다. 같은 집을 지나쳤고 원숭이와 새집이 달린 같은 나무를 지나쳤다. 그러나 석양의 황금빛 햇살이 모든 것을 새롭게 보이게 했다. 아침의 먼지투성이 작업에서 해방된 여인들은 이제 깨끗하고 신선했고, 화사한 사리를 입고 있었다. 그들은 머리에 놋쇠항아리를 이고 고속도로 옆을 우아하게 걸으면서 아이들을 재촉하고 있었다. 이웃들과 웃으며 얘기하는 그들의 빠른 말소리가 마치 음악처럼 들렸다. 온화하고 평온한, 행복한 모습이었다.

그러나 잠시 후 그녀는 비통하게 눈물을 흘려야만 했다. 행복이 그렇게도 깨지기 쉽고 놓치기 쉽다는 데 몸부림을 칠 뻔했다. 고속도로 앞쪽에 사람들이 모여 있었다. 택시가 속도를 줄였다가 사람들이 둘러싸고 있는 것을 보고 급히 옆으로 그 자리를 피했다. 길에 한 사람이 얼굴을 밑으로 하고 다리 하나가 뒤틀린 채 쓰러져 있었다. 찢어진 옷과 근육을 비집고 흰 뼈가 나와 있었고 사람 밑에는 피가 흥건했다.

"울지 말아요."

남편이 달랬다.

"어쩔 수 없는 일에 우리의 인생을 허비할 수는 없어. 저녁은 어디서 할까? 호텔에서, 아니면 밖에 나가 모험을 할까?"

음식 생각을 하니 속이 울렁거렸지만 억지로 참았다. 우리는 아직도 신혼여행을 하고 있는 것과 마찬가지니 행복하게 지내야 돼. 그는 남편의 냉정한 자제력에 이끌려 몸을 기댔다. 남편은 모든 일을 회사에서 설계도를 그리는 것처럼 차분하고 주의 깊게 처리했다. 남편의 실질적이고 객관적인 태도를 배워야겠다고 생각했다. 그런데 그녀는 결국 배우지 못했다.

"솔리, 당신은 감정적이고 자제력이 없어. 그리고 솔직히 말하면 그 점에 나는 질렸어."

남편은 1주일 전에 그렇게 말했다.

"그녀가 누군지 말할 순 없어. 당신이 그녀와 대면해서 쓸데없이 싸우게 할 수는 없어. 그래 봐야 아무것도 변하지 않고 오히려 어렵게만 될 테니까. 내가 전에도 말했지만 어떻게 할 수 없는 불가능한 일에 힘을 낭비하지 마. 솔직히 말하자면 당신은 내가 하려는 일을 바꾸어 버릴만한 능력이 없어."

그러나 그녀는 노력을 하지 않을 수 없었다. 소왈드를 자기로부터 빼앗아 가려는 여자를 꼭 알아야겠다고 마음먹었다.

"소왈드, 내가 없는 것을 그녀가 갖고 있는 게 뭐지요? 그녀가 더 예쁜가요? 언제나 차분하고 당신이 원하는 자제력이 있나요? 나는 변할 거예요. 정말로 노력할 테니 내게서 떠나지 말아요."

"제발…. 또 그 소리야?"

그는 냉정하게 몸을 돌렸다. 자기의 세면도구 가방을 잠가 여행 가방에 넣고, 여행 가방도 잠갔다. 그리고 그녀로부터 떠났다. 그리고 지금 그녀는 이곳에 혼자 남아 있다. 외톨이였다.

뉴욕. 소왈드의 본사가 있는 곳이었다. 언제건 소왈드는 뉴욕으로 가겠지.

"사이먼에게 전화를 해야겠어. 그러는 것이 좋겠어."

그녀는 다시 소파에 앉아 낮은 티크 테이블 위의 전화기를 들고 익숙한 전화번호를 돌렸다. 뉴욕의 비서가 전화를 받았다.

"저는 소왈드 젠센 부인인데 이스라엘에서 전화를 걸고 있습니다. 중요한 일이니 사이먼 씨를 빨리 바꿔 주십시오."

소왈드의 상관인 사이먼의 목소리가 옆방에서 전화하는 것처럼 가깝게 들렸다.

"여보세요, 솔랭지? 반가워요. 도대체 소왈드는 어디 있는 거요? 우리는 그가 네게브 사막 건을 브리핑하기를 기다리고 있어요. 뉴욕에요? 아니, 못 봤어요. 우리도 그를 기다리고 있어요."

"하지만 그이는 뉴욕에 간다고 했어요. 소식이 없기에 혹시나 해서 거기 없다면 이 이가 도대체 어디에…."

그녀는 입 안이 말라 왔다.

"진정해요, 솔랭지. 걱정 말아요. 당신도 지금쯤은 측량기사라는 사람들이 얼마나 엉뚱한지는 알고 있잖아요. 가는 곳이 자기 집이고 상관이나 마누라에게는 연락도 할 필요가 없다고 생각하는 사람들이에요. 어쩌면 런던에 들러서 쇼를 구경하다가 나타날지도 몰라요. 맞아, 런던에 들렀을 거야. 혹시 그가 자주 묵는 런던의 호텔로 연락해 봤어요? 안했다고? 알았어요. 내게 맡겨 둬요. 내가 찾아낼 테니. 당신은 시내에 나가 기분전환 좀 해요. 지금 어디지요, 텔아비븐가요?"

"하이파예요."

그리고 이유도 없이 덧붙였다.

"조용한 곳이에요."

사이먼은 달래는 소리를 몇 마디 더 하고 전화를 끊었다. 그녀는 다시 외톨이가 되었다. 소왈드가 혹시 전화를 할지 모른다고? 절대로 안 할 거야. 그녀는 소파에 누웠다. 여름 오후의 햇살이 황혼으로 바뀌고 어둠이 깔렸다. 그 후로도 오랫동안 그녀는 꼼짝도 하지 않고 그대로 있었다.

"영화나 보러 갈까?"

결국 그녀는 중얼거리며 일어섰다. 가벼운 숄을 걸치고 밖으로 나갔다. 그녀가 돌계단을 올라갈 때 저 멀리 계곡 밑에 있는 〈어머니 공원〉 안의 동물원에서 동물들이 울부짖는 소리가 들렸다. 그녀는 원시적인 공포 속에 몸을 떨었다. 그녀는 동물의 울음 소리에 쫓기듯 계단을 올라갔다. 계단 위의 차도 옆으로 빠르게 달리고 있는 자동차들의 헤드라이트를 보고서야 한숨 놓였다.

마지막으로 동물들의 웃음 소리 같은 것이 들리고 주위는 조용해졌다. 동물들의 울부짖음 뒤에 찾아온 고요함으로 이미 영화를 보기에는 늦은 시간이라는 것을 알았다. 매일 밤 동물들은 무슨 이유에선지 10시만 되면 함께 울부짖었다. 그리고 동이 트기 전 새벽에 또 한 번 짖었다. 식사 시간은 아니겠지. 관리인이 순찰을 도는 시간일까? 그런 것은 아무래도 좋았다. 소왈드가 떠났으니 무엇이 어떻게 되어도 상관없었다.

영화는 볼 수 없었지만 그녀는 가파른 길을 따라 카멜 산 정상에 있는 쇼핑 거리로 올라갔다. 그리고 음식점, 아이스크림 집 앞에서 웃으며 떠들고 있는 젊은이들 사이를 걸었다. 갑자기 이곳과는 전혀 다른 런던의 샤프츠버리와 피카디의 젊은이들이 생각났다. 그때 그녀는 소왈드와 연극을 본 다음 내일 살 물건들을 윈도 쇼핑하고 있었다. 도자기 가게 앞에서는 그녀가 영원히 구입할 수 없을 것 같은 식탁 세트를 바라보기도 했다. 집도 없이 호텔이나 아파트, 또는 하숙집에서 사는 철새 같은 자기들이 어떻게 도자기나 은제 식기 세트를 살 수 있단 말인가? 그들은 이곳에서 몇 주, 저곳에서 몇 달 하는 식으로 1년 동안 한

군데서 정착하지 않았다. 그들은 소왈드가 갈망하는 모험을 찾아 이리저리 여행만을 계속했다.

"나는 하이파를 떠나야 해. 여기서는 더 이상 살 수 없어."

그녀는 혼자 중얼거리다가 손으로 입을 막았다. 남들이 자기가 혼자 중얼거리는 것을 볼까 겁이 났다. 그녀는 다시 계단을 내려왔다. 마지막 몇 계단은 뛰어 내려와서 집 안으로 들어갔다. 그녀는 문을 잠그고 숨을 몰아쉬었다.

그녀는 새벽에 짐승들이 울부짖는 소리를 또 들었고, 다시 잠을 청하며 신음했다. 깜깜한 어둠에서 눈을 크게 뜨고 소왈드의 애인이 어떻게 생겼을까 생각했다. 검은 머리에 보라색 눈을 가진 영화 배우처럼 생겼을까? 아니야, 소왈드는 금발을 좋아했어. 그래서 자기도 적갈색 머리를 염색해서 금발로 만들었다. 그녀는 일어나서 불을 켜고 자기의 금발이 녹색 눈과 어울리는지 살펴볼까 잠시 망설였다.

"당신은 멋져."

그녀가 머리색을 바꾼 것을 보고 소왈드는 말했다.

"정말로 멋져. 내가 꿈꾸고 있던 그대로야. 눈은 이집트 고양이 눈에다 천사 같은 머리카락. 이리 와서 키스해 줘."

그때는 그가 그녀를 사랑하고 있을 때였다. 그런데 무엇이 그를 바꿔놓았을까? 사실을 직시하고 현실적이 되라고. 소왈드는 항상 변화를 추구했어. 새로운 프로젝트, 새로운 나라, 이제는 새로운 여자. 똑같은 것에는 쉽게 싫증을 느끼는 남자였어. 항상 변화를 찾아 여기저기, 아무데로나 움직였어.

"하느님, 지금 그는 어디 있지요?"

그녀는 몸을 세우고 위안을 얻으려는 듯이 두 팔로 어깨를 감쌌다. 그녀는 신과 싸우며 몸을 앞뒤로 흔들었다.

"얘기해 줘요, 하느님. 제발!"

그녀는 지쳤고, 어둠과 고독감에 질식할 것 같아 침대에 다시 쓰러졌다.

다음날 아침 식사를 하려 했지만 도저히 먹을 수 있을 것 같지 않아 커피만 마셨다. 그녀는 벽장을 열어 창고 열쇠를 찾았다. 플래시를 들고 문밖 현관에 있는 지하실 문을 통해 지하실로 내려갔다. 여행 가방 중에서 중간 것을 골라 방으로 갖고 갔다.

그녀는 단골 여행사에 전화를 했다.

"저는 소왈드 젠센 부인인데 비행기 좌석을 예약하려고 합니다."

"안녕하십니까. 젠센 부인? 부군과 만나실 계획이십니까? 아 참, 부군께서는 유럽에서 연결 편을 제대로 잡으셨는지요?"

연결 편? 뉴욕으로? 아니면 그를 기다리고 있는 다른 곳으로? 나는 그의 항공권을 보지 않았어. 봐야 하는 건데. 그때는 그가 내 곁을 떠난다는 생각밖에 하지 못했어.

"남편에게서 아직 연락을 못 받았어요. 내 항공권도 남편 것과 똑같이 해 주세요."

어쩌면 그 여자를 찾을 수 있을지도 몰라. 내가 찾으면….

"알았습니다. 언제 떠나실 생각이십니까? 그리고 저희가 멕시코시티에 호텔도 예약할까요? 아 참, 호텔은 부군께서 처리하시겠군요."

"그래요, 남편이 처리할 거예요."

멕시코시티! 그렇다면 그 여자는 거기 있겠군. 그렇지 않다면 소왈드는 뉴욕으로 직접 갔을 거야.

"그리고 저는 내일 당장 떠나고 싶습니다. 오후에 항공권을 가지러 들르겠습니다."

여행사와의 통화를 끝내고 여행 가방을 가지고 침실로 들어갔다.

"이걸 다 갖고 갈 수 있을까?"

그녀는 어떻게 해야 할지 몰랐다. 아파트는 가구가 딸린 집이었지만 그림, 책 그리고 장식품은 모두 그녀의 것이었다. 그리고 소왈드 앞에서 입고 자랑하던 모든 옷들도. 그것이 전부 무슨 소용이 있지? 그녀는 침대 위의 여행 가방 옆에 앉아 가방의 크기를 다시 고려하기로 했다. 그리고 일어서서 지하실 열쇠와 플래시를 찾았다.

문 밖 현관은 테라스가 있는 정원과 연결되어 있었다. 그녀는 자갈을 깐 길로 사슴이 지나가는 것을 보고 걸음을 멈췄다. 꽃으로 뒤덮인 테라스로 나 있는 자갈길을 달려가는 사슴 발굽 소리가 유난히 요란했다. 그 뒤로 작업복을 입은 뚱뚱한 콧수염의 남자와 두 명의 젊은이가 뛰어갔다. 세 사람이 건물 모퉁이를 돌아가자 나뭇가지가 건물에 스치는 소리가 들렸고 그들이 테라스 끝에서 계곡 쪽으로 뛰어내리는 소리가 들렸다.

그녀는 지하실 계단을 내려가서 여러 개의 창고를 지나 건물 옆 정원으로 나가는 문으로 걸어갔다. 그녀는 정원 끝으로 나왔다. 그 밑은 계곡이었다. 계곡에서 부스럭거리는 소리가 크게 들렸다. 저 밑에서 사슴이 뒤쫓는 사람들을 피해 나무 사이로 뛰어다니고 있었다. 동물원이라는 감옥에서 도망쳐 나왔군. 소왈드도 나라는 감옥에서 도망친 것일까?

그녀는 몸이 떨려오기 시작했다.

계곡 밑바닥에서 사슴을 쫓던 젊은이 하나가 동물원이 있는 쪽으로 되돌아갔다. 그녀는 사슴을 쫓는 일이 어떻게 될까 더 지켜보았으나 나무에 가려 사슴과 사슴을 쫓는 두 사람의 모습이 보이지 않았다. 그녀는 땅에 앉아 계속 지켜보았다. 잠시 후에 동물원에 갔던 젊은이가 이상하게 생긴 총을 든 노인과 같이 나타났다. 그 총은 소왈드와 함께 아프리카 사파리에 갔을 때 한 번 본 적이 있었다. 진정제 주사를 쏘는 총이었다.

그녀는 도망친 사슴이 불쌍하다는 생각을 하다가 마음을 고쳐 먹었다. 아냐, 사슴은 도망치지 말아야 했어. 동물원은 안전해. 도망친 것은 나쁜 짓이야. 그녀는 일어서서 창고로 돌아갔다. 커다란 여행 가방을 보고 주저하다가 작은 가방과 핸드백을 선택했다.

방으로 돌아가자 계곡 밑의 사슴과 사람들 생각이 머리를 떠나지 않고 그녀를 괴롭혔다. 그녀는 거실에 가서 계곡 밑이 내려다보이는 커다란 창문을 열었다. 그리고 의자를 갖고 와서 창가에 앉아 사슴을 잡는 일이 성공하는지 지켜보았다. 12시가 채 안 되어 진정제 총을 든 젊은이가 동물원 쪽으로 계곡 바닥을 뛰어갔다. 그 뒤로 잠든 사슴을 둘러멘 노인과 두 번째 젊은이가 천천히 걸어갔다. 콧수염을 단 사람의 모습은 보이지 않았다.

솔랭지는 일어서서 침실로 갔다.

오후 늦게까지 짐을 다 쌌다. 그림과 깨지기 쉬운 도자기들은 싸지 못했지만 하는 수 없었다. 그녀는 다시 돌아올 수도 있다. 집세는 아직 몇 달 여유가 있었다. 그러나 그녀는 자신이 돌아오지 않으리라는 것을 알고 있었다. 앞으로 다시는 이 매력적인 수집품들을 볼 수 없을 것이다. 정말로 좋지 않군. 모든 것이 정말로 좋지 않았다.

그녀는 옷을 갈아입고 쇼핑가로 걸어갔다. 은행에서 남은 돈을 전부 인출하고 멕시코 시티행 항공권을 찾았다. 그 여자는 틀림없이 그 곳에 있을 거야. 어떻게 해서든지 그 여자를 찾고 말 거야. 그리고 죽일 거야.

집에 돌아오자 하루 종일 아무것도 먹지 않았다는 생각이 났다. 부엌에 가서 차와 토스트를 준비했다. 계란을 삶을까 하다가 그만뒀다. 차와 토스트만 갖고 거실로 갔다. 창가에 앉아 토스트를 씹으며 계곡을 내려다보았다. 계곡은 눈에 들어오지 않았다. 머릿속에 떠오르는 생각의 뒤꽁무니를 쫓다가 앉은 채로 잠이 들었다.

그녀는 동물원에서 울부짖는 동물들의 소리에 잠을 깼다. 불을 켜고 시계를 보았다. 10시였다. 동물들은 왜 이 시간에 울부짖을까? 그들도 외로워서 그럴까? 사슴은 살았을까? 어쩌면 죽어서 다른 동물들과 같이 울부짖을 수 없을지도 몰라.

그녀는 택시회사에 전화해서 아침 일찍 차를 보내달라고 했다. 다음에는 목욕을 하고 화장을 시작했다. 눈 밑이 시커먼 것을 화장으로 감추고 입술에 조심스레 선을 그렸다. 그 선 안을 선정적인 색으로 칠했다. 그리고 소왈드가 수도 없이 키스했던 입술을 바라보았다. 그는 그녀를 고양이 눈과 천사의 머리카락, 그리고 갓난아기처럼 부드러운 입술이라고 했다. 소왈드, 어떻게 내게서 떠날 수 있어?

잠깐 거울 속의 눈이 타올랐다가 불길이 사그라졌다. 그녀는 옷을 입었다. 그리고 침대에 눕지 않고 의자에 앉아 아침이 되기를 기다렸다.

새벽이 오기 전에 그녀는 가방 두 개를 들고 가파른 길을 올라가서 차도 옆의 수풀 속에 내려놓았다. 그리고 핸드백을 가지러 내려왔다. 문 밖 현관에서 불안한 듯 지하실로 내려가는 계단을 바라보았다. 그곳에 선 채로 잠시 생각하다가 이윽고 그녀는 아파트에 들어가서 창고 열쇠를 찾았다. 그녀는 커다란 가방을 들고 지하실 계단을 올라왔다. 그것과 배낭을 들고 차도로 올라가서 택시를 기다렸다.

로드 공항에서 안전 검색을 받기 위해 줄지어 있는 사람들 뒤에 섰다. 그녀 차례가 되자 작은 가방 두 개를 검색대 위에 올려 놓았다.

이 가방은 당신이 꾸렸습니까? 네. 누가 당신에게 운반해 달라고 준 것은 없습니까? 없습니다. 당신 외에 이 가방에 접근한 사람은 없습니까? 없습니다. 누가 갖다달라고 선물은 주지 않았습니까? 아니오. 여자 검색원은 능숙한 솜씨로 옷들을 찔러 보고 더듬어 봤다. 구두 안과 병들도 조사한 후에 가방을 닫았다.

"다른 가방도 올려 놓으십시오."

솔랭지는 커다란 가방을 올려 놓았다.

"가방을 여십시오."

검색원의 목소리가 날카로워졌다.

"이 가방도 직접 꾸렸습니까?"

"네."

"이것은 남자 옷인데요. 남편도 같이 갑니까?"

솔랭지는 무의식적으로 고개를 뒤로 돌리려고 하다가 그만두었다.

"아니오. 이 옷들은 남편 것인데 남편은 먼저 떠났어요. 그래서 내가 갖다 주기 위해 갖고 가는 겁니다."

검색원은 잠시 주저하다가 조직적으로 옷을 검색하기 시작했다. 주머니도 뒤지고, 양말도 뒤집어 봤다. 세면 도구 가방을 열고 면도 크림도 짜 보고 안전면도기의 손잡이도 돌려 봤다. 이윽고 그녀는 말했다.

"됐습니다. 감사합니다."

솔랭지는 체크 인 카운터로 갔다. 화물 중량초과 대금을 지불하고 2층으로 올라갔다. 통관 수속을 마치고 몸수색과 휴대품 검색을 마쳤다. 출국 라운지에서는 영자 신문을 사들고 탑승구를 향해 천천히 걸어갔지만 옆에 진열된 보석이나 선물은 눈에 들어오지 않았다. 시간이 가까워지고 있어. 이스라엘을 떠날 시간이 가까워지고 있어. 시간이 가까워지고 있어.

항공기에 탑승하라는 안내방송이 나왔다. 버스를 타고 가서 항공기에 올랐다. 창가의 좌석이었다. 신문을 펼쳐 들었다. 그녀는 숨을 훅 하고 들이마셨다. 제목은 작았지만 1면 중간기사가 크게 눈으로 뛰어들었다.

〈미국인 석유회사원 시체 카멜 산에서 발견〉

시체는 사슴이 발견했다. 진정제 화살을 맞은 사슴은 비틀거리며 수풀 속으로 들어가서 시체 옆에 쓰러졌다. 시체는 야생 동물들이 뜯어먹어 그 형체를 분간할 수가 없었다. 그러나 찢어진 옷에서 항공권이 나왔다. 항공권 조각들을 맞추면 소왈드 젠센의 항공권으로 멕시코시티 경유 뉴욕행 항공권이라는 것이 판명되었다.

항공기는 활주로를 향해 천천히 나아갔다. 엔진 소리가 크게 들리다가 작아졌고 흰 자동차가 항공기를 향해 달려왔다. 자동차에서 두 사람이 내려 비행장에서 일하는 유도트럭을 향해 손짓했다. 인부들이 내려와 탑승대를 항공기 옆으로 붙였다. 스튜어디스가 항공기 비상구를 열었다.

솔랭지는 두 손을 잡고 두 눈을 꼭 감았다. 소왈드와 같이 있던 마지막 밤이 망막에 비쳤다. 소왈드의 시체를 밀며, 당기며 지하실 계단을 내려가서 창고를 지나 정원으로 남몰래 옮기던 무서운 기억이 떠올랐다. 그리고 정원을 가로질러 가파른 계곡 밑으로 시체를 굴려 떨어뜨린 일이 생각났다. 시체가 굴러 떨어지면서 내는 나뭇가지 부러지는 소리를 남이 들을까 겁났고, 불 켜진 들창에서 누가 보지나 않을까 가슴을 졸였다.

비상구를 통하여 두 사람이 올라왔다. 그들이 자기를 향해 통로를 걸어오자 그녀는 무슨 말을 해야겠다고 마음먹었다. 진실만을 얘기해야지. 오직 진실만을….

그이는 화장실 거울 앞에서 넥타이를 매고 있었어요. 나는 그이 뒤에 가서 제발 내게서 떠나지 말아 달라고 사정했어요. 그는 아무런 대답도 하지 않고 미소 띤 얼굴로 고개만 흔들었어요. 내가 한 말이 중요하지 않다는 듯이 미소만 짓고 있었어요. 나는 이미 칼을 뒤에 감추고 있었어요. 소름끼치는 일이었어요. 나는 그가 살아나기를 빌었어요. 그러나 그는 살아날 수가 없었어요. 나는 그것을 알았어요. 겁이 났어요. 그래서 그를 계곡으로 갖고 갔어요.

두 사람이 옆에 와서 멈추자 그녀는 태연히 일어섰다. 그들을 기다리기라도 한 것처럼.

이것이 죽음이다

THIS IS DEATH — 도날드 E. 웨스트레이크

자신이 유령이라면 유령의 존재를 믿지 않을 수 없을 것이다. 나는 분노해서 목을 맸지만—분노라는 말은 보통 때보다 화가 많이 났다는 말이지만 절망적이라고 표현할 만큼 위엄이 있는 말은 아니다—일이 진행도 되기 전에 후회하고 있었다. 나는 의자를 발로 차는 순간, 의자를 다시 원했으나 중력은 그것을 한낱 헛된 소망으로 만들었다. 넘어진 의자는 다시 일어설 수 없었고 나의 90킬로에 가까운 체중은 목의 밧줄을 단단히 조여 왔다.

물론 고통은 있었다. 목을 파고드는 고통이 심했다. 그러나 가장 놀라운 일은 볼이 부풀어오른다는 사실이었다. 누가 제발 들어와서 나를 구해 줬으면 하고 고통스러운 눈길로 둥글게 부풀어오른 볼 너머의 문을 바라보았다. 그러나 나는 집 안에 아무도 없다는 것을 알고 있었다. 게다가 문도 조심해서 잠갔다. 그때 나는 발길질을 하고 있어서 몸이 허공에서 빙빙 돌았다. 그래서 어떤 때는 문 쪽이, 어떤 때는 창 쪽이 눈에 들어왔다. 밧줄이 목에 너무 깊이 파묻혀서 나의 떨리는 손은 밧줄을 풀기는 고사하고 밧줄을 찾을 수도 없었다.

나는 공포에 떨며 필사적으로 몸부림치고 있었지만 머리 한 구석은 냉정하게 관찰 기능을 발휘하고 있었다. 나는 매달려 몸부림치면서도 나 자신을 객관적으로 살펴볼 수 있었다. 굵은 대들보에 묶인 밧줄에 매달려 발버둥치는 모습을, 침대 가에 있는 두 개의 등불이 흰 커튼을 친 창과 벽면에 2중으로 비추고 있었다.

이것이 죽음이다. 나는 이제 죽음을 원치 않았으나 살아 남을 기회는 영원히 사라져 버렸다.

나의 이름은—살아 있는 사람이었을 때의 이름은—에드워드 톤번이고 1938년부터 1977년까지 살았다. 나는 나의 40살 생일 한 달 전에 자살했다. 그렇다고 내가 갑자기 나타난 인생의 번민 때문에 자살한 것은 아니다. 나는 그 이유를 나의 생식불능으로 돌리고 싶다. (나는 나의 모든 실수와 실패를 거기에 돌렸다.) 내가 자식만 가질 수 있었다면 결혼생활은 정상적이었을 것이다. 에밀리 역시 부정을 저지르지 않았을 것이고, 나도 분노로 자살하지 않았을 것이다.

무대는 코네티컷 주, 반스테이블의 우리 집 거실이었고, 때는 저녁 7시로 밖은 깜깜했다. 나는 부동산 중개업자로 코네티컷 주에서는 괜찮은 직업이었으나 근래에는 수입이 떨어지고 있었다. 내가 사무실에서 6시 조금 전에 돌아왔을 때 식탁에는 메모지가 놓여 있었다.

〈그렉과 같이 골동품을 찾으러 가요. 저녁을 직접 지어 잡수셔야겠어요. 미안해요. 사랑하는 에밀리로부터.〉

그렉은 아내의 애인이었다. 그는 뉴욕으로 가는 도로가에서 골동품점을 운영하고 있었고 에밀리는 거기서 약간의 돈을 받고 시간제로 일하고 있었다. 관광객이나 골동품을 찾는 사람들이 별로 없어 그들이 방해받지 않는 평일의 기나긴 오후에 그들이 무엇을 하는지 나는 알고 있었다. 나는 3년 넘게 그 일을 알고 있었지만 어떻게 대처할지 결정을 내리지 않고 있었다. 사실, 그 원인은 내게 있었으므로 그런 일이 터졌다고 해서 그들을 나무랄 수 없었다. 그래서 입을 다물고 있었지만 마음은 편치 않았다. 나아가 불행하다고 느껴졌으며 화가 났다. 분노를 느꼈다.

전에도 자살을 시도한 적이 있었다. 처음에는 자동차로 자살하려 했다. 달려오는 트럭 앞으로 차를 몰았지만 마지막 순간에 핸들을 꺾고 말았다. 트럭은 경적을 요란하게 울리며 지나갔다. 다음에는 절벽에서 차를 몰아 코네티컷 강으로 떨어지려고 했다. 그러나 절벽 끝에서 브레이크를 힘껏 밟고 말았다. 땀을 흠뻑 뒤집어쓴 상태로 5분 동안을 앉아 있다가 후진해서 빠져 나왔다. 마지막은 아직도 근처에 몇 개 남아 있는 기찻길 건널목을 이용했다. 그 건널목에 자동차를 세우고 20분이 넘게 기다렸지만 기차는 오지 않았다. 그러자 분노는 사그라졌고 나는 차를 몰고 집으로 돌아왔다. 다음에는 팔목을 그으려 했지만 날카로운 물건으로 내 살갗을 그을 용기가 없었다. 불가능했다. 내 맨살 가까이에서 반짝이는 쇠붙이 모습이 나의 분노를 완전히 씻어 버렸다. 다음에 자살할 마음이 생길 때까지는.

드디어 밧줄을 써서 성공하고야 말았다. 완전한 성공이었다. 암, 완전한 성공이고말고. 나의 다리는 허공을 차고 있었고 손톱은 목을 쥐어뜯고 있었다. 눈은 튀어나와 부풀어오른 검은 볼 너머를 바라보았고 혓바닥은 입 안 가득히 부풀어올랐다. 몸은 끈에 달린 장난감처럼 흔들리고 있었다. 고통이 몹시 심했다. 목을 맨다는 것은 손목을 자르는 것보다 훨씬 고통스러운 일이라는 것을 비로소 알 수 있었다. 머리의 고통과 압력은 점점 커졌다. 얼굴은 검게 변했고 눈은 사람의 눈이 아니었다. 머릿속의 압력은 점점 커져서 머리가 터질 것만 같았다. 도저히 참을 수 없는 고통이 끝없이 계속되었다.

다리가 점점 힘없이 움직였다. 팔은 옆으로 축 늘어져서 손가락이 꿈틀거렸다. 고개는 이상한 각도로 옆으로 기울어졌고 몸은 바람 없는 날의 풍경처럼 천천히 흔들렸다. 목과 머리의 고통이 작아졌지만 완전히 사라지지는 않았다.

부릅뜬 두 눈은 생기가 없고 회색 빛을 띠고 있었다. 습기가 없고 차돌 같았다. 나는 내 눈을 볼 수 있었다. 눈을 돌리자 매달린 나의 몸 전체가 보였다. 꿈틀거리지 않고 천천히 돌고 있는 몸을 보고 나는 내가 죽었다는 무서운 사실을 발견했다.

그러나 이것은 현실이었다. 죽었지만 목은 아직 아팠고 머리는 아직도 빠개질 것 같았다. 나는 걸려 있는 고깃덩어리가 아니었다. 나는 어디서 비추는지 알 수 없는 간접 조명처럼 방안 가득히 퍼져 있었다. 이젠 어떻게 되는 거지? 나는 무서움을 느꼈다. 이상한 기분이 들었고 고통도 계속 남아 있었다. 나는 안개처럼 떠 있으면서 앞으로 일어날 일을 기다렸다.

그러나 아무 일도 일어나지 않았다. 나는 기다렸다. 매달린 시체는 꼼짝도 하지 않았고 벽에 비친 나의 그림자도 전혀 변화가 없었다. 침대 맡의 등불은 계속해서 불빛을 내뿜었고, 문과 커튼도 닫혀 있었다. 그러나 아무 일도 일어나지 않았다.

이제는 어떻게 되지? 나는 큰소리로 물으려 했으나 말을 할 수 없었다. 나는 목이 아팠으나 목이 없었다. 입 안이 탔으나 입도 없었다. 마지막으로 밧줄이 당기던 힘과 몸부림치던 일이 뇌리에 깊이 새겨져 있었으나 나는 몸통, 두뇌가 없었다. 이 방과 매달려 있는 시체에서 빠져나올 수가 없었다. 나는 여기서 기다려야만 했다. 앞으로 어떻게 될까 궁금하게 생각하면서 기다려야 했다.

침대 발치께에 있는 화장대 위에는 디지털 시계가 있었다. 처음으로 시계를 봤다. 7시 21분을 나타내고 있었다. 내가 의자를 발로 찬 후 약 20분. 내가 죽고 나서 15분쯤 지난 것 같았다. 그렇다면 무슨 일이 일어나야 하지 않을까? 어떤 변화가 일어나야 되는 것 아닌가?

시계가 9시 11분을 나타냈을 때 에밀리의 자동차가 집 뒤로 오는 소리가 들렸다. 나는 할말이 없었고, 나의 시체가 모든 것을 대변한다고 생각했기 때문에 편지를 남기지 않았다. 그러나 에밀리가 나를 발견할 때 내가 그 곳에 있으리라고는 생각하지 못했다. 나는 나의 행동이 정당하다고 생각했다. 내가 나의 행동을 제아무리 후회하고 있더라도 나의 행동은 정당했다. 그러나 에밀리가 저 문을 열고 들어올 때의 그녀 얼굴은 보고 싶지 않았다. 그녀는 부정을 저질렀고 나는 그녀 때문에 자살했다. 그녀도 그것을 알고 있겠지만 그녀 얼굴은 보고 싶지 않았다.

전에 목이라고 하던 곳과 가슴이라고 하던 곳의 고통이 더욱 심해졌다. 아래층 멀리서 뒷문이 큰소리로 닫히는 소리가 났다. 나는 바람결처럼 몸을 움직였으나 그 곳을 떠나지 않았다. 떠날 수가 없었다.

"에드? 여보, 나예요."

당신인 줄 알아. 나는 가야 해. 여기 있으면 안 돼. 신이 정말로 존재합니까? 이렇게 떠 있는 것이 나의 영혼입니까? 차라리 지옥이 이것보다는 낫겠어. 나를 지옥이든 어디든 내가 갈 곳으로 데려가 줘요. 나를 이곳에 놔두지 말아요!

그녀는 나를 다시 부르며 계단을 올라와서 문이 닫힌 객실을 지나갔다. 그녀가 침실에 들어가서 내 이름을 부르는 소리가 들렸다. 그녀의 목소리에 걱정하는 빛이 떠오르기 시작했다. 그녀는 다시 객실 앞을 지나서 아래층으로 내려갔다. 그리곤 조용했다.

그녀는 무엇을 하고 있지? 편지나 내가 남긴 아무것이나 찾고 있을까? 창 밖에 내 자동차가 있으니 내가 집에 있다는 것을 알아차리고 나를 찾아온 집 안을 뒤지고 있겠지. 이 집은 약 200년 전에 창고로 지은 집으로 제2차 세계대전 직후에 전 주인이 개조한 것이다. 그것을 내가 샀고 에밀리가 그렉과 함께 그 놈의 빌어먹을, 보기 싫은 골동품으로 장식했다. 나는 이 집을 사기는 했지만 좋아하지는 않았다. 나는 이 집을 에밀리를 위해 샀다. 나는 에밀리가 중요하게 여기는 한 가지를 줄 수 없었기 때문에 모든 일을 에밀리를 위해 처리했다. 나는 그녀에게 아이를 줄 수 없었다.

그녀는 그 문제에 있어 내게 잘 대해 주었다. 그녀는 모든 일에 잘못됨이 없었다. 나는 그녀를 비난하지 않았다. 결혼 초기에는 아이를 동경하는 듯한 말을 몇 번 비쳤으나 그 말이 내게 어떤 영향을 준다는 사실을 알아채고는 그런 말을 더 이상 꺼내지 않았다. 그러나 나는 그녀가 아이를 원한다는 것을 알고 있었다.

내가 목을 맨 대들보는 집을 지을 때부터 있던 것으로 매우 굵었고 도끼로 다듬은 것이었다. 그것은 강철같이 단단해서 내 몸을 영원히 매달고 있을 수도 있으리라. 적어도 나를 발견하고 끌어내릴 때까지는 지탱할 수 있었다. 나를 발견할 때까지는.

에밀리가 집에 돌아오고 12분쯤 지난 후, 시계가 9시 23분을 나타낼 때 에밀리는 다시 위층으로 올라왔다. 그녀의 발걸음이 가볍게 들리면서 문 앞에 와서 멈추었다.

"에드?"

문의 손잡이가 움직였다. 문은 잠겼고 열쇠는 안에 꽂혀 있었다. 그녀는 문을 부수든가, 남을 불러 문을 부셔야 했다. 어쩌면 그녀가 나를 발견하게 되지 않을 수도 있었다. 내게 희망이 생겼다. 고통이 덜해졌다.

"에드, 안에 있어요?"

그녀는 문에 노크를 하고 문 손잡이를 흔들면서 내 이름을 계속해서 불렀다. 그녀가 갑자기 아래층으로 뛰어가는 소리가 나고 뭔가 중얼거리는 소리가 들렸다. 누구에게 전화를 걸고 있었다. 그렉에게 전화를 걸 것이라고 생각했다. 목이 또 아파 왔고 나는 진심으로 이 일이 끝나기를 원했다. 누가 죽은 몸과 산 영혼을 다른 곳으로 데리고 가기를 원했다. 모든 것이 끝났으면 했다.

그녀는 아래층에서 그를 기다리고 있었고 나는 위층에서 두 사람을 기다리고 있었다. 어쩌면 그녀는 이 방안에서 무엇을 찾을지 짐작하고 그를 밑에서 기다리고 있는지도 몰랐다. 나는 그렉이 나를 발견하는 것은 괜찮다고 생각했다. 내가 걱정하는 것은 에밀리였다.

시계가 9시 44분을 나타냈을 때 집 옆 자갈길에서 자동차 타이어 소리가 났다. 그가 집 안으로 들어왔다. 두 사람이 얘기하는 소리가 들렸다. 여자를 안심시키는 남자의 굵은 목소리와 겁에 질려 초조한 빛이 역력한 가냘픈 여자의 목소리가 들렸다. 그러다가 두 사람이 아무 말도 하지 않고 올라왔다. 누가 문의 손잡이를 돌리다가 흔들었다 .

그렉의 목소리가 들렸다.

"에드?"

잠시 침묵이 흐른 후에 에밀리가 말했다.

"그이가 설마, 그이가 무슨 일을 저지르진 않았겠지요?"

그렉이 불쾌한 듯이 말하는 소리가 들렸다.

"일을 저질러? 일을 저지르다니 무슨 소리야?"

"그인 요즘 너무나 침울하게 보였어요. 그이는 에드!"

그녀는 문을 세게 흔들었다. 문설주가 흔들렸다.

"에밀리, 이러지 마. 진정해."

"당신을 부르지 말았어야 했어요. 에드, 제발 문을 열어요!"

"왜 나를 부르지 말아야 했지? 제기랄, 에밀리!"

"에드, 제발 나와요. 그만 겁줘요!"

"에밀리, 왜 나를 부르지 말아야 했지?"

"에드는 바보가 아녜요. 그렉, 그는…."

무거운 침묵이 흘렀다. 그들이 귓속말을 하고 있는 것 같았다. 내가 아직도 살아 있는 줄 알고 에밀리는 〈그는 우리들 사이를 알고 있어요, 그렉〉 하는 말을 내가 듣지 않기를 원하고 있었다. 귓속말은 점점 길어졌고, 갑자기 그렉이 큰소리로 말했다.

"그건 말도 안 돼. 에드, 나와서 어서 얘기하자고."

손잡이를 다시 흔드는 소리가 나다가 그렉이 불쾌한 투로 이야기하는 소리가 들렸다.

"우리는 안에 들어가기만 하면 돼. 다른 열쇠는 없어?"

"이 집의 열쇠는 전부 똑같을 거예요. 잠깐 기다려요."

그 말은 사실이었다. 집안 열쇠 하나면 어느 문이나 열렸다. 나는 기다렸다. 에밀리가 다른 열쇠를 찾으러 갔고 두 사람이 같이 들어올 것이라는 사실을 알고 귀를 기울였다. 에밀리가 들어온다는 사실에 공포와 혼란스러움으로 내가 뒤틀린 거울에 비친 그림자처럼 희미하게 떨고 있다는 것을 느낄 수 있었다. 나를 발견했을 때의 그녀 얼굴을 보지 않을 수는 없을까? 내가 살아 있을 때는 눈꺼풀이 있었다. 그때 나는 보고 싶지 않은 것은 보지 않을 수 있었다. 그러나 지금의 나는 눈에 보이는 것을 거부할 수 없었다.

열쇠가 자물쇠에 닿으며 내는 거친 소리는 마치 쇠로 내 목을 긁는 소리 같았다. 내가 전에 갖고 있던 목을…. 목의 고통이 온몸으로 퍼지는 가운데 에밀리가 그렉에게 왜 그러느냐고 묻는 소리가 들렸다.

"열쇠가 안쪽에 꽂혀 있어."

"오, 하느님. 그렉, 그이가 무슨 짓을 했을까요?"

"문을 뜯어내야겠어. 토니에게 연장 통을 갖고 오라고 해요."

"열쇠를 밀면 안 되나요?"

물론 열쇠를 밀면 된다. 그러나 그는 조용한 목소리로 단호히 말했다.

"자, 가서 토니에게 말해요."

그때 나는 그가 사실은 문짝을 떼어낼 의사가 없다는 것을 알았다. 문을 열 때 그녀가 그 자리에 없기를 바라고 있을 뿐이었다. 잘됐어. 대단히 훌륭해!

"알았어요."

그녀가 미심쩍은 듯이 말하고는 그 자리를 떠나 전화 거는 소리가 들렸다. 토니는 그렉의 집에 사는 잡역부 비슷한 사람으로 올리브 색 피부에 검은 머리가 무성하고 눈썹이 굵었다. 에밀리는 그가 그렉의 집안일도 보지만 골동품 가구를 수리하거나 칠을 벗기는 일, 부서진 곳을 고치는 일을 잘한다고 했다.

다시 자물쇠에서 달그락거리는 소리가 났다. 그렉이 에밀리가 돌아오기 전에 문을 열려고 바쁘게 움직였다. 나는 생각지도 않게 그렉이 좋아지고 따뜻한 정을 느꼈다. 나쁜 녀석은 아니었다. 내 마누라와 정을 통한 녀석이었지만 나쁜 녀석은 아니었다. 이제 그녀와 결혼할까? 녀석이 나보다 집안을 더 많이 꾸몄으니 그들은 이 집에서 살 자격이 있다. 아니면 이 방이 너무나 소름끼치는 일을 상기시키기 때문에 에밀리는 이 집을 팔고 이사갈지도 모른다. 그녀는 헐값에 팔아야 할 것이라는 생각이 들었다. 나는 부동산 중개업자였기에 자살한 사람의 집은 팔기가 힘들다는 사실을 누구보다 잘 알았다. 사람들은 미신에 대해 많은 농담을 하지만 그래도 겁은 냈다. 사람들은 이 방에 귀신이 붙었다고 생각할 것이다.

그제야 나는 이 방에 정말 귀신이 붙었다는 것을 알았다. 나는 유령이었다. 처음으로 그 생각을 떠올리고 나는 정신이 혼미해지도록 깜짝 놀랐다. 나는 유령이었다.

이 얼마나 무시무시한 일인가! 뼈와 근육 등 물질적인 것은 없는 존재로서 이곳에 떠 있다니! 나는 밤낮으로 혼자서 영원히 떠돌아다녀야 하고, 낯선 사람들이 오고 가는 것을 고통에 찬 비참한 눈으로 보아야 했다. 그래, 에밀리는 이 집을 팔 거야. 팔아야 할 거야. 이것이 나의 죄에 대한 응보인가? 자살한 죄를 지은 사람의 고독한 지옥인가? 하지만 세상의 무엇보다 큰 죄를 졌다고 해도 이렇게 자신이 자살한 곳에 영원히 묶여 있어야 한단 말인가?

나는 문 안쪽에 꽂힌 열쇠가 움직이는 소리에 비참한 사색에서 벗어날 수 있었다. 열쇠가 생명체처럼 움직이더니 구멍에서 튀어나와 밑에 떨어졌다. 그리고 즉시 문이 열리며 그렉의 창백한 얼굴이 나의 시커먼 얼굴을 바라보았다. 놀람과 공포의 표정이 불쾌감—아니면 혐오감이었나?—으로 변하더니 방을 나가 문을 세게 닫았다.

시계는 9시 58분을 나타내고 있었다. 지금 그가 그녀에게 말하고 있겠지. 지금은 진정시키려고 술을 따라 주고 있겠지. 이제는 경찰에 전화하고 있겠지. 지금은 그들의 관계를 경찰에게 얘기할까 말까 의논하고 있겠지. 그들은 어떻게 하자고 결정할까?

"안 돼!"

그녀가 비명을 질렀다.

시계는 10시 7분을 나타내고 있었다. 무엇하느라 시간을 그렇게 오래 끌었지? 경찰에는 아직 연락하지 않았나?

그녀는 비틀거리며 계단을 올라왔다. 내 이름을 부르며 문을 주먹으로 꽝꽝 쳤다. 나는 방구석으로 몸을 움츠렸다. 그녀가 문을 주먹으로 치는 것을 느낄 수 있었다. 들어오면 안 돼. 하느님, 제발 들어오지 못하게 해요! 그녀가 무슨 짓을 했어도 좋으니 나를 보지 못하게 해요! 내가 그녀를 보지 못하게 해 줘요.

그렉이 올라왔다. 그녀는 그에게 열쇠를 달라고 고함쳤고 그는 안 된다고 달랬다. 그녀의 요구를 그는 거절했다. 틀림없이 그가 버티고 그녀를 데리고 갈 거야. 그가 힘이 더 세고 강할 거야. 하지만 그는 열쇠를 그녀에게 줬다. 이것은 참을 수 없어. 이것은 무엇보다도 무서운 일이야. 그녀는 방안으로 들어왔다. 그때 그녀가 낸 소리는 내 기억에서 절대로 떠나지 않을 것이다. 그녀의 비명 소리는 인간의 목소리가 아니었다. 그가 싫어하던 모든 동물이 함께 지르는 소리였다. 나는 이제 진정한 절망이라는 것이 무엇인줄 알았다. 그래서 아까 나의 심리상태를 분노라고만 한 것이다.

그렉은 그녀를 제지하려 했다. 어깨를 잡고 밖으로 데리려 나가려고 했다. 그러나 그녀는 그를 뿌리치고 다가섰다. 그러나 내 쪽이 아니었다. 고통과 우울한 기분에 빠진 나는 방안 가득히 있었으나 에밀리는 내 시체로 다가섰다. 그녀는 시체를 부드러운 눈으로 바라보며 볼을 만졌다. 그리고 중얼거렸다.

"오, 에드."

죽음 직전에 경험한 참을 수 없는 고통이 다시 엄습했다. 목을 쥐어뜯는 것 같고 머리가 빠개지는 것 같아 나는 다시 몸을 비틀었다. 그러나 나는 볼에 그녀 손가락의 감각을 느낄 수 없었다.

그렉이 다가와서 어깨를 잡으며 그녀 이름을 불렀다. 그녀의 얼굴이 일그러지며 시체의 다리를 껴안고 울며불며 알아들을 수 없는 소리를 빠르게 지껄였다. 무슨 소린지 알아들을 수 없는 게 반가웠다. 바보 같은 그렉이 결국에는 다리를 껴안고 있는 그녀를 떼어냈다. 그리고 밖으로 데리고 나가 문을 힘껏 닫았다. 매달린 시체만이 흔들리다가 잠시 후 멈췄다.

가장 나쁜 일은 지나갔다. 그보다 더 나쁜 것은 있을 수 없었다. 여기서 앞으로 있을 오랜 시간—나 같은 놈은 자기가 죽은 곳에서 얼마나 있어야 풀려나지?—도 끔찍하겠지만 이보다는 나을 거라고 생각했다. 그래도 에밀리는 살아가겠지. 이 집을 팔고 과거의 일을 천천히 잊겠지. (나도 그 일을 천천히 잊을 것이다.) 그녀와 그렉은 결혼하겠지. 그녀는 36세밖에 안 됐으니 아직도 아기를 가질 수 있었다.

그날 밤새도록 그녀는 울부짖었다. 결국에는 경찰이 나타났고 시체 안치소에서 온 흰 코트를 입은 두 사람이 나를—시체를—내렸다. 그들은 마치 인형처럼 나무 손잡이가 달린 기다란 바구니에 담고 밖으로 나갔다.

나는 내가 시체에서 떨어지지 않을까 봐 걱정을 했다. 나는 시체와 함께 매장되어 깜깜한 관 속에 영원히 있게 될까 봐 겁냈다. 그러나 시체는 나갔지만 나는 방에 남아 있었다.

의사가 온 모양이었다. 시체를 들고 나가면서 문을 열어 놓아 아래층에서 하는 소리가 똑똑히 들렸다. 그러나 주로 의사가 말하고 있었다. 그는 에밀리에게 진정제를 주려 했고 에밀리는 계속해서 울부짖었다.

"내가 그이를 죽였어! 나 때문이야!"

나는 그런 반응을 원했고, 그녀가 그런 반응을 보이리라 생각했다. 그러나 막상 그러는 것을 보니 끔찍했다. 내가 죽기 직전에 원했던 모든 것이 이루어졌지만 그것은 믿지 못할 정도로 끔찍했다. 나는 죽고 싶지 않았다. 나는 에밀리에게 그런 절망감을 주고 싶지 않았다. 그리고 무엇보다도 여기에 있으면서 그 일을 보고, 듣고 싶지 않았다.

마침내 그들은 에밀리를 진정시켰고 구겨진 옷을 입은 경찰관이 그렉과 같이 방으로 들어와서 그렉이 설명하는 얘기를 들었다. 그렉이 얘기하는 동안 경찰관은 대들보에 아직도 매달려 있는 밧줄 조각을 침울한 표정으로 바라보았다. 그렉이 얘기를 끝내자 그가 물었다.

"그와 친했습니까?"

"그보다는 부인과 더 친했습니다. 부인은 우리 가게에서 일합니다. 저는 뉴욕으로 가는 길가에 있는 〈비브로우〉라는 골동품점을 운영합니다."

"흠. 그런데 도대체 왜 그녀를 이 방에 들여놨습니까?"

그렉은 미소를 지었다. 하지만 뭔가 거북해 하는 희미한 미소였다.

"그녀는 나보다 강해요. 성격이 나보다 훨씬 강합니다. 항상 그랬습니다."

그 말이 사실이라는 것을 발견하고 나는 놀랐다. 그렉은 연약했고 에밀리는 대단히 강했다. 나도 약했으니 에밀리가 가장 강했던 셈이다.

경찰이 물었다.

"자살한 이유는 아십니까?"

"아내가 나와 부정을 저지른다고 의심한 모양입니다."

그렉은 그 말을 미리 연습한 것 같았다. 그 말을 털어놓을 준비를 미리 한 것 같았다. 그는 그 말을 하면서 마치 밝은 불빛이라도 대하고 있는 듯이 눈을 깜빡거렸다. 경찰관이 그에게 급히 교활한 눈길을 보냈다.

"그게 사실인가요?"

"네."

"그녀는 남편과 이혼하려 했나요?"

"아니오. 그녀는 나를 사랑하지 않았습니다. 남편을 사랑했습니다."

"그럼 왜 바람을 피웠지요?"

"에밀리는 바람을 피우지 않았습니다."

그렉이 불쾌하다는 듯이 말했다.

"많이는 아니고 어쩌다 한 번씩 나와 잤습니다."

"왜 그랬지요?"

"위안을 받으려 했던 것입니다."

그렉은 매달린 줄을 바라보았다. 마치 그게 나고, 내가 있어서 입장이 곤란하다는 것처럼.

"에드는 같이 지내기가 쉽지 않은 사람이었습니다. 그는 언제나 뚱해 있었죠. 근래에는 그 상태가 더 심했습니다."

"명랑한 사람들은 자살을 안 합니다."

"그 말은 맞아요. 에드는 항상 침울했고 가끔 이유도 없이 화를 냈습니다. 그것이 영업에도 영향을 주어 고객을 조금씩 잃고 있었습니다. 그는 에밀리를 비참하게 만들었지만 그녀는 그를 떠나지 않으려 했습니다. 그녀가 앞으로 어떻게 살아갈지 걱정입니다."

"당신들은 결혼하지 않을 겁니까?"

"천만에요. 안 합니다."

그렉은 약간 슬픈 미소를 지었다.

"당신은 우리가 결혼하려고 그를 죽이고 자살로 가장했다고 생각합니까?"

"천만에요. 그러나 무슨 문제가 있지요? 이미 결혼하셨습니까?"

"저는 동성연애잡니다."

경찰관보다 내가 더 놀랐다.

"어떻게 된 일인지 설명해 보십시오."

"나는 아래층에 있는 내 친구와 같이 삽니다. 나는 양쪽 다 관계를 할 수 있지만 남자 쪽을 더 원합니다. 나는 에밀리를 대단히 좋아합니다. 나는 그녀의 에드와의 생활을 가엾게 생각했습니다. 하지만 우리들의 관계는 대단히 뜸했고 대부분은 성공하지 못했습니다."

오, 에밀리. 불쌍한 에밀리.

"톤번 씨는 당신이 그렇다는 걸 알았나요?"

"모르겠습니다. 내가 그런 걸 떠벌리고 다니지 않았으니까요."

경찰관은 화가 난다는 듯이 다시 방안을 둘러봤다.

"좋습니다. 갑시다."

그들은 떠났다. 문을 닫지 않았기 때문에 그들이 계단을 내려가며 계속해서 말하는 소리가 들렸다.

"밤에 누가 와서 함께 지낼 사람이 있습니까? 톤번 부인을 혼자 놔두면 위험합니다."

"그레이트 바링턴에 친척이 살고 있습니다. 내가 아까 전화했습니다. 한 시간 안에 누가 도착할 겁니다."

"그때까지 당신이 계실 건가요? 의사는 그녀가 잘 거라고 했지만 만일의 경우를 대비해서…."

"물론입니다."

그 이상은 듣지 못했다. 아래층 멀리서 중얼거리는 남자들 목소리가 들린 후에 자동차가 떠나가는 소리가 들렸다. 남자와 여자가 얼마나 복잡한가. 사람들은 바보짓을 많이 했다. 나는 사람들을 이해하지 못했다. 특히 나를.

그날 밤 사람이 한 번 더 방에 들어왔다. 그렉이었다. 경찰이 떠나고 잠시 후에 방에 들어와서 시체가 아직도 달려 있는 것처럼 뚱한 얼굴로 밧줄을 바라보았다. 그러다가 의자를 갖고 와서 올라서더니 남은 밧줄을 힘들여 풀었다. 밧줄을 주머니에 넣으며 의자에서 내려와 의자를 방금 전에 있던 방구석에 갖다 놨다. 그리고 방바닥의 열쇠를 집어 열쇠구멍에 꽂은 뒤에 침대 가에 있는 등불 두 개를 끄고 방에서 나가 문을 닫았다.

이제 나는 암흑 속에 있었다. 빛이라고는 문 밑으로 새어드는 희미한 빛과 시계의 숫자뿐이었다. 1분이 얼마나 긴지! 이제는 시계가 나의 적이 되었다. 1분, 1분이 늦게 변했다. 시계는 깜빡한 후에 기다렸고 다시 깜빡하고 기다렸다. 그러기를 수없이 하다가 새로운 숫자가 나타났다. 한 시간에 숫자가 60번 바뀌었다. 몇 시간 동안을, 밤새도록 숫자가 바뀌었다. 하룻밤도 견디기가 지겨운데 이 짓을 영원히 견뎌야 하나?

그리고 나는 내 머릿속의 고뇌와 고문을 견딜 수 없었다. 그것은 내게서 완전히 떠나지 않은 육체적인 고통보다 더 견딜 수 없었다. 에밀리와 그렉에 대한 내 생각은 옳았으나 동시에 틀리기도 했다. 나의 생애도 옳다고 생각했으나 틀렸고, 죽음도 옳다고 생각했으나 틀렸다. 나는 많은 것을 고치고 싶었으나 그것은 불가능했다. 나는 아무것도 할 수 없었다. 나는 이런 것을 바라고 자살했으나 그 결과는 가장 고통스러운 양심의 가책이었다.

나는 밤새도록 고통을 느끼며 기다렸다. 내가 기다리는 것이 무엇인지도 모르며 기다렸다. 내가 기다리는 것이 그치기를 기다렸다. 이윽고 처제와 동서가 도착했고 그들의 이야기 소리가 중얼중얼 들리더니 토니와 그렉은 떠났다. 잠시 후에 객실의 문이 열렸다가 닫혔지만 아무도 들어오지 않았다. 그런 후에 복도의 불도 꺼졌다. 이제 어둠 속에서 보이는 것은 시계의 불빛뿐이었다.

언제나 에밀리를 다시 볼 수 있을까? 그녀는 이 방에 다시 들어올까? 다시 들어온다면 처음처럼 끔찍하지는 않겠지만 그래도 겁이 날 것이다.

새벽이 커튼을 희끄무레하게 밝혔고, 조용하고 침울했던 방안이 점점 모습을 드러냈다. 날씨는 햇빛이 나지 않는 찌푸린 날씨 같았다. 시간은 자꾸 흘렀다. 시계만이 지루한 시간이 흐르고 있다는 것을 나타냈다. 어떤 때는 누가 들어올까 겁났으나, 어떤 때는 아무것이나—에밀리라도—들어와서 이 끝없이 지루한 공허가 끝나기를 원했다. 그러나 시간은 아무 일도 없이 지나갔다. 그들은 에밀리에게 계속해서 진정제를 먹이고 있는 게 틀림없었다. 황혼이 지고 시계가 6시 52분을 나타냈을 때 문이 다시 열리고 한 사람이 들어왔다.

처음에는 그가 누군지 몰랐다. 성난 표정의 그는 무뚝뚝한 걸음으로 성큼성큼 들어와서 침대 맡으로 가서 두 개의 등불을 켰다. 그리고 문을 세게 닫은 후 열쇠로 문을 잠갔다. 그의 태도는 분노에 찬 모습이었다. 그가 문에서 몸을 돌렸다. 놀랍게도 그는 나였다! 나는 죽지 않고 살아 있었다! 그러나 어떻게 그런 일이 있을 수 있지?

그가 들고 있는 것은 뭐지? 그는 방구석에서 의자를 들고 와서 방 가운데에 놓고 그 위에 올라섰다.

안 돼! 안 돼!

그는 밧줄을 대들보에 맸다. 밧줄의 한쪽 끝에는 이미 올가미가 만들어져 있었다. 그는 머리를 올가미에 넣고 밧줄을 단단히 잡아당겼다.

하느님! 제발 그만둬!

그는 의자를 발로 찼다. 나는 의자를 발로 차는 순간, 의자를 다시 원했으나 중력은 그것을 한낱 헛된 소망으로 만들었다. 넘어진 의자는 다시 일어설 수 없었고 나의 90킬로에 가까운 체중은 목의 밧줄을 단단히 조여 왔다.

물론 고통은 있었다. 목을 파고드는 고통이 심했다. 그러나 가장 놀라운 일은 볼이 부풀어오른다는 사실이었다. 누가 제발 들어와서 나를 구해 줬으면 하고 고통스러운 눈길로 둥글게 부풀어오른 볼 너머의 문을 바라보았다. 그러나 나는 집 안에 아무도 없다는 것을 알고 있었다. 게다가 문도 조심해서 잠갔다. 그때 나는 발길질을 하고 있어서 몸이 허공에서 빙빙 돌았다. 그래서 어떤 때는 문 쪽이, 어떤 때는 창 쪽이 눈에 들어왔다. 밧줄이 목에 너무 깊이 파묻혀서 나의 떨리는 손은 밧줄을 풀기는 고사하고 밧줄을 찾을 수도 없었다.

나는 공포에 떨며 필사적으로 몸부림치고 있었지만 머리 한구석은 냉정하게 관찰 기능을 발휘하고 있었다. 나는 매달려 몸부림치면서도 나 자신을 객관적으로 살펴볼 수 있었다. 굵은 대들보에 묶인 밧줄에 매달려 발버둥치는 모습을. 침대 가에 있는 두 개의 등불이 흰 커튼을 친 창과 벽면에 2중으로 비추고 있었다.

이것이 죽음이다.

도날드 E. 웨스트레이크(Donald E. Westlake, 1933~)

뉴욕 출신. 뉴욕주립대학을 졸업한 그는 커트 클라크, 터커 코우, 티모시 컬버, 리차드 스타크 명의로 작품을 쓰고 있다. 1958년부터 〈맨헌트〉, 〈알프레드 히치콕 미스터리 매거진〉에 단편을 써 왔으며, 본명으로 본격 하드보일드 『킬링 타임』, 『361』 등을 썼다. 한편 유머 미스터리 『God Save the Mark』(1967)로 MWA 에드거 상을 수상했다. 그가 리차드 스타크 명의로 쓴 〈악당 파커 시리즈〉와 〈도둑 도트먼트 시리즈〉도 인기가 있으며, 『악당들이 너무 많다』(1989)로 MWA 단편상도 받았다. MWA 그랜드 마스터 상. 본편은 현대판 고스트 스토리.

대통령의 넥타이

WOODROW WILSON' S NECTIE — 패트리샤 하이스미스

마담 티볼트의 〈공포의 밀랍인형관〉은 낮에도 빨갛고 노란 빛으로 번쩍거렸다. 빨간 빛 속에서 반짝이는 황금빛 전구—이것이 노란 빛을 발했다—가 사람들의 눈길을 이끌고 이곳에 붙잡아 두었다.

클라이브 윌크스는 이 전시관의 안과 밖을 다 좋아했다. 그는 청과물 상점의 배달원이었기 때문에 배달 시간이 오래 걸린 핑계를 대기는 누워서 떡 먹기였다. 아무개 부인이 곧 돌아온다고 수위가 말해서 기다리느라 늦었다든가, 스미스 부인에게 20달러짜리 지폐밖에 없어서 잔돈을 바꾸기 위해 다섯 블록이나 갔다왔다든가, 핑계는 많았다. 그런 시간—그런 시간을 1주일에 한두 번은 만들 수 있었다—에 클라이브는 마담 티볼트의 〈공포의 밀랍인형관〉에 들어갔다.

전시관 안에 들어가면 어두운 통로가 나타났고—분위기 조성을 위한 조치였다—다음에는 좌측에 피비린내 나는 살인 현장이 나타났다. 기다란 금발의 여자가 식탁에 앉아 저녁 식사를 하는 노인의 목을 칼로 찌르는 장면이었다. 저녁은 밀랍으로 된 소시지 두 개와 절인 양배추였다. 다음에는 린드버그 아들 유괴사건 장면이 있었다. 하우푸트만이 사다리를 타고 유아실 창 밖으로 도망가는 장면으로 아이를 든 그의 상반신이 창 밖에 보였다. 그리고 마라가 암살범인 샬롯이 옆에서 지켜보는 가운데 목욕하는 장면이 있었고, 크리스티가 스타킹으로 여인을 목 졸

라 죽이는 장면도 있었다. 클라이브는 이러한 장면들을 전부 좋아했고 몇 번을 봐도 진력이 나지 않았다. 그러나 클라이브는 다른 사람들처럼 심각한, 약간 놀란 표정이 아니라 미소 띤 얼굴로, 곧 웃음이라도 터뜨릴 듯한 표정으로 바라보았다. 재미있는데 왜 웃지 말란 말인가?

안으로 더 들어가면 고문실이 있었다. 하나는 오래된 고문방법을 보여 주고 있었고 하나는 현대의 고문방법을 보여 주고 있었다. 현대의 고문방법은 20세기의 독일 나치와 프랑스의 알제리 식민통치 때의 고문을 보여 주고 있었다. 마담 티볼트—클라이브는 그런 사람은 없다고 생각한다—는 최근의 사건도 전시하고 있었다. 케네디 암살과 테이트 학살사건은 물론 한 달 전에 일어난 살인까지도 재빨리 재현해 냈다.

클라이브의 최초의 욕구는 이 밀랍인형관 안에서 하룻밤을 지내는 것이었다. 어느 날 밤에 그는 샌드위치를 준비하고 그 일을 해냈다. 생각보다 쉬웠다. 클라이브는 밀랍인형관 안에는 세 사람이 근무하고 뱃사람 모자를 쓴 뚱뚱한 노인이 앞의 매표구에서 입장권을 판다는 것을 알고 있었다. 안에서 일하는 세 사람은 남자 두 명과 여자 한 명이었다. 구불구불한 갈색 머리에 안경을 낀 40대의 여자는 뚱뚱했고, 밀랍인형관 전시가 시작되는 어두운 복도 끝에서 입장권을 받았다. 두 남자 중 키 큰 쪽이 큰소리로 안내를 했다.

"마담 티볼트가 우수한 밀랍인형 예술로 표현한 이 살인자의 광신적인 표정을 보십시오." 등등.

그러나 손님 중에 절반도 그의 말에 귀를 기울이지 않았다. 다른 남자는 검은 머리에 안경을 끼고 있었고, 이곳저곳 돌아다니다가 진열대 위로 올라가는 어린애들을 쫓든가, 소매치기를 감시하든가, 컴컴한 곳에서 여자가 습격 받지 않도록 보호하는 일을 하는 것 같았다. 하지만 클라이브는 그가 무슨 일을 하는지 확실히는 알 수 없었다.

클라이브는 컴컴하고 구석진 곳에 쉽게 숨어 있을 수 있다는 것을 알아냈다. 또한 밀랍인형관은 오후 9시 30분에 닫으므로 9시 15분에는 사람들을 천천히 내보내기 시작한다는 것도 조사해 냈다. 그리고 하루는 문을 닫는 마지막 순간까지 늦게 있으면서 한쪽 구석에 있는 문 뒤에는 종업원을 위한 탈의실이 있고, 그 안에 화장실이 있다는 사실도 알아냈다.

11월의 어느 날 밤 클라이브는 컴컴한 구석에 몸을 숨기고 퇴근하려는 세 사람이 나누는 이야기를 엿들었다. 여자—이름이 밀드레드라는 것을 처음 알았다—는 매표원인 프레드로부터 돈 상자를 받아 돈을 센 후에 탈의실에 보관하려고 기다리고 있었다. 클라이브는 돈에는 관심이 없었다. 그는 다만 그 안에서 하룻밤을 지내고 그것을 남에게 자랑하고 싶을 뿐이었다. 한 사람이 말했다.

"안녕, 밀드레드. 내일 봅시다."

"할일이 더 있어요? 나도 가야겠어. 아유, 피곤해! 그래도 오늘 밤 〈드래곤 맨〉은 봐야지."

밀드레드가 말했다.

"〈드래곤 맨〉을 보든 말든 마음대로 하구려."

다른 남자가 흥미 없다는 듯이 말했다.

매표원인 프레드도 돈 상자를 밀드레드에게 건네주고 떠나는 모양이었다. 실제로 클라이브는 그가 이곳의 문을 닫는 것을 본 적이 있었다. 그때 그는 밖에서 문 안에 있는 전등 스위치를 끄고 문을 닫은 후에 자물쇠로 잠갔다.

클라이브는 구석진 곳에 가만히 서 있었다. 그는 뒷문이 닫히고 자물쇠가 잠기는 소리가 들린 후에도 조용하고, 아무도 없는 어둠 속에서 잠시 머물러 있었다. 그러다가 숨은 곳에서 나왔다. 그는 탈의실 안을 한 번도 보지 못했기 때문에 먼저 그 곳으로 갔다. 그는 성냥을 갖고 왔다. 담배를 피우지 말라는 경고가 여러 군데 붙어 있었지만 담배도 갖고 왔다. 성냥을 켜서 전기 스위치를 찾았다. 탈의실 안에는 낡은 책상 하나, 네 개의 철제장, 철제 쓰레기통이 하나, 우산 꽂는 곳, 그리고 한

때는 흰색이었으나 지금은 우중충한 색의 벽에 기대어 서가가 있었고, 그 곳에는 책이 몇 권 꽂혀 있었다. 책상서랍 안에는 매표원이 안으로 들어가는 것을 본 적이 있는 낡은 나무 상자가 있었다. 상자는 잠겨 있었다. 클라이브는 그 상자를 갖고 나갈 수도 있었지만 그럴 마음이 없었다. 클라이브는 그러는 자신이 훌륭하다고 생각했다. 그는 상자를 손바닥으로 닦았다. 자기가 만진 상자 바닥도 닦았다. 자기가 훔치지도 않을 것을 닦는다는 게 우습다고 생각했다.

이젠 본격적으로 이 밤을 즐길 차례였다. 그는 스위치를 찾아 불을 전부 켜고 모든 전시 무대들을 밝혔다. 배가 고팠다. 샌드위치를 한입 깨물고 나머지를 종이 냅킨에 다시 싸서 주머니에 넣었다. 그는 케네디의 암살 장면이 있는 곳으로 천천히 걸어갔다. 케네디가 누워 있는 침대 위로 케네디 부인과 의사들이 걱정하는 표정으로 몸을 굽히고 있었다. 린드버그 아들 유괴 사건에서 하우프트만이 사다리를 내려가는 모습이 그를 웃겼다. 린드버그 아들의 표정이 너무나 평온해서 유아실 바닥에 앉아 장난치고 있는 것 같았다.

클라이브는 철제 차단 봉을 넘어 쥬드스나이더 사건 무대 위로 올라갔다. 여자의 정부가 뒤에서 남편의 목을 조르는 장면이었다. 그들과 닿을 듯이 가까이 있다는 데 스릴을 느꼈다. 클라이브는 손을 뻗어 밧줄에 졸려 목에서 흘러나오는 피처럼 보이는 빨간 칠을 손으로 만졌다. 피살자의 차가운 볼도 만져 보았다. 부릅뜬 눈은 유리였다. 유리라는 데 약간의 혐오감을 느끼고 그것은 만지지 않았다.

두 시간 후에 그는 앉아서 찬송가, 〈내 주를 가까이〉를 불렀다. 그는 가사를 전부는 몰랐다. 그리고 담배를 피웠다.

새벽 2시가 되자 그는 따분해졌다. 밖으로 나가려 했지만 앞문과 뒷문 모두 밖에서 잠겨 있었다. 그는 원래 이곳과 자기 집 사이에 있는 24시간 편의점에서 햄버거를 사먹으려 했다. 그러나 이곳에서 나갈 수 없다고 새삼 걱정은 하지 않았다. 그는 말라빠진 치즈 샌드위치를 마저 먹었다. 그리고 의자를 세 개 붙여 놓고 잠을 잤다. 자리가 너무 불편해서 얼마 못 자고 깨겠다고 생각했다. 그의 생각이 옳았다. 그는 5시에 잠이 깨어 얼굴을 씻고 다시 밀랍인형들을 보러 갔다. 이번에는 기념품을 한 개 챙겼다. 대통령이었던 우드로우 윌슨의 넥타이였다.

오전 9시가 가까워 오자—마담 티볼트의 공포의 밀랍인형관은 9시 30분에 문을 열었다—그는 다시 훌륭한 곳을 찾아 몸을 숨겼다. 바로 검은색과 황금색의 중국 병풍 뒤였다. 병풍 앞에 있는 침대에는 카이저 수염의 한 남자가 누워 있었다. 그는 부인에게 독살된 사람이었다. 9시 30분이 지나가 사람들이 들어오기 시작했고, 두 명의 남자직원 가운데 키가 크고 심각한 얼굴의 사나이가 지루한 설명을 중얼거리기 시작했다. 그는 10시가 조금 지나, 안전하다고 생각될 때 사람들 속에 섞였다가 우드로우 윌슨의 넥타이를 말아서 주머니에 넣고 밖으로 나왔다. 그는 약간 피곤했으나 행복했다. 이 얘기를 누구에게 할까? 시몬스 청과점 카운터 뒤에서 일하는 얼간이 조이 브래스키에게 말할까? 웃겨! 뭐하러 그런 짓을 하지? 조이는 이런 신기한 얘기를 들을 자격이 없어.

클라이브는 직장에 30분 지각했다.

"죄송합니다, 시몬스 씨. 늦잠을 잤습니다."

클라이브는 상점에 들어오면서 공손하게 말했다. 벌써 배달할 물건이 그를 기다리고 있었다. 그는 배달물을 자전거 손잡이 앞에 있는 바구니에 실었다.

클라이브는 어머니와 같이 살고 있었다. 어머니는 대단히 신경질적인 여인으로 스타킹, 내의 등을 파는 옷가게의 판매원이었다. 남편은 클라이브가 아홉 살 때 그녀를 떠났다. 다른 아이는 없었다. 클라이브는 고등학교를 졸업하기 1년 전에 중퇴하여 어머니를 실망시켰다. 그 후 1년 동안은 집에 누워서 빈둥거리다가 친구들과 같이 골목을 배회하며 허송세월했다. 그러나 어머니가 다행스럽게 생각한 것은 그가 이제는 옛날 친구들과 친하게 어울리지 않는다는 점이었다. 클라이브는 지금 1년째 시몬스 상점에서 배달원을 하고 있었다. 어머니는 그가 마음을 잡았다고 생각했다.

저녁 6시 30분에 집으로 돌아왔을 때 그는 어머니에게 둘러댈 핑계를 벌써 준비해 놓고 있었다. 길에서 군에서 휴가 나온 옛날 친구인 리치를 만나 그의 집에 가서 얘기하다가 너무 늦어 소파에서 자고 왔다고 말했다. 어머니는 그의 변명을 믿어 주었고 저녁 식사로 계란과 베이컨, 콩을 주었다.

클라이브는 전날 밤에 있었던 일을 얘기해 줄 만한 사람이 없었다. 아무에게나 말했다가 〈그래? 그게 어떻다는 거야?〉 하는 소리는 결코 듣고 싶지 않았다. 그가 한 일은 치밀한 계획을 세워야 했고 용기도 약간 필요로 하는 일이었다. 그는 윌슨 대통령의 넥타이를 옷장 문 안쪽에 걸린 다른 넥타이들과 함께 걸었다. 그것은 회색 실크 넥타이로 보수적인 취향이었고 비싸게 보였다. 그는 그날 몇 번인가 밀랍인형관의 두 남자와 밀드레드라는 여자가 우드로우 윌슨의 넥타이가 사라진 것을 보고 한바탕 소리치는 장면을 상상했다.

"이봐! 우드로우 윌슨의 넥타이가 어디 갔지?"

클라이브는 그 생각을 할 때마다 고개를 숙이고 미소를 지어야 했다. 그러나 24시간이 지나자 그 모험도 매력과 흥분을 잃기 시작했다. 클라이브는 마담 티볼트의 공포의 밀랍인형관 앞을 지나갈 때만 다시 그 흥분을 느꼈다. 그런 일은 하루에 두서너 번 있었다. 그 안에 있는 살인 장면들과 사람들이 그것을 바보같이 입을 벌리고 쳐다보고 있는 모습을 상상하노라면 그의 심장이 고동치며 피가 빨리 돌았다. 그러나 클라이브는 입장권—65센트였다—을 사가지고 들어가서 우드로우 윌슨이 넥타이가 없이 셔츠 단추를 푼 채 있는 모습—자기가 한 짓이었다—을 보지 않았다.

클라이브에게는 그날 오후에 다른 생각이 떠올랐다. 사람들의 눈에 금방 띄어 정신이 번쩍 들게 할 만한 멋진 생각이었다. 막 배달을 끝내고 밀랍인형관 쪽으로 자전거 페달을 힘껏 밟던 클라이브는 억지로 웃음을 참느라 배가 아팠다.

그는 이틀 내내 그 생각만 했다. 그는 동네 스낵바에 가서 친구들과 맥주를 마시며 핀볼 게임을 했다. 핀볼 게임기에 번쩍거리는 불이 들어와 있었다. 〈두 사람이 경쟁을 하면 더욱 재미있습니다〉 하는 글귀였다. 클라이브는 구슬이 튕길 때마다 점수가 올라가는 것을 바라보면서도 마담 티볼트의 공포의 밀랍인형관만을 떠올렸다. 무지개 색 주크박스에 동전을 넣었을 때도 마찬가지였다. 그는 마담 티볼트의 공포의 밀랍인형관에서 할일만 생각했다.

두 번째 날, 어머니와 저녁을 먹은 후에 그는 밀랍인형관의 표를 샀다. 표를 파는 늙은이는 잔돈을 거슬러 주고 입장권 반쪽을 찢기에 너무 바빠 입장객의 얼굴을 일일이 살펴볼 틈도 없었다. 잘된 일이었다. 그는 저녁 9시에 입장했다.

전시품들은 전처럼 매력적이지 못했다. 우드로우 윌슨은 아직도 넥타이를 매고 있지 않았다. 사람들이 지금까지 그 사실을 발견하지 못했다는 사실에 미소를 머금었다. 그는 심각한 표정의 소매치기 파수꾼—돌아다니며 염탐하는 녀석—이 지난번에 마지막으로 나가던 것을 생각하고 그가 열쇠를 가지고 있다고 생각했다. 따라서 그를 맨 나중에 죽여야 했다.

제일 먼저 죽일 사람은 여자였다. 클라이브는 입장객들이 나가는 동안 전에 숨었던 곳에 몸을 숨겼다. 밀드레드가 옷과 모자를 걸치고 안에 있는 사람에게 뭐라고 지껄이다가 뒷문으로 나가려고 자기 앞을 지날 때 클라이브는 뒤에서 그녀의 목을 팔로 조였다.

그녀는 작게 억 하는 소리만 냈을 뿐이었다.

클라이브는 다시 손으로 목을 졸라 억 소리조차 지르지 못하게 했다. 이윽고 그녀는 축 늘어졌다. 그녀를 탈의실 옆 구석진 곳으로 끌고 갔다. 그는 빈 상자를 넘어뜨렸으나 다른 두 남자의 주의를 끌 만큼 큰소리는 나지 않았다.

"밀드레드는 갔어?"

한 사람이 물었다.

"사무실에 있는 것 같아."

"없는데. 나도 퇴근해야겠어."

목소리의 임자가 클라이브가 숨어 있는 복도를 통해 불이 아직도 켜져 있는 탈의실로 와서 안을 들여다보고 말했다. 키가 큰 안내원이었다.

그때 클라이브는 숨었던 곳에서 뛰쳐나와 같은 방법으로 그의 목을 조였다. 그가 몸부림치는 바람에 이번에는 힘이 더 들었다. 클라이브의 팔은 가늘었지만 매우 강했다. 클라이브는 그의 머리를 마룻바닥에 연거푸 찍었다. 그 소리를 듣고 두 번째 남자가 다가왔다.

"무슨 일이야?"

이번에는 그의 턱을 주먹으로 치려 했지만 빗나가서 목을 치고 말았다. 남자—키가 작은 염탐꾼이었다—가 아직도 얼떨떨해 있을 때 두 번째로 그를 쳤다. 그리고 그의 웃옷 앞섶을 잡고 나무 바닥보다 단단한 벽에 머리를 짓이겼다. 그런 뒤에 세 사람의 죽음을 확인했다. 두 남자의 머리는 피투성이였다. 여자는 입에서 피를 약간 흘리고 있었다. 클라이브는 열쇠를 찾으려고 두 번째 남자의 몸을 뒤졌다. 열쇠는 바지 왼쪽주머니에 주머니칼과 같이 있었다. 칼도 같이 챙겼다.

그때 키 큰 남자가 약간 꿈틀거렸다. 클라이브는 깜짝 놀라 진주조개 손잡이가 달린 칼을 펴서 그의 목을 세 번 찔렀다.

클라이브는 큰일날 뻔했다고 생각했다. 다시 그들이 죽었는지 꼼꼼히 확인했다. 그들은 정말로 죽었고, 그들의 피는 마담 티볼트의 공포의 밀랍인형관 피처럼 페인트가 아니라 진짜 피였다. 그는 진열대의 불을 전부 켜고 세 사람을 전시하기에 알맞은 장소를 찾았다.

여자는 진열할 곳을 따로 찾을 필요가 없었다. 마라의 욕조에 넣으면 훌륭한 그림이 만들어질 것 같았다. 클라이브는 옷을 벗길까 하다가 그냥 놔뒀다. 옷깃에 털이 달린 외투와 모자를 쓰고 욕조에 앉아 있는 모습이 더 우스울 것 같았다. 그는 마라의 몸통을 보고 웃음을 터뜨렸다. 전시된 마라의 모습은 몸통 위쪽만 보였으므로 아래에는 다리 대신에 쇠막대라도 붙여 놓았을 것이다. 그리고 두 다리 사이에는 아무것도 없을 것이라고 예상했다. 그런데 지금 보니 마라는 몸통 아래 부분이 전혀 없었고 쓰러지지 않게 나무 상자를 밑에 받혀놨을 뿐이었다. 그는 이 엉터리 같은 밀랍인형을 들고 탈의실로 가서 책상 한가운데에 앉혀놨다. 다음에는 죽은 여자를 들고 가서—인형보다 훨씬 무거웠다—욕조에 앉혔다. 그녀의 모자가 벗겨졌다. 한쪽으로 비딱하게 다시 단단히 씌웠다. 쩍 벌리고 있는 입에는 피가 묻어 있었다.

정말로 우스웠다!

다음은 남자들 차례였다. 그가 칼로 찌른 키 큰 남자는 소시지를 먹고 있는 노인 자리에 앉히는 게 적격이라고 생각했다. 왜냐하면 뒤의 여자가 목을 찌르는 장면이니까. 그 일을 처리하는 데는 약 15분이 걸렸다. 앉아 있던 노인 인형은 앉은 상태라서 그를 탈의실에 있는 화장실 변기 뚜껑 위에 앉혔다. 한 손에는 나이프를 들고, 다른 손에는 포크를 들고, 목에서 피를 흘리며 앉아 있는 모습이 정말로 우스웠다. 클라이브는 문설주를 잡고 큰소리로 웃었다. 누가 웃음소리를 들어도 상관없다는 생각이 들었다. 너무나 우스워서 자기가 잡혀도 좋다고 생각할 정도였다.

다음에는 키가 작은 염탐꾼 차례였다. 우드로우 윌슨의 무대가 눈에 띄었다. 윌슨이 1918년 휴전 협정에 조인하는 장면이었다. 그가 책상에 앉아 서명을 하는 장소에 머리가 깨진 남자를 앉히면 잘 어울릴 것이라고 생각했다. 인형의 손에서 펜을 빼는 데 힘이 들었다. 펜을 책상 위 한쪽에 놓고 대통령 인형을 탈의실로 들고 들어가서—인형은 무겁지 않았다—오른손으로 무엇을 쓰는 모습으로 책상 앞에 앉혔다. 그의 손에 책상 위에 있던 볼펜을 꽂았다. 이제는 마지막 일만 남았다. 클라이브의 윗도리에는 피가 묻어 있었지만 바지는 괜찮았다.

클라이브는 두 번째 남자를 우드로우 윌슨의 무대로 끌고 가서 의자에 앉히고 몸을 앞으로 숙이게 했다. 머리가 앞으로 굴러 녹색압지 위에 엎혔다. 손에 펜을 끼웠지만 손에 힘이 없어 펜이 삐딱하니 서 있었다.

일은 이제 모두 끝났다. 클라이브는 뒤로 물러서서 진열대를 바라보며 미소 지었다. 그리고 무슨 소리가 나지 않나 잠시 귀를 기울였다. 그는 의자에 앉아 잠시 쉬었다. 가슴은 두방망이질을 치고 있었고 온몸이 피로했다. 열쇠가 있으니까 문을 잠그고 집에 가서 내일을 즐기기 위해 푹 쉬고 싶었다. 그는 전시되어 있는 어느 남자인형의 스웨터를 벗겼다. 인형의 팔이 굽혀지지 않아 스웨터를 다리 쪽으로 벗겼다. 스웨터의 목 부분이 늘어졌지만 어쩔 수 없었다. 인형은 위통을 벌거벗고 서 있었으나 그것도 어쩔 수 없었다.

클라이브는 웃옷을 둘둘 말아 그가 지문을 남겼다고 생각되는 모든 곳을 닦았다. 불을 끄고 뒷문으로 나가 문을 잠갔다. 그 곳에 우체통이 있었으면 열쇠를 넣었겠지만 없어서 뒷문 계단에 놓았다. 그는 쓰레기통에서 헌 신문지를 꺼냈다. 자기 웃옷을 싸서 다른 쓰레기통을 찾아 사탕봉지, 맥주깡통 등 다른 쓰레기 밑에 쑤셔 넣었다.

"새 스웨터구나."

그날 밤에 어머니가 말했다.

"내게 행운을 빈다며 리치가 줬어요."

클라이브는 잠에 곯아떨어졌다. 너무나 지쳐서 변기 위에 앉혀진 노인 인형을 생각하면서 웃을 기운도 없었다.

다음날 아침 9시 30분에 매표원이 도착했을 때 클라이브는 길 건너에 서 있었다. 9시 35분까지 네 사람밖에 안 들어갔지만 더 이상 기다릴 수 없었다. 그는 길을 건너가서 입장권을 샀다. 매표원은 집표원 노릇까지 하며 사람들에게 말했다.

"다들 들어가세요. 오늘은 일하는 사람들이 늦습니다."

매표원은 문 안으로 들어가서 불을 켰다. 그리고 탈의실이 있는 복도 깊숙이 들어가서 진열대의 불을 켰다. 그의 뒤를 쫓아가던 클라이브는 밀드레드가 외투와 모자를 걸치고 욕조에 앉아 있는 데도 그가 알아보지 못해서 우습다고 생각했다.

다른 손님들은 한 쌍의 남녀와 혼자 들어온 것으로 보이는 운동화를 신은 소년, 그리고 남자 한 사람이었다. 그들은 욕조의 밀드레드를 보고서도 아무렇지도 않은 표정이었다. 클라이브는 그들이 욕조의 밀드레드를 〈정상적〉이라고 생각하는 것 같아 웃음이 나오려는 것을 억지로 참았다. 가슴은 심하게 고동치고 있었고 서스펜스로 숨이 막힐 것 같았다. 또한 소시지를 먹고 있는 사람을 보고도 그들은 놀라지 않았다. 클라이브는 약간 실망했다. 남녀 한 쌍이 더 들어왔다. 결국에는 우드로우 윌슨 무대 앞에서 반응이 있었다. 여자가 남자의 팔에 매달리며 물었다.

"휴전 협정이 조인됐을 때 누가 총에 맞았나요?"

"모르겠어요. 그렇지 않았던 것 같아."

남자가 자신 없게 대답했다. 클라이브는 역시 웃음을 참느라 가슴이 터질 것 같았다. 그는 웃음을 자제하려고 몸을 돌렸다. 여기 있는 사람 가운데 자기 혼자만이 역사를 전부 알고 있는 것 같았다. 이제 진짜 피는 벽돌 색으로 변해 있었다. 녹색의 압지에는 피가 묻어 있었고 책상 가장자리에는 피가 흐른 자국이 있었다.

밀드레드가 있는 곳에서 여자의 비명 소리가 들렸다. 한 남자의 웃음소리가 잠깐 들렸다. 갑자기 일이 터졌다. 다시 여자가 비명을 지르는 것과 동시에 남자가 고함쳤다.

"하느님 맙소사, 이건 진짜야!"

클라이브의 눈에는 소시지에 얼굴을 박고 있는 시체를 조사하러 무대에 올라가는 남자의 모습이 보였다.

"이건 진짜 피야! 사람이 정말로 죽었어!"

구경하던 남자 하나가 기절해서 바닥에 쓰러졌다. 매표원이 뛰어 들어왔다.

“왜들 소란이야?”

“시체들이 있어요. 진짜 시체들이요!”

매표원이 마라의 욕조를 바라보더니 놀라서 펄쩍 뛰었다.

“아이구 이런, 밀드레드잖아!”

“여기도 한 사람 있어요!”

“여기도 있어요!”

“하느님! 경찰에 전화, 전화를 해야겠어!”

남녀 한 쌍은 급히 떠났으나 다른 사람들은 놀라서 얼이 빠진 듯이 그 자리에 서성거리고 있었다. 매표원은 전화가 있는 탈의실로 뛰어 들어갔다. 그가 뭐라고 비명을 질렀다. 책상에 있는 밀랍인형들과 책상 위에 있는 마라의 몸통을 보고 지르는 소리라고 생각했다.

클라이브는 남들 모르게 빠져 나갈 때가 됐다고 생각했다. 그는 문 앞에 모여 있는 사람들을 헤치고 밖으로 나왔다. 매표원이 없어 몰래 들어가려는 사람들인 것 같았다. 클라이브는 잘됐다고 생각했다. 모든 것이 정말로 멋지게 됐다고 생각했다.

그는 그날 가게에 가지 않을 작정이었다. 그러나 청과점에 가서 몸이 좋지 않아 하루 쉬겠다고 하는 게 현명하다는 생각이 들었다. 클라이브가 몸이 아프다고 했을 때 시몬스 씨는 못마땅해 했지만 어쩔 수가 없었다. 클라이브는 청과점을 나왔다. 그는 오늘 집에서 나올 때 자기가 갖고 있는 돈 전부를 갖고 나왔다. 23달러쯤 되었다. 클라이브는 버스를 타고 아무 곳이나 가고 싶었다. 만일 매표원이 그가 마담 티볼트의 밀랍인형관에 자주 왔다는 것을, 특히 어젯밤에 왔었다는 것을 기억해 내면 자신이 의심받을지도 모른다는 생각이 들었다. 그러나 그것 때문에 버스를 타고 싶었던 것은 아니다. 그는 그냥 버스 여행을 하고 싶었다. 그는 서쪽으로 가는 8달러가 조금 넘는 버스표를 끊었다. 그는 저녁 7시쯤 인디애나 주에 있는 제법 큰 도시에 도착했다. 그는 그 곳이 어디인가는 신경을 쓰지 않았다.

그는 몇 명의 손님들과 같이 내렸다. 버스 정류소에는 카페테리아와 바가 있었다. 클라이브는 신문에 뭐라고 났을지 궁금했다. 큰길 쪽을 향한 카페테리아 입구 근처에 있는 신문 판매대로 갔다. 신문엔 그 기사가 대문짝만하게 실려 있었다.

〈밀랍인형관 안에서 3중살인〉

〈밀랍인형관 안의 집단 살인〉

〈신비한 킬러의 공격 : 밀랍인형관에서 3명 사망〉

클라이브는 마지막 제목이 제일 마음에 들었다. 그는 세 개의 신문 전부를 사고 바에서 맥주를 시켰다.

〈오늘 아침 9시 30분에 시내의 유명한 명소인 마담 티볼트의 공포의 밀랍인형관의 매표원 J. 카모디와 밀랍인형관을 구경하러 온 몇 명의 손님들은 전시품 중에서 세 구의 진짜 시체들을 발견했다. 시체는 밀랍인형관 종업원들인 밀드레드 비어리 부인(41세)과 조지 P. 하틀리(43세), 그리고 리처드 맥파든(37세)으로 밝혀졌다. 두 명의 남자는 타박상과 자상에 의해 살해되었고 부인은 목을 졸려 살해되었다. 경찰은 현장에서 증거를 찾고 있다. 살인은 세 사람이 퇴근하기 직전인 어젯밤 10시경에 일어난 것으로 보인다. 살인자 또는 살인자들은 폐점 시간인 9시 30분쯤 밀랍 인형관에 있던 입장객 중에 섞여 있던 것으로 보인다. 그 또는 그들은 입장객들이 떠날 때까지 밀랍인형관 어디에 숨어 있다가….〉

클라이브는 기분이 좋았다. 그는 맥주를 마시며 미소를 지었다. 그는 다른 사람들과 기쁨을 나누고 싶은 생각이 없는 듯 신문 위로 몸을 구부리고 있었다. 그러나 사실은 그렇지 않았다. 잠시 후에 클라이브는 일어서서 다른 누가 신문을 읽고 있나 좌우를 살폈다. 두 남자가 신문을 읽고 있었다. 그러나 신문을 접어서 읽고 있어 밀랍인형관 살인기사를 읽는지는 알 수 없었다.

클라이브는 담배에 불을 붙이고 자기가 범인이라는 단서를 찾았다는 기사가 있나 세 신문을 몽땅 읽었다. 아무것도 없었다. 한 신문에는 어젯밤에 의심스러운 사람을 보지 못했다는 매표원의 말이 실려 있었다.

〈피해자들은 기괴하게 진열해 놓은 점과 살인이 밀랍인형관에서 일어났다는 점으로 미루어 경찰은 정신질환 경력이 있는 살인자를 찾고 있다. 라디오와 텔레비전은 그 지역에 거주하는 사람들은 노상에서 특히 조심을 하고 문단속을 잘하라고 방송했다.〉

클라이브는 그 기사를 읽고 낄낄거렸다. 정신질환의 살인자라니! 그는 사건이 좀더 자세히 보도되지 않았고 보도에 유머가 없어서 실망했다. 변기에 앉아 있는 노인이나 머리가 깨진 모습으로 휴전 협정에 서명하는 모습에 대해 무슨 말을 했어야 한다는 생각이 들었다. 그런 일들은 천재만이 할 수 있는 일이었다. 왜 그들은 그것을 알지 못할까?

클라이브는 맥주를 다 마시고 길거리로 나왔다. 날이 어두워지고 가로등이 켜져 있었다. 그는 본래 낯선 도시를 둘러보며 윈도 쇼핑하기를 좋아했다. 그러나 그는 햄버거 집을 찾고 있었고 첫 번째 발견한 식당에 들어갔다. 식당은 기차의 객실처럼 장식되어 있었다.

클라이브는 햄버거와 커피를 시켰다. 옆 좌석에는 카우보이 부츠를 신고 챙이 넓은 더러운 모자를 쓴 서부의 사나이 모양을 한 남자 둘이 있었다. 한 사람은 클린트 이스트우드 식의 보안관일까? 그러나 그들은 어느 곳의 땅 얘기를 하고 있었다. 그들은 몸을 구부리고 햄버거와 커피를 먹고 있었다. 한 사람은 가까이 있어서 팔꿈치가 클라이브의 팔꿈치에 닿았다. 클라이브는 냅킨 통으로 신문을 받쳐 세우고 기사를 다시 읽었다.

한 사람이 냅킨을 달라고 해서 신문 읽는 것을 방해했지만 클라이브는 미소를 띠며 다정하게 말했다.

"밀랍인형관의 살인 얘기를 읽으셨습니까?"

남자는 잠깐 무슨 말인지 못 알아듣는 표정을 짓다가 말했다.

"신문에서 제목은 봤어."

"누가 그 곳에서 일하는 세 사람을 죽였어요. 이것 봐요."

한 신문에는 사진이 실렸지만 시체들을 바닥에 줄지어 놓고 찍은 사진이라 실감이 나지 않았다. 그는 밀드레드가 욕조에 앉아 있는 사진이면 더 좋았을 거라고 생각했다.

"그래, 봤어."

서부의 사나이는 클라이브와 말하기 싫은 듯 물러나 앉았다.

"시체들은 밀랍인형처럼 무대에 있었어요. 신문 기사에는 그렇게 났지만 신문에 그런 사진은 안 실렸어요."

"알았어."

서부의 사나이는 계속해서 식사에만 열중했다. 클라이브는 배반당하고 모욕당한 기분이 들었다. 신문으로 향하는 그의 얼굴이 약간 달아올랐다. 화가 나서 밀랍인형관 앞을 지나갈 때처럼 가슴이 빨리 뛰었다. 그러나 그때처럼 좋은 기분은 아니었다. 그러나 미소 짓는 얼굴로 왼쪽에 있는 남자에게 다시 몸을 돌리며 신문을 가리켰다.

"내가 그 얘기를 하는 이유는 그 일을 내가 했기 때문이에요. 이것은 내가 한 일이에요."

"이봐, 젊은이. 우리를 조용히 놔둬. 우리가 자네를 귀찮게 하지 않았으니 우리를 귀찮게 하지 마."

그는 관심 없는 듯이 말하고 낮게 웃으며 같이 온 친구를 바라보았다. 그의 친구는 클라이브를 바라보다가 클라이브의 눈길과 마주치자 눈을 돌렸다. 클라이브는 그만하면 충분하다고 생각하고 음식을 다 먹지도 않고 식사 값으로 1달러 지폐를 식탁에 놓았다. 거스름돈은 팁으로 남기고 문으로 향했다. 한 남자가 하는 말이 들렸다.

"재 말이 농담이 아닐 수도 있잖아?"

클라이브는 몸을 돌리고 소리쳤다.

"농담이 아니란 말이야!"

그리고 밖으로 나갔다. 클라이브는 그날 밤을 YMCA에서 잤다. 다음날 어쩌면 순찰중인 경찰관에게 잡힐지도 모른다는 생각을 했지만 그런 일은 없었다. 그는 자동차를 얻어 타고 자기 집 근처의 도시까지 갔다. 신문에는 그의 이름이나 증거에 대한 얘기가 없었다. 그날 저녁에 어느 식당에서 자기 또래의 아이들 두어 명과 똑같은 말을 했지만 아무도 그의 말을 믿지 않았다. 클라이브는 그들이 바보라고 생각하면서 혹시 믿지 않는 척하는 것 아닌가 생각했다.

다시 자동차를 얻어 타고 자기 동네에 도착한 그는 경찰서로 갔다. 그는 경찰들은 뭐라고 할지 호기심이 생겼다. 어머니에게 말하면 어떤 반응을 보이리라는 것은 잘 알고 있었다. 그는 열여섯 살 때 자동차를 훔친 적이 있었다. 어머니는 어머니 친구들이나 경찰관에게 그때 한 말과 똑같은 말을 하겠지.

"애는 아버지가 떠나고 난 다음부터 달라졌어요. 집에 애가 존경할 만한, 서로 의지할 수 있는 남자가 필요하다고 사람들은 말해요. 애는 열네 살 때부터 〈내가 누구지요?〉, 〈나도 하나의 사람인가요?〉라는 질문을 했어요."

그는 경찰서 입구에 있는 당직 경찰관에게 말했다.

"중요한 일을 자백하러 왔습니다."

경찰관이 미심쩍어 하며 거친 태도로 한 사무실에서 기다리라고 했다.

그 곳에서 그는 반백에 얼굴이 뚱뚱한 경찰관에게 자신의 범행 일체를 털어놓았다.

"어느 학교에 다니니?"

"학교에 안 다녀요. 나는 열여덟입니다."

그는 시몬스 청과점에 다녔다고 얘기했다.

"클라이브, 너는 문제가 있어. 하지만 네가 생각하는 그런 문제가 아냐."

클라이브는 사무실에서 잠시 기다려야 했다. 약 1시간 후에 정신과 의사가 왔다. 다음에는 그의 어머니가 왔다. 클라이브는 점점 더 조급해졌다. 그들은 그의 말을 믿지 않고 있었다. 그들은 그가 주위의 관심을 끌기 위해 거짓자백을 한다고 생각했다. 그가 전에 〈나도 사람인가요?〉, 〈나는 누구지요?〉 하고 여러 번 물었다는 어머니의 진술은 정신과 의사와 경찰관의 생각을 뒷받침했다.

클라이브는 앞으로 1주일에 두 번씩 정신과 치료를 받으러 어느 곳으로 나오라는 지시를 받았다. 그는 화가 머리끝까지 치솟았다. 그는 시몬스 청과점 일도 때려치웠다. 그러나 돈이 필요해서 다른 곳의 배달부 일을 얻었다. 그는 자전거를 잘 타고 거스름돈을 떼어먹지 않아서 의외로 쉽게 취직할 수 있었다.

그는 정신과 의사에게 말했다.

"당신들은 아직 범인을 못 찾았지요? 당신들 같은 바보들은 처음 봐요!"

의사는 그를 진정시켰다.

"그런 식으로 말하면 좋을 게 없어요."

"인디애나 주에서는 어떤 평범한 사람들조차 내 말을 듣고 농담이 아닐지도 모른다고 했어요. 그 사람들이 당신들보다 훨씬 똑똑해요!"

정신과 의사는 미소만 지었다. 클라이브는 화가 미친 듯이 끓어올랐다. 자기 옷장에 걸려 있는 우드로우 윌슨의 넥타이를 보이면 그의 말을 믿을지도 몰랐다. 그러나 그 얼간이들에겐 그 넥타이를 볼 자격이 없다고 생각했다. 그는 어머니와 같이 저녁 식사를 할 때나 영화를 볼 때나 배달을 할 때마다 마음속으로 새로운 계획을 세웠다.

다음번에는 좀더 큰일을 해야지. 큰 건물에 불을 지른다든가, 폭탄을 장치한다든가, 건물 옥상에 기관총을 갖고 가서 길의 사람들을 쏜다든가 해서 수백 명, 수천 명을 죽여야지. 그러면 나를 잡으려고 건물 위로 사람들이 올라올 거야. 그러면 내가 한 일을 모두가 알게 될 거야. 나의 존재를 인정하고 마담 티볼트의 공포의 밀랍인형관에 전시해야 할 인물로 생각해 주겠지.

패트리샤 하이스미스(Patricia Highsmith, 1921~1995)

미국 텍사스에서 출생하여 뉴욕과 컬럼비아 대학에서 미술학과 문학을 전공했다. 1957년 톰 리플리 시리즈로 미국과 프랑스에서 인기작가가 되었다. 이것이 영화 『태양은 가득히』의 원작이다. 현재 유럽에 거주하면서 작품 활동을 하고 있는데 심리 서스펜스가 뛰어난 작가다. 프랑스의 카뜨린느 아플레와 같이 서스펜스의 여왕으로 불린다.

1980년대 THE EIGHTIES

더 알고 싶어요 / 로버트 토히

미스터 모야츠키 / 제리 솔

광란의 순간 / 에드워드 D. 호크

늑대처럼 / 루스 렌델

마지막 버펄로 / 클라크 하워드

푸줏간 사람들 / 피터 러브지

3인의 죄인 / 로버트 셰클리

그녀는 죽으면 안 돼 / 존 D. 맥도날드

손뼉을 쳐라 / 조지 백스트

빅 보이와 리틀 보이 / 사이먼 브레트

더 알고 싶어요

NEVER COME BACK — 로버트 토히

8월의 어느 날 밤 10시가 막 지나서 제리 호그랜드는 선셋 블로바드와 베벌리 글렌 교차로에서 택시의 브레이크를 밟았다. 손님은 없었고 베벌리힐스와 웨스트 L.A 지역의 택시 휴게소는 빈 택시들로 만원이었다.

제리는 빨리 결정을 내렸다. 그는 선셋 블로바드를 떠나 벨 에어로 갔다. 거기서 U턴해서 경찰 순찰차 휴게소 건너편 나무 밑의 택시 휴게소에 차를 세웠다. 휴게소마다 번호가 있었다. 그 곳은 27번이었으나 무전에서는 2-7로 불렀다. 손님이 많은 더운 낮 시간에는 명령을 기다리기 좋은 신선한 곳이었다. 밤에는 손님도 없었고 외진 곳이었다. 따라서 해가 진 후에는 항상 비어 있었다. 제리는 아무 곳이나 쉴 곳을 찾아 다행이라고 생각했다. 그는 노란 모자를 벗고 의자에 편안한 자세로 기대서 배차원의 단조로운 목소리를 흘려듣고 있었다. 배차원은 2-5를 불렀다. 2-5는 웨스트우드 빌리지에 있는 휴게소로 배차원은 빌리지 극장 앞의 손님을 태우라고 했다. 그것은 별로 신통치 않은 단거리 손님일 가능성이 높았다.

제리는 하품을 하며 담배에 불을 붙였다. 그의 생각은 어두운 절망 속을 방황했다. 대학을 졸업하고 14년이 지난 지금 나이는 36세인데 돈은 없었다. 한때는 항공기 제작회사에 근무한 적도 있었다. 그 후로 여러 직장을 전전하다가 8개월 전에는 어느 회사의 공보 담당관으로 일했다.

그는 이혼도 두 번이나 했다. 그는 부인들도 직장처럼 오래 간직하지 못했다. 안락했던 집과 그 안의 가구들, 최신형 자동차가 전부 사라졌다. 첫 번째 부인이 선물한 300달러짜리 시계도 없어졌다. 수년에 걸쳐 모은 비싼 물건들이 전부 사라졌다. 그는 정신적으로 완전히 지쳐 있었다. 그는 이제 마지막 단계에까지 몰려 있었다. 그 정신적인 단계는 어떤 것을 포기한다기보다 아예 관심 자체가 없는 단계였다. 하지만 정신 상태는 병들어 있어도 택시 운전은 할 수 있었다. 그가 정신 분석의를 만나야겠다고 마음먹었을 때는 수중에 돈이 없었다. 그래서 무료 진료소에서 차례를 기다려야 했다. 정신 분석의는 도박 때문에 그의 생애가 망가졌다고 해도 그의 도박벽을 창피하게 생각하지 말라고 했다. 그것은 하나의 정신병으로서 다른 병과 마찬가지로 치료를 받아야 한다고 했다.

정신 분석의는 뚱뚱하고 꾀죄죄했고 면도도 안 하고 있었다. 몸에 맞지 않는 양복은 제멋대로 구겨져 있었고 두툼한 입술 뒤의 이빨에는 니코틴이 배어 있었다. 그는 젠 체하며 지친 목소리로 말했다.

"아냐. 당신은 따려고 노름을 하는 게 아냐. 당신은 그렇게 생각할 뿐이야. 그것을 자기 기만이라고 하지. 누가 돈을 잃으려고 노름한다는 것을 인정하겠어? 당신은 돈을 잃으려고 노름을 하는 거야. 어떤 죄를 진 당신을 벌하려고 노름하는 거야. 그 죄가 무엇인지 찾아야 해. 만일 당신이 정말로 따기를 원했다면 도박을 해서 딴다는 것이 불가능하다는 것을 경험했으니 도박을 포기했을 거야.

내가 당신이 잃지 않고는 못 배기는 사람이라는 것을 증명해 볼까? 당신은 라스베이거스에 자주 갔고 계속해서 잃었어. 그런데 어느 날 6천 달러라는 큰돈을 땄어. 당신은 딴 돈을 갖고 집에 가겠다고 마음먹었지. 그러나 호텔에 가서 눕자 잠이 오지 않았어. 어떤 불안감 때문에 몸만 뒤척였어. 당신 말을 빌리자면 〈그 많은 돈이 밖으로 나가지 못해 안달〉을 했어. 그래서 당신은 다시 그 테이블에 돌아가서 돈을 몽땅 잃었어. 그 다음에는 어떻게 됐지? 당신은 어린 애처럼 잠을 푹 잤어! 정당한 벌을 받았으니 만족스럽게 잠을 잔 거야.

술을 마시는 버릇? 통제는 해야 하지만 걱정할 필요는 없어. 당신은 알코올 중독자가 아냐. 당신은 술을 마셔서 말썽이 생기는 것이 아니라 말썽이 났기 때문에 술을 마셔. 당신은 도박을 해서 잃었어. 돈만이 아냐. 아내, 집, 직업 등, 모든 것을 잃었어. 그래서 당신은 자신이 불쌍해서 술을 마시는 거야. 그러면 당신은 잠깐 동안, 자신은 훌륭한 사람인데 남들이 오해하고 있다는 기분에 빠지게 되는 거야.

나중에 다시 찾아와요, 호그랜드. 당신이 잃기를 원하지 않을 때는 더 이상 잃을 게 없기 때문이라는 것을 언젠가는 내가 보여 줄 수 있을 거야. 내가 말하는 것은 돈만이 아냐. 도박과 술을 마시는 것은 자신을 파괴하려는 방편에 불과해. 만일 그것이 없었다면 다른 방법으로 자신을 파괴하려 했을 거야.”

제리는 그 정신 분석의를 다시 만나지 않았다. 만나기가 힘들었을 뿐만 아니라 그가 생색을 내며 잘난 체하는 게 불쾌했다. 자기가 잃지 않고 못 배긴다는 얘기는 전에도 들은 적이 있었다. 정신 분석가는 모든 것을 지나치게 단순화시켜 나열하기만 했다. 그의 말은 전부 옳았으나 제리도 그것쯤은 이미 알고 있었다. 그는 따고 잃는 것은 문제가 아니라는 제리의 말에 귀를 기울이지도 않았다. 제리가 도박에서 원한 것, 도박을 통하여 꼭 얻어야 하는 것은 도박이라는 행위와 스릴이었다. 단조로운 일상사에서 벗어나 자기가 가진 모든 것을 거는 가슴 짜릿한 흥분을 맛보아야만 했다.

그런 게 지금 무슨 소용이 있지? 지금 생각하면 모든 게 어리석은 일이었다. 그런 문제는 이제 따져 봐야 아무짝에도 쓸데가 없었다. 그의 생애의 이 시점에서 그가 가진 게 없으니 아무것도 잃을 염려가 없다는 말을 할 정신 분석의는 필요 없었다. 자기는 인생의 밑바닥에 와 있었다.

웨스트 L.A. 택시 회사의 땅딸막한 익살꾼인 멜 웨슬러가 봉급 날이면 돈을 받으러 모인 택시 기사들 앞에서 그런 말을 해서 기사들을 괴롭혔다.

"우리는 인생의 밑바닥에 와 있는 거야. 네 녀석들은 진짜로 인생의 실패자들이야. 자네들은 어디서 일을 그르쳤지? 여기는 인생의 낙오자들이 오는 곳이야. 낙오자들은 이곳에서 최소한 6개월에서 죽을 때까지 지내야 해. 판사는 노란색의 법복이라나 뭐라나 하는 것을 입고 노란 모자를 쓰고 판결했어.

〈웨슬러, 훌륭한 직장 여섯 곳이나 붙어 있지 못한 죄로 일생 동안 택시를 몰 것을 명한다. 탕 탕 탕.〉

자, 다들 고백해! 무슨 잘못을 저질렀지?"

모두가 헛웃음을 웃었다. 제리는 그들 눈에서 고통을 보았다.

제리는 창 밖으로 담배를 던지고 브레이크를 풀려 했다. 여기 있어 봐야 소용없어. 다른 곳에나 가봐야겠어. 그때 배차원이 그의 휴게소를 불렀다.

"2-7, 2-7에 누가 있어요?"

제리는 급히 마이크를 잡고 자기 차량 암호를 말했다. 빨리 움직이지 않으면 할일 없이 빙빙 도는 배고픈 운전기사 녀석이나 다른 녀석이 이곳에 있는 척하고 응답할 가능성이 있었다. 그러면 배차원에게 녀석이 거짓말쟁이라고 믿게 해서 내쫓거나 자기가 먼저 손님 있는 곳으로 달려가야 했다.

"여기는 K46, 내가 2-7에 있다."

"K46, 벨 에어 호텔 로비에 손님이 있다."

"여기는 K46, 알았다. 손님 이름은 뭔가?"

"모른다. 도어맨을 만나라."

"알았다."

그는 실내등을 켜고 운행 일지에 시간과 행선지를 기입했다. 그런 후에 헤드라이트를 켜고 차를 돌려 벨 에어를 향해 어둠 속을 달렸다. 벨 에어 지역에는 영화 배우들, 프로듀서들, 그리고 부자들이 모여서 호화롭게 살았다. 벨 에어 호텔이라면 좋은 손님이었다. 그 호텔은 외진 곳에 있어서 도시의 환락가와는 멀리 떨어져 있었다. 그 곳에 숙박하는 부자들은 일반적으로 장거리를 갔다. 많은 사람들이 공항까지 갔다. 공항이라면 6달러 운임에 1달러 이상의 팁을 받는다. 그런 계산을 하면서 제리는 자신에게 화를 냈다. 내가 어쩌다가 이런 꼴이 됐지? 어떻게 연봉 20만 달러의 회사 중역이 운임의 50%와 팁을 받는 택시 기사가 됐지? 그러나 그의 현재 처지가 그랬고, 그의 신용도는 땅에 떨어져서 큰 회사에서 일할 자리는 더 이상 없었다. 어쨌든 택시를 모는 일보다 못한 일도 많았다. 택시를 모는 일에는 나름대로의 재미도 있었다. 널리 퍼져 있는 L.A는 한 개의 커다란 도박장이었다. 사람들은 전부가 도박꾼으로 미친 듯이 웃고, 울고, 화를 내고, 묘책을 구하고, 모색하고, 실패한 가련한 사람들이었다. 그들이 운명의 수레바퀴를 돌려 공이 구멍에 떨어지면 그 곳에는 모험이 기다리고 있었다.

제리는 컴컴한 수풀 사이로 차를 구불구불 몰아 호텔로 향했다. 커다란 호화 주택, 유리로 둘러싸인 렌치하우스, 콜로니얼 풍의 저택들이 수풀, 관목, 담 뒤에서 나타났다가 사라졌다. 갑자기 눈앞에 호텔이 나타났다. 제리는 호텔 앞에 차를 세웠다. 도어맨이 데스크에 전화했다.

잠시 후에 고급 회색 양복으로 잘 차려 입은 사람이 호텔에서 나왔다. 그는 과음한 티를 내지 않으려는 것처럼 뻣뻣이 걷고 있었다. 팔 밑에는 서류가방을 끼고 있었는데, 가방에 날개가 돋아 날아갈까봐 걱정이 되는 듯 꽉 끼고 있었다. 도어맨이 요란한 몸짓으로 택시 문을 열어줬으나 팁도 주지 않았다. 그는 좌석에 퍼져 앉았고 도어맨은 화를 내며 문을 거칠게 닫았다.

제리는 몸을 돌려 손님을 무표정하게 바라보며 행선지를 말하기 기다렸다. 그는 전에도 몇 번 손님의 표정이나 행동을 보고 잘못 판단한 적이 있었지만 이번에도 상대의 차가운 눈과 화난 듯한 입매를 보니 즉시 승객이 싫어졌다.

"스톤 벨리 로드 9833번지로 갑시다."

그는 싸울 듯이 말하고 몸을 앞으로 내밀며 오만하게 손가락을 흔들었다.

"그리고, 운전사, 앰뷸런스를 모는 것처럼 난폭하게 달리지 말고 우유배달 차처럼 살살 몰아. 나는 병원에 가고 싶지 않으니까."

제리는 아무 말도 하지 않았다. 승객은 취해서 잘난 체하고 있었다. 그도 언젠가는 죽을 몸, 지금은 제리와 같은 배를 타고 영원을 향해 항해하고 있었다. 제리는 호텔을 빠져 나와 좌회전해서 9833번지를 향해 스톤벨리 로드를 올라가기 시작했다. 거리는 2마일이 채 안 되었다. 시내 손님도 아니고, 공항 손님도 아니고, 팁도 없겠군. 하는 수 없지.

"자넨 입이 무겁군. 나는 택시 운전사들은 말을 많이 하는 줄 알았는데."

손님이 약간 혀 꼬부라진 소리를 냈다.

"때에 따라 다르죠."

제리는 백미러를 조절해서 손님 얼굴을 봤다.

"때에 따라? 지금은 얘기하고 싶은 때가 아니란 말이지?"

"우리는 얘기하고 돈을 받지 않습니다. 차를 운전하고 돈을 받습니다."

"자네가 내 부하라면 좋겠어. 나는 자네같이 똑똑한 놈을 어떻게 다루어야 하는지 아니까. 너 같은 놈은 당장 버릇을 가르칠 수가 있어."

제리는 브레이크를 밟고 차를 길가에 세웠다. 그는 몸을 돌리며 실내등을 켰다.

"이봐요. 나도 당신이 싫어. 나는 당신에게 야단이나 맞는 사람이 될 생각이 없고 굽실거리기도 싫어. 내게 당신은 마일당 얼마를 받고 운송

하는 고깃덩어리일 뿐이야. 당신은 여기서 계산을 하고 걸어가든가 아니면 입 다물고 가만히 있어! 맘대로 선택해."

상대는 놀라서 입을 벌렸다가 꽉 다물더니 손가락질을 해댔다.

"너의 회사 사장에게 보고하겠어! 내일이면 회사에서 내쫓겨서 일을 찾아 길거리를 헤맬 거야!"

"좋아. 당신이 편하게 내 이름과 택시 번호를 적어 주지."

상대는 고개를 앞으로 내밀었다. 두 사람의 얼굴이 맞닿을 것 같았다. 술 냄새가 확 풍겼다.

"이게 어디서 까불어. 너 같은 하찮은 놈은 내가 수백 명도 더 살 수 있어. 말로만 그러지 말고 나를 차에서 끌어내 봐!"

제리는 급히 차에서 내려 뒷문을 열었다.

"다시 한 번 말해 봐. 내가 못 끌어낼 줄 알아?"

제리는 키가 컸고 어깨가 넓었다. 그는 승객을 노려봤다.

"집에 데려다 줘."

손님이 풀이 죽어 말했다.

"제발 집에 데려다 줘. 나는 술이 취했어. 너무 취해 걸을 수가 없어."

"좋아. 나도 술에 취한 적이 두서너 번 있었지."

그는 어떤 경쟁에서나 이기고 나면 상대에게 미안했다. 그들은 말없이 나머지를 달렸다. 저택은 팜 나무 사이에 박힌 화려한 보석이 빛을 발하지 않고 있는 것처럼 어두웠다. 어둠 속에서도 돈이 주체하지 못할 만큼 많은 선택된 사람들만이 가질 수 있는 집이라는 것을 금방 알 수 있었다. 돌과 유리와 나무로 된 저택은 잘 손질된 산울타리에 둘러싸여 언덕 위에 있었다.

승객은 비틀거리면서 차에서 내렸다. 그는 제리를 보지도 않고 창문 안으로 지폐를 한 장 떨어뜨렸다. 10달러짜리 지폐였다. 미터기는 $1.20을 나타내고 있었다. 제리는 거스름돈을 찾았다. 그가 고개를 들었을 때 승객은 현관문에 몸을 굽히더니 집 안으로 사라졌다.

제리는 미소를 지었다.

"가끔 놀랄 일이 생긴다니까."

그는 중얼거리며 빈차 신호등을 켰다. 그리고 큰길을 향해 구불구불한 길을 내려가기 시작했다. 그가 반 마일도 가지 않았을 때 저택 현관 앞에 있던 승객의 모습이 어딘가 이상했다는 느낌을 받았다. 그는 잠깐 생각해 보고 즉시 그것이 무엇인지 알아냈다.

그는 뒷좌석 바닥에서 서류 가방을 찾은 후에 차를 길가에 세웠다. 부드러운 고급 가죽을 만지다가 가방을 무릎 위에 놓고 마음속에서 들끓고 있는 즐거운 생각들을 떠올렸다. 그가 이 가방을 잃으면 커다란 낭패라도 되는 것처럼 꼭 끼고 있던 점으로 보아 가방 안에는 제리의 모든 문제를 해결할 수 있는 것이 들어 있을지도 몰랐다. 그런 생각이야 물론 사악한 생각이었고, 자기는 사악한 사람이 아니었다. 그러나 사람이 벼랑 끝에 몰리다 보면….

그가 밑바닥을 헤맨 적은 여러 번 있었지만 이번이야말로 진짜 밑바닥이었다. 주택과 자동차와 가구들에 대한 할부금, 봉급 선불, 개인 대출, 친구들에게 빌린 돈 등, 모든 것이 폭발 직전이었다. 그러면서도 도박은 해야 했다. 그래서 수표를 써 갈기기 시작했고, 수표가 부도나서 검사 책상에 쌓이는 소리가 진동했다. 최후의 순간에 아버지가 도와주지 않았다면 교도소에 갔을 것이다. 아버지가 커다란 희생을 하며 여기저기서 돈을 모으는 바람에 교도소 신세는 겨우 면할 수 있었다.

가방 안이 새 생활을 할 수 있는 돈으로 가득 차 있다면 어떻게 하지? 그는 보상금을 받는다는 가느다란 희망을 가지고 돈을 돌려줄 수 있었다. 아니면 차에 두고 내린 가방을 다음 손님이 갖고 갔을지도 모른다고 시치미를 뗄 수도 있었다. 결국 그가 내린 결론은 돈을 먹어도 탈이 안 난다는 것이었다.

그는 가방의 지퍼를 힘있게 열고 내용물을 봤다. 안에는 종이밖에 없었다. 타자 친 종이들이 클립에 끼워져 있었다. 그는 종이를 대강 살폈다. 두 기업의 합병에 관한 것으로 무슨 말인지 모르는 지루한 내용이었다.

제리는 한숨을 쉬었다. 잠깐 동안 황금의 문이 열리는 모습을 보았는데…. 제기랄, 그 사람에게는 중요한 서류겠지. 갖다 주면 10달러를 또 줄까? 해볼 만했다.

그는 저택이 아직도 어두컴컴하다는 데 약간 놀랐다. 그 친구 술에 너무 취해 침실까지 가지도 못했나? 어쩌면 소파에 쓰러져 잠들었는지도 몰라.

제리는 가방을 갖고 차에서 내려 집을 향해 걸었다. 그가 두어 발자국 떼었을 때 둔탁한, 그러나 틀림없는 총소리가 집 안에서 났다. 그는 걸음을 멈추고 귀를 기울였다. 곧바로 똑같은 소리가 연속으로 두 방 더 났다.

그는 그 자리에서 꼼짝도 하지 않았다. 총성 뒤의 고요함이 죽음을 암시하는 듯했다. 영웅적인 행동을 하는 것은 고사하고 겁부터 났다. 그러나 마음과는 달리 몸은 신비스러운, 위험이 도사리고 있을지도 모르는 집에 이끌려 갔다. 그는 창가로 가서 안을 들여다보았다. 자기 생각이 틀렸다는 것을 알 수 있었다. 집 안에는 불이 켜져 있었다. 차도에서는 보이지 않았지만 집 뒤에 있는 문을 통하여 불빛이 새어 나오고 있었다.

그는 어떻게 해야 할지 알 수 없었다. 배차원에게 연락해서 경찰을 보내라고 할까? 그랬다간 바보가 될지도 몰랐다. 어쩌면 간단히 설명할 수 있는 일에 자기가 너무 민감하게 반응해서 흉악한 드라마를 상상하고 있는지도 모른다는 생각이 들었다. 진실을 파악하기 전에는 행동하지 말자고 생각했다.

그는 집을 돌아 뒤로 갔다. 뒤에는 수영장이 있었고 미닫이 유리문이 열려 있었다. 수영장 안에 있는 커튼이 반쯤 드리워진 문에서 불빛이 흘러나오고 있었다. 그는 수영장에 가서 유리창에 귀를 댔으나 아무 소리도 들리지 않았다. 수영장 안으로 들어가서 커튼이 쳐진 문 안을 살짝 들여다보았다. 그 안은 거실로 소파, 전기 스탠드, 의자가 보였다. 거실에는 불빛이 들어오고 있었고, 그 불빛에 사람의 모습이 보였다.

젊은 여자였다. 반짝이는 금발이 상아빛의 어깨를 덮고 있었다. 옆 얼굴선이 또렷했고 날씬한 몸을 엷은 녹색 옷이 감싸고 있었다. 그녀는 긴장된 모습으로 집 앞쪽을 뚫어져라 바라보고 있었다. 제리는 그녀가 바라보는 곳을 보고 그녀가 왜 긴장하고 있는지를 알았다. 유리벽 너머 헤드라이트를 켠 택시의 실루엣이 보였다.

그 모습은 여자가 비명을 지르고 있는 무대의 한 장면 같았다. 그는 어떻게 할까 생각하다가 바보 노릇을 하기로 하고 잡고 있던 커튼을 놓았다. 그는 현관으로 가서 초인종을 눌렀다. 그가 예상했던 대로 여자는 빨리 대답을 하지 않았다. 초인종을 다시 눌렀다. 한참 후에 문이 열렸다.

"어떻게 오셨지요?"

여자는 곧 히스테리라도 부릴 것 같았다. 여자의 얼굴은 산산조각난 도자기를 겨우 붙여 놓은 듯 곧 깨어질 것처럼 불안했다.

"이 집에서 내린 손님이 이 가방을 갖고 오라고 하셨습니다."

그는 거짓말을 지어냈다.

"조금 전에 모시고 왔는데 호텔에 가방을 두고 오셨다면서 가서 갖고 오라고 하셨습니다. 자기에게 직접 전하라고 하시더군요."

그녀는 무슨 말을 하려 했지만 아무 소리도 나오지 않았다. 이윽고 그녀가 겨우 말했다.

"그건, 그건 괜찮아요. 내가 그에게 전할게요."

제리는 눈살을 찌푸리며 믿지 못하겠다는 표정을 지었다.

"댁은 그분의 부인이십니까?"

"그렇지는 않아요. 그분의 부인은 병원에 있어요. 나는 이 집안의 오래된 친구예요."

"그렇다면 미안하지만 가방을 맡길 수 없습니다. 내가 직접 전해야겠습니다. 집 안에서 기다리는 것이 좋겠군요."

그는 그녀가 대답할 틈도 두지 않고 집 안으로 성큼성큼 들어갔다. 전기램프 하나가 거실 안을 희미하게 비추고 있었다. 아까 불빛이 새어 나오던 방문은 닫혀 있었다. 제리는 거실 안 깊숙이 들어갔다.

"무슨 짓을 하는 거예요?"

여자가 고함쳤다. 여자의 목소리는 곧 비명으로 변할 것 같았다. 제리는 그녀를 무시하고 커다란 의자에 앉았다. 여자는 현관문을 닫고 그에게 뛰어왔다.

"여기서 나가요! 당장 나가요!"

"당신은 당황하고 있어요. 겁을 잔뜩 먹고 있습니다. 진정하세요. 나는 누구를 죽이러 온 게 아니라 가방을 전하러 왔습니다."

그 말에 그녀는 아무 말도 하지 못했다. 그녀는 겁을 먹은 듯 가만히 있었다. 마치 시한폭탄의 똑딱거리는 소리를 듣고 있는 사람 같았다.

"원하는 게 뭐예요? 진짜로 원하는 게 뭐냐구요?"

그녀는 속삭였다. 그는 가방을 쳐들었다.

"내가 말했잖습니까? 그 사람은 이 가방 안에 중요한 것이 들어 있다고 했습니다. 밤새도록 여기 있는 한이 있더라도 이 가방을 꼭 전하겠습니다."

여자는 고개를 끄덕였다.

"알았어요. 당신은 팁을, 보상을 바라고 있군요. 팁이라면 내가 줄 수 있어요. 50달러면 되겠어요? 그만하면 충분해요?"

제리는 그녀의 옷을 살폈다. 피는 묻어 있지 않았다.

"50달러요? 그건 너무 많습니다. 5달러면 충분한 심부름이었습니다. 많이 잡아야 10달러지요. 5달러짜리 심부름에 50달러를 준다니 놀랍군요. 댁이 그렇게 나오니 왠지 염려가 됩니다."

그녀의 입이 벌어졌다.

"뭐가 염려된다는 말이에요? 나는 그만한 돈이 있어요. 그리고 택시를 운전하는 걸 보니 당신에게 50달러는 큰돈이고요."

제리는 입을 꽉 다물었다.

"당신의 논리는 훌륭하고, 당신 말은 맞습니다. 내게 50달러는 큰돈이지만 당신이 감추려는 것은 내게 그보다 100배의 가치가 있을지 모릅니다. 내가 그런 요구를 할 사람이라는 가정하에 하는 말입니다."

여자는 테이블에 가서 커다란 핸드백에서 담배를 꺼냈다. 그리고 불을 붙이려다 말고 말했다.

"무슨 소리를 하는 거죠?"

그녀는 녹색 눈을 가늘게 떴다. 담뱃불을 붙이는 그녀의 손이 떨리고 있었다.

"아, 이러지 말아요. 이런 장난은 그만 합시다. 내가 총소리를 들었으니 솔직히 얘기합시다."

여자는 몸을 떨며 의자에 털썩 주저앉아 얼굴을 가리고 울기 시작했다.

"그것은, 그것은 사고였어요."

"사고로 세 발이나 쐈단 말입니까? 믿을 수 없는데요. 바보 같은 질문일 테지만 그는 죽었지요?"

그녀는 고개를 더욱 깊숙이 떨어뜨리고 몸을 흔들었다. 제리는 여자가 고개를 쳐들 때까지 기다렸다. 여자는 손가락으로 눈물을 닦았다. 제리가 물었다.

"우리가 지금 누구 얘기를 하고 있는지 알면 도움이 되겠습니다. 그는 누굽니까?"

"플로이드 윌슨 밴더그리프트예요."

여자는 힘없이 말하고 닫힌 문을 바라보았다.

"누군지 모르겠군요. 그가 어떤 짓을 했기에 이렇게 됐습니까?"

"아무 짓도 안 했어요."

여자는 씁쓸하게 말했다.

"그는 장난처럼 인생을 살았어요. 로마 황제처럼 남에게 고생을 시키며 자기는 즐겼어요. 그의 아버지는 그에게 4천만 달러의 유산을 남겼지요. 그 후로 그가 한 힘든 일이라곤 큰 사업을 인가하는 일과 법적 서류에 서명하는 것뿐이었어요. 그는 호색가에다 사디스트였어요. 정말로 무서운 사람이었어요."

제리는 고개를 끄덕였다.

"그 말을 믿을 수 있습니다. 나도 그를 몇 분 동안 상대했는데 그것으로 충분히 알 만합니다."

제리는 일어서서 자리를 떴다.

"어디 가세요?"

그는 어깨 너머로 여자를 뒤돌아봤다.

"저 방에 있습니까?"

여자가 대답을 하지 않자 그는 직접 가서 문을 열었다. 안은 잘 꾸며진 사무실이었다. 테이블 위의 전기램프가 쓰러져 있었다. 전등갓이 비스듬히 덮여져 있는 램프의 불이 플로이드 밴더그리프트의 시체를 비추고 있었다.

그의 목과 가슴에는 총상이 있었고 흰 셔츠와 회색 양복에 피가 묻어 있었다. 그는 4천만 달러로도 영생을 살 수 없다는 데 놀랐다는 듯이 잔뜩 놀란 표정을 짓고 있었다.

제리는 책상을 짚고 숨을 몰아 쉰 뒤에 비틀거리며 밖으로 나왔다. 거의 1분 동안 두 사람은 말없이 앉아 있었다. 여자는 남자를 죽이기에는 너무나 약해 보였다. 밴더그리프트의 목숨을 빼앗을 만한 야성적인 면이 그녀의 어느 구석에 숨어 있을까?

"왜 죽였지요?"

"그가, 그가 내 목을 졸랐기 때문이에요. 그는 내 몸을 테이블에 밀어붙이며 목을 졸랐어요. 나는 그가 테이블 서랍에 총을 보관하고 있다는 것을 알고 있어서 총을 빼냈어요. 그는 내 목을 조르는 데 정신이 팔려 있어 내가 총을 꺼내는 것도 몰랐어요. 나는 거의 정신을 잃을 지경이 되자 총을 쐈어요."

여자는 목을 쓰다듬었다.

"세 방이나 쐈단 말이오?"

"세 방인지 스무 방인지 몰라요. 나는 방아쇠를 당긴 기억도 없어요. 총성만 희미하게 들었던 것 같아요."

"이 집에는 어떻게 오게 됐지요."

"그가 저녁 일찍 데리고 왔어요. 우리는 얘기를 나눴지요. 사실을 얘기를 했다기보다는 다퉜어요. 그는 그때 술이 약간 취해 있었어요. 그는 업무상 걸려 온 전화를 받고 곧 올 테니 기다리라고 했어요. 그리고 자동차를 몰고 떠났어요."

"자기 차였나요?"

"네. 하지만 그는 술을 많이 마시면 차를 놔두고 택시를 타고 집에 와요. 나는 사무실에서 책을 읽고 있었어요. 그가 돌아와서는 내 몸에 손을 대려 했어요. 얘기가 복잡하지만 나는 전부터 그와 관계를 갖고 있었어요. 그는 나쁘기만 했던 것은 아녜요. 매력도 있었고 사람의 마음을 끄는 힘도 있었어요. 그리고 돈도 많았고요. 나는 그가 나를 사랑하는 줄 알았어요. 그런데 그를 기다리다가 다른 여자에게서 온 편지를 발견했어요. 그 편지를 읽고 그에겐 나와 결혼할 마음이 없다는 것을 알게 됐어요."

"그래서 그를 쐈군요."

"아녜요, 아녜요! 내가 그와 끝이라고 하자 그는 웃으면서 벽에 있는 금고로 갔어요. 백 달러 지폐 다발을 두 개 책상 위로 던지면서 가장 예쁜 장난감이나 사라고 하더군요. 그리고 더 필요하면 말하라고 했어요. 그런 후에 돈을 줬으니 내가 자기의 것이라는 듯이 내 몸을 만지기 시작했어요. 나는 그의 손에서 빠져 나왔어요. 그리고 그의 자존심으로는 참을 수 없는 모욕적인 말을 하고 돈을 그에게 던졌어요. 그러자 그가 내게 덤벼들었고 결국 총을 쏘고 말았어요."

제리는 어깨를 으쓱했다.

"그렇게 말하면 경찰이나 배심원들은 당신을 믿을 겁니다. 당신이 직접 경찰에 연락하는 게 좋겠어요. 그러는 것이 더 좋게 보일 겁니다."

제리는 의자에서 일어섰다.

"안 돼요! 경찰에 연락할 수 없어요! 이해 못하시겠어요? 당신은 이 일이 정당방위가 분명한 것처럼 말하지만 그들은 그렇게 생각하지 않을 거예요. 나를 의심하고 신문은 나를 중상하는 기사를 대문짝만하게 쓸 거예요."

그녀는 훌쩍거리기 시작했다.

"그리고 그들은 재판이 끝날 때까지 나를 더러운 구치소에 나쁜 사람들과 같이 가둘 거예요. 그들이 결국에는 나를 교도소나 교수대로 보내지 못한다고 해도 구치소 역시 결코 가고 싶지 않아요. 그럴 바에야 여기서 지금 죽는 게 나아요."

제리는 고개를 끄덕였다.

"당신이 한 말은 전부가 사실입니다. 당신이 이 일에서 무사히 빠져나간다고 하더라도 당신은 악몽 속을 헤매게 될 겁니다. 그러나 당신은 사람을 죽였습니다. 나보고 이 일을 모르는 척하고 눈감아 달라는 말입니까?"

"당신은 그럴 수 있어요! 당신이 이곳에 온 것을 아는 사람은 아무도 없어요. 당신이 오는 것을 누가 봤으면 어때요? 당신은 밴더그리프트에게 서류를 전하러 왔을 뿐이에요. 당신은 밴더그리프트 외의 사람은 만나지 못했어요. 누가 그를 쐈다면 그것은 당신이 이곳을 떠난 후의 일이에요. 누가 당신 말을 반박하지요? 나야 물론 그럴 수 없어요."

"당신 말에는 설득력이 있고, 게다가 당신은 아름다워요. 당신은 앞날이 창창해요. 그렇더라도 나는 그럴 수가…."

"이봐요, 택시를 몰아서 1주일에 얼마나 벌지요? 1주일에 백 달러?"
"그쯤 돼요. 그건 왜 묻지요?"
"1년쯤 휴가를 떠나는 게 어떻겠어요? 유급 휴가 말이에요."
"물론 1년쯤 휴가야 가고 싶지요. 그 돈을 당신이 댄다는 얘기군요."
여자는 핸드백에서 돈 다발을 꺼내 그에게 내밀었다. 그가 돈을 받을 때 여자의 떨리는 손이 그의 손에 닿았다. 그는 감전된 듯이 몸이 찌릿했고 여자의 은은한 향수 냄새가 코끝을 감돌았다. 그는 백 달러짜리 녹색 지폐를 엄지손가락으로 주르륵 훑었다. 그 돈이면 바닷가 황금빛 모래사장에 게으르게 누워 여름 햇빛을 쏘일 수 있었다. 그 돈이면 라스베이거스의 녹색 테이블 위에서 돈이 불어나는 것을 지켜볼 수 있었다. 그 돈이면 마법의 양탄자를 타고 경마장에 가서 말들이 결승점을 통과할 때 다른 사람들보다 더 큰소리로 고함칠 수 있었다.
"5천 달러예요. 당신 거예요. 입만 다물고 있으면 돼요."
그는 여자를 바라보았다.
"이럴 필요는 없는데 하여튼 큰 도움이 되겠습니다."
그는 돈을 주머니에 넣었다.
"그런데 당신의 말이 사실인지 어떻게 알지요?"
"당신은 내 말이 진실이라고 믿는 수밖에 없어요. 그리고 왜 웃죠? 내 말이 우습나요?"
"아니요. 자, 이제 움직입시다. 총은 어떻게 했습니까?"
"내 핸드백 안에 있어요."
"지문은 어떻게 됐지요?"
"모르겠어요."
"모르다니! 이 손수건으로 만졌다고 생각하는 것은 전부 닦아요. 그리고 하인들은 어디 갔지요? 하인들이 있을 거 아녜요?"
"목요일은 하인들이 쉬는 날이에요. 그는 오늘 아침에 요양소에 있는 부인을 방문할 생각이었어요. 그런데 방문을 하루 늦췄어요."

"잘됐군요. 시체 발견이 늦어지겠군요. 지금부터 지문을 지워요."

그녀는 이리저리 움직이며 닦았다. 서류가방도 닦은 후에 책상 위에 놓았다.

"당신이 여기 온 것을 아는 사람이 있어요?"

"아무도 몰라요."

"밴더그리프트가 누구에게 말하지 않았을까요?"

"그랬을 가능성은 전혀 없어요. 공식석상에선 그는 항상 훌륭한 척하는 위선자였어요. 그는 자신의 부인에게 애정 행각을 들켜 돈을 뺏길까봐 겁을 냈어요. 그는 부인이 죽기만 기다리고 있었어요."

"그래도 당신은 용의자가 될 수 있어요."

"그럴지도 모르죠. 하지만 많은 용의자 중 한 사람이겠지요. 그는 여자가 많아서…."

"알았어요. 일을 빨리 끝냅시다!"

그들이 불을 끄고 그 곳을 떠날 때 그녀가 갑자기 키스를 해 왔다. 떨리는 팔로 등을 감싸며 입술을 오랫동안 맞추고 있었다. 다른 시간 다른 장소였다면 운명적인 관계를 맺을 수도 있었을 것이다.

"당신은 좋은 분이에요. 이 빚을 어떻게…."

제리는 그녀가 하는 말을 손으로 막고 밖에 나가서 택시의 실내등을 껐다. 그리고 그녀를 태웠다.

"안전할 때까지 몸을 숙이고 있어요."

그는 기다란 언덕길을 내려가며 집이 외따로 있어 다행이라고 생각했다. 그들이 안전하다고 생각했을 때 여자는 몸을 세우고 마음을 가라앉혔다. 신호등을 대기하며 제리는 여자를 뒤돌아보았다. 여자는 나쁜 짓을 하지 않은 사람처럼 결백한 표정을 짓고 있었다.

"집이 어디요?"

"베버리 힐튼 호텔에 내려 주세요."

"이것으로 우리는 끝입니까?"

"나에 대한 것을 알면 당신에게 위험할지도 몰라요. 나는 잊어버리고 당신 갈 길이나 가서 행복하게 사세요."

"행복? 그게 무슨 말이지요? 나는 행복하게 사는 법을 배우지 못했어요. 나는 흥분된 생활을 한 적은 있어요. 그게 행복인가요? 적어도 이름이나 알려 줘요. 커다란 부탁도 아니잖아요?"

그녀는 주저하다가 말했다.

"내 이름은 그냥 로라라고 생각하세요. 나는 로라라는 이름이 항상 맘에 들었어요."

"내 이름은 제리라고 합니다. 나는 그 이름밖에 없어요."

그들은 더 이상 말을 하지 않았다. 그는 도박을 한바탕하고 난 다음처럼 우울한 기분이 들었다. 그날 밤은 불협화음의 음악처럼 박자가 맞지 않았고, 난폭하고 섬뜩했지만 완전히 끝나지는 않았다고 생각했다. 그들이 호텔에 도착했다.

"안녕, 제리. 고맙다는 말은 안 하겠어요. 이 고마움을 말로는 표현할 수 없으니까요."

"당신의 감사표시는 내 주머니 속에 있어요. 이제 당신은 자유스러운 몸이에요. 몸조심해요, 로라."

그녀는 호텔 문 안으로 사라졌다.

그는 호텔 문에서 50미터 정도 떨어진 어두컴컴한 택시 대기소에 서 있는 택시 수를 세었다. 택시는 세 대가 있었다. 맨 끝에 차를 세우고 담배를 피워 물고 호텔 문을 지켜보았다. 여자는 호텔을 도피 방법으로 이용하고 있는 게 분명했다. 시간이 되면 여자는 나올 것이라고 생각했다. 그러면 누가 그녀를 데리러 오거나 택시를 잡을 거라는 생각이 들었다. 둘 중 어느 경우가 되더라도 차가 필요하겠군.

대기 중인 택시 맨 앞에는 멜 웨슬러가 있었다. 그는 데이브 콘리의 택시에 가서 창에 팔을 얹고 얘기하고 있었다. 콘리는 전에 배우였는데 지금은 택시를 몰고 있었다. 제리는 웨슬러나 콘리나 다른 택시 기사와 얘기를 나누고 싶지 않았다. 그들은 그의 그런 기분을 눈치채고 기분 나빠할 게 뻔했기 때문에 제리는 자기 택시 안에서 몸을 낮췄다.

20분 후에 그녀가 나왔다. 여자는 컴컴한 사방을 둘러보며 주저하다가 도어맨에게 몸을 돌렸다. 도어맨이 호각을 불자 멜 웨슬러가 급히 택시를 몰고 가서 여자를 태우고 떠났다. 제리는 그녀를 미행할까 하다가 그만뒀다. 자기 차라면 모를까 택시로는 미행하기가 힘들었다. 웨슬러가 눈치를 못 채더라도 여자는 눈치챌 것이다. 그보다 좋은 방법이 있었다.

웨슬러는 15분 늦게 차고에 돌아왔지만 제리는 커피를 마시며 그를 기다렸다. 한쪽에서는 조합이 제시한 계약 문제를 놓고 기사들이 열띤 토론을 벌이고 있었다. 제리가 웨슬러에게 말했다.

"그런데 5달러 지폐를 거슬러 준다는 게 10달러 지폐가 끼어 갔지 뭐야. 택시 대기소에 차를 대고 돈을 셀 때까지 그것을 몰랐어. 그때 그녀가 자네 차를 타고 떠나는 게 보이더군. 그래서 자네에게 그녀가 간 곳을 물어 내일 찾아가려고 했어."

웨슬러는 운행일지를 보며 주소를 읽어 주더니 미소 지었다.

"돈은 못 받아도 가볼 만한 가치는 있어. 멋진 여자였어! 자네 같은 사람은 한 번 사귀어 볼 만해. 일이 어떻게 됐는지 나중에 알려 줘. 그 여자에게 쌍둥이 동생이 있을지 누가 알아?"

주소는 베니스 지구 해변가의 형편없는 오두막이 몰려 있는 지역이었다. 제리는 이상하다는 생각이 들었다. 그는 그녀가 부자들이 사는 베버리 힐스나 웨스트우드 지역의 고층 건물 펜트하우스에 있을 것이라고 기대하고 있었다.

다음날 정오 직전에 제리는 자기의 낡은 세단을 몰고 베니스로 갔다. 그는 호기심 때문에 그런 모험을 하고 있다고 생각하고 싶었다. 어쩌면 자기는 운명적으로 그녀를 찾게끔 되어 있는지도 몰랐다.

그녀의 주소지는 베니스의 위락 지구에서 몇 블록 떨어지지 않은 곳에 있었다. 그 집은 깨어진 병조각, 소용돌이치고 있는 종이, 곰팡이가 낀 쓰레기들이 널려 있는 골목길 안에 있었다. 더러운 목조 건물로 상하층을 따로 쓰는 복식 아파트였다. 집에는 청회색 바다를 향한 창들이 있었다. 견인한다는 푯말 밑에 차량들이 세워져 있었다. 때는 여름이었고 공공 해수욕장에는 햇빛을 쏘이려는 사람들이 많이 쏟아져 나오기 때문이었다. 그는 빈 차고를 발견하고 주인이 5시 이후에나 퇴근하기를 바라며 자기 차를 주차시켰다.

아파트의 아래층은 비어 있었다. 바닥은 나무였고 가구가 없다는 것을 소금기가 있는 유리창을 통하여 볼 수 있었다. 위층에 있는 아파트로 올라가는 계단 밑에는 두 개의 우편함이 있었다. 어느 곳에도 이름은 없었다. 그는 계단을 올라가서 문을 두드렸다.

그녀는 수영복 차림이었다. 황금색에 검은 줄의 비키니가 핑크와 흰색의 따스한 살결을 감싸고 있었다. 황금빛 머리카락을 위로 높이 올린 얼굴에는 화장기가 거의 없었다. 그것이 여자를 전보다 덜 아름답게 했는지는 모르나 좀더 인간적으로 보이게 했다. 볼에는 갈색 주근깨가 있었다.

그녀는 숨을 들이켰다.

"나를 미행했군요! 나는 당신을 믿었어요. 여기는 왜 오셨어요?"

"나도 모르겠습니다. 호기심 때문인지도 모르죠."

"그래요? 나는 그렇게 생각하지 않아요. 어제는 그 돈으로 만족했지만 오늘은 그렇지 않단 말인가요? 그런가요?"

"여기 서서 모든 사람이 다 듣게 말을 할 건가요, 로라? 아니면 나를 안으로 초대할 건가요."

"내가 초대를 안 한다면 어떻게 하겠어요?"

그녀는 녹색 눈으로 그를 노려봤다.

"어떤 방법이건 써서 당신을 납득시켜야지요."

"그렇군요."

그녀는 불쾌한 표정으로 몸을 돌렸다. 그는 여자 뒤를 쫓아 들어가서 문을 닫았다.

안은 L자형의 거실로 밝은 낙엽 빛깔의 가구가 몇 점, 화려한 색의 쿠션이 몇 개 있었고 전등갓은 붉은 기가 도는 회색이었다.

그녀는 창가의 의자 끝에 앉아 비키니가 그녀의 위신을 손상시킨다는 듯이 두 팔로 몸을 감쌌다. 그는 딱딱한 단풍나무 의자에 불편하게 앉았다. 그녀가 화났다는 것은 분명했다. 아무 계획도 없이 찾아온 그는 그녀가 리드하기를 기다렸다. 어디로 리드하기를 기다리고 있지?

여자는 담배에 불을 붙였다.

"돈을 더 원해요? 어제는 내가 원해서 준 선물이었지만 오늘은 공갈이에요. 얼마를 더 원하죠?"

"내가 돈을 달라고 하던가요?"

"그런 말은 할 필요가 없잖아요? 당신은 여기 왔잖아요? 아니면 수영을 하러 왔나요? 수영복은 갖고 왔어요?"

"내가 돈을 더 원한다면 어떻게 하시겠어요?"

"돈을 구할 시간을 달라고 해야겠죠. 오늘 아침에 빚을 갚아 돈이 없어요."

"나는 공갈치러 온 게 아닙니다. 사실은 당신이 곤경에 빠진 걸 이용해서 돈을 받았다는 게 죄를 지은 기분이었어요. 내가 당신을 도운 것은 내가 당신 말을 믿었고, 재판에서 무죄가 선고되더라도 당신이 여론의 고문을 받을 것이라는 걸 알았기 때문이었습니다."

그녀는 아무 말도 하지 않았다. 그는 창가에 가서 몸을 돌렸다.

"돈은 보너스에 불과했어요. 나는 아무 생각 없이 그것을 받았어요. 나는 그 돈이면 오래된 상처를 치료하고 새 생활을 시작할 수 있을 줄 알았어요. 그런데 가만히 생각해 보니 피 묻은 돈—말을 하자면 그렇다는 얘깁니다—을 받아서 나의 순수한 동기가 더럽혀졌다는 생각이 들었어요. 내 말을 오해하지는 말아요. 나는 선한 사람이 아닙니다. 내게 그런 것은 쥐꼬리만치도 없어요. 내가 지금 이 번드르르한 말을 진심으로 하는지도 모르겠어요."

그는 의자에 가서 앉았다.

"물론 나는 돈이 필요해요. 나는 돈을 좋아해요. 나는 모든 스릴을 살 수 있는 돈을 보면 미치지요. 하지만 우리 타협을 합시다. 내게 준 돈을 같이 씁시다. 당신은 돈이 없으니 둘이 같이 씁시다."

잠시 동안 그녀의 얼굴에는 아무 표정도 없었다.

"당신은 그 말을 진심으로 하고 있나요? 그 말이 진심이라면 당신은 미쳤어요. 좋게 미친 사람이지만 미치기는 미쳤어요. 나는 당신 같은 사람을 처음 만나요. 오히려 내게 공갈을 친다면 이해하겠어요."

여자는 그의 얼굴을 만졌다.

"당신의 죄의식은 잊어버리세요. 그것은 나의 것에 비하면 아무것도 아녜요. 가서 돈을 쓰며 재미를 보세요. 그러나 나는 당신과 같이 갈 수 없어요. 나는 즐겁게 놀 수가 없는 여자예요. 나는 활력소가 전혀 없는 여자예요. 나는 속으로 이미 죽어서 땅 속에 묻힌 여자예요."

"그러면 우리는 똑같군요. 사람들은 나를 오래 전에 묻었어요. 우리는 똑같아요."

"아녜요, 그렇지 않아요. 우리는 같지 않아요."

그는 팔을 뻗어 그녀를 끌어안았다. 그녀는 조금 저항하다가 키스에 응했다. 그는 물에 빠진 사람이 지푸라기에 매달리듯이 그녀에게 매달렸다. 갑자기 몰려 오는 말할 수 없는 고독감에 몸을 떨었다. 그는 그녀를 놓았다.

"어젯밤에 당신이 키스를 안 했더라면 오늘 여기 오지 않았을지도 몰라요."

"그것은 충동적인 행동이었어요. 고맙다는 표시였어요. 지금도 마찬가지고요. 그러나 다시는 이런 일이 일어나지 않을 거예요. 내가 당신에게 줄 수 있는 것은 말썽뿐이에요."

그녀는 일어서서 물러섰다.

"당신은 누구지요? 그것만이라도 알려 줘요."

"나는 로라. 당신에게는 그냥 로라에요."

"나는 당신을 더 알고 싶어요. 왜 우편함에 이름도 없지요?"

그녀는 테이블 위에 있는 재떨이에 담배를 비벼 껐다.

"나는 여름에만 여기에 잠깐 있어요. 편지는 집으로 와요."

"집이 어딘데요?"

"얘기 안 하겠어요. 내가 당신보고 여기로 오라고 하던가요?"

"아니요."

"그럼 질문을 하지 말아요. 형사 흉내는 내지 마세요."

"나는 나에 대해 얘기 못할 게 없어요."

"나는 달라요. 당신은 숨길 게 없어요. 당신은 택시를 운전하고 아무 문제도 없는 사람이에요. 그런데 참, 당신은 왜 택시를 몰지요? 당신은 택시 기사 같아 보이지 않고, 행동도 달라요."

"택시 기사는 어떻게 생겼지요? 택시 기사는 어떻게 행동하지요? 택시 기사는 어떤 틀이 있나요? 여기서는 여름에 대학교수도 택시를 몰아요. 배역 중간 중간에 택시 기사 노릇을 하는 배우도 있어요. 별의별 사람이 다 택시를 몰아요. 나도 한때는 큰 회사의 홍보부장이었죠. 내 말을 믿을 수 있어요?"

"믿을 수 있어요."

그는 그녀에게 다가섰다.

"어젯밤 일 말예요. 그 일은 정말 당신이 말한 그대로 일어난 겁니까? 내 말은 당신이…."

"살인자가 아니냐고요? 당신은 내가 계획적인 살인자가 아니라는 확신을 갖고 싶으신 거죠? 당신은 내가 용서할 수 없는 죄를 지은 악독한 계집이 아니라 약간만 나쁜 여자이기를 바라고 있는 거죠? 그래야만 내가 벌을 받지 않고 도망치게 했다는 양심의 가책을 덜 받을 거라고 생각하는 거죠?"

"그보다는 좀더 깊은 뜻이 있지만 당신 말이 대강은 맞다고 해두죠. 어젯밤의 일에도 불구하고 나는 당신을 좋아해요. 나는 당신에게 끌리고 있고, 그게 변하지 않았으면 해요."

"나를 좋아하지 마세요. 내게 끌리지 마세요. 당신을 위해서나 나를 위해서 여기를 떠나 다시는 돌아오지 마세요. 만일 양심의 가책 때문에 그러신다면 마음을 약간 편하게는 해 드릴게요. 나는 당신이 나를 알면 싫어할 나쁜 여자이지만 살인자는 아녜요. 나도 당신과 같은 인간이에요. 나도 감정이 있고 동정심도 있어요. 나는 남을 해치고 싶지 않아요. 자, 그렇게 알고 가세요. 더는 말하지 않겠어요."

"그 얘기는 이제 끝났어요. 그 일은 전부 잊읍시다. 나는 오늘 일을 나가지 않겠어요. 그까짓 거 며칠 쉬며 신나게 놀아요. 이곳이나 다른 데, 어디라도 좋아요. 샌디에이고나 샌프란시스코, 아무데나 가요. 그래, 라스베이거스로 가요! 어때요?"

여자는 한숨을 쉬었다.

"당신은 못 말리는 사람이군요. 당신은 내가 하는 말을 한 마디도 듣지 않았어요. 나는 당신이나 다른 사람하고 아무데도 가고 싶지 않아요. 나는 어젯밤의 일을 잊고 싶지도 않아요. 당신은 여자들을 많이 알고 있을 거예요. 그들 중 누구를 불러 어제 일을 잊어 보세요."

"나는 일주일에 엿새를 일하죠. 7일째 되는 날은 댓 평쯤 되는 방에 처박혀서 잠을 자고 책이나 읽어요. 나는 여자를 사귈 만한 시간이나 돈이 없었죠. 나는 세상에 빚을 진 몸입니다. 그래서 부를 여자가 없어요."

"안됐군요. 하지만 돈이 있으니 이제는 괜찮을 거예요."

"당신은 정말로 생각을 바꾸지 않으시렵니까?"

"바꾸지 않아요. 그러니 가 보세요."

"돈이 필요해요?"

"나는 혼자 있고 싶어요!"

여자가 소리쳤다. 그는 문으로 나가며 말했다.

"그것은 쇼크 때문이에요. 하지만 그 일은 곧 잊게 될 겁니다. 그러면 당신의 기분도 바뀌겠지요."

제리는 그날 밤 일을 했다. 그는 두어 주일 동안 일을 더 하기로 했다. 그때까지 경찰이 자기에게 관심을 보이지 않으면 회사를 그만두기로 마음먹었다. 그는 보통 때와 같이 오후 5시에 출근했다. 멜 웨슬러를 피하려 했지만 라커 룸에서 잡혔다. 그는 윙크를 하게 크게 미소 지었다.

"오늘 밤에 그 여자를 찾아가서 돈을 받아낼 거야?"

"그럴 생각이야. 돈이 궁하거든."

그는 아무렇지도 않은 듯이 대답했다.

"돈은 찾을 수 없을지도 몰라. 하지만 내가 말한 대로 만날 만한 가치는 있어."

웨슬러는 다시 윙크했다.

"그 여자는 유부녀고 아이가 두엇쯤 있을 거야. 나는 돈만 찾으면 돼."

금요일 밤에는 일이 많았다. 처음 3시간은 택시 휴게소에서 10분도 쉬지 못했다. 공항에 두 번 갔고 시내 호텔에도 몇 번 갔다. 8시가 조금 지나서 배차원은 그를 웨스트 피코에 있는 모텔에 가라고 했다. 선원 두 명이 기다리고 있었다. 그들은 어지간히 취해서 꽤나 시끄러웠다. 그들은 베니스에 있는 위락지구로 빨리 가자고 했다.

제리는 승객을 데려다 주고 잠시 주저하다가 남쪽으로 택시를 몰았다. 그 집을 먼발치로 보기만 하는 데야 해 될게 없지. 그 집까지 두어 블록밖에 떨어지지 않았는데 그냥 꽁무니를 빼란 말이야?

그녀의 아파트 뒤쪽이 보였다. 블라인드는 내려져 있었지만 불빛이 비치고 있는 것으로 보아 여자는 안에 있었다.

그는 계속해서 차를 몰았다. 그녀를 만나고 싶다는 강한 충동이 혈관

속에서 꿈틀거리는 것을 느낄 수 있었다. 마음을 진정시킬 수 없었다. 좌절감이 머릿속에서 들끓었다. 운전에 신경을 쓸 수 없었고 마음이 허전한 게 무언가에 미치도록 빠지고 싶었다. 알 수 없는 무언가를 애타게 원했다.

그는 술이 마시고 싶었다. 술이 절망적으로 필요했다. 그는 메인가 북쪽을 달려 녹색의 칵테일 잔 그림이 있는 네온 간판 앞에 차를 세웠다. 노란 택시 기사 모자를 벗고 습관적으로 가지고 다니는 넥타이를 주머니에서 꺼냈다. 검은 양복에 넥타이를 매고 있으니 특징 없는 새 사람이 된 기분이었다. 그는 바에 가서 앉았다.

제리는 술을 한 잔시켜 단숨에 마셨다. 다음 두 잔은 천천히 마셨다. 그는 술을 자꾸 시켰다. 술을 자꾸 마시면서 그래도 괜찮다는 생각이 들었다. 이제는 자기가 세상을 지배하는 운전석에 앉았다는 생각이 들었다. 택시 기사니 당연히 운전석에 앉아야지 하는 생각을 하면서 낮게 웃었다.

나를 비난하고 질책하라지. 자기가 뭔데 나를 꾸짖어? 그는 카운터에 10달러 지폐를 놓고 택시로 갔다.

그는 그녀의 문밖에서 영원이라고 느껴질 정도로 오랫동안 기다렸다. 왜 이렇게 문을 열지 않는 거야? 그러나 그녀가 하얀 스웨터에 베이지색 스커트 차림으로 문을 열었다. 평범한 복장이었으나 그녀가 입고 있으니 황홀하게 보였다. 그는 가슴을 한껏 부풀리고 말했다.

"로라. 로라 달링!"

그녀의 얼음장같이 차가운 눈길이 그의 연약한 이기심을 오그라뜨렸다.

"당신이 또 나타나리라고 생각했어요. 그러니 놀랍지도 않아요."

그녀는 비꼬며 한편으로 물러섰다. 그는 안으로 들어갔다.

"이번에는 무슨 일이지요? 왜 왔어요?"

왜 왔어? 조금 전까지는 왜 왔는지 알았지만 지금은 생각이 나지 않았다. 그녀의 혹독한 눈길과 경멸적인 태도가 그 생각을 쫓아버렸다. 그는 알몸으로 서 있는 것 같은 수치심이 들었다. 자기 몸을 숨길 눈가림이 필요했다.

"생각을 해보니…."

"또요?"

"그래요."

그는 바보처럼 웃고 거짓말을 했다.

"그 돈 말예요. 나는 돈을 받을 수가 없어. 돈을 돌려주고 싶어요."

이제 그는 궁지에 빠졌다. 그러나 나중에 어떻게 빠져 나올 방도가 생길 거라는 생각이 들었다.

"잘됐군요. 정말로 멋져요. 그럼 돈을 줘요."

"당신이 돈을 받을지 알 수 없어서 안 갖고 왔어. 한 시간이면 갖고 올 수 있어."

"가서 갖고 와요. 빨리 가서 돈을 갖고 오라고!"

"내게 그런 식으로 말할 수는 없어! 이봐, 이러지 말고 마음을 좀 풀라구. 나와 같이 나가자구. 가서 술을 한 잔 하자구. 저지른 일을 후회하면서 여기에 항상 혼자만 있을 거야?"

"왜 그녀가 혼자 있다고 생각하지?"

두 사람은 목소리가 나는 쪽으로 동시에 몸을 돌렸다. 그 사람은 거실에 있는 다른 문 앞에 서 있었다. 새까만 머리에 가무잡잡한 피부. 그의 잘생긴 라틴계 얼굴과 까만 눈은 가구가 없는 방처럼 왠지 공허해 보였다.

제리는 그가 권총을 잡고 있는 모습에서 자기를 죽이려 한다는 것을 직감했다. 거대한 정적이 그의 몸을 감쌌다. 그 정적 속에서 그는 자기가 원하는 것이 무엇인지 알았다. 총은 발사됐고 총알은 그의 심장을 뚫었다. 그는 허무하게 쓰러졌다.

금발의 여자가 남자에게 고함쳤다.

"왜 그랬어? 왜 죽였어?"

여자는 신음 소리를 내며 자기 머리를 감싸고 시체를 내려다보았다.

"당신은 그가 다시 찾아오면 겁을 줘서 쫓아내기만 하겠다고 했어!"

"그래서 내가 겁을 줬잖아, 조이? 겁을 줬더니 죽었어. 이봐, 이 녀석은 그렇게 되기를 바라고 있었어. 나는 이런 타입을 잘 알아. 이런 녀석들은 무슨 수를 써도 떨어지지 않아. 이 녀석은 큰돈을 빼앗으려고 당신을 구슬리고 있었어. 녀석에게 1, 2주일만 시간을 주면 5만 달러 전부를 차지했을 거야."

"당신 정말로 잘났군!"

조이는 눈물을 흘리며 소리쳤다.

"당신은 생각하는 것이나 행동하는 것이나 전부가 협잡꾼이야. 당신은 악당이야, 토니. 아무리 깨끗하고 순진한 것이 당신에게 다가오더라도 당신은 그게 무엇인지 모를 사람이야."

그녀는 의자에 힘없이 주저앉으며 놀란 눈으로 토니를 쳐다보았다.

"내가 왜 이렇게 됐지? 내가 얼마나 미쳤기에 당신 같은 사람을 사귀었지?"

"돈에 미쳤지."

그는 권총을 허리춤에 쑤셔 넣고 시체를 바라보았다.

"이 녀석을 어젯밤에 죽여야 했어. 범인으로는 안성맞춤이었어. 이 놈이 금고를 털다가 밴더그리프에게 들킨 것처럼 만들 수 있었어. 그래서 밴더그리프가 이 녀석을 쐈어. 그런데 이 녀석은 혼자가 아니었어. 그의 공범이 밴더그리프를 죽이고 5만 달러를 털어 달아난 것처럼 만들 수 있었단 말이야."

여자는 멍하니 그를 바라보았다. 그녀의 귀에는 그의 말이 들리지 않았다. 토니는 말을 계속했다.

"상황이 다급할 때는 그런 생각이 안 떠오르니 이상하지. 여기로 차를 몰고 오는 도중에 그 생각이 떠올랐어. 하지만 나는 당신이 이 녀석을 완전히 따돌린 줄 알았어. 어젯밤 당신은 훌륭하게 연기했어. 오스카상을 탈 만했어. 그래서 당신이 밴더그리프를 쐈다고 녀석이 믿게 놔두자고 생각했지. 5천 달러를 주고 내쫓을 만한 가치는 있다고 생각했어. 그런데 당신이 미행당할 줄 누가 알았느냔 말이야."

"그게 무슨 상관이에요. 이제는 모든 게 끝이에요. 이제 우리는 모두 잡힐 것이고, 나는 그래도 그만이라는 생각이 들어요."

"당신 머리 좀 써! 우리가 왜 잡혀? 사람들이 전부 잠들었을 때 바다로 두어 마일 나가 시체를 바다에 처넣을 거야. 그러면 우리와는 아무 관계도 없는 것처럼 보일거야."

"관계도 없다구? 당신이 그걸 어떻게 알아? 그는 오늘은 일을 안 한다고 했어. 복장도 평상복이야. 그러니 자기 차를 타고 왔을 거야. 그 차는 어디 있지? 차가 어떻게 생겼지? 우리는 그것도 몰라."

"그게 어쨌다는 거야? 이곳에 집이 이곳 하나뿐인가?"

"그렇지는 않지만 그가 누구에게 여기 온다고 했으면 어쩔 테야? 비밀을 누구에게 털어놨으면 어쩔 테야?"

"너는 바보야, 조이. 정말로 바보라고! 자기에게 위험한 소리를 왜 남에게 씨불였겠어?"

"나는 몰라. 하지만 그는 그럴 수 있는 사람이었어. 무모한 짓을 할 사람이었다고. 자기에게 무슨 일이 생기건 상관하지 않는 사람 같았어. 만일 그가 누구에게 여기 온다고 말했다면 경찰이 우리를 찾아올 거야. 그러면 당신은 전과자고 나는 밴더그리프트 부인의 간호사였다는 사실을 알게 되겠지. 그 이상 뭐가 더 필요하겠어?"

"조용히 해!"

그는 고개를 돌려 귀를 기울였다.

"무슨 소리가 들렸어."

그는 방을 급히 질러가서 불을 껐다. 그리고 블라인드를 열고 아파트 아래를 살폈다.

"사랑하는 한 쌍이야. 젊은 애들이 아래층에 들어가려고 하고 있어. 아래층이 빈집이라는 걸 안 모양이야. 총소리는 못 들은 것 같아."

"불을 켜지 말아요. 어두운 곳에서는 그래도 현실을 잊을 수 있어요. 창문을 활짝 열어요. 파도소리를 듣고 바다 내음을 맡고 싶어요. 바다 냄새 속에는 신선한 그 무엇이 있어요."

남자는 콧방귀를 뀌었다.

"이 근처 수마일 안에는 깨끗하고 신선한 것이 하나도 없어."

"그 말은 사실이에요. 그 말은 정말로 사실이에요."

남자는 창문을 활짝 열고 의자에 앉았다.

"술이 필요해. 그래, 술을 마시고 싶어."

"당신은 당신에게 필요한 게 무엇인지 모르는 사람이야, 토니. 왜 그를 죽였어! 나는 그 사람을 좋아했단 말이야. 그에 비하면 당신은 악마야."

"듣기 싫어! 이제 그만해! 그는 또 하나의 바보일 뿐이었어. 그는 언제 그만둬야 되는 줄을 몰랐어. 나 같은 사람의 세상에선 그런 녀석은 심심풀이 땅콩으로 먹어 치우지."

"그는 약간 돈 사람이었어."

그녀는 어둠 속에 대고 말했다.

"머리가 약간 이상했지만 좋은 사람이었어. 다정한 사람이었어."

"나는 술이 필요해. 술 한 잔 갖다 줄 테야, 조이?"

토니가 말했다.

로버트 토히(Robert Twohy)

뉴욕 출신. 15년 간 라디오와 텔레비전 방송국에서 아나운서로 근무 후 전업작가가 됨. 콜비는 1959년부터 70년대 초반까지 페이버 백을 전문으로 내는 골드 메달, 에이븐, 피라미드에서 활약한 베테랑 작가. 에드워드 D. 호크가 해마다 편찬하는 〈연간 미스터리 걸작선〉(1978)에 콜비의 단편 『항구에 황금의 비가 내린다』가 수록되어 있고 국내에 장편 『살인 곱하기 다섯』(1972)이 소개되어 있다.

미스터 모야츠키

MR. MOI OCHKI — 제리 솔

긴장에서 오는 정신 분열증이라고 공식적으로 진단했으나 진실은 훨씬 더 간단하고도 복잡한 것이었다.

그가 휠체어를 타고 들어왔을 때 그들은 깜짝 놀랐다. 왜냐하면 그의 밝은 푸른색 눈과 극도로 새하얀 피부에 대한 생각을 하지 못했기 때문이다. 그러나 무엇보다도 그가 그토록 생기 있고 멀쩡하게 보인다는 것이 놀라웠다. 그들은 모야츠키가 자기만의 세계에서 살면서 누구에게도 말을 하지 않는다고 들었기 때문이다. 그러나 그는, 번호 28098은 주위를 살피며 눈을 깜빡거리고 있었다. 그리고 듣고 있었다. 모야츠키는 그들 중 어느 한 사람이 그에게 질문을 하면 곧 대답을 할 것처럼 보였다. 새로 온 의사들은 그렇게 해도 좋다는 허락을 받았다. 하지만 수년 동안 그에게 질문을 해 오고 있었지만 모야츠키는 한 번도 그들의 질문에 답하지 않았다. 사람들이 그의 이름을 부를 때 그가 보이는 반응이란 평소보다 약간 더 땀을 흘리는 정도였다. 그는 때때로 몸을 부들부들 떨었다. 또는 한숨을 내쉬었다. 어느 해인가 한 레지던트는 그가 사형되기 전 눈가리개를 기다리는 사람처럼 보인다고 했고, 훔볼트 박사는 그것을 보고서에 기록하고 심지어 그 이후의 제출서에서 자신의 의견으로 언급하기도 했다.

"여러분이 보게 될 것은…."

홈볼트 박사는 홀더 안에 단정하게 정리되어 있는 사례집을 가리키면서 이렇게 말했다.

"약 20년 전 어느 날 자정이 지나서 가먼트 구역의 거리를 헤매고 다니다 발견된 60대의 한 남자입니다. 그는 경찰들이 접근하자 도망쳤습니다. 모퉁이를 돌아달아날 때 가로등에 부딪치지 않았다면 그는 붙잡히지 않을 수도 있었습니다."

박사는 말을 잠깐 중단했다.

"그는 벨레뷰로 이송되었고, 거기서 민감하고 흥분된 상태에 있는 것으로 진단되었습니다. 일주일 후, 그는 롱아일랜드의 센트럴 아이슬립 스테이트 병원으로 옮겨졌다가 18년 전에 이곳으로 옮겨졌습니다. 그 이후로 그는 네이비드슨 빌딩 D병동에서 지내고 있습니다. 참고로 말하자면, 그 곳은 격리병동입니다. 치료를 위해 그는 현재 일주일에 한 번씩 의사를 만납니다. 그의 상태는 전형적인 조울증 정신이상으로, 악성우울증으로 악화되었다가 우울증 혼미상태로 발전해서 굳어졌습니다."

그는 책장을 넘기다가 원하는 것을 찾아냈다.

"공식적인 진단은 긴장성 정신 분열증입니다."

새로 온 레지던트들이 술렁거렸다. 훔볼트는 지각한 레지던트가 들어와 앉는 동안 말을 잠시 중단했다.

"실례합니다."

훔볼트는 그녀에게 차가운 시선을 보냈다. 다른 의사들도 몸을 돌렸다가 새로 온 사람이 전통을 파기하고 미니스커트를 입은 풍만한 가슴의 금발 레지던트 코랠리 스위처인 것을 보고 추파를 던졌다. 코랠리는 감사의 미소를 보냈다. 모두가 자리를 잡고 앉았다.

"그가 가로등과 부딪쳤을 때 다쳤습니까?"

교실의 뒤쪽에 앉아 있던 빨간 머리의 레지던트가 물었다.

"외상은 없었습니다."

훔볼트는 피곤한 듯이 말했다.

"머리에 난 혹을 제외하고는."

"기질성 두뇌 증후군입니다."

앞줄에 있던 깡마른 젊은이가 말했다.

"그렇다고 말할 순 없습니다. 아무도 그 환자의 버릇이나 평상시 행동을 알지 못하니까요."

"경막하(硬膜下) 혈종입니까?"

코랠리가 경쾌하게 물었다.

"아뇨. 그는 경찰을 보고 도망치기 시작했고 그들에게 잡혔을 때는 전광석화처럼 빠르게 말을 했다고 합니다."

"뭐라고 말했나요?"

"말이 되는 건 하나도 없었습니다. 그 당시 현장에 있었던 한 경찰은 그가 외국어로 말했다고 보고했습니다."

"신원이 밝혀진 게 있습니까?"

"없습니다."

"일반 순응 증후군입니다."

"지금 말한 사람이 누군가?"

"접니다."

중간에 앉아 있던 한 레지던트가 말했다.

"그는 경찰을 봤을 때 갑작스런 공포 반응을 보였고, 경찰이 그를 잡았을 때는 반항 단계를 거쳤다가 곧 노이로제 단계로 진행해서, 그 후로 지금까지 계속 그 상태를 유지하는 겁니다."

"자네 이름은 뭔가?"

훔볼트가 흥미 있다는 듯 물었다.

"세버리입니다. 메튜 세버리."

"닥터, 자네가 이 환자를 다뤄 보지 않겠나?"

"모르겠습니다. 전 아직 그를 보지도 못했습니다."

세버리는 말했다.

"그게 필수 조건인가?"

"그렇지 않겠습니까, 선생님?"

잠시 진공상태가 되었다. 그러다가 몇몇 레지던트가 간신히 참아내는 듯한 약한 웃음소리를 터뜨렸다. 그 순간 훔볼트가 싱긋 웃었고 긴장은 증발되어 버렸다.

그들이 모야츠키라고 부르기로 한 사나이가 휠체어를 타고 들어왔다. 이때 모야츠키는 이렇게 생각했다. '그래, 적어도 이번에는 좀 다르군. 침침한 병동 대신 조금은 더 밝은 곳이야. 희미한 얼굴들이 많고 팔자 콧수염이 있는 덩치 큰 남자가 손에 홀더를 들고 있군.'

사람들은 모두 그를 쳐다보았다. 덩치 큰 의사가 그에게 몸짓을 하면 사람들이 말을 할 것이다. 그는 그들이 하는 말을 알아들을 수 있으면 좋겠다고 생각했다. 줄곧 몇 년 동안 그러길 바라왔지만 아무 소용도 없었다.

전에는 그가 모든 사람들의 말을 알아들을 수 있었고 모두를 이해해 왔었다. 그러던 어느 날 잠에서 깨어나 보니 주위 사람 모두가 외국어를 하고 있었다. 주위에서 보이는 모든 사람들과 마찬가지로 그의 뇌도 무언가 잘못되었다. 그들은 그가 배고픔을 덜기 위해 소시지를 가지려고 한 짓 때문에 그를 이 지경으로 만들어 놓았다. 그는 미쳤다. 그는 오랫동안 미친 상태였다. 자기가 얼마나 오랫동안 미쳐 있었는지 알 수 없다는 사실이 그를 더욱 괴롭혔다. 그는 휠체어 속에서 몸을 꿈틀거렸다. 그는 이 망할 놈의 물건이 싫었다. 왜 사람들은 그가 이 강의실에 들어올 때 이 안에 앉아 있어야 한다고 우기는 걸까? 그를 쳐다보고, 찔러 보고, 쑤셔 보고, 말을 걸어 보고, 놀리는 것이 그들에게 무슨 이득이 되는 걸까? 그는 그 모든 것에 지쳐 있었다. 그러나 물론 그 어디에도 출구는 없었다.

왜 그들은 그토록 오래 전에 그의 안경을 빼앗아 버린 것일까? 왜 그들은 그가 앞을 보지 못하는 걸 원하는 걸까? 왜 잠깐이라도 안경을 쓰게 해 주지 않는 것일까? 그들이 그에게서 진짜로 원하는 것은 무엇일까?

선명하게 앞을 볼 수만 있다면 얼마나 좋을까 하고 그는 생각했다. 그러면 이 모든 걸 보다 잘 견뎌 낼 수 있을 텐데. 비록 지금도 견뎌 내고 있긴 하지만.

"실어증입니다."

한 레지던트가 말했다.

"실서증(失書症)입니다."

다른 레지던트가 말했다.

"물론 그는 말할 줄을 모르지요."

훔볼트는 약간의 혐오감을 느끼며 말했다.

"아니면 일부러 말하려 하지 않거나."

그는 열의에 가득 찬 얼굴들을 흘끗 쳐다보았다.

"실서증에 대해선…."

그는 모야츠키에게로 몸을 돌리고 약간 슬픈 미소를 지었다.

"모야츠키는 예술가요. 안 그렇습니까, 모야츠키 씨?"

모야츠키는 팔자 콧수염의 눈을 깜빡거리며 쳐다보았다. 그는 팔자 콧수염의 건방진 미소 뒤에 있는 하얀 치아조차 거의 알아볼 수 없었다.

"왜 그렇습니까, 선생님?"

한 레지던트가 물었다.

"그는 혼자 있을 때면 배설물을 이용해 벽에 손가락으로 그림을 그립니다."

훔볼트는 마치 자랑스럽다는 듯이 말했다.

"뭘 그렸나요?"

코랠리는 그것이 알고 싶었다.

"배설물."

빨간 머리의 레지던트가 대신 대답했다.

훔볼트 박사를 비롯해서 모두가 웃음을 터뜨렸고 훔볼트 박사는 그 젊은이에게 시선을 고정시켰다.

"자네도 이 환자로 자신의 운을 시험해 보는 게 좋을 걸세."

그 레지던트는 언짢은 기분이 되어서 말했다.

"신경성 환자가지고 뭘 하겠습니까?"

"이 환자처럼 자네도 가능한 입은 다물고 있을 수 있게 될 거야."

더 많은 웃음이 터져 나왔다.

모야츠키라고 불리는 사내는 눈을 감고 연기 빛이 도는 가을의 조용하고 사랑스러운 강을 회상했다. 그 강은 아직도 겨울이 되면 얼어붙을까? 그의 마음은 숨조차 쉴 수 없는 발레의 아름다움과 상쾌하고 깨끗한 쇼팽의 곡과 들어선 사람 모두가 귀족들뿐인 커다란 콘서트 홀로 흘러갔다. 그리고 다른 날들도 있었다. 공원에서 보내던 휴일, 오후의 햇빛 속에서 춤추던 먼지. 체스를 두던 수염 난 노인들, 황홀경에 빠져 잔디 위에 앉아 있던 젊은 여인들, 갈색 종이봉투에서 씨앗을 꺼내 바람에 날리면서 비둘기에게 먹이를 주던 긴 코트를 입은 노부인들이 있었다. 낮고 폭이 좁은 작은 고깃배와 기다란 나룻배, 하늘 높이 비상하다 아래로 하강하는(영원히 배고파하는) 바다 갈매기들, 몰려 오는 파도와 비와 두꺼운 구름들…. 그렇다. 그 모든 게 존재했고 아직도 그대로 살아 있을 것이다. 반드시 그럴 것이다. 저 벽들 너머에는 .

그러다가 감옥이 나타났다. 자물쇠로 잠겨진 하얀 벽돌과 천장에 달려 있던 외로운 전구에 대한 기억이 그의 혈관을 따라 얼어붙은 향유처럼 그를 얼어붙게 만듦에 따라 그에게서 온기가 걸러져 나갔다. 그러나 적어도 감옥에 있던 사람들은 그를 이해했고 그도 그들을 이해했다. 경호원들, 그는 그들에게 말을 걸 수 있었다. 의사들, 그는 그들에게 자기의 느낌을 말할 수 있었고, 그들은 언제나 그가 어떻게 느끼는지 알고 싫어했다. 나중에서야 그는 그 이유를 알았다.

"오늘 아침은 기분이 어떻습니까?"

그들은 부속 진료실에 있는 그의 방에 올 때마다 이렇게 묻곤 했다.

그는 배가 고팠기 때문에 체포되었다. 그는 술을 너무 많이 마셨고 소시지를 자기 오버코트 주머니에 쑤셔 넣어도 아무도 상관하지 않을 거라고 생각했다. 그는 단지 그 소시지를 집에 있는 이리나에게 가져다 주려고 했을 뿐이다.

그러나 제복을 입은 사람들이 그를 멀리 데려갔다. 가게 주인은 경찰이 올 때까지 그를 붙들어 두었다. 그들은 그를 그 무서운 장소, 1미터가 넘는 두께의 벽이 둘러져 있는 감옥으로 데려갔고, 이리나에게 단 한마디의 소식도 전하지 못하게 했다. 어째서냐고 그가 물었을 때, 그들은 어깨를 으쓱이며 말하기를, 〈미안하다, 하지만 누군가 표본으로 봉사해야 한다. 가게에는 도둑이 많이 든다. 대부분이 음식을 훔치려는 좀도둑들이지만 그게 나쁜 선례가 되면 사람들은 더 이상 일을 하지 않아도 된다고 생각할 거다. 그냥 가게에 들어가 돈을 내지 않고도 자기가 원하는 것을 가져올 테니까 말이다. 그런 짓은 그만두게 해야 한다〉고 했다. 그들은 그의 사진을 찍고 그것을 신문에 실었다. 그들은 그 신문을 그에게 보여 주었다. 그는 평범한 범죄자였다. 하지만 아내가 한 번도 그를 찾아오지 않는 게 당연했다!

무수하게 많은 날과, 시간이 조용한 괴로움 속에 흘러갔고 마침내 진정한 고통이, 그가 처음이자 최초의 두통을 경험한 날이 찾아왔다. 그리고 나서 날들이 빠르게 지나갔고 고통도 점점 더 심해졌다. 참기 어려운 고통이었다. 그가 부속 진료소로 옮겨진 건 바로 그때였다. 그 무렵 그는 더 이상 서 있지도 못하고 침상에 누워 몸을 굴리고 신음하며 사람들이 자기에게 무슨 짓을 하든 상관하지 않았다. 너무 아파서 죽고 싶었기 때문이다.

의사들은 기쁜 듯이 고개를 끄덕이고 손바닥을 비벼댔다.

"내가 어디가 잘못된 겁니까?"

그는 헐떡이며 말했다. 그의 아들뻘쯤 되어 보이는 젊은 의사가 새로운 생물이라고 비꼬듯이 말했지만 그보다 나이가 더 든 의사는 상냥하게 이렇게 말했다.

"종양입니다. 뇌종양."

그리고 그가 이제 죽게 되느냐고 물었을 때 나이 든 의사가 말했다.

"우리가 실험을 해볼 겁니다."

그들은 그에게 무언가를 주사했다. 그리고 점차 고통이 사라졌다. 그들이 거짓말을 하고 있다는 걸 그가 깨달은 것은 바로 그때였다. 뇌종양에서 낫는 사람은 아무도 없었다. 그들은 그에게 실험을 하고 있었던 것이다. 처음에는 그의 식사에 뭔가를 넣었고, 그 다음에는 주사를 놓았다. 그는 감옥에서 그런 일이 종종 일어난다는 소리를 예전에 들은 적이 있었다.

그는 알아야만 했다. 그는 차츰 상태가 좋아지고 있는 중이었다. 그냥 좋은 것 이상이었다. 모두가 그에게 명랑하고 사려 깊게 대해 주었다. 하지만 그것은 그들이 그를 대상으로 뭔가를 꾸미고 있었기 때문 아닐까? 아니면 그가 그 좁고 습기 찬 복도와 더러운 감방, 악취 나고 쥐가 들끓는 장소로 돌아가야 한다는 것이 가엾게 느껴졌기 때문일까? 그들은 웃으며 그가 운이 좋은 사내라고 말하면서 계속해서 그의 혈압을 재고 피와 소변 샘플을 가져갔다.

그는 일이 돌아가는 것을 방관만 하고 있을 수는 없었다. 그는 이곳에서 도망쳐야 한다고 생각했다. 그것만이 그가 할일이었다. 그는 감옥으로 돌아가기 전에 그 일을 해치워야 했다. 주 감옥에서는 도망갈 길이 거의 없었지만 부속 진료소에서는 사정이 달랐기 때문이다. 그 곳에는 감시병도 적었고 그는 훨씬 많은 자유를 누리고 있었다. 그는 일광욕실과 오락실에 갈 수 있었고 밝게 햇빛이 드는 복도를 거닐다가 사람들에게 목례를 하고, 걷다가 멈춰 서서 창문으로 아름다운 도시를 내다

볼 수도 있었다. 일은 간단하다고 생각했다. 그리고 실제로 쉬웠다.

"눈을 감는데요."

빨간 머리가 말했다.

"왜 눈을 감는 걸까요?"

"그에게 직접 물어 보지 그래?"

"모야츠키 씨?"

그 소리에 모야츠키는 눈을 떴다.

"왜 눈을 감으십니까?"

세버리가 대신 대답했다.

"자네 얼굴을 보는 것이 견딜 수 없어서 그러는 거야."

모두의 웃음소리를 뚫고 훔볼트 박사가 말했다.

"원초적인 정신 신체 언어지. 우리 모두 그걸 하고 있네. 세계를 내쫓아 버리는 걸로 간단히 끝나지. 자네들은 거기에서 많은 것을 보게 될 걸세."

"막대기를 사용해서 말입니까?"

누군가가 말했지만 아무도 그 말을 알아듣지 못했다. 그러나 훔볼트는 모든 얼굴을 훑어보았다.

"부적절한 언어입니다."

세버리가 앞쪽으로 몸을 숙여 모야츠키의 눈을 똑바로 들여다보면서 말했다.

"계속해 보게."

훔볼트는 흥미를 느끼는 것 같았다.

"선생님은 그가 한 번 말한 적이 있지만 그 말들은 의미가 전달되지 않는 것이었다고 하셨습니다. 아마 그 말들은 모야츠키 씨에게는 의미가 있는 것이었을지도 모릅니다. 누가 그 문제에 대해 생각해 본 사람이 있습니까?"

"자네는 정신 분열증 환자의 말을 몇 명이나 들어 봤나?"

홈볼트가 날카롭게 물었다.
"저는 아동 병원에서 자폐 아동의 말을 많이 들어 봤습니다."
"그렇다면 자넨 그들이 하는 말이 모두 그들의 창작이라는 걸 알고 있겠군. 그들은 자기들만의 세계를 만들어 내서 그 안에서 살지. 다른 사람들은 모두 그 밖으로 내쫓고 말이야. 각자는 자신이 만들어 낸 망상의 체제 안에서 안전을 느끼지. 그들의 말은—그걸 말이라고 한다면—장갑판이나 마찬가지야."
"내리닫이 쇠살문에 더 가깝죠."
세버리가 끼어들었다.
"정확한 표현이야."
그러나 세버리는 만족하지 못했다.
"모야츠키 씨가 한 번 말을 했다가 더 이상 말하지 않는다는 게 저는 좀 이상하게 생각됩니다."
코랠리 스위처가 도전적으로 물어 왔다.
"홈볼트 박사님, 박사님은 그의 첫 번째 말들이 무의미하고 격정적인데다 불규칙했다고 말씀하셨습니다. 그걸 언어실조 또는 실어증이라고 볼 수 있을까요?"
"물론."
홈볼트는 쓴웃음을 지으며 그녀의 예쁜 다리에 시선을 던지며 말했다.
"예습을 해 왔군."
"부인하지 않겠습니다."
"좋아. 우리는 소뇌질환에 대해 생각해 봤지. 닥터 스위처, 맞네. 우린 그 검사를 해 봤지만 결과는 부정적이었네."
이번엔 세버리가 말했다.
"그는 검사에 어떻게 반응했습니까?"
"그는 그걸 좋아하지 않았어."
"과민반응을 말씀하시는 겁니까?"

"맞아."

"그 이유에 대한 의견은 있으십니까?"

"없네. 자네가 한번 추측해 보겠나?"

"저도 모르겠습니다."

세버리도 다른 레지던트들과 마찬가지로 진퇴양난에 빠져 물러섰다.

"잠깐 동안 난 기적을 기대하고 있었네. 자네들 중에 누군가 기적을 행할 사람은 없나?"

훔볼트의 목소리가 무미건조하게 울려 퍼졌다.

모야츠키는 다시 눈을 감고 20년을 거슬러 올라가 부속 진료소와 일광욕실로 되돌아갔다. 그 곳에서 그는 어느 날 창문 하나를 열어 두었다. 그는 그 다음날도 그 문이 여전히 열려 있는 것을 보고 깜짝 놀랐다. 그리고 그 다음날도 마찬가지였다.

마침내 그는 한밤중에 열려진 창문을 통해 빠져 나와 약 4미터 아래에 있는 바닥으로 뛰어내렸다. 다행히 그는 땅에 내려설 때 무릎을 구부려야 한다는 정도의 상식은 가지고 있었다. 구부린 무릎에 턱을 부딪쳐 거의 목이 부러질 뻔했다. 그는 몸을 굴린 다음 오랫동안 조용히 누워서 밤의 소음들이 그의 몸 안으로 스며들게 내버려두었다. 차량들의 부석거림과 멀리서 들려 오는 목소리들, 종소리와 벌레 울음소리가 들렸다. 그는 별들을 올려다보며 그가 금방 뛰어 내린 창문으로 누군가의 머리가 불쑥 나오지 않을까 생각했다.

마침내 그는 일어섰고 자기가 일어설 수 있다는 것에 놀라워하며 축축이 젖은 잔디를 가로질러 보도로 들어섰다. 자기 처지가 어떤지를 알아내는 데 그의 머리는 아무 어려움도 없었다. 그는 첫 번째 다리까지 왔다. 부두와 배가 어디에 있는가는 익히 알고 있었다. 그것들은 섬에 있었다. 그래서 그는 안개를 뚫고 앞으로 전진하여 운하를 건너고 강을 따라 내려가 마침내 섬으로 건너갔다. 그 곳에는 배가, 그를 이곳으로부터 다른 곳으로 데려다 줄 수 있는 커다란 배가 있을 것이다. 그 배가 그를 데려갈 그 곳은 햇빛 속에서 반짝이는 따뜻한 장소로, 예전에 그가 어디선가 읽은 적이 있는 거무스름한 피부의 처녀들이 살고 있으며, 그들은 모래밭에서 벌거벗은 채로 춤출 것이며, 그가 원하는 곳 어디든 그를 따라다닐 것이다. 그들의 길고 검은 머리카락은 열대의 미풍 속에 나른하게 휘날릴 것이다. 추락과 갑작스런 자유가 그를 현기증 나게 만들었다.

제방을 따라 걸어가는 한밤중의 산책으로, 그의 하얀 입김이 보였고 냉기가 몸 속으로 스며들었다. 연인들이나 할 법한 산책이었으나 그는 그 안에서 온기를 느끼기 시작했다. 그도 애인이 있지 않았던가? 그가 가장 좋아하는 상상의 춤추는 소녀가. 그녀는 발레리나의 청결한 아름다움이 아닌 쾌락을 추구하는 갈색 눈을 가진 관능적인 미녀로, 그에게서 눈을 떼지 않고 세계 끝에서 그를 기다리고 있었다.

그는 머나먼 장소에 대한 생각에 너무 깊이 빠져 있었기 때문에 미처 깨닫지 못한 사이에 섬에 다다랐다. 그 곳에는 정박 중인 배가 빌딩처럼 크고 위풍당당한 형체를 자랑하며 그를 기다리고 있었다.

그는 선착장 크레인 근처의 기둥에 높이 매달려 있는 외로운 등불이 비추는 〈잘로키비〉라는 이름을 지나치면서, 이것이 배이고 이 배에 곧 올라타야 한다는 사실에만 정신을 쏟았다. 조심스럽게 움직이면서 그는 배 사이를 걸어서 건널 수 있는 널판에 이르렀다. 잠시 동안 그대로 서서 귀를 기울이다가 아무 소리도 들리지 않는다는 것을 확인하고 꼭대기의 불빛을 향해 앞으로 걷기 시작했다. 저쪽에는 물론 누군가 있을 것이다.

그의 눈이 갑판과 수평이 되는 곳까지 왔다. 그는 두 명의 선원이 가까이에 서서 낮은 목소리로 이야기하고 있는 것을 볼 수 있었다. 그는 한 선원이 하품을 하자 다른 선원이 명랑하게 그의 등을 찰싹 때리며 승강계단으로 밀어낼 때까지 그대로 그 자리에 서 있었다. 보초를 서는 선원이 다른 선원을 따라 계단을 내려가기 전에 널판 쪽으로 재빨리 시선을 던졌다.

모야츠키는 잠시 더 기다리다가 갑판으로 잽싸게 올라가 그 곳을 둘러보고 승강구가 하나 열려져 있는 것을 발견했다. 1분도 채 걸리지 않아 그는 화물칸에 몸을 숨겼다. 그리고 끝없이 펼쳐진 백사장과 푸른 산호초, 자기가 사는 풀 움막과 머리에 가득 꽃으로 치장한 갈색 피부의 부드러운 소녀들이 자기가 원할 때마다 찾아오는 꿈을 꾸었다.

후에 모야츠키라고 불리게 될 사나이가 정신이 들었을 때, 그는 자기가 부속 진료소로 돌아와 있으며, 사람들이 그에게 뭔가 끔찍한 일을 저질렀다고 생각했다. 왜냐하면 앞을 볼 수 없었기 때문이다. 하지만 다음순간 그는 자기가 어딘가 다른 곳에 와 있다고 생각했다. 냄새가 달랐고, 방도 달랐고 의사들도 달랐다. 약간의 기운이 생겨나 그는 눈으로 손을 가져갔다. 안경이 없어졌다.

"내 안경!"

그는 놀라서 소리쳤다.

"안경이 필요해요."

핀란드 선박 잘로키비의 진료소원인 닐스 라도가는 그의 말을 듣고 다가와서 그를 내려다봤다.

"말할 줄 아는군요? 좋아요, 힘을 아껴 두시오. 당신은 아직도 탈수 상태요."

그는 그 동안 생명을 유지시켜 주고 있던 의료장치를 모야츠키의 몸에서 떼어냈다. 모야츠키는 이 병원의 모습에 새삼 놀랐다. 이제 또다시 다른 곳까지 와서 짓누르듯 느껴지는 희끄무레한 형태밖에 볼 수 없는 처지에 빠진 것이다. 그는 그 어느 때보다 한층 겁에 질렸다. 그들이 그의 뇌에 무슨 짓을 저지른 것일까? 여긴 어디일까? 그는 눈을 가늘게 뜨고 병실에서 일어서려고 애썼다.

"진정해요."

라도가는 모야츠키를 눌러 앉혔다.

"좀 쉬시오."

모야츠키는 갑자기 메스꺼움을 느꼈다. 이건 감옥 부설 진료소보다 더 나빴다. 그 곳에서는 적어도 앞을 볼 수 있었고 사람들이 무슨 말을 하는지 알아들을 수 있었다. 그런데 이 사람들은 그의 안경을 빼앗았고 뇌를 비틀어서 말조차 알아듣지 못하게 만들었다.

그의 심장이 거세게 쿵쾅거리기 시작했다. 엄청난 노력을 기울인 다음에서야 겨우 자신을 진정시킬 수 있었다. 그는 심지어 눈을 감고 잠을 이루게 하는 데도 성공했다. 그러나 잠에서 깨어나 눈을 떴을 때도 그는 앞이 잘 보이지 않아 눈을 가늘게 뜨고 있을 수밖에 없었다. 그는 희끄무레한 것들이 움직이는 것밖에 볼 수 없었다. 그는 눈을 깜박이며 자리에 일어나 앉았다. 아무것도 보이지 않았다. 그는 탁자 아래로 다리를 흔들었다. 그의 몸은 허약했고 거의 쓰러질 것 같았지만 어느 정도 제 정신이 들 때까지 계속 버티고 앉았다. 그런 다음 일어섰는데 몸은 좌우로 흔들거렸고 현기증이 났다. 여기서 빠져 나가야만 했다.

천천히 승강 계단을 올라가 갑판에 다다른 그는 아직도 밖이 밤이라는 것을 알고 어떻게 그럴 수 있을까 하고 의아해 했다. 그가 생각했던 것보다 시간이 훨씬 더 지난 것 같았다. 그는 멈춰 서서 귀를 기울였다. 아무 소리도 들리지 않았다. 배는 어느 쪽으로도 흔들리지 않았고 엔진도 돌아가지 않았다. 결국 배는 아직 출항 전이었다. 그는 손으로 난간을 잡고 건널판이 있으리라고 추정되는 곳으로 천천히 걸어가면서 방파제를 향해 갑판을 가로지르기 시작했다. 때로는 비틀거리면서 희미하고 거뭇한 물체로만 보이는 배의 장비들 주위를 돌다가 그는 마침내 방파제 계단이 있는 곳까지 왔다.

"어이, 이봐!"

어느 정도 떨어진 곳에서 고함소리가 들려 왔고 그는 갑판 위에서 쿵쾅거리는 발자국 소리를 들었다. 말은 알아들을 수 없었지만 그게 뜻하는 게 무엇인지는 의심의 여지가 없었다.

모야츠키는 자신이 걸을 수 있는 한 가장 빠른 걸음으로 건널판을 내려갔다. 그리고 부두의 단단한 나무판 있는 곳에 이르자 불빛을 향해 무작정 달렸다. 나중에 그는 운하를 찾으면서 거리를 헤매고 다녔다. 안경이 없어도 그것을 찾아낼 수 있을 것이라고 확신했지만, 운하를 찾아내기도 전에 그는 경찰과 맞닥뜨렸다. 갑자기 그의 앞에 섬뜩하게 다가온 그 남자들을 잘못 알았을 리는 없었다. 그들에게서는 권위와 악의, 위험의 냄새가 났다.

"당신 여기서 뭐하는 거요?"

그는 그 목소리가 마음에 들지 않아 그들로부터 몸을 돌렸다. 그들이 그에게 팔을 뻗쳤다. 그는 그들의 외침소리와 도로 바닥을 울리는 신발소리를 들으면서 빠르게 거리를 달음질치기 시작했다. 모야츠키는 모퉁이를 돌면서 뒤를 돌아다보았다. 여전히 경찰들의 소리는 들렸지만 그들의 모습이 보이지 않아 너무 기쁜 나머지 제때에 자신을 막아선 가로등을 보지 못했다. 다시 앞으로 고개를 돌렸을 때 거기엔 기둥이 서 있었고 그는 그것과 정면으로 충돌했다. 그 충격으로 인해 빛의 단검들이 그의 뇌를 꿰뚫고 지나갔다. 그는 의식을 잃으면서 보도 위로 쓰러졌고 뇌는 수많은 조각들로 산산이 부서져 버렸다.

모야츠키는 이마에 난 혹을 치료받고 작은 칸막이 방으로 운반되어 한 남자에게 남겨졌다. 그는 흰색 작업복을 입고 테이블 앞에 앉아 그에게도 앉으라는 몸짓을 했다. 모야츠키는 남자의 팔은 똑똑히 볼 수 없었지만 그의 동작을 이해할 수 있었다.

"안녕하십니까!"

사내는 쾌활하게 말했다.

모야츠키는 멍하니 그를 바라봤다. 이 남자도 다른 사람들과 같은 말을 했다. 아마도 의사이고 많이 배운 사람일 것이다. 모야츠키는 무너지는 듯한 절망감과 함께 이제 세상에서 어떤 말을 들어도 자기는 영원히 그 말들을 이해할 수 없다는 것을 깨달았다.

"오늘이 며칠이죠?"

그 남자가 물었다. 모야츠키는 머리를 저었다. 아마 내가 말을 하면 그들이 알아들을 수 있을지도 모른다.

"전 안경이 필요합니다. 부탁입니다."

"당신이 어디 있는지 아시겠습니까?"

"제발, 안경을 갖다 주세요. 전 안경 없이는 아무것도 할 수 없습니다. 당신의 얼굴만 겨우 보이고 다른 건 보이지 않습니다. 제 안경을 돌려주신다면 말을 잘 듣겠어요. 제가 한 짓을 뉘우치고 모든 법에 복종할 겁니다. 내 머리에 무슨 일인가 일어났어요. 그들이 내 뇌에 무슨 짓을 했는데 난 사람들이 말하는 걸 더 이상 알아들을 수가 없어요."

"밖에 비가 옵니까?"

모야츠키가 자기가 안경을 얼마나 필요로 하는지에 대해 다시 말하기 시작했을 때 의사가 말했다.

"다른 식으로 말하죠. 당신이 들어올 때 비가 오고 있었나요?"

"안경을 주세요, 부탁입니다."

"당신 이름은 뭡니까?"

"내 안경이요."

모야츠키는 의사가 뭔가를 적기 시작할 때 희망 없이 그렇게 말했다.

"내 안경, 난 안경이 필요해요! 누구 알아듣는 사람 없어요? 내 안경을 갖다 줘요. 부탁입니다! 제발 안경을 주세요!"

첫째 날 그는 이렇게 소리치면서 방 안을 뛰어다녔다. 그러나 그는 곧바로 감금되었고 클로르포마진(정신병 약)이 투여되었으며 더 이상 안경이 중요하지 않게 되었다.

시계를 볼 수 없었기 때문에 그는 자기 내부의 시간 감각에 의존해서 종이컵에 든 유동식을 받기 위해 몰려드는 말없는 사람들의 줄에 합류해야만 했다. 그게 무엇인가에 대해선 더 이상 상관하지 않았다.

그는 헐렁하게 만든 웃옷과 푸른색 파자마 바지를 입고 흰색 천으로 된 슬리퍼를 신고 느릿느릿 걸었다. 옷가지에는 모두 〈BELLEVUE〉라는 글씨가 스텐실로 찍혀 있었다.

그러다가 그는 많은 죄수들과 함께 다른 장소로 옮겨졌다. 불확실한 기간을 그 곳에서 보낸 후에는—달력을 읽을 수 없었기 때문에 그는 그 기간이 얼마나 지속되었는지 알 수 없었다—또 다른 장소로 옮겨졌다. 그 곳이 바로 지금의 여기였다. 자신의 비참한 인생이 이곳에서 끝나리라는 예감이 들었다.

그 이유는, 비록 그가 무엇이든 자세하게는 볼 수 없었지만 남자 간호사들이 항상 힘껏 목소리를 높여 노래 부르던 한 노인의 목을 조르는 것을 보았기 때문이다. 그들은 그가 조용해질 때까지 목을 졸랐다가 마침내는 화가 나서 계속 숨을 틀어막아 그를 죽여 버렸다.

그리고 계속 침대에 올라서서 고함지르며 연설을 해대는 대머리 남자도 마찬가지의 운명을 맞이했다. 모야츠키는 그에게 다가가 간절히 충고했다.

"그만둬요. 안 그러면 그들이 당신 목을 조를 거요. 그걸 모르겠어요? 그들이 당신을 목 졸라 죽일 거란 말이오."

그 남자는 모야츠키의 말을 아랑곳하지 않았다. 남자 간호사들이 들이닥쳐 그 사내를 쓰러뜨려 밧줄로 묶었지만 그 남자는 묶인 밧줄을 입으로 물어 끊고 다시 일어서서 열변을 토했기 때문에 그들은 그에게 구속복을 입혀 버렸다. 그는 더 이상 말을 할 수 없었다.

그들은 모야츠키의 에너지를 활용하길 원했고 그래서 그를 부엌으로 보냈다. 하지만 그는 계속해서 물건에 부딪히고 여기저기에 걸려 넘어졌다.

"잘 들어, 멍청아!"

요리사는 매우 화가 난 듯했다.

"하나만 더 깨면 널 독방에 가두겠어."

그가 손수레에 비틀거리며 충돌해 접시들이 가득 든 쟁반을 통째로 깨게 되자, 그는 어디론가 끌려가 옷을 몽땅 벗기고 작고 추운 독방에 가둬졌다. 그 곳 천장에는 전구 하나만 달랑 달려있고 바닥에는 매트리스 하나만 놓여 있었다. 처음에 그는 안경을 달라고 소리치며 매트리스 주위를 뛰어다녔다. 그러다가 그는 입을 다물고 대신 벽에 커다랗게 글씨를 쓰기 시작했다. 2주가 지나자 그는 독방에서 꺼내져 샤워를 하게 되었고 파자마 한 벌과 슬리퍼를 받은 다음 하얀 가운을 입은 팔자 수염의 다른 남자 앞에 세워졌다.

"나는 훔볼트 박사라고 하오."

"내 안경을 줘요."

"당신이 어디에 있는지 알고 있소?"

"내 안경!"

"오늘이 언제인지 알겠습니까? 몇 년입니까? 현재 미국 대통령이 누군지 압니까?"

모야츠키는 속으로 울부짖었다. 아무것도 볼 수 없다면 사는 게 무슨 소용인가? 그들이 그를 자유롭게 풀어 준다 하더라도 태양이 빛나는 거리나, 공원을 거닌다 해도 사람들을 볼 수 없다면, 구름과 나무, 연인들, 새로 깎은 잔디, 노파와 남자들, 공원길을 따라 꽃밭에서 산들바람에 흔들리는 꽃들을 볼 수 없다면 그게 다 무슨 소용인가?

그가 간호사 실에 있는 내복약 캐비닛을 부수고 병에 들어 있던 모든 알약들을 삼키는 순간 남자 간호사들이 달려들어 그를 끌어냈다. 여자 간호사들은 공포에 질려 계속 비명을 질러댔다.

그들은 그의 위장에 펌프질을 해댔다.

그는 안경을 달라고 조르지 않았다.

그는 한 달 동안 독방에 가둬졌다.

그는 안경을 달라고 조르지 않았다.
그는 단식을 계속했다. 죽을 때까지 단식할 것이다.
그들이 들어와 그를 다른 방으로 데려가 어떤 테이블에 묶어 놓고 강제로 위에 튜브를 집어 넣고 한쪽 끝에 깔때기를 붙이고 유동식을 흘려 넣었다.
"여기서는 굶을 수 없어요, 모야츠키 씨."
훔볼트는 딱하다는 듯이 말했다.
"당신이 그렇게 하도록 내버려두진 않을 거요. 이틀에 한 번씩 튜브를 통해 음식이 들어갈 겁니다. 선택은 당신이 하시오."
콧수염이 있는 의사가 바짝 다가와 그를 내려다보았다.
"내 생각에 당신은 이걸 별로 좋아하지 않을 거요. 그렇지 않소, 모야츠키 씨?
그는 단식을 포기했다. 그는 또한 말하는 것도 포기했다. 그는 더 이상 말하지 않을 것이다. 훔볼트는 그들에게 말했다.
"모야츠키 씨는 여러분이 오늘 보는 것처럼 언제나 허약하고 복종적이지는 않습니다. 항복한 것처럼 보일 뿐입니다. 자네가 만약 그를 담당한다면 그에게 어떤 처방을 해 주겠나?"
햇빛에 그을린 얼굴이 학구적으로 보이는 세버리가 말했다.
"모르겠습니다. 이건 수수께끼군요. 이번 일은 뭔가 이상합니다."
다른 레지던트들은 웃음을 터뜨렸고 코랠리는 킥킥거리고 웃기까지 했다. 몇몇 레지던트들은 그 기회를 이용해 그녀에게 선망의 시선을 던졌다.
세버리는 계속 말했다.
"그는 말을 알아듣지 못합니다."
"감각성 실어증입니다."
튀고 싶어하는 한 레지던트가 말했다.
"거기에 구어 장애가 겹쳤어요."

의과대학의 자기 반에서 언제나 1등이었고 인턴생활을 주도해 나가고 있는 세버리는 빈정거리며 말했다.

“좋습니다, 어디 전문용어들을 다 끌어내 봅시다. 확실히 그는 말을 하지 못합니다. 하지만 말을 하고 싶어하지 않는 것일 수도 있어요. 그는 포기한 겁니다. 전문적으로 말하자면 발어(發語)공포증이라고 부를 수 있어요. 그는 말하는 걸 두려워하고 있어요. 이제 모두들 만족하십니까?”

“닥터 세버리.”

훔볼트의 엄격한 목소리가 방안을 가득 메웠다.

“마비증세가 있었나요?”

다시 세버리가 말을 가로챘다.

“언어 근육을 말하는 건가?”

세버리는 피곤하다는 듯 고개를 끄덕였다.

“그렇습니다. 언어 근육이요. 저한테 말하라고 한다면 언어능력 마비라고 하겠습니다. 저도 공부를 해 왔습니다.”

“요점이 뭔가, 닥터?”

“전 이 문제가 보기보다 간단한 거라고 생각합니다. 선생님.”

“그게 사실인가?”

훔볼트는 냉담하게 말했다.

“그렇다면 자네같이 총명한 젊은 의사들이 18년 동안이나 자네가 그렇게 확신하고 있는 것 같이 보이는 그 〈단순함〉을 발견하지 못했다는 사실과 그가 계속 환자로 남아 있는 데 대해선 어떻게 설명하겠나?”

“선생님은 그가 의사소통을 하지 않는다고 말씀하셨습니다.”

“자네도 그건 직접 알 수 있을 걸세.”

“하지만 그가 벽에 글을 썼다고도 하셨습니다.”

“정확히 말하자면 냄새나는 글씨로 크게 썼었지.”

“벽에 뭐라고 쓰던가요?”

"날 바보로 만들고 싶은가, 닥터?"

"저는 중요한 질문을 하고 있는 겁니다."

"병원이 미친 사람이 극한 상태에서 써 갈긴 걸 영구히 간직해야 한단 말인가?"

훔볼트는 벌컥 화를 냈다.

"자네 말뜻은 그건가?"

"그건 하나의 의사소통 방법입니다, 선생님."

"그가 글 쓰는 걸 훔쳐봤던 남자 간호사들은 모두 그 재료가 자신들의 눈에 쏟아지는 대가를 치렀다네."

"모야츠키 씨가 그랬습니까?"

"확실히 그랬네."

"그렇다면 선생님은 남자 간호사와 아마 병원 자체에 대해서도 그가 어떻게 생각하고 있는지 알고 계실 겁니다."

"세버리, 우리가 자네의 그 무한한 지혜의 혜택을 입을 수 있도록 자네가 말하고자 하는 요지를 말해 주는 게 어떨까?"

"전 이 남자가 정상이라고 말하는 겁니다."

훔볼트는 오랫동안 그를 쳐다보았다.

"그걸 증명해 줬으면 좋겠군, 닥터."

세버리는 말했다.

"전 할 수 없습니다. 적어도 지금 당장은 그렇습니다."

"얼마나 오래 걸릴 거라고 생각하나?"

"모르겠습니다. 금방 그런 느낌이 들었습니다. 원하신다면 그걸 직관적 타당성이라고 부를 수도 있겠죠. 그냥 그한테는 뭔가가 있습니다."

레지던트들을 둘러보며 훔볼트는 말했다.

"닥터 세버리에게 깃들여 있는 천재성이 몇 달 안에 아니면 며칠이라고 할까, 닥터? 우리가 십여 년 동안 해명하려고 노력해 오던 것을 해명해 줄 겁니다."

그때 문 근처에서 동요가 일더니 병원 원장인 헤롤드 린드그렌 박사가 노크도 없이 문을 열고 세 사람을 데리고 들어왔다. 린드그렌만 아니었다면 크게 분통을 터뜨렸을 훔볼트는—그럼에도 불구하고 재직 기간은 자신이 좀더 길었기 때문에 이 방해 행위에 짜증을 내고 곧 언짢은 소리를 할 참이었지만—린드그렌의 행동이 평상시와는 다른 것을 보고 입을 다물었다. 그는 세 사람을—약간 간소하게 차려입은 한 여자와 두 남자를—강의실로 데려와 그들을 마치 왕족이라도 되는 것처럼 훔볼트와 레지던트들에게 소개했다.

"모스크바의 사법정신의학 세르프스키 연구소장이신 마리아 바시노프 박사, 체른야코프스키의 특수 병원 원장이신 니콜라이 파스카 박사, 조지안 과학 아카데미 심리학 연구원 연구 소장이신 악셀 첼르니 박사입니다."

훔볼트 박사는 방문객들을 각자의 병원에서의 지위와 함께 소개할 때마다 깊은 감명을 받고 그들과 악수를 나눴다. 그리고 훔볼트의 질문하는 듯한 시선에 답하여 린드그렌은 그 러시아인들이 정부의 손님으로 미국에 있는 정신건강 시설들을 둘러보고 있는 중이라고 말했다.

레지던트들은 조용히 앉아서 기다렸다. 모야츠키는 눈을 깜박이며 세 명의 러시아인들이 자기에게 주의를 기울이자 관심을 보였다.

"우리는 여기서 사례 발표를 하고 있었습니다."

훔볼트는 모야츠키를 가리켜 보였다.

"18년 된 정신 분열증 환자, 모야츠키입니다."

마리아는 여유 있게 웃었다.

"발음이 좋으시군요. 박사님. 러시아어는 오래 공부하셨나요?"

"다시 한 번 말씀해 주시겠습니까?"

훔볼트의 당황스런 말투에 파스카 박사는 엄격하게 마리아를 바라보며 말했다.

"Ne smeites' nad amerikantsami kotorie izuchaiut nash

iazik."(그들이 우리말을 배우려고 할 때 그들을 놀려서는 안 돼요.)

첼르니 박사는 훔볼트를 쳐다보면서 말했다.

"Mne kahetsia shto vy ego obideli."(당신이 그의 기분을 상하게 한 것 같군요.)

모야츠키는 휠체어에서 펄쩍 뛰어 일어나 흥분하여 그들을 쳐다보았다.

"Ia vas ponimaiu! Ia vas ponimaiu!"(당신 말을 알아들을 수 있어요. 알아들을 수 있다구요!)

마리아가 말했다.

"On govorit po russki!"(러시아 말을 하는군요!)

"Konechno ia govoriu po russki. Ia russki. Ia rodilsia i vyros v Leningrade kogda on escho byl Petrograd."(물론 나는 러시아 말을 할 줄 알아요. 나는 러시아인입니다. 나는 레닌그라드가 페트로그라드인 시절에 그 곳에서 나고 자랐어요.)

레지던트들은 모야츠키가 안도하면서 흐느껴 울며 크게 공기를 들이마시고 두 손으로 얼굴을 가리는 것을 멍하니 쳐다보았다. 훔볼트와 린드그렌은 어찌할 바를 몰랐다. 러시아 손님들은 매우 감동을 받은 것 같았다. 모야츠키가 말했다.

"나는 계속 내 안경을 달라고 말해 왔어요. 나는 계속해서 몇 번이고 〈Moi ochki〉라고 말했는데 그것 때문에 사람들이 나를 모야츠키라고 부른 거예요."

첼르니가 또렷하게 말했다.

"당신 이름은 뭡니까?"

"미카엘 피멘이라고 합니다."

마리아가 훔볼트에게 물었다.

"이 남자가 여기 18년 동안이나 있었습니까?"

훔볼트는 이 새로운 사실에 말문이 막혀 멍하니 고개만 끄덕였다.

"그를 즉시 퇴원시켜 줘야 합니다."

파스카는 어느 정도 권위적인 투로 이렇게 말했다.

"그는 러시아 국민이오."

마리아는 피멘이 어떻게 해서 그들의 감독 하에 들어오게 되었는가를 알고 싶다고 말했고 훔볼트는 관련된 모든 사람들을 가급적 좋게 보이려고 노력하면서 그간의 사정을 설명했다.

"날 여기서 꺼내 주십시오."

모야츠키는 간절하게 말했다.

"그리고, 제발 내 안경을 주세요!"

"하지만 모르시겠어요?"

마리아 바시노프는 손에 든 종이 철을 흔들면서 흥분하여 말했다.

"당신은 아주 중요한 사람이에요. 당신은 모든 사람들에게. 미국인이든 러시아인이든, 그들이 어디에 살든 상관없이 그들 모두에게 중요한 사람이에요."

미카엘 피멘은 전혀 흥분하지 않은 상태로, 호텔의 메인 룸에 있는 푹신한 안락의자에 호사롭게 앉아 있었다. 병원으로부터 멀리 떨어져 있는 것, 그의 머리와 감각을 둔하게 만드는 유동식이 든 플라스틱 컵에서 멀리 떨어져 있는 것만으로도 충분했기 때문이다. 몇 년 동안이나 머리를 마비시키는 약에 절어 있던 그의 두뇌는 다시 생기에 넘쳐흘렀다. 그는 이전과 같은 사람이 아니었으며 그 동안의 18년은 저 뒤에 남겨져 있었다. 그들은 그를 고국으로 데려가겠다고 말하고 있었고 그도 솔직히 그 점에 대해 걱정하고 있었지만, 현재 에어컨의 소음이 속삭이듯 들려오고 있는 냉방 처리된 이 방에서는….

"크라스나시아 스트렐라에 대해 말해 주세요. 아직도 그게 달리고 있나요?"

"그래요, 달리고 있어요."

마리아는 초조한 듯이 말을 이었다.

"레드 애로우는 아직도 예전처럼 모스코프스키 포크잘로 속도를 늦추고 달려요. 그 기차는 여전히 사치스럽지요. 하지만…."

"정류장에선 아직도 찬가를 연주하나요?"

"그래요."

그것은 글리에르의 〈도시 찬가〉였으며 미카엘은 그 곡을 좋아했다. 옥외 확성장치에서 흘러나오는 그 곡을 들었을 때 그는 며칠 동안이나 그것을 머리에서 지울 수 없었다.

"분명히 그걸 크게 연주하고 있지요."

마리아는 멍하니 말했다. 그런 다음 그녀는 그에게 다가왔다.

"당신은 뇌종양을 가지고 있었어요. 기억하고 있어요?"

"뇌종양일 리가 없습니다."

"하지만 우리는 검사를 해봤고 당신은 그걸 가지고 있었어요. 기니피그로 자원했었죠. 당신과 다른 스물일곱 명은 비슷한 종류의 암세포를 가지고 있었어요."

미카엘은 그녀가 정말 어떻게 생겼을까 궁금했다. 그녀는 부드러운 목소리를 가지고 있었다. 몹시 부드럽고 따스한 목소리였다. 병원에 있는 사람들하고는 달랐다. 곧 그는 자기 안경을 가지게 될 것이다. 그들은 그를 러시아어를 알아듣는 뉴욕의 안경점에 데리고 가 주었다. 그렇다. 곧 니콜라이와 악셀이 그의 안경을 가지고 돌아올 것이다. 〈Moi ochki〉라고 그는 안경을 받아들며 말할 것이다. 그 생각에 그는 미소를 지어야 했다. 결국 그렇게 오랜 세월이 흐른 뒤에….

"그리고…."

마리아가 잠깐 뜸을 들이며 말했다.

"당신은 플라스코프 철이란 약품도 복용했어요. 당신이 도망치기로 결심했을 당시 당신에게 실험하고 있던 사람은 플라스코프 박사였어요. 그걸 몰랐나요?"

"철이라구요?"

"원래는 말에 사용하기 위한 것이었죠. 그것이 당신의 뇌종양을 죽인 겁니다, 동무. 당신 혼자만요. 그게 당신한텐 아무 의미도 없나요?"

미카엘은 한숨을 쉬었다.

"언제 그들이 내 안경을 가지고 돌아올까요?"

"금방 올 거예요."

마리아는 창문으로 걸어가 그들 사이에 놓인 테이블 위에 서류를 내려놓았다.

"어째서 그런 짓을 한 거죠? 플라스코프 박사를 믿지 못했습니까?"

"치료가 되면 난 감옥으로 돌아갔을 거요. 그게 무슨 상관입니까?"

"그렇지가 않아요. 당신은 유명인이 됐을 거예요. 중앙 공산당의 눈에 비치는 당신은 지금도 그래요. 그들은 당신에 대한 얘기를 들었어요."

그녀는 그에게 다가가 그의 어깨 위에 손을 올려 놓았다.

"암을 죽이기 위해 당신 몸 안에서 일어났던 일은 모든 인류에게 중요한 거예요. 당신은 메달을 받게 될 거예요."

"다른 사람들은 어떻게 됐죠?"

"무슨 말이죠?"

"다른 사람들? 스물일곱 명 말입니다."

"다른 자원자들이요? 그들한테는 약이 효과가 없었어요. 그들은 죽었어요. 바로 그래서 당신에게 일어난 일이…."

"중요하다는 거겠죠. 좋아요. 알겠습니다. 그게 당신이 하고자 하는 말이군요."

그들은 그를 잘 먹였고 다시 건강한 육체로 돌려놓았던 것이다. 그는 운이 좋았다. 그는 내내 운이 좋았다. 마리아는 테이블 위의 서류를 만지작거렸다.

"보고서에 따르면 당신은 병원 창문에서 뛰어내려 밤중에 도망갔다고 하더군요. 그들은 다른 자원자들이 실패하기 시작하자 당신도 죽었을 거라고 예상했지만 쥬웰이 뉴욕에 도착했을 때….”

“쥬웰이라고요?”

“당신이 타고 있던 배는 핀란드 선박, 잘로키비였죠. 당신은 2주 동안이나 의식을 잃은 채 화물칸에 있었어요. 화물로 실었던 화학약품에서 나는 냄새 때문이었죠. 당신이 죽지 않은 건 운이 좋았던 겁니다.”

그렇다. 그는 운이 좋았다. 그리고 바로 그것이 그가 상황을 이해하지 못했던 이유였다.

“그들이 당신에게 정맥 급식을 하고 의식이 돌아왔을 때, 당신은 도망쳐서 배에서 내려 뉴욕 시 주변을 헤매고 다닌 겁니다.”

미카엘은 쓴웃음을 지었다.

“나는 여기가 레닌그라드라고 생각했어요. 그날 하룻밤만 배에 타고 있었던 거라고 생각했죠. 오프노드니 운하를 찾지 못한 게 당연했군요.”

“아니면 폰타카 강을요.”

“나는 살아 남았어요.”

“그래요. 당신은 살아 남았어요. 당신만이 그 일을 해낸 거예요.”

“나는 경찰이….”

“그건 이해가 가능한 부분이에요.”

마리아는 조용히 말했다. 그런 다음 차갑게 덧붙였다.

“하지만 이해할 수 없는 건 여기 있는 사람들의 우둔함이에요. 여기에는 러시아어를 알아들을 수 있는 사람이 아무도 없었단 말인가요?”

“오, 맞아요. 한 사람, 아니 두 사람이 있었죠. 한 사람은 무스코비트였는데 그는 매우 큰 목소리로 노래를 불렀어요. 그래서….”

“그에게 말을 걸어 보지 않았어요?”

“그러려고 했지만 그는 노래를 멈추려 하지 않았어요.”

“그는 어떻게 됐죠?”

“그들이 목 졸라 죽였어요.”

“그리고 또 다른 사람은요?”

"그는 침대 위에 올라서서 연설하곤 했어요. 그는 오폴체니(레닌그라드를 방어했던 인민군)에 자원입대했던 사람이었죠."

마리아는 딱딱하게 말했다.

"나도 레닌그라드의 영웅들을 알고 있어요, 동무. 내 삼촌이… 그만두죠. 그에게도 말을 할 수 없었나요?"

"시도는 했어요. 하지만 그는 멈추지 않고 계속해서 베를린을 향해 서쪽으로 진군하기 전에 그들이 어떻게 모두 죽었는가, 그 가뭄이 얼마나 끔찍했던가, 하루에 실탄 일곱 발씩 할당받았던 얘기들을 크게 떠들어댔어요."

"소총 병이었군요. 그는 어떻게 됐죠?"

"그들은 그를 묶었고, 그는 밧줄을 이빨로 끊어버렸죠. 그들은 그를 구속복에 집어 넣었고 그는 결국 죽고 말았어요."

마리아는 분개하여 씨근거리며 말했다.

"그건 그들이 그가 인민군의 영광을 낭송하는 걸 원치 않았기 때문일 거예요. 틀림없어요."

잠시 침묵이 흘렀다. 미카엘이 말했다.

"내 아내, 이리나에 대한 소식을 알고 있나요?"

"죽었어요."

"아마 그들이 그녀에게 질문했을 거요."

"물론 그들은 그녀에게 물어 봤죠. 당신이라도 그렇게 하지 않았겠어요?"

이리나는 이제 그의 뇌의 갈라진 틈 깊숙한 곳에 묻힌 희미한 존재였다. 그는 심지어 그녀의 눈 빛깔조차 기억해 낼 수 없었다. 다만 그는 그녀가 어떻게 죽었을까 궁금했다.

니콜라이 파스카와 악셀 첼르니가 호텔로 돌아왔다. 파스카는 케이스에 든 안경을 가지고 있었다. 그들은 미카엘을 창가에 앉히고 안경을 씌워주고 그를 위해 그것을 조절해 주었다.

곧 창문 밖에 안개처럼 걸려 있던 공기가 선명해졌고, 그는 거리 맞은편에 있는 건물과 창문치고는 매우 이상한, 검게 그을린 유리창이 끼워진 창문을 포함해서 모든 것을 볼 수 있었다.

그들은 그를 일으켜 세워 아래를 내려다보게 했다. 미카엘은 저 밑에서 갖가지 색의 벌레들이 질서정연하게 줄을 지어 꿈틀꿈틀 기어가다가 다른 교차로 지점에서 잠시 멈춰 섰다가 다시 기어가기 시작하는 것을 보았다. 그는 그것들이 자동차라는 것을 깨닫고 그 광경과 자기가 그토록 선명하게 볼 수 있다는 사실, 그리고 인간이 이 모든 것을 창조했으며 자기도 그 중의 일부라는 것, 그들보다 훨씬 높은 곳에 자기가 있으면서도 여전히 안전하고 시원하다는 사실에 압도되었다.

그는 턱에 경련을 일으키고 눈을 촉촉하게 적시며 자신의 안락의자에 다시 앉았다. 눈물 한 방울이 그의 뺨을 타고 굴러 떨어져, 눈을 깜빡거리기 전에 그는 잠시 동안 세상을 다시 안개를 통해 보게 되었다.

그리고 그 곳에는 마리아가 그의 눈앞에 서 있었다. 그는 젊고 아름다운 그녀의 얼굴과 검푸른 눈동자, 이제는 볼 수 있는 털구멍들, 두툼한 입술에 몸이 마비되었다.

"무슨 생각을 하십니까?"

니콜라이 파스카가 명랑하게 물었다.

"뭘 생각하시죠, 예, 미카엘?"

그들을 보면서 그들이 얼마나 엄격한 표정으로 자기를 보고 있는가를 알고 나서 그는 NKVD라고 생각했다. 그의 얼굴이 어두워지는 것을 보고 파스카가 물었다.

"무슨 일입니까, 미카엘 피멘? 뭐가 잘못됐습니까?"

"NKVD"

미카엘은 처연하게 말했다.

"당신들은 NKVD요."

한 순간 침묵이 흘렀다. 그때 마리아가 더 가까이 다가와 그의 얼굴을 자기 쪽으로 돌리고 희미하게 웃었다.

"더이상 NKVD는 없어요, 미카엘."

"당신 말을 못 믿겠어요."

그는 다만 그렇게 말할 수밖에 없었다.

"그건 MVD로 바뀌었어요."

그런 다음 그녀는 그를 못 본 체하며 날카롭게 말했다.

"하지만 그건 당신과 아무 상관없어요. 우린 MVD가 아니에요. 우린 과학자들이에요. 의사죠. 그래요, 우린 당신을 데려갈 거예요. 하지만 감옥은 아니에요. 내가 말한 대로 당신은 영웅으로 귀환하는 거예요. 믿으셔야 해요, 미카엘."

"미카엘 피멘."

악셀 체르니는 상냥하게 부르며 마리아 바시노프의 곁에 와서 섰다.

"당신에게 일어난 일은 다른 사람들에겐 일어나지 않는 일이었소. 우린 그 이유를 알아내야 해요. 우린 그 원인을 찾아내서 다른 사람들한테도 그런 일이 일어나게 만들어야 합니다. 이해하겠소?"

그는 그들을 믿지 않았고 그들이 무슨 말을 하는 가에 대해서는 그다지 신경을 쓰지 않았다. 그들은 NKVD처럼 말하지 않았다. 아마 그들이 옳을지도 모른다. 그의 눈은 창문으로 가 머물렀고 그는 밖을 내다보려고 자리에서 일어섰다.

"저 밖으로 나가보고 싶습니다."

"안 됩니다."

니콜라이가 엄격한 목소리로 말했다.

"우린 그런 기회를 가질 수 없어요."

"당신은 이 방에 머물러 있어야 해요. 우린 모두 아침에 비행기를 탈 거예요."

마리아의 말이었다. 결국 그는 죄수였다. 아니, 그렇지 않을지도 모른다. 아마 그들의 말이 맞아서, 돌아가도 그에게는 아무런 일도 생기지 않을지도 모른다. 이곳을 떠나기 전에 그는 이 나라를, 한 번도 본 적이 없던 이 세계를 보아 두어야 한다. 그러나 그는 그들의 허락을 구하는 바보 같은 짓은 하지 않았다. 그는 기다렸다. 아마도 한밤중에, 그들이 모두 잠들어 있을 때 그는 밖으로 나가 모든 것을 볼 수 있을지도 모른다. 만약에 그것이 가능하다면 말이다.

자정이 지난 시간이었고 날씨는 추웠다. 터틀은 어네스트 존에게 〈이건 시간낭비다, 이런 시간에 센트럴 파크에 들어올 정도로 미련한 사람은 없다, 갈 만한 곳은 다른 장소도 많다〉라고 말하려 했다. 그는 어네스트 존이 무슨 말을 할지 알았다. 그는 그에게 세상에는 미련한 사람이 많다고 말할 것이다. 그리고 아마 그가 옳을 것이다. 터틀은 손을 비비며 어네스트 존 앞에 한 쌍의 다리를 깊이 구부리고 그의 어깨를 탁하고 치며 막 말을 걸려고 했다. 그러나 어네스트 존은 터틀에게 전혀 관심이 없는 것 같았다.

터틀은 동작을 중지하고 어네스트 존이 가리키는 곳을 쳐다봤다. 그들은 60대 정도의 한 노인이 오솔길을 따라 걸어오며 마치 그것이 첫 번째 봄날이라도 되는 것처럼 신기한 듯 주변을 두리번거리는 것을 보았다. 저 사람은 무엇을 생각하고 있는 걸까? 도대체 얼마나 멍청해야 저런 모습을 할 수 있지?

그들은 그가 자기들이 서 있는 곳까지 올 때를 기다렸다. 어네스트 존은 덤불 밖으로 걸어 나와 노인의 뒤에 서서 나이프를 그의 목에 갖다 댔다.

"조용히 해."

어네스트 존이 음침하게 속삭였다.

"한마디도 하지 마."

터틀은 안경 뒤에 있는 노인의 눈을 보았다. 노인의 눈이 두려움으로 크게 떠졌다. 그의 입은 숨을 쉼에 따라 계속 벌어졌다 다물어졌다 했다. 터틀은 재빨리 그의 코트 안과 주머니를 샅샅이 수색했지만 돈이 될 만한 것은 아무것도 찾아내지 못했다. 그는 이 실망스런 결과에 놀랐다.

노인은 뜻밖에도 몸을 뒤틀어 빠져 나갔는데, 그것 또한 그들이 처음 당하는 행동이었다. 어네스트 존은 두 걸음 더 나아가 다시 그를 잡고 칼날을 그의 목으로 세게 밀어 넣었다.

"그건 좋지 않았어, 늙은이. 아주 나빴다고."

어네스트 존은 화가 났다.

"그는 아무것도 없어."

터틀이 말했다.

"정말 아무것도 없어. 아무것도 없어."

"아무것도? 무슨 말이야, 〈아무것도〉라니?"

어네스트 존은 한층 더 광폭해져 흥분했다. 터틀은 그걸 알 수 있었다.

노인은 벌레처럼 꿈틀거리기 시작했다. 어네스트 존은 너무 기분이 나빠졌기 때문에 그 이방인의 머리를 강타하여 멀리 나가떨어지게 만들었다. 안경이 잔디 속으로 파묻혀다. 그들은 노인이 두 손과 다리로 간신히 일어나는 것을 지켜보았다.

"Moi ochki!"

노인은 그렇게 중얼거리며 주변의 땅을 더듬으며 찾다가 그들을 바라보았다. 다음 순간 그는 비명을 지르듯이 소리쳤다.

"Moi ochki!"

어네스트 존은 바로 그 순간 그를 죽여야 했다.

제리 솔(Jerry Sohl, 1913~2002)

숀 메이 설리번이라는 필명으로 작품 활동. 작품으로 『The Alterend Ego』(1954), 『The Odious Ones』(1959)이 있다.

광란의 순간

ONE MOMENT OF MADNESS — 에드워드 D. 호크

비는 그쳤지만 밤공기는 아직도 8월의 열기로 후덥지근했다. 레오폴드는 창가에 파자마를 입고 서서 소리만 요란하고 더운 바람을 내뿜는 에어컨을 욕했다. 도시 저편에 불이 난 것 같았다. 그는 멀리서 울리는 사이렌 소리를 들으며 불난 곳이 어딘지 알려고 했다. 밀 로드 쇼핑센터쯤이라고 생각했다.

그는 잠시 낮은 구름에 불길이 반사되어 그 일대가 붉게 비치는 것을 바라보고 있었다. 그가 침대에 다시 누우려고 하는데 전화벨이 울렸다.

"레오폴드요."

"경감님, 빨리 오셔야겠습니다."

상대는 플레처였다. 흥분으로 목소리가 크게 들렸다.

"왜 그래? 화재 때문이야?"

"행크 슐츠가 미쳤습니다. 방금 사무실에서 네 사람을 쐈습니다."

"내가 당장 갈게. 지금은 모든 게 통제됐나?"

"제가 행크를 쐈습니다. 다른 방법이 없었습니다."

"알았어. 10분 뒤에 도착할게."

그가 옷을 입고 차를 타는 데 5분도 채 걸리지 않았다. 그가 사는 고층 아파트에서 다운타운에 있는 경찰서까지는 보통 15분이 걸렸으나 새벽 3시에는 차량들이 거의 없어서 속도를 낼 수 있었다. 그는 경찰

경고등을 자동차 지붕 위에 붙이고 비상등을 켰다. 그리고 시내까지 90킬로로 계속해서 달렸다.

낡은 경찰서 건물 앞에는 앰뷸런스들과 자동차들이 쫙 깔려 있었다. 그는 두어 명의 신문 기자들을 발견했다. 그중 한 사람이 소리쳤다.

"무슨 일입니까, 경감님?"

레오폴드는 그가 누군지 알았지만 무시했다. 지금으로선 자신도 무슨 일인지 전혀 짐작할 수 없었다. 행크 슐츠는 경찰 생활 9년의 베테랑으로 일반적인 순찰 업무 외에도 여러 가지 비밀 업무를 수행했다. 비록 그가 레오폴드의 강력반에서 근무한 적은 없었으나 레오폴드는 그를 잘 알았다.

"길을 비켜요!"

흰 코트를 입은 사람이 들것을 들고 고함쳤다. 레오폴드는 옆으로 물러섰다. 행크 슐츠가 정신을 잃고 들것에 누워 있었다. 레오폴드는 2층으로 급히 뛰어 올라갔다. 플래처 경위는 사무실 가운데에 서서 피해 상황을 검토하고 있었다. 의자 한 개가 엎어져 있었고 바닥과 한쪽 벽에 피가 묻어 있었다. 경찰 사진사가 경찰복을 입은 시체 사진을 찍고 있었으나 누군지는 알 수 없었다.

"몇 명이나 죽었어?"

레오폴드가 사나운 목소리로 물었다. 플래처는 레오폴드가 너무 빨리 와서 놀랐다는 표정으로 바라보았다.

"저기 있는 샘 벤틀리 한 사람입니다. 그가 제일 먼저 총에 맞은 것 같습니다."

레오폴드는 벤틀리 경사를 20년 전부터 알고 있었다. 그때는 그가 뉴욕으로부터 고향인 이곳으로 와서 경찰에 몸담기 시작한 시기였다. 그 당시 벤틀리는 이미 경찰이었다. 그는 정년을 앞으로 1년 남기고 있었다.

"또 누가 맞았는데?"

"스위니 형사와 그로스 형사, 그리고 그들이 데리고 온 신원불명의 백인남자 용의자가 맞았습니다. 그들은 상처가 심하지 않지만 용의자는 두 방이나 맞았습니다. 제가 막기 전에 행크는 총알 전부를 쏟아 부었습니다."

"행크는 살았나?"

"목숨은 겨우 붙어 있습니다. 네 사람을 병원으로 후송했습니다."

레오폴드는 샘 벤틀리의 시체 옆에 다가가 물끄러미 바라보았다. 기분이 엉망이었다.

"어떻게 된 일인지 처음부터 얘기해 봐."

경찰청장이 곧 들이닥칠 것이고 그는 대답할 말을 갖고 있어야만 했다.

"어떻게 된 일인지 별로 아는 게 없습니다, 경감님. 저는 제 사무실에 있었습니다. 모든 것이 조용했고 벤틀리는 책상에서 체포 보고서를 타자치고 있었습니다. 2시 30분이 조금 지나 스위니와 그로스가 용의자를 데리고 들어왔습니다. 그 다음에 행크 슐츠도 들어왔습니다."

"행크는 경찰복을 입고 있었나?"

"아닙니다. 사복을 입고 있었습니다. 그는 근무 중이 아니었을 겁니다. 그들이 뭔가 이야기하는 소리가 들렸지만 별로 신경을 쓰지 않았죠. 벤틀리는 쇼핑 센터의 크라운 슈퍼마켓 화재 얘기를 했습니다. 제가 우연히 유리 칸막이를 내다봤을 때 행크가 재킷 밑의 총을 꺼내 쏘고 있었습니다. 저는 제 눈을 의심했습니다! 그런데 벤틀리가 벽에 기대면서 쓰러졌습니다. 행크는 계속해서 다른 사람들에게 총질을 했고, 모든 사람이 비명을 질렀습니다. 저는 총을 빼들고 사무실에서 뛰어나갔습니다. 스위니와 그로스 형사는 용의자와 같이 바닥에 쓰러져 있었습니다. 저는 행크가 몇 방을 쐈는지 몰랐습니다. 행크는 몸을 돌려 저를 겨냥했고 저는 쏠 수밖에 없었습니다, 경감님! 그의 총알은 이미 바닥이 난 상태였지만 저는 그것을 몰랐습니다."

플래처의 목소리가 떨려 나왔다. 레오폴드는 그의 어깨에 손을 얹었다.

"자네는 달리 하는 수가 없었어. 나라도 그랬을 거야."

"어젯밤에도 그와 커피를 같이 마셨는데…."

다른 사람들이 도착하기 시작했다. 경찰청장과 지방검사실 사람이었다. 레오폴드는 그들에게 대답할 말이 없었다. 그는 간단히 인사하고 병원에 가겠다고 했다.

"신문에 나면 소름끼치게 보일 거야."

경찰청장이 말했다.

"실제로 소름끼치는 일입니다."

"어떻게 멀쩡한 사람이 갑자기 그렇게 미칠 수가 있지? 마약을 했나?"

"제가 어떻게 된 일인지 알아내겠습니다."

레오폴드가 그렇게 약속했다. 경찰청장은 풀이 죽은 모습으로 바닥과 벽면의 피를 바라보았다. 그것이 샘 벤틀리의 시체보다도 더 걱정스러운 모양이었다.

레오폴드는 자기 자동차로 갔다. 병원은 가까웠고 그가 도착했을 때 부상당한 네 명은 아직도 응급실에 있었다. 밀튼 스위니 형사를 치료하고 있는 라이스라는 의사를 만났다. 인턴도 같이 있었다. 스위니가 네 사람 중 가장 경상인 것 같았다.

"그와 얘기할 수 있습니까?"

의사는 응급처치 기록부를 참조했다.

"슐츠 씨는 상태가 좋지 않습니다. 지금 수술을 준비 중입니다. 다른 경찰관인 그로스 씨는 복부에 총상을 입었지만 괜찮을 것 같습니다. 여자는 혼수 상태지만…."

"여자라니?"

"나도 모릅니다. 신원은 확인되지 않았는데 남장을 하고 있었습니다."

"그 여자도 경찰에서 다른 사람들과 같이 데리고 왔단 말입니까?"

"그래요. 처음에는 여잔 줄 몰랐습니다. 젊은 여자입니다. 30도 안 됐을 겁니다."

그는 양해를 구하고 칸막이로 다시 들어갔고 레오폴드는 하릴없이 왔다갔다 했다. 어쩌면 스위니가 도와줄 수 있을지도 모른다는 생각이 들었다. 제발 그러기를 바랐다.

잠시 후에 의사가 나와서 레오폴드에게 손짓을 했다.

"얘기는 딱 5분 동안입니다. 그 이상은 안 됩니다. 출혈이 많아 몸이 아직도 약한 상태입니다."

레오폴드는 고개를 끄덕이고 흰 커튼을 젖히고 들어갔다.

"기분은 어때, 스위니?"

스위니는 약간 일그러진 미소를 지었다.

"죽지는 않을 것 같습니다. 다른 사람들은 어때요?"

"그로스는 괜찮대. 샘 벤틀리는 죽었어."

"제기랄!"

"이런 식으로 그 소식을 전해서 미안하네."

"슐츠는 어떻게 됐습니까? 다리에 총을 맞고 정신을 잃어서 그 후에 일어난 일은 모르겠습니다."

"플래처가 가슴을 쐈어. 지금 수술실에 들어갔어."

"도대체 그가 왜 그런 짓을 했지요?"

레오폴드는 한숨을 쉬었다.

"나는 자네가 얘기해 주기를 바랐는데."

"우리가 용의자를 데리고 들어갔을 때 벤틀리는 화재 얘기를 하고 있었습니다. 그때 갑자기 행크 슐츠가 어깨 총집에서 권총을 빼며 나타났습니다."

"그가 무슨 말을 하던가?"

"아무 말도 안 한 것 같습니다. 벤틀리가 총을 잡으려 손을 뻗쳤던 것 같습니다. 슐츠는 그를 먼저 쏘고 우리를 향해 계속해서 방아쇠를 당겼습니다. 저는 다리에 총을 맞고 쓰러졌습니다."

"자네가 데리고 온 용의자는 어떻게 된 거야?"

"그 남자도 맞았나요?"

"그래. 하지만 의사 말은 그 친구는 남자가 아니라 남장한 여자래."

"뭐예요?"

스위니는 일어나려 하다가 고통으로 다시 누웠다.

"여자라구요?"

레오폴드는 고개를 끄덕였다.

"그 여자는 왜 데리고 왔는데?"

"그로스와 나는 필드 애버뉴에 있는 술집들의 폐점 상태를 점검하고 있었습니다. 우리는 〈올드 에슨스〉 바 앞에 정차하고 있었는데 그 남자—우리는 남잔 줄 알았습니다—가 나타나서 술집에 빈 병을 던져 앞 유리창을 깼습니다. 그래서 우리는 뛰어나가 그를 체포했습니다. 우리는 술 취한 녀석인 줄 알고 경찰서에 가서 범죄자 기록부에 올렸습니다."

"행크가 그 용의자를 아는 것 같던가?"

"모르겠습니다. 제가 말한 대로 제가 행크를 봤을 때 그는 이미 총을 뽑고 있었습니다."

의사가 커튼을 젖히며 말했다.

"이제 환자가 좀 쉬게 하십시오. 내일 아침에 다시 보실 수 있습니다."

레오폴드는 스위니의 어깨를 잡았다.

"몸조심해. 또 올게."

"알았습니다, 경감님. 그가 왜 그런 짓을 했는지 밝혀 주십시오."

"지금 노력하고 있어."

레오폴드는 밖에 나와서 의사에게 물었다.

"여자는 어때요?"

"좋지 않아요. 그러나 살아날 것 같습니다. 그녀의 신원은 밝혀졌습니까?"
"아니오. 그녀의 옷 좀 봅시다."
의사는 그를 작은 사무실로 데리고 가서 번호와 〈신원불명〉이라는 꼬리표가 달린 옷 주머니를 열었다. 주위에 피가 묻은 구멍이 셔츠와 재킷 앞면에 나 있었다. 그것 말고는 옷은 깨끗했고 별 특징이 없었다. 시내 할인 판매점의 라벨이 붙어 있었다.
"의복이 그녀 몸에 맞는 것 같던가요?"
"그런 것 같았어요. 하지만 저는 그 점을 주의해서 보진 못했습니다."
"그녀가 이 옷을 자기가 입으려고 샀는지 남을 위해 구한 것인지 알려고 그럽니다."
레오폴드는 중얼거리며 주머니를 뒤졌다. 손수건과 동전 몇 개 그리고 구겨진 5달러짜리 극빈자 식권이 있었다.
"마약 증세는 없었습니까?"
"그런 증세는 보이지 않았습니다."
젊은 인턴이 고개를 들이밀었다.
"닥터 라이스, 수술실에서 기다리고 있습니다."
"내가 슐츠 씨의 수술을 돕게 되어 있습니다. 이제 손을 소독해야겠습니다."
"행운을 빕니다."
레오폴드는 진심으로 말했다. 그는 행크 슐츠를 실은 침대가 지나갈 때까지 복도에서 기다렸다. 그 젊은 형사는 눈을 감고 숨을 몰아쉬고 있었다. 정맥에 꽂은 병을 인턴이 들고 그 옆에서 쫓아갔다.
행크, 도대체 왜 그따위 짓을 했어?

다음날 아침 플래처에게 보도진을 할 수 있는 데까지 잘 처리하라고 맡기고 레오폴드는 행크 슐츠의 최근 행동을 조사하기 시작했다. 행크는 원래 마약비밀수사를 하고 있었으나 그의 상관은 그가 최근에 다른 일에 착수한 것 같다고 말했다. 슐츠의 상관인 맥스웰 경위가 그간의 상황을 설명한 후 몇 마디 덧붙였다.

"다른 일에 손댄 것 같습니다. 마약 사건 하나를 해결했는데, 그 과정에서 마약 대금을 수십 만 달러어치의 도난당한 극빈자 식권으로 지불했다는 정보를 잡았습니다."

극빈자 식권! 레오폴드는 신원불명의 여자 주머니에 있던 구겨진 극빈자 식권이 생각났다.

"언제 일이지?"

"약 두 달 됐습니다. 그는 제게 도난당한 식권에 대한 정보를 얻었다며 그것을 수사하게 마약 수사에서 손을 떼게 해달라고 했습니다. 저는 해당 연방기관에 연락했고 그렇게 하라는 지시를 받았습니다. 사실은 행크가 오늘 법무성 사람을 만나서 그 문제를 의논하기로 되어 있습니다."

"그렇다면 행크에게 정신적인 문제는 없다고 할 수 있겠군."

"그런 점은 눈에 띄지 않았습니다. 그는 자기 임무만 수행하고 있었습니다. 오늘 아침에 이 사건 얘기를 듣고 나도 깜짝 놀랐습니다."

"그래도 그가 네 사람이나 쏜 데는 이유가 있을 거요. 도대체 그 이유가 뭘까?"

"전혀 모르겠습니다. 우리 같은 일을 하다 보면 몇 주 혹은 몇 달 동안 스트레스가 쌓이고 쌓여서 어느 날 갑자기 폭발할 수도 있겠죠."

"나도 알아요. 하지만 경찰청장에게 그것으론 대답이 충분하지 않아요"

"행크가 살아서 우리에게 알려 줄 가능성은 없습니까?"

"내가 새벽 4시에 병원을 떠날 때 그는 수술을 받고 있었어. 나는 지금 병원에 가는 길이야."

아침이라 병원은 팔을 삐었거나 발을 다친 환자들만 있을 뿐 조용했다. 닥터 라이스가 2층에 있다는 말을 듣고 그를 찾아갔다. 그는 빈 커피 잔을 힘없이 바라보고 있었다.

"밤을 샌 모양이군요."

라이스는 고개를 끄덕였다.

"슐츠 씨가 30분 전에 죽었어요. 수술은 마쳤는데 회복실에서 죽었습니다."

레오폴드는 고개를 설레설레 흔들었다.

"전화 좀 써도 되겠소?"

"경찰청장에게는 벌써 연락했습니다."

"그를 쏜 사람에게 말해 주려고 그래요."

경찰서에 전화를 했지만 플래처는 잠을 자러 집에 가고 없었다. 레오폴드는 주저하다가 플래처의 집에 전화했다. 플래처 부인이 아니라 플래처가 전화 받기를 바랐다. 다행히도 플래처가 전화를 받았다.

"어때, 플래처?"

"피곤합니다. 1주일을 계속해서 자고 싶습니다."

"행크 슐츠가 30분 전에 죽었어. 알고 싶어할까 봐 연락하는 거야."

"고맙습니다. 솔직히 말하면 총을 쏜 이후 그가 죽었다고 마음속으로 생각하고 있었습니다."

"잠 좀 자두게."

레오폴드는 전화를 끊고 닥터 라이스를 향했다.

"다른 사람들은 어떻게 됐소?"

"그로스는 많이 좋아졌고 여자도 정신이 들었습니다. 여자를 만나고 싶습니까?"

"물론 만나고 싶습니다."

라이스는 그를 3층의 특실로 안내했다. 레오폴드가 말했다.

"여기에 경비를 세워야겠소. 경비는 내가 준비시키겠습니다."

"알았습니다. 여자와 5분만 얘기하십시오."

레오폴드는 병실에 들어가서 침대로 갔다. 여자는 잠을 자지 않고 있었다. 여자는 다른 때 같았으면 매우 매력적이었을 푸른 눈으로 자기를 바라봤다. 여자는 30에 가까워 보였다. 갈색 머리는 남자처럼 짧았지만 스위니와 그로스가 그녀를 남자로 생각했다는 게 믿어지지 않았다. 광대뼈가 높았고 연약해 보이는 게 전형적인 여자 얼굴이었다.

"나는 레오폴드 경감입니다. 어젯밤의 총기발사 사건을 조사하고 있습니다."

"나는 어젯밤에 어떻게 된 건지 아는 게 하나도 없어요."

여자가 눈을 감았다.

"우선 이름부터 시작합시다. 당신은 누구고 왜 남장을 하고 있었소?"

"내 이름은 캐시 라이트고 나는 남장을 하고 있었던 게 아녜요. 나는 항상 그렇게 입고 다녀요. 그들에겐 나를 체포할 권리가 없어요."

"당신은 〈올드 에슨스〉 바의 유리창을 병으로 깨지 않았습니까? 불행하게도 그때 경찰이 앞에 있었고."

"내가 무슨 짓을 했던 내게 총을 쏠 수는 없어요."

"그 말은 맞습니다. 당신을 쏜 사람은 행크 슐츠라는 형삽니다. 그 사람을 아십니까?"

"아니오. 내가 알아야 하나요?"

"그는 당신과 다른 사람들에게 아무런 말도 없이 총질을 했어요. 나는 그 이유를 알고 싶습니다."

"그 사람은 어떻게 됐지요?"

"내 부하가 총으로 쐈어요. 조금 전에 죽었죠. 그러나 당신은 괜찮을 거라고 의사가 말하더군요."

"감사해요."

그녀의 눈에 이슬이 맺혔다.

"기록을 위해 당신 주소가 필요합니다. 당신이 저지른 일은 걱정할 필요가 없다고 봅니다. 상황이 상황이니만큼 고발도 취소될 겁니다."

그녀는 자기가 체포된 지역으로부터 멀지 않은 구시가지 주소를 댔다.

"이제는 혼자 있고 싶어요."

"그렇게 하세요. 한 가지만 더, 당신 주머니에 5달러짜리 극빈자 식권이 있던데 어디서 났습니까?"

"은행에서 샀어요. 예술가들은 생활하기에 풍족한 돈을 벌지 못하죠."

레오폴드는 고개를 끄덕이고 병실을 떠났다. 여자의 대답이 만족스럽지 못했지만 더 추궁하기에는 여자의 건강이 너무 좋지 않았다. 다음에 오면 어떤 확실한 대답을 얻을지도 모른다고 생각했다. 예를 들면 행크 슐츠가 죽었다는 말을 듣고 왜 울려고 했는지에 대한 대답 같은 것을.

어빙 그로스 형사는 중년으로 몸무게는 꽤 나갔고 머리카락은 너무 적었다. 그는 스위니보다 중상이었다. 코와 팔에 튜브를 꽂고 누워 있는 그는 슐츠의 총알로부터 받은 육체적 고통보다도 마음의 고통이 더 심한 것 같았다. 레오폴드가 낮은 목소리로 말했다.

"슐츠는 죽었어."

"별로 슬프지 않습니다. 그는 이상한 녀석이었어요."

"어떤 면으로?"

"모든 사람을 의심했습니다. 몇 년 전에 자기 부인이 바람 피우는 현장을 잡아 이혼한 후로 모두가 자기를 해치려 한다고 의심하는 것 같았습니다. 맥스웰 경위가 그 동안 어떻게 그 녀석을 데리고 일했는지 모르겠습니다."

"처음 듣는 소리군. 나는 그를 생각보다 모르고 있었던 모양이군. 하지만 어젯밤의 총질은 어떻게 된 일이지?"

"저는 경감님이 그것을 내게 알려 주려고 오신 줄 알았습니다."

"자네와 스위니가 잡은 용의자는 어떻게 된 거야?"

"녀석이 병으로 유리창을 깨기에 붙잡았습니다."

"녀석이 아니라 남장한 여자였어."

"그래요? 하기야 그 지역에서는 별의별 일이 다 일어나니까."

"행크 슐츠는 총질하기 전에 그 여자를 봤나?"

"물론 봤습니다. 우리와 같이 서 있었으니까요."

"수갑을 채우고?"

"아니오. 경찰서 안에 들어와서는 수갑을 풀었습니다."

"슐츠가 그녀에게 이야기를 건네진 않았나?"

"한마디도 안 했습니다."

"그녀를 체포했을 때 그녀는 어땠어? 약을 먹었다든가 술에 취해 있었다든가 하지는 않았어?"

"그렇지 않았습니다, 경감님. 우리는 그가 마치 체포되기를 원하는 것 같다고 생각했습니다. 오 헨리 소설에 그런 게 있지 않습니까? 겨울에 따뜻한 감방에 들어가려고 일부러 죄를 진다는 얘기 말입니다."

"무슨 말인지 알겠어. 하지만 지금은 여름이야."

그날 밤에 레오폴드는 총격 사건을 대서 특필한 신문을 애써 읽지 않으려 했다. 신문에는 슐츠와 벤틀리 사진이 크게 났고 스위니와 그로스도 작게 실려 있었다. 캐시 라이트의 사진은 실리지 않았지만 신문은 그녀를 〈신비의 여인〉이라고 불렀다. 1면은 그 기사로 꽉 차서 쇼핑센터 크라운 슈퍼마켓 화재 기사는 안쪽으로 밀려 있었다.

레오폴드는 플래처가 출근하면 만나려고 늦게까지 경찰서에 남아 있었다. 그래서 법무성 사람을 만날 수 있었다. 그의 이름은 아놀드 엘리스였다. 그는 피부색이 연한 흑인으로 가느다란 콧수염을 달고 있었다.

그는 미소를 지으며 악수했다.

"맥스웰 경위가 당신을 만나라고 하더군요. 어젯밤의 비극에 대한 수사를 책임지고 계시다고 들었습니다."

"그렇게 된 것 같습니다."

"행크 슐츠를 만나러 오늘 오후 항공기로 워싱턴에서 왔습니다. 그때까지만 해도 행크 슐츠가 죽었다는 사실을 몰랐습니다."
"맥스웰 경위는 당신이 행크와 같이 일했다고 하더군요."
워싱턴에서 온 사나이는 고개를 끄덕였다.
"극빈자 식권 도난 문제였습니다. 그건 지금 커다란 사회 문제로까지 발전해 있습니다. 특히 도시 지역에서는 문제가 심각합니다. 지하조직은 그것으로 마약, 무기 등을 사는데 마치 돈처럼 유통됩니다. 실제로 그것은 돈의 역할을 하지만 생각보다 훔치기가 대단히 용이합니다."
"하지만 그 식권이 끝에 가서는 어떻게 되지요? 그것이 도난당한 물품이라는 것을 알면서도 결국에는 누가 돈으로 바꿔야 하지 않겠어요?"
"슐츠는 그 문제를 조사하고 있었습니다. 우리는 그것이 달러당 25센트나 50센트에 커다란 슈퍼마켓으로 흘러 들어갔다고 생각합니다. 슈퍼마켓측은 큰 위험부담 없이 많은 이득을 보게 됩니다."
"슈퍼마켓이라."
레오폴드가 중얼거렸다.
"어젯밤에 있었던 화재 얘기 들었소?"
"무슨 화잰데요?"
"크라운 슈퍼마켓에 불이 났습니다. 화재는 총격 사건이 일어나기 바로 직전에 발생했지요."
"방환가요?"
"모르겠습니다. 그러나 그것도 내가 밝혀 낼 생각입니다."
"저도 같이 가게 해 주십시오. 높은 사람에게 이곳에 온 이유를 대야 하니까요."
레오폴드는 경찰 방화반의 보고서를 받았다. 보고서는 크라운 슈퍼마켓 화재를 방화로 의심하고 있었다. 그와 엘리스는 화재 현장을 보러 갔다. 깜깜한 밤중이라 그들은 아무것도 할 수 없었고 별로 볼 것도 없었다.
"지붕이 폭삭 내려앉았군. 완전히 못 쓰게 된 것 같군."

파괴된 건물 주위를 돌며 레오폴드가 말했다.

"증거를 없애는 데는 좋은 방법입니다."

"증거라뇨. 무슨 증거를 말하는 겁니까?"

"10만 달러 어치 도난당한 식권 말입니다. 지난달에 우리 식권 배급처가 도난을 당했지만 신문에는 감추고 있었지요. 큰 사건도 아니었어요. 배급소는 연방건물 뒤 주차장 건물 안에 있는데 사정을 잘 아는 놈이 점심시간에 들어가서 훔쳤어요. 복제열쇠로 문을 열고 들어가서 감시 카메라만 피하면 되죠."

그 말을 듣고 레오폴드는 휘파람을 낮게 불었다.

"슐츠가 그 일을 조사하고 있었습니까?"

엘리스는 고개를 끄덕였다.

"그의 정보원이 식권이 지방 슈퍼마켓을 통해 환전된다는 정보를 줬다고 하더군요. 그래서 나는 지역 주민의 수입에 대비한 환전 상황에 대한 컴퓨터 그래픽을 만들어 봤지요. 그랬더니 이곳 크라운 슈퍼마켓이 지나치게 많은 환전을 했다는 결과가 나왔습니다. 사실은 그래서 오늘 슐츠를 만나러 이곳에 온 겁니다. 최근에 도난당한 식권이 크라운 슈퍼에 있을 가능성이 높아 내일쯤 습격하려고요. 나는 슐츠에게 내일은 수색 영장을 떼야 할지도 모른다고 전화로 연락했습니다."

레오폴드는 한숨을 쉬고 불타 버린 나뭇조각을 발로 찼다.

"문제는 당신이 아는 행크 슐츠는 좋은 정보를 갖고 오는 용감한 비밀경찰이지만 나의 행크 슐츠는 경찰서에서 네 명이나 총으로 쏜 미친 놈이라는 점입니다."

"두 사람은 완전히 다른 사람 같군요. 그런데 슈퍼마켓 지배인은 어떻습니까? 방화반 서류에는 그의 이름이 올라 있을 텐데."

그들은 자동차로 가서 무전으로 알아봤다. 그의 이름이 있었다. 이름은 타이터스 컨으로 부유층이 사는 동네에 살고 있었다.

레오폴드가 말했다.

"장사가 잘 되는 모양이군. 가서 만나봅시다."

아놀드 엘리스는 주저했다.

"나는 싫어요. 이쯤에서 전 손을 빼는 게 좋을 것 같습니다. 알아내는 내용이 있으면 알려 주십시오."

레오폴드는 엘리스를 그가 묵는 호텔에 내려 주고 혼자 타이터스 컨을 만나러 갔다. 그가 주소지에 도착했을 때는 11시가 가까웠고 집은 깜깜했다. 그가 아침에 다시 찾아와야겠다고 생각하는데 택시가 와서 그 집 앞에 섰다. 한 남자가 내려서 택시 값을 지불했다. 레오폴드도 자동차에서 내렸다. 그는 집으로 들어가려는 사람을 불렀다.

"죄송합니다. 컨 씬가요?"

그 사람은 주저했다. 강도를 겁내는 모양이었다.

"그런데요?"

"저는 경찰의 레오폴드 경감입니다. 어젯밤 화제에 대해 몇 가지 묻고 싶습니다."

그가 가까이 왔다. 타이터스 컨은 50대쯤으로 보였다. 몸집은 호리호리했고 머리카락은 반백이었다. 광대뼈가 튀어나온 게 어디서 본 듯한 얼굴이었다.

"나는 오늘 피곤한 하루를 보냈소, 경감. 내 말을 이해하리라 믿소. 내 상점은 불에 탔고, 지금 아픈 딸을 보고 오는 길이오. 당신이 모르는 사실을 내가 따로 아는 게 없을 것 같소."

"잠깐이면 됩니다."

타이터스는 한숨을 쉬었다.

"하는 수 없군. 그럼 잠깐 들어오시오."

레오폴드는 그를 따라 커다란 콜로니얼 풍의 저택으로 들어갔다. 그는 컨이 거실의 불을 켜는 동안 기다렸다.

"요즈음 처는 집에 없습니다. 잠시 동안 홀아비인 셈입니다. 앉으시지요."

레오폴드는 가족 사진이 여러 개 얹힌 피아노 앞에 앉았다.

"어젯밤의 화재에는 의심스러운 점이 있습니다. 경찰 방화반에서는 시한장치에 의한 발화라는 증거를 찾아냈고…."

"나는 그런 문제는 몰라요. 나는 상점 지배인이지 주인이 아니오. 보험료는 주인이 타겠지만 화재는 내게 슬픔만 가져다주었소."

"보험금을 타내려고 한 게 아니라 중죄의 증거를 없애려 방화했다는 혐의가 있습니다."

"뭐요? 무슨 말을 하고 있는 거요?"

그러나 레오폴드가 미처 대답하기 전에 피아노 위에 있는 가족 사진이 눈에 들어왔다. 갑자기 타이터스 컨의 얼굴이 왜 눈에 익었는지 알게 되었다.

"사진 속의 저 여자는 당신 딸이군요. 당신을 많이 닮았습니다."

"아이가 요새 애들처럼 좀 난폭해요."

"따님이 아프다고 했나요?"

"저 그래요."

"병원에 입원해 있겠군요."

"내가 그렇게 말했나요?"

"오늘 당신 딸을 만났습니다. 따님 사진이 실물과 똑같군요. 따님은 캐시 라이트라는 이름을 쓰고 있었어요. 신문에서는 그녀를 〈신비의 여인〉이라고 부릅니다."

"나는 딸에게 바보짓은 그만하고 이제 그만 진실을 말하라고 했소."

갑자기 조각들이 제자리를 찾기 시작했다.

"행크 슐츠는 어떻게 된 겁니까, 컨 씨?"

"어떻게 되다니요? 그가 내 딸을 쏘기 전에는 난 이름도 들어 보지 못했소. 그리고 당신에게 말하겠는데 그 일로 난 시를 고소할 작정이오."

"병원에 있는 사람이 당신 딸이라는 걸 어떻게 알았지요?"

"딸이 저녁 때에 전화를 해서 알았소. 내가 딸이 행방불명됐다고 경찰에 신고할까 봐 걱정해서 연락한 모양이오."

"딸도 여기에 삽니까?"

"아니오. 딸은 예술가들이 모여 있는 아파트에서 살고 있소. 하지만 가끔씩 내 장부 정리를 도와주곤 하죠."

그는 의미심장한 눈빛으로 시계를 보았다.

"나는 많이 피곤하오. 그리고 딸애에 대한 그 질문들이 화제와 무슨 관계가 있는지 모르겠소."

"화재와 따님에 대한 총질이 관계가 있을지도 모릅니다."

그는 일어섰다.

"도와주셔서 감사합니다, 컨 씨."

다음날 아침에 레오폴드는 병원에 다시 찾아갔다. 닥터 라이스가 그녀를 진료하는 동안 밖에서 기다렸다. 의사가 떠나면서 말했다.

"그녀는 많이 좋아졌소. 하지만 질문을 많이 해서 피로하게 하지 말아요."

레오폴드는 안에 들어가서 침대 옆에 앉았다.

"몸은 어때요?"

"어제보다는 좋아요."

"어젯밤에 아버지와 만났습니다."

그녀의 얼굴이 굳어졌다.

"나는 무슨 말인지…."

"당신의 신분을 굳이 감출 필요가 없어요."

"좋아요. 당신은 아버지와 얘기했어요. 그게 어쨌다는 거지요?"

"당신은 행크 슐츠에 대해 내게 할말이 있다고 생각하는데."

"무슨 소리를 하는 거예요?"

"행크는 당신을 사무실에서 발견하고 머리가 돌았던 거야. 안 그래? 당신이 남장을 하고 있었지만 당신이라는 것을 알아볼 수 있을 만큼 두 사람은 가까웠어. 행크는 당신이 수갑을 차고 있지 않았기 때문에 체포된 것이라는 사실을 몰랐지. 그는 당신이 자신을 배반하려고 그 곳에 온 줄로 알았던 거야. 그는 전처에게 배반당한 경험이 있었거든."

그녀는 울기 시작했다. 지금까지 참아왔던 눈물이 줄줄 흘렀다. 레오폴드는 몸을 돌려 창 밖을 내다보았다. 그날 밤 창가에 서서 불난 것을 바라보던 생각이 났다. 그 생각을 하자 자기가 일을 하러 이곳에 왔다는 사실이 새삼 떠올랐다. 레오폴드는 울고 있는 여자에게 몸을 돌렸다.

"행크는 극빈자 식권 도난사건을 조사하다가 당신을 만났어. 당신 둘은 지난 2개월 동안 잠자리를 같이 했었지."

"그냥 잠자리를 같이 한 게 아녜요. 우리는 서로 사랑했어요!"

"행크가 연방빌딩 주차장에서 식권을 훔쳤어. 내 말이 맞지? 그리고 당신은 그를 도왔어. 당신 아버지의 슈퍼마켓을 통해 식권을 돈으로 바꾸려면 당신의 도움이 필요했던 거야. 그런데 법무성의 엘리스라는 사람이 컴퓨터를 통해 타 지역에 비해 당신 아버지의 슈퍼마켓에서 유달리 식권이 많이 환전된다는 것을 알아내곤 크라운 슈퍼마켓을 환전 장소로 점찍었던 거야. 엘리스는 오늘 수색 영장을 발급받아 슈퍼마켓을 습격하려고 했어. 훔친 식권은 슈퍼마켓 안에 있었는데 당신은 시간 내에 그것을 빼낼 수 없어서 불을 지른 거야. 만일 당신 아버지도 관련이 됐다면 빼낼 수 있었을 텐데 어쩐 일인지 당신은 시간 내에 빼낼 수 없었어."

"나는 그것을 안전하게 돈으로 바꿀 때까지 슈퍼마켓 창고 안에 보관하고 있었어요."

그녀는 티슈로 눈물을 닦으며 힘없이 말했다.

"그것을 다른 곳에 팔려고 주머니에 한 장을 넣고 다녔어요. 그러나 사람들은 겁을 내고 사려고 들지 않았어요. 특히 도난 후 신문에서 아무런 말이 없자 더욱 겁들을 냈어요. 우리는 법무성에서 무슨 생각을 하고 있는지 몰랐어요. 그래서 그것을 아버지 창고에 계속해서 보관하고 있었던 거예요. 그런데 행크는 엘리스가 크라운 슈퍼를 점찍고 수색 영장을 발부받는다는 것을 알았어요. 나는 슈퍼가 열려 있을 때만 들어갈 수 있었고, 슈퍼는 지금 재고 조사 중이었어요. 그래서 나는 다음 금요일 전에는 들어갈 수 없었죠. 하지만 그때는 이미 모든 것이 끝난 뒤죠."

"어떻게 아버지도 모르게 여태껏 이 일을 해 왔지?"

"나는 슈퍼마켓의 장부 정리를 하면서 식권도 취급했어요. 지난 2년 동안 이웃들에게 식권을 사서 슈퍼마켓을 통해 돈을 바꿔왔어요. 아버지는 나를 믿고 간섭을 하지 않으셨죠."

"그리고 당신은 아버지의 믿음을 잃기보다는 상점을 불태우려 했고."

그녀가 아무 말도 하지 않자 그는 말을 계속했다.

"당신은 시한장치를 한 발화물을 슈퍼 뒤에 설치할 때 남들에게 들킬 것에 대비해서 남장을 했어. 그리고 알리바이를 만들기 위해 형사들이 보는 앞에서 술집 유리창을 깼어. 당신은 방화범으로 의심받으면 불이 났을 때 유치장에 있었다고 할 셈이었지. 경찰 방화반이 불탄 자리에서 발화물의 시한장치 잔해를 발견했기 때문에 알리바이는 소용없었겠지만 당신은 그것을 몰랐을 거야."

"나나 행크나 머리를 제대로 쓰지 못했어요."

"행크는 제정신이 아니었을 거야. 그저께 밤에 그는 경찰 사무실에서 당신이 스위니 형사와 그로스 형사하고 같이 있는 것을 봤어. 그의 눈에는 당신의 복장 같은 건 들어오지도 않았을 거야. 워싱턴에서 엘리스가 도착하면 무슨 일이 벌어질까 하루 종일 걱정하느라 미칠 지경이었을 테지. 그러다가 당신이 형사들과 같이 있는 것을 보고 배반당했다고 생각했겠지. 그는 아무런 말도 하지 않고 총을 꺼냈어. 그리고 벤틀리 경사가 총을 빼앗으려 하자 그를 쐈어. 다음에는 당신을 두 방 쏘고 스위니와 그로스를 쐈어. 다음에는 플래처 경위가 그를 쐈고."

"광란의 순간이었어요."

그녀는 다시 눈물을 흘렸다.

"당신은 지금까지 말한 것을 대배심원 앞에서 진술하겠소?"

"내가 고생을 많이 하겠지요?"

"행크 슐츠에 비하면 약과야."

에드워드 D. 호크(Edward D. Hoch, 1930~)

뉴욕 주 로체스터에서 태어나 로체스터 대학을 졸업했고, 공립도서관, 출판사, 광고 대행사 등에 근무하면서 20대 중반부터 대중잡지에 단편 소설을 기고하기 시작했다. 오컬트 탐정 사이몬 아크, 괴도 닉 벨벳, 레오폴드 경감 등 시리즈 캐릭터를 명탐정으로 배치했고, 5백 편 가까운 단편소설을 정력적으로 써 온 당대의 퍼즐 스토리 작가. 장편소설은 첫 작품 『까마귀 살인사건』 이후 SF미스터리를 포함해 4작품뿐이다.

늑대처럼

LOOPY — 루스 렌델

마지막 연극이 끝나고 커튼 콜도 지난 뒤에 〈붉은 복면〉은 나를 앞세우고 모두와 함께 길 건너 술집으로 갔다. 우리는 무대 의상을 그대로 입고 있었다. 〈조지〉 술집이 문 닫기 전에 가려면 의상을 갈아입을 시간이 없었다. 나는 길을 껑충껑충 뛰어가며 자전거를 탄 사람에게 으르렁거렸던 게 생각난다.

술집에서는 나를 좋아했다. 적어도 좋아하는 사람이 더러 있었다. 그러나 대부분의 사람들은 내 모습을 보고 어쩔 줄을 몰라 했다. 우스운 일은 내가 그들이라도 입장이 곤란했을 것이라는 점이다. 나는 술만 마시고 재빨리 그 곳을 떠났어야 했다. 보통 때 나는 술집에 잘 가지 않는다. 그러나 늑대 탈만 쓰고 있으면 모든 것이 달라졌다.

나는 술집 안을 어슬렁거렸다. 어떤 때는 기어 다녔고—두 발로 서서 걷는 사람이 기어 다니기는 힘들었다—어떤 때는 앞발을 가슴에 모은 모습으로 깡충깡충 뛰어다녔다. 나는 사람들이 앉아 있는 좌석에 가서 주둥이를 안주에 대고 킁킁거리기도 했다. 담배를 피우는 사람 앞에서는 으르렁거리며 담배 연기를 팔로 휘젓는 시늉을 하기도 했다. 많은 사람들은 나의 연기에 장단을 맞춰 주었다. 내 머리를 쓰다듬거나, 농담을 하거나, 나의 붉은 주둥이와 사나운 작은 눈을 보고 공포에 질린 흉내도 냈다. 한 부인은 내 머리를 자기 무릎 위에 놓고 팔로 껴안기도 했다.

술을 가지러 카운터로 갔는데 빌 하크네스(첫 번째 나무꾼 역을 했다)가 수잔 헤이스(붉은 복면의 어머니 역을 했다)에게 말하는 소리가 들렸다.

"콜린스가 오늘은 정말로 사람들과 잘 어울리는군."

"그는 진짜 배우예요. 안 그래요?"

수잔이 고맙게도 나를 칭찬했다.

우리 극단에는 진짜 배우가 몇 명 있었다. 아마추어 극단은 대개 그랬다. 무대에 서서 밥벌이를 할 만한 진짜 배우가 한두 명 있었고 나머지는 재미삼아 하는 사람들이었다.

내가 배우가 되려고 심각하게 생각해 본 적이 있냐고? 아버지는 공무원이었고 할아버지도 마찬가지였다. 사람들은 내가 학교를 졸업하고 당연히 공무원이 될 것이라고 오래 전부터 생각하고 있었다. 나도 그것을 당연시하고 있었다. 나의 어머니는 대단히 훌륭한 분으로 어머니라기보다는 친구에 가까웠다. 그런 어머니의 말을 거역할 수는 없었다. 게다가 어머니는 나의 연기생활을 전적으로 지원했다. 물론 취미로서의 연기였다. 예를 들면 금년 크리스마스 동화극에 쓸 복잡한 의상들은 전부 극단에서 빌려 왔지만 내 늑대 의상은 어머니가 손수 만들어 주셨다. 그것은 빌려 온 것들보다 열 배는 더 좋았다. 늑대 머리는 사야 했지만 몸통은 부인용 코트를 만드는 털이 긴 회색 모피로 만들었다.

모이라는 내가 연극에 몰두하는 이유는 연극을 하면 나 자신을 잊고 다른 사람이 될 수 있어서라고 했다. 나는 내가 싫어서 도피하려고 연극을 한다고 했다. 결혼할 사람에게 하는 말치고는 이상했다. 그러나 모이라에 관한 얘기나 이 이야기를 계속하기 전에 왜 이 이야기를 하는가 하는 점부터 얘기해야겠다.

내가 지금 있는 곳의 정신과 의사—그가 이곳 소속인지 다른 곳에서 파견된 사람인지는 모른다—는 내 속에 있는 느낌이나 감정을 솔직하게 글로 써 보라고 했다. 나는 이야기 형식으로밖에 쓸 수 없다고 했고 그는 편하게 쓰라고 했다. 내가 다 쓰면 그게 어떻게 될지는 모른다. 재판 때 쓰려는 것일까? 자기가 취급한 환자의 기록 중 하나로 보관하려는 것일까? 그것은 나와 상관없는 일이었다. 나는 진실만 얘기할 테니까.

〈조지〉 술집이 영업을 끝내자 우리는 메이크업을 지운 후에 옷을 갈아입고 각자 집으로 돌아갔다. 어머니는 나를 기다리고 계셨다. 어머니가 항상 이러지는 않았다. 내가 늦을 것 같으니 먼저 주무시라고 미리 말하면 언제나 먼저 주무셨다. 그러나 나는 집에 돌아왔을 때 환영받는 것을 당연하게 여기고 있었다. 특히, 오늘같이 공연이 성공적이라 우쭐한 날에는 더욱 그랬다. 게다가 나는 어머니에게 술집에서 있었던 재미있는 얘기를 해드리고 싶었다.

우리 집은 석회암으로 지은 빅토리아 풍의 회색 건물로 멋있다고 할 수는 없지만 잘 지어서 편안했다. 외할아버지는 퇴직하고 인도에서 돌아오신 1920년에 이 집을 사셨다. 그때 어머니는 열 살이셨으니 이 집에서 생의 대부분을 보내신 셈이다.

외할아버지는 유명한 사냥꾼이었고 사람들이 그런 일에 눈살을 찌푸리기—그것은 당연한 일이었다—전에는 사냥을 많이 하셨다. 따라서 우리 집에는 사냥 전리품이 많았다. 할아버지가 살아 계실 때—할아버지는 오래 사셨다—는 사슴 뿔이나 상아가 벽면 가득히 걸려 있었고 코끼리 발로 만든 우산꽂이, 호랑이 머리나 곰 머리가 바닥에 널려 있었다. 항상 재치 있는 말씀만 하시는 어머니 말대로 우리는 그것을 웃으며 참고 견뎌야 했다.

이윽고 할아버지가 경건함과 존경 속에서 선조들에게 돌아가자 우리는 모든 머리와 뿔을 떼어 트렁크에 넣었다. 그러나 모피만은 건드리지 않았다. 그것들은 큰 재산이 되었다. 현관 마루에 널려 있는 호랑이 가죽, 소파에 걸쳐 있는 눈처럼 흰 표범 가죽, 벽난로 앞에 깔린 푹신한 곰 가죽 등은 집을 호화롭게 보이도록 한다고 나는 항상 생각했다. 그날 밤도 나는 구두를 벗고 발가락을 털 속에 파묻었다.

어머니는 물론 연극을 보러 오셨다. 첫날 오셔서 내가 〈붉은 가면〉을 습격하는 장면도 보셨다. 내가 예기치 않게 너무나 갑자기 덤벼드는 바람에 모든 관객이 일어서서 숨을 들이마셨다. (우리는 늑대가 〈붉은 가면〉을 물어뜯는 장면은 없앴다. 모두가 그 장면은 크리스마스에 맞지 않는다고 했다.) 그날 밤에 어머니는 내가 당신의 작품을 입은 모습을 한 번 더 보고 싶어하셨다. 그래서 나는 늑대 분장을 하고 어머니를 위해 으르렁거리고 뛰어다녔다. 늑대 탈을 쓰자 이상하게도 나는 정말로 늑대가 된 듯한 기분이 들었다. 그래서 흰 표범 가죽 앞에서 으르렁거렸고, 그 귀를 물고 장난쳤다. 나는 기면서 곰을 공격하고 그의 목을 물었다.

어머니는 너무나 즐거워하시며 웃으셨다! 그렇게 훌륭한 동화극은 처음 본다고 하시며 텔레비전의 어느 프로도 나를 따를 수 없다고 하셨다.

"너는 정말로 이상해. 네가 늑대 옷을 입으면 정신이 정말로 이상해진다고밖에 할 수 없어."

늑대 옷을 입으면? 나는 그 옷을 다시 입을 생각은 하지 않았다. 하기야 가장 무도회라도 가게 된다면 입을 수도 있겠지. 그러나 그럴 가능성은 희박했다. 그러나 생각해 보면 그 옷을 외할아버지의 뿔처럼 트렁크에 넣어 둔다는 것도 헛된 짓이었다. 그날 밤 나는 그 옷을 옷장에 걸었다. 나는 그 옷을 벗을 때 내가 알몸이 된 양 허전한 느낌이 들었다.

그 후로 별일 없이 시간만 흘러갔다. 연극 연습도 하지 않고 외울 대사도 없으니 하루 하루가 밋밋하게 느껴졌다. 크리스마스가 되었다. 어머니와 나는 전통적으로 크리스마스 날은 집에서 단둘이 지냈다. 그러나 크리스마스 다음날에는 모이라가 왔고 어머니는 몇몇 이웃을 불렀다. 수잔 헤이스도 남편과 같이 들러 성탄을 축하해 줬다.

모이라와 나는 3년 동안을 약혼 중인 사이였다. 우리는 결혼할 수도 있었다. 그러나 집 문제 때문에 아직도 결혼을 하지 못하고 있었다. 공평하게 말하자면 그 문제는 모이라 때문이었다. 어머니는 누구보다도 장래의 며느리를 좋아하셨다. 어머니는 우리가 어머니 집에서 살기를 바라셨다. 어머니는 이 집을 우리들의 것으로 생각하고 어머니는 가정부쯤으로 여기라고 하셨다. 그러나 모이라는 다른 집을 구하기를 원했고 결혼은 어려운 지경에 빠져들었다.

크리스마스 다음날, 다른 사람들이 모두 떠난 후에 모이라가 그 얘기를 꺼낸 것은 불행한 일이었다. 부동산업자인 그녀의 오빠가 우리 집과 그녀의 집 중간쯤에 좋은 집이 나왔다고 하더라는 말을 꺼냈다. 다행히도 어머니는 외할아버지와 외할머니가 인도에서 살던 집 이야기로 말머리를 돌렸다. 그 집에는 훌륭한 베란다와 영국식 정원이 있었고 인도 보리수도 있었다고 말했다.

모이라가 어머니의 말을 막았다.

"우리는 우리의 장래를 얘기하고 있는 거지, 어머니의 과거를 얘기하고 있는 게 아녜요. 나는 콜린과 내가 결혼하는 줄 알았어요."

어머니는 놀란 표정을 지었다.

"아니, 결혼을 안 하게 됐니? 콜린이 파혼이라도 했단 말이냐?"

"어머님은 내가 파혼할 거라는 생각은 안 하세요?"

그 얘기를 듣고 가엾은 어머니는 애써 미소 지었다. 어머니는 마음이 상하신 것을 감추려고 미소를 지으셨다. 모이라는 어머니를 자주 불편하게 했다. 그리고 왠지 모르지만 그런 것이 모이라를 화나게 했다.

"내가 너무 나이를 먹었고 못생겨서 어쩔 수 없다는 뜻으로 하시는 말인가요?"

"모이라."

내가 그녀를 말렸다. 그러나 그녀는 내 말을 듣지 않았다.

"잘 모르실지 모르지만 콜린은 나와 결혼해야 새 사람이 될 수 있어요. 그래야만 콜린이 남자가 될 수 있을지도 몰라요."

어머니는 모이라의 무릎을 다독거렸다. 난 어머니가 무슨 말을 하는지도 모르면서 엉겁결에 말이 새어 나왔다고 생각했다.

"네가 재를 남자로 만들기는 좀 벅찰 것 같구나."

그 일로 말다툼이 일어나진 않았다. 어머니는 항상 말다툼을 피하셨으니까. 그러나 모이라는 시무룩해서 집에 가겠다고 했다. 나는 자동차를 꺼내 그녀를 집에 데려다 주는 수밖에 없었다.

그녀를 집에 태워다 주면서 나는 어머니와 내가 잘못한 일들에 대한 그녀의 불평을 일일이 들어야만 했다. 우리가 헤어질 때 나는 풀이 죽어 있었고 마음이 불안했다. 42세라는 늘그막에 결혼을 하는 것이 옳은 일인가 하는 생각까지 들었다.

어머니는 집 안을 치우고 주무시고 계셨다. 나는 침실에 가서 옷을 벗었다. 그리고 옷장에 걸린 늑대 옷을 보고 충동적으로 그 옷을 입었다.

늑대 옷을 입으니 마음이 편안했다. 행복감마저 느꼈다. 나는 안락의자에 앉았다가 쭈그리고 앉는 것보다 바닥에 눕는 것이 더 편안하다는 것을 발견했다. 나는 벽난로 앞에 누워 온몸에 불을 쪼이며 인간이 늑대와 친하게 지낸 얘기들을 떠올렸다. 늑대 젖을 먹고 자랐다고 하는 로물루스와 리무스 쌍둥이 형제(역주: 로마를 건설한 로마의 초대 왕. 쌍둥이 형제로 늑대에게 양육되었다고 하는 전설이 있음), 늑대 인간에 대한 전설, 늑대에게 양육되었다고 하는 현대의 이야기 등을 생각했다. 이런 생각을 하니 어머니와 모이라 사이의 불화가 머리에서 사라져 잠을 편히 잘 수 있었다.

따라서 마음이 우울할 때마다 내가 늑대 탈을 쓰는 것은 이상할 게 없었다. 다음날 어머니가 집에 안 계셔서 내 방뿐만 아니라 집 전체를 자유롭게 다닐 수 있었다. 저녁 4시만 되면 우리 집은 어두웠다. 그러나 나는 불을 켜지 않고 집 안을 돌아다녔다. 가끔 어머니가 좋아하는 거울에 내 모습을 비춰 보기도 했다. 집 안이 어두컴컴하고 가구가 많이 있어서 내 모습은 늑대 탈을 쓴 인간이 아니라 도망쳐 다니며 가구들은 어지럽게 흩어 놓는 진짜 늑대처럼 보였다. 아니면 인간의 모습은 사라지고 사람의 몸으로부터 뛰쳐나와 자유롭게 움직이는 늑대 인간처럼 보이기도 했다.

나는 사람 목각에 올라타서 물어뜯기도 하고 벽난로 앞에서 곰 가죽을 잡고 싸우기도 했다. 그때 어머니가 뒷문을 여는 소리가 들렸다. 시간이 내가 생각했던 것보다 빨리 흘렀던 것이다. 나는 어머니가 현관에 들어오기 전에 꼬리를 손에 들고 계단을 급히 올라갔다.

정신과 의사는 내가 왜 전에는 그러지 않다가 나이 42세가 되어서야 그런 짓을 시작했는지 알고 싶어했다. 나도 알고 싶었다. 물론 전에는 늑대 옷이 없었다는 간단한 말로 답변을 대신할 수도 있겠지만 그게 전부는 아닌 것 같았다. 내가 늑대 연기로 사람들에게 만족감을 주면서도 그전에는 내가 무엇을 원하는지 나 자신이 몰랐던 게 아닐까?

다른 사실도 한 가지 얘기해야겠다. 나는 의사에게 내가 아주 어렸을 때 개나 망아지 같은 커다란 동물과 가까이 지낸 기억이 있는 것 같다고 말했다. 그러나 의사가 우리 집 내력을 조사한 바에 따르면 우리 집에서는 애완동물을 기른 적이 없었다. 이 점에 대해서는 나중에 얘기하겠다.

어쨌든 한 번 늑대 옷을 입고 나자 자꾸만 입고 싶었다. 늑대 옷을 입고 뒷발로 서면 내 자랑이 아니라 실제로 내가 멋진 짐승이 된 것 같았다. 그러고 보니 그 늑대 옷에 대한 설명이 빠진 것 같다. 이것을 읽을 사람은 그 옷도 당연히 볼 거라는 생각에서 빠뜨린 것 같다. 그러나 여러분은 그 옷을 보지 못할지도 모른다. 그들은 그 옷을 내게도 보여 주지 않았다. 그렇다면 그들은 그 옷을 깨끗이 세탁했다는 말인가, 아니면 그대로 뒀다는, 아냐, 불쾌한 얘기는 않는 게 좋겠어.

나는 늑대 옷의 몸통을 털이 긴 회색 모피로 만들었다는 얘기를 했다. 털이 뻣뻣해서 모피 코트로 쓰기는 적합하지 않았으나 늑대 가죽으로는 잘 어울렸다. 어머니는 늑대 발을 모피 장갑처럼 만드셨다. 가죽 장갑에 딱딱한 심을 넣어 발 하나에 발가락 두 개씩을 붙였다 머리는 우스꽝스런 장난감을 파는 가게에서 샀다. 머리에는 쫑긋한 귀가 있었고 작고 누런 눈이 있었다. 반쯤 열린 입 속은 시뻘겠고 날카로운 흰 이빨이 두 줄로 나 있었다. 내가 숨을 쉴 구멍은 턱밑에 있었다.

봄이 되자 나는 가끔씩 시골의 들판으로 자동차를 몰고 나가 차를 세우고 늑대 옷을 입었다. 나는 남의 눈의 띄고 싶지 않았다. 나는 고독을 즐겼다. 내가 다른 〈짐승들〉과 같이 있기를 원했느냐 하는 문제는 별개의 문제였다. 그때 나는 숲 속이나 관목 사이를 늑대로서 거닐고 싶었을 뿐이다. 나는 인간들과 마주치지 않을 만한 곳을 찾아 가끔 늑대 탈을 쓰고 거닐었다.

나는 그때 느꼈던 점을 지금 쓰고 있다. 특히, 내가 인간이 아니라고 느꼈던 점을 쓰려 하고 있다. 인간이 아니라는 말은 인간이 지녀야 하는 책임과 걱정이 없다는 말이 된다. 늑대 탈을 쓰고 있을 때는 결혼을 해야 하는 걱정, 결혼을 못하는 걱정, 어머니를 혼자 놔두는 걱정, 내가 새 연극에서 당연히 맡아야 할 주연을 못 맡는 걱정 등을 잊을 수 있었다. 나는 이런 걱정들을 허탈한 심정으로 쓰러져 자고 있는 인간의 몸속에 남기고 행복한 짐승이 되어 정신없이 뛰어놀았다.

나의 결혼은 다시 한 번 연기되었다. 모이라와 내가 사기로 한 집을 마지막 순간에 사지 않기로 했다. 솔직히 말해 나는 속이 상했다고 말할 수는 없었다. 그 집은 우리 집과 가까웠다. 우리 집과 같은 길에 있었다. 매일 우리 집 앞을 지나면서 우리 집에서 자지 못할 것을 생각하면 기분이 어떨까 궁금했다.

그러나 모이라는 마음이 상했다. 내가 어머니와 같이 살자고 하자 그녀는 이렇게 말했다.

"나는 당신 어머니와는 같은 집에서 석 달도 살고 싶지 않아요. 그랬다간 틀림없이 낭패를 당할 거예요."

"하지만 아버지와 어머니는 외할아버지 집에서 20년을 넘게 사셨어."

"그래서 결과가 어떻게 됐나 봐요."

그때 모이라는 내가 내 자신을 싫어해서 다른 사람의 역할을 하는 연극을 좋아한다고 했다. 그 다음에는 살 집을 계속해서 찾아보자는 말밖에 할 게 없었다. 모이라가 말했다.

"우리가 신혼 여행을 가기로 한 말타 여행은 취소할 필요가 없어요."

그렇지만 우리가 여행을 간다 하더라도 신혼 기분은 나지 않을 것 같았다. 그때까지 나는 결혼 생활의 즐거움을 생각해 본 적이 없었고 그럴 마음도 없었다. 그리고 모이라가 내 결혼 양복의 색상을 보러 2층의 내 침실에 가자고 했을 때(어머니는 브리지 게임에 가고 안 계셨다) 나는 경계심을 품었다. 그녀는 양복에 맞는 넥타이를 사주고 싶다고 했다. 침실에 가서 그녀는 침대에 누우며 옆에 앉으라고 속삭였다.

그때 내가 늑대 옷을 입은 것은 우울한 기분 때문이었는지도 모른다. 나는 재킷을 벗고—모이라 앞이니 다른 것은 물론 벗지 않았다—늑대 옷을 입고 지퍼를 올렸다. 그리고 늑대 머리를 썼다. 모이라는 나를 멀건이 바라보고 있었다. 그녀는 나의 늑대 모습을 동화극에 와서 이미 본 적이 있었다.

"왜 늑대 모습을 하는 거죠?"

나는 아무 말도 안 했다. 할 말이 없었다. 그러나 항상 그랬던 것처럼 내 마음속에는 만족감이 가득했고 나는 그녀의 명령대로 침대의 그녀 옆으로 갔다. 그리고 자연스럽게 그녀에게 해롱거렸다. 나는 귀가 쫑긋한 머리를 그녀 가슴에 비비며 손을 잡았다. 온갖 달콤한 환상이 머릿속에 가득 찼다. 만일 우리가 휴가 중이었다면 아무것도 나의 부도덕한 행동을 막을 수 없었을 것이다.

그러나 모이라는 〈조지〉 술집의 여자처럼 내 머리를 자기 무릎 위에 얹고 쓰다듬지 않았다. 그녀는 벌떡 일어서서 자기가 싫어하니 이 짓을 당장 그만두라고 고함쳤다. 그래서 나는 그녀가 하라는 대로 슬픈 마음으로 늑대 옷을 벗어 옷장에 걸었다. 그리고 모이라를 집에 데려다 줬다. 가다가 그녀의 오빠 집에 들러 세놓는 집들의 새 리스트를 검토했다.

그럭저럭 날짜는 지나갔고 결혼 날짜를 12월 중순으로 다시 잡았다.

여름 동안 극단은 〈즐거운 마음〉을 공연했고(나는 하찮은 조역을 맡았고 빌 하크네스가 주역을 맡았다), 금년 크리스마스 동화극은 〈신데렐라〉로 정했다. 신데렐라는 수잔 헤이스가 맡았고 나는 우스운 역할을 맡았다. 따져 보니 신혼 여행에서 돌아오면 연극 날짜와 꼭 들어맞았다.

신혼 여행을 가지 못할 이유가 하나도 없었다. 모이라의 생일날 그녀와 같이 쇼핑만 가지 않았다면 결혼을 하고 신혼 여행을 갔다가 돌아와서 우스운 내 역할을 하지 못할 이유가 없었다. 하지만 그날 일어난 일 때문에 모든 게 바뀌었다.

그날은 목요일 저녁이었다. 웨스트엔드의 상점들은 목요일에는 늦게까지 문을 열었다. 우리는 사무실을 5시에 떠나 약속한 장소에서 만난 뒤에 본드 스트리트를 걸었다. 오늘은 모이라와 다투고 싶지 않았다. 근래에는 모이라와 다투기만 한 것 같았다. 하지만 내가 신혼 여행 얘기를 꺼내자마자 말다툼이 시작됐다. 우리는 아스프레이 백화점 앞을 팔짱을 끼고 걷고 있었다. 우리가 산 집에는 1월 중순이나 돼야 입주할 수 있었으므로 2주일만 어머니 집에서 있으면 어떠냐고 내가 물었다. 어쨌든 크리스마스 때는 그 곳에 가야 하지 않느냐고 내가 말했다.

"우리는 호텔에서 지내기로 했잖아요?"

"쓸데없는 데에 돈을 낭비하는 것 같아 그래."

"돈은 쓰지 말아야겠지요."

모이라는 사납게 말하며 팔을 뺐다. 나는 그게 무슨 말이냐고 물었다.

"엄마 품에 한번 들어가면 당신은 생전 빠져 나오지 못해요."

나는 경멸하는 표정을 지으며 아무 말도 안 했다. 우리는 서로 침묵을 지키며 길을 걸었다. 그러자 모이라가 싸구려 책에서 읽은 사람 심리에 대해 단조로운 목소리로 얘기하기 시작했다. 우리가 길을 건너 〈셀프리지스〉 백화점에 들어갈 때도 모이라는 오이디푸스 콤플렉스 얘기와 나를 남자로 만들겠다는 시시한 얘기를 했다.

"목소리를 낮춰요. 사람들이 당신 말을 듣겠어."

모이라는 내게 입을 다물라고 하며 자기가 하고 싶은 말은 다 하겠다고 소리쳤다. 그녀는 나더러 남자가 되어서 남자처럼 행동하라고 항상 말하곤 했다. 그래서 그날도 나는 남자처럼 대범하게 행동했다. 한 카운터에 가서 생일선물을 사주려고 예정했던 액수보다 훨씬 큰 수표를 끊어 그녀 손에 쥐어 준 후에 그녀를 그곳에 남기고 혼자 떠났다.

잠깐 동안은 기분이 좋았으나 집에 오는 기차 속에서 내내 우울했다. 어머니에게 얘기라도 하면 마음이 가라앉을 것 같았으나 브리지 게임에 가고 안 계셨다. 그래서 나는 다른 방법을 찾았다. 그것은 늑대가 되는 것이었다.

내가 늑대 탈을 쓰고 방 안에서 장난하는 동안 전화가 여러 번 걸려왔으나 받지 않았다. 나는 그것이 모이라의 전화라는 것을 알았다. 내가 바닥을 뒹굴며 외할아버지가 만든 박제 독수리의 목을 물어뜯고 있는데 어머니가 들어오셨다.

그날따라 브리지 게임이 일찍 끝났다. 게임을 하던 부인 한 명이 쓰러져서 병원에 입원해야 했던 것이다. 나는 나의 놀이에 너무 깊이 빠져 있어 어머니가 들어오는 것을 몰랐다. 어머니는 모피 코트를 입은 모습으로 나를 바라보고 계셨다. 나는 독수리를 떨어뜨리고 고개를 숙였다. 너무나 창피해서 죽고만 싶었다. 그러나 나는 어머니를 너무나 몰랐다! 나의 진정한 상대이자 친구인 나의 어머니! 나의 반쪽이라고 하는 게 옳지 않을까?

어머니는 미소를 지었다. 나는 내 눈을 의심했지만 어머니는 웃고 계셨다. 어머니는 멋진—같이 음모를 꾸미고 있는 듯한—약간 거만한 미소를 짓고 있었다.

"얘야, 기분이 이상한 모양이로구나."

어머니는 즉시 내 옆에 무릎을 꿇었고 모피 코트로 내 몸을 감쌌다. 그리고 둘이서 독수리를 물고, 곰과 싸우고, 사슴을 공격했다. 우리 두 사람은 홀로 잠자고 있는 호랑이에게 달려들었다. 어머니는 웃다가 짐승처럼 으르렁거리다가 소리쳤다.

"이 해방감, 아, 이 해방감!"

다음날 내가 집에 돌아오자 어머니는 짐승 모습을 하고 나를 기다리고 계셨다. 어머니는 당신이 입을 짐승 옷을 만드셨다. 눈처럼 흰 표범 가죽과 흰 모피로 만든 옷이었는데 하루 종일 만드신 게 분명했다. 목 부분에 있는 틈새에서 어머니의 눈이 춤을 추고 있었다.

"너는 내가 다시 짐승이 되기를 얼마나 원했는지 모를 거야. 네가 어린애였을 때 나는 짐승이었단다. 나는 오랫동안 개 노릇을 했고 다음에는 곰 노릇을 했지. 그러다가 네 아버지가 알고 싫어해서 그만둬야 했어."

그것은 나의 희미한 기억 속에도 어렴풋이 남아 있었다. 나는 어머니에게 어머니는 짐승들의 여왕 같다고 말했다.

"내가 그렇게 보이니?"

어머니와 나는 멋진 주말을 보냈다. 늑대와 표범이 같이 함께 식사를 했다. 그리고 둘이서 놀았다. 우리는 온 집안을 헤집고 다니며 놀았다. 어떤 때는 싸우고, 어떤 때는 춤추고, 사냥도 하고, 사냥한 것을 우리가 가구들 사이에 만든 짐승 굴에 가두며 놀았다. 우리는 자동차를 타고 숲 속으로 가서 짐승 옷을 입고 몇 시간 동안을 뛰어다니며 놀았다.

이틀 내내 놀 때는 우리는 인간이 될 필요가 없었지만 월요일에는 회사에 출근해야 했고 화요일에는 연극 무대 연습이 있었다. 우리는 그게 싫었지만 현실로 돌아와야 했다. 현실에도 그런대로 재미있는 일이 있었다. 한 부인이 기차에서 내 발을 밟았다. 나는 나도 모르게 으르렁거리는 짐승 소리를 내려다가 기침으로 얼버무렸다.

주말 내내 어머니와 나는 전화를 받지 않았다. 사무실에서는 전화를 받을 수밖에 없었고 그곳에서 모이라와 통화했다. 내게 결혼이란 나와 동떨어진, 기괴한 일로 남들이나 하는 일로 생각됐다. 짐승은 결혼을 하지 않는다. 그러나 모이라에게 그런 말은 할 수 없었다. 내가 전화하겠다면서 이번 주가 지나기 전에 만나자고 했다.

그녀가 목요일 저녁에 집에 와서 내가 준 돈으로 산 물건을 보여 주겠다고 한 것 같았다. 모이라는 목요일 저녁에는 어머니가 항상 집에 없다는 것을 알고 있었다. 하지만 나는 그 말을 제대로 듣지 않았다. 어머니와 함께 짐승이 되는 것만큼 중요한 것은 없었다.

목요일 저녁에 집에 도착하자마자 어머니와 놀 준비를 했다. 그 놀이는 남에게 아무런 해를 끼치지 않는 장난이었다! 마치 사람이 생기기 전인 천지창조 초기의 친절한 짐승들처럼. 아담과 이브가 떠나고 난 후의 에덴동산처럼.

브리지 게임을 하다가 쓰러진 부인이 죽어서 이번 주에는 게임이 없었다. 게임이 있었다고 해도 어머니는 과연 가셨을까? 아마도 안 가셨을 것이다. 우리들의 장난은 나한테 만큼이나 어머니에게도 의미가 있었다. 그렇게 오랫동안 자신이 좋아하던 것을 할 수 없었으니 어쩌면 어머니에게 더 커다란 의미가 있는지도 모른다.

우리는 식탁에 앉아 저녁을 먹고 있었다. 어머니는 우리가 나중에 뜯어먹을 수 있도록 양 갈비 요리를 하셨다. 우리는 나중에 그것을 먹지 못했다. 나는 지금도 그 음식이 어떻게 됐나 궁금하다. 우리는 수프를 먹었다. 빵은 날카로운 칼과 같이 테이블에 놓여 있었다.

내가 혼자 있을 때 모이라는 언제나 뒷문으로 방문했다. 우리 두 사람은 모이라가 들어오는 소리를 듣지 못했다. 그러나 내가 기억하기에는 모이라가 들어오기 직전에 어머니가 날카로운 이빨을 내보이며 고귀한 머리를 약간 쳐들었다. 모이라는 식당 문을 열고 들어왔다. 나는 그녀의 모습을 볼 수 있었다. 그녀 입술의 미소가 사라지고 비명을 지르려 했다. 모이라는 내가 준 돈으로 산 기다란 흰 양가죽 코트를 입고 있었다.

그리고는 어떻게 됐냐구? 이 점을 정신과 의사가 알고 싶은 것 같았지만 나도 잘 기억이 나지 않는다. 문이 열릴 때 빵 자르는 칼을 잡고 있던 생각은 난다. 으르렁거리며 덮치려고 하던 생각도 난다. 그러나 그 다음에는 어떻게 됐냐구?

사람들이 나를 이곳으로 데리고 오기 전에 마지막으로 생각나는 것은 나의 가죽에 피가 묻었다는 점과 두 마리의 사나운 육식동물이 죽은 양의 시체에 올라타고 있던 장면이었다.

루스 렌델(Ruth Rendell, 1930~)

런던에서 교수 부모 밑에서 태어나, 고등학교 졸업 후 4년 간 웨스트에섹스 신문사에서 기자와 편집자로 근무했고, 20세의 젊은 나이로 결혼했다. 남편 로날드 렌델과 이혼 후 1977년에 다시 결혼했다. 아이가 자란 후 34살 때 1년에 걸쳐서 완성한 웩스포드 경감 시리즈 첫 작품 『장미의 살의』로 작가로 데뷔했다. 그 후의 루스 렌들의 활약은 순조로웠다. 웩스포드 경감시리즈(12작품) 외에 틈틈이 써놓은 심리 서스펜스 소설을 발표하여 20편이 넘는 장편을 썼다. 실력파들만 모인 영국 여성 미스터리의 대표 작가의 한 사람이다.

마지막 버펄로

THE PLATEAU — 클라크 하워드

탱크 셔만의 딸은 아버지를 살살 흔들었다.

"탱크, 탱크, 일어나세요. 브루노가 죽었어요."

탱크는 구두만 벗고 옷은 그대로 입은 채 자다가 침대에서 일어났다. 브루노? 브루노가 죽었다구?

"한나 얘기겠지."

그는 구두에 손을 뻗으며 말했다.

"아녜요, 브루노예요. 한나는 살아 있어요. 브루노가 죽었어요."

탱크는 이마를 찌푸렸다. 그러면 일이 잘못된 것이다. 그는 승마용 구두를 신었다. 그 구두는 18년째 신는 것으로 가죽이 장갑처럼 부드러웠다. 구두를 신고 바닥을 내려다보았다. 아직도 머리가 혼란스러웠다. 브루노가 죽어? 어떻게 그런 일이 생길 수 있지? 한나가 먼저 죽어야 했다. 브루노는 젊었고 한나는 늙었다. 브루노에겐 많은 돈이 걸려 있었다.

"어떻게 된 거냐?"

그는 딸인 델리아에게 물었다.

"모르겠어요. 닥(의사) 루이스가 조사하러 갔어요."

그녀는 좁은 방을 질러가서 커피포트 밑에 불을 켰다. 그리고 찬장에서 잔을 꺼내 복숭아 브랜디를 한 잔 따랐다.

"브루노가 죽었으니 그들은 한나를 사냥할까요?"
"그럴 수는 없어."
탱크는 힘주어 말했다.
"한나는 너무 늙었어. 한나를 상대하는 것은 사냥이 아니라 표적 사격이야."
커피가 끓자 델리아는 브랜디를 부은 잔에 커피를 따른 후 갖고 왔다. 탱크는 커피를 마시며 딸을 바라보았다. 머리카락은 어머니를 닮아 까마귀 날개처럼 숱이 많고 새까맸다. 광대뼈는 어머니의 피를 이어받아 쇼쇼니 인디언처럼 튀어나왔다. 눈만은 자기를 닮아 엷은 푸른색이었다. 그녀는 태어나면서부터 자기를 〈아빠〉라 부르지 않고 〈탱크〉라고 불렀다. 지금 19세인 그녀의 몸은 부드러운 굴곡이 있었고 단단했다. 그녀 혼자 이동식 주택에 살면서 식당 뒷방에서 하는 불법 블랙잭 게임의 딜러 노릇을 했다. 탱크는 델리아를 낳은 방에서 아직도 살고 있었다. 그는 델리아가 1년 전에 떠난 후로 줄곧 혼자였고, 6년 전에 처를 잃은 뒤로 재혼도 하지 않고 쓸쓸히 살고 있었다.
"전시장에 안 가실 거예요?"
"조금 있다가 간다."
그는 뜨거운 커피로 손을 데우려는 것처럼 커피 잔을 두 손으로 감싸며 딸에게 미소 지었다.
"네가 내 커피에 브랜디를 넣으면 엄마가 야단을 쳤던 게 생각나니?"
"네."
델리아도 미소 지었다.
"네 엄마는 항상 나를 제대로 된 사람으로 만들려고 애썼어. 내가 중요한 일을 하도록 애를 많이 썼다고. 하지만 나는 그런 일은 한 번도 하질 못했어. 만일 한나가 생각대로 먼저 죽었다면 나도 생전 처음으로 중요한 일을 할 수 있었을 거야. 적어도 네 엄마와 브루노에게는 중요한 일을 말이다. 그런데 브루노가 먼저 죽었으니 이제 더 이상 내가 중요한 일을 할 수 없게 됐구나. 엄마가 살아 있었다면 내가 일부러 그랬다고 야단쳤을 거야.”

탱크는 머리를 흔들며 커피를 마셨다. 그는 팔다리가 껑충한 근육질의 남자로 나이는 50세였다. 그는 얼굴에 상처가 많았다. 20년 전에 그는 인디언과 상대하는 권투 쇼 대원으로 이 고장에 왔다. 그의 이름은 댄 셔만이었으나 워낙 강인한 체력의 소유자여서 〈탱크〉라고 불렸다. 셔만 탱크의 이름을 따서 〈탱크〉 셔만이라고 별명을 붙인 모양이었다. 그는 탱크처럼 단단했다. 맷집도 좋았으나 이곳에 왔을 때는 너무나 많은 펀치를 맞은 뒤였다. 몬타나 주의 작은 동네에서 백인을 싫어하는 한 인디언이 그를 묵사발로 만들었던 것이다. 쇼단은 탱크를 남기고 그 인디언을 데리고 떠났다. 델리아의 어머니는 〈세븐 일레븐〉 뒤에서 마지막 남은 돈으로 산 크래커와 소시지를 먹고 있는 그를 발견했다. 그의 입술은 기괴한 모양으로 부어 있어 씹지를 못했고 눈은 너무 부어올라 앞을 못 볼 지경이었다. 델리아의 어머니는 그를 집으로 데리고 갔다. 그리고 두 사람은 그 뒤로 한 번도 헤어지지 않았다. 델리아는 두 사람 사이에서 태어난 외동딸이었다.

탱크는 커피를 다 마신 후 말했다.

“전시장에 가자.”

그의 오두막은 작은 언덕 기슭에 있었다. 탱크와 델리아가 언덕을 내려가자 전시장 울타리에는 벌써 사람들이 모여 있었다. 전시장이라고 해봐야 울타리를 둘러친 작은 우리에 불과했다. 우리 옆에는 헛간이 붙어 있었고, 헛간에는 번지르르한 붉은 간판이 붙어 있었다.

〈살아 있는 단 두 마리의 버펄로—입장료 $○○〉

관광객들이 입장권을 사서 울타리를 빙 둘러서며 헛간 문이 열리고 브루노와 한나가 울타리 안으로 모습을 나타냈다. 그들은 북미 대륙에 남은 마지막 두 마리의 버펄로였다. 그런데 이제는 한 마리만 남은 것이었다.

탱크와 델리아가 사람들을 비집고 들어갔을 때 근처 크로우 관리소에서 온 인디언 보호지역 수의사인 늙은 닥 루이스가 브루노에 대한 진찰을 막 끝내고 있었다.

"사인은 뭡니까?"

탱크는 쓰러져 있는 거대한 짐승을 바라보며 물었다.

"심장 마비야. 살이 너무 쪘어. 900킬로도 넘게 나갔을 거야."

수의사는 무릎을 털면서 말했다. 탱크는 고개를 끄덕였다.

"울타리 속에서만 있었으니 살을 뺄 수가 없었지요."

닥 루이스는 작은 수첩에 노트를 했다.

"몇 살인지 알아?"

"아홉 살입니다. 그 놈이 태어날 때 제 아내가 받았어요."

딸이 죽은 버펄로의 머리를 어루만지는 것을 보고 상처투성이의 복서 얼굴에 슬픈 빛이 떠올랐다. 그는 울타리의 한쪽 구석을 보았다. 한나가 조용히 서서 이쪽을 바라보고 있었다. 젊은 수놈인 브루노와는 달리 한나는 암놈으로 나이가 많았다. 적어도 서른은 되었다. 한나는 보통 버펄로보다 털이 가늘었고 연했다. 그녀의 목과 어깨 털이 금발에 가까운 것으로 보아 조상 중에 흰 버펄로가 있었을지도 모른다. 한나는 브루노보다 훨씬 작아 어깨 높이가 약 1.5미터쯤 됐고 무게는 320킬로가 약간 넘었다.

"이렇게 되면 사냥은 취소되겠군요."

탱크가 물었다. 그것은 델리아가 자기에게 묻던 질문과 같은 것이었다. 수의사도 자기가 한 말과 같은 대답을 했다.

"그야 물론이지. 한나를 사냥하는 것은 이제 스포츠가 아냐. 그녀는 너무 늙었어."

그들은 한나에게 갔다. 그리고 무언가에 이끌리기라도 한듯이 세 사람은 손을 내밀어 한나를 만졌다. 의사가 말했다.

"자, 이제 너는 북미 대륙의 마지막 버펄로라는 역사의 한 장을 장식하게 됐어."

"어쩌면 우표에 한나의 그림이 채택될지도 몰라요."

델리아가 말했다.

"그럴지도 모르지. 네가 태어나기 이전 얘기지만 버펄로가 그려진 5센트 동전이 나온 적도 있단다."

연한 갈색의 공원 경비대원 복장을 한 예쁘고 젊은 여자가 헛간에서 나와 그들 앞으로 왔다. 고등 교육을 받은 듯한 침착한 모습의 백인 여자는 델리아가 가지고 있지 못한 것을 전부 갖고 있었다.

"안녕하세요, 닥 루이스. 안녕하세요, 셔만 씨. 안녕, 델리아."

그녀는 한나의 목걸이에 줄을 맸다.

"본부에서 이 전시장을 폐쇄하라는 연락이 왔어요. 그리고 한나의 발톱도 깎으라는 지시를 받았어요. 정말로 멋지지요?"

닥과 탱크는 놀라서 서로를 바라보았다.

"뭐가 멋져?"

닥 루이스가 물었다. 그러나 그와 탱크는 직감적으로 그 대답을 알고 있었다.

"사냥 말예요. 브루노를 상대할 때와 다르다는 것은 알아요. 하지만 이것이 마지막 버펄로 사냥이에요. 이것은 역사예요!"

"이것은 야만적인 짓이야."

닥이 반박했다. 그녀는 예쁜 어깨를 으쓱했다.

"하지만 어쩔 수 없지 않아요? 표는 팔렸고 추첨은 이미 끝났어요. 주 정부가 약속을 어길 순 없잖아요?"

"그래서는 안 되지. 절대로 안 돼. 정부가 그럴 수는 없어."

델리아가 비꼬며 말했다.

"그건 당연해요."

젊은 경비대원은 델리아가 비꼬는 것도 모르고 말을 계속했다.

"그들은 한나가 늙었다는 것을 감안해서 규칙을 약간 바꿨어요. 브루노를 12시간 먼저 출발시키기로 한 것 기억나세요? 한나는 24시간 먼저 출발하게 한대요."

그녀는 한나에게 시간을 더 줘서 기쁘다는 듯이 미소 지었다. 닥 루이스는 정나미가 떨어져서 그 자리를 떠났다. 탱크와 델리아도 떠났다. 탱크의 오두막으로 언덕을 올라가며 델리아가 말했다.

"결국에는 중요한 일을 할 기회를 얻은 것 같군요."

탱크는 죽은 아내를 생각하며 고개를 끄덕였다.

"그런 것 같구나."

살아 있는 암버펄로들이 너무 늙어 새끼를 낳지 못해 버펄로가 멸종 위기에 놓였다는 것이 확실해지자 주 정부는 즉시 두 가지 일을 실시했다. 하나는 울타리를 치고 살아 있는 버펄로를 가두어 사람들이 입장료를 내고 보게 하는 것이고, 다른 하나는 전국적으로 복권을 발행해서 미국의 마지막 버펄로 사냥—그 사람이 사냥한 버펄로의 머리와 가죽을 갖는다—을 할 사람을 뽑자는 것이었다.

이 두 가지 조치는 모두 대단한 성공을 거두었다. 주 정부는 소속 기관인 공원 관리공단으로 하여금 〈마지막 버펄로 전시장〉을 1년에 9개월 동안 열게 했다. 공원 경비대가 운영하는 전시장은 적은 인원으로 주에서 가장 이익을 많이 보는 관광 명소가 되었다. 버펄로가 전시되는 울타리를 빙 둘러싸고 자판기가 설치되었다. 25센트를 넣으면 자판기에서는 버펄로 먹이를 작게 뭉친 합성 음식물이 들어 있는 종이컵이 나왔다. 사람들은 그것을 사서 우리 속의 원숭이에게 땅콩을 던지듯 던졌다. 그러나 버펄로들은 재주를 부리지 않았다. 처음에는 채찍을 쓰면서까지 버펄로에게 재주를 부리려 했지만 버펄로는 꿈쩍도 하지 않았다. 결국에는 공원 경비대원이 버펄로를 울타리로 끌어내기만 했다. 그러면 버펄로는 가만히 서 있었고 어린애들은 합성 음식물을 버펄로에게 던졌다. 그래도 버펄로 전시는 대단한 인기를 끌었다.

버펄로 전시가 돈은 벌었지만 버펄로 사냥복권에 비하면 하찮았다. 주 정부 회계감사원의 한 젊은 마법사가 복권 판매 계획을 세웠다. 주에서뿐만 아니라 전국적으로 우편 판매하기로 한 복권은 2백만 장으로 한 장에 5달러였다. 복권은 한 달만에 전부 팔려 주 정부는 단시일 안에 1천만 달러를 벌었다. 사냥할 마음이 전혀 없는 사람들도 투자 목적으로 표를 샀다. 추첨을 하기 전부터 당첨된 사람으로부터 표를 사겠다는 광고가 났다.

당첨자는 세 사람이었다. 행운의 당첨자들은 뉴욕의 피아노 조율사, 멤피스의 웨이터, 그리고 네바다의 목동이었다. 피아노 조율사는 표를 배우인 그레고리 킹스턴에게 만 달러를 받고 팔았다. 웨이터는 베스트셀러 작가인 하몬 랭포드에게 8천 5백 달러를 받고 팔았다. 목동인 레스터 애쉬는 버펄로 머리와 가죽이 그보다 훨씬 더 값이 나갈 것이라고 생각하고 표를 팔지 않았다. 그는 자기가 배우나 작가보다 더 훌륭한 사냥꾼이라고 생각했다.

브루노가 죽고 두 시간이 지난 뒤에 추첨된 표를 갖고 있는 세 사람에게 사냥하러 오라는 연락을 했다. 살아 있는 마지막 버펄로인 한나는 금요일 정오에 50마일 떨어진 대초원에 풀어놓기로 되어 있었다. 토요일 정오에 당첨된 세 사람은 버펄로 사냥을 자유롭게 시작하도록 되어있었다.

목요일 자정에 탱크 셔만은 떠날 준비를 완료했다. 그의 포드 픽업트럭 뒤에는 말 수송 트레일러가 달려 있었다. 원래 트레일러는 말 두 마리를 수송하는 것이었으나 중간 칸막이를 없애고 커다란 칸 하나로 만들었다.

트럭을 전시장 울타리에서 약 900미터 가량 떨어진 곳에 세우고 탱크와 델리아는 절단기로 헛간 문에 잠긴 자물쇠를 잘랐다. 그리고 안으로 숨어 들어가서 한나를 끌고 나왔다. 늙은 버펄로는 토끼처럼 순해서 델리아가 신선한 풀을 먹이면서 탱크가 목에 줄을 걸 때 조용히 서 있었다.

버펄로를 트레일러에 싣고 문을 잠근 후에 탱크는 델리아에게 봉투를 하나 주었다.

"집과 땅문서가 이 안에 있다. 그리고 네 어머니의 저금 통장도 들어 있어. 어머니는 죽을 때 640달러를 저축했지. 네가 스물한 살이 되면 네 것이 된단다. 참, 그리고 이 차의 권리증도 안에 들어 있다. 내가 너에게 줄 수 있는 건 그뿐인 것 같다."

델리아는 지프에서 종이봉지와 보온병을 꺼냈다.

"샌드위치와 커피예요. 커피에는…."

"알았어."

그는 봉지와 보온병을 픽업트럭 운전석에 놓고 감기에 걸린 듯 코를 훌쩍했다. 그러나 그는 감기에 걸려 있지 않았다.

"몸조심해라, 얘야."

그가 무뚝뚝하게 말하고 트럭에 타려다가 몸을 돌렸다.

"얘야, 나는 아버지 노릇을 제대로 못했고 네가 오두막에서만 살게 했다. 공부도 제대로 시키지 못했지만 그렇다고 널 사랑하지 않았던 것은 아니란다. 내 말 알아듣겠니?"

"그럼요. 그렇지만 아버지는 제게 포커 하는 법을 가르쳐 주셨어요. 자동차 타이어 바꾸는 법도 가르쳐 주시고 다람쥐가 손바닥에서 놀게 하는 법도 가르쳐 주셨어요. 많은 여자 애들은 그런 것을 못 배워요."

그녀는 떨리는 목소리는 억지로 누를 수 있었지만 흐르는 눈물은 막을 수 없었다. 그러나 그녀는 어둠 때문에 탱크가 눈물을 볼 수 없다는 것을 알고 있었다.

"알았다. 이제 떠나야겠다."

그는 트럭 문을 살살 닫고 시동을 걸었다. 그리고 헤드라이트를 켜지 않은 채 그 곳을 떠났다. 뒤에 남은 델리아는 어둠 속에서 손을 흔들며 중얼거렸다.

"안녕히 가세요, 아빠."

그는 고속도로에서 헤드라이트를 켜고 속도를 올렸다. 그리고 속으로 생각했다. 이것은 당신을 위해 하는 일이야, 로즈.

로즈는 죽은 아내 이름이었다. 아내는 항상 그에게 중요한 일을 하라고 했다. 그녀의 인디언 이름은 앵초꽃(Primrose)이었다. 앵초꽃이 피기 시작한 6월에 그녀가 태어났다고 그녀의 아버지가 지어준 이름이었다. 나중에 그녀가 백인들과 함께 살게 되자 이름을 로즈(Rose)로 줄였다.

탱크는 그녀를 아름답다고 기억하고 있지만 실제로는 아름답기는커녕 예쁘지도 않았다. 얼굴에는 별 특징이 없었고 미간이 좁았다. 코는 너무 길었고 한쪽 볼에는 마마자국이 있었다. 머리카락만은 광을 낸 마노처럼 광택이 나고 아름다웠다. 그러나 탱크는 그녀의 외모보다 마음에서 흘러넘치는 아름다움을 수없이 볼 수 있었다. 그녀의 희망과 꿈과 프라이드와 사랑을 나눌 때의 적나라함과 그녀가 비밀로 간직하고 있는 즐거움을 보았다. 그는 그녀의 모든 것을 보았고, 그 모든 것이 그녀를 아름답게 보이게 했다. 그녀가 그에게 버펄로를 처음 보여 준 것은 그를 치료해 주고 함께 살기 시작한 지 3개월 후였다. 그날은 로즈가 사탕무공장에 나가지 않고 쉬는 날이었다. 그들은 아침 일찍 일어나서 지프를 타고 30마일 밖의 평원으로 갔다. 그 외진 평원에 작은 버펄로 무리가 있었다. 황소가 세 마리, 암소가 한 마리, 그리고 새끼가 여섯 마리였다. 그들은 관광객들에 의해 블랙 힐에서 북서쪽으로 내쫓긴 첫 번째 버펄로 무리였다.

"저들이 얼마나 고상하게 생겼는가 보세요. 그들이 서서 관망하는 모습에 얼마나 위엄이 깃들어 있는지 보세요."

그녀의 눈에 이슬이 맺혔다.

"저들은 자기들의 세계가 끝나는 것을 바라보고 있어요."

한때는 미국에 6천만 마리의 버펄로가 야생하고 있었다고 그녀가 말했다. 미국의 북쪽 평야에서 야생하고 있던 버펄로 무리는 인간이 알고 있는 가장 커다란 대형 육지 동물 집단이었다. 들에서 사는 인디언들에게 거대한 버펄로 무리는 그들 경제의 대들보였다. 그들은 인디언 전 종족에게 음식물, 의복, 집, 약 등을 제공했다. 인간과 동물간에 그런 자연적인 평형을 유지하고 있는 것은 다른 예를 찾을 수 없었다.

"그런데 백인들이 나타났어요. 처음에 그들은 우리 인디언과 마찬가지로 고기와 가죽 때문에 버펄로를 죽였어요. 그러는 것은 좋았어요. 버펄로는 많았으니까. 다음에 그들은 가죽을 얻기 위해 버펄로를 죽이고 고기는 햇빛에 썩게 놔뒀어요. 그 행위도, 명예스럽지는 않았지만 견딜 수 있었어요. 그러나 다음에 그들은 자기들이 말하는 〈스포츠〉로 버펄로를 죽이기 시작했어요. 재미로, 오락으로 죽였어요.

처음에는 수만 마리씩 죽이기 시작했어요. 그들이 〈버펄로 빌〉이라고 하는 도살자 코디는 7개월 동안에 4만 2천 마리를 혼자 죽였다는 기록이 있어요. 그 후에 사람들은 이유 없이 버펄로들을 수십만 마리씩 살육하기 시작했어요. 오늘날에는 몇 백 마리밖에 없어요. 그들은 대부분 블랙 힐에 있어요. 그러나 그들은 이곳으로 천천히 다시 모이고 있어요."

"왜 모이지?"

탱크는 그녀의 말에 완전히 매료되어 물었다.

"그들은 자기들의 마지막이 다가오고 있다는 것을 알고 있어요. 동물들은 자기 종족이 없어지고 있다는 것을 알아요. 매년 새끼 수가 점점 적어지고 무리가 점점 작아지는 것을 보고 그들 종족이 최후를 맞이할 장소를 찾아요. 그들은 사람 때가 묻지 않은 풀 많은 평원을 찾아가죠. 그들이 누워서 위엄 있게 죽음을 맞이할 장소를 찾는 거지요."

탱크가 로즈라는 쇼쇼니 인디언 여자와 사는 수많은 세월 동안 그녀는 버펄로를 사랑했고, 그들의 수가 줄어드는 것을 가슴 아파했다. 그녀의 죽음을 애석해 하면서도 탱크는 마지막 버펄로인 브루노와 한나가 울타리 안에 갇혀 사람들의 전시물이 된 것을, 사람들 사냥 복권의 대상이 된 것을 로즈가 못 보는 것을 다행스럽게 생각했다.

이것은 당신을 위해 하는 일이야.

탱크는 한나를 뒤에 달린 트레일러에 싣고 동남쪽으로 달리면서 생각했다. 그는 5시간쯤의 여유가 필요했다. 그러면 그들과 약 250마일을 떨어지게 된다. 그만하면 충분할 것 같았다.

어쩌면 충분하지 못할 것도 같고.

동이 트고 두 시간이 지나 키가 크고 잘생긴 남자가 텅 빈 전시장 울타리 속을 화가 잔뜩 나서 서성이고 있었다.

"없어졌다니 무슨 소리야? 버펄로처럼 큰 것이 어떻게 없어진단 말이야?"

그의 이름은 그레고리 킹스턴이었다. 아카데미상을 받은 배우였지만 지금은 연기를 하고 있지 않았다. 그는 정말로 화가 머리끝까지 나 있었다.

"주에서 이 사냥을 보장했어."

두 번째 사나이가 말했다. 몸집이 작고 뚱뚱했지만 행동거지는 더 당당했다. 그는 국제적으로 잘 알려진 베스트셀러 작가인 하몬 랭포드였다. 그도 킹스턴처럼 비싼 사냥복을 입고 있었고, 손으로 만든, 조각을 한 외제 고급 사냥총을 들고 있었다. 그가 조용히 물었다.

"이곳 책임자는 누구요?"

네바다 주의 목동인 세 번째 사나이 레스터 애쉬는 한 발자국 뒤에서 아무 말 없이 지켜보고 있었다. 그는 청바지와 가죽옷 등, 튼튼한 작업복을 입고 있었다.

공원 관리공단의 대변자가 사정했다.

"여러분, 우리는 이 일이 어떻게 된 것인가 빠른 시간 내에 진상을 파악하려고 최선을 다하고 있습니다. 우리가 현재 알고 있는 것은 어젯밤에 누군가 한나를 데리고 달아났다는 것입니다. 고속도로 순찰대에는 이미 상황을 통보했고, 지금 이 순간에 주 전체에 수색이 진행 중입니다."

"아니, 도대체 누가, 무엇 때문에 버펄로를 유괴한다는 말이야?"

킹스턴은 이해할 수 없다는 듯이 두 팔을 번쩍 쳐들었다. 지금은 연기를 하고 있었다.

"그만해, 킹스턴. 우리는 아무 버펄로나 얘기하고 있는 게 아냐. 그 버펄로는 특수한 버펄로야. 이 일을 스포츠로 생각하지 않고 이익을 보려하는 사람도 있지만."

하몬 랭포드는 말을 중단하고 레스터 애쉬를 흘깃 보았다. 레스터 애쉬는 아무 말도 하지 않고 줄곧 미소만 짓고 있었다.

랭포드는 말을 계속했다.

"어쨌든 우리는 왜 이런 일이 일어났는가 원인 파악에만 시간을 낭비하고 있을 수는 없어. 우리는 버펄로가 어디 있는지 알아내야 해. 그 놈은 지금 어디 있지? 그리고 우리는 어떻게 그 곳으로 가지?"

공원 관리공단 사람이 말했다.

"고속도로 순찰대에서 연락이 올 때가 됐습니다. 주의 모든 도로를 감시하고 있습니다."

"우리는 지금부터 어떻게 하지?"

그레고리 킹스턴이 랭포드에게 물었다.

"버펄로의 위치가 확인되는 대로 그 곳으로 빨리 갈 수 있는 방법을 강구해야 해. 다른 녀석이 버펄로에게 총을 쏘기 전에. 이곳에는 픽업트럭에 총을 싣고, 청바지를 입고 카우보이 흉내를 내고 싶어하는 사람들이 많으니까. 그들 중 몇 명은 마지막 버펄로를 쏜 사람으로 기억되고 싶어할 거야."

"당신처럼 말이지?"

레스터 애쉬가 처음으로 입을 열었다. 랭포드가 능글맞게 웃었다.

"그래. 그리고 당신도 마찬가지야."

두 사람은 서로 노려보다가 상대를 이해했다. 랭포드가 말을 계속했다.

"우리에게는 빠르고 융통성 있는 교통 수단이 필요해."

그는 공원 관리공단 사람에게 몸을 돌렸다.

"헬리콥터를 임대할 수 있는 가장 가까운 곳은 여기서 얼마나 되오?"

"50마일입니다."

"그 곳으로 빨리 갑시다. 버펄로를 발견했을 때 헬리콥터를 갖고 있으면 빨리 갈 수 있으니까. 주에서는 이의가 없겠지요?"

공원 관리공단 사람은 어깨를 으쓱했다.

"세 사람이 똑같이 사냥을 시작한다면 이의 없습니다. 그리고 공중에서는 총을 쏘면 안 됩니다."

"그야 물론이지. 우리는 야만인들이 아냐."

그는 킹스턴과 애쉬를 바라보았다.

"다들 약속하는 거지?"

"약속했어."

배우가 말했다.

"갑시다."

애쉬가 말했다.

그보다 3시간 전, 탱크는 픽업트럭을 느릅나무 숲 지대에 세우고 오터의 오두막이 있는 숲속으로 걸어서 갔다. 사방은 아직도 어두웠다. 새벽전의 섬뜩한 공허함이 사방을 감싸고 있었다. 그는 오터의 오두막집 문에 가볍게 노크했다. 안에서 목소리가 들렸다.

"누가 이런 시간에 늙은이를 귀찮게 구는 거요? 꼼짝도 못하는 늙은이를 해치러 온 나쁜 사람이오?"

"오터, 저는 셔만입니다. 당신의 딸이 죽기 전의 남자입니다."

"왜 왔어? 나는 가진 게 없어서 자네에게 아무것도 줄 수 없어. 나는 돈이나 귀중품이 없어. 겨우 하루 하루를 연명하고 있어. 그런 내게 왜 왔어?"

"당신의 지혜를 얻으러 왔습니다. 당신의 말을 들으러 왔습니다."

"그것은 내가 줄 수 있을지 모르지만 나는 너무나 배가 고파 한마디 한마디가 마지막 말이 될 수 있어. 같이 온 사람이 몇 명이야?"

탱크는 어둠 속에서 미소를 지었다.

"혼자 왔습니다."

꾀 많은 영감쟁이 이제 연극은 그만하지.

"들어와. 문 옆에 초가 있어."

문 안으로 들어가 탱크는 촛불을 켰다. 대단히 더럽고 궁핍한 방안이 보였다. 한쪽 구석에는 푹 꺼진 매트리스가 있는 낡은 간이 침대가 있었고 다른 구석에는 더러운 접시와 냄비가 잔뜩 쌓인 녹슨 싱크대가 있었다. 또 다른 구석에는 망가진 문짝이 달린 낡은 옷장이 있었다. 옷장 속에는 걸레 같은 옷이 몇 벌 걸려 있었다. 그 외의 바닥과 벽은 때와 먼지투성이였다.

탱크는 그 방에 머물지 않고 두 번째 방으로 들어갔다. 오터는 입에 시가를 물고 큰 침대 위에 앉아 있었다. 옆에는 위스키 병이 놓여 있었다. 탱크가 문을 닫는 동안 노인은 들고 있던 쌍발 산탄총을 방바닥에 놨다.

"요새 어떤가, 연약한 얼굴?"

노인이 물었다. 그가 탱크를 처음 봤을 때 탱크의 얼굴은 맞아서 묵사발이 난 상태였다. 그 후로 오터는 탱크를 〈연약한 얼굴〉이라고 불렀다.

"저는 괜찮습니다. 영감님도 괜찮으신 것 같습니다."

늙은 인디언은 어깨를 으쓱했다.

"괜찮아."

탱크는 미소를 지으며 방안을 둘러보았다. 오터가 필요로 하는 모든 것이 완비되어 있었다. 이동식 에어컨, 컬러 TV, 전자레인지, 냉장고, 발전기, 작은 욕실, 온수 욕조까지 있었다.

"밀주 사업은 어떻습니까?"

오터는 일어서서 담요를 어깨에 걸쳤다.

"내 고객들은 충성스러워서 그럭저럭 견디고 있어. 내 손녀딸은 아직도 백인들 노름의 딜러 노릇을 하고 있나?"

"네."

"기회가 생기면 속이기도 하나?"

"관광객은 속이죠."

오터는 고개를 끄덕였다.

"잘하는 짓이야. 혼혈 인디언이라도 기회가 있으면 백인을 속여야 해."

그는 전기 불판에 물을 올려 놓았다.

"테이블에 앉아서 뭐가 문젠가 얘기해 봐."

탱크는 늙은 인디언에게 자기가 한 일과 그렇게 한 이유를 설명했다. 로즈에 대한 얘기와 그녀가 버펄로를 얼마나 사랑했는가를 말할 때 오터의 눈에는 이슬이 맺혔다. 탱크가 이야기를 끝내자 오터는 일어서서 커피와 브랜디를 따라 갖고 왔다.

"내가 어떻게 도와줄 수 있나?"

"버펄로를 데리고 갈 안전한 장소가 필요합니다. 그녀가 총 맞을 걱정을 하지 않고 나머지 생애를 조용히 보낼 곳이 필요합니다. 조용히 죽게 해 주고 싶습니다. 당신의 딸인 로즈도 그러기를 원할 겁니다."

오터는 커피를 마시며 그 문제를 곰곰이 생각했다. 그는 떠오른 생각들이 마음에 들지 않는다는 듯이 여러 번 고개를 흔들었다. 이윽고 그는 손가락으로 테이블을 톡톡 치며 말했다.

"베어 마운틴 옆에 있던 디치 계곡 생각나나?"

"블랙 힐 지역에 있는 곳 말입니까? 델리아가 어릴 때 당신이 우리를 데리고 소풍갔던 곳 말입니까?"

"그래, 그 곳이야. 디치 계곡 위로 높은 곳에 풀밭이 있어. 그 고원은 얼마 남지 않은 디어필드 인디언 부족 땅이야. 그 곳은 블랙 힐 국립공원 경계 안이지만 미국 연방정부는 그 곳을 디어필드 부족에게 양도했지. 그 곳으로 가는 길이 없으니 관광객도 없을 거라고 생각하고 양도한 모양이야. 디어필드 부족은 그 곳을 종교적인 의식을 행하는 곳으로 사용하고 있어. 그들에게는 신성한 곳이지. 버펄로가 그 곳에 가기만 하면 보호를 받을 수 있을 거야. 그러나 그 곳으로 가는 길은 비포장이야. 버펄로가 올라갈 수 있을지 모르겠네."

"얼마나 높은 곳에 있는데요?"

"약 2,100미터쯤 돼. 1,800미터까지는 자갈길이지만 그 다음부터는 오솔길이야. 자네가 야생 염소를 훔쳤더라면 좋을 걸 그랬어. 자네는 한 번도 똑똑하게 행동한 적이 없어, 연약한 얼굴."

"가는 길을 그려 주실 수 있습니까?"

"물론이지. 나는 재주가 많은 사람이야."

오터는 종이와 연필을 꺼냈다. 그리고 기억을 더듬어서 지도를 그려 탱크에게 주었다. 이제 밖은 날이 밝았고 두 사람은 트레일러로 갔다. 탱크는 한나를 운동도 시키고 식사도 먹일 겸 트레일러에서 꺼냈다.

오터가 말했다.

"훌륭한 버펄로야. 당신 종족 같은 사람들이나 이런 훌륭한 버펄로를 총으로 쏘려 할 거야."

"그들의 피부색이 나와 같다는 것만으로 내 종족이 될 수는 없어요."

탱크는 버펄로를 나무에 매놓고 오터와 같이 오두막으로 갔다. 늙은 인디언이 아침을 만들었고 두 사람이 같이 식사했다. 탱크가 떠날 시간이 되었다. 오터는 자동차에 가서 한나를 차에 싣는 일을 도왔다. 탱크가 차에 타고 시동을 걸자 오터는 트럭 문에 손을 얹었다.

"모든 사람마다 자기의 고원이 있어. 누구나 그 고원에 올라가지. 어떤 사람은 하루를 있을 거고, 어느 누구는 1년을 있을 거야. 누구는 잠깐 동안만 있을 거고. 그러나 그가 그 곳에 있는 순간이야말로 바로 인생의 의미를 갖는 순간이야. 그것을 위해서 위대한 분은 사람을 땅에 내려 보내신 것 같아. 디치 계곡 위에 있는 풀밭이 자네의 고원인지도 몰라, 연약한 얼굴."

그는 탱크의 어깨에 손을 얹었다.

"바람과 함께 가거라. 내 아들아."

탱크는 침을 꿀꺽 삼키고 고개를 끄덕인 후에 출발했다.

헬리콥터는 버펄로가 유괴된 곳에서 200마일 이내의 곳들을 수색했다. 조종사 옆에는 하몬 랭포드가 앉았고 그들 뒤에는 그레고리 킹스턴과 레스터 애쉬가 앉았다. 세 사람은 쌍안경으로 아래를 살폈다.

"미치겠군."

킹스턴이 중얼거리면서 랭포드의 어깨를 톡톡 쳤다.

"왜 이곳을 수색하고 있나 다시 말해 봐."

그는 항공기의 소음 때문에 고함을 쳐야 했다. 작가도 같이 고함쳐서 대답했다.

"오늘 새벽 4시에 말 운반용 트레일러를 단 픽업트럭이 데이톤에서 기름을 넣었다고 고속도로 순찰대에서 연락이 왔어. 주유소 사람 말에 의하면 트레일러 안의 짐승에는 담요를 씌웠는데 운전사가 로데오 황소라고 말했대. 그러나 그 사람은 그게 우리의 버펄로일지도 모르겠다고 했어. 그들은 길레트 쪽으로 갔대. 그래서 우리는 길레트 남쪽을 조사하고 있는 거야."

배우는 그 말이 아무런 의미도 없다는 듯이 어깨를 으쓱했다. 레스터 애쉬는 그의 귀에 입을 대고 말했다.

"고속도로 순찰대는 그가 선더 베이신 쪽으로 갔을 거라고 생각하고 있어. 그 곳은 커다란 목초 지대야. 버펄로를 풀어놓기 알맞은 곳이지."

"그래요? 그 말도 일리가 있군."

킹스턴은 미소 지으며 애쉬의 무릎을 다정하게 토닥거렸다. 애쉬는 의심스런 눈길을 보내며 몸을 뺐다.

조종사는 바둑판식 수색을 계속하며 콘솔에 나타난 수색한 바둑판의 칸을 하나씩 지웠다. 그들은 목초지를 깊숙이 들어가서 바람에 흔들리는 그림자, 야생동물 등 움직이는 것은 모조리 수색했다. 그러나 그들이 찾는 것은 보이지 않았다. 한 시간 후에 조종하는 랭포드에게 말했다.

"곧 착륙해서 급유를 해야 합니다."

그가 말을 하자마자 전시장의 관리공단 사람으로부터 무전 연락이 왔다.

"민간 순찰 항공기가 트레일러를 목격했습니다. 오사지 남쪽의 16번 도로에서 블랙 힐을 향해 가고 있었답니다. 주 경계를 넘을 게 확실해서 남다코다 주 경찰에게 도로 차단을 요청했습니다. 진전되는 상황을 계속해서 연락하겠습니다."

"여기서 오사지는 얼마나 되나?"

랭포드가 조종사에게 물었다.

"50마일쯤 됩니다."

"갈 수 있겠나?"

"겨우 갈 수 있습니다. 하지만 오사지에서는 급유를 해야 합니다."

"그리로 가자구."

하몬 랭포드가 명령했다.

탱크는 CB 라디오를 준법 기관 주파수에 맞춰 놨기 때문에 남다코다 주 경찰이 도로를 차단한다는 것을 알았다. 그들은 도로 차단시설을 커스터, 포 코너스, 그리고 85번 도로와 16번 도로의 교차 지점에 설치했다. 그는 자동차를 길가에 세우고 오터가 사는 선댄스 주유소에서 얻은

지도를 폈다. 그가 주유소에 섰을 때 트레일러의 덮개를 완전히 덮었기 때문에 안을 볼 수는 없었다. 따라서 경찰에게 자기 위치를 가르쳐 준 것은 주유소 사람이 아니라고 생각했다. 그렇다면 오사지 근처에서 자기 위를 낮게 날아가던 비행기가 알려 준 것 같았다.

탱크는 지도를 검토하고 경찰의 도로 차단을 피할 수 있는 길을 발견했다. 경찰은 그가 블랙 힐 깊숙이까지 자동차를 몰고 갈 것으로 생각하고 도로 차단 위치를 잡았다. 그러나 그렇게 하지 않아도 되는 방법이 있었다. 블랙 힐에 약간만 들어가서 샛길로 빠질 수 있었다. 거기서 북쪽으로 가다가 동쪽으로 방향을 바꾸면 디치 계곡에 다다를 것이다. 그는 차에서 내려 트레일러 덮개를 약간 걷었다. 그리고 한나의 털이 무성한 어깨를 다독거리며 즐겁게 말했다.

"우리가 나쁜 놈들을 이길 거야."

그는 그들이 헬리콥터를 동원한다는 생각은 하지 못했다.

오사지에서 랭포드는 도로 차단 책임자와 전화 통화를 했다.

"물론 나는 당신이 그 사람을 봉쇄하는 일에 협조하는 것을 고맙게 생각하고 있습니다, 경감. 그리고 내가 이 일을 글로 쓰게 되면 당신과 부하들에 대해 좋게 쓰겠다는 것을 약속합니다. 지금부터 당신 부하들은 움직이지 않고 나와 동료들이 이 일을 처리하면 모든 게 제대로 되리라고 생각합니다. 우리는 이것을 범죄 행위로 보고 있지 않습니다. 짓궂은 장난으로 보고 있습니다. 골치는 약간 아프지만 우리가 처리할 수 있습니다."

다음에 그는 민간 순찰 항공기와 통화했다.

"그가 아직도 보입니까?"

"네, 랭포드 씨. 그는 디치 계곡으로 가는 샛길로 빠지고 있습니다."

"좋아요. 계속해서 선회하면서 그를 잃지 않도록 하시오. 우리도 곧 이륙할 것 같으니 잠시 후면 만날 거요. 그리고 이 일이 끝나면 한번 만납시다. 같이 사진도 찍고 다른 일도 해봅시다. 통화 끝."

랭포드가 몸을 돌렸다. 킹스턴과 레스터 애쉬는 그가 악마적인 미소를 짓고 있는 것을 볼 수 있었다.

"잠시 후면 버펄로를 우리 손에 넣을 수 있는 위치에 있게 될 것 같소. 만일 유괴범이 반항하면 당신들도 그와 대항하겠지요?"

킹스턴이 이마를 찌푸렸다.

"그게 무슨 뜻으로 하는 말이오?"

랭포드는 대답을 하지 않았다. 대신 라이플을 집어 들고 약실에 실탄을 장전했다. 그를 바라보며 레스터 애쉬는 미소만 지었다.

샛길을 떠나 고원으로 올라가는 자갈길로 들어서면서 탱크는 순찰기가 아직도 자기 뒤를 따르고 있다는 사실을 알았다. 그러나 그는 크게 걱정하지 않았다. 순찰기에 탄 사람들은 자기를 잡을 수 없었다. 그 근처 산에는 항공기가 내릴 만한 곳이 없었다. 항공기는 그의 위치를 남들에게 무전으로밖에 알릴 수 없을 것이고 그는 이미 목적지에 가까이 있기 때문에 그다지 문제가 되지 않을 것이다. 그는 도로 차단시설이 어디에 설치되었는지도 알고 있었다. 그들은 자기를 잡을 수 없을 것이다. 가로막고 있는 장애물은 하나뿐이었다. 그것은 자갈길이 끝나는 곳으로부터 고원으로 올라가는 오솔길이었다.

그는 미간을 모으며 한나가 그 길을 올라오지 못할까봐 걱정했다. 길이 얼마나 가파른가, 길이 무엇으로 되어 있는가에 일의 성공여부가 달렸다고 생각했다. 흙길이었으면 좋겠다고 생각했다. 한나는 발톱을 깎아서 돌이 있는 곳에선 쉽게 미끄러졌다.

자갈길 끝에 닿자 자동차를 가능한 한 숲 속으로 깊이 넣었다. 트레일러의 일부분이 숲 밖으로 나와 있어 항공기에서 볼 수 있다는 것을 알았다. 그래도 그들은 착륙할 수 없으니 상관없다고 생각했다.

"자, 가자."

그는 한나를 트레일러에서 끌고 나와 목을 쓰다듬어 주었다. 위의 지형을 살펴보고 가장 덜 가파른 길로 한나를 끌고 갔다. 그는 1미터쯤 한나 앞에 서서 목에 건 줄을 단단히 잡고 앞으로 끌었다. 마지막 버펄로는 반항하지 않고 재빠르게 움직였다. 예상했던 것보다 일이 쉽게 될지도 모른다는 희망적인 생각을 했다.

탱크와 한나가 비탈길을 올라가기 시작한 지 한 시간 후에 헬리콥터는 순찰 항공기를 만났다.

"그들은 어디 있소?"

랭포드는 무전을 통하여 순찰기 조종사에게 물었다.

"산비탈의 나무 밑에 있습니다. 지금은 나무에 가려 보이지 않습니다. 고원 지대를 반쯤 올라갔을 겁니다."

랭포드는 일을 훌륭하게 처리했다고 순찰기 조종사를 칭찬하고 헬리콥터 조종사에게 명령했다.

"저 고원에 헬리콥터를 착륙시켜."

"그럴 수 없습니다."

네즈퍼스 인디언과 혼혈인 조종사가 말했다.

"저 곳은 디어필드 부족의 신성한 땅입니다. 외부인은 들어가지 못하게 되어 있습니다."

랭포드는 라이플 총구를 조종사 쪽으로 향했다.

"나는 꼭 내려야겠어."

네즈퍼스 혼혈인은 조용히 미소 지었다.

"당신이나 당신의 친구들이 이 헬리콥터를 조종할 줄 모른다면, 그리고 제가 만약 당신이라면 그 총을 조심하겠습니다. 이 헬리콥터는 빨리 떨어지거든요."

랭포드는 입을 꽉 다물며 총구를 치웠다. 그는 지갑에서 돈 뭉치를 꺼내 백 달러짜리 지폐 다섯 장을 뺐다.

"그러면 우리가 뛰어내릴 동안만 풀밭 위에 낮게 떠 있어 주게."

조종사는 돈을 챙겼다.

"그렇게는 할 수 있습니다."

마지막 100미터가 탱크와 버펄로에게 가장 힘들었다. 길은 올라갈수록 좁아지고, 더욱 가파르고, 푹푹 빠지고, 험했다. 세 번이나 한나는 느슨하게 박힌 돌과 땅 밑에 숨겨진 나무 뿌리를 밟아 미끄러지는 바람에 넘어져서 5, 6미터를 뒤로 밀렸다. 줄을 잡은 탱크도 같이 미끄러졌다. 그러면 옆으로 넘어진 한나는 위에서 흘러 내려온 흙을 덮어쓰고 울음소리를 냈다.

탱크도 두 번 미끄러졌다. 첫 번째는 오른쪽 발이 꺾이며 쓰러지는 바람에 날카로운 돌에 무릎이 찔려 피가 흘렀다. 두 번째는 완전히 데굴데굴 굴렀다. 한나 옆으로 구르면서 잡고 있던 줄을 놔서 한나와 같이 구르지는 않았다. 그는 10여 미터를 구른 후에 흙을 뒤집어쓰고 일어섰다. 그가 일어섰을 때 온 몸은 흙투성이였고 얼굴과 손발은 찢겨져 피가 흘렀다. 그는 욕설을 퍼부으며 한나가 인내심을 갖고 기다리고 있는 곳으로 기어 올라갔다.

고원을 60여 미터 남겨두고 탱크는 엔진 소리를 들은 것 같았다. 높이 올라왔기 때문에 바람 소리가 컸고, 나무들이 울창했기 때문에 확실하지는 않았다. 순찰기가 자기를 찾으러 고원을 낮게 비행하는 모양이라고 생각했다.

여보 로즈, 한나와 내가 그들을 이기고 있어. 우리가 그들을 이겨서 저 고원에 도착하는 것이 대단히 중요해, 여보.

사람과 버펄로는 주위의 모든 것과 싸우며 계속해서 올라갔다. 저 높은 곳에 있는 고원, 미끄러지기 쉬운 땅, 희박한 공기, 흙과 먼지, 돌과 나무 뿌리 등 모든 것이 방해물이었다. 피와 땀이 눈에 들어가서 따가웠다. 그것은 한나도 마찬가지였다. 한나의 늙은 얼굴에도 상처가 나 있었다. 한나의 입에는 거품이 물려 있었고 탱크의 얼굴은 눈물범벅이었다.

그들은 피부가 찢어지고 가슴이 터지는 것 같았지만 참고 올라갔다. 힘은 없었지만 용기를 다해 계속해서 올라갔다. 마침내 그들은 고원의 초목지대까지 기어서 올라갔다.

그리고 그 곳에는 이미 세 사람의 헌터가 기다리고 있었다.

탱크는 그들을 본 후에야 자기가 들은 엔진소리는 순찰기가 아니라 헬리콥터였다는 것을 알았다. 그와 한나는 고원에 올라서자마자 무릎을 꿇었다. 탱크는 무릎을 꿇고 두 손으로 땅을 짚었고 한나는 앞다리를 꿇고 머리를 숙였다. 탱크와 한나는 불이 붙은 것 같은 가슴에 산소를 집어 넣으려고 헉헉거렸다. 탱크의 어깨가 한나의 목을 스치며 둘이 엎드려 있는 한 순간 사람과 동물은 마치 한 몸인 것처럼 보였다.

탱크는 고개를 들었고 그의 눈에 사냥꾼들이 보였다. 그들은 한 줄로 서 있었고, 햇빛이 총에 반사되어 반짝였다.

"안 돼!"

그는 고개를 흔들며 나직이 말했다.

"안 돼!"

그는 약간 크게 말하며 일어섰다.

"안 돼!"

그는 고함치며 그들에게 걸어갔다. 가운데 선 하몬 랭포드가 말했다.

"거기 서. 가까이 오면 쏘겠어."

눈동자는 미친 사람처럼 풀리고 어금니를 단단히 깨문 탱크는 큰 주먹을 꽉 쥐고 계속해서 그들에게 걸어가며 고함쳤다.

"안 돼! 안 돼! 안 돼!"

"당신에게 경고했어!"

랭포드가 소리쳤다. 탱크는 계속해서 걸어갔다.

"다들 쏘라구!"

랭포드는 총을 어깨에 대고 조준하며 소리쳤다. 하지만 아무도 총을 쏘지 않았다. 랭포드는 총을 내리고 킹스턴과 레스터 애쉬를 미친 듯이 번갈아 바라보았다.

"쏘란 말이야! 왜들 안 쏴?"

"당신은 왜 안 쏴?"

레스터 애쉬가 물었다. 랭포드는 대답할 겨를이 없었다. 탱크가 그의 라이플을 빼앗아 던진 뒤에 그의 얼굴을 주먹으로 갈겼다. 코와 입술이 터진 그는 놀란 얼굴로 뒤로 벌렁 넘어졌다. 랭포드가 넘어지자 탱크는 그레고리 킹스턴을 향했다.

"잠깐 기다려. 나는 쏠 생각이 없었단 말이야."

킹스턴은 자기의 진실성을 보이려고 총을 던졌다. 그러나 그것으로 탱크를 막을 수는 없었다. 탱크가 그의 복부를 세게 쳤다. 그는 얼굴에서 핏기가 빠지며 눈알이 튀어나왔다. 그리고 배를 움켜잡으며 앞으로 쓰러졌다. 탱크가 세 번째 사나이를 찾았을 때 경험이 많은 사냥꾼인 레스터는 태양을 뒤로 하고 탱크를 향하고 있었다.

"이 일은 쉽게 처리할 수도 있고 힘들게 할 수도 있어. 어떻게 하든 버펄로는 내 것이야."

"아냐."

탱크는 머리를 흔들며 애쉬 앞으로 다가섰다.

"나는 떠벌리기만 하는 작가나 계집애 같은 배우가 아냐. 내게 덤비면 병원에 가게 만들 거야. 버펄로는 내 거라고."

"안 돼."

탱크는 계속해서 그에게 다가섰다.

"맘대로 해."

레스터는 불쾌하게 말하고 총을 어깨에 대고 방아쇠를 당겼다. 총알은 탱크의 왼쪽 넓적다리 살을 관통하며 그를 쓰러뜨렸다. 이때 20년 전에 몸에 뱄던 습관이 머리를 쳐들었다. 그는 누가 카운트를 하고 있기라도 한 것처럼 일어섰다. 그리고 절뚝거리며 애쉬를 향해 걸어갔다.

"당신은 바보야."

래스터 애쉬는 다시 방아쇠를 당겼다. 두 번째 총알은 오른쪽 넓적다리를 관통했고 탱크는 다시 쓰러졌다. 자기도 모르게 신음소리를 내며 손으로 양쪽 상처를 잡으며 앉았다. 혹독한 고통이 엄습했다. 그는 흑흑 숨을 몰아쉬며 고통의 비명을 내질렀다.

그러자 발치께에 있던 하얗고 노란 것이 희미하게 보였다. 손으로 눈물을 닦고 다시 보았다. 그것은 야생화였다. 흰 꽃잎에 꽃술이 노란 앵초꽃이었다. 탱크는 온힘을 다해 마지막으로 일어섰다. 술 취한 사람처럼 비틀거리며 앞으로 나아갔다. 그의 눈은 레스터 애쉬를 똑바로 바라보고 있었다.

"좋아, 이번에는 무릎 뼈를 쏠 테야"

레스터가 방아쇠를 당기기 전에 한나가 머리를 숙이고 돌진했다. 두꺼운 풀밭이라 발소리가 나지 않아 레스터 애쉬는 버펄로가 달려드는 것을 몰랐다. 한나의 커다란 머리가 그의 가슴을 옆에서 받았다. 레스터 애쉬의 갈비뼈가 부러지며 폐가 찌부러졌다. 한나는 머리를 잔뜩 구부린 채 그를 굴려서 고원너머로 떨어뜨렸다.

레스터 애쉬는 나무에 세 번 퉁길 때까지는 비명을 질렀으나 그 다음부터는 밑에 떨어질 때까지 조용했다.

디어필드 인디언 부족의 보안관과 부하가 총소리를 듣고 말을 타고 올라왔다. 그는 그 지역의 통행을 통제한 뒤에 하몬 랭포드와 그레고리 킹스턴을 인디언 보호구역 밖으로 데리고 나가도록 조치를 취했다. 그들은 앞으로 다시는 디어필드 지역에 들어오지 말라는 엄중한 경고와 함께 석방되었다. 사람들이 레스터 애쉬의 시체가 얹힌 들것을 들고 떠났다. 그의 공식적인 사인은 고원에서의 실족으로 처리되었다.

보안관은 고원 깊숙한 곳에 사는 알자다라는 디어필드 부족 주술사에게 버펄로의 처리문제를 의논했다.

"위대한 분께서 이곳에 보내셨으니 저 버펄로는 신성해. 그는 위대한 분께서 부르실 때까지 신성한 풀밭에서 풀을 뜯어먹고 살아야 해."

보안관은 고원 끄트머리의 나무 밑에 피를 흘리며 지친 몸으로 앉아 있는 탱크를 바라보았다.

"저 남자는 어떻게 하지요?"

"남자라니?"

알자다가 말했다.

"내 눈에는 남자가 안 보여. 내게는 만족스러운 모습으로 풀을 뜯어먹고 있는 신성한 버펄로만 보인다네. 만일 당신 눈에 무엇이 보인다면 그것은 영혼이겠지."

보안관은 고개를 흔들었다.

"알자다 눈에 아무것도 안 보인다면 내 눈에도 아무것도 보이지 않겠죠. 알자다만이 영혼을 볼 수 있으니까."

보안관은 부하를 데리고 산을 내려갔다. 그들이 떠나자 주술사는 탱크를 부축하고 자기 오두막으로 갔다.

클라크 하워드(Clark Howard, 1934~)

테네시 주의 시골 마을에서 태어남. 부친은 머신건 켈리의 동료. 조부는 마 베이커의 사촌. 부친이 복역하고 모친과 시카고의 슬럼가로 옮겨와 살았는데, 어머니가 마약 중독으로 사망. 12살까지 고아원 생활을 하고, 그 뒤 소년원에 들어갔는데, 조모에게 맡겨져 나이를 속여 15세로 해병에 입대. 한국 전쟁에 포병으로 참전, 18세 생일은 일본에서 맞이했다. 제대 후 시카고에서 야간 철도 기관사를 하고, 노스웨스턴 대학에 입학. 저널리즘과 창작을 공부했지만 거의 도움이 되지 않아서 중퇴. 펄프 매거진에 서부소설, 전쟁소설, 범죄소설 등을 마구 써서 생계를 꾸려 나갔다. 1967년에 쓴 첫 작품 『The Arm』과 『헌트자매 살인사건』, 『처형의 데드라인』 등 13편의 장편소설을 집필 후, 범죄 실화 장으로 의욕적인 전향을 해 『알카트라즈의 여섯 명』과 『Brothers in Blood』(1982) 등 역작을 발표했다. 텍사스의 확고한 베테랑 작가. 본편은 전통적인 서부소설의 냄새가 난다.

푸줏간 사람들

THE BUTCHERS — 피터 러브지

그는 주말을 퓨 푸줏간 냉동 창고 속에서 보냈다. 지금은 월요일이었고 문은 아직도 닫혀 있었다. 그러나 그는 상관하지 않았다. 토요일 저녁부터 그는 문을 주먹으로 치며 살려달라고 고함치는 것을 중지했다. 그는 혈액순환을 위해 펄쩍펄쩍 뛰며 팔을 휘두르던 것도 중지했다. 그는 뇌의 산소가 부족해지자 점점 졸려 왔다. 그는 얼어서 번쩍거리는 고깃덩이 밑의 타일 위에 누워 월요일 아침에는 꽁꽁 얼은 시체가 되어 있었다.

냉동 창고 문 맞은편에서는 조 윌킨스가 인스턴트 커피 두 잔을 만들고 있었다. 시간은 아직 오전 8시였고 푸줏간 문은 8시 30분에 열었다. 조 윌킨스는 퓨 푸줏간의 지배인이었다. 나이는 44세로 가무잡잡한 피부에 클라크 케이블 콧수염을 한 잘생긴 남자였다. 그는 자주 눈웃음을 지었고 푸줏간에 온 고객들과 쉽게 농담하며 어울렸다. 두 번째 커피잔은 푸줏간 일을 배우고 있는 프랭크 것이었다. 프랭크는 18세로 힘을 써야 하는 일을 맡기기에 적격이었다. 그는 부업으로 토요일 밤에는 길 건너에 있는 스테이시 디스코에서 문지기로 일했다. 도살장에서 고기가 배달되면 프랭크는 갈비 한 짝을 종잇장처럼 가볍게 등에 졌다. 옆에 있는 울워즈 백화점의 여 판매원들이 점심때면 찾아와서 그의 모터사이클을 태워달라고 했다. 조 윌킨스가 그 일을 놀리면 그는 얼굴이

빨개지곤 했다.

프랭크는 가죽 잠바를 벗고 새 앞치마를 둘렀다. 조는 벌써 밀짚모자를 쓰고 있었다. 그는 프랭크가 익숙하지 않은 솜씨로 앞치마 줄을 매는 것을 바라보고 있었다. 프랭크는 고깃덩이를 갈고리에 걸 때 몸이 잘 움직일 수 있도록 줄을 느슨하게 매고 있었다.

"주말을 멋지게 보냈니?"

"그렇지도 않아요. 보통이었어요."

프랭크는 커피 잔을 들다가 도마 위에 커피를 흘리며 대답했다.

"아침 일이 바쁠 것 같으니 잘됐구나."

프랭크는 무슨 말인지 몰라 얼굴을 찌푸렸다. 조는 그 모습을 보고 손가락을 튕겼다.

"정신 차려. 아직도 오늘 뭐가 이상한지 모르겠어?"

프랭크는 가게 안을 둘러봤다.

"고기가 진열되지 않았어요."

"맞아. 왜 그렇지?"

"퍼시가 아직 출근을 안 해서 그래요."

"그래 맞혔어. 내가 자네를 잘못 본 것 같아. 그렇게 똑똑하니 텔레비전에나 나가는 게 좋겠어. 편안한 의자에 앉아 묻는 말에 대답이나 하면 수백만 달러를 벌 텐데 왜 무거운 고깃덩이를 지지? 이제 5백 달러에다 두 명이 바하마에서 휴가를 즐길 수 있는 질문을 할 테니 잘 대답해 봐. 퍼시에게 무슨 일이 생긴 것 같아?"

"모르겠는데요."

"몰라? 이봐, 노력해 봐."

"또 자전거에서 떨어진 모양이지요."

"그 대답이 근사하게 들리는군."

조는 카운터 뒤의 서랍에서 칼들을 꺼내 갈기 시작했다.

"진열대를 준비해."

프랭크는 커피를 내려놓고 창가 진열대에 항상 있는 에나멜 쟁반을 찾았다. 조가 말을 계속했다.

"퍼시에 대한 자네 말이 맞을지도 몰라. 그는 자전거를 타기에는 너무 늙었어. 오늘 아침처럼 언덕에 얼음이 깔리고 모터사이클을 탄 녀석들이 미친 듯이 달리는 길을 7마일이나 자전거를 타고 다닌다는 것은 위험한 일이야. 지난 주에도 남에게 받혀 도랑에 빠졌어, 가엾게도."

"그는 쟁반을 어디에 두지요?"

프랭크가 물었다.

"쟁반?"

"창가에 진열할 고기를 담을 쟁반 말예요."

"창가에 없어?"

조는 칼을 내려놓고 창가로 갔다.

"내가 출근하면 언제나 여기 있었는데 없는 걸 보니 퍼시가 어디다 치운 모양이군. 냉동실 뒤의 캐비닛을 찾아 봐. 거기 있어? 잘됐군. 도대체 거기다 왜 넣었는지 모르겠군."

"먼지가 쌓일까 봐 그런 거 아닐까요?"

"그 말이 맞아. 걸레로 닦고 고기를 진열해. 우리가 출근하기 전에 퍼시가 뭘 하는지 나는 여러 번 궁금하게 생각했어. 그는 언제나 6시면 출근했어. 대단한 영감이라고. 그러자면 5시에는 일어나야 해. 자네 같으면 1주일에 엿새를 그렇게 할 수 있겠어? 그리고 그런 일은 나이가 들수록 점점 힘들어지는 거야. 그는 지금 70이 가까울 걸."

"우리가 출근하기 전에 영감님은 무엇을 하지요?"

"우리가 출근해서 보면 여기는 항상 깨끗했어."

"나는 그것은 우리가 퇴근한 후에 그가 남아서 치우기 때문에 그런 줄 알았는데요."

"치우고 나도 아침에는 먼지가 또 쌓인다구. 퍼시는 아침에 모든 것을 깨끗이 닦지. 그리고 쟁반을 꺼낸 후에 냉장실의 썰어 놓은 고기를 담는다구. 그 다음에는 닭고기를 걸어 놓고 간도 꺼내 놓지. 다음에는 가격표의 가격을 검토한 후에 가격표를 해당 품목 앞에 진열하는 거야. 그리고 계란도 꺼내 놓고. 자네는 내가 한 말을 다 외고 있기 바래. 왜냐하면 가게를 열기 전까지 자네가 그 일을 해야 하니까."

프랭크는 다시 얼굴을 찡그렸다.

"내가 그 일을 다 해야 합니까?"

"자네 아니면 누가 할 사람이 있어? 퍼시가 오늘 아침에 출근이 늦을게 뻔하고 나는 주문받은 것을 준비해야 해."

"퍼시는 내가 1년 전에 이 일을 시작한 후로 하루도 쉰 적이 없어요."

프랭크는 재수 없게 됐다고 생각하며 말했다.

"나는 20년을 일했지만 퍼시가 쉬는 걸 본 적이 없어. 1주일에 6일을 아침 6시에 출근해서 저녁 7시까지 일했어. 무엇 때문에 그렇게 애쓴줄 알아? 바로 그 허드렛일을 하려고 매일 나왔어. 자네가 지금부터 할 일을 그는 매일했어. 물건을 나르고 바닥을 쓸고 하는 일 뿐이니 퍼시 아니면 아무도 그 일을 안 했을 거야. 그래도 그가 주인이나 다른 사람에게 한 번도 불평을 안 했다는 걸 알아? 자네도 그가 그 무거운 고깃덩이를 지느라 허리가 부러질 듯이 휘어지면서 애쓰는 걸 봤을 거야. 나이가 그렇게 많은 사람에게 그런 일을 시키면 안 돼. 이것은 착취 행위야."

"그가 일을 그만두면 되잖아요? 퇴직금을 받을 만한 나이가 됐을 텐데."

조는 머리를 저었다.

"그는 일을 안 하고는 못 배기는 사람이야. 그는 일생을 거의 다 이 푸줏간에 바쳤어. 그는 지금 주인인 휴가 이곳을 인수하기 전부터 여기서 일했어. 그때는 스레터가 주인이었지. 퍼시는 옛날에 이곳에서 있었던 일을 여러 가지 알고 있어. 이곳에서 일을 한다는 것이 퍼시에게는 의미가 깊어."

프랭크는 냉장실에서 토요일에 팔다 남은 고깃덩이들을 꺼내 왔다. 냉동 창고는 냉동실과 냉장실, 두 칸으로 되어 있었다. 그는 냉장실을 열고 양 다리를 꺼냈다. 개점 시간까지 창가에 진열을 끝내려면 빨리 움직여야 했다. 조는 아직도 칼을 갈고 있었다. 그는 퍼시가 받은 부당한 대우에 대한 얘기를 계속했다.

"그는 애써서 일하는 만큼 인정을 못 받고 있어. 나는 그가 충성심이 많아 그렇다고 생각하지만 그가 바보짓을 하고 있다고 말하는 사람들도 있어. 주인이 퍼시가 애써 일하는 것을 인정해 줄 것 같아? 천만에."

"주인은 가게에도 잘 나오지 않잖아요?"

프랭크도 주인 험담을 하는 일에 기름을 붓는 데 꽤 기술이 늘었다.

"그건 사실이야. 공평하게 말하자면 주인은 시장을 조사하고 도살장에서 고기도 골라야 해. 그래도 그 일이 하루 종일 일거리는 아니지. 가게에 자주 나오는 것이 자기에게도 좋을 텐데."

프랭크는 교활한 미소를 지었다.

"그가 가게에 나오면 좋아하지 않는 사람도 있지요."

"그게 무슨 소리야?"

조가 불쾌하다는 듯이 말했다.

"아저씨와 나 말입니다. 우리는 주인이 이래라저래라 간섭하는 걸 싫어하잖아요?"

조가 거칠게 말했다.

"네 얘기나 해. 나는 일을 제대로 하니까 주인이 나와도 상관없어."

그는 칼을 놓고 창가로 가서 프랭크가 진열한 양 다리를 다시 손봤다.

"고기를 매력적으로 진열하는 방법도 아직 몰라?"

"일을 빨리 하려다 보니 그렇게 됐습니다."

"이런 일은 빨리 한다고 되는 게 아냐. 그래서 퍼시는 아침 일찍 일을 시작한다고. 그는 나름대로 예술가야. 그의 진열은 정말 그림 같아. 그가 어떻게 됐는지 궁금하군."

"죽었는지도 모르지요."
조는 프랭크가 못마땅하다는 듯이 바라보았다.
"그런 소린 행여나 하는 게 아니야!"
"그랬을 가능성도 있어요. 그는 자주 자전거에서 떨어지니까요. 다쳐서 병원에 입원했는지도 모르죠."
"그렇다면 지금쯤 무슨 연락이 있었을 거야."
"어쩌면 그가 밤새 집에서 죽었는지도 모르죠. 그는 혼자 살지요?"
프랭크는 고집스럽게 말했다.
"너는 말도 안 되는 소리를 하고 있어."
"그럼 다른 경우가 떠오르는 게 있어요?"
"더 이상 입을 놀렸다간 너를 해고시키라고 말하겠어. 이 일은 내가 할 테니 닭이나 꺼내."
"냉동 닭을 꺼낼까요, 윌킨스 씨?"
"농장에서 온 닭을 꺼내. 냉동 닭이 필요하면 곧 알려 줄게."
"혹시 퍼시에게 무슨 일이 있을지 모르니 병원에 전화하는 게 좋지 않을까요?"
"그래 봐야 무슨 소용이 있겠어?"
프랭크는 냉장실에서 닭 일곱 마리를 꺼내 창가에 걸었다.
"이것이 전붑니다. 냉동 닭도 꺼낼까요?"
조는 고개를 흔들었다.
"오늘은 월요일이니까 닭은 많이 찾지 않을 거야."
"내일 분을 꺼내야 합니다. 녹여야 하거든요. 주인이 휴가 중이라 요번 주에는 농장에서 닭이 오지 않는다고 했어요."
조는 창가에 진열하다가 잠시 멈추었다.
"네 말도 일리가 있어. 그래, 냉동 닭을 꺼내야겠다."
"열쇠 갖고 계세요?"
"열쇠?"

"냉동실에 자물쇠가 채워져 있어요."

조는 방을 건너가서 살펴봤다. 커다란 자물쇠가 채워져 있었다.

"바보 같은 영감 같으니. 자물쇠는 왜 채웠지?"

"안에는 비싼 고기가 많아요."

프랭크가 퍼시 편을 들었다.

"열쇠가 없어요?"

조는 고개를 흔들었다.

"퍼시가 집에 갖고 간 모양이다."

프랭크는 낮은 목소리로 욕설을 퍼부었다.

"이제 어떻게 하지요? 냉동실을 열어야 하는데…. 닭뿐만 아니라 양고기도 꺼내야 해요. 양고기가 얼마 없어요."

"퍼시가 어디다 뒀을지도 모르니 열쇠를 찾아보자고."

조가 카운터 밑의 서랍을 열며 말했다. 그들이 한참 찾았지만 열쇠는 나타나지 않았다.

"당신의 쇠줄로 쓸면 열 수 있을지도 모르겠는데요."

프랭크가 말했다.

"안 돼. 문이 상할지도 몰라. 그랬다가 퓨 씨에게 쫓겨나면 어쩌려고 그래. 내 차에 있는 연장 통에 작은 쇠톱이 있어. 그것으로 자물쇠를 자르자구."

잠시 후에 조는 쇠톱을 갖고 왔다. 조는 자물쇠를 붙잡고 프랭크가 자물쇠 고리를 쇠톱으로 쓸었다. 프랭크가 투덜거렸다.

"퍼시 때문에 이 고생을 하다니…. 영감쟁이 목을 조를 테야."

"그의 잘못이 아니고 주인이 자물쇠를 잠그라고 했는지도 몰라. 영감은 주인을 겁내거든. 주인이 시키는 대로 한다고 그를 나무랄 수는 없어. 자네가 토요일에 배달하러 떠난 후에 주인이 그에게 야단치는 소리를 들었어. 악의가 있다고 밖에 생각할 수 없었어."

"뭐 때문에 그랬는데요?"

프랭크는 톱질을 계속하며 물었다.

“그날 주인이 갑자기 나타났을 때 자네도 있었잖아. 마조르카로 휴가 가기 전에 일이 제대로 되고 있나 보러 왔다더군. 자네도 그때 있었잖아.”

“여행사에서 항공 표를 막 갖고 오는 길이라고 했지요.”

“맞아. 햇볕이 쨍쨍 내리쬐는 곳으로 휴가를 떠나니 세상에 걱정이라고는 없을 것 같지? 하지만 우리 주인은 그렇지 않았어. 늙은 퍼시가 팔다 남은 고기를 냉동 창고에 넣는 걸 본 거야.”

“그게 뭐 나쁜 짓인가요?”

“나쁘지는 않지. 그런데 퍼시가 냉동 창고 안에 고기를 넣으면서 냉동 창고 문을 열어 놨던 거야. 우리도 그렇게 하잖아. 그런데 퍼시가 재수 없게 주인에게 들킨 거야. 주인이 그를 닦달하는 꼴이라니. 냉동 창고 돌리는 데 돈이 얼마나 드는데 문 열고 닫기가 귀찮아서 찬바람이 밖으로 새게 한다고 야단을 쳤어. 굉장했지. 마치 퍼시가 일부러 그런 것처럼 야단을 쳤어.”

“자물쇠가 거의 다 잘렸어요. 손을 다치지 않도록 조심하세요.”

자물쇠 고리가 드디어 잘려 나갔다.

“잘했어.”

조가 짧게 말하고 나서 자기가 하던 얘기를 계속했다.

“그는 퍼시가 일하기엔 너무 늙었다며 곧 일을 그만두는 게 좋겠다고 했어. 그랬더니 퍼시가 사정을 하더군. 나는 듣고 있기가 거북해서 두 사람을 남기고 집에 갔어.”

“내가 냉동 닭들을 꺼내 올게요.”

프랭크는 자물쇠를 빼며 말했다. 조는 냉동실 문을 열며 말을 계속했다.

“우리 주인보다 더 지독한 사람은 없을 거야. 자기는 스페인으로 휴가를 가면서 일생을 바쳐 자기 밑에서 일한 노인이 전기료 몇 푼 허비했다고 그 야단을 치다니. 아니, 왜 그래?"

냉동실에 들어간 프랭크가 이상한 소리를 냈다. 조도 들여다보았다. 프랭크는 서리가 덮인 웅크린 시체를 내려다보며 서 있었다. 조는 가까이 가서 얼굴을 보려고 몸을 구부렸다. 얼굴은 서리로 번들거렸다. 그것은 주인인 퓨였다. 조는 프랭크의 어깨를 잡았다.

"가자고. 우리가 있어 봐야 별 수 없어."

그들이 상점에 나와서 앉자 조는 어디서지 포켓 위스키 병을 꺼냈다. 그는 프랭크에게 위스키를 따라 줬고 두 사람은 냉동 창고 문을 바라보았다.

"경찰에게 연락해야 해요."

프랭크가 겁에 질린 목소리로 말했다.

"조금 있다가 내가 할게."

"그는 주말 내내 그 안에 갇혀 있었나 봐요."

"그는 몇 시간 만에 죽었을 테니 그런 것은 느끼지 못했을 거야."

"어떻게 그런 일이 일어났을까요?"

조는 허공을 바라보며 아무 말도 하지 않았다.

"문 안쪽에 손잡이가 있어요."

프랭크가 말했다.

"보통 때 같으면 안에 갇힌 사람도 안에서 문을 열고 나올 수가 있어요. 하지만 밖에 자물쇠가 채워져 있어 나오지 못했어요. 누가 일부러 자물쇠를 걸은 거예요. 퍼시 짓이에요. 퍼시가 왜 그런 짓을 했을까요?"

조는 어깨만 으쓱했다. 프랭크는 자기 질문에 자기가 답했다.

"직장을 잃는다고 생각하자 당황했을 거예요. 무슨 꾀를 내서 퓨를 냉동실에 들어가게 한 후에 자물쇠를 잠갔을 거예요. 틀림없어요! 퍼시는 문이 빽빽해 안에 갇히기가 싫어서 문을 열어 놨다고 핑계를 댔을 거예요. 주인은 괜한 핑계를 대지 말라며 문이 얼마나 잘 열리는가 보여 주려고 안에 들어갔을 거고요."

조가 천천히 미소를 지었다. 긴장감이 약간 사그라졌다.

"내가 더 우스운 얘기를 할게. 퍼시가 오늘 아침에 왜 출근을 안 했다고 생각해?"

"뻔하잖아요. 우리가 냉동실 문을 열고 시체를 발견할 거라고 생각한 거겠죠."

"그래. 하지만 그가 지금 어디에 있을 것 같아?"

프랭크는 눈살을 찌푸리며 고개를 흔들었다.

"집에 있을까요?"

"마주르카에 있을 거야."

"저런! 꽤 많은 영감 같으니!"

프랭크가 허리를 잡고 큰소리로 웃었다.

"토요일에 주인이 이곳에 왔을 때 그는 항공 표가 든 커다란 갈색 봉투를 들고 있었어."

"카운터의 금전등록기 옆에 놓는 걸 저도 봤어요."

"그게 지금은 없어."

"대단한 영감이군요. 지금쯤은 호텔 테라스에 앉아 아침 식사를 주문하면서 우리가 냉동 창고에서 휴를 발견하는 모습을 상상하고 있겠군요."

조가 일어섰다.

"경찰에 연락해야겠어."

"만일 문에 자물쇠만 채워지지 않았다면 아무도 퍼시가 그를 죽였다는 걸 모를 거예요. 주인이 안에 들어갔다가 몸이 좋지 않아 쓰러진 걸로 생각하고 사고사나, 그 비슷한 것으로 처리하겠지요."

"그러면 퍼시는 체포되지 않을 거야. 퍼시는 흉악한 살인자가 아냐. 그는 위험한 사람이 아니야."

"내가 자물쇠를 없앨게요. 내 모터사이클 공구함에 보관했다가 점심 때 버리면 돼요."

"우리는 말을 맞춰야 해. 냉동 창고 문을 여니 주인이 안에 쓰러져 있더라고 말이야."

"쓰러져 있던 것은 사실이에요. 우리는 문에 자물쇠가 채워져 있었단 얘기만 안 하는 거예요. 불쌍한 퍼시는 평생 고생만 하고 살아왔어요."

"좋아. 그렇게 하기로 하자고."

두 사람은 약속의 뜻으로 악수를 한 후에 조가 경찰에 연락했다. 프랭크는 자물쇠를 뒤뜰에 있는 자기 모터사이클 공구함 속에 감췄다.

조가 전화를 하고 5분도 안 돼 경찰 순찰차가 도착했다. 턱수염을 기른 경사와 순경이 들어왔고 조는 냉동실 문을 열고 퓨의 시체를 보여줬다. 프랭크는 문에 자물쇠가 채워져 있었다는 말을 쏙 뺀 채 시체를 발견한 경위를 진술했다. 조는 프랭크의 말을 뒷받침했다.

그들이 냉동실에서 상점으로 나오자 경사가 물었다.

"그렇다면 시체는 토요일에 상점 문을 닫은 이후 그 곳에 계속해서 있었다는 말이 되는군요. 그는 토요일 날 왜 늦게 왔었습니까?"

"휴가를 떠나기 전에 모든 게 잘 돼가나 보려고 들린 거죠."

조가 말했다.

"마조르카로 1주일 휴가를 떠날 예정이었거든요."

프랭크가 덧붙였다.

"세월 좋은 사람이군."

순경이 말했다. 경사는 그에게 험악한 눈길을 보내며 조에게 물었다.

"그때 퓨 씨의 건강은 어때 보였습니까?"

"약간 창백해 보였습니다. 그는 열심히 일하는 분이었거든요."

"그분은 휴가가 필요했습니다."

프랭크는 조가 암시하는 뜻을 강조하려고 끼어들었다.

"휴가는 결국 못 떠났군요."

경사가 말했다.

"안에서 쓰러진 모양입니다. 심장 때문인지 어떤지는 나중에 의사가 밝혀 내겠지요. 앰뷸런스가 올 겁니다. 상점은 두어 시간 문을 닫는 게 좋겠습니다. 그리고 당신들 두 사람의 진술도 받아야 합니다. 토요일에 다른 사람도 일했습니까?"

"퍼시 매독스 씨가 있었습니다."

조가 대답했다.

"오늘은 출근을 안 했습니다. 그는 퓨 씨에게 며칠 쉬게 해달라고 말한다고 했습니다."

"그래요? 그 사람의 진술도 받아야겠군요. 그 사람 주소를 알고 있습니까?"

"그는 오늘 어디로 떠날지도 모르겠다고 하던데요."

"그럼 그 사람은 다음에 만나야겠군요. 토요일에 가장 늦게 떠난 사람은 누굽니까?"

"퍼시였습니다."

"그가 남아서 치우거든요."

프랭크가 거들었다.

"상점을 정리한다는 뜻입니까?"

"그래요. 그는 나이가 많고 여기서 오랫동안 일했습니다. 좀 느리기는 하지만 열심히 일합니다. 하루일이 끝나면 그가 전부 치웁니다."

"고기를 냉동실에 넣나요?"

조는 머리를 흔들었다.

"냉동실에 넣지 않고 냉장실에 넣습니다."

"그럼 냉동실 문은 열지 않았겠군요."

"안 열었을 겁니다. 열었다면 퓨 씨를 발견했겠지요."

그들은 프랭크의 진술도 받았다. 프랭크 역시 조의 진술과 어긋나는 말은 하지 않았다. 토요일 오후에 주문을 배달하러 가기 전에 주인이 온 걸 봤다는 얘기를 했다. 오늘 아침에는 자기가 냉동실 문을 열었더니 주인이 죽어 있었다고 말했다. 순경이 그가 진술한 것을 읽어 줬고 프랭크는 진술서에 서명했다.

프랭크가 경찰관들에게 물었다.

"커피와 도넛을 드시겠어요? 우리는 아침마다 도넛을 먹어요. 내가 모터사이클을 타고 존퀼 빵집에서 사오면 따끈따끈해요."

"그것 좋겠군. 얼마 하는데?"

경사는 주머니에 손을 넣었다.

프랭크는 모터사이클을 출발시키면서 기분이 좋았다. 그는 빵집에 가다가 가구를 수리하는 상점 앞에서 모터사이클을 세웠다. 그 곳에는 건축에 필요한 목재와 벽돌이 담긴 통이 있었다. 그는 모터사이클에서 자물쇠를 꺼내 통에 버리고 빵집에서 도넛을 사서 푸줏간으로 갔다.

푸줏간 앞에는 앰뷸런스가 있었다. 그가 도착했을 때 앰뷸런스는 막 뒷문을 닫으려던 참이었다. 그리고 앰뷸런스는 떠났다. 푸줏간 앞에 모였던 구경꾼들도 흩어졌다. 푸줏간 안에서는 조가 커피를 만들어 놓고 축구 얘기를 하고 있었다. 경사가 프랭크에게 말했다.

"두 사람의 진술서도 작성했고 시체도 갖고 갔으니 우리도 떠나야 했지만 도넛을 기다리고 있었어."

프랭크는 도넛을 나누어 주었다.

"아직도 따뜻하군. 과속은 안 하고 사왔겠지?"

프랭크는 잠자코 미소만 지었다.

경찰은 커피와 도넛을 먹고 떠났다. 프랭크는 안도의 한숨을 쉬었고 조는 손수건을 꺼내 이마의 땀을 닦았다.

"자물쇠는 없앴어?"

프랭크는 고개를 끄덕였다.

"잘했어. 아주 잘했어, 프랭크."

"늙은 퍼시는 우리에게 빚을 졌어요."

"빚만 졌다고 할 수는 없지."

"하지만 그가 잡히게 할 수는 없었어요."

그들은 푸줏간을 열었다. 푸줏간의 문이 닫힌 것을 보고 돌아갔던 손님들이 다시 왔다. 그들은 경찰이 왜 왔었나. 앰뷸런스가 싣고 간 것이 시체인지 알고 싶어했다. 조와 프랭크는 대답할 수 없다고 했다. 손님들은 끈질기게 질문했고 기다리는 사람들의 줄이 점점 길어졌다.

떠벌리기를 좋아하는 부인 하나가 말했다.

"이곳 바닥을 쓰는 늙은이가 죽었을 거야. 그 영감은 상점에서 일하기엔 너무 늙었어."

그녀 옆에 서 있던 부인이 말했다.

"지금 퍼시 매독스 얘기를 하고 있는 거라면 틀렸어요. 퍼시는 정정해요. 지금 자전거를 타고 이리로 오고 있어요."

조는 고기를 썰고 있던 칼을 떨어뜨리고 창가로 달려갔다. 프랭크도 뒤쫓아가서 낮게 휘파람을 불었다.

"미친 영감쟁이 같으니."

조가 화를 내며 말했다.

"영감이 도대체 무슨 짓을 하고 있는 거야? 지금쯤은 스페인에 있어야 해."

퍼시는 상점 밖에 자전거를 세우고 내려서 상점 옆으로 자전거를 끌고 갔다. 잠시 후에 그가 상점으로 들어왔다. 그는 몸집이 작은 사람으로 대머리가 약간 벗겨졌다. 항상 걱정이 있는 듯한 모습의 그는 낡은 회색양복을 입고 있었다. 그는 갈고리에 걸린 앞치마를 입으며 줄을 서 있는 손님들에게 인사했다.

"안녕하십니까?"

그리고 조에게 몸을 돌렸다.

"조, 안녕. 창가 진열품을 손 좀 볼까? 진열 상태가 좋지 않아."

"여기는 왜 온 거야, 퍼시?"

"늦어서 미안해. 경찰이 잡고 놓지 않는 바람에 늦었어."

"경찰이 갔단 말이야? 경찰에게 뭐라고 말했는데?"

조가 쉿소리를 냈다.

"이건 뭔가 잘못된 거야. 가서 자물쇠를 갖고 와야겠어."

프랭크가 말하며 앞치마를 벗었다. 그러나 조가 더 빨랐다.

"너는 여기 있어. 내가 갔다 올게."

"하지만 당신은 내가 어디에 버렸는지 모르잖아요."

프랭크가 말했지만 조는 벌써 카운터를 돌아 밖으로 나가고 있었다.

그는 멀리 가지 못했다. 어디선지 두 명의 경찰관이 나타나서 그를 붙잡았다. 경찰 순찰차가 나타나서 그를 안으로 밀어 넣고 비상 깜빡이 등을 켜고 떠났다. 퍼시는 조가 서 있던 카운터 뒤로 가서 손님들에게 물었다.

"어느 분이 다음 차례지요?"

약 한 시간 뒤에 손님들이 떠나고 퍼시와 프랭크 둘만 남자 프랭크가 말했다.

"조는 어떻게 될까요?"

"지루한 심문을 받겠지. 자네도 주인이 죽은 것은 알겠지?"

"제가 발견했습니다."

"아마 조가 살해했을 거야."

"조가요? 우리는 당신이 그랬는줄 알았어요."

퍼시는 눈을 끔뻑거렸다.

"내가?"

"당신이 아침에 출근을 안 하기에 주인이 카운터에 놓은 항공권을 갖고 스페인으로 도망간 줄 알았어요."

"그렇게 오랫동안 같이 일한 지금에 와서 내가 주인을 왜 죽이지?"

"그가 당신에게 못되게 굴어서 그런 줄 알았어요. 그렇게 애써서 일을 했는데 좋은 소리는 듣지도 못해서 그런 줄 알았어요. 조는 착취 행위라고 했어요."

"그가 그랬단 말이지?"

퍼시는 미소를 지었다.

"토요일에 당신이 냉동 창고 문을 열어 놨다고 주인이 야단을 쳤다고 그가 말했어요. 주인이 너무 심하게 야단치는 바람에 자기는 입장이 곤란해서 먼저 떠났다고 했어요."

퍼시는 고개를 흔들었다.

"그건 거짓말이야. 나는 토요일에 조보다 먼저 떠났어. 주인은 자기가 조와 함께 재고 조사할 때 내가 없는 게 좋겠다고 했어. 사실 우리는 조를 의심하고 있었어. 장부가 틀리는 거야. 차이가 많이 났어. 그래서 주인과 나는 1주일 동안 세밀하게 조사한 후에 토요일 오후 상점을 닫은 다음 그에게 증거를 들이대기로 했던 거야."

프랭크는 눈을 크게 떴다.

"주인과 당신이요?"

"그래. 자네나 조에게는 일부러 알리지 않았는데 작년에 퓨 씨는 내가 이 상점에서 50년을 근무했다는 공로를 인정해 동업자로 만들어 주었어. 고마운 분이야, 안 그래? 나는 그에게 지배인 노릇은 할 수 없다고 했고, 또 조도 마음 아프게 하고 싶지 않았어. 그래서 동업자지만 내가 가장 잘하는 그 동안 하던 일을 계속했던 거야. 그런데 일이 이렇게 됐으니 그 사실을 비밀로 할 수는 없겠지. 이제 이 상점은 내 것이고, 내가 주인이야."

프랭크는 얼떨떨해서 고개를 흔들었다.

"그래서 당신이 경찰을 시켜 조를 체포했군요."

퍼시는 고개를 끄덕였다.

"그러나 내가 일부러 그런 것은 아냐. 나는 무슨 일이 일어났는지 모르고 있었어. 일요일 아침에 조가 나를 찾아왔어. 푸줏간에 회계 감사를 해야 하기 때문에 주인이 스페인 여행을 갈 수 없으니 내가 대신 가라고 했다며 항공권을 갖고 왔더군. 나는 그의 말을 믿었어. 주인이 조의 부정을 밝힐 때 내가 여기 없게 하려고 나를 스페인으로 보내려는 줄 알았어."

"그런데 실제로는 조가 당신이 여기에 없기를 바랐군요."

그는 그날 아침 조의 행동을 처음부터 다시 생각해 보았다. 조는 퍼시가 결백한 데도 퍼시를 불쌍하게 여기는 척하고 자기를 이용해서 범죄를 감추려 했던 것이다. 그리고 그 꾀는 거의 성공할 뻔했다. 경찰은 퓨 씨가 사고사를 당한 것으로 믿었다. 경찰은 살인이 일어난 사실을 몰랐고, 조를 살인자라고 전혀 의심도 하지 않았다. 그런데 그가 체포된 것이다.

프랭크는 퍼시에게 물었다.

"당신은 조를 의심하지 않았는데 왜 스페인에 가지 않았지요? 그리고 경찰서에는 왜 간 거죠?"

퍼시는 조의 밀짚모자를 들었다.

"자네도 내가 어떤 사람인지 알잖아? 나는 외국 여행은 고사하고 국내 여행도 요 몇 년 동안 한 적이 없어. 그래서 나는 여권이 없어. 경찰서엔 여권을 어떻게 만드는지 알아보려고 들렀던 거야."

그는 밀짚모자를 프랭크에게 줬다.

"나는 이제 새로운 지배인이 필요하다네."

피터 러브지(Peter Lovesey, 1935~)

영국 미들섹스 주 휘튼에서 태어나, 레딩 대학 졸업 후 교육장교로 영국 공군에 근무. 1975년까지 5년 간 하머스미스 칼리지의 교육학 부장을 지낸 교수작가. 학식을 살려 빅토리아 왕조 시대의 런던을 무대로 클리프 경찰부장과 사카레이 경관이 활약하는 역사 미스터리 시리즈를 쓰기 시작했다. 그 첫 작품 『죽음의 경보』는 범죄소설 콘테스트에서 우수작품으로 선정됐고, 제2작 『탐정은 실크 트렁크를 입는다』에서는 권투를, 제3작 『살인은 아브라카 다브라』에서는 뮤직홀 등 19세기 런던의 회고적인 풍속을 재현해 보였다. 제8작 『마담 타소가 기다리다 지쳐서』는 1978년 CWA 실버 대거상을 수상했다. 1982년 『가짜 뉴 경감』으로 CWA 골드 대거상을 수상.

3인의 죄인

THREE SINNERS IN THE GREEN JADE MOON — 로버트 셰클리

매일 밤 그를 계속해서 작은 레스토랑으로 돌아오게 만든 것은 과연 무엇이었을까? 요리, 음악, 아니면 부끄러운 비밀…?

〈요리사〉

친애하는 하느님께.

내가 당신께 말씀드리고자 하는 사건은 몇 년 전 내가 스페인의 발레릭 섬에서 최고급 인도네시아 레스토랑을 열었을 때 일입니다. 나는 아이비자 섬의 한 마을인 산타 에우랠리아 델 리오에 레스토랑을 열었습니다. 그 당시 아이비자 항구와 팔마 데 말로르카의 타지역에는 이미 인도네시아 레스토랑이 하나씩 있었습니다. 사람들은 내 가게가 최고라고 말했습니다.

그럼에도 불구하고, 사업은 그리 잘되지 않았지요. 산타 에우랠리아라는 매우 작은 고장이었지만 마을과 인근 시골에는 수많은 작가들과 예술가들이 살고 있었습니다. 그 사람들은 모두 가난했지만 내 리즈스타펠을 사먹을 수 없을 정도로 가난하진 않았죠. 그러면 그들이 왜 내 가게에서 자주 사먹지 않는 걸까요? 분명히 주아니토의 레스토랑이나 사 푼타

와의 경쟁 때문은 아니었습니다. 그 가게들이 바닷가재 마요네즈와 파엘라를 잘한다고 인정해 주더라도, 그것들이 내 가게의 삼발 테루, 사테 캠빙, 그리고 무엇보다도 바비 케첩을 따라올 수는 없었으니까요.

나는 그 이유가 예술가들이란 예민하고 변덕스러운 사람들이라서 새로운 것에 익숙해지려면, 특히 새 레스토랑에 길을 들이려면 시간이 필요하기 때문이라고 생각하곤 했습니다. 나 자신도 그랬죠. 나는 몇 년 동안이나 화가가 되려고 노력해 온 사람입니다. 사실 그것이 내가 산타 에우랠리아와 같은 곳에 레스토랑을 열게 된 이유랍니다. 나는 예술가들 가까이에서 살면서 돈도 벌고 싶었습니다.

사업은 잘되지 않았지만 나는 그럭저럭 가게를 꾸려 나갈 수 있었습니다. 가게 임대료가 낮은데다 내가 직접 요리를 했고, 손님들에게 음식을 날라 주고 레코드 플레이어의 판을 갈아 끼우고 나중에는 접시까지 닦는 지방소년을 고용했기 때문이죠. 그가 하는 일에 대해 많은 급료는 지불하지 못했지만 그건 내게 그럴 만한 돈이 없었기 때문이었습니다. 그 소년은 뛰어난 웨이터로 항상 쾌활하고 단정해서 언젠가는 행운을 잡아 큰 레스토랑의 지배인이 될 겁니다.

이렇게 해서 나는 그린 자이드 문이라는 레스토랑을 소유했고 웨이터를 두었으며 일주일만에 한 명의 단골 손님을 가지게 되었습니다. 그의 이름은 모릅니다. 그는 키가 크고 마른 체격에 검은 머리를 가진 말이 없는 미국인이었습니다. 아마 30세나 40세쯤 되었을 겁니다. 그는 매일 밤 9시 정각에 들어와서 리즈스타펠을 주문해서 그것을 먹고, 지불하고, 10퍼센트의 팁을 남겨두고 떠났습니다.

내가 약간 과장했다고 해야겠군요. 왜냐하면 그는 매주 일요일에는 사푼타에서 파엘라를 먹었고, 화요일에는 주아니토에서 바닷가재 마요네즈를 먹었으니까요. 나머지 닷새는 내 가게에서 리즈스타펠을 먹었는데 보통은 혼자 왔고, 가끔 여자나 친구들을 대동하기도 했습니다. 그가 조용히 음식을 먹는 동안 우리 가게의 웨이터인 파블로는 분주하게 주위를 돌아다니며 음식을 갖다 주고 레코드판을 갈아 끼웠습니다.

솔직하게 말해서, 나는 그 손님이 없어도 산타 에우랠리아에서 살아갈 수 있었어요. 잘살지는 못했겠지만 어쨌든 살아갈 수는 있었을 겁니다. 그 당시에는 물가가 아주 쌌어요. 요즘에 그와 같은 상황에 처해서, 손님 한 사람의 식대로 연명한다면 특별히 신경을 써서 그 손님의 기호를 살펴야 하겠지요. 그것이 내가 저지른 죄의 시작이었습니다. 대부분의 죄와 마찬가지로, 그것도 처음에는 악의가 없는 것처럼 보였습니다. 나는 그 남자의 원기를 북돋아 주고 싶었습니다. 나는 그가 좋아하는 음식과 좋아하지 않는 음식을 연구하기 시작했습니다.

나는 그 당시에는 5달러보다 조금 더 나가는 400페세타에 리즈스타펠 열세 접시를 대접했습니다. 리즈스타펠은 쌀 요리를 말합니다. 그것은 인도네시아 요리법을 네덜란드 식으로 응용한 것이죠. 밥을 접시 가운데에 놓고 그것을 야채 수프의 한 종류인 사주르로 흠뻑 적십니다. 그런 다음 밥 주위를 여러 가지 요리로 둘러쌓아 놓는데, 여기에는 쇠고기를 카레 소스로 덮은 케리 대깅, 구운 돼지고기 꼬치에 땅콩 소스를 곁들인 사테 바비, 작은 새우에 고추 소스를 얹은 삼발 우당이 들어갑니다. 이것들은 고기가 들어가기 때문에 비싼 요리죠.

그리고 또 삼발 테루와 페르케델, 칠리 소스를 얹은 계란과 미트볼, 다양한 야채와 과일 요리가 들어갑니다. 끝으로 땅콩, 부풀린 작은 새우, 비벼 부스러뜨린 코코넛, 양념을 한 포테이토 칩 등이 있습니다. 이 요리들이 작은 타원형 접시에 담겨지기 때문에 겉으로 보기에는 400페세타보다는 훨씬 비싼 음식을 먹는 것 같습니다. 물론 보는 것만큼 그렇게 많은 건 아니죠.

내 손님은 맛있게 먹었고 보통 8접시나 10접시를 비웠습니다. 거기에다 밥을 반 조금 넘게 먹었습니다. 네덜란드인이 아닌 사람한테는 그 정도면 잘 먹는 셈이었죠.

그러나 나는 그것에 만족하지 않았습니다. 나는 그가 절대로 간장을 먹지 않는다는 사실을 눈치챘습니다. 그래서 그것을 간장 소스를 끼얹은 우당 핀당 케첩으로 교체하는 것을 내 임무로 삼았습니다. 그는 특히 내가 만든 사테바비를 좋아했기 때문에 나는 그 양을 늘리고 많은 양의 땅콩 소스를 추가했습니다.

일주일 안에 나는 그가 살이 오르는 것을 볼 수 있었습니다. 그것이 나를 고무시켰습니다. 나는 렘페젝—땅콩 웨이퍼—의 양을 두 배로 늘리고 미트볼도 마찬가지로 늘렸습니다. 그 미국인은 네덜란드 사람처럼 먹기 시작했어요. 그는 빠른 속도로 살이 쪘고 나는 그것을 도와줬습니다.

두 달이 못 돼서 그는 5에서 10킬로 정도 체중과다가 됐죠. 나는 상관하지 않았고 그를 내 음식에 길들도록 노력했습니다. 나는 더 큰 식기세트를 구입하고 그에게 양을 늘려 음식을 제공했습니다. 나는 그가 절대로 손대지 않는 것 대신 다른 고기 요리, 즉 간장 소스를 얹은 돼지고기인 바비 케첩을 슬쩍 바꿔치기 했습니다.

세 달이 되자, 그는 비만 증세를 보이기 시작했어요. 그를 비만이 되게 만든 건 주로 땅콩 소스와 밥이었습니다. 그리고 나는 부엌에 들어앉아 오르간 연주자가 오르간을 연주하듯, 그의 맛을 연주했고, 그의 얼굴은 이제 둥글게 되어 기름기로 번들거리게 됐습니다. 웨이터 파블로는 요리 접시를 들고 회교 금욕파의 수도사처럼 그의 주위를 빙빙 돌아다니다가 레코드판을 갈아 끼웠습니다.

그 사나이가 나의 리즈스타펠에 길들어 있다는 것이 이제는 분명해졌습니다. 말하자면 그의 아킬레스건은 그의 위장 속에 있는 셈이었죠. 그러나 문제는 그렇게 간단하지 않았습니다. 나는 그 미국인이 나를 만나기 전 30, 40년 동안을 마른 체격으로 살아왔을 거라는 추측을 하게 되었습니다. 그러나 무엇이 사람을 계속 마른 채로 남아 있게 하는 걸까요? 그의 맛에 대한 특별한 욕망을 부추기는 어떤 음식이 없었기 때문입니다.

대부분의 마른 사람들은 잠재적으로 자기에게 적합한 특별한 음식을 발견하지 못한 뚱뚱한 사람이라는 게 내 지론입니다. 내가 예전에 알던 어떤 마른 네덜란드 사람은 건설 회사 일 때문에 마드라스에 갔다가 놀라울 정도로 다양한 인도남부의 카레요리를 먹은 다음부터 살이 찌기 시작했습니다. 런던의 여러 나이트 클럽에서 일하는 시체와 같이 비쩍 마른 멕시코 태생의 기타리스트는 내게 말하기를 자기는 항상 자기가 태어난 도시인 모렐리아에서만 살이 찐다고 했습니다. 그는 중앙 멕시코에서는 어디서든 상당한 양의 음식을 먹을 수 있지만(비록 게걸스럽게는 아닐지라도), 오사카 남부에서 유카탄에 이르는 지역의 요리법이 제아무리 훌륭하다 할지라도 자기한테는 체질적으로 구미가 당기지 않는다고 발하너군요. 그리고 또 공산당이 모든 외국인을 쫓아낼 때까지 중국에서 살았던 한 영국인은, 쯔완 지방 요리를 못 먹어서 자기 살이 빠지고 있다는 것과, 칸돈 또는 상하이에서 만든 요리는 자신에게 전혀 맞지 않는다고 확실하게 말했습니다. 그는 중국 요리의 지역적 차이는 유럽의 경우보다 훨씬 더 크며, 자신의 경우는 스톡홀름에서 꼼짝 못하는 나폴리인의 경우와 비슷하다고 했습니다. 그는 쯔완 지방 요리가 향료를 많이 넣지만 맛은 은은하고 부드럽다고 했습니다. 그는 니스에서 살면서 프로방스 음식을 먹는데, 거기에다 수입한 빨간 두부와 간장 소스와 그 밖에 뭔지 모를 것들을 첨가합니다. 그는 그건 개 같은 인생이라고 말하지만 아마도 그의 아내가 그 부분에 대해선 어느 정도 책임이 있는 것 같습니다.

하느님도 알다시피, 내 미국 손님의 행동이 있기 전에도 이처럼 선례는 있었습니다. 그는 정말로 자기에게 궁합이 맞는 음식을 만나지 못했던 사람들 중 하나가 분명했습니다. 그는 지금 그것을 나의 리즈스타펠에서 발견했고 지난 30, 40년 동안 배불리 먹어 보지 못한 식욕을 보상하기 위해 먹어대고 있는 것입니다.

이와 같은 상황에서, 윤리적인 요리사라면 반드시 과식하는 손님에 대한 책임을 져야 하는 법이죠. 결국 요리사는 꼭두각시 조종사의 위치에 있는 것입니다. 자기 손님의 요리에 대한 욕망을 조정하는 것도 바로 요리사이기 때문입니다. 내가 아는 파리의 어느 프랑스 요리사는 자신의 두 가지 전문 요리인 끼쉬 로렌느 또는 따르뜨 도미그뇽의 어느 한쪽을 특정 손님들한테 같이 내놓는 법이 없는데 이렇게 말했답니다.

"무엇이든 두 그릇의 접시를 내놓는다는 것은 균형 있는 식사를 방해하는 것으로, 나는 절대로 몇 프랑 안 되는 인색한 돈 때문에 스스로를 심술궂은 가해자로 만들지 않을 것입니다."

나는 그 요리사에게 갈채를 보내지만 그를 흉내낼 수는 없었습니다. 나는 실제로는 요리사가 아니라 그저 리즈스타펠을 요리하는 데 남다른 재주를 가진 가난한 이태리인일 뿐입니다. 내 진정한 욕망은 화가가 되는 것이고, 내 성격은 유감스럽게도 과거와 현재에 있어서 모두 기회주의적입니다.

나는 계속해서 내 손님에게 음식을 먹여댔고 그와 동시에 근심도 나날이 늘어 갔습니다. 내게 비록 법적인 계약서는 없었지만 상황은 마치 내가 그자를 소유하고 있는 것처럼 보였습니다. 늦은 밤중에 나는 몸을 떨며 잠자리에서 일어나기가 일쑤였는데 그건 내 손님이 그 어마어마한 달덩이 같은 얼굴에 푹 박힌 눈으로 날 쳐다보며 〈당신의 삼발이 맛을 잃어 가고 있소. 당신이 내게 계속 음식을 공급하게 내버려두다니 내가 바보였어. 우리의 관계는 이제 끝났소이다〉라고 말하는 꿈을 꾸었기 때문입니다.

분별없게도 나는 사테 캠빙 수라바자의 양을 두 배로 늘렸고 밥을 끓이기보다 기름과 사프론에 볶아서 냈고 식용 괴경과 함께 칠리 소스를 얹은 어마어마한 양의 사태아잠을 제공했습니다. 그것들은 모두가 살찌는 음식으로 나에 대한 그의 의존도를 높이고 유지하기 위한 것이었죠.

내가 보기에는 우리 둘 다 정신착란 상태에서 요리하고 먹는 것 같았습니다. 확실히 그 무렵 우리들은 둘 다 제정신이 아니었습니다. 그는 거대하게 부풀어오른 소시지 인간이 되었습니다. 그의 몸에 붙은 모든 살이 나한테는 그에 대한 나의 지배권을 증명하는 것처럼 보였습니다. 그러나 그것은 동시에 나의 근심을 증가시키는 원인이 되었습니다. 이는 그가 영원히 살찔 수는 없었기 때문이죠.

그러던 어느 날 밤, 모든 것이 변했습니다. 나는 그를 위해 약간의 진미를 곁들여서 작은 새우에 코코넛 소스를 입힌 삼발 고렉 우당을 준비하고 있었습니다. 그것은 내 입장으로서는 작은 새우의 가격을 고려해 볼 때 터무니없는 낭비였죠. 그럼에도 불구하고, 나는 그가 그것을 즐거이 먹을 것이라고 생각했습니다.

그날은 정기적으로 오는 날이었는데도 그는 레스토랑에 나타나지 않았습니다. 나는 평상시보다 두 시간이나 더 문을 열어 놓고 기다렸지만 그는 오지 않았습니다. 다음날도 역시 나타나지 않았습니다. 세 번째 날에도 역시 오지 않았습니다.

그러나 넷째 날 밤 그는 뒤뚱거리며 걸어 들어와 평소에 앉던 자리에 앉았습니다. 나는 그가 내 식당에서 식사를 하는 동안 여태껏 한 번도 그에게 말을 걸지 않았지만, 그러나 지금은 그의 테이블까지 걸어가 약간 몸을 숙여 인사하며 이렇게 말했습니다.

"지난 며칠 동안 뵙고 싶었습니다, 선생님."

"몸이 좀 불편해서 올 수가 없었습니다."

"심각한 건 아니겠지요?"

"물론 아닙니다. 그저 약한 심장마비였어요. 하지만 의사들은 며칠 동안 누워 있는 게 좋다고 하더군요."

나는 몸을 숙여 인사했고 그는 고개를 끄덕였습니다. 나는 주방으로 돌아왔습니다. 나는 서빙 포트를 쿡쿡 찔러댔습니다. 파블로는 주문한 음식을 내가기 위해 나를 기다렸습니다. 그 미국인은 내가 그를 위해 특별히 갖다 놓은 어마어마하게 커다란 빨간색 냅킨을 목에 두르고 기다렸습니다.

나는 그 순간 내가 알고 있었어야 할 진실을 깨닫게 되었습니다. 그것은 내가 이 사내를 죽이고 있다는 것입니다. 삼발과 사태가 가득 차 있는 포트와 밥이 담긴 커다란 솥, 사주르가 든 큰 통을 보고 나는 그것들이 올가미나 곤봉과 같은 효과를 내며 사람을 천천히 죽음으로 이끄는 도구처럼 생각되었습니다. 모든 사람이 각자 자신에 맞는 요리법을 가집니다. 그러나 누구도 자신의 식성을 일부러 솜씨 있게 조정해서 죽임을 당하진 않습니다.

갑자기 나는 나의 손님에게 소리쳤습니다.

"이 레스토랑은 이제 문을 닫았소!"

"어째서요?"

그는 다그치듯 물었습니다.

"고기가 상했어요!"

"그럼 고기는 빼고 리즈스타펠을 주시오."

"불가능합니다. 고기가 빠진 리즈스타펠이라는 건 없습니다."

그는 테이블 너머로 나를 멍하니 쳐다보았는데 그의 눈은 놀라움으로 크게 떠졌습니다.

"그렇다면 버터를 잔뜩 곁들여서 만든 오트밀을 주시오."

"난 오트밀은 만들지 않아요."

"그러면 지방이 많이 달린 돼지고기 덩이를 주시오. 그게 안 되면 볶음밥 한 사발을 주고."

"선생님은 이해를 못하시는군요. 저는 적절하고 정확한 양식에 따라 리즈스테펠만 만듭니다. 그게 불가능하면 아무것도 만들지 않구요."

"하지만 나는 배가 고프단 말이오!"

그는 무언가를 졸라대는 어린애처럼 소리쳤습니다.

"주아니토에서 바닷가재 마요네즈를 먹든가 사 푼타에서 파엘라를 드십시오. 이게 처음은 아닐 텐데요."

나는 오직 인간적으로 되기 위해 이렇게 말했습니다.

"그건 내가 원하는 게 아니오."

그는 거의 울음을 터뜨릴 지경이 되어 말했습니다.

"난 리즈스테펠을 원해요!"

"그렇다면 암스테르담으로 가시오!"

나는 그를 향해 소리 지르고 사태와 삼발을 담은 포트를 마룻바닥에 내동댕이치고 레스토랑을 박차고 나와 버렸습니다.

나는 몇 가지 소지품만 챙기고 택시를 잡아타고 아이비자 시로 갔습니다. 나는 바르셀로나로 가는 야간 운항선을 제시간에 잡아 탈 수 있었고 그곳에서 로마로 가는 비행기를 탔습니다.

나는 그 순간 내 손님에게 너무나 잔인하게 굴었다는 것을 인정하겠습니다. 그러나 나는 그것이 필요하다고 생각했습니다. 그는 당장 먹는 걸 중단해야 했습니다. 그리고 나도 그를 먹이는 일을 그만둬야 했습니다.

그 이후의 나의 여행은 이 고백과는 관련이 없는 것입니다. 단지 내가 지금 코스라는 그리스 섬에서 가장 훌륭한 리즈스타펠 레스토랑을 소유, 운영하고 있다는 것만 덧붙이겠습니다. 이제 나는 수학적으로 정확한 양을 제공하며 그 규칙에서 단 1그램도 더 추가하지 않습니다. 이 세상의 어떤 돈도 나에게 두 번째 그릇을 내거나 팔게 할 수는 없을 것입니다.

이렇게 해서 나는 자그마한 미덕을 하나 배웠지만 그것은 큰 죄를 저지르고 배운 대가입니다. 그 미국인과 파블로가 어떻게 되었는지 나는 종종 궁금한 생각이 듭니다. 파블로의 밀린 봉급은 내가 로마에서 보내줬습니다.

나는 아직도 화가가 되려고 노력중입니다.

〈웨이터〉

친애하는 하느님에게.

내 죄는 스페인의 발레릭 섬들 중 하나인 아이비자의 한 마을, 산타 에우랠리아 델 리오의 인도네시아 레스토랑에서 웨이터로 일할 때 저질러졌습니다. 나는 그 당시 젊었고 겨우 18세였습니다. 나는 프랑스 요트의 선원 가운데 한 사람으로 아이비자에 갔습니다. 선주는 미국산 담배를 밀수하다가 잡혔고 그의 보트는 압수되었으며 나머지 선원들은 뿔뿔이 흩어졌습니다. 하지만 나는 아이비자에 남아 있다가 산타 에우랠리아로 갔습니다. 나는 몰타 사람이었기 때문에 언어에는 타고난 재능을 가지고 있었습니다. 마을 사람들은 나를 안달루시아 사람이라고 생각했고 외국인들은 아이비자 섬 주민으로 생각했습니다.

그 네덜란드인이 리즈스타펠 레스토랑을 열었을 때 나는 처음에는 관심이 없었습니다. 특별히 할 일이 없는 데다 아무도 그렇게 형편없는 임금을 받고는 그를 위해 일해 주려 하지 않았기 때문에 나는 하루만 그의 일을 도와주기로 마음먹었습니다.

그런데 그 첫날에 나는 그의 훌륭한 레코드 컬렉션을 발견했습니다. 이 네덜란드 사람은 78장의 광범위한 컬렉션을 가지고 있었는데 그중 일부는 재즈 클래식이었습니다. 그는 좋은 플레이어와 훌륭한 앰프, 스피커를 가지고 있었는데 그것들은 요즘에도 일류로 꼽힐 수 있을 만한 것들이었습니다. 그 남자는 음악에 대해서는 아무것도 몰랐고 좋아하는 건 더더욱 아니었습니다. 그는 음악을, 짚으로 덮어둔 병 속의 초나 벽에 줄줄이 달아 놓은 후추와 생강처럼 그저 식당에 딸리는 단순한 부속품이나 쾌적한 설비 정도로만 생각했습니다. 사람들이 식사를 하는 동안 누군가가 음악을 연주한다, 그것이 그가 음악에 대해 알고 있는 전부였습니다.

그러나 나, 그가 파블로라고 부르는 안토니오 바르가스는 음악에 대한 열정을 가지고 있었습니다. 그렇게 젊은 나이임에도 불구하고 나는 이미 트럼펫과 기타, 피아노 연주법을 스스로 터득했습니다. 내게 부족한 것은 미국 재즈 형태에 대한 직접적인 지식이었으며 그것이 나의 특별한 관심 영역이었습니다. 나는 생계를 유지해 나가기에 충분한 돈만 벌 수 있다면 이 네덜란드인을 위해 일하고 그러면서 틈틈이 그의 컬렉션을 틀어 보고 다시 틀어 보아서 미국 음악의 개성적 표현방식을 습득하고 나 자신의 음악가로서의 삶을 준비할 수 있을 거라는 것을 깨달았습니다.

네덜란드인은 내가 레코드를 트는 것에 호의적이었습니다. 그는 선택의 여지가 없었죠. 달리 누가 그의 짠 임금을 받고 일을 하겠습니까? 외국인들은 확실히 그럴 사람들이 아니었습니다. 토박이 아이비자 섬 주민들도 마찬가지였고요. 그들은 옷은 형편없게 입었지만 잘사는 척하려고 애쓰는 사람들이니까요. 오직 나밖에 없었고 나는 내가 루이 암스트롱한테 좋은 봉급을 받고 있다고 생각했습니다. 나는 그의 레코드를 분류하고 먼지를 털어냈으며, 그에게 바르셀로나에서 끝에 다이아몬드가 박힌 바늘을 주문하게 만들었고, 뒤틀림을 방지하기 위해 스피커의 위치를 다시 정리하고 조화를 이루도록 재즈 프로그램을 고안해 냈습니다. 종종 나는 듀크 엘링턴 밴드의 〈무드 인디고〉 연주로 시작해서 중간쯤에는 스탠 켄톤의 곡을 틀었다가 엘라 피츠제럴드가 부르는 〈바이 바이 블루스〉로 끝을 맺곤 했습니다. 그러나 그건 내 프로그램의 한 부분에 지나지 않았습니다.

나는 곧 나 자신과, 그리고 래비 샌카에서 라벨도 구별할 줄 모르는 그 네덜란드인도 아닌 단 한 사람의 청중에게 곡을 틀어 주고 있다는 것을 알게 되었습니다. 하느님도 아시겠지만 나는 청중 한 사람을 손에 넣은 것입니다. 그는 키가 크고 깡마른 과묵한 영국인이었고 확실하게도 열렬한 재즈 팬이었습니다. 그는 내가 틀어 주는 음악의 템포에 맞춰 식사를 했는데, 〈무드 인디고〉를 틀어 놓으면 느리고 오래 질질 끌며 밥을 먹었고 〈카라반〉을 연주하면 빠르고 신속하게 먹었습니다.

그러나 그것 이상으로, 그의 기분은 내가 판을 바꿔 낄 때마다 눈에 보이게 변했습니다. 엘링턴과 켄톤은 그의 기분을 돋워주는 경향이 있어서, 오른손으로 리즈스타펠을 떠먹으면서 왼손으로는 박자를 맞추며 맛있게 식사를 했습니다. 찰리 바넷과 바이어드는 어떤 템포로 연주하든 간에 상관없이 의기소침하게 만드는 작용을 해 그의 식사 속도가 느려지면서 그는 입술을 꼭 다물고 양미간을 찌푸리곤 했습니다.

하느님이 나처럼 음악가였다면, 주님도 틀림없이 당신의 청중을 기쁘게 해 주고 싶어질 겁니다. 물론 언제나 자기 전문분야에 머물면서 말이죠. 그래서 나는 내 유일한 청중을 사로잡는 일에 착수했습니다. 처음에는 나 자신도 확신할 수 없는 일이었기 때문에 엘링턴과 켄톤의 음악을 주로 많이 틀었습니다. 나는 결코 그를 찰리 파커의 대걸작 환상곡에 익숙하게 만들 수 없었고 바넷은 그의 신경을 긁는 것 같았습니다. 하지만 나는 그에게 루이 암스트롱과 엘라 피츠제럴드, 얼 하인스와 모던 재즈사중주를 가르쳤습니다. 그가 가장 좋아하는 것들만을 골라내서 그 한 사람만을 위해 저녁 식사 음악을 조화 있게 편성하기도 했습니다.

그 영국인은 굉장한 청중이었습니다. 그러나 그는 물론 값을 지불했지요. 매일 밤마다 그는 네덜란드인의 리즈스타펠을 먹어야 했는데 그것은 갖가지 이름을 가진 잡다한 것들을 모아 놓은 것으로 그것들 대부분은 양념이 지나친 칠리 소스의 맛이 났습니다. 거기에 대해선 대책이 없었죠. 그 네덜란드인은 아무것도 먹지 않는 사람들이 주변을 어슬렁거릴 마음이 내키게 해 주진 않았으니까요. 당신이 걸어 들어오면 그는 당신의 코 앞에 메뉴판을 갖다 댈 겁니다. 마지막 접시의 요리를 다 먹고 나면 그는 당신의 테이블에 계산서를 올려 놓습니다. 그것은 암스테르담에서는 용납될 수 있을지도 모르지만 스페인에서는 그렇게 간단하게 되지는 않습니다. 특히, 스페인 사람들보다도 더 스페인적으로 행동하는 외국 사람들은 그것에 반대하고 그대로 눌러앉아 버립니다. 그의 잔인함과 탐욕의 결과, 그 네덜란드인은 오직 한 사람의 손님, 사실은 내 음악을 들으러 오는 그 영국인에게만 의존할 수밖에 없게 되었습니다.

한참이 지난 후에, 나는 나의 청중이 살이 찌고 있다는 것을 눈치챘습니다. 나는 그것을 나의 사랑하는 재즈와 그 재즈를 선택하여 조화시키는 나에 대한 칭찬의 표시로 받아들였습니다. 누구든 계속해서 그 획일적이고 말하기 곤란한 리즈스타펠을 견딜 수 있다면 그는 진정한 〈재즈 팬〉이라고 할 수 있을 겁니다.

나는 젊고, 부주의하고, 책임감이 없었습니다. 나는 음악가로서의 나의 의무에 아무런 주의도 하지 않았습니다. 다시 말하자면, 매력뿐만 아니라 균형과 카타르시스를 제공하는 데 태만했던 것이죠. 아니, 나는 이 남자를 사로잡겠다고 나섰고, 내 레코드판으로 그를 손에 넣어서, 암스트롱과 엘링턴과 나 자신의 노예로 만들었습니다.

그 영국인은 뚱뚱해졌습니다. 나는 빅스 바이더베케나 딕시랜드 형식주의자들 같은 뭔가 엄격하고 고전적인 음악을 틀었어야 했습니다. 그들은 그의 취향은 아니었지만 자제하는 효과는 줄 수 있었을 겁니다. 그러나 나는 그런 음악을 틀지 않았어요. 부끄럽게도 나는 그에게 그가 원하는 것을 무턱대고 주었습니다.

더 나쁜 것은 그를 기쁘게 해 주기 위해 내 취향까지 바꿨다는 사실입니다. 어느 날 저녁 나는 글렌 밀러의 〈스트링 오브 펄스〉라는 수수하지만 듣기에 편한 곡을 틀었습니다. 일종의 음악적 조크로 그런 짓을 한 거죠. 하지만 나는 즉시 그 영국인이 빅밴드 스윙을 좋아한다는 사실을 깨달았습니다.

물론 나는 그걸 그냥 무시해 버렸어야 옳았습니다. 그 사내는 청중으로서의 재능은 가지고 있었지만 음악적으로는 전혀 교육이 되어 있지 않았지요. 내가 도박을 할 마음이 있었다면 나는 그에게 무언가 중요한 것을 가르쳐 주고 진짜 음악이란 무엇인가를 보여 줬을 겁니다.

그러나 나는 그런 일은 하지 않았어요. 그 대신 부끄럽게도 그의 센티멘털한 열정에 호응했습니다. 나는 글렌 밀러, 토미 도세이, 해리 제임스를 틀었습니다. 베니 굿맨을 돌림으로써 나 자신을 미학적으로 변명하려 했지만, 나는 뻔뻔스럽게 돌아가는 번 몬로의 노래 속으로 깊이 빠져들었습니다. 다른 인간에 대해 그런 힘을 갖는다는 것은 끔찍한 일입니다. 몇 달만에 나는 레코드판뿐만 아니라 나의 청중을 프로그램할 수 있게 된 겁니다. 그가 가게에 들어올 때 나는 그의 이해력을 뛰어넘는 작품인 〈무스크라트램블〉을 연주하여 그에게 가벼운 장난을 칩니다. 그런 다음 재빨리 번 몬로의 〈달과의 경주〉를 틀어 주면 영국인의 찡그린 표정이 사라지고 가벼운 미소가 그의 두툼한 입술에 떠오르며 그 맛없는 리즈스타펠을 떠먹기 시작하는 것이죠.

요리사는 허영심에 들떠 그의 접시를 가득 채웠습니다. 그러나 그를 먹게끔 만드는 건 바로 나였어요. 예를 들어, 때때로 내가 〈A-트레인〉을 틀거나 암스트롱의 〈빌 스트리트 블루스〉를 틀 때면 그는 포크를 내려놓고 더 이상 먹을 수 없는 것처럼 보이곤 했습니다. 그러면 나는 재빨리 글렌 밀러의 〈스트링 오브 펄스〉나 〈감상에 빠져〉 또는 〈달빛 세레나데〉를 트는 겁니다. 그렇지 않으면 나는 헤리 제임스의 〈당신이 날 사랑하게 만들어요〉나 지미 도세이의 〈아마폴라〉로 그에게 충격을 줍니다.

이렇게 경솔한 행동들이 그에게 마약과 같은 작용을 했습니다. 그의 둥근 머리는 박자를 맞춰 까딱거리고 눈에 눈물이 고이면 그는 수프스푼을 가지고 먹는 데만 열중하곤 했습니다. 그는 점점 더 괴물처럼 되어갔고 나는 계속해서 훈련된 쥐처럼 그를 조정했습니다. 이 일이 어떻게 결말이 날지 알 수 없었어요.

그러던 어느 날 밤 그는 나타나지 않았습니다. 그 다음날도, 또 그 다음날도 그는 오지 않았습니다.

넷째 날 밤이 되자 그는 레스토랑에 들어왔고 요리사는 (자신의 유일한 수입 원천을 걱정한다는 건 이해할 수 있는 일이죠) 그의 건강을 물었습니다. 그는 궤양을 앓게 되어 의사한테서 며칠 동안은 순한 음식을 먹으라는 지시를 받았지만 지금은 다 나은 것 같다고 말했습니다. 요리사는 고개를 끄덕이고 불에서 끓고 있던 요리를 하기 위해 되돌아갔습니다.

영국인은 나를 쳐다보고 처음으로 내게 말을 걸었습니다. 그 당시 내가 스탠켄톤의 〈알라모로부터 오솔길을 가로질러〉를 틀고 있었던 걸로 기억합니다. 그 영국인은 말했습니다.

"괜찮다면 번 몬로의 〈달과의 경주〉를 좀 틀어 주겠소?"

"물론, 기꺼이 들려드리죠."

나는 그렇게 대답하고 플레이어 쪽으로 걸어갔습니다. 나는 켄톤의 판을 끄집어냈습니다. 그리고 몬로를 꺼냈지요. 그 순간 나는 내가 이 사나이를 문자 그대로 죽이고 있다는 생각이 들었습니다.

그는 내가 틀어 주는 레코드에 중독된 것입니다. 그가 그것들을 들을 수 있는 유일한 방법이란 위장에 구멍을 내는 리즈스타펠을 먹는 길뿐이었습니다. 그 순간 나는 벌떡 일어섰습니다.

"번 몬로는 더 이상 틀지 않겠어요!"

나는 갑자기 소리를 질렀습니다. 그는 어쩔 줄 몰라 하며 접시 같이 큰 눈을 끔뻑거렸습니다. 요리사는 내가 목소리를 높인 것에 놀라 부엌에서 뛰어나왔습니다. 영국인은 애원하는 목소리로 이렇게 말했습니다.

"그러면 글렌 밀러를…."

"그것도 틀지 않겠습니다."

"토미 도세이는?"

"절대로 안 틀어요."

그 불운한 사나이는 몸을 부들부들 떨었고 그의 거대하게 늘어진 목살이 경련을 일으키기 시작했어요.

"그럼 듀크 엘링턴을 부탁하오."

"안 됩니다!"

"하지만 파블로, 자넨 듀크 엘링턴을 좋아하잖아!"

요리사가 말했습니다.

"안 그러면 바이더베케나 모던 재즈 사중주라도! 뭐든 당신이 좋아하는 거라도 틀어 주시오!"

"손님은 벌써 충분히 많이 들었어요. 저에 관한 한 이제 음악은 끝났습니다."

나는 앰프를 주먹으로 내려치고 여러 개의 튜브를 산산조각 냈습니다. 요리사와 손님은 할말을 잃었습니다. 나는 밀린 지난 두 주 동안의 봉급을 달라고 하지도 않고 그대로 걸어 나왔습니다. 무임승차를 해서 아이비자 항구까지 가서 마르세이유로 가는 배를 잡아탔습니다.

오늘날 나는 어느 정도 알려진 색소폰 연주자가 되었습니다. 일요일을 제외한 매일 밤 파리의 뤼 드 후세뜨의 르 깨츠 파자마 클럽에서 내 연주를 들을 수 있습니다. 나는 고전적 순수성과 형식을 지키는 연주자로 칭찬을 받고 있으며 딕시랜드 재즈의 순수주의자로 존경을 받고 있습니다.

그러나 내 머리 위에는 여전히 그 가엾은 영국인에게 원하는 음악을 주어 최면을 걸고 음식을 먹게 만든 죄가 남아 있습니다.

나는 그것을 진심으로 후회합니다. 그 후로 나는 자주 그 요리사와 손님이 어떻게 되었을까 하고 궁금해 합니다.

〈손님〉

친애하는 하느님에게.

나의 죄는 몇 년 전 산타 에우랠리아 델 리오라고 하는 작은 스페인 마을에서 저질러졌습니다. 예전에는 한 번도 그 죄를 인정하지 않았지만 이제 나는 그렇게 하지 않을 수 없다는 기분이 듭니다. 나는 책을 쓰기 위해 산타 에우랠리아로 갔습니다. 내 아내도 나와 함께 갔습니다. 우리에게는 아이가 없었죠.

내가 거기 있는 동안 어떤 사람이 리즈스타펠 레스토랑을 열었습니다. 나는 그 남자가 핀란드 사람이거나 아니면 헝가리 사람일 가능성이

크다고 생각합니다. 그의 레스토랑은 국외로 이주한 모든 사람들에게 환영을 받았습니다. 그 사람이 오기 전에 우리는 사 푼타에서 파엘라를 먹거나 주아니토에서 바닷가재 마요네즈를 먹었습니다. 음식은 두 군데 모두 훌륭했지만 어느 정도 시간이 지나고 나자 가장 훌륭한 요리조차 단조롭게 느껴졌습니다.

우리들 대다수는 새로 생긴 레스토랑에서 식사를 하기 시작했습니다. 그 곳에서는 언제나 만사가 생기에 넘쳤죠. 그와 같은 사실 외에도 그 헝가리인은 멋진 레코드를 수집하고 있었고 훌륭한 오디오 시스템을 갖추고 있었습니다. 그와 같은 가게가 실패할 리가 없지요.

나는 일주일에 5일 정도를 그 곳에서 식사하기 시작했습니다. 내 아내는 사랑스러운 여인이었지만 요리솜씨는 그다지 훌륭하지 못했어요. 나는 헝가리인의 단골 손님 중 하나가 되었습니다.

1주일 지난 후에 웨이터가 눈에 띄었습니다. 그는 젊었고 기껏해야 16, 17세 정도 되어 보였는데 난 그가 인도네시아 사람일 거라고 생각합니다. 그는 맑은 올리브 기름과 같은 피부색을 가졌고 그의 머리와 눈썹은 숯처럼 검은색이었습니다. 그는 늘씬하고 우아하며 몸놀림이 민첩했습니다. 그가 이리저리 뛰어다니며 요리를 내오고 레코드판을 갈아 끼우는 모습을 보는 것은 하나의 즐거움이었습니다.

전혀 해가 없는 것 같아 보이지 않습니까? 그러나 그 다음에 일어난 일은 보다 어둡고 덜 순진한 상황입니다.

내가 이미 말한 대로, 나는 한 남자가 다른 남자의 어떤 특성에 감탄하듯이 그의 우아함과 아름다움에 경탄했습니다. 그러나 2주째가 되었을 때, 나는 내가 그의 부드러운 뺨의 선과 당당하게 쳐드는 그의 머리, 그의 어깨 모습과 등, 그리고 엉덩이의 절묘한 곡선에 특별한 관심을 기울이고 있는 것을 발견했습니다.

나는 자기기만의 상태로 들어갔습니다. 나는 자신에게 말하기를 내가 그 소년을 경애하는 것은 그리스 조각이나 미켈란젤로의 작품을 사랑하는 것과 같은 것이라고 했습니다. 나는 자신에게 나의 관심은 미학적인 것이며 그 이상은 아니라고 말했습니다. 그리고 계속해서 나는 거의 매일 밤 그 레스토랑에 가서 세상에서 가장 살찌는 음식인 리즈스타펠을 먹었습니다.

한 달이 다 되어갈 무렵, 몹시 당황하면서 나는 내가 그 소년에 푹 빠져 있다는 것을 깨달았습니다. 나는 내가 그를 만지고 싶어하고, 그의 머리칼을 쓰다듬고 몸의 곡선을 더듬고 그 외의 일들, 보다 더 터무니없는 일까지 하고 싶어한다는 것을 깨닫게 되었습니다.

나는 단 한 번도 나 자신을 동성연애자라고 생각해 본 적이 없었습니다. 내가 잠재적으로 동성애 성향을 가지고 있다고 생각할 만한 이유도 없었습니다. 나는 언제나 여자와의 성관계를 즐겨왔고 어떻게 남자가 다른 남자의 육체를 즐길 수 있는지 절대로 이해할 수 없었습니다.

지금은 유감스럽게도 이해합니다.

오로지 나의 무한한 강박관념 때문에 나는 자신의 부끄러운 깨달음을 피할 수 있었습니다. 매일 밤마다 나는 레스토랑에 가서 품위를 유지할 수 있는 한 오래 머물렀습니다. 요리사는 여분의 양을 더 주었고 나는 조금 더 오래 머무를 수 있는 핑곗거리를 준 것에 감사하면서 그것을 먹었습니다.

한편 소년은 어땠을까요? 그가 내 생각을 모르고 있었다고는 생각할 수 없습니다. 그가 나의 관심에 답하지 않았다고는 생각하지 않습니다. 그는 시간이 지남에 따라 틀림없이 열에 들떠 레스토랑 안을 분주히 뛰어다니면서 레코드판을 바꿔 틀고 이미 깨끗한 재떨이를 다시 비우고는 어느 정도 뻔뻔스러운 방식으로 자신을 드러냈습니다.

우리, 소년과 나는 자주 서로 의미심장한 시선을 교환했습니다. 그 시점에서 내 아내는 미국으로 돌아갔습니다. 요리사는 리즈스타펠을 처분하는 것 외에는 아무것도 몰랐습니다. 소년과 나는 서로를 눈여겨보며 우리의 의도를 분명히 했지만 말을 주고받는다거나 접촉하지는 않았습니다.
물론 나는 몸무게가 늘었습니다. 밤에 2, 3킬로의 리즈스타펠을 먹고 누가 살이 찌지 않을 수 있겠습니까? 나는 무분별하게 살이 쪘으며 자신의 강박관념과 자기혐오에 사로잡혔습니다. 나는 친구를 등한시했으며 내 외모에 대해선 아무런 신경도 쓰지 않았습니다. 매일 밤 나는 지나치게 양념을 많이 한 음식으로 배를 가득 채우고 레스토랑을 떠났습니다. 나는 잠자리에 들어 소년의 꿈을 꾸고 그 소년을 다시 볼 수 있는 다음날 밤을 초조하게 기다렸습니다.
우리들의 시선은 갈수록 대담해졌고 더 뻔뻔스러워졌습니다. 때로는 요리를 내올 때 그는 자기 손을 테이블 위에 올려 놓아 마치 내가 그 손을 만지도록 유혹하는 듯했습니다. 그러면 나는 목을 가다듬고 부끄러움을 모르는 유혹을 한 데 대해 그에게 비난하는 시선을 보내곤 했습니다.
이와 같은 광기에 휩쓸려서 나는 이 일이 어떻게 될 것인지, 어디로 갈 것인지 알 수가 없었습니다. 나는 부끄러움도 잃고 자존심도 잃어 갔으며, 거의 그 소년에게 대놓고 말을 걸려는 참이었습니다. 그때, 전혀 뜻밖에도 나는 무언가를 눈치챘습니다.
그것은 내가 그 레스토랑의 유일한 손님이라는 것입니다.
나는 그 일에 대해 생각해 보았습니다. 깊이 곰곰이 생각했습니다. 지난 몇 달 동안 나는 친구들을 소홀히 했고, 아니 어쩌면 그들이 나를 소홀히 했습니다. 게다가 그들은 왜 리즈스타펠 레스토랑에서 식사하는 걸 그만둔 걸까요?
한번은, 나는 3일 동안 그 곳을 피함으로써 내 습관을 고쳐 보려고 노력했습니다. 그러나 그것은 불가능했습니다. 나를 매혹한 것이 나를 다시 돌아오게 만들었고 그 후부터 나는 매일 밤 그 곳을 찾았고 사정은 전과 똑같았습니다. 즉, 나는 유일한 손님이었습니다. 뿐만 아니라 요리나 음악에서도 전혀 달라진 점을 볼 수 없었습니다. 나를 제외한 모든 것이 전과 똑같았습니다.

나는 그때 무언가 중요한 것을 깨달았습니다. 그것은 다른 날들과 마찬가지로 내가 엄청나게 많이 제공된 음식을 먹고 있을 때 갑자기 알게 된 것입니다. 나는 내가 몇 달 사이에 괴물처럼 살이 쪘다는 것을 깨달았습니다. 그리고 잠시 동안 내 자신을 객관적으로 바라보았습니다.

나는 혐오스러울 정도로 거대한 사나이가 작은 레스토랑에 앉아 있는 것을 보았습니다. 보는 사람이 먹던 게 올라올 정도로 뚱뚱한 남자였습니다. 그런 남자와 함께라면 아무도 같이 식사하고 싶어하지 않을 그런 사람 말입니다.

그때 이런 생각이 떠올랐습니다. 그 헝가리인이 모든 고객들을 잃게 된 건 나 때문이었다고. 제정신이 있는 사람이라면 누가 나랑 여기서 식사를 하고 싶어하겠습니까? 게다가 나는 언제나 거기에 있었습니다.

그와 같은 통찰은 즉시 행동에 옮겨져야지 안 그러면 영원히 잊혀지게 됩니다. 나는 테이블을 멀리 밀어내며 약간 어렵게 벌떡 일어섰습니다. 나는 문을 향해 뒤뚱뒤뚱 걸어가기 시작했습니다.

"음식에 뭔가 잘못된 점이 있습니까?"

요리사가 외쳤습니다.

"음식이 아니오. 잘못된 건 나요."

실망스런 눈을 하고 소년이 말했습니다.

"제가 손님을 불쾌하게 해드렸나요…."

"그 정반대요. 당신들은 나를 대단히 즐겁게 해 주었지만 내 자신이 말할 수 없을 정도로 내 기분을 상하게 했소."

그들은 이해하지 못했습니다.

"금방 만든 신선하고 맛있는 돼지고기 요리 사태를 조금만이라도 드셔보시지 않겠습니까?"

요리사가 외쳤습니다.

"손님이 아직 들어 보지 않은 새로운 암스트롱 판이 있습니다."

소년이 말했습니다.

나는 문에서 멈춰 섰습니다. 그리고는 말했죠.

"두 분께 대단히 감사드립니다. 당신들은 친절한 사람입니다. 하지만 나는 여기서 두 분이 보는 가운데 우연히 나 자신을 파괴하게 됐어요. 난 지금 멀리 가서 그 일을 혼자 마무리 지을 작정이오."

그들은 무슨 말인지 이해하지 못하여 눈을 크게 뜨고 나를 멍하니 쳐다봤습니다.

나는 뒤뚱거리며 레스토랑을 나와 아파트로 돌아가서 작은 가방에 짐을 챙기고 택시를 잡아타고 아이비자 시로 달렸습니다. 그 곳에서 바르셀로나로 가는 야간 비행기를 제시간에 탈 수 있었습니다.

그로부터 몇 년이 흘렀습니다. 시간과 거리가 나에게서 강박관념을 몰아내 주었습니다. 그 후로 나는 사랑에 빠졌지만 두 번 다시 소년을 사랑하지는 않았습니다.

나는 지금 멕시코의 산 미구엘 델 마렌데에서 아내(산타 에우랠리아에 함께 갔던 여인은 아닙니다)와 우리의 두 아이와 함께 살고 있습니다.

나는 그 요리사와 웨이터가 어떻게 지내는지 가끔씩 궁금해집니다. 아마도 그들은 그들의 사업을 계속해 돈을 많이 벌었겠지요. 내가 아는 한 그들은 아직도 산타 에우랠리아에 살고 있을 겁니다. 물론 나의 욕정에 가득한 죄가 그들에게 어떤 식으로든 피해를 주지 않았다면 말입니다.

나는 나의 죄를 진심으로 후회합니다.

나는 아직도 작가가 되기 위해 노력하고 있습니다.

로버트 셰클리(Robert Sheckley, 1928~2005)

미국의 공상과학 소설가로 『제3의 물결』을 쓴 앨빈 토플러가 로버트 셰클리의 작품을 학교에서 가르쳐야 한다고 주장했을 정도로 뛰어난 작가이다. 그의 작품은 나날이 발달하는 과학기술로 인한 현대사회의 병폐와 인간성 말살을 주로 다루면서도 나름대로 미래를 향한 비전을 제시하고 있어 높이 평가받고 있다. 주요 작품으로는 장편 『Dimension of Miracie』(1946)와 단편 『The Robert Who Looked Like Me』(1978) 등이 있다.

그녀는 죽으면 안 돼

SHE CANNOT DIE — 존 D. 맥도날드

쥬드는 야적장 구석에서 그날 아침에 입하된 알루미늄 판 허접 쓰레기를 정리하고 있었다. 그는 11월의 차가운 바람을 이기려고 힘들여 부지런히 일하고 있었다. 그때 그의 눈 꼬리에 어떤 움직임이 잡히는 순간 그는 몸을 폈다. 스텔라 캘로웨이가 야적더미 사이로 급히 걸어오고 있었다. 그녀는 미소 짓고 있었고 손에는 서류를 들고 있었다. 누구를 시켜서 주문서를 보낼 수도 있는데 일부러 직접 가지고 오는 그녀에게 항상 그랬던 것처럼 미안한 생각이 들었다.

그녀는 바람을 막으려고 어깨에는 회색코트를 걸치고 있었다. 그는 미소를 지었다. 그녀를 만나는 것이 즐거웠다. 그녀는 이제 그의 인생에서 빼놓을 수 없는 부분이 되어 있었다.

그때 바람소리 때문인지 총소리가 멀리서 낮게 들려왔다. 그 소리와 동시에 자기를 향해 급히 다가오던 스텔라의 머리가 마치 방망이로 맞은 것처럼 옆으로 홱 젖혀졌다. 그녀는 몸을 약간 틀다가 쓰러졌다. 날카로운 놋쇠 폐품 더미에 한번 튕겼다가 축축한 야적장 땅에 엎어졌다. 손에 들고 있던 서류들은 바람에 이리저리 날아갔다.

쥬드는 한 순간 꼼짝도 못하고 60미터 가량 떨어진 사무실 건물만을 바보처럼 멍하니 바라보고 있었다. 남자 직원 한 사람이 창문을 열고 입을 크게 벌린 채 내다보고 있었다. 갑자기 정신을 차린 쥬드는 그녀에게 미친 듯이 달려갔다. 그녀의 뺨은 땅에서 떨어질 줄 몰랐고, 회색 코트에는 새빨간 피가 번지기 시작했다. 크게 뜬 두 눈은 이상하다는 듯이 눈살을 약간 찌푸리고 있었다. 약간 벌려진 입에서는 침이 흐르고 있었고, 마치 쥐가 난 듯이 왼쪽다리를 떨고 있었다.

그는 재빨리 작업용 장갑을 벗어 던지고 그녀의 맥을 짚었다. 아직 맥박이 약하게나마 뛰고 있었다. 사무실에서 젊은 여자가 뛰어나와 스텔라 옆에 무릎 꿇고 있는 그를 어찌할 바 몰라 하며 그저 바라보고만 있었다.

"빨리 구급차와 의사를 불러!"

그가 소리쳤다. 자기가 듣기에도 이상하고 거친 목소리였다. 여자는 몸을 돌려 사무실로 뛰어갔다.

쥬드는 코트를 조심해서 벗기고 칼을 꺼내 흰 블라우스를 목덜미에서 허리까지 찢었다. 어깨도 옆으로 찢고 하얀 등에서 블라우스를 벗겼다. 오른쪽 어깨가 부서져 있었고, 커다란 총상에서 피가 쉬지 않고 쏟아지고 있었다. 그는 블라우스를 찢어 총상에 대고 왼손바닥으로 눌렀다. 오른손으로는 계속해서 맥을 짚고 있었다. 그리고 구급차 소리가 들리나 귀를 기울였다. 앰뷸런스가 도착했을 때도 그녀의 맥은 뛰고 있었으나 방금 전보다 훨씬 약해졌다. 눈은 흰자위만 보였고 얼굴은 창백한 것이 푸르스름한 기가 감돌았다.

구조대원들은 상처에 가제패드를 대고, 그녀를 들것에 올려 앰뷸런스에 실었다. 머리카락이 흘러내려 그녀의 얼굴을 가리고 있었다. 쥬드는 그녀가 그것을 싫어할 것 같아 앰뷸런스를 쫓아가서 손으로 머리카락을 치워 줘야 한다는 우스꽝스러운 생각을 했다.

앰뷸런스가 떠났고, 갑자기 주위에 있는 사람들의 웅성거리는 소리가 들려 왔다. 야적장에서 일하는 사람들 전부가 모인 것 같았다. 여자들은 차가운 바람을 막으려는 듯이 팔로 몸을 감싸고 있었고, 남자들은 흥분으로 눈빛을 반짝이고 있었다. 대형 압축기 작업을 중단했기 때문에 주위가 조용했다. 압축기 조종사인 카코프도 사람들 사이에 섞여 있었다. 브래셔 고철 회사 사장인 월터 브래셔는 사람들 사이를 거닐며 소리치고 있었다.

"자, 다들 가서 일하라고. 다 끝났어. 자, 어서 가서 일하라고."

브래셔는 대머리에 얼굴에는 곰보자국이 있는 땅딸막한 남자였다. 그는 항상 겉으로는 큰소리를 쳤지만 종업원들은 그가 마음이 여리다는 것을 알고 있었다. 그는 종업원에게 나쁜 얘기를 할 때는 직접 하지 못하고 남을 시키곤 했다.

카코프는 땅에 침을 뱉고 압축기가 있는 작업장 쪽으로 돌아갔다. 압축기는 너절한 고철들을 모아서 작고 네모진, 단단한 짐짝으로 만들었다. 여자들도 추위에 몸을 웅크리면서 따뜻한 사무실을 찾아 모두 돌아갔다.

월터 브래셔는 쥬드를 보면서 험상궂게 물었다.

"어떻게 된 거야? 미스 캘로웨이에게 무슨 일이 생긴 거야?"

"등에 총을 맞았습니다. 45구경 같은 커다란 총에 맞았습니다. 그녀는 내게 주문서를 갖고 오는 중이었습니다."

브래셔의 얼굴에서 핏기가 사라졌다.

"왜? 누가 무엇 때문에 내 여 사무원을 총으로 쐈지?"

쥬드는 불쾌한 표정으로 작은 사내를 내려다보았다.

"내가 어떻게 알아요? 경찰이 오고 있는 중일 겁니다."

"자네도 이제 가서 일이나 하게."

이때 고철 더미에 반쯤 파묻혀 있는 회색 코트가 쥬드의 눈에 띄었다. 그는 몸을 굽혀 코트를 집어들었다. 코트에는 작은 총구멍이 나 있었다. 그는 코트를 사장에게 내밀었다.

"일하고 싶지 않습니다. 경찰과 얘기가 끝나면 병원에 가겠어요."

사장은 눈살을 찌푸리며 그를 바라보다가 몸을 돌려 위엄 있는 걸음걸이로 사무실 쪽으로 갔다. 쥬드도 그의 뒤를 따랐다. 손에 들고 있는 코트에는 아직도 그녀의 체온이 남아 있는 것 같았다. 그는 걸음을 재촉해 사장을 사무실 문 앞에서 따라잡았다.

"아무도 이곳을 떠나지 못하게 하세요. 아무도 떠나면 안 됩니다."

사장은 아무런 대답도 하지 않았다. 사무실 안에는 여자들이 창가에 서서 스텔라가 쓰러졌던 곳을 내다보고 있었다. 스텔라의 룸메이트인 까무잡잡한 제인 타란스가 몸을 돌려 물었다.

"그 애는 총에 맞았지요?"

"그래요."

쥬드가 무겁게 대답했다. 다른 여자들이 숨을 들이마셨다. 그는 스텔라의 코트를 제인에게 건네주었다. 제인이 핏자국을 보고 입술을 씰룩거렸다. 그녀는 핏자국이 보이지 않도록 코트를 접었다.

그때 경리과의 보리스 하우가 다가왔다. 그는 레슬링 선수처럼 덩치가 컸지만 내성적인 사내였다.

"저, 쥬드…. 사장님이 그러는데 경찰조사가 끝나면 남은 봉급을 받고 회사에서 떠나래."

쥬드는 그의 말을 무시했다. 그는 유리로 칸막이가 된 사장실을 노려보았다. 사장의 대머리가 보였다. 그는 하우를 밀치고 사장실로 들어갔다. 사장 책상 앞에 서서 그가 쳐다볼 때까지 기다렸다. 브래셔는 눈살을 찌푸렸지만 목소리는 왠지 모르게 떨고 있는 것 같았다.

"뭐야?"

쥬드는 의자에 앉아 담배에 불을 붙였다.

"당신이 전하는 말은 들었소, 브래셔."

"사장님이라고 해!"

그가 거칠게 소리를 질렀다.

"당신이 나를 채용했을 때 나는 경찰이었어."

"알고 있어. 그리고 손이 너무 떨려서 일을 제대로 하지 못했다는 것도 알아."

"이제 그런 시절은 다 지나갔어. 그리고 이곳에서 일할 만큼 했으니 내가 그만두겠어."

"자네는 내가 파면시킨 거야."

사장은 생각지도 않게 단호한 목소리로 말했다.

"천만에. 곧 그 생각을 바꾸게 될 거야. 나는 그녀를 누가, 왜 쐈는지 밝힐 때까지 이곳에 있을 테야."

"그건 경찰 문제야. 자네가 할일은 이곳에서 이미 모두 끝났어. 자네는 명령에 복종하지 않고 있는 거라구."

"그녀는 내 친구였으니 이것은 내 문제라고도 할 수 있어. 그녀가 왜 총에 맞았는지 그 진상을 알 때까지 당신은 내게 주급으로 1달러만 주고 나를 채용하는 거야. 나는 이곳 아무 데나 마음대로 다닐 수 있고, 당신은 종업원들에게 내가 묻는 말에는 전부 대답하라는 지시를 내려야 해. 필요하다면 나를 회사 탐정이라고 불러도 좋아. 하여튼 나는 이곳에 있을 거야."

"자넨 더 이상 이곳에 있을 수 없어."

쥬드는 책상 너머로 팔을 뻗어 브래셔의 손목을 잡았다. 8개월 동안 고철을 다루다 보니 그의 손과 팔은 마치 강철 같았다. 그는 브래셔의 손목을 책상 위로 힘껏 내리쳤다. 브래셔가 비명을 질렀다.

"사장님, 내 말을 이해하시지 못하는 것 같군요. 당신이 생각을 바꾸지 않으면 두 팔을 몽땅 분질러 놓을 거야."

그가 브래셔의 팔을 놓으며 말했다.

"사장님의 대답을 들으면 곧 떠나겠습니다."

브래셔는 입가에 억지 웃음을 지었다.

"나는 자네가 그렇게 심각하게 생각하고 있는 줄 몰랐네. 나는, 나는 자네의 도움을 기꺼이 받겠네."

쥬드는 그를 잠시 무표정하게 바라보다가 몸을 돌려 사장실을 나갔다. 그 순간 존 맥클라렌 경위와 조 호로위츠 경사가 사무실 안으로 들어서고 있었다. 그가 걸음을 멈췄다. 맥클라렌 경위가 쥬드를 먼저 알아보고 호로위츠 경사의 옆구리를 툭 치며 뭔가 귓속말을 했다. 두 사람은 기분 나쁜 미소를 지으며 그에게 다가왔다.

"안녕, 존?"

쥬드가 인사했다. 맥클라렌은 호로위츠를 바라보며 딴청을 부렸다.

"언제부터 술주정뱅이가 경찰관의 이름을 불렀지?"

"새로 생긴 풍습인 모양이군요. 노조 증명서 뒤쪽에 그렇게 해도 좋다고 써 있나 봅니다."

여 사무원들은 자기 자리로 가서 일을 할 생각은 하지 않고 호기심어린 눈으로 경찰관들을 바라보고 있었다. 맥클라렌은 사무실을 한번 둘러보더니 쥬드를 바라보았다.

"여자가 총에 맞았다는 얘기를 들었는데, 사고가?"

"고의적인 총격이었어. 내가 보기에는 치명상일 수도 있어. 강력계에 연락해서 그녀의 상태를 점검하라고 하는 것이 좋겠어."

"호로위츠, 이 친구가 명령하는 꼴 좀 봐."

맥클라렌은 호로위츠에게 말하고 몸을 돌려 사납게 물었다.

"자네는 이 일과 무슨 관계가 있지?"

사장이 사무실에서 나오는 소리가 들렸다. 쥬드는 사장이 근처에 있다는 것을 알았다.

"나는 회사를 대표해서 이 사건을 조사하고 있어."

그가 몸을 돌려 사장에게 물었다.

"내 말이 맞지요, 사장님?"

사장은 갑자기 기침을 하고 입술을 핥았다. 그는 놀란 눈으로 쥬드를 바라보며 대답했다.

"그래요, 그의 말이 맞아요. 나는 이곳 사장인데 쥬드 씨가 회사를 대표해서 조사하고 있습니다."

맥클라렌은 쥬드의 더러운 작업복과 작업화를 바라보며 비웃는 듯이 말했다.
"당신의 중요한 부하를 깨끗이 입혀야겠어, 브래셔 씨. 전화 좀 씁시다."
그는 브래셔의 대답을 듣지도 않고 사장실에 들어가서 병원에 전화를 걸어 환자 상태를 물었다. 그 다음에는 경찰본부에 전화해서 강력계의 데이비스 경감에게 전화했다.
"브래셔 고철회사에서 약 20분 전에 한 여자가 총에 맞았습니다. 병원의 인턴 말로는 중태랍니다. 강력계에서 누구를 보내셔서 저와 같이 일하게 하는 것이 좋겠습니다. 알았습니다. 그가 오면 그에게 브리핑하겠습니다."
그는 사장 책상에 가서 앉은 뒤에 브래셔에게 나가라고 손짓했다.
"나가서 문을 닫으시오."
쥬드는 창가 벽에 몸을 기댔고, 호로위츠는 브래셔의 책상 귀퉁이에 엉덩이를 걸쳤다.
쥬드가 경찰관이었다는 전력 때문에 일은 빨리 진행되었다. 도난방지를 위해서 야적장에는 출입구가 정문과 트럭 출입구, 두 개밖에 없었다. 트럭 출입문에는 경비원이 있었고, 정문 옆에 있는 홀에는 접수계원이 있어 출입을 체크하고 있었다. 야적장 주위를 빙 둘러 2미터 높이 정도의 철망이 쳐져 있었고, 위의 세 가닥은 철조망이었다. 총격이 있은 후로 야적장을 떠난 사람은 아무도 없었다.
야적장은 네모꼴이었다. 사무실 건물은 야적장 우측에 있었고, 작업실은 야적장 뒤쪽에 있으면서 사무실 건물과 맞물려 L자를 만들고 있었다. 트럭 출입문은 앞쪽 철망에 위치한 정문 반대편에 있었고 대형 트럭이 드나들 수 있을 만큼 넓었다. 적재대 근처에는 자기(磁氣) 크레인이 있었다. 야적장 중앙에는 고철들이 쌓여 있었고, 어떤 것은 높이가 5미터나 됐다.
진술을 받는 동안 맥클라렌과 호로위츠는 쥬드를 경멸하는 태도로 일관했다. 쥬드는 주먹을 그러쥔 채 얼굴이 굳어져 갔다.

맥클라렌이 피해자에 대한 사실을 묻고 있을 때 강력계의 캔트렐 형사가 도착했다. 맥클라렌은 질문을 잠시 중단하고 사건 개요를 캔트렐에게 브리핑한 후 질문을 계속했다.

"자네는 미스 스텔라 캘로웨이를 얼마나 아나?"

"몇 번 데이트한 적이 있소."

"걸프렌드란 말이지?"

"그렇다고는 할 수 없소. 그녀는 사무실 뒤쪽 구석에 있는 제인 타란스라는 여자와 같은 방을 쓰고 있지. 캘로웨이는 교육을 많이 받은 조용한 아가씨였지. 그녀는 이곳을 떠나 워싱턴에서 삼 년 정도 일하다가 돌아와서 이곳에 직장을 얻었어. 그녀가 이곳에서 일을 시작한 지 일 년이 약간 지난 후에 내가 이곳에서 일하기 시작한 거야. 그녀는 내게 관심을 보였어. 부모는 돌아가셨고, 캘리포니아에 결혼한 오빠가 있고, 토론토에는 결혼한 언니가 살고 있소. 아버지로부터 유산으로 물려받은 재산에서 작은 수입이 있다고 했지. 총을 맞을 만큼 원수 진 사람은 없는 것 같고, 총을 맞을 만한 다른 이유도 없는 것으로 알고 있네."

"자넨 꽤나 여자 운이 없군. 안 그래, 쥬드?"

이번엔 캔트렐이 빈정거렸다. 쥬드는 고개를 숙인 채 두 주먹을 불끈 쥐고 캔트렐을 노려봤다. 맥클라렌이 그의 어깨를 잡아 몸을 돌렸다.

"이상한 짓을 했다간 권총으로 패줄 거야, 쥬드."

쥬드는 꼼짝하지 않고 서서 몸에서 화가 빠져 나가기를 기다렸다. 이윽고 그는 어깨를 으쓱하고 벽에 몸을 기댔다. 하지만 분노는 아직도 그의 몸 안에 작은 불덩어리로 남아 있었다.

그들은 모두 쥬드에 대한 이야기를 알고 있었다. 그래서 더욱 나빴다. 그는 대학을 졸업하고 루이사베일 경찰에 투신해서 6년을 근무했다. 그는 진급이 매우 빨랐고, 데이비스 경감의 강력계에 배속되었다. 루이사베일은 인구 20만의 소도시로 사람들은 그가 전도가 유망한 경찰관이며 책임 있는 지위에 오를 것으로 생각했다. 그는 동료들에게 인기가 있었고, 자기 일을 좋아했으며 맡은 일은 훌륭하게 수행했다.

경찰에 투신한 후 6년이 지나서 그는 캐리 에이미스와 약혼했다. 그녀는 날씬한 금발 미녀고 시의 고위 공무원의 무남독녀였다. 두 사람은 약혼한 지 두 달 후에 결혼했다. 그녀는 이상하다고 할 만큼 결혼을 서두르는 것 같았다.

두 사람이 결혼하고 5주일이 지난 후—버뮤다로 신혼여행을 갔다 온 지 3주일이 지났을 때—집에 돌아온 쥬드는 캐리가 결혼 전에 사귀었던 남자의 총에 맞고 죽어 있는 것을 발견했다. 남자는 캐리의 머리를 두 방 쏘고 난 다음, 자기 머리에도 한 방을 쐈다. 캐리는 즉사했고 남자는 혼수상태에 있다가 5일 후에 죽었다.

쥬드는 그때의 부엌 모습을 잊을 수가 없었다. 두 사람은 그와 캐리가 애써서 장만한 비닐 바닥에 엎어져 있었는데, 남자는 죽은 캐리의 다리에 머리를 얹은 괴기한 모습을 하고 있었다. 쥬드는 나중에서야 많은 사람들이 캐리와 그 남자와의 관계를 눈치채고 있었다는 사실을 알았다. 그래서 그녀의 아버지는 딸을 하루라도 빨리 결혼시키려고 서두른 것이었다. 딸이 사귀던 남자는 직업도 불안정했고 위험한 성격의 사내였기 때문이다.

장례가 끝난 지 두 달 뒤에도 그는 근무를 계속했다. 그러나 그는 기계적으로 움직일 뿐이었다. 그는 그날의 처참한 장면을 잊을 수 없었던 것이다. 그 동안 경찰근무 중에 마주쳤던 피비린내 나는 장면들이 그 일과 겹쳐서 끊임없이 그를 괴롭혔다.

그 두 달 동안 그를 둘러싸고 있는 현실은 끊임없이 아픈 기억을 불러 일으켰고, 그 기억들은 술을 마셔야지 잊을 수 있었다. 처음에 그는 한 달 근신 조치를 받았고, 한 달 후에는 다시 근무할 수 있었다. 그러나 두 번째 근신 기간은 6개월이었다. 그가 오랫동안 망각의 시간 속에 처박혀 있다 나타났을 때는 근신 기간이 3주일이나 지난 후였다. 그는 무기한 근신 명령을 받았다. 게다가 얼굴엔 수염이 덥수룩해서 완전히 거지꼴이었다. 그런 다음은 제대로 기억할 수가 없었다. 자기를 향해 병실 바닥을 기어오던 끈적끈적한 물체와 사람들이 자기를 침대에 묶으려 하던 것이 희미하게 기억날 뿐이었다.

어느 날 아침에 그는 상점 유리창에 비친 자신의 얼굴을 바라보았다. 어디서 본 듯한 홀쭉한 모습의 얼굴이 유리창에서 눈살을 찌푸리며 자신을 바라보고 있었다. 주머니에는 동전이 있었다. 그는 술집이 열기를 기다렸다가 맥주를 사서 입에 머금었다. 그때 바 뒤쪽에 있는 거울에 비친 자신의 얼굴이 보였다. 바로 상점 유리창에 비쳤던 그 얼굴이었다. 그 순간 그는 맥주를 바닥에 뱉고 바를 떠났다.

그는 사회 사업 기관에서 몸을 씻고 구세군에서 양복과 구두를 얻어 신었다. 하지만 이제 돈은 한푼도 없었다. 집을 판 돈은 오래 전에 없어졌다.

이틀 후에 이곳 사장인 브래셔가 허약해질 대로 허약해진 그를 채용했다. 브래셔는 그가 절망에 빠져 있다는 것을 알고, 장시간 노동에 쥐꼬리만한 봉급으로 그를 채용할 수 있다는 점이 마음에 들었던 것이다.

그는 야적장에서 일을 배우며 새롭게 인생을 시작했다. 무거운 철판들은 장갑 낀 손을 갈랐고, 몸이 약해 한 시간만 일해도 금방 쉬어야 했다. 브래셔가 가불해 준 돈으로 싸구려 방을 얻었고, 약한 위가 소화시킬 수 있는 식료품을 샀다. 한 달 후에는 눈이 맑아졌고 쉬는 시간이 적어졌다. 일을 시작한 지 두 달이 되자 몸에 살이 붙기 시작했다. 그는 고집스럽게 자기 몸을 혹사시켰다. 그리하여 밤이 되면 녹초가 된 몸으로 침대에 쓰러져서 악몽을 꾸지 않고도 잠을 잘 수 있었다.

얼마 동안은 고철 출하 작업 지시서를 남자 사무원이 갖고 왔다. 그러다가 어느 날부터인가 여자가 갖고 오기 시작했다. 여자는 지시서를 갖고 와서는 그에게 미소를 지으며 건네주곤 했다. 쥬드는 점점 그녀의 웃는 모습과 걷는 모습이 좋아졌다.

그는 차츰 야적장에서 일한 것만으로는 잠에 곯아떨어질 수 없게 되었다. 그는 저녁 시간을 보내기 위해, 그리고 캐리의 기억을 떨쳐 버리기 위해 재미없는 영화를 보거나 자기 방에서 책을 읽어야 했다. 그는 책장에 어른거리는 캐리의 모습을 없애려고 끊임없이 싸워야만 했다. 어느 날 밤 그는 이제 더 이상 캐리의 기억과 싸우지 말아야겠다고 마음먹을 수 있게 되었다. 그 다음부터는 캐리가 아니라 야적장으로 작업 지시서를 갖고 오는 여자의 얼굴이 책장에 어른거렸다.

다음날 그는 그녀를 어색한 목소리로 저녁 식사에 초대했다. 그녀는 부끄러워 한다든가, 거만하게 굴지 않았다. 그녀는 즐거운 표정으로 초대에 응했다. 식사가 끝난 후에 커피를 마시면서 그녀가 자신에 대한 얘기를 했을 때 쥬드는 자신의 상처가 치료되고 있다는 사실을 알 수 있었다.

그녀는 오빠가 경찰 본부에 근무하는 친구로부터 들은 얘기를 다시 전해 들었기 때문에 그에 대한 일을 잘 알고 있었다. 어느 날 그가 그 일을 얘기하려 하자 그녀는 마음에 부담을 느끼지 않을 때 얘기하라며 말을 막았다. 그녀를 만나는 일은 이제 그에게 빼놓을 수 없는 일이었다. 아니, 그 이상이었다. 그녀는 그에게 있어 피난처였다. 그러나 그녀를 만나면 어쩐지 어색했고 자신이 없었다. 과거에 누가 그의 마음속에 있던 모든 것을 커다란 스푼으로 몽땅 퍼 가서 이제 남에게 줄 것이 아무것도 남아 있지 않은 것 같았다.

그러나 그는 차츰차츰 살아나기 시작했다. 그는 하루하루가 다르게 생활에 즐거움을 느껴 가고 있었다. 그런데 오늘 작업 지시서를 갖고 오던 그녀가 앞으로 고꾸라지며 고철 더미에 몸이 튕겨 나갔고, 작업 지시서는 바람에 날려가 버렸다.

야적장에서 쥬드는 당시 상황을 설명했다. 아까보다 훨씬 침착해 보였고 말투도 여유가 있어 보였다.

"나는 이곳에 서 있었지요. 그녀가 내게 왔을 때 나는 이 철판을 들고 있었습니다. 저쪽 더미로 옮기려고 하던 참이었지요. 나는 그녀가 오는 것을 보고 철판을 내려놓고 기다렸습니다. 그녀가 경위님이 서 있는 곳쯤에 왔을 때 총에 맞았습니다. 그녀는 총의 힘에 몸을 반쯤 틀면서 앞으로 넘어졌습니다. 그녀의 몸은 저 놋쇠 더미에 옆으로 튕겼다가 고개를 옆으로 하고 엎어졌습니다."

"그녀가 총에 맞을 때 어느 쪽을 향하고 있었나?"

"확실하게는 말할 수 없습니다. 고철들이 많다 보니 똑바로 걷지 못하고 지그재그로 걷고 있었어요. 아마 몸을 약간 왼쪽으로 돌리고 나를 보며 거의 정면으로 향해 오고 있었을 겁니다."

맥클라렌은 펠트 모자를 벗고 이제 막 벗겨지기 시작하는 머리를 긁었다. 그는 스텔라가 걸어왔던 쪽을 바라보았다. 총알도 그쪽에서 날아온 게 분명했다.

"쥬드, 자네 머리가 어떻게 됐어? 총알은 사무실 뒤쪽, 작업장 뒤쪽 아니면 고철 더미 뒤에서 날아왔어. 자네가 머리만 제대로 썼더라면…."

쥬드는 딱딱한 미소를 지었다.

"언제부터 경찰관 나리가 술주정뱅이의 이름을 불렀지요?"

맥클라렌의 얼굴이 붉어졌다가 이내 한숨을 내쉬었다.

"쓸데없는 일로 시간 낭비 말자고. 총소리가 멀리서 난 것 같던가?"

"20 내지 30미터 밖에서 들린 것 같았습니다. 그 이상은 아니었을 겁니다. 45구경 권총으로 그 이상의 거리에서 명중시킨다는 것은 어려우니까요. 게다가 그녀는 총을 쏜 놈과 나 사이에 있었고, 30미터 이상이었다면 그녀가 먼저 쓰러지고 총소리는 나중에 들렸겠지요. 그러나 그녀가 쓰러진 것과 총소리가 들린 것은 동시였어요."

"이치에 닿는군."

호로위츠가 중얼거리다가 맥클라렌에게 가서 귓속말을 했다. 맥클라렌은 쥬드를 바라보다가 물었다.

"자네를 쏘려던 것이 잘못되어 그 여자가 맞았을 가능성은 없나?"

그렇게 생각할 수도 있었다.

"가능성은 있는 얘기지만 어쩐지 그렇지 않은 것 같습니다. 내가 최근에는 적을 만들지 않았고, 누가 옛날 일로 나를 없애려고 한다면 전에 내가 술 취해 있었을 때 쉽게 없앨 수 있었을 겁니다."

"그 여자가 자네와 사귀는 게 싫어서 자네를 없애려다가 그녀를 맞췄는지도 모르지. 그녀가 남자 친구 얘기는 안 했어?"

"몇 녀석이 치근덕거렸다는 얘기밖에 안 했습니다. 그런데 전에 알던 남자가 이곳에서 근무한다는 얘기를 한 적은 있습니다. 홋지 올리버라는 남잡니다."

"여자가 총에 맞을 때 그 사람은 어디 있었어?"

"그 얘기는 경위님이 직접 알아봐야 할 것 같습니다. 나는 사람들에게 물어 볼 틈이 없었습니다."

맥클라렌은 그에게 다가서서 눈을 똑바로 바라보았다.

"무슨 꿍꿍이속인지는 모르지만 브래셔의 말이 자네가 회사를 대표한다니 싫어도 자네와 상대를 하겠어. 하지만 한 가지는 똑똑히 알아둬. 자네는 경찰에 있을 때부터 자네 마음대로 수사하기를 좋아했지. 이번에는 그런 짓을 하지 마. 우리를 방해하지 말고 우리가 하라는 대로만 해. 알았어?"

"지금 내가 필요합니까?"

맥클라렌은 고개를 저었다. 쥬드는 옷장에 가서 옷을 갈아입고 택시를 타고 병원으로 향했다.

"캘로웨이요? 잘해내고 있습니다. 아주 잘하고 있습니다."

인턴이 말했다.

"환자 가족을 대하는 식으로 대하지 마, 이 친구야. 나는 회사를 대표해서 조사하고 있는 중이야. 진짜 상태는 어때?"

인턴은 어깨를 으쓱했다.

"속이 엉망입니다. 총알이 어깨뼈를 박살내 두 조각이 났습니다. 한 조각은 우측 폐를 뚫고 살갗에 박혔습니다. 다른 조각은 폐를 관통한 후에 내장에 구멍을 내고 왼쪽 엉덩뼈 위로 나갔습니다. 어깨뼈 조각이 등골에 박혔는데 피해가 어떤지는 아직 모르겠습니다. 10분 전에 수술실에서 나왔습니다. 수혈을 두 번이나 했는데 또 해야 할 것 같습니다. 등골에 피해가 없다 해도 쇼크 때문에 앞으로 12시간을 견딜 확률은 10분의 1밖에 안 됩니다. 혹시나 그녀가 정신을 차릴까 해서 병실을 경찰관이 지키고 있습니다. 그녀의 상태는 이미 경찰 본부에 보고했습니다."

"이곳으로 오는 앰뷸런스 안에서나 수술 전에 의식이 돌아온 적이 있나?"

"아니오. 그녀를 보고 싶습니까?"

"물론이지."

병상 옆에서 노트와 연필을 들고 앉아 있던 나이가 지긋한 경찰관이 쥬드를 알아보고는 불쾌한 표정을 지었다.

"안심해, 존스. 보기만 할 테니까."

그는 침대 옆에서 그녀를 내려다보았다. 창백한 얼굴에는 핏기가 약간 있었고, 낮은 숨을 빠르게 몰아쉬고 있었다. 두 눈은 꼭 감고 있었는데, 눈이 머릿속으로 깊이 들어가 있는 것 같았다. 콧날이 날카로워 보였고 머리카락은 부석부석한 것이 죽은 사람의 머리카락 같았다. 입술은 메말라 있었다. 입을 벌리고 숨을 쉬고 있었는데, 고른 아랫니 너머로 혀끝을 내밀고 있었다. 그는 그녀를 내려다보면서 총알이 자기를 노린 것이 아닐까 생각했다. 그러다가 갑자기 그 총을 쏜 놈과 자기가 맞닥뜨려야만 한다는 생각이 치밀어 올랐다. 스텔라 캘로웨이가 살든 죽든, 그놈의 얼굴을 자신의 주먹으로 힘껏 내려치고야 말리라.

그를 바라보고 있던 존스 경찰관이 말했다.

"자네 좋아 보여. 술은 끊었나?"

쥬드는 끓어오르는 분노를 그에게 대신 퍼부었다.

"그게 당신과 무슨 상관이야?"

"아무 관계도 없어. 관계가 없고 말고."

그때 스텔라 캘로웨이의 아래턱이 벌어지며 숨을 더욱 빨리 몰아쉬기 시작했다. 존스는 그녀 쪽으로 의자를 가까이 끌고 갔다.

"미스 캘로웨이! 스텔라!"

그가 급하게 소리쳤다. 그러나 그녀는 아무 반응도 보이지 않았다. 쥬드는 몸을 돌려 병실에서 나왔다.

오후 5시가 되자 사원들은 진술을 끝내고 몸 수색을 당한 후에 전부 현장에서 떠났다. 병원의 보고를 받은 데이비스 경감은 현장에 인원을 더 배치했고, 쥬드가 병원에 간 사이에 두리아 반장이 잠깐 얼굴을 들이밀었다. 수사는 세 가지 각도로 좁혀졌다. 첫째, 총이 발사된 시간의 사람들의 위치. 둘째, 무기의 행방. 셋째, 총은 캘로웨이를 향해 쐈나, 쥬드가 목표였나—그리고 그 이유는?

6시가 되자 회사원 중에 남은 사람은 사장과 경비원과 쥬드뿐이었다. 다른 사람들은 이미 진술을 끝내고 집에 있으라는 경고를 받고 떠났다. 쥬드는 맥클라렌이 피곤해 보인다고 생각했지만 자신은 피곤을 느끼지 않았다. 배도 고프지 않았다. 그는 무표정하게 서서 맥클라렌, 호로위츠, 캔트렐이 사건에 대해 얘기하는 것을 듣고 있었다. 이 상태로 몇 시간을 더 있어도 피곤할 것 같지 않았다.

이때 조명등을 단 트럭이 도착했다. 트럭은 불을 밝혔고, 브래셔와 경비원을 제외한 모든 사람들은 권총을 찾기 시작했다. 경찰관 두 명은 금속 탐지기를 갖고 사무실 내의 권총을 숨길 만한 곳을 수색했다. 쥬드는 범인이 권총을 숨기지 못했을 고철 더미들이 어느 것인지 일일이 맥클라렌에게 알려 줬다. 호로위츠는 수색해야 할 나머지 고철 더미들을 바라보고 푸념을 늘어놨다.

"이거야, 짚단 속에서 바늘을 찾는 게 낫겠군."

쥬드는 호로위츠와 같이 일을 했는데, 사건 당시 회사에 있던 63명 중 알리바이가 없는 사람은 14명이었다. 용의자 중에는 브래셔 사장, 카코프, 제인 타란스, 홋지 올리버, 그리고 경비원인 펜워시가 끼어 있었다. 나머지 9명의 용의자는 접수계원, 여자 화장실에 있었다는 여자 속기사, 밖에서 담배를 피우고 있었다는 크레인 기사, 자기가 어디 있었는지 모르겠다는 사장 사환, 계단 옆의 음료수대에서 물을 마시고 있었다는 경리원 보리스 하우, 그리고 알루미늄 판 하역 작업을 하고 있었다는 인부 두 사람과 야적장에 있던 인부 두 사람이었다.

밤 열시가 되자 교대 경찰관들이 도착했고, 수색하던 경찰관들은 집으로 갔다. 맥클라렌은 내일을 위해 잠을 자두라고 호로위츠를 집에 보냈다. 맥클라렌도 지쳐서 곧 쓰러질 것 같았다.

새벽 3시가 되자 더 이상 찾을 곳이 없었다. 권총을 감췄을 만한 고철더미는 고철을 한 개씩 들어내어 다른 곳에 쌓았다. 사람들은 부르튼 손과 손목을 만지며 허리를 짚었다.

브래셔는 자정에 집에 돌아가고 없었다. 맥클라렌은 정문을 지키는 한 명을 제외하고 나머지 경찰관은 전부 집에 보냈다. 맥클라렌은 사장실의 불을 밝게 밝혔다. 그리고 창백하고 주름진 얼굴로 사장 의자에 앉아 야적도에 붉은 연필로 표시를 했다. 쥬드는 무표정한 얼굴로 의자에 앉아 벽만 바라보고 있었다. 맥클라렌은 표시한 지도를 쥬드 쪽으로 밀었다.

"진심으로 내 의견이 듣고 싶은가, 존?"

"자네하고 싸울 시간이 없어, 쥬드. 우리는 한때 좋은 친구였어."

"그런 적이 있었지. 내가 타락해서 경찰에서 쫓겨나기 전에는 좋은 친구였지."

맥클라렌은 그를 보며 미소 지었다.

"우리는 좋은 친구였어. 한번은 월 스트리트 시궁창에 빠져 있는 자네를 우리 집에 데리고 가서 씻기고 재운 적이 있지. 아침에 자네가 자고 있을 때 나는 출근했어. 자네는 나중에 일어나서 내 엽총 세 자루를 갖고 갔지. 나는 88달러를 내고 다시 그 총들을 찾아와야 했어. 다음번에는 탁상시계와 마누라의 은식기를 갖고 가서 잡혀 먹었어. 그때는 2백 달러가 들었어. 나는 계속해서 돈을 댈 수 없었지."

쥬드는 약 30초 동안 말을 하지 않고 침묵을 지키고 있다가 입을 열었다. 그의 표정이 천천히 변했다.

"그런 생각이 전혀 나지 않아, 존, 미안해. 내가 그 돈을 갚을게. 저축한 돈이 약간 있어. 미안하네."

"괜찮아. 잊어버려. 이 도면 좀 봐. 야적장과 사무실 등 모든 게 다 나타나 있어. 이 열네 개의 동그라미가 보이지? 총을 쐈을 때의 알리바이가 없다고 한 사람들이 있었다는 위치야. X표시는 그녀가 쓰러진 곳이고, 이 커다랗게 원을 그린 지역이 범인이 총을 쏠 수 있었던 곳이야. 놈이 자네를 겨냥했던, 그녀를 겨냥했던 그것은 별도로 하더라도 분명히 이 원 안에서 쐈어. 그런데 내 말을 들어 보라고. 이 도면을 보면 제인 타란스, 경비원, 접수계원, 화장실에 있었다는 여자, 보리스 하우, 그리고 알루미늄 판을 하역하던 인부 두 사람은 이 총을 쏜 지역에 갈 수 없었어. 갔더라면 남의 눈에 띄었을 테니까.

그렇다면 남는 용의자는 일곱 사람이야. 브래셔 사장과 사환, 홋지 올리버, 카코프, 야적장에 있던 두 사람 그리고 크레인 조종사."

"압축기 조종사인 카코프는 제외시켜도 돼. 압축기 소리는 총소리가 들린 뒤에도 났는데, 압축기는 조종사가 없으면 움직이지 않아."

"훌륭해! 나는 사환도 제외시킬 참이야. 그 녀석은 하도 멍청해서 권총의 어느 쪽을 잡는지도 모를 거야. 자, 그렇다면 남는 사람은 다섯이야. 브래셔 사장, 홋지 올리며, 크레인 조종사인 라버리, 그리고 야적장에 있던 반스와 쇼츠. 물론 두 사람 이상이 짜고 한 일이라면 이런 것은 전부 소용없어. 자, 그러니 이제 필요한 것은 흉기와 동기야."

"권총을 담 너머로 던진 것은 아닐까?"

"그 생각을 하고 세밀하게 조사했어. 슈퍼맨이라도 우리가 조사한 곳보다 멀리는 던지지 못했을 거야."

"그렇다면 아직도 이 안에 있단 말이야?"

"내 부하들이나 여자 경찰관들이 45구경 권총을 숨길 만한 곳을 놓치지 않았다면 그래. 내 부하들이 놓치지는 않았을 거야."

"창 밖에 트럭이 지나갈 때 트럭 위로 던졌다면 어떻게 되지?"

맥클라렌은 잠깐 생각에 잠겼다.

"술 때문에 머리가 나빠지지는 않았군. 그 가능성도 조사해 봐야하겠군."

"한 가지 더 있어, 존. 그 총알은 몸에 닿는 순간 쪼개졌어. 그것은 미리 총알에 손을 댔기 때문이야. 내 생각은 누가 탄두 끝을 줄로 쓸어 금을 그어 놓았을 것 같아. 그 말은 목표가 누구건 총에 맞으면 반드시 죽기를 바랐다는 말이 돼, 안 그래?"

"계속 말해 봐."

"알았어. 그런데 45구경 권총 탄환 끝을 줄로 쓸어서 깊은 금을 그으면 탄도에 이상이 생겨. 그 짓을 할 만한 놈이면 유효 사거리가 짧아진다는 것도 알았을 거야. 총알은 그녀가 내게서 12, 13미터 가량 떨어져 있을 때 그녀의 등을 맞췄어. 그만한 거리에서 나를 맞추려면 정상적인 총알이어야 했을 거야. 따라서 놈은 그녀를 겨냥했지 나를 겨냥한 게 아냐. 그러니 이 사건의 동기는 내가 아니라 그녀의 죽음에서 찾는 게 옳다고 생각해."

맥클라렌은 입술을 깨물었다.

"좀 신빙성이 약한 이론이지만 염두에 둘게. 자네에 대한 것을 조사하기 전에 그녀부터 조사하지."

"이 홋지 올리버란 친구는 어때? 그녀가 과거에 알고 있던 사람은 그 밖에 없어."

"그 사람은 관계없는 것 같아. 깨끗하게 생긴 친군데 과거 경력도 좋

아. 그 사람도 워싱턴에서 근무한 적이 있어. 국방성에서 근무했어. 그는 캘로웨이가 자기 옆 사무실에서 근무하던 여자로 좀 아는 사이라고 하더군. 속기사로 잠깐 근무하다가 문서 보관소에서 근무했대. 그녀가 총에 맞은 일로 근심스러워 하더군. 걱정하는 빛이 역력했어. 그는 남에게 빚진 것이 없고 애인도 있는데다가 2주일 전에 봉급이 인상됐어. 그러한 사실들은 그와 다른 사람들로부터 들은 것들이라네. 그게 사실인지 조사는 하겠지만 사실일 거라는 생각이 들어."

"나는 브래셔 사장은 남을 쏠 만한 위인이 못 된다고 생각해."

"큰소리만 뻥뻥치는 약한 사람이라고 과소 평가하지 마. 그런 사람이 구석에 몰리면 무슨 짓을 할지 몰라. 그가 하는 꼴로 봐서는 자네가 이 일을 맡겠다고 그에게 강요한 것 같더군. 어떤 면으로는 자네를 나무랄 생각이 없어. 그녀는 자네에게 가다가 총에 맞았으니까."

맥클라렌이 스텔라가 벌써 죽은 투로 말하는 바람에 쥬드는 가슴이 섬뜩해지며 어쩔 줄을 몰랐다. 맥클라렌이 말을 계속했다.

"이 브래셔란 친구가 스텔라에게 치근대다가 자존심이 상할 정도로 퇴짜를 맞았다고 생각해 보자고. 그런데 그녀가 자네를 좋아하게 되니까 참을 수 없었던 거야. 자기를 퇴짜 놓은 여자가 하찮은 일꾼을 좋아하다니…. 전에 그가 스텔라를 이상한 눈빛으로 바라본다던가 하는 것은 못 봤어?"

쥬드는 주먹을 꽉 쥔 손을 내려다보았다.

"존, 나는 오랫동안 안개 속을 헤맸어. 주위에서 무슨 일이 일어나고 있는지 전혀 신경을 쓰지 못했어."

"알았어. 무슨 말인지 이해해. 지금은 그 안개 속에서 빠져 나왔겠지?"

"완전히 빠져 나왔어. 사장 전화는 외부와 통화가 가능해. 병원에 전화해서 스텔라가 어떤가 알아보겠어. 자네 이름을 빌려도 괜찮겠지?"

쥬드가 자기를 맥클라렌 경위라고 하자 인턴이 전화를 받았다.

"상태에 변함이 없습니다. 혈장을 두 번이나 더 수혈했지만 체액을 너무 빨리 잃고 있어 곧 수혈을 해야 할 것 같습니다."
쥬드는 전화를 끊고 내용을 맥클라렌에게 전했다.
"자네 고단한가, 쥬드?"
"아직은 괜찮아."
"여기 홋지 올리버의 주소가 있어. 그는 퀘턴 가의 아파트에 살고 있어. 나는 법대로 하지 않으면 법에 저촉되니 자네가 혹시…."
"가서 흔들어서 뭐가 튀어나오나 살펴보란 말이지?"
"그런 얘기야. 하지만 말썽이 나도 나는 모른다고 할 거야. 나는 브래셔에게 가서 다시 조사를 해야겠어."

홋지 올리버는 잠을 자다가 나온 듯 눈이 부석부석했다. 복도의 불이 눈에 부신 듯이 그는 눈을 끔뻑거렸다.
"아, 자네군, 쥬드. 어쩐 일인가?"
쥬드는 아파트 안으로 밀고 들어가서 스위치를 찾아 불을 켰다.
"잠깐 기다려! 자네가 이럴 수는…."
쥬드는 커다란 손을 펴서 그의 가슴을 밀었다. 그는 뒷걸음질을 치다가 거실 소파에 발이 걸려 걸터앉았다. 올리버는 팔꿈치로 몸을 지탱하며 쥬드를 바라보았다.
"여기서 네 놈을 내쫓겠어."
그가 조용히 말했다. 그는 몸이 호리호리했으나 목과 뼈마디가 굵었다. 그는 소파에서 튀어 오르며 팔을 휘둘렀다. 쥬드는 그의 왼 주먹으로 상대가 휘두르는 오른 주먹을 잡으며 오른 팔로 왼손 훅을 막았다. 올리버가 다시 팔을 휘둘러 오른 주먹으로 그의 뺨을 약하게 때렸을 때 그는 올리버의 턱을 살짝 때렸다. 마치 찰흙 더미를 담벼락에 던진 것 같은 소리가 났다. 쥬드는 올리버를 잡고 소파에 살살 눕혔다.
서랍장의 두 번째 서랍 속에 서류들이 잔뜩 들어 있었다. 별것 아니었다. 개인 편지 묶음이 한 다발, 워싱턴, 루이사베일, 디트로이트 및 기타 미국 전역의 주소들이 적힌 주소록들이었다. 서랍장 위에는 아름다운 금발 여자의 커다란 사진이 있었다. 예전의 캐리 모습과 비슷했다. 쥬드는 캐리 생각을 하면서도 슬픔을 느끼지 않는 자신을 발견하고 새삼 놀랐다. 마치 캐리와 결혼했던 남자는 자기가 아닌, 좀더 젊고 연약한 쥬드 인 것 같았다.

그는 의자를 침대 가까이 끌고 가서 앉았다. 잠시 후에 올리버는 눈을 뜨고 신음 소리를 냈다. 그가 몸을 세우려고 했다. 쥬드는 팔을 뻗어 그를 눕혔다.

"진정해."

올리버는 자기 턱을 만지며 씁쓸한 미소를 지었다.

"무엇으로 내 턱을 쳤지? 해머로 쳤어?"

"턱이 아플 거야. 자네도 알겠지만 나는 회사를 대표해서 미스 캘로웨이 총격 사건을 조사하고 있어. 그녀는 혼수상태에서 깨어나지 못하고 있고 죽을 가능성이 높아. 당신은 그녀를 워싱턴에서 알았어. 어떻게 된 거야? 우리가 동기를 파악하는 데 도움 될 만한 것을 아는 게 있어?"

올리버는 몸을 세우고 커피 테이블에 있는 담배에 손을 뻗었다. 그는 쥬드에게 담배를 한 대 줬고, 쥬드는 두 사람 담배에 불을 붙였다.

"이봐, 쥬드, 나는 그녀를 워싱턴에서 알았다 뿐이야. 우리 두 사람은 같은 부서에서 일했어. 군수품 조달부서였지. 우리는 점심을 두어 번 같이 먹었고, 오후에 국방성 안에 있는 매점에서 콜라를 같이 마신 적이 몇 번 있어. 그녀는 조용하고 좋은 아가씨였어. 대단히 깔끔하고 공손했어. 업무도 잘 아는 것 같았어. 그녀에 대해 아는 것은 그뿐이야. 나는 사귀는 여자가 있다고. 저기 있는 게 그녀의 사진이야."

"워싱턴의 그녀 친구들도 알아?"

"그녀가 같은 사무실 여자들과 함께 있는 것은 물론 봤어. 그리고 언젠가 어느 호텔에서 그녀를 본 적도 있어. 그녀는 춤을 추고 있었는데 남자는 어떻게 생겼나 생각나지 않고, 다만 남자 키가 그녀보다 작다고 생각했던 게 기억나. 그뿐이야."

쥬드는 의자에 몸을 기대며 머리를 흔들었다.

"때려서 미안해. 올리버."

올리버는 어깨를 으쓱하고 미소 지었다.

"나도 자네에게 기회를 주지 않았어. 감정은 없어."

쥬드는 건너편 벽을 바라보다가 들고 있는 담뱃불을 내려다보았다.

"자네, 고향이 어디야?"

"디트로이트야. 국방성에서 일하기 전에는 시시한 자동차 부속품 제조회사에서 기계 도안을 그렸어."

"디트로이트에는 가족이 있어?"

"있어. 하지만 돌아가고 싶지 않아. 그들은 내 생애를 너무 좌지우지하려고 해. 어머니가 그런 사람이야. 나는 이곳저곳을 다녀 봤는데 이곳이 좋아. 나에게 알맞아. 여기 있기를 잘했다고 생각해. 이곳에 직장을 구하지 않았다면 알리스는 만나지 못했을 거야."

"자네는 지금 하는 일을 좋아하나?"

"좋아해. 봉급도 결혼해서 살 만하고. 아 참, 이런 질문은 하지 말아야 할지 모르지만 궁금한 게 있어. 자네는 교육도 받은 사람 같은데 왜 야적장에서 무거운 철판을 지는 막노동을 하지?"

쥬드는 웃지 않고 대답했다.

"체력단련 직업에 종사하고 있다고 치자구."

쥬드는 일어섰다.

"잠을 더 자. 아침에는 턱에 멍이 들어 있을 거야."

쥬드가 사장실에 앉아 있는데 사장이 부스스한 얼굴로 들어와서 쥬드 앞에 다가섰다.

"잘했더군! 아주 잘했어! 내게 강요해서 자기가 회사 대표로 수사를 담당하게 만들어 놓고 맥클라렌이라는 깡패가 새벽 3시에 자는 사람을 깨워서 쓸데없는 질문이나 하게 하다니! 아이들은 잠을 깨서 자지 못했고, 마누라는 골치가 아프다고 야단이야. 봉급 주는 게 아까워."

쥬드는 맥클라렌이 사무실에 들어오는 것을 보고 그에게 갔다.

"올리버는 깨끗해. 브래셔는 어땠어?"

"그도 깨끗한 것 같아. 어젯밤에 크레인 조종사인 라버리도 만났어. 어젯밤이 아니라 오늘 새벽 5시였지. 그도 깨끗한 것 같아. 라버리는 압축 조종사인 카코프가 담배나 한대 피우라고 했다는군. 라버리가 조종하는 크레인이 카코프의 압축기보다 일을 앞서는 때가 종종 있는데, 그럴 때면 카코프가 라버리에게 크레인에서 내려와서 담배나 피우라고 손짓을 한다는군. 만일 라버리가 범인이라면 카코프가 운 좋게도 알맞은 시간에 담배를 피우라고 해서 밖에 몰래 빠져 나가 총을 쏜 후에 들어와야 하는데, 그럴 가능성은 없어. 카코프에게 물었더니 라버리의 말을 뒷받침하더군. 그런데 카코프에겐 전과가 있어. 1973년에 절도로 1년을 살았어. 자기 말로는 그 후로는 법을 지키며 살았다는군. 압축기가 계속해서 움직이고 있었다는 게 틀림없어?"

"압축기는 소리가 요란해. 그녀가 총에 맞은 후에 내가 그녀의 맥을 짚는데 압축기 소리가 끊겼어. 압축기가 작동을 하려면 기계에 사람이 꼭 있어야 해."

오전 중에 그들은 반스와 숄츠를 한 시간씩 심문했으나 별다른 결과가 없었다. 사장은 일에 지장이 있다고 투덜댔다.

점심 때에 쥬드는 제인 타란스를 데리고 포장마차 식당에 갔다. 그녀는 울어서 눈이 부어 있었다. 그녀가 점심 시간 직전에 병원에 전화했는데 스텔라의 병세에는 차도가 없다고 하더라고 했다.

"제인, 당신은 스텔라와 같은 방에 하숙하고 있죠. 짚이는 게 없어요? 지난 며칠 동안 그녀의 행동이 이상하지는 않았나요?"

그녀는 커피를 한 모금 마시고 대답했다.

"이상했던 것 같아요. 지난 화요일 밤에 옷을 갈아입으면서 약간 얼이 빠진 사람 같았어요. 그날은 당신과 데이트하기로 한 날이에요. 생각나세요? 그녀는 거울을 보고 있었는데 정신을 딴 데 팔고 있는 것 같았어요. 내가 옛날에 사귀던 남자 문제냐고 했더니 아니라고 하더군요. 어떤 생각을 떠올리려고 하는데 생각이 나지 않는다며, 끝까지 생각이 나지 않으면 예전 친구에게 전화해서 물어 보겠다고 했어요. 내가 계속해서 놀리니까 신비스러운 미소만 지으면서 나보고 앉아서 불꽃 놀이나 잘 구경하라고 하더군요. 그녀가 그렇게 말했어요."

쥬드는 커피를 저으면서 말했다.

"그녀가 그때 말을 했더라면 당신은 그녀가 총에 맞은 이유를 알 수 있을 텐데."

그녀가 눈을 커다랗게 떴다.

"그렇게 생각하세요?"

"다른 동기가 없어요. 그것만이 유일한 단서인 셈이죠. 그녀가 하겠다는 전화는 했어요?"

"아니오. 다음날도 그녀는 당신과 데이트하고 돌아왔어요. 행복에 겨워서 종달새처럼 조잘대더군요. 나를 깨우더니 전날 밤에 생각하려 한 것이 생각났다고 했어요. 결론을 내리기 전에 자기가 오해를 하고 있는 것이나 아닌지 조사하겠다고 했어요."

"제인, 제발 그녀가 그때 한 정확한 말을 생각해 봐요. 당신이 한 말도 생각해 보구요. 그때 일이 이 사건의 대답인지도 모르겠어요."

쥬드는 야적장에 돌아가서 맥클라렌을 만났다. 맥클라렌은 일이고 뭐고 집에 가서 잠이나 자겠다고 했다. 맥클라렌은 증거를 보면 다섯 명 모두 범인이 아닌 것 같지만 어쩐지 범인이 그 속에 있는 것도 같다고 했다. 그는 잠을 자면 머리가 맑아질 거라며 쥬드에게도 잠 좀 자라고 했다. 쥬드도 다리가 무거운 게 눈꺼풀 속에 모래가 있는 것 같았으나 일을 계속할 수는 있을 것 같았다. 침대에 누워도 잠이 오지 않을 것 같았다.
맥클라렌에게 제인과의 대화 내용은 얘기하지 않았다. 언젠가는 맥클라렌이 제인도 심문할 것이라고 생각하고 그녀에게 그 말을 하지 말라고 단단히 일러 두었다. 그가 얻은 정보는 너무 애매했다. 그는 음료수대 옆에서 수첩을 꺼내 그 내용을 다시 읽었다.
올리버가 계단을 내려와서 그를 보고 웃었다.
"내가 당한 얘기 들었어?"
"아니."
"총격 사건으로 사장의 기분이 상한 모양이야. 화살을 나에게 돌리더라고. 나는 이제 그의 총애를 받는 사원이 아니야. 나는 이제 회사돈을 4만 달러나 낭비한 몹쓸 놈이 돼버렸어."
훗지 올리버는 음료수대에 입을 대고 물을 마셨다. 그가 몸을 일으키자 쥬드가 말했다.
"무슨 말인지 모르겠군."
"나는 기계공학에 경험이 있어서 그 일을 자청했지. 그 일이란 국방성의 혼합 고철 입찰에 참여해 따낸 다음 고철을 싼 노동력을 이용하여 분리압축해서 이익을 보고 다시 팔자는 것이었어. 나는 사장에게 내가 돌아다니며 싼값에 고철을 사서 다시 팔 수 있다고 했지. 사장은 내가 여러 군데 돌아다니면서 경매에 참가할 수 있도록 했는데 지금에 와서 내가 지금까지 쓴 4만 달러가 아깝다는 거야. 스텔라가 총을 맞을 때 나는 그 일을 보고 있었어."
"그 일이라니?"
"베트남 전에서 사용한 2천 개의 잉여물자야. 컴퓨터 비슷한 잉여물잔데 한 개에 20달러씩에 내가 따냈지. 그것이 작업장 건물 뒤쪽에 있어. 나는 그것을 이익을 보고 처리할 수 있다고 생각하는데 사장은 나를 미친놈으로 보고 정상적인 고철 장사나 할 것을 그랬다는 거야."
쥬드는 다시 침대 옆에 서서 죽음의 그늘이 진 그녀의 얼굴을 바라보았다. 그는 시무룩한 모습으로 그녀의 메마른 입술과 시트 밑에 있는 말라 보이는 몸뚱이를 내려다보며 깊은 생각에 빠졌다.

그는 병원 아래층에서 다시 근무하러 나온 맥클라렌에게 전화하면서 자신의 계획을 털어놓았다. 맥클라렌은 처음에는 반대했지만 나중에는 쥬드의 계획에 귀를 기울였다.

쥬드는 야적장으로 나가서 웃는 얼굴로 사장실에 들어갔다.

"의사 말이 미스 캘로웨이의 상태가 좋아졌대요. 내일은 말을 할 수 있을 거라는군요."

그는 그 얘기를 제인, 카코프, 올리버, 교환, 경비원, 그리고 사환에게도 했다. 그 얘기를 듣고 사람들은 전부 기쁜 표정을 지었다. 사람들은 잘됐다고 하면서 캘로웨이는 좋은 여자라고 했다.

맥클라렌과 호로위츠는 사장실에 앉아 사무실을 내다보고 있었다. 사무실 천장의 불빛이 사무실에 놓인 책상들을 비추고 있었다. 쥬드는 책상으로 다가와서 맥클라렌의 담배에 손을 뻗었다. 처음에는 담뱃갑을 놓쳤다가 두 번째야 겨우 잡았다. 맥클라렌이 갑자기 고개를 쳐들었다.

"자네 언제 잠을 잤지, 쥬드?"

"오랫동안 못 잤어."

"우리가 처리할 테니 가서 자."

"자려해도 잠이 오지 않아, 존. 나는 괜찮아."

"우리가 할 수 있는 일은 기다리는 것뿐이야."

호로위츠의 말이었다.

"우리가 캘로웨이에게 세운 보초는 쓸 만한 사람이겠지?"

쥬드가 물었다. 두 사람은 그가 〈우리〉라고 한 말에 상관하지 않았다. 그들은 쥬드를 동료로 인정한 것이다.

"최고로 우수한 사람으로 보초를 세웠어."

호로위츠가 대답했다.

"그리고 다른 사람들에게도 우수한 형사들을 붙였어. 올리버는 별다른 걱정을 하지 않아도 좋을 것 같애. 그는 지금 작업장에서 일하고 있어. 뭘 잘못해서 사장에게 혼나지 않으려고 고치고 있나 봐."

세 사람이 하릴없이 담배만 피우면서 전화기를 바라보고 있는 가운데 시간이 흘렀다. 맥클라렌은 부하를 시켜서 담배와 커피를 더 사오게 했다. 전화가 걸려 왔을 때 맥클라렌이 재빨리 낚아챘다.

"뭐! 물론 잡아야지. 놓치지 마. 이리로 당장 데리고 와. 수고했어."

그는 전화를 끊고 이상하다는 표정을 지었다.

"혹시나 해서 내가 버스 정거장, 철도역, 그리고 두 개의 다리에 형사들을 잠복시켰어. 미행하던 형사가 놓치는 경우를 대비했던 거야. 앤더스 가에 있는 다리에서 잠복하던 워커가 카코프가 자기의 털털이 차를 몰고 마을을 빠져 나가려는 것을 잡았다는 거야. 워커가 그를 데리고 오는 중이야. 우리는 카코프에게는 미행조차 붙이지 않았어. 압축기 소리 때문에 그를 용의자 선상에서 뺐거든."

쥬드는 피곤한 기운이 가시는 것을 느꼈다. 그는 두 주먹을 불끈 쥐었다. 팔의 근육이 툭 불거졌다. 이것이 시작인지도 몰라. 이것일 수도 있어.

카코프는 의자에 고개를 숙이고 앉아 있었다.

"당신들은 잘못 생각한 거요. 내게 전과가 있다는 것은 인정해요. 하지만 그것은 오래 전 일이고, 그 후로는 올바로 살아왔소. 이런 일이 생기면 항상 내게 불리했어요. 그래서 당신들이 범인을 잡지 못하면 내게 뒤집어씌울 것이라고 생각하고 도망치려 했어요. 나는 총질에 대해서는 아무것도 아는 게 없어요."

쥬드는 그에게 다가서서 주먹으로 그의 머리를 쳤다. 그가 쓰러지자 그를 일으켜서 의자에 다시 앉혔다. 카코프는 머리를 흔들었다.

"그래 봐야 소용없소. 나는 아는 게 없으니까."

쥬드는 맥클라렌을 바라보았다. 맥클라렌은 머리를 흔들었다. 바닥에서 카코프의 가방을 조사하고 있던 호로위츠가 일어섰다.

"아무것도 없어, 존. 공구와 철사와 옷가지밖에 없어. 그 외에는 깡통에 든 돈 1백 달러와 여자 사진뿐이야."

"나를 구속할 거요?"

"그래. 지금은 아무런 용의점도 없지만 구속시킬 만한 건수는 찾을 수 있을 거야."

맥클라렌이 차가운 미소를 띠며 말했다.

"좋아요. 하지만 이 모든 것을 들고 당신네들이 장난하는 곳까지 갈 필요는 없겠지. 경찰서에 가는 길에 이 짐들을 내 방에 놓고 옷이나 갈아입고 가게 해 줘요."

쥬드의 머리 안에서 무엇인가가 꿈틀거렸다. 뭔가 이상했다. 카코프는 왜 그런 사소한 일에 신경을 쓰고 있을까? 이치에 닿지 않았다. 녀석은 지나치게 아무것도 아닌 척 행동하고 있었다. 그는 맥클라렌을 힐끗 봤다. 그는 별로 이상하게 생각하지 않고 있는 것 같았다. 호로위츠도 마찬가지였다. 쥬드는 자기가 혹시 잠을 못 자서 이러는 것은 아닌가 하는 생각까지 들었다. 그는 카코프의 가방으로 다가서서 내용물을 다시 살펴보았다. 렌치, 낡은 마이크로미터, 흰색의 가느다란 철사 다발이 있었다. 이런 것을 카코프는 집에 갖다놓고 싶어하는 것이다. 그래 바로 이거야! 갑자기 많은 그림 조각들이 제자리를 찾아갔다. 갑자기 그의 맥박이 빠르게 뛰기 시작했다. 그는 다시 생각해 봤다. 틀림없었다. 맥클라렌이 날카롭게 물었다.

"왜 그래, 쥬드? 그런 모습은 전에도 본적이 있는 것 같은데."

"지금은 말할 수 없어. 잠깐만 내가 하는 대로 놔 둬. 카코프를 여기 붙잡아 둬. 나는 작업장에 갖다 올 테니까."

그가 작업장에 들어갔을 때 널빤지를 떼어내는 삐걱거리는 소리가 들려 왔다. 올리버가 작은 상자를 열고 있었다. 한쪽 구석에는 빈 상자들이 쌓여 있었다. 올리버가 얼룩이 묻은 더러운 얼굴을 들고 웃었다.

"밤일을 좀 하고 있어. 이 상자들을 전부 열고 속에 무엇이 들어 있는지 봐야겠어. 빨리 파악하지 않으면 사장이 내 봉급에서 4만 달러를 제하려 들 거야."

올리버 뒤에는 물건이 잔뜩 든 삼베 포대가 있었다. 쥬드는 그것을 발로 차며 물었다.

"이건 뭐야?"

"기계 안에서 빼낸 철사야. 쓸모 없는 것이지만 상자를 연 김에 떼어 냈어."

쥬드는 미소를 지었다.

"과로하지 말게."

그는 사무실로 돌아갔다. 맥클라렌이 무엇이냐고 묻는 듯한 눈길을 보냈지만 그는 개의치 않고 전화 교환을 불렀다. 그는 알라바마 주, 버밍햄에 있는 스토퍼 주식회사 사장을 대달라고 했다. 교환수가 기다리라고 했다. 그는 수화기를 내려놨다.

호로위츠가 물었다.

"자네 어떻게 된 것 아냐? 알라바마라니! 무슨 일이야?"

맥클라렌이 말했다.

"그를 내버려둬. 카코프의 표정을 보라구."

카코프는 몸을 움츠리며 창백한 얼굴에 입을 더욱 굳게 다물고 있었다. 스토퍼라는 사람이 전화에 나왔다. 쥬드가 몇 가지 질문을 하자 그가 대답했다.

"나는 그런 질문에 대답할 만한 지식은 없소. 그때 생산 책임자는 제임스 비슨이라는 사람인데, 지금은 퇴직했지만 아직도 이곳에 살고 있소. 그 사람에게 전화해 봐요."

잠시 후에 쥬드는 비슨과 통화할 수 있었다. 비슨이 하품하는 소리가 들렸다. 쥬드가 경찰 문제라고 하자 비로소 정신을 차린 듯 금방 말투가 달라졌다.

"비슨 씨, 당신이 스토퍼 회사에 근무할 때 정부 조달번호 W1800-ORD3255 작업을 했습니까?"

"그랬을지도 모릅니다. 하지만 조달번호로는 기억이 나지 않습니다. 무슨 제품이었습니까?"

"M-18 컴퓨터였습니다. 기억납니까?"

"네. 하지만 그게 경찰과 무슨 상관이죠?"

"그 계약은 얼마짜리였습니까?"

"대당 가격 1천 8백 달러인 컴퓨터 2천 대였습니다. 3백 6십만 달러짜리 계약이었죠. 그 숫자는 시험생산 숫자였습니다. 병기 참모부의 포대용 컴퓨터였습니다. 우리는 그것을 약 4년 전에 생산했습니다. 그런데 다른 제품이 나오는 바람에 못 쓰게 됐습니다."

"누가 그것을 대당 20달러를 주고 2천대를 몽땅 샀다면 무엇이라고 하시겠습니까?"

비슨은 웃었다.

"그것을 어디다 쓰려고 하는지 모르겠군요. 어쩌면 그걸로…."

그가 갑자기 말을 끊었다. 쥬드는 맥박이 빨라졌다. 상대가 숨을 들이쉬고 놀란 듯한 소리를 질렀다.

"아니, 잠깐! 원래 우리 단가는 8백 달러였었는데 사양서에 백금 철사를 쓰게 되어 있어서 단가가 1천 8백 달러로 올라갔어요. 한 대당 백금이 1천 달러 어치가 들어간 것으로 기억합니다."

쥬드는 고맙다고 하고 전화를 끊었다. 그는 카코프의 가방에서 흰 철사를 집어 들어 맥클라렌 책상위에 놓았다.

"이 철사는 백금이야."

맥클라렌이 철사 다발을 집어 드는데 카코프가 문을 향해 뛰쳐나갔다. 예상하지 못한 일이었다. 호로위츠가 잡으려 했지만 놓치고 말았다. 그가 권총을 뺐을 때는 카코프는 이미 사라지고 난 다음이었다. 카코프가 계단을 뛰어 내려가는 소리가 들렸다.

카코프가 도망가면서 내는 소리가 야적장에서 났다. 세 사람이 그를 뒤쫓는데 갑자기 야적장의 조명이 꺼졌다. 쥬드는 총이 없었다. 그는 어둠 속을 더듬었다. 적당한 철봉이 손에 잡혔다.

그의 눈이 어둠에 익숙해지고 있었다. 시내의 불빛이 낮은 구름에 반사되어 야적장을 희미하게 비추고 있었다. 그는 맥클라렌을 쫓아서 작업장 뒤쪽으로 갔다. 철망을 기어오르려는 검은 모습이 보였다. 맥클라렌은 조심해서 겨냥한 뒤에 총을 쐈다. 검은 모습이 여자 소리 같은 비명을 지르며 땅에 떨어졌다. 다른 검은 그림자가 작업장 안으로 뛰어들어갔다.

호로위츠는 작업장 정문으로 향했고 쥬드와 맥클라렌은 검은 그림자가 들어간 뒷문으로 갔다.

"전등 스위치는 어디 있지?"

맥클라렌이 속삭였다.

"입구 바로 안에 있을 거야. 내가 찾아볼게."

"불을 켜고는 뒤로 물러서. 놈이 총을 갖고 있을지 모르니까."

그는 손가락으로 스위치를 찾아 불을 켰다. 밝은 불빛에 잠시 작업장 한쪽에 있는 커다란 압축기가 보였다. 크레인도 갈고리를 내려뜨린 채 서 있었다.

맥클라렌이 고함쳤다.

"어서 나와!"

맥클라렌이 총을 들고 작업장 안으로 들어갔다. 맞은편 문에는 호로위츠가 권총을 들고 서 있었다. 안에는 아무도 없었다. 세 사람은 바보처럼 멍하니 서 있었다. 그때 천장 높은 곳에서 검은 물체가 움직이는 것이 보였다. 쥬드가 고함쳤다.

"저 위에 있어! 천장에 있는 좁은 통로에 있어!"

검은 그림자가 채광창을 향해 좁은 통로를 뛰어갔다. 쥬드는 놈이 어떻게 하려는지 깨달았다. 채광창을 부수고 지붕에 올라가서 뛰어내리려는 속셈이었다. 지붕에서는 철망 밖으로 뛰어내릴 수 있었다.

호로위츠가 총을 쐈으나 놈은 계속해서 뛰었다. 놈이 채광창 유리를 깨는 소리가 들렸다. 맥클라렌이 총을 쏘는 것을 보고 쥬드는 밖으로 뛰어나갔다. 지붕에서 발걸음 소리가 났다. 그는 무거운 철봉을 던질 채비를 했다. 검은 그림자가 지붕 끝에서 잠깐 주저했다. 놈이 지붕에서 뛰는 순간에 쥬드는 철봉을 힘껏 던졌다. 철봉이 공중에 뜬 놈을 맞추는 둔탁한 소리가 났다. 비명 소리가 들리고 놈은 철망에 떨어졌다가 다시 땅으로 떨어졌다. 끄르륵 하고 목에서 가래 끓는 소리가 나고 이내 조용해졌다. 맥클라렌이 홋지 올리버의 시체 옆에 쭈그리고 앉아 성냥불을 켰다.

"공중에서 철봉에 맞아 균형을 잃었나 봐. 맞지 않았더라도 도망치지 못했을 거야. 목이 철조망에 걸려 찢어졌어. 땅에 떨어지기 전에 죽었을 거야."

맥클라렌이 조용히 말했다.

호리호리한 반백의 데이비스 경감이 쥬드 앞으로 담뱃갑을 밀었다. 호로위츠는 창가에 앉아 있었고, 맥클라렌은 편안한 자세로 문에 몸을 기대고 서 있었다. 데이비스 경감이 말했다.

"처음부터 어떻게 된 것인지 말해 봐, 쥬드."

"갑자기 작은 사실들 여러 가지가 이해되기 시작하더군요. 그래서 알게 됐습니다. 우리는 용의자의 범위를 좁힐 수 있었습니다. 올리버는 작업장에서 일하고 있었다고 했습니다. 하지만 그는 밖에 나가서 총을 쏘고 다시 들어갈 수 있었습니다. 스텔라의 룸메이트는 스텔라가 옛날에 다른 곳에서 있었던 일을 생각해 내려 했다고 말했습니다. 그렇다면 그것은 그녀가 워싱턴에 있을 때의 일이었습니다. 올리버도 워싱턴에 있었습니다. 결국 올리버가 가장 유력한 용의자인 셈이죠. 그러나 총이 사라지는 바람에 고생을 했습니다. 동기도 눈에 띄지 않았고요. 올리버는 내게 사장과의 문제를 얘기했습니다. 올리버는 일종의 도박을 한 거죠. 그는 자기가 사장과 다투는 것을 다른 사람이 들었을까 봐 미리 내게 그 얘기를 해서 의심을 없애려고 한 겁니다. 그는 그 얘기를 너무나 열심히 했고, 내가 자기를 때렸을 때도 내게 너무나 좋게 대했습니다.

스텔라는 45구경 권총에 맞았습니다. 범인은 스텔라가 꼭 죽기를 바랐습니다. 그래서 탄두에 금을 그어 치명적인 곳을 맞추지 못하더라도 맞을 때 총알이 갈라져서 몸 안에서 커다란 상처를 내게 했습니다. 사건의 전모가 슬슬 나타나기 시작했습니다. 사건의 동기는 워싱턴과 관계가 있다고 생각됐습니다.

나는 낡은 방법을 썼습니다. 스텔라가 회복되고 있다고 소문을 낸 거죠. 맥클라렌은 도피로를 감시했습니다. 카코프가 도망치려 했고, 맥클라렌은 그를 잡았습니다. 나는 그가 총을 쏠 수는 없었지만 범인을 도와줬다고 생각했습니다. 그가 압축기 조종사라는 데 생각이 미쳤던 거죠. 올리버가 총을 쏘고 작업장에 들어와서 압축기에 권총을 집어 넣는 것을 묵인하는 대가로 돈을 받기로 했을 가능성이 있다고 생각했습니다. 카코프가 라버리에게 가서 담배를 피우라고 한 이유도 알 수 있었습니다. 올리버가 압축기에 권총을 넣는 것을 크레인에 높이 앉아 있는 라버리가 보게 할 순 없었겠지요. 압축기에서 권총은 고철과 섞여 쇳덩이가 됐을 거구요. 일이 그렇게 됐다 하더라도 카코프가 어떤 대가를 받았는지 알 수 없었습니다. 그런데 카코프가 가방을 집에 갖다 놓겠다고 한 것입니다. 그래서 호로위츠가 가방 안에 있는 중요한 것을 보지 못한 모양이라고 생각했습니다. 내가 가방 내용물을 살펴보았을 때 많은 사실을 알게 되었죠. 올리버와 스텔라 캘로웨이는 국방성 조달기관에서 같이 근무했습니다. 이번에 올리버는 전쟁 잉여물자를 샀는데 사장이 좋아하지 않았다고 했습니다. 그 잉여물자와 사건이 어떤 관계가 있을지도 모른다는 생각이 들더군요.

나는 작업장에 가서 상자에 적힌 계약 번호와 제작 회사를 알아냈습니다. 그때 올리버는 그 곳에서 일하고 있었습니다. 저는 그가 스텔라가 다음날 말을 할 수 있다는 얘기를 듣고 자기에게 불리한 얘기를 할까 봐 도망칠 준비를 하고 있다고 생각했습니다. 그런데 올리버가 모든 상자를 일일이 열고 있다는 것이 이상했습니다. 내용물은 전부가 똑같은데 굳이 열어 볼 필요가 없는 것은 아닐까 하는 생각이 들더군요. 그는 포대에 일일이 철사를 넣고 있었습니다. 카코프의 가방에도 철사가 있었습니다. 나는 그 물건을 제작한 회사에 전화해서 올리버가 한 상자에 1천 달러나 되는 백금을 빼내고 있다는 것을 알아냈습니다. 결국 새벽에 도망치기 전에 될 수 있는 대로 많은 백금을 빼내려한 거죠.

카코프는 전화 통화 내용을 듣자 모든 게 들통 나고 끝장이라는 것을 알았습니다. 자기 가방에 오천 달러어치의 백금 철사가 있었으니까요. 그는 도망쳐서 올리버에게 사태를 알리고 철망을 넘어 도망치려다가 맥클라렌의 총에 무릎을 맞았고, 올리버는 철조망에 목이 찢겨 죽었습니다."

데이비스 경감은 조용히 생각하다가 고개를 끄덕였다.

"어떻게 된 일인지 알겠어. 기계 공작과 전자 공학에 경험이 있는 민간인이 군수 물자 조달 기관에 근무하면서 2백만 달러 어치의 백금이 들은 장비가 못 쓰게 됐다는 소식을 들은 거야. 어쩌면 기구하게도 미스 캘로웨이가 그 내용을 그에게 말했는지도 모르지. 올리버는 국방성에서 퇴직하고 그 물품 입찰에 응찰할 수 있는 고철 회사에 취직했어. 그는 그 물건을 구입할 4만 달러가 없었거든. 미스 캘로웨이의 고향인 루이사베일에 있는 회사를 선택했다는 게 짓궂은 운명의 장난이지. 어쩌면 미스 캘로웨이로부터 이곳이 살기 좋다는 얘기를 들었는지도 모르지. 그런데 일은 더욱 꼬여서 미스 캘로웨이도 고향에 돌아와서 같은 회사에 근무하게 된 거야. 그녀는 올리버에게 그 일을 사장에게 알리라고 하면서 그에게 며칠 시간을 주겠다고 했겠지. 그는 미스 캘로웨이가 자네에게 작업 지시서를 직접 가지고 간다는 것을 알고 카코프를 매수한 뒤에 그녀를 쏜 거야. 그리고 권총은 압축기에 넣었어. 그는 안전하다고 생각했을 거야. 군수품 조달 업무가 워낙 방대해서 아무도 범죄의 동기를 찾지 못할 거라고 생각했겠지."

쥬드는 일어서서 담배를 껐다. 잠을 못자서 머리가 무거웠다. 이제는 잠을 잘 수 있을 것 같았다.

"제가 더 필요합니까?"

데이비스 경감은 맥클라렌과 호로위츠를 바라보았다. 두 사람은 보일 듯 말 듯 고개를 끄덕였다.

"자네가 필요해, 쥬드. 6개월이나 1년쯤 도보 순찰할 경찰관이 필요해. 그런 다음에도 자네가 일을 할 만한 사람으로 보이면 강력계에서 데려다 쓰겠네."

갑자기 쥬드는 할말을 잃었다. 입 안이 바짝 마르고 코끝이 찡했다.

"감사합니다."

그는 목쉰 소리로 말하고 방에서 나갔다.

"아직은 무엇이라고 말할 수 없습니다, 브록 씨. 여태껏은 잘 버텨왔습니다. 호흡은 약간 안정을 찾았지만…."

인턴이 말했다.

쥬드는 한 손으로 그녀의 땀이 밴 이마로부터 바삭바삭한 머리카락을 뒤로 쓸어 넘겼다. 그녀의 눈꺼풀이 바르르 떨리더니 이윽고 그녀가 눈을 떴다. 그리고 공허한 눈길로 천장을 바라보았다.

그는 그녀의 귀 가까이 입을 대고 탁한 목소리로 말했다.

"죽으면 안 돼! 당신이 필요해."

그녀가 머리를 보일 듯 말 듯 돌렸다. 그녀의 눈에 그를 알아보는 듯한 기운이 비치다가 눈이 감겼다. 그는 일어서서 의자를 뒤로 밀었다.

인턴이 말했다.

"그런 게 필요합니다. 환자가 살려고 하는 의지가 있어야 합니다. 당신 말을 그녀가 들었으면 좋겠습니다."

"틀림없이 들었어."

인턴이 생각에 잠기며 말했다.

"전에는 아름다운 분이셨겠습니다."

쥬드는 인턴을 날카롭게 바라보았다.

"지금도 아름다워."

인턴은 병실 문 앞에 서서 쥬드가 복도를 걸어가는 모습을 바라보았다. 인턴은 그가 말할 때 어떤 강렬한 빛이 그의 눈에서 뿜어 나오는 것을 봤다. 그의 걸음걸이는 지쳐서 곧 쓰러질 것 같았다. 그의 모습이 밖의 새벽 속으로 사라지자 인턴은 병실 안을 바라보고 조용히 말했다.

"아가씨, 꼭 살아야겠어. 아가씨가 죽은 후 저 남자를 상대하고 싶지 않아."

존 D. 맥도날드(John D. Macdonald, 1916~1986)

35년 간에 걸쳐 미국 소설계를 주도했던 작가로 치밀한 구성과 현실감 넘치는 인물묘사로 잘 알려져 있다. 그의 작품 속에 등장하는 트래비스 맥기라는 사설탐정은 그가 창조해 낸 인물로 20편 이상의 작품에서 주인공 역할을 했다. 트래비스가 주인공으로 등장하기 전에 쓴 작품으로는 『The Damned』(1952), 『The Executioner』(1958) 등이 있는데, 두 작품 모두 당대 최고의 서스펜스 소설로 평가받고 있다.

손뼉을 쳐라

CLAP HANDS, THERE GOES CHARLIE — 조지 백스트

수요일 아침 9시에 알리스 카루더스는 아침 식탁에 앉아 버터를 바른 식어 버린 토스트를 깨작대고 있었다. 그녀는 블랙커피 잔을 수정 구슬이라도 되는 것처럼 뚫어져라 바라봤지만 자기가 의심하는 것 이상의 것은 보여 주지 않았다. 그녀는 남편인 찰리가 다른 여자와 바람을 피우는 게 틀림없다고 생각했다.

그녀는 왼손으로 턱을 고이고 창 밖의 이스트 강을 멍하니 바라보았다. 저 멀리 쓰레기 거룻배가 천천히 움직이고 있었다. 폭력배들의 습격을 받기 쉬운 강가에서는 두 남자가 조깅을 하고 있었다. 목을 약간 빼면 시장공관인 〈그레이시 맨션〉이 보였다. 알리스에게는 그 공관이 보기 흉한 유물로만 보였다. 그녀는 뉴욕시가 그것을 왜 없애지 않는지 궁금했다.

〈손뼉을 쳐라, 저기 찰리가 간다.〉

알리스는 자기보다 현명했던 언니 리타가 한 말을 생각하며 미소 지었다. 그날은 찰리 카루더스와 결혼식을 올리던 10년 전 일요일이었다.

"그 사람은 많은 여자들의 가슴을 아프게 하면서 결혼하는 거야. 너는 어떻게 해서 그와 결혼하는 행운을 얻었니?"

"일부러 그에게 흥미가 없는 척했어."

알리스는 그때 자기가 대답했던 말이 생각났다. 그러나 그가 청혼하

기까지 몇 달 동안 그녀의 모든 신경은 비명을 질렀다.

"찰리를 내게 줘요. 나는 찰리가 필요해요."

그는 너무나 멋있었다. 지금도 잘생겼지만 10년이라는 나이를 더 먹었다. 키는 180이 약간 못됐지만 출판업에 종사하며 술을 많이 마시는 사람으로서는 몸이 놀라울 정도로 근육질이었다. 그리고 그 푸른 눈. 그의 놀라울 정도로 매력적인 푸른 눈에 비하면 폴 뉴먼의 푸른 눈은 아무것도 아니었다. 10년이 지난 지금도 그가 자기 옆에 없으면 의심이 갔다. 예를 들면 어젯밤에는 새벽 3시까지 어디에 있었지? 그리고 왜 침실을 놔두고 객실에서 잔 거지?

불쌍한 리타. 불쌍한 리타 언니. 알리스는 언니에게 따진 적이 있었다.

"언니, 아직도 찰리와 관계를 맺고 있어?"

리타는 화장대에 앉아 여러 가지 화장품으로 핼쑥한 얼굴을 건강하게 보이려고 애쓰고 있었다.

"그건 옛날 얘기야. 나는 그가 너와 결혼하기 전에 만났던 끝에서 두 번째 여자였어. 내 다음은 캐나다에 사는 이상한 작가였어. 너도 알잖니? 같은 스토리를 다른 이름으로 세 번이나 우려먹은 여자 말이야."

두 번째 책이 발간되면서 찰리의 출판사는 그녀와 관계를 끊었다. 그 후로는 그녀의 소식이 끊겨 알리스는 그녀의 이름조차 기억할 수 없었다.

"그러자 어머니가 돌아가셨고 네가 런던에서 돌아왔어."

그때 알리스는 말썽 많은 셰익스피어 연극 배우와 관계를 청산한 뒤였다.

"그리고 너는 찰리의 큰 눈에 반했고, 찰리 카루더스 부인이 된 거야."

알리스는 그때 언니가 거울에 비친 자기 눈을 똑바로 바라보며 물었던 게 생각났다.

"아니, 아직 결혼한 지 1년도 안 됐는데 바람이라도 피운단 말이야?"

알리스는 심각한 표정으로 고개를 끄덕였다. 리타는 어깨를 으쓱하더니 자기에게 어울리지 않는 색의 연지를 바르며 공허하게 웃었다.

“손뼉을 쳐라, 저기 찰리가 간다.”

5년이라는 세월과 일곱 번의 바람기에 대한 의심 끝에 알리스는 찰리에 대해 마음을 편하게 먹기로 했다. 자신이 원한 결혼이기 때문에 참아야 한다. 찰리는 나름대로 그녀를 사랑했다. 그는 자기의 은밀한 외도를 그녀에게 과시하지 않았고, 출판업계에서 그의 명성이 올라감에 따라 그들의 재정적, 사회적 지위도 따라서 올라갔다.

이스트사이드에 있는 엘레인 나이트 클럽에서는 특별 대우를 받았고, 최고급 레스토랑의 지배인도 그들 앞에서는 코가 땅에 닿을 지경이었다. 찰리는 이제 〈딕킨스 & 웰레스 출판사〉의 동업자가 되었고 그가 편집하는 작가들은 작가 명사록에 올라 있는 저명인사들이었다.

알리스는 한숨을 쉬면서 손목시계를 바라보았다. 9시가 지났다. 평상시라면 찰리는 지금쯤이면 자기 사무실에서 편지를 읽던가 충성스럽고, 그를 사랑하는, 못생긴 비서 클라라 쿨에게 구술하고 있을 시간이었다. 그러다가 알리스는 어쩌면 자기가 깨기 전에 찰리가 집을 나갔는지도 모른다고 생각했다. 그러나 겨우 세 시간만 자고? 갑자기 다른 생각이 떠올라 그녀의 얼굴이 창백해졌다. 어쩌면 찰리가 죽었는지도 몰라.

〈손뼉을 쳐라, 저기 찰리가 간다.〉

그녀는 응접실로 갔다. 찰리의 코트와 서류가방이 어젯밤 들어올 때 팽개친 대로 소파 위에 아무렇게나 널려 있었다. 서류가방이 열려 있어 원고 몇 장이 바닥에 떨어져 있었다. 알리스는 원고 몇 장을 봤다. 교정을 많이 본 상태였다. 알리스는 원고를 몇 장 읽고 믿을 수가 없어 고개를 저었다. 형편없이 쓰레기 같은 원고였다. 죽은 자와의 대화에 관한 원고였다.

찰리는 몇 달 전에 자기는 좋아하지 않지만 독자들이 좋아하는 어떤 종류의 책들을 맡았다고 한 적이 있었다. 그는 상업적인 출판업자들이 독자들의 그런 취향을 미리 읽었기 때문에 출판사가 도산하는 것을 막았다고 했다. 그런 책들은 표지가 선정적일 뿐만 아니라 제목도 〈절규!〉나 〈비명!〉처럼 충동적이라고 했다. 그녀는 그런 책을 읽을 용기가 없어서 더 이상 쳐다보지도 않았다.

알리스는 원고를 서류가방에 넣고 객실로 향하는데 전화벨 소리가 울렸다. 그녀는 벨이 세 번 울린 후에야 소파 옆의 내선 전화기를 들었다.

"얘, 나야!"

명랑한 목소리가 수화기를 통해 들려 왔다. 미나 왈쉬였다. 옛날 눈을 반짝이며 연극 배우를 지망하던 좋은 시절(그 시절이 정말로 좋았을까?) 사귀던 친구들 가운데 남아 있는 몇 명 안 되는 친구였다. 그때 알리스는 영국 셰익스피어 연극 배우에게 빠져 그를 따라 런던으로 가기까지 했다.

"오늘 조금 일찍 만날 수 있겠니? 2시 정각에 우리가 할일이 있어. 정말로 멋질 거야."

미나는 가끔 〈멋진 일〉을 갖고 왔다. 그녀는 웨스트체스터의 유명한 치과 의사와 결혼하면서 연극 배우를 그만뒀다. 지금은 과부였다. 미나는 약혼했을 때 이렇게 말했다.

"그이가 내 입 안을 보고 홀딱 반했지 않겠니. 글쎄."

"멋진 일이라는 게 뭔데?"

알리스가 물었다.

"이따 만나서 얘기할게. 미장원에서 오래 걸릴 텐데 늦었어. 12시 반에 〈조〉에서 만나. 그럴 수 있겠어?"

"나는 좋아."

알리스가 전화를 끊는데 찰리가 객실에서 나왔다. 그는 웃통을 벗고 있었고 허리에는 타월을 감고 있었다. 볼에는 보기 흉한 손톱 자국이 네 줄이 나 있었다.

"얼굴은 왜 그랬어요?"

알리스는 입 안이 타는 것을 느끼며 물었다. 찰리는 부엌으로 가면서 중얼거렸다.

"심하지 않아."

"보기 흉해요. 소독약을 발라 줄게요."

"벌써 소독을 했어."

그는 부엌 문 앞에서 몸을 돌렸다.

"사무실에 전화 좀 걸어 줘. 클라라에게 오늘은 출근을 안 하고 집에서 일한다고 말해. 당신 오늘도 다른 때처럼 미나와 점심약속을 했어?"

"그래요."

그는 부엌에 들어갔고 알리스는 충성스럽게 전화를 걸었다. 수요일마다 미나와 만나는 점심 약속. 연극계의 사람들이 많이 찾는 식당 〈조〉에서 미나와 점심을 하고 연극의 낮 공연을 관람했다. 항상 똑같은 점심, 항상 똑같은 미나와의 만남, 그리고 항상 똑같은 수요일이었다.

"항상 똑같은 수요일이라니요?"

클라라가 전화로 물었다. 알리스는 놀랐다.

"내가 그랬어요?"

클라라는 목을 가다듬었다.

"항상 똑같은 수요일이라고 하셨어요. 어떤 책의 제목인가요?"

"나는 그런 책은 들어 보지 못했어요."

"카루더스 씨가 어디 아프신 건 아니지요?"

"아니 아프진 않아요. 그냥 집에서 일하기로 한 거예요."

"그러면 약속 계획을 많이 수정해야겠네요. 12시에 만나기로 한 D부인은 시간을 지키지 않으면 야단을 치는 사람이니 그녀에게 빨리 연락을 해야겠군요. 알았습니다. 제가 모든 것을 처리하겠습니다."

클라라는 언제나 믿음직스럽단 말이야. 클라라는 결혼하는 것보다 남에게 신뢰받는 것이 더 좋아서 결혼을 하지 않는 것일까? 나도 찰리와 결혼을 하지 말고 그 TV 연속극 테스트나 받을 걸 그랬나?

"그랬다면 지금쯤은 퇴물 배우가 됐겠지."

"뭐라고 중얼거리고 있는 거야?"

그녀는 찰리가 카운터에 서서 커피를 마시고 있는 식당으로 들어갔다.

"계란이나 뭐 좀 드시겠어요? 토스트를 구워 드릴까요?"

"아무것도 싫어."

"당신 뭐가 잘못됐어요?"

"제발 그런 소리는 집어치워!"

그는 커피 잔을 요란스럽게 내려놓고 부엌에서 나갔다. 알리스는 그를 쫓아가서 귀찮게 하지 않는 것이 좋다는 것을 알고 있었다. 커피 잔이나 접시가 상했나 살폈지만 괜찮았다. 하녀가 쉬는 날이라 직접 부엌을 치웠다. 그녀는 남편의 점심이나 준비할까 생각했다. 목욕을 하면서도 그 생각을 했다. 목욕을 끝내고 조심스럽게 화장한 뒤에 옷도 조심해서 선택했다.

미나를 만나러 나가려는데 찰리가 거실 소파에 앉아 있는 것이 보였다. 그는 슬랙스에 스포츠 셔츠를 입고 슬리퍼를 신고 있었다. 그는 전날 밤에 집에 갖고 온 원고에 노트를 하고 있었다.

"좋은 원고예요?"

"이거? 진짜 쓰레기야."

"오늘 아침에 몇 쪽 읽어 봤어요. 당신이 어젯밤에 가방을 놓을 때 빠졌던 모양이에요."

"아냐, 내가 바닥에 팽개쳤어. 나는 이 책에 진절머리가 나. 이런 책을 발간해야 하는 나 자신이 싫어. 내가 근래에 당신에게 한 행동도 싫고, 내가 잘못한 점에 대해 사과해야 하지만 지금은 그럴 때가 아냐. 그러니 내가 계속해서 이 원고를 읽는 것을 당신이 용서해야겠어. 작가가 12시 반에 오기로 되어 있다구."

알리스는 그를 멍하니 바라보다가 물었다.

"내가 점심을 준비할까요? 샐러드나 그 비슷한 간단한 것쯤은 준비할 수 있어요."

"괜찮아. 밖에서 배달시켜 먹을게. 미나에게 안부나 전해 줘요."

"알았어요."

그녀가 현관으로 가는데 그가 큰소리로 불렀다. 그녀는 홀을 지나 부엌으로 가서 왜 그러느냐는 표정을 지으며 섰다.

"오늘은 저녁을 같이 하는 게 어때? 분위기를 바꿀 겸 시내 이태리 음식점에 가자구. 오늘 밤에는 맛좋은 이태리 음식을 먹고 싶어."

"좋아요. 약속이에요."

알리스는 매력적인 미소를 지었다.

5분 후에 시내로 가는 택시 안에서 남편은 왜 12시 반에 그 쓰레기 같은 원고를 쓴 작가가 찾아온다고 했을까를 생각했다. 찰리는 자기를 맹추로 보고 있는 것일까? 정말로 바보로 생각하고 있는 것일까? 이제는 내가 그런 일을 추측하는 데 선수라는 것쯤은 알 만도 한데.

그 사후의 세계라는 쓰레기를 쓴 사람은 여자였고, 그녀가 남편의 현재 정부였다. 어젯밤에 그의 볼에 상처를 낸 것은 그녀였다. 나중에 그들이 화해의 키스를 한 뒤, 남편은 오늘이 수요일이라는 것을 생각해 낸 것이다. 알리스는 항상 수요일에 미나와 점심 약속이 있으니 집이 빌 것이라고 생각했을 것이다. 그가 어떻게 그럴 수가 있지? 그녀는 두 주먹을 꼭 쥐고 택시 밖을 바라보았다. 어떻게 다른 여자를 집 안에 끌어들일 수가 있지? 자기가 알기에 여태껏 그런 적은 없었다. 그러나 오늘은 그 작가를 집 안에 불러들여 즐기려 하고 있었다.

알리스는 그다지 새로운 일도 아니라는 기분이 들었다. 10년 전 런던에서 알리스는 자기의 우상이었던 셰익스피어 배우가 극단의 소녀 배우와 정사를 벌이는 장면을 목격했다.

"도대체 무엇 때문에 그 야단을 치는지 모르겠어!"

그는 온 방 안에 침을 튀기며 말했다. 그의 침은 그 자신만큼이나 유명했다. 그를 좋아하는 관객들은 적어도 무대에서 다섯 줄은 떨어진 좌석을 예약했다. 그래서 앞줄은 관광객들 차지였고, 그들이 침을 흠뻑 뒤집어썼다.

"내 얘기는 당신은 미국 사람이니 그쯤은 이해할 수 있지 않느냐는 말이야. 그 곳에서는 이런 일을 뭐라고 한다더라? 맞았어! 변화의 추구라고 한대!"

그것이 셰익스피어 배우와의 마지막이었다.

10분 후에 알리스와 미나는 그녀들이 좋아하는 바에서 만났다. 자리에 앉았을 때 미나가 물었다.

"왜 그렇게 입 끝이 축 처졌어?"

알리스는 미나에게 오늘 있었던 일을 이야기했다. 그녀는 미나를 믿을 수 있었다. 미나는 찰리가 매력적이라고 생각하지 않았고, 특히 찰리가 근처에 있을 때는 일부러 들으라고 큰소리로 그 사실을 떠들곤 했다.

"그렇다면 술을 한 잔 시켜야겠군."

미나는 웨이터를 불러 주문을 하고 알리스를 바라보았다.

"이봐, 그가 오늘 밤에 너를 데리고 이태리 식당에 간다면 그 여자하고는 헤어지는 거야."

"정말?"

"정말이고말고. 클라라가 들락거릴 테니 사무실에서는 얘기를 못했을 거야. 그래서 어젯밤에 그 얘기를 했다가 볼을 긁힌 거라구."

미나는 손목시계를 보았다.

"지금 이 시간에 그는 그녀에게 최후의 일격이라나 뭐라나 하는 것을 가하고 있을 거야. 그 일은 잊어버려. 너는 찰리의 여자관계가 어떤지 알고 결혼했잖아? 너는 네가 원하는 것을 얻었고 여태껏 살아왔어. 그보다 나은 사람도 없어. 내 남편도 바람을 많이 피웠어. 나는 바보가 아냐. 그가 바람을 심하게 피우면 나는 애써 냉정함을 유지했지. 의사는 그에게 심장에 무리를 가하지 말라고 경고했어. 그런데 이제 그는 갔고 나는 부자로 이렇게 잘살고 있어. 내가 2시 정각에 너를 어디로 데리고 가는지 알아?"

"몰라."

웨이터가 음식을 갖고 왔다.

"강령회에 가는 거야. 사후 세계의 사람들을 불러 오는 모임이야."

"너 미쳤니?"

"아니. 그냥 재미보러 가는 거야. 제발 훼방 놓지 말고 간다고 해."

"그야 당연히 나도 갈 거야. 그런 구경거리를 놓칠 수야 없지."

알리스는 갑자기 오늘은 이상한 날이라는 생각이 들었다. 초점이 맞지 않는 게 마치 쟝 콕토의 초현실적인 분위기가 넘치는 날 같았다.

"너도 모니카 듀발에 대한 얘기는 들었겠지?"

"물론 들었어."

알리스는 술을 마시며 대답했다.

"그녀는 카네기 홀 위에 멋지고 기괴한 강령회 스튜디오를 갖고 있어."

"거기 가 봤니?"

"강령회에 간 게 아니라 술 마시러 갔었어."

"그럼 너는 듀발이라는 여자를 개인적으로도 알아?"

"술 마시러 한 번 갔을 뿐이야. 두어 주일 전에 개스톤스 파티에서 만났어. 소개를 받고 얘기를 나누다 보니 서로 아는 사람이 있었어. 그래서 나중에 술대접을 받았고, 오늘 아침에는 전화로 강령회에 참석해 달라는 초청을 받았어."

"그 여자는 내가 간다는 것도 아니?"

"그래. 지난 주일에 우리가 매주 수요일에 만난다는 얘기를 했거든. 그녀가 수요일에 점심을 같이 먹자고 하기에 수요일은 친한 친구인 알리스와 점심 약속이 있다고 했어."

미나는 알리스의 손을 토닥거렸다.

"우리는 분명히 친한 친구 사이지?"

"그럼."

알리스는 술잔을 들어 건배를 했다.

"친한 친구 사이를 위하여."

2시 정각에 알리스와 미나는 카네기 홀 위에 있는 모니카 듀발의 스튜디오에 도착했다. 프랑스어 악센트가 있는 중년 여자가 문을 열었다. 그녀는 그들을 둥근 테이블을 빙 둘러싸고 여섯 개의 의자가 놓여 있는 방으로 안내했다. 알리스는 의자 수를 세어 보고 마담 듀발은 강령회에 그렇게 많은 사람을 초대하지 않는 모양이라고 생각했다.

의자에는 이미 세 사람이 앉아 있었다. 중년 남자 두 사람과 땅딸막한 부인으로, 부인의 옷이 너무나 어울리지 않게 고급스러워서 대단한 부자처럼 보였다. 그녀의 오른쪽에 앉은 남자가 남편인 것이 틀림없었다. 그 남편은 대단히 오래된 훌륭한 주머니 시계를 계속해서 꺼내 보고 있었다. 두 사람이 앉은 후에 알리스는 미나에게 속삭였다.

"나는 마담 듀발은 시간을 잘 지키는 줄 알았는데."

그때 시간은 2시 10분이었다.

"그걸 어떻게 아니?"

"어디서 읽은 것 같아."

모니카 듀발은 『데일리 뉴스』의 여성란 편집자와 『뉴욕 매거진』의 인기 기자와 인터뷰를 한 적이 있었다. 알리스는 『데일리 뉴스』와 『뉴욕매거진』 두 개 모두 읽은 기억이 났다.

마담 듀발이 태풍처럼 요란스럽게 방안에 급히 들어오자 다른 사람들이 몸을 꿈틀거렸다.

"늦어서 미안해요, 여러분! 도시 맞은편에 일이 있어서 갔다가 늦었어요. 보통 때도 교통은 엉망이지만 수요일에는 모든 택시가 극장으로 관객들을 실어 나르느라 야단들이니 믿을 수 없을 정도로 혼잡해요. 어쨌건 내가 왔으니 이제 시작해요!"

알리스는 이 놀라운 여인이 미나와 다른 사람들과 인사하는 것을 바라보았다. 알리스와는 따로 인사해야겠다는 태도였다. 모니카 듀발은

30대 초반으로 보였고 아름다운 몸매에 피부가 매혹적이었다. 눈은 선정적인 암갈색이었고 심플하지만 세련된 검은 드레스에 목에는 진주목걸이를 걸고 있었다. 미나가 알리스를 소개하는 소리가 들렸다.

마담 듀발은 우아한 고갯짓으로 환영의 뜻을 표했다.

"카루더스 부인, 만나서 반가워요."

"고마워요. 이 모임에 거는 기대가 큽니다."

"그렇다니 반갑군요. 내세의 누구와 만나고 싶습니까?"

알리스는 살아 있는 사람도 만날 수 없는 경우가 많다는 것을 떠올리고 마담 듀발이 불러도 오지 않는 배관공이나 나타나게 했으면 좋겠다고 생각했다.

"리타 언니는 어때요?"

마담 듀발이 부추겼다. 알리스는 자기 손이 남의 눈에 띄지 않게 테이블 밑에서 핸드백을 잡고 있어 다행이라고 생각했다. 알리스는 손마디가 하얗도록 핸드백을 꽉 잡았다. 알리스는 환한 미소를 지었다.

"리타 언니를 아세요? 언니는 훌륭한 디자이너였어요."

"댁의 언니를 알아요. 언니를 불러 볼까요?"

"아, 그렇게 하세요."

마담 듀발의 모습은 신비스러웠다. 조수인 늙은 여인이 커튼을 모두 닫고 마담 듀발의 머리 위에 붉은 등 하나만 밝혀 놓았다. 마담 듀발은 눈을 감으며 서로 손을 잡으라고 했다. 모두 손을 잡았다. 마담 듀발은 극적으로 한숨을 내쉬더니 고개를 젖히고 입을 벌렸다.

미나가 알리스의 손을 꼭 쥐었다. 알리스의 눈은 영매의 얼굴에서 떠나지 않았다. 마담 듀발은 이상한 소리를 내고 있었으나 리타의 목소리 같지는 않았다. 마치 녹슨 경첩이 삐걱거리는 소리 같았다. 듣기 싫은 소리는 계속됐고 리타 언니를 잘 아는 알리스는 만일 내세가 있다면 언니는 잘생긴 남자와 어딘가에서 술을 마시고 있을 거라고 생각했다.

그때 모니카 듀발의 입에서 흘러나오는 소리를 듣고 알리스는 피가 얼어붙는 것 같았다.

"오늘 밤은 미안해, 여보."

찰리!

미나도 그 목소리를 알아들었을까? 그래서 손톱이 박힐 것처럼 내 손을 꽉 쥔 것일까? 그래도 알리스는 아픔을 느끼지 못했다.

"미안하지만 오늘 약속은 취소야, 여보. 약속을 지킬 수 없어."

알리스는 영매를 바라보았다. 인사불성인 것 같았다. 몸은 마치 굳은 시체처럼 뻣뻣했다.

"알리스, 나는 당신을 사랑해. 내가 사랑하는 건 당신뿐이야."

그때 모니카 듀발이 경련을 시작했다. 두 팔을 들고 눈을 번쩍 뜨더니 벌떡 일어섰다. 그리고는 알리스와 미나가 생전 잊지 못할, 이 세상 사람의 목소리라고는 도저히 생각할 수 없는 새된 비명을 질렀다.

불이 켜지고 마담 듀발의 조수가 그녀 옆으로 급히 달려갔다. 모니카 듀발은 그녀의 품안에 쓰러졌고, 그 곳에 있던 남자의 도움을 받아 소파에 눕혀졌다. 그들은 그녀의 몸을 편안히 뉘었다. 마담 듀발은 잠시 후에 정신을 잃은 사람처럼 깊은 잠에 빠졌다.

조수가 손님들에게 말했다.

"돌아들 가셔야겠습니다. 마담은 몸이 불편하십니다. 근래에 불편하셔서 일을 하시면 안 되는 몸이었습니다. 제가 돌볼 테니 제발 돌아들 가십시오."

미나는 알리스의 손을 잡고 급히 밖으로 나가려 했다. 그때 땅딸막한 여자가 알리스 앞을 가로막았다.

"그 목소리가 당신 남편 목소리였나요?"

그녀의 눈은 이글이글 타오르고 있었고 목소리엔 걱정하는 기색이 역력했다.

"그 목소리는 당신의 죽은 남편 목소리였나요?"

"내 남편은 죽지 않았어요."

알리스는 말을 꺼낸 후에 손으로 입을 가렸다.

"왜 그래?"

미나가 들릴락 말락 낮게 속삭였다.

"하느님, 제발! 미나, 나와 함께 우리 집에 가! 같이 가자구!"

"왜 이러는 거야?"

"빨리 가자구. 미나! 빨리!"

집으로 가는 택시 속에서 미나는 알리스의 손을 꼭 쥐고 있었다. 알리스는 아무 말도 하지 않았다. 알리스는 입술을 깨물고 고개만 흔들고 있었다. 미나는 강령회 때문에 알리스가 신경 쇠약에 걸리지 않았나 걱정스러웠다. 찰리와의 생활은 긴장의 연속이었고, 강령회 때문에 알리스의 정신에 금이 갔는지도 모른다고 생각했다. 그나저나 찰리는 강령회에 어떻게 나타났지? 마담 듀발은 리타를 부르려 했는데. 영매가 산 사람도 부를 수 있나?

택시는 이스트 엔드 애버뉴의 그녀 집 앞에 섰다. 알리스는 5달러 지폐를 운전 기사에게 주고 택시에서 뛰어내렸다. 알리스와 미나는 급히 아파트로 뛰어 들어가 엘리베이터를 타고 알리스의 집으로 올라갔다.

경찰이 벌써 와 있었다.

잭 베커 형사는 이웃 사람이 아파트 문이 열려 있는 것을 보고 이상하게 여겨 안에 들어갔다고 말했다. 은퇴한 외과 전문의인 알프레드 웨인 씨는 소파에 엎어져 있는 찰리를 발견했다고 했다. 책상 위에 있던 가위가 그의 등에 꽂혀 있었다. 가위는 심장을 꿰뚫었고 그는 즉사한 것 같았다.

"손뼉을 쳐라."

알리스가 속삭였다. 베커 형사는 의심의 눈길로 돈 많은 과부가 된 알리스를 바라보았다.

"뭐라고 하셨지요?"

"손뼉을 쳐라, 저기 찰리가 간다. 이 말은 나의 언니가 내 결혼식에서 내게 한 말이에요. 베커 형사, 나는 누가 내 남편을 죽였는지 알아요."

바닥에는 찰리 카루더스가 아침에 보던 원고가 널려 있었다. 알리스는 무릎을 꿇고 그것을 집었다. 베커 형사가 날카롭게 소리쳤다.

"거기에 손대지 말아요. 지문 조사를 안 했습니다."

알리스는 일어서서 창가에 서서 울고 있는 미나를 위로하러 갔다. 미나는 사실 찰리를 좋아했다. 알리스는 미나가 자기를 강령회에 데리고 간 것을 고맙게 생각했고 모니카 듀발이 미나에게 자기를 강령회에 꼭 데리고 오라고 한 것을 다행스럽게 생각했다. 왜냐하면 그것으로 인해 찰리가 살해되었다는 것을 알 수 있었기 때문이다. 알리스의 말을 듣고 처음에는 회의적이었던 베커 형사도 모니카 듀발의 입에서 찰리의 목소리가 나왔다는 말을 듣고 등골이 오싹해졌다.

알리스가 말했다.

"찰리는 모니카 듀발이 자기를 죽이려고 한다는 것을 알고 있었다고 생각해요. 어젯밤에도 죽이려 했지만 성공하지 못했던 거죠. 어쨌든 찰리를 살해한 기억으로 머리가 꽉 차 있던 그녀는 리타를 부른다는 게 가엾은 찰리를 불렀던 거죠. 베커 씨, 이 바닥에 흩어져 있던 원고는 내 남편과 관계를 갖고 있던 모니카 듀발이 쓴 원고예요."

미나는 그 말이 맞다고 고개를 계속해서 끄덕였다.

"원고는 형편없지만 그녀가 찰리를 죽였으니 이제 하드 커버만으로 수백만 권은 팔릴 거예요. 그리고 같은 부류의 책이 많이 나올 거고, 외국저작권 수입도 대단할 거예요. 그리고 멋진 TV 연속물도 만들어지겠죠."

베커 형사는 모니카 듀발을 체포하라고 경찰서에 전화를 걸었다. 그러나 그의 표정으로 보아 오히려 경찰서에서 놀라운 소식을 듣고 있는 것 같았다.

"같은 여자가 틀림없어?"

알리스와 미나는 서로 바라보다가 형사에게 가까이 갔다.

"알았어. 그녀의 어머니가 그랬다면 정말이겠지."

그렇다면 듀발의 조수는 그녀의 어머니였단 말인가?

"모니카 듀발은 죽기 조금 전에 자기 어머니에게 당신 남편을 살해했다고 고백했답니다."

"그녀가 죽었어요?"

알리스는 놀라서 숨을 들이켰다.

"어떻게, 어떻게 된 일이에요?"

"그녀 어머니는 그녀가 발작을 하는 줄 알았대요. 마치 누가 그녀의 목을 조르는 것 같았답니다. 그러나 죽기 전에 당신 남편을 살해했다고 고백했다는군요."

"오, 하느님, 이럴 수는 없어."

"너무 무서운 일이야."

"네가 생각하는 것보다 훨씬 더 무서워."

알리스가 말했다.

"왜냐하면, 만일 내세가 있다면 그들은 이제 같이 있게 됐으니까."

조지 백스트(George Baxt, 1923~2003)

브루클린 출생. 브루클린 대학을 중퇴하고 영화, 텔레비전, 라디오 분야에서 활동했다.

빅 보이와 리틀 보이

BIG BOY, LITTLE BOY — 사이먼 브레트

보통 때라면 필적을 알아본 즉시 편지를 버렸겠지만 래리 렌쇼는 마누라가 죽기만을 기다리고 있는 중이었으므로 정신을 뭔가 다른 곳에 돌릴 필요가 있었다. 그래서 편지를 읽었다.

편지는 바텐더인 마리오가 건네줬다. 런던 전역의 바나 술집에 편지가 배달되도록 사서함을 만들어 놓은 것은 래리가 지금처럼 부유하지 않은 시절부터 있던 습관으로 리디아와 결혼한 후에도 고치지 않았다. 그러나 편지의 내용은 많이 변했다. 전에는 〈동업자〉로부터의 연락이나, 다른 사람의 간통 내용을 돈을 주고 사는 연락 같은 것이 대부분이었다. 그러나 지금은 밀회를 약속하는 편지, 넓은 의미에서 연애편지가 배달되었다. 결혼을 했다고 비밀이 없어지는 것은 아니었다.

편지가 배달되는 술집도 고급으로 변했다. 킬번 가의 〈사슴 머리〉 바에 비해 알버말 가의 〈개스톤스〉 바는 훨씬 고급이었다. 그리고 마리오가 잘못해서 흘린 땅콩의 소금을 톡톡 털어내는 새빌 로의 고급 양복은 호텔보이 복장보다 훨씬 우아했다. 자기 이름을 새긴 금팔찌는 수갑보다 훨씬 편안했다. 래리 렌쇼는 그러한 모든 것들이 자신이 이상적이라고 생각하는 삶의 스타일에 꼭 들어맞는다고 확신했다.

그는 이런 스타일로 계속해서 살아야 했다. 그는 이제 50이 가까웠다.

여태껏 이렇게 살지 못하도록 한 불공평한 사회를 그는 격렬하게 증오했다. 이제 이런 위치에까지 도달했으니 떠날 생각이 없었다.

그리고 또한 리디아가 싫어하는 바람피우는 일을 일상 생활에서 배제함으로써 자신의 삶의 스타일을 바꿀 생각도 전혀 없었다. 그래서 그는 〈개스톤스〉 바에서 술을 마시며 마누라가 죽기만을 기다리고 있었다. 그가 피터 모스틴의 편지를 읽었던 것은 바로 자신이 저지른 일을 잠시라도 잊기 위해서였다.

〈그리고 당신에 대한 생각은 변치 않고 있습니다. 세월이 벌써 30년이나 흘렀지만 우리가 같이 지낸 밤들을 나는 보물처럼 마음속 깊이 간직하고 있습니다. 나는 다른 친구들을 만든 적이 없습니다. 당신을 만난 후에 일어난 어떤 일도, 만난 어떤 사람도 당신과 나눈 즐거움에는 비할 바가 못 됩니다. 그것은 당신과 같이 지낸다는 사실뿐만 아니라 내가 당신 것이라는 점에서, 그리고 학교에서 당신의 리틀 보이(Little boy)라는 놀림을 받으면서 느낀 희열이었습니다.

당신에게는 그 일이 내가 느꼈던 것만큼 중요하지 않았다는 것을 압니다. 그러나 그때는 당신도 내게 어떤 감정을 갖고 있었다고 생각합니다. 내가 당신의 파자마를 입고 당신 침대에서 밤새도록 잔 일이 생각납니다. 나는 그날 밤에 당신 옷만 입은 게 아니라 당신의 일부분이 된 듯한 기분을 느꼈습니다. 나는 그렇게 행복할 수가 없었습니다. 왜냐하면 우리는 키나 피부색이 비슷해서 약간 닮은 것 같았으나 나는 당신처럼 개성이 뚜렷하지 못했으니까요. 나는 그 순간만은 래리 렌쇼의 기분을 맛볼 수 있었습니다.

지난 주일에 당신을 다시 만날 수 있어 진정으로 반가웠습니다. 섭섭한 점이 있었다면 만난 시간이 너무 짧았다는 점입니다. 만일 나의 도움이 필요하다면 말만 하십시오. 다시 만나고 싶으시다면 전화를 하십시오. 저는 아저씨의 유언에 말썽이 생겨 이곳에 잠깐 일을 보러 왔고, 형편이 좋지 않아 호텔방에서 거의 나가지 않습니다. 그러나 제가 없더라도 호텔에서 전화를 받았다가 연락해 줍니다. 이번 주말에 프랑스로 돌아가기 전에 꼭 만나고 싶습니다. 가끔 용기를 내서 당신 아파트로 찾아갈 생각도 하다가 당신이 그 여자와 결혼했으니 좋아하지 않을 것 같아 참았습니다. 당신이 결혼했다는 말을 했을 때 저는 커다란 쇼크를 받았습니다. 나는 항상 마음속으로 생각하기를 당신이 결혼을 하지 않은 것은…〉

래리는 편지읽기를 그만두었다. 편지의 결혼 얘기가 리디아의 살인을 상기시켰을 뿐만 아니라 편지 자체가 불쾌감을 주었다.

자기가 호모의 상대였다는 사실이 걱정되는 것이 아니었다. 자신의 성적 기호는 자기가 잘 알고 있었다. 그가 사춘기 때 호모 관계를 맺었던 것은 다만 그의 성 에너지가 너무 왕성했고, 소년 기숙사제 학교에서 다른 방법으로는 성적 충동을 분출시킬 수 없었기 때문이었다. 그곳에서는 다른 빅 보이(Big boy, 역주: 나이 먹은 아이)들도 리틀 보이(Little boy)를 갖고 있었고, 자기는 전통을 따랐을 뿐이었다. 그러나 기숙사에서 풀려나자 이성애에 눈을 뜨게 되었고, 그쪽을 즐겼다.

그러나 피터 모스틴은 바뀌지 않았다. 그는 몇 년에 한 번씩 점심을 같이하자고 연락했고, 래리는 공짜 점심이나 얻어먹으려고 그를 만났다. 만나서의 대화는 옛날에 끝난 딱딱한 얘기를 맴돌았고 래리는 계산서가 나오기가 바쁘게 자리를 떴다. 그러면 1주일쯤 후에 그의 헌신적인 애정을 호소하는 비굴한 장문의 편지를 술집 바텐더가 건네줬다. 모스틴에게 기숙사에서의 일은 대단히 중요했고 그의 뇌리에 깊이 새겨져 있었다. 그 점이 래리를 우울하게 했다. 그는 과거를 생각하기조차 싫었다. 그는 항상 앞으로 좋은 일이 다가올 거라는 희망을 갖고 있었기 때문에 비참했던 과거 생각보다는 앞으로 있을 좋은 일에 정신을 집중시키고 싶었다.

그는 쉽게 과거를 잊었다. 좋지 않은 실패의 껍질을 쉽게 벗어 버리고 절대로 실패하지 않을 것 같은 다음 계획을 위해 번지르르한 새로운 인물이 되었다. 이러한 변화 무쌍한 재주로 그는 증권 브로커에서 군인이 되었고(그의 수표가 부도난 후에), 군에서 내쫓긴 뒤에 우편 주문회사 지배인이 되었다(실탄이 몇 상자 없어진 후에). 그 곳에서도 대금은 받고 물품을 배달하지 않아 쫓겨난 뒤에 뚜쟁이가 되었다가 경찰의 습격을 받고 호텔 보이가 되었다. 그는 호텔 보이에서 신경성 알코올 중독기가 있는 돈 많은 여자의 새빌로 양복을 입는 남편으로 대변신을 했다(도난 혐의로 조사받기 직전에). 래리에게는 원하는 대로 쉽게 변신할 수 있는 운이 따랐다.

따라서 피터 모스틴의 헌신적인 애정은 래리의 인생에서 언제나 방해꾼이었다. 그의 행동은 래리의 지금 지위가 어떻든 간에 아직도 둘이 사랑을 나눌 가능성이 있다는 것을 암시하고 있었다. 그것은 여자가 사랑한다는 것과는 전혀 다른 면으로 래리의 독립을 위협하고 있었다. 래리의 이성과의 사랑은 육체적인 것으로 대부분 오래가지 않았다. 그는 다음 여자를 정복함으로써 그 일을 금방 잊었다.

그러나 피터 모스틴의 헌신적인 사람은 전혀 달랐다. 그것은 그의 과거를 일깨워 주는 죽음의 상징과도 같았다. 그들은 지난 주에 6년 만에 처음으로 만났다. 오래 된 습관은 쉽게 없어지지 않았다. 래리는 부유한 생활을 하고 있으면서도 공짜 점심이라는 낚싯밥을 덥석 물었다.

그는 피터 모스틴을 보자마자 뭔가 잘못됐다는 것을 알았다. 마치 도리안 그레이가 자기 초상화를 만나는 것 같았다. 리틀 보이는 추하게 늙어서 래리의 날씬하고 활발한 모습과는 딴판이었다. 그들은 나이가 같았다. 아니, 모스틴이 오히려 젊었다. 학교에 다닐 때 래리는 빅 보이였고 모스틴은 리틀 보이였다. 모스틴이 두어 학년 밑이었으니 그가 두어 살 적었다.

그러나 모스틴은 곧 죽을 사람처럼 보였다. 그는 호되게 병을 앓았던 것 같았다. 점심을 먹으면서 앓았다는 얘기를 들은 것도 같았다. 그래서 목발을 짚고 있고 허약하게 보인다고 생각했다. 그러나 그것이 이빨과 머리카락에 대한 핑계는 될 수 없었다. 이빨과 머리카락은 손질하면 그는 더 좋게 보일 수 있었다. 많은 사람들이 이빨을 잃는다. 그렇다고 입을 끈으로 졸라매는 주머니처럼 쭈글쭈글하게 하고 다닐 필요는 없다. 래리는 자기의 의치를 자랑스럽게 생각하고 있었다. 그는 리디아와 결혼한 후에 가장 먼저 좋은 틀니부터 만들었다.

머리도 그랬다. 래리는 대머리가 지기 시작했고 흰머리도 생겼지만 제르민 가에 있는 미용실에서 손을 봤다. 자기는 대머리가 되더라도 고속도로에서 차에 깔려 죽은 작은 갈색 포유 동물 같은 것을 가발이라고 쓰고 다니지는 않을 것이다.

그러나 모스틴은 그런 모습으로 나타났다. 입술은 오므라지고 머리카락은 볼품없었다. 그런 외모에 어울리지 않게 사춘기 때의 감정을 아직도 갖고 있었고 불건전한 자기 연민에 빠져 있었다. 그는 자기 친구 래리를 위해서라면 무엇이고 하겠으며, 자기는 래리 렌쇼를 위해 일을 해야만 가치가 있다고 했다.

래리는 그런 것이 싫었다. 앞으로의 인생이 황혼기만 남았다는 듯이 과거 일만 떠올리는 것은 싫었다. 그는 장래의 일만 생각하고 싶었고, 리디아의 돈이 있는 지금 그의 장래는 끝이 없었다.

그는 시계를 봤다. 8시 15분 전이었다. 계산대로라면 리디아는 이미 다섯 시간 전에 죽어야 했다. 지겨운 모스틴 생각은 잊어버리고 오늘 할 중요한 일을 생각해야 한다고 마음먹었다. 이제 집에 가서 충실한 남편으로서 부인의 시체를 찾을 시간이었다. 운이 좋으면 처제가 이미 시체를 발견했을 것이다.

그는 큰소리로 바텐더에게 작별 인사를 하면서 그가 입은 앞치마에 대해 몇 마디 했다. 그리고 바의 시계가 맞느냐고 물으며 자기 시계를 맞췄다. 살아오는 동안 항상 알리바이 조작을 해온 그로서는 그 시간에 그가 그 곳에 있었다는 주의를 끌게 하는 것이 중요했다. 그리고 같은 이유로 집에 가려고 피카디리 광장에서 탄 택시 기사와도 가벼운 농담을 나눴다.

그는 이제 자신이 있었다. 그는 빈틈없는 본능에 따라 움직이고 있었다. 리디아 살인 계획은 천재만이 짤 수 있는 것이었다. 리디아의 돈이 자기 것이 되고 난 후에는 그 천재성을 더 이상 범죄에 쓸 필요가 없다고 생각하니 섭섭했다. 그는 하찮은 범죄 행위를 저질러서 새로 얻은 부를 위험에 빠뜨리지는 않겠다고 다짐했다. 전에는 넘볼 수 없었던 풍요로운 생활을 영위하려면 자유로워야 했다.

그런 면에서 살인 계획은 완벽했다. 계획에는 전혀 위험이 뒤따르지 않았다. 그가 일부러 그런 것은 아니지만 그가 리디아를 얻었을 때 살인계획도 함께 얻었다. 그녀는 자기의 죽음과 함께 그의 품안에 뛰어들었던 것이다. 그가 리디아의 생명을 구해 주는 바람에 그녀는 그를 사랑하게 되었고, 고마움 때문에 그와 결혼했다.

그 일은 2년 전에 일어났다. 그때 래리 렌쇼는 인생의 밑바닥을 헤매고 있었다. 그는 당시 파크 가에 있는 호텔의 보이였고, 호텔 측은 그가 손님들의 보석함, 핸드백, 지갑 등에서 슬쩍하지 않나 의심하기 시작하고 있었다. 하루는 호텔 측이 그를 의심하고 있다는 정보를 얻게 되었다. 그래서 그 호텔에서 사라져 다른 사람으로 태어나기 전에 크게 한탕하기로 작정했다.

호텔 사람들이 하는 말과 자기가 관찰한 것을 근거로 리디아 파이디안 부인을 목표로 삼았다. 바에 갈 때마다 보석으로 요란스럽게 치장하는 것으로 보아 보석이 많았고, 바에서 마시는 술의 양으로 보아 그 보석들을 아무렇게나 보관할 것 같았다.

그의 생각은 적중했다. 목걸이, 브로치, 팔찌, 반지 등이 화장대 위 알약 병들에 섞여 아무렇게나 흩어져 있었다. 보석을 훔친다는 것은 위험한 행위였다. 훔친 보석을 처분하려면 값을 후려치려는 장물아비와 싸워야만 했다. 방안에는 그런 위험한 보석보다 안전하고 값을 훨씬 더 받을 가능성이 있는 것이 있었다.

리디아 파이디안 부인이 자살하고 있었던 것이다.

자살 장면은 너무나 전형적이라 진부했다. 코를 골며 침대에 쓰러져 있는 여자의 한 손은 빈 술병을 잡고 있었고, 침대 테이블에는 빈 약병이 극적으로 넘어져 있었다. 테이블 위의 전기 스탠드에는 청색의 고급스런 종이가 놓여 있었다. 래리는 우선 종이를 읽었다.

〈이러는 방법밖에 없어요. 아무도 내가 살든 죽든 상관하지 않을 것이고, 저 역시 남에게 짐이 될 생각은 조금도 없습니다. 나는 노력했지만 인생은 내게 너무 벅찹니다.〉

편지에는 날짜가 없었다. 래리는 본능적으로 편지를 주머니에 넣고 침대로 향했다. 여자는 깊은 잠에 빠져 있었고 맥박은 세게 뛰고 있었다. 영화에서 본 비슷한 장면을 흉내내서 여자의 얼굴을 손바닥으로 때렸다. 여자가 흐릿한 눈을 떴다.

"나는 죽고 싶어. 왜 죽게 놔두지 않는 거야?"

"세상에는 살아야 할 이유가 너무 많으니까요."

그는 영화의 대사를 기억나는 대로 지껄였다. 여자는 눈망울을 굴리다가 이내 눈을 감았다. 그는 앰뷸런스를 불렀다. 그는 본능적으로 호텔 측에 알리지 않고 비상 구조대에 직접 연락했다.

그런 후에 영화에서 본 대로 구조대가 도착할 때까지 여자가 정신을 잃지 않도록 몸이 축 처진 여자를 부축하고 걸음을 걷게 했다.

그 다음부터는 본능에 따랐다. 본능은 앰뷸런스에 같이 타고 병원에 가라고 했다. 본능은 그녀가 위 세척을 하고 깨어날 때 옆에 있으라고 했다(호텔 보이 유니폼을 벗고). 본능은 그녀가 호화스러운 애버뉴 요양소에서 있을 때도 계속해서 방문하라고 했다. 그리고 그는 세상은 살 만한 가치가 있는 곳이며, 당신 같이 매력적인 분이 남의 사랑을 받지 못한다고 생각하는 것은 말도 안 된다고 애타게 호소했다. 적어도 자기는 그녀의 진가를 알고 있다고 이야기했다.

따라서 그녀가 요양소에서 나온 지 3개월 후에 두 사람이 결혼한 것은 본능의 승리였다.

결혼 신고를 하기 며칠 전에 래리 렌쇼는 그녀의 주치의를 만났다.

"이제 우리가 죽을 때까지 같이 살게 됐으니 그녀의 건강에 대해 알고 싶습니다."

래리는 책임감 있는 사람처럼 말했다.

"그녀 주치의로서의 직업적인 비밀을 말해 달라는 것은 아닙니다. 저는 다만 우리들을 결합시켜 준 놀랄 만한 일이 다시는 일어나지 않게 하려고 합니다."

"물론 그러시겠죠."

몸집이 작고 대머리가 진 의사는 비꼬는 투로 말했다. 그는 래리의 장래 남편으로서 부인을 걱정하는 연기에 넘어가지 않았다.

"그녀는 신경증 환자로 주위의 관심을 끌고 싶어합니다. 그런 근본적인 문제는 누구도 고칠 수 없습니다."

"결혼을 하면…."

"당신도 알다시피 그녀는 결혼을 몇 번씩이나 했어요."

"알아요. 하지만 그녀는 운이 나빴고 나쁜 녀석들에게만 걸려들었죠. 만일 그녀를 진정으로 사랑하는 사람을 만나면…."

"아, 그런 사람만 만날 수 있다면 많이 안정을 되찾겠지요."

이번에는 비꼬는 정도를 넘어서 모욕에 가까웠다. 그러나 래리는 눈곱만치도 화내는 기색을 내비치지 않았다.

"문제는 파이디안 부인처럼 돈이 많은 사람일수록 나쁜 녀석들을 만날 가능성이 높다는 데 있습니다."

래리는 두 번째 모욕도 못 들은 체했다.

"내가 알고 싶은 것은…."

"당신이 알고 싶은 것은 그녀가 또다시 자살을 시도할 가능성이 있느냐는 것이겠군요."

의사가 래리의 말에 끼어들었다. 래리는 심각한 표정으로 고개를 끄덕였다.

"글쎄, 잘 모르겠군요. 그녀처럼 약을 많이 먹고, 술을 많이 마시는 사람이 항상 이성적인 행동을 한다고는 할 수 없습니다. 이번 자살 기도가 처음은 아니었지만 전의 자살 기도와는 다른 점이 있습니다."

"어떻게 다르지요?"

"전에는 자기에게 주의를 끌려고 한 게 틀림없습니다. 자기가 중태에 빠지기 전에 발견되도록 조치를 확실히 취하고 자살 기도를 했거든요. 그런데 이번 경우에는 당신이 그때 방에 들어가지 않았으면 큰일날 뻔했습니다. 아 참, 그런데…."

래리는 의사가 그때 그 방에는 왜 들어갔느냐는 질문을 하기 전에 먼저 물었다.

"다른 점이 또 있습니까?"

"사소한 점이 몇 가지 있습니다. 약을 부수어서 술에 탔다는 게 좀더 적극적이었다는 것을 나타내고 있습니다. 게다가 유서도 없습니다."

래리는 의사가 이상하지 않느냐는 듯이 바라보는 눈길에 아무런 반응도 보이지 않았다. 그가 떠날 때 의사는 비꼬는 듯한 태도로 악수했다.

"나 같으면 걱정을 안 하겠습니다. 당신에게는 모든 것이 다 잘될 테니까요."

그의 마지막 말에는 그를 믿지 못하겠다는 오만함이 있었으나 파이디안 부인이 새 남편을 얻었으니 당분간은 자신을 귀찮게 하지는 않을 것이라는 안도감도 섞여 있었다. 어쨌든 부인은 계속해서 신경 안정제와 수면제의 처방을 원할 것이고 의사인 자기로서는 그에 대한 대가만 받으면 그만이라는 식이었다.

리디아를 죽이기가 어렵지 않다는 래리의 생각을 의사가 확인해 준 셈이었다. 래리는 무의식중에 그렇게 마음먹고 있었지만 그 문제는 더 이상 생각하지 않기로 했다. 꼭 그래야 할 필요가 없었다.

처음에는 그럴 필요가 없었다. 리디아 파이디안 부인은 이름을 리디아 렌쇼 부인으로 바꿨다. 그녀는 래리만큼이나 새로운 인생을 가지게 되었던 것이다. 처음에는 결혼 생활이 괜찮았다. 그녀는 남편을 새사람으로 만드는 것을 좋아했고, 래리는 고급 상점에 끌려 다니며 대우를 받는 게 좋았다. 그녀는 놀랍게도 성에 탐욕스러웠으나 래리는 그녀 혼자만으로는 만족하지 못했다. 그래서 그는 바람을 피웠고 결혼 생활이 만족스럽다고 느끼기 시작했다.

그의 생활 방식도 전에는 경험해 보지 못한 것으로 완전히 바뀌었다. 그의 부모는 중류 계급이었으나 그를 사립 고등학교에 넣는 바람에 가세는 더욱 기울어져서 노동자 이하의 생활을 했다. 그러던 그가 런던의 커다란 고급 아파트 아니면 욱필드의 전원 주택에서 살게 되었고, 벤틀리나 벤츠 같은 고급 자동차를 운전하게 되었다. 그의 부인에 대한 불만은 두 가지뿐이었다. 하나는 다른 여자를 만나지 못하게 하는 일이었고 다른 하나는 용돈을 조금밖에 주지 않는다는 점이었다.

두 번째 문제는 그의 특기를 발휘해 해결했다. 그는 결혼 초부터 부인의 물건을 훔쳤다. 처음에는 간접적인 방식으로 훔쳤다. 부인은 그를 믿고 투자금을 전달하는 일을 맡겼다. 그 돈에서 조금씩 용돈을 훔쳐 썼다. 그러나 리디아의 브로커와 회계사가 그 사실을 리디아에게 알리겠다고 야단치는 바람에 그런 심부름은 더 이상 하지 않겠다고 말할 수밖에 없었다.

그래서 부인의 물건을 직접 훔치기 시작했다. 그녀는 항상 술에 취해 몽롱한 상태에 있었기 때문에 일은 쉬웠다. 반지나 작은 목걸이가 없어진다던가, 은행에 다녀온 지 얼마 안 돼서 돈이 없어지는 일이 잦아졌지만, 리디아는 남들이 그녀가 술을 많이 마시기 때문이라고 할까봐 말썽을 피우지 않았다.

래리는 그 돈의 일부를 다른 여자에게 썼지만 대부분은 가방에 넣어 3, 4주일에 한 번씩 장소를 이동하며 물품 보관소에 보관했다. 이것도 물론 옛날 버릇이었다. 결혼 후 약 20개월이 지나자 그는 12만 파운드 가량을 모을 수 있었다. 만약을 대비한 비상금으로서는 제법 큰돈이었다.

그러나 그는 만약이 실제로 찾아오리라고는 생각하지 않았다. 적어도 부인이 사립탐정을 시켜 자기의 외도 사실을 2주일 동안 뒷조사시켰다는 사실을 알기 전까지는 만약을 생각하지 않았다.

그녀는 탐정의 보고서를 들이대며 변호사에게 연락하겠다고 했다. 그 순간 그는 그녀를 살해해야 한다고 결심했다. 그것도 그녀가 변호사를 만나기 전에 죽여야 했다. 래리 렌쇼는 부인의 돈과 이혼할 생각은 전혀 없었다. 그가 부인을 없애기로 결정하자 마음 한구석에 몰래 보관하고 있던 살인 계획이 곧 튀어나왔다. 그는 간단하지만 매우 훌륭한 계획이라는 생각에 마음이 달아올랐다.

그는 집으로 가는 택시 속에서 그 계획을 다시 한 번 떠올렸다. 집에 도착하는 타이밍도 완벽했다. 그가 세운 계획은 실패할 리가 없었다.

리디아는 3개월에 한 번씩 나흘을 건강 휴양소에서 보냈다. 그 목적은 그녀에게 술을 끊게 하려는 것이 아니라 몸이 망가지는 것을 막기 위한 것이었다. 이 요양소에 있는 동안은 그녀가 술을 못 마신다는 부작용도 있었다. 따라서 그녀는 요양소를 나오는 날은 메마른 몸을 적시기 위해 반드시 진을 반병 정도 마셨다.

그의 계획에 필요한 것은 그것뿐이었다. 그의 본능은 그의 계획이 절대로 실패하지 않는다고 말하고 있었다.

그는 그날 아침에 즐거운 마음으로 살인 준비를 했다. 그는 준비를 하며 낮게 휘파람을 불었다. 할일은 별로 없었다. 약을 가루로 만들어 술병에 타고, 전에 챙겼던 그녀의 유언을 책상 서랍에 넣고, 밖에 나가 다른 사람들과 같이 어울려 있으면 그것으로 충분했다. 그날은 하루 종일 다른 사람 눈에 띄어야 했다. 그가 꾸민 알리바이 마지막 단계가 〈개스톤스〉 바에 들르는 것이었다. 그는 하루 종일 계획의 약점을 찾았으나 아무것도 찾을 수 없었다. 만일 리디아가 진의 맛이 이상하다고 생각하면 어쩌지? 그녀는 급하게 마시느라 모를 거야. 게다가 그녀는 예전에 자살하려 했던 때를 설명하면서 이상한 맛을 느낄 수 없었다고 했다. 마치 진을 스트레이트로 마시는 것 같았고 점점 졸려 왔다고 말했어. 흉하지 않게 조용히 끝나는 거야.

만일 리디아가 사립 탐정을 고용했다는 일과 변호사를 만나려 했다는 것을 경찰이 알게 되면 어쩌지? 그러면 죽은 사람의 남편을 의심하지 않을까? 아니야, 자살 동기를 더욱 강화시켜 줄 뿐이야. 남자를 또 잘못 선택했다는 자책감과 또 이혼을 해야 한다는 우울한 생각으로 모든 것을 빨리 끝내기 위해 자살했다고 볼 수도 있어. 물론 자신을 나쁜 놈으로 보겠지만 상관없어. 돈만 상속받을 수 있다면 남들이야 아무렇게나 생각하라지, 뭐. 혹시 상속권을 박탈하는 유언장을 이미 작성하지는 않았을까? 아직은 작성하지 않았어. 그 일로 내일 변호사를 만나기로 약속한 거야. 그리고 그녀가 나에게 전재산을 남긴다는 유언장을 작성할 때 나도 그 곳에 있었잖아.

그의 본능은 아무것도 잘못될 것이 없다고 말하고 있었다.

그는 택시비를 지불하며 그날 들은 농담을 운전기사에게 했다. 그는 자기 아파트 건물에 들어가며 경비원에게도 똑같은 농담을 했다. 그리고 시간을 물었다. 8시 17분이었다. 이보다 더 이상 완벽한 알리바이는 없었다.

엘리베이터를 타고 올라가면서 자기에게 최종적으로 유리한 일이 발생했으면 좋겠다고 생각했다. 처제가 저녁에 들르겠다고 했는데 그녀가 이미 시체를 발견했으면 좋을 텐데…. 그러나 그녀는 시간을 제대로 지키지 않으니 모든 게 내 마음대로만 될 수는 없다고 생각했다. 그래도 처제가 시체를 발견하면 좋을 텐데….

모든 것이 그의 마음대로 됐다. 복도에서 치와와를 산보시키려 나가는 이웃을 만났다. 래리는 명랑하게 인사하고 또 시간을 물었다. 그는 자기 계획이 성공한다는 데 들떠 있었고 자기가 범죄의 천재라는 사실이 즐거웠다. 무대에서의 자기 역할을 최대로 발휘하기 위하여 멀어져

가는 이웃이 들으라고 아파트 문을 열면서 크게 소리쳤다.

"여보, 나 왔어!"

"나 여기 있어, 여보."

리디아가 대답했다.

그녀를 보는 순간 그는 그녀가 모든 것을 알고 있다는 사실을 깨달았다. 그녀는 소파에 앉아 있었고, 그녀 앞의 유리 탁자 위에는 술병과 자살편지가 놓여 있었다. 그것들은 살인 미수의 명백한 증거였다. 소파 옆의 테이블에는 진이 반쯤 든 술병이 있었다. 미친 술주정뱅이 여편네 같으니라고. 집에 올 때까지 참지 못하고 요양소에서 집에 오는 도중에 술을 사서 마셨군.

"나를 보고 놀랐겠군요."

"조금."

그는 아무렇지도 않은 듯 대답하고 자기가 매력적이라고 생각하는 미소를 지었다.

"내일 변호사를 만나서 할 얘기가 많군요."

래리는 낮게 웃었다. 리디아는 말을 계속했다.

"변호사를 만나기 전에 경찰을 만나겠어요."

래리의 웃음 소리가 거칠어졌다.

"우리는 얘기할 게 많아요, 래리. 우선, 나는 내 보석에 대한 재고 조사를 했어요. 그리고 갑자기 나를 만난 운명의 날에 당신이 왜 내 방에 왔는지를 알게 됐어요. 한번 도둑은 영원한 도둑이지요. 그러나 살인을 하다니. 급수가 많이 올라갔군요."

그녀는 아직 술이 오르지 않았다. 그녀는 조리 있게 냉정한 목소리로 얘기하고 있었다. 래리는 그녀의 논리적인 상황 판단에 자기 나름의 방법으로 대처하기로 했다. 그는 문 옆 구석에 있는 자기 책상으로 갔다. 그가 몸을 돌렸을 때 그의 손에는 서랍에 보관하고 있던 권총이 쥐어져 있었다.

리디아는 그의 행동을 보고 조소하는 듯 낮게 웃었다.

"이러지 말아, 래리. 이건 난폭한 행동이야. 다른 방법은 적어도 은근하고 교활했어. 그 점은 인정하지. 그러나 나를 쏜다는 것은 그러면 당신은 유산을 받을 수 없어. 범죄 행위에 의한 이득은 법이 인정치 않거든."

그는 방을 질러가서 권총을 그녀의 머리에 겨냥했다.

"나는 당신을 쏘지 않아. 거기 있는 다른 술병의 술을 마시게 할 거야."

그녀는 귀에 거슬리는 도전적인 웃음소리를 다시 냈다.

"이거 왜 이래? 그런 협박이 어디 있어? 당신의 논리에는 근본적으로 잘못된 점이 있어. 사람을 죽인다고 협박해서는 사람을 죽일 수가 없어. 또 죽어야 한다면 어떻게 죽든 무슨 상관이야. 그리고 이왕 내가 죽는다면 당신에게 가장 불리한 방법을 택하고 싶어. 그러니 어서 쏴."

래리는 본의 아니게 권총을 내렸다. 리디아는 다시 웃으며 소파에서 일어섰다.

"이제 이런 장난엔 진력이 났어. 경찰에 전활 걸겠어. 범죄의 천재와 결혼 생활을 한다는 게 지긋지긋해."

그녀의 비웃음이 그의 본색을 너무나 정확하게 지적하는 바람에 마치 주먹으로 한 방 맞은 것 같았다. 그는 총을 들어 전화기로 향하는 그녀의 관자놀이를 쐈다.

피가 많이 흘렀다. 처음에는 쏟아지는 피에 홀린 듯이 그 자리에 서서 꼼짝도 못했다. 이윽고 피가 멈추자 정신이 들었다.

그는 자신이 일을 망쳤다는 생각이 들었다. 이제 할일은 도망치는 일뿐이었다. 그러자 이상하게도 마음이 진정되었다. 히스로 공항에 전화했다. 밤 10시에 항공기가 있었고 좌석도 있었다. 그는 좌석을 예약했다.

그는 리디아의 핸드백에 있는 돈을 전부 꺼냈다. 10파운드도 채 안됐다. 요양소에서 나온 후로 은행에 다녀오지 않은 모양이었다. 항공권은 신용카드로 구입할 수 있을 것이다. 침실로 갔다. 그녀의 보석이 아무데나 널려 있었다. 다이아몬드 목걸이에 손을 뻗쳤다.

안 돼. 세관에서 검사라도 하면 어쩌자는 거야. 그런 말썽의 소지가 있는 짓은 하지 않는 게 좋았다. 같은 이유로 물품 보관소에 맡겨 둔 보석도 갖고 갈 수 없었다. 그나저나 이번에는 어느 보관소에 맡겼지? 제기랄, 리버풀 가의 보관소잖아? 낭패감이 그의 몸을 감쌌다. 그 곳에 갔다 오면 공항에 갈 시간이 없을 것 같았다. 아니, 어쩌면 될 것도 같았다. 가방을 찾아서 돈만 꺼내면….

이때 아파트 초인종이 울렸다.

아이고, 이런, 처제가 왔군!

그는 옷가방에 파자마와 깨끗한 셔츠를 넣고 부엌으로 갔다 .뒷문을 열고 비상계단을 뛰어 내려갔다.

피터 모스틴의 오두막은 프랑스 촌구석에 있었다. 근처에 두 개의 도시가 있었으나 그리 가깝지 않았다. 오두막은 작았고 원시적이었다. 모스틴은 유행을 쫓아 프랑스에서 멋진 생활을 하고 있는 게 아니었다. 그는 남의 눈에 띄지 않는 곳을 찾아 그 곳에 와서 먼 삼촌이 죽으면서 남겨 준 돈으로 자신이 죽기 전까지 아껴 쓸 수 있기를 바라며 가난한 생활을 하고 있었다.

그는 1주일에 한 번씩 장을 볼 때 외에는 동네 사람들과도 접촉을 하지 않았고 동네 사람들도 그를 멀리했다.

래리 렌쇼는 리디아가 죽고 3일째 되는 저녁에 그 곳에 도착했다. 그는 자기를 노출시키지 않고 조심해서 완행 기차를 타고, 자동차를 얻어 타고 여행했다. 그는 오랫동안 산길을 걷기도 했고 밤에는 들에서 자기도 했다. 파리의 중고품 상점에서 그의 새빌로 양복을 1/10도 안 되는 값에 팔고 프랑스 길을 걸어도 눈에 잘 띄지 않을 더러운 작업복을 사 입었다. 여권과 그의 이름이 새겨진 황금 팔찌는 안주머니에 단단히 보관했다. 만일 법이 그를 쫓고 있다면 그는 그들보다 한 발자국 앞서 있다고 자부했다.

그가 오두막에 도착한 것은 해가 지고 4시간이 지난 뒤였다. 여름 밤은 더웠다. 농촌은 메말라서 비가 필요했다. 가끔 좁은 시골길을 차가 지나갔지만 보행자는 만나지 못했다.

그믐달 빛에 그의 희망은 꺾였다. 모스틴은 가난하다고 항상 우는 소리를 했지만 실제로는 잘살고 있을지도 모른다고 생각하고 있었다. 그래서 리디아에게 했던 것처럼 붙어 살 수 있을지도 모른다고 희망적인 생각을 했었다. 그러나 쓰러질 것 같은 오두막을 보고 장기간의 해결 방안은 다른 곳에서 찾아야겠다고 생각했다. 오두막은 수세기에 걸쳐 집주인이 바뀌는 동안 한 번도 수리를 하지 않은 것 같았다.

그리고 모스틴이 나타났을 때 그는 영락없는 그 시골집 주인이었다. 가발도 안 쓰고 있었고, 볼품없는 잠옷을 입고 촛대를 든 그는 찰스 디킨스 소설에 나오는 사람처럼 보였다. 이빨이 없는 입이 불안한 듯이 떨렸고 눈은 외부인을 겁내는 듯 경계를 하고 있었다.

그 표정은 래리를 알아보고 즉시 사라졌다.

"래리, 당신이 오기를 바라고 있었어요. 당신 일은 신문에서 읽었어요. 이곳은 안전하니 들어와요."

그 곳은 정말로 안전했다. 모스틴이 사람들과 어울리지 않았기 때문에 낯선 사람이 있다는 것이 밖에 알려질 염려도 없었다. 사흘 동안 래리 렌쇼가 본 사람은 모스틴뿐이었다.

피터 모스틴은 변한 게 전혀 없었다. 그는 여전히 비참한 모습의 절름발이였고, 래리를 위해 비굴하게 헌신하는 것이 그를 더욱 비참하게 보이게 했다. 그에게 있어 래리의 출현은 학수고대하던 일이었다. 따라서 그는 미칠 듯이 기뻐했다.

래리는 그가 자기를 헌신적으로 대하는 데 당황하지 않았다. 모스틴은 너무 수줍어서 래리가 싫다는 일은 강제로 하지 않았다. 적어도 며칠 동안의 은신처는 구했다고 생각하고 모스틴의 브랜디를 마시며 자기가 처한 입장을 곰곰이 생각했다.

생각해 봐야 좋은 게 아무것도 없었다. 모든 게 잘못되었다. 조심해서 세운 리디아 살해 계획이 지금은 자기에게 불리하게 작용하고 있었다. 조심해서 시간을 맞춰 아파트에 도착한 것이 지금은 그의 알리바이로 작용하지 않고 오히려 그를 살인자로 지목하고 있었다. 그가 리디아를 쏜 후라도 어떤 조치를 취할 수 있었는데 그 빌어먹을 처제가 초인종을 누르는 바람에 자기가 당황해서 모든 게 잘못됐다.

3일째 되는 밤에 그는 테이블에서 조용히 술을 마시고 있었고 모스틴은 그를 바라보고 있었다. 일이 잘못된 것에 화가 난 래리는 갑자기 고함쳤다.

"빌어먹을 년!"

"누구? 리디아?"

모스틴이 주저하며 물었다.

"아니, 그녀의 동생 말이야. 그때 그녀가 나타나지만 않았어도 내가 빠져 나올 수 있었어. 내가 어떤 궁리를 해서든지 빠져 나왔을 거야."

"그때가 언젠데요?"

"내가 리디아를 쏜 직후였어. 처제가 초인종을 눌렀다구."

"뭐라구요? 그때가 8시 30분쯤 됐나요?"

"그래."

모스틴의 얼굴이 창백해졌다.

"그것은 리디아의 동생이 아니었어요."

"뭐? 그걸 어떻게 알아?"

"그건 나였어요. 나는 다음날 아침에 영국을 떠나야 했어요. 당신은 내게 연락을 안 했고 나는 떠나기 전에 당신을 보고 싶었어요. 그래서 아파트로 갔어요. 아파트에 들어갈 생각은 없었어요. 아파트 경비원에게 물었더니 당신이 방금 들어갔다고 했어요."

"너였단 말이야? 바보 같이 왜 너라고 말하지 않았어?"

"나는 무슨 일이 있었는지 몰랐어요. 나는 다만…."

"병신! 이 바보 같은 병신!"

지난 며칠 동안의 좌절감과 술기운이 겹쳐 분노가 끓어올랐다. 그는 모스틴의 멱살을 잡고 흔들었다.

"그게 너라는 걸 알았다면 너는 내 생명을 구할 수 있었어! 이 병신! 너는…."

"나는 몰랐어요, 나는 몰랐어요."

리틀 보이는 우는 소리를 냈다.

"아무 대답도 없기에 그냥 호텔에 갔어요. 무슨 일이 있었는지 알았다면 나는 무슨 짓이고 했을 거예요. 내가 당신을 위해서라면 무슨 짓이고 한다는 것은 당신도 잘 알잖아요."

래리는 모스틴을 놓고 브랜디에 몸을 돌렸다.

다음날 래리는 모스틴이 했던 말을 다시 끄집어냈다.

"피터, 자네는 나를 위해 무슨 짓이고 한다고 했어."

"물론이에요. 그건 진실이에요. 내 인생은 하찮아요. 당신만이 내게 귀해요. 당신을 위해서라면 무슨 일이라도 하겠어요. 당신이 여기 오래 계셔도 내가 잘 받들고…."

"나는 여기에선 오래 살 수 없어. 다른 곳으로 가야 해."

모스틴의 얼굴에는 실망의 빛이 나타났다. 래리는 그것을 무시하고 말을 계속했다.

"그러려면 나는 돈이 필요해."

"내가 말했잖아요. 내가 갖고 있는 것은 전부 당신이 가질 수…."

"아냐, 너는 돈이 없어. 큰돈이 없다고. 하지만 나는 있어. 리버풀 가에 있는 물품 보관소에는 12만 파운드 이상의 돈과 보석이 있어."

래리는 자기가 매력적이라고 생각하는 미소를 지었다.

"나는 자네가 영국에 가서 그것을 갖고 왔으면 해."
"뭐라고요? 그것을 여기로는 갖고 올 수 없어요."
"갖고 올 수 있어. 밀수하는 거야. 그것을 목발 속에 넣으면 돼. 자네 같은 사람은 의심을 하지 않아."
"하지만…."
래리는 실망의 표정을 지었다.
"나를 위해서라면 무엇이든 한다고 하고선."
"무엇이나 하겠어요. 하지만…."
"내일 가까운 대도시에 가서 항공권을 사오면 돼."
"하지만 그러면 당신은 또 나를 떠나…."
"잠깐 동안만이야. 나는 다시 돌아와."
래리는 거짓말을 했다.
"저…."
"나를 이해해 줘, 제발."
래리는 슬픈 표정을 지었다.
"부탁이야."
"좋아요. 할게요."
"고마워, 정말로 고마워. 자, 그런 뜻에서 한 잔 하자고."
"나는 술을 많이 못해요. 술을 마시면 졸려요. 술을 못 마시는 체질인가 봐요."
"그러지 말고 한 잔 마셔."
모스틴은 술 마시는 체질이 아니었다. 그는 잠시 후에 인사불성이 되어 잠에 빠졌다.

이틀 후에 식탁 위에는 항공권이 피터 모스틴의 여권과 함께 놓여 있었다. 위층에는 짐을 챙긴 그의 작은 가방이 있었다. 그는 사흘 후인 수요일에 파리에서 항공기를 타게 되어 있었다. 주말에는 래리의 생명선인 돈과 보석을 갖고 돌아올 계획이었다.

래리는 자신감이 다시 생겼다. 돈만 있으면 모든 것이 가능했다. 12만 파운드가 있으면 새로운 신분을 사서 재출발을 할 수 있었다. 자기와 같은 재주꾼은 음지에 오랫동안 있지 않는 법이다.

모스틴은 앞으로 해야 할일에 불안감을 느끼고 있었다. 그러나 래리는 자기가 지도를 잘했기 때문에 잘 처리할 것이라고 생각했다. 빅 보이가 믿고 임무를 맡겼으니 리틀 보이는 그 일을 훌륭하게 수행할 것이다.

두 사람 사이에 새로운 분위기가 생겨났다. 래리는 탈출할 날짜가 정해졌으니 마음을 편히 먹을 수 있어서 모스틴에게 상냥하게 대했다. 모스틴은 자기를 잘 대해 주는 그의 태도가 좋아서 어쩔 줄을 몰랐다. 래리는 그를 행복하게 하는 데는 전혀 힘이 들지 않는다는 생각을 하며 그를 경멸했다. 너무나 빨리 늙은 절름발이 모습을 보자 어떻게 그와 살을 맞댈 수 있었을까 하는 생각이 들었다. 모스틴은 전에도 가련하기만 했다.

그래도 그는 쓸모가 있었다. 모스틴은 브랜디를 사대느라 절약하고 있던 돈을 많이 축냈다. 월요일 오후에도 래리는 술을 한 잔 잔뜩 따랐다. 그때 문을 두드리는 소리가 들렸다. 모스틴은 불안한 듯이 창가로 가서 밖을 내다보았다. 그가 래리를 뒤돌아봤을 때 그의 얼굴은 백짓장 같았다.

"경찰이에요."

래리 렌쇼는 더러운 접시와 술병과 술잔을 들고 급히 위층으로 올라갔다. 이층 들창은 포치 지붕 위에 있었다. 누가 이층으로 올라오면 창을 통해 급히 빠져 나갈 수 있었다.

아래층에서 말하는 소리가 두런두런 들렸으나 래리의 프랑스어가 짧은데다가 말소리가 분명하지 않아 내용을 이해할 수 없었다. 잠시 후에 문이 닫히는 소리가 들렸다. 창문을 통하여 경찰관이 자전거를 타고 떠나는 게 보였다. 래리는 5분을 더 있다가 내려갔다. 모스틴은 테이블에 앉아 몸을 떨고 있었다.

"왜 이러는 거야?"

"경찰관이 당신을 봤느냐고 물었어요."

"그래서 못 봤다고 했겠군."

"그래요. 하지만…."

"하지만 어쨌다는 거야? 그것으로 끝이잖아. 영국에서 인터폴에 연락을 했겠지. 그들은 내 주소록에서 당신 주소를 알아냈을 거고, 그래서 이곳 경찰이 조사를 나온 거야. 이제 경찰은 당신이 지난 주에 런던에서 나를 본 게 마지막이라고 보고할 거고, 그러면 끝이야. 나는 이렇게 된 게 다행이라고 생각해. 이제는 언제 누가 찾아오나 걱정을 안 하게 됐으니."

"하지만 래리, 내 모양 좀 봐요."

"이제 곧 진정될 거야. 쇼크를 받았겠지만 괜찮아질 거라고."

"내 말은 그게 아녜요. 지금 이 꼴이라면 수요일에 해야 할일을 못할 거란 말이에요."

"이봐, 너는 비행기를 타고 런던에 가서 리버풀 가에 있는 물품 보관소에서 짐을 찾기만 하면 돼. 그런 후에는 조용한 곳에서 내용물을 목발에 넣고 이곳으로 오면 돼. 위험할 게 전혀 없어!"

"나는 할 수 없어요, 래리. 나는 실수를 해서 일을 망칠 거예요. 당신 같으면 해내겠지만 나는 할 수 없어요. 당신은 이런 일을 할 수 있는 튼튼한 정신력을 갖고 있어요. 나도 당신처럼 튼튼한 정신을 갖고 있으면 좋겠어요. 하지만 나는…."

모스틴의 목소리가 점점 작아졌다. 래리는 화가 났다.

"내 말 들어, 이 병신아! 이 일을 꼭 해야 해. 너는 나를 위해서라면 무슨 일이고 하겠다고 귀가 닳도록 말했어. 그런데 처음으로 부탁하니까 겁쟁이 노릇을 하고 있어!"

"래리, 정말로 무엇이고 해 주고 싶어요. 하지만 이 일은 못할 것 같아요. 내가 일을 망칠 거예요. 정말이에요, 래리. 만일 다른 일이라면….”

“다른 일? 나를 살인 용의자 선상에서 빼줄 수 있겠어? 그 일을 대신 하겠어?”

래리는 비꼬는 투로 말했다.

“내가 할 수만 있다면, 아니면 내가 돈만 많이 있다면, 아니면….”

“듣기 싫어, 쓸모 없는 병신!”

래리 렌쇼는 화를 내며 브랜디 병을 들고 위층으로 올라갔다.

두 사람은 24시간 동안 말을 하지 않았다.

그러나 다음날 저녁에 브랜디를 마시며 침대에 누워 지는 해가 언덕의 초라한 떡갈나무를 황금빛으로 물들이는 것을 바라보며 래리의 본능이 다시 발동을 하기 시작했다. 그는 가슴이 뿌듯했다. 다시 한 번 자기가 안전하다는 생각이 들었다. 그의 본능이 항상 그랬던 것처럼 그를 돌봐 주고, 인도하고, 앞으로 나갈 길을 비춰 주고 있었다.

한 시간 후에 문소리가 나고 모스틴이 마을로 가는 게 보였다. 두 사람이 다툰 후에 모스틴은 여러 번 밖에 나갔는데 또 나가고 있었다. 화해의 뜻으로 브랜디를 더 사러 가는 것이라고 생각했다. 가엾은 호모 녀석 같으니.

오두막에 혼자 남은 그는 잠깐 졸았다. 모스틴이 들어오는 소리에 잠을 깼다. 그가 깼을 때는 앞으로 벌일 계획의 세부 사항까지 완전히 수립되어 있었다.

피터 모스틴은 야단이라도 맞는 사람처럼 움츠린 모습으로 그를 쳐다보았으나 래리는 그에게 미소를 보냈다. 모스틴의 표정이 고마움으로 바뀌었다. 모스틴은 래리가 싫어하는 여자들의 연약한 점을 전부 갖고 있었다.

“래리, 어제 오후에는 정말로 미안했어요. 나는 정말로 비겁한 놈이에요. 나는 정말로 당신을 위해 무슨 일이든 하고 싶어요. 필요하다면 목숨도 바치겠어요. 나는 하찮은 인생을 살아왔어요. 이제 값진 일을 하고 싶어요."

"그러나 런던에 가서 내 물건은 갖고 올 수 없단 말이지?"

래리는 아무렇지 않은 듯이 물었다.

"내가 일을 제대로 하지 못할까 봐 그래요, 래리. 나는 그럴 만한 능력이 없다고 생각해요. 그러나 내일 런던에는 가겠어요. 내가 할 수 있는 다른 일이 있어요. 내가 당신을 도울 수가 있어요. 나는 벌써 당신을 도왔어요. 나는…."

"그 일은 잊어버려."

래리는 그를 관대하게 용서한다는 듯이 팔을 벌렸다.

"그 일은 잊고 내 말 들어. 어제는 내가 야비한 짓을 했어. 내가 사과할게. 너무 오랫동안 내가 긴장 상태여서 자네가 나를 고맙게 대해 준 거에 감사의 표시를 못했다는 점을 사과해. 나를 용서해 줘."

"당신은 잘못한 게 없어요. 내가…."

모스틴은 친구의 태도가 갑자기 바뀐 것에 놀람과 기쁨으로 어쩔 줄 몰랐다.

"아냐, 내가 나빴어. 화해의 표시로 이걸 받아."

그는 주머니의 물건을 꺼내 모스틴에게 내밀었다.

"아니, 이건 당신의 팔찌잖아요. 내게 주면 안 돼요. 당신 이름이 새겨져 있을 뿐만 아니라 황금으로 만든 거잖아요. 이런 것을 내게 주면…."

"내 부탁이니 받아 줘."

모스틴은 팔지를 받아 가느다란 손목에 끼웠다.

"이봐, 피터, 나는 머리가 복잡해서 생각을 제대로 하지 못했어. 런던에 있는 돈은 잊어버려. 언젠가는 내가 찾겠지. 아니면 생전 못 찾을지도 모르고. 중요한 점은 내가 지금 친구와 같이 있어 안전하다는 거야. 자네는 대단히 좋은 친구야. 내가 부탁하고 싶은 것은 내가 여기에 좀 더 있게 해 달라는 거야."

래리가 겸손하게 말했다.

"자네만 좋다면 말이야."

"나만 좋다면? 그것이야말로 내가 바라는 것이라는 걸 알잖아요. 그래만 준다면 말할 수 없이 고마워요. 그런 것은 물을 필요가 없어요."

"고마워, 피터."

래리는 감정에 복받친 듯이 낮게 말했다. 그리고 활발하게 말했다.

"그 문제가 해결됐으니 한 잔 하자고."

"나는 싫어요, 래리. 그 술을 먹으면 잠만 온다는 것을 잘 알잖아요."

"이러지 마, 피터. 우리가 같이 살려면 같은 취미를 즐기는 법도 배워야지."

같이 산다는 말에 모스틴은 더 이상 참을 수 없었다. 첫 잔을 마시는 그의 눈에서는 눈물이 흐르고 있었다.

약 1시간 30분 후에 래리는 때가 됐다고 생각했다. 모스틴은 졸면서 뭐라고 중얼거리고 있었으나 정신은 있었다.

"위층으로 올라갈까?"

래리가 중얼거리자 그의 눈이 기쁨으로 반짝 빛났다.

"위층에는 왜 가지요?"

"왜 가는지는 잘 알잖아."

"정말로요? 정말로요?"

래리는 고개를 끄덕였다. 모스틴은 비틀거리며 일어섰다.

"내 목발은 어디 있지요?"

"자네는 너무 취해서 목발을 짚어야 소용없어."

래리가 낄낄거리자 모스틴도 따라 낄낄거렸다. 래리가 모스틴의 머리를 쓰다듬자 가발이 벗겨졌다.

"그거 이리 줘요."

"내가 위층에 가서 줄게."

래리는 낮게 속삭였다.

"침실에 가서 내 파자마를 입고 내 침대에 누워 있어. 내가 곧 올라갈게."

모스틴은 술로 정신이 몽롱한 속에서도 기쁨의 미소를 지으며 위층으로 올라갔다. 절룩거리며 걷는 발자국 소리가 나더니 옷을 벗는 부스럭거리는 소리가 났다. 잠시 후에 침대에 쓰러지는 소리가 나고 조용했다.

래리는 술을 마시며 약 15분 동안을 더 앉았다가 휘파람을 낮게 불며 준비를 시작했다. 그는 본능의 지시에 따라 천천히 효과적으로 움직였다. 우선 화장실에 가서 머리카락을 전부 밀어 없앴다. 시간이 별로 걸리지 않았다. 다음에는 틀니를 빼서 물이 든 유리잔 속에 넣었다.

그는 조심해서 위층에 올라가서 자기 침실 문을 열었다. 생각했던 대로 모스틴은 술에 곯아떨어져 자고 있었다.

래리는 침대 옆 테이블에 틀니가 든 유리잔을 놓았다. 다음에는 모스틴이 바닥에 벗어던진 옷을 입었다. 그리고 옆방에 가서 모스틴이 싸 놓은 가방을 들고 아래층으로 내려갔다.

그는 식탁 위에 있는 항공권과 여권을 챙겼다. 다음에는 모스틴의 가발을 쓰고 거울에 비친 자기 모습을 여권 사진과 비교했다. 여권 사진은 10여 년 전의 것이었고 모습이 비슷했다. 다음에는 목발을 짚고 여권의 〈특징〉란에 씌어 있는 〈절름발이〉연습을 했다.

그는 마시던 브랜디 병과 새 술병, 그리고 촛불을 들고 위층으로 올라갔다. 리틀 보이는 빅 보이의 파자마를 입고, 빅 보이의 팔찌까지 하고 빅 보이의 침대에 누워 있었으나 자기가 그렇게 원하던 이 순간을 즐길 수 없었다. 그는 빅 보이가 침대보, 매트리스, 나무 바닥 등에 브랜디를 뿌리는 것을 느끼지 못했다. 그리고 빅 보이가 촛불을 나무 바닥에 놔서 불이 번지게 할 때도 꼼짝도 하지 않았다.

래리는 피터 모스틴 신분으로 런던에 돌아오면서 본능대로 움직이고 있는 자신의 행동에 자신감을 가졌다. 이빨도 빠진 채 목발을 짚고 있는 가련한 모습의 절름발이에게는 사람들이 온정을 베풀었다. 공항에서 사람들은 그에게 길을 틔워 주었고 가방도 들어 주었다.

비행기 안에서는 편안히 앉아 다음에 취할 행동을 생각했다. 제일 먼저 할일은 리버풀 가에 있는 물품 보관소에 가는 일이었다. 다음에는 아는 장물아비를 찾아가서 보석을 돈으로 바꾸는 일이었다. 그 다음에는 어떻게 하지? 외국으로 다시 갈까? 새로운 신분이야 쉽게 살 수 있어.

하지만 서두를 필요는 없다고 그의 본능은 말하고 있었다. 모스틴의 가련한 신분을 유지하고 있는 동안은 안전했다. 서두를 필요가 없었다.

히스로 공항 여권 심사대에 접근하면서 긴장감을 느꼈다. 겁은 나지 않았다. 본능대로 했으니 무사할 게 틀림없었다. 하기야 자기 신분이 가장 의심받기 쉬운 곳은 이곳이었다. 여기만 피터 모스틴으로 통과하면 걱정할 것이 없었다. 여권 심사관이 자기를 기다리고 있던 것 같아 그는 가슴이 약간 두근거렸다.

"아, 피터 모스틴 씨. 오셨군요. 여기 잠깐만 앉아 계시며 사람들에게 당신이 도착했다고 연락하겠습니다."

"하지만 나는."

아냐, 소란을 피우면 안 돼. 분개하는 듯한 모습은 나중에 보여도 돼. 피터 모스틴이었다면 이럴 때 어떻게 행동했을까?

오래 기다리지 않아 바바리를 입은 두 사람이 와서 그를 작은 방으로 데리고 갔다. 그들은 모두가 앉을 때까지 아무 말도 하지 않았다.

두 사람 중에 상급자로 보이는 사람이 말했다.

"자, 이제 리디아 렌쇼 부인 살인에 대한 얘기를 할까요?"

"리디아 렌쇼 부인? 하지만 나는 피터 모스틴인데요."

"네, 압니다. 당신은 틀림없이 피터 모스틴입니다. 그렇기 때문에 리디아 렌쇼 부인 살해에 대한 얘기를 하자는 겁니다."

"하지만 왜 내가?"

래리는 피터 모스틴의 흉내를 내면서 가련한 목소리로 말했다.

"왜라니요?"

상대는 이상하다는 표정을 지었다.

"당신이 리디아 렌쇼 부인을 살해했다는 고백서가 오늘 아침에 도착했어요."

그가 모스틴의 고백서를 본 것은 시간이 많이 지난 뒤였다. 그러나 고백서의 내용을 짐작하기는 힘들지 않았다. 고백서의 내용은 다음과 같았다.

피터 모스틴은 오래 전의 호모 상대였던 래리 렌쇼를 잊지 못해 프랑스에 있는 자기 집으로 돌아오기 전날 밤에 그를 아파트로 찾아갔다. 아파트에 갔을 때—그때 경비원이 봤다—래리는 없었고, 자기와 래리 사이를 이간시킨 래리의 부인을 만났다. 두 사람은 다투게 되었고 그 와중에 라이벌인 부인을 총으로 쐈다. 집에 돌아와서 부인의 시체를 발견한 래리 렌쇼는 어떻게 된 일인지 짐작하고 즉시 살인범을 쫓아 프랑스로 갔다. 래리 렌쇼를 만나자 피터 모스틴은 살인을 고백하자는 생각이 들었다.

그렇게 되니 래리 렌쇼는 입장이 곤란하게 되었다. 이제는 그가 결백하게 되었으니 이론상으로는 자기 자신으로 돌아갈 수 있었다. 그러나 돌아가자면 입장이 곤란한 많은 질문에 답변을 해야 할 것 같았다.

그의 하찮은 본능은 빅 보이를 위해 최후의 희생을 한 리틀 보이인 피터 모스틴으로 그대로 행세하라고 말하고 있었다.

그래서 그는 피터 모스틴으로 리디아 렌쇼 부인 살해범 재판을 받고 유죄 판결을 받았다. 그리고 다음에는 피터 모스틴으로 래리 렌쇼 살해범 유죄 판결을 받았다.

사이먼 브레트(Simon Brett, 1945~)

텔레비전 프로듀서를 하면서 추리소설을 쓰는 작가. 1964년에 다리치 칼리지를 졸업한 후 옥스퍼드의 워드햄 칼리지에서 연극을 전공. 1967년부터 10년 간 BBC 라디오의 프로듀서. 1977년부터 런던 위켄드 텔레비전의 프로듀서를 지냈다. 배우 탐정 찰스 패리쉬 시리즈가 유명하다.

세계 문학 베스트 미스터리 컬렉션 (Ⅲ) 편집 후기

이김에 탐정이나 될까?

"악! 아아—악!"

무슨 소리일까?

귀신을 보고 놀라서? 가위 눌려서? 강도가 나타나서? 치한이 덤벼들어서?

아니.

그럼 모르는데 셜록 홈즈를 불러? 아님 앨러리 퀸을 부를까? 마플 할머니한테 찾아가 봐?

섭외비가 비쌀 것 같으니 알려 주지.

바로 이 책 『세계 문학 베스트 미스터리 컬렉션』의 원고량을 보고 나온 소리였어.

꼭 4천매 가량의 원고량 때문만은 아니었어. 추리소설 한 번 안 읽어 본 사람도 있었으니….

우린 이제 죽었다 하며 편집팀은 머리를 맞대고 함께 사지로 걸어 들어갔다.

죽을 결심을 한 사람이 무슨 짓인들 못하겠는가?

원고량이 많은들, 모르는 사람의 이름이 수백 개가 된들, 추리소설을 전혀 안 읽어 보았던들….

돌들의 합창이 불꽃을 일으켰던가?

원고는 차근차근 모양새를 갖춰 나갔고, 분류가 되어졌고, 유명한 미스터리 작가들의 이름이 귀에 익숙해졌고, 탐정이나 주인공들과 친구가 되어 버렸다.

여러 상황의 살인방법. 남편이 아내를 죽이는 방법, 아내가 남편을 죽이는 법, 자식이 부모를 죽이는 방법, 나를 괴롭혔던 사람을 죽이는 방법….

다양한 살인방법. 칼, 총, 끈, 이런 전통적인 방법 외에도 말로, 환경을 바꾸는 것으로 간단하게 사람을 죽일 수 있다.

죽음이란 무엇인가, 범죄란 무엇인가, 인간의 본성이란 무엇인가, 인간의 조건이란 무엇인가, 둘러싼 환경은 인간의 성격에 어떻게 작용하는가.

결코 추리소설 마니아가 아닌 우리들은 책을 만들면서 이 지적 게임에 빠져 들어갔다.

한 편 한 편마다 뒷머리를 치는 반전이 있고, 천재가 아닌 평범한 사람들의 등장이 현실감을 더해 주었고, 교묘한 심리묘사가 허탈감마저 더해 주었다.

책을 만드는 과정이 고통스러운 작업이었지만, 왠지 차오르는 뿌듯함과 교만은 어쩔 수 없었다.

마치 내가 인간에 대한, 상황에 대한 대단한 관찰가처럼 느껴졌고, 사건을 해결할 수 있는 탐정이나 경찰처럼 착각되기도 했다.

나는 이 책에 대해 자신감이 생긴다. 꼭 추리에 대해 관심이 없는 사람도 좋다. 읽다 보면 온갖 인간들의 속성에 감탄할 것이다.

그리고 이 책은 대단한 의미가 있는 책이다. 아직 국내에 소개된 적이 없는 작품이기도 하려니와 거장들의 엑기스만 모았기 때문이다. (물론 나도 이 책으로 발을 들여놓기 전까지는 거장들의 이름도 들어 보지 못했다.)

이대로 나가 탐정소를 하나 차려?